谢冕编年文集

第四卷 1982—1985

北京大学出版社

1985年在泉州

1983年与夫人陈素琰在海南

1980年代中期在北大勺园

1980年代中期在北大五院门前

1985年与孙绍振一起拜访艾青先生

1985年《诗刊》首次诗歌奖评选,冯至先生题字赠谢冕

1982年50岁时标准照片

1980年代中期在家中书房

《共和国的星光》,春风文艺出版社1983年版　　《论诗》,青海人民出版社1985年版

目　录

1982

"海的子民"的歌吟
　　——论蔡其矫和他的诗……………………………………… 3
献给他们白色花
　　——读诗集《白色花》……………………………………… 28
诗的脚印与翅膀
　　——论李松涛的创作………………………………………… 43
漫谈儿童散文………………………………………………………… 50
《共和国的星光》后记……………………………………………… 72
诗作点评……………………………………………………………… 74
深挚情爱的心曲
　　——读《长干行》（其一）………………………………… 83
近年诗歌：一个简单的轮廓………………………………………… 88
从单一的美走出来………………………………………………… 109
飞天的新生代
　　——《飞天》《大学生诗苑》述评……………………… 116
抚爱土地的手掌
　　——析戴望舒《我用残损的手掌》……………………… 133
阳关，那里有新的生命
　　——从敦煌文艺流派到新边塞诗………………………… 141
什么是抒情诗……………………………………………………… 150

什么是叙事诗……………………………………………… 152
期待着前进………………………………………………… 154
在批评和自我批评中得到提高
　　——访中文系副教授谢冕……………………… 156

1983

就《佳作选荐》专栏的创立致《绿洲》编辑部……… 161
她们在创造
　　——漫论中国女诗人的创作…………………… 165
采石者的欣慰
　　——论林斤澜的创作…………………………… 179
诗人们走向世界
　　——序《旅外诗笺》…………………………… 200
选择:特殊的方式
　　——论诗人的创造之二………………………… 207
早秋的年轮
　　——论刘祖慈的诗……………………………… 214
丝绸路上新乐音
　　——《边塞新诗选》序………………………… 232
个人情趣与时代精神……………………………………… 240
通往成熟的道路…………………………………………… 244
要点是感动,是爱
　　——论诗人的创造之三………………………… 256
论中国新诗传统…………………………………………… 263
萌芽之后是生长
　　——读《萌芽》诗作…………………………… 288

让我们"发现"
　　——论诗人的创造之四 …………………… 297
中国最年青的声音
　　——《中国当代青年诗选》导言 …………… 305
他们走向成熟 ……………………………………… 316
激情是诗的薪火
　　——论诗人的创造之一 …………………… 320
仙人掌的诗情
　　——论公刘的诗 …………………………… 328
想象：诗人说明世界的基本方式
　　——论诗的特殊性质之二 ………………… 344

1984

致北京大学校长信 ………………………………… 357
"感觉出火来"的死水 ……………………………… 359
难忘的记忆
　　——我的中学时代 ………………………… 365
森林与我们的信念 ………………………………… 372
新边塞诗的时空观念 ……………………………… 375
《诗的技巧》序言 …………………………………… 382
他的心向着未来
　　——读袁鹰的儿童诗 ……………………… 385
真诚：他素有的芬芳
　　——论何其芳 ……………………………… 389
春天的儿子
　　——怀念文武斌兼谈他的诗 ……………… 410
和中学生谈诗 ……………………………………… 416

传统之于我们……………………………………………… 419
《"亚细亚"的故事》……………………………………… 424
雨季已经来临……………………………………………… 426
诗歌的新生命
　　——近年新诗创作情况………………………………… 431

1985

历史将证明价值
　　——《朦胧诗选》序…………………………………… 451
滇池的孔雀翎
　　——读一九八四年《滇云诗卷》……………………… 456
自觉的历史意识…………………………………………… 464
诗：审美特征的新变 ……………………………………… 467
我们听到了文学黄金时代的足音………………………… 484
艰难磨砺着生命…………………………………………… 486
从失落开始寻找
　　——论达理的创作……………………………………… 488
新诗潮的检阅
　　——《新诗潮诗集》序………………………………… 500
诗的探索与探索的诗
　　——兼贺《鹿鸣》创立《诗探索》专栏……………… 504
黄昏，纷繁的思绪
　　——童华的组诗《黄昏冥想曲》评点………………… 509
任寰的诗读后……………………………………………… 511
散文诗的世界……………………………………………… 514
小蜜蜂开始采蜜
　　——任寰《我是小蜜蜂》序…………………………… 521

从春天到秋天……………………………………………… 527
他的诗,属于今天
　　——读匡满诗…………………………………… 534
《创作例话》序…………………………………………… 539
荒魂的祭奠
　　——中篇小说《荒魂》读后……………………… 544
纪念:一个艰难的行旅
　　——王家新诗集《纪念》序……………………… 551
文学性格的抉择
　　——谈"西部精神"……………………………… 555
我的经历………………………………………………… 560
致潘洗尘信……………………………………………… 563
中国的青春
　　——评《诗刊》历届"青春诗会"的诗人新作
　　　(见《绿风》1985年第三期),兼论现阶段诗…… 564
《谢冕文学评论选》后记………………………………… 577
中国文艺运动的需要
　　——评《当代文艺思潮》………………………… 579
诗作点评………………………………………………… 587
单调和华美的和谐
　　——评《战友诗丛》兼论现阶段军旅诗………… 589
在星光的辉映下
　　——《共和国的星光》的写作…………………… 601
辛勤的园丁
　　——序傅金城著《写诗手册》…………………… 607
批评就是选择…………………………………………… 610
中国现代散文诗的集锦
　　——评介《六十年散文诗选》…………………… 613

序《野葡萄的风》……………………………………… 616
现代意识的萌醒……………………………………… 618
每一个过程都是永恒
　　——《历程》序………………………………… 621
黑蝴蝶的追逐
　　——王辽生创作论……………………………… 625
批评寻找位置………………………………………… 630
走向世界而回归东方
　　——新诗潮的一个剪影………………………… 636
古代游记文学的荟萃
　　——读《中国古代游记选》…………………… 641
具形的音乐…………………………………………… 645
真实依然是它的生命
　　——一九八一年的诗…………………………… 656
北方的岛和他的岸
　　——论北岛……………………………………… 672
云游
　　——论徐志摩…………………………………… 678

1982

"海的子民"的歌吟*
——论蔡其矫和他的诗

（上）

> 每一次看到蓝色的大海，
> 我的感情都得到了更新，
> 好像太阳在落海浴洗后，
> 再更光明地向碧天上升。
>
> ——蔡其矫：《看海》

在众多的歌唱中我们容易辨出他的歌音。然而，没有大海的洗礼，他的诗，就不会有现在这种独特的个性。我们面前这个把自己称作"海的子民"的诗人，一生爱海，有着海的气质；他爱波浪勇猛又温柔，波浪的灵魂也如他的诗魂。是的，他的诗，性格是双重的，刚劲和柔丽，奔放与细腻奇迹般地统一在他那不受拘束的诗行中。谈论蔡其矫的诗，如果只看到他柔丽细致的一面，而忽视了他所展现的诗人自由、深沉，因而也是广阔的心胸；可以认为，还说不上真正了解了他！

蔡其矫诞生在闽南滨海乡村，在早年，因家在印尼，曾两度远涉重洋。海上的晨霞夜月多么瑰丽，波浪丝绸般的闪亮，海鸟

---

* 此文初刊1982年12月《榕树文学丛刊》1982年第4辑，与王光明合作，有作者注："本文为《"海的子民"的歌吟》的上半部分。下半部分发表于《福建文学》1982年6月号。"初收《中国现代诗人论》。据《榕树文学丛刊》和《福建文学》编入。

掠着海面飞翔……这些，幼年时代就镌刻在他记忆里了。然而，他最早的诗写的不是大海，而是在侵略者奴压下中国农民对于乡土的感情（《乡土》）。那时候，我们的民族正在受难，蔡其矫和千万青年一起，到延安后又深入敌后来到了晋察冀边区。他是在晋察冀边区走上诗歌道路的。最早写作的《乡土》和《哀葬》是叙事诗，四二年写的《肉搏》也是叙事诗。但他无疑是一个抒情诗人，《乡土》、《肉搏》的结尾显示出来的正是抒情诗人的才情。或许他自己也意识到这一点，以后写作的都是抒情诗。不过，在整个的四十年代，对于我们民族来说是"肉搏"的年代，史诗的年代，也是行动比诗更为需要的年代。生活在革命队伍中的蔡其矫，和解放区的诗人们一样，紧张繁忙的工作使他很少有静下心来揣度细微内心情怀的时候；同时，扑在人民解放事业上的诗人，内心为战斗和即将到来的胜利所激动，日夜处于紧张昂奋之中，加上北方的生活环境，诗情趋向豪迈粗放是一种必然，因此，他在四十年代的诗歌主旋律是战歌。《子弟兵战歌》、《炮队》、《兵车在急雨中前进》、《人民解放军在前进》……表现的都是战争生活的阔大场面，热烈昂扬的革命激情。诗情在雄浑、粗放方面得到尽情挥发，而作为南国诗人细腻、柔丽的特性退隐到诗外去了。

这当然有点可惜，但对于蔡其矫来说也不是坏事。风格的形成是一个过程。在这个过程中作者的特殊经历是形成个人风格不可少的因素。就像他既不能没有惠特曼和聂鲁达，也不能没有中国古典诗词和外国现代派诗歌的营养，才凝就他七十年代诗歌钻石般的光彩一样。他早期的诗歌实践有所失，也有所得，得到的和失去的同样宝贵。北方十几年的生活，不仅拓宽了他的生活视野，心胸变得宽广，而且也锻炼了他表现阔大场景的艺术才能。譬如《肉搏》，描写一场惊心动魄的肉搏战，他仅用二十三行的篇幅，就以叙述的机智、氛围色调的统一完成了一尊永

生的雕像,并把悲壮的画面转化为普遍的情感。《兵车在急雨中前进》则显出了他在阔大境界中努力突出特征的追求:

> 兵车在急驰,带着歌声前去,
> 头上是低垂的云雾,
> 脚下是怒涛似的轮声,
> 汽笛便是万众的欢呼,
> 草舍、山丘、田野都一齐回应……

这个充满活力、飞动的场面,辐射出了解放战争年代的脉搏。虽然它留有惠特曼在南北战争时期作品的影响的痕迹,也还不能说它表现了蔡其矫自己的风格,但它以较高的概括力和有特征的诗句,向我们表明了诗人鸟瞰生活的能力。因此,在本质上说,十几年北方战争的广阔生活与他大海般自由、宽阔的心胸存在着情感的默契。或许也正因为有这段生活经历,使他区别于另一些细腻却也诗风婉约的典型的南方作者。当然,如果一直沿着四十年代的路子走下去,蔡其矫的诗也不会是目前的风格。令人高兴的是,和平生活业已开始,他终于再度看到蓝色的大海,并投进了它的怀抱。

前进的兵车带着自由、光明的祝福驶过万众欢呼的前门箭楼,我们迎来了新中国的诞生。蔡其矫满心喜悦地扑向崭新的生活,他来到了东南沿海。他决心要"用热情的诗句歌颂海上卫士和海上建设者"(《涛声集·后记》)。他敏感地谛听到了海的脉搏:"云在海面追逐,浪在天空呼喊",在碧波白浪之间,他看见:"有一艘炮艇,以坚强的马达,唱着雄壮的歌"(《大风中的海》)。他努力从喧腾的波浪间发现海上卫士的内心美,发现了波浪的性格正是战士的性格;在水兵心中,爱人和海具有同样的位置。并在《阵地与花园》中,窥见了保卫新生活的战士全部丰富的内心世界:他们以热爱和平的心,照耀着多彩芬芳的生命,"即使战士走了,这生命还在燃烧,这颗心还在跳动,在临海的高山上……"

蔡其矫希望自己的诗能描写出海防卫士的壮美形象,抒发他们的高尚情怀,这些希望是真诚的。这个海边生长的诗人,比我们更懂得建设强大海防的意义:海,是大地的门庭,"要是失掉海,我们就没有自由"。(《水兵的心》)因此,他解放后第一次来到海边的意向,就是把诗献给祖国海防的保卫者与建设者。那时,他对海疆战士的生活和心灵还不熟悉,因而他常常不易摆脱具体场景、人物的羁约,像《船家女儿》那样较为超脱的诗并不很多。更为真切地显示出他的幻想和才情的,是他抒写故乡和海边风情的诗篇。在这些诗中,他给我们展现了另一种诗情和美丽的艺术天地,唤回了他细腻的情感触角和轻柔诗思。隐匿了十几年的南方诗人的特点鲜明地出现了。

"洞箫的清音是风在竹叶间悲鸣。琵琶断续的弹奏,是孤雁的哀啼,在流水上,引起阵阵颤栗。"这是他那引人注目的优美的《南曲》。他熟悉旧年代故乡南曲的凄惋,由此引起无尽的乡情,因此他,敏感,想象力得到了完好的发挥:到处是接云的高山,险峻的道路,孤舟在风浪中覆没,妇女在深夜里独坐,生者长别离,死者无消息……这里浮现出一幅旧年代闽南侨乡的悲哀的图画。写熟悉的生活,他不仅敏感,想象的翅膀是飘逸的,笔触也极为细腻,极为轻柔:

> 南方少女的柔情,
> 在轻歌慢声中吐露;
> 我看到她,
> 独坐在黄昏后的楼上,
> 散开一头刚洗过的黑发
> 让温柔的海风把它吹干
> 微微地垂下她湿的眼帘……
>
> ——《南曲》(又一章)

一般人都认为,属于时间艺术范畴的音乐,它的长处在于能够表现出灵魂的运动状态,但它的形象难以定型则是短处。在这点上,诗征服了音乐,它使高度心灵化、运动化的音乐具形化了,它再现了由声音画出的图画。这首《南曲》(又一章)便是这样一幅杰出的"音画"。它再现了乐音中的那种朦胧的意绪和情趣。那个披散了黑发临风而坐的南国少女,她的"微微地垂下"的"湿的眼帘"所表达的"柔情",在这幅图画里,表现为可以捉摸和确定的了。而这一切都是"南曲"本身想表达而不能准确表达的。

蔡其矫在五十年代有许多这样轻婉的诗篇,这里有《南海上一棵相思树》、《红豆》、《绝句二首》、《鼓浪屿》,以及许多美丽的山水诗。这些诗中笔墨的细微,诗绪的纤柔(甚至缠绵),形象的透明,是我们在他四十年代的作品中难以看到的。艰难困苦的年代,人们的情感趋于粗放,即使笔墨秀逸的蔡其矫也如此。新时代为他的诗的个性的形成提供了充足的条件:新生活的光明澄澈,大海的伟力与柔情、南国迷人的水光山色……他从大海的波浪获得了诗的性格,他从南方的太阳和树丛获得了诗的灵感。但他并未失去内在的力量与画面的壮阔。你看,还是花一般的《鼓浪屿》:

> 黄金的沙滩镶着白银的波浪,
> 开花的绿树掩映着层层雕窗,
> 最高的悬岩又招来张帆的风,
> 水上的鼓浪屿,一只彩色的楼船。

花丛中的雕窗,镶了银边的金黄的沙滩,有着极度的绮丽,但他并未忘了从"最高的悬岩"为它招来"张帆的风"。这笔墨之让人惊慑,不仅由于他那把握对象特征的智慧和想象力的丰富美丽,而且由于它精致与奇伟的高度和谐。他知道量体裁衣,并不单纯追求轻柔和细腻,总的努力是把这两个看似对立的方面融汇起来。《厦门之歌》也许更为典型,在这首诗里,战争与和平,庄严与美丽,强悍与温柔,紧张与轻松等非常和谐地交织在一起,织出了五十年代的厦门——这座美丽的英雄城市丰富而并不单一的轮廓。《厦门之歌》的雄伟的气势,让我们想起聂鲁达的《献给斯大林格勒的情歌》,还有一首《海峡长堤》,它的形象于绮丽之外是充满了力量的粗放:

> 啊!浪涛上白石铺成的大道,
> 横卧海峡的不朽的桥!
> 粗野的风徒然地在这上面吹刮,
> 被阻拦去路的狂乱的浪潮,
> 举起发抖的头颅,
> 用最大的力量触向花岗石的长堤,
> 一次又一次被粉碎,
> 空中飞舞着战栗的水……

这首诗的题材和主题都是宏伟的,似乎很难有柔丽细腻的表现余地,但这是蔡其矫五十年代中期的诗,他轻而易举地画出了精致柔美的一笔,充满了力度的奇伟之中闪出了柔情的光辉,显现出了他所特有的风力:

> 你是祖国伸出的一只手臂,
> 高高地把厦门举起,
> 好像它是盛满醇酒的水晶杯
> 其中流动着花的芬芳和太阳的光辉……

《海峡长堤》和《厦门之歌》以它刚与柔、奇伟与细致两者统一,以及整体表现上的不拘泥于客观事物的超脱,标志着诗人风格的初步形成。这两首诗以及作者五十年代中期三本诗集(《回声集》、《回声续集》、《涛声集》)中的大部作品,较之当日表现为相当"拥挤"的临摹现象以及不厌其烦叙述过程的诗,无疑是有力地维护了诗的抒情本质。

五十年代中期的蔡其矫，以他海滨生活的题材和逐步成熟的艺术个性，引起了诗坛的关注。他受惠于大海，在海边找到了自己喜欢和熟悉的题材，这是一方面；更主要的是，他在海边找到了沟通雄浑与柔丽，粗放与细腻的桥梁，使两者的统一成为可能。大海以它柔软、透明、深沉的波涛，洗涤着诗人北方带来的粗犷歌喉，使他的诗风变得劲秀了。四十年代蔡其矫的歌是雄浑、粗放的，虽然他贮有柔美、细致的因子（这在一九四三年写的《夜歌》、一九四二年的《雁翎队》中可以稍见端倪），但由于频繁的战争生活和北方环境等原因，这种因子一直潜藏着。它需要机遇。五十年代初的和平生活恰好提供了这个机遇。诗人回到了南方，南方以它园林般的秀丽唤起了他柔美的诗情和飘逸的想象。而大海兼具着雄浑柔美的双重特点，它使蔡其矫不会失落北方带来的豪放、又使柔美一面的因子变得活跃起来。是的，他那自由、洒脱、爱美的心灵，本来就与大海相通！

发表《海峡长堤》、《厦门之歌》前后，蔡其矫以雄浑和柔丽的较好统一，树起了自己风格的标帜。与此相通的更为重要的一点是：他对社会和人生已有了自己的衡量尺度，一是坚信"真理站在事实上面"（《在悲痛的日子里》）；二是觉得"人民以双手，推动着历史的车轮"（《海峡长堤》）。有了这个意识作为赞美或抗争的准绳，他就不仅有了艺术上的自觉，而且有了描写生活的诚实。

五十年代，他写了《桂林》、《漓江》、《阳朔》等三首美丽的、总题为《山水》的诗。它们连同蔡其矫另外一些描写山川风物的诗篇，给当时火热的生活和火热的诗坛吹来了一股清凉的风。不少人热爱和怀念这些诗篇，称蔡其矫为"山水诗人"。蔡其矫确有一支画山绘水的妙笔，并且一直把祖国的山川、自然作为他歌唱的一个题材。不过，从他整个创作来看，山川自然的吟唱只是一个方向,它只能说明诗人题材的宽广(他说过:"始终只写一种题材的人,是傻子。"《上海文学》1981年6月号,"百家诗会"),而不能因此认定这是他的创作所唯一关注的题材。与其说他是一个属于山水的诗人,毋宁说他是一个属于生活的诗人,一个严肃的属于生活的诗人。他不是鸟,只在青山绿水中浅唱低吟,或像山泉,只送清凉的饮料。他是波浪,既蓝绸般闪耀在和风丽日下,也狮子般怒吼于乌云风暴之前。在五十年代后期开始的反复无常的社会生活中,他虽然有过暂短的蹉跎,但总的来说他没有在严峻的现实面前背过脸去,他坚持着他严峻的观察和思考,唱着当日不合时宜的生活之歌、心灵之歌。

那时候,天真无邪而又不免浮夸的"颂歌"正以强大的惯性力量向前运动,严肃和诚实往往会给自己带来逆境和寥落,诗人们(不是全部)似乎都习惯于人所共知的一面。然而,当蔡其矫乘着一只小火轮沿汉江逆水而上,发现中国这条从北到南的大江汉水,"两岸相当荒凉"(《生活的歌·自序》)的时候,他还是写下了《雾中汉水》、《汉水谣》、《川江号子》、《宜昌》等诗,描写了他所发现的生活中另一方面的真实:

> 两岸的丛林成空中的草地;
> 堤上的牛车在天半运行;
> 向上游去的货船
> 只从浓雾中传来沉重的橹声,
> 看得见的,
> 是千年征服汉江的纤夫,
> 赤裸着腿倾身向前
> 在冬天的寒水冷滩上喘息……
> ——《雾中汉水》

这些反映历史和现实的客观存在,歌唱人的坚韧顽强生命力的诗篇,本来是无可非议的。既然我们的生活不全是由光明、繁华一面构成的,我们的诗就没有理由只唱无忧无虑的调子。但当时的情况并不令人愉快。这些诗一发表,马上招来了无休止的责难;这使我们感到:在当时,诗人要作严肃的诗要有多大的毅力和韧性!

我们不应该质问诗人为什么不"热情澎湃地歌唱充满繁荣景象的大跃进中的祖国城市",却去抒写不繁荣的汉江两岸凝滞的风物。是的,诗歌需要诚实,写自己对生活的观察和发现,唱自己与人民相通的真情实感,而不是演绎政治概念,这样才能使人在众多的歌音中辨出你来。对于一个诗人来说,忠实于自己的感受和发现,就意味着忠实于自己的诗魂。

当蔡其矫在汉江两岸唱他自己的感受和发现的时候,他唱出了震颤人心的、永恒的生命之歌——那强壮的、坚韧的、在险恶的自然和人生的苦痛中永不屈服的灵魂,唱出了诗人审美意识里的"人"。这是让人灵魂颤栗的《川江号子》:

> 你一阵吆喝、一声长啸
> 有如生命凶猛的浪潮
> 向我流来,向我流来。
> 我看见巨大的木船上有四支桨,
> 一支桨四个人;
> 我看见眼中的闪电,额上的雨点,
> 我看见川江舟子千年的血泪,
> 我看见终身搏斗在急流上的英雄,
> 宁做沥血的歌唱的鸟,
> 不做沉默无声的鱼……

这些浮雕般的与急流搏斗的坚韧的形象,以及《雾中汉水》里"赤裸着腿倾身向前"的纤夫,使我们自然联想起蔡其矫《肉搏》的战士,《桂林》的山,《瀑布》的激流,《海峡长堤》中那推动历史车轮前进的人民……他们各有不同的际遇,或战斗、或创造、或与险恶的大自然抗争,但他们具有相同的性格,是大写的"人",是诗人审美意识里强壮的英雄。而这些诗,也体现了作者诗的风格的一面:刚劲、深沉。

然而,当蔡其矫勉强地顺应当时的"大跃进民歌"运动,"改了洋腔唱土腔",而又不是写自己的真情实感的时候,尽管他开初很真诚,愿意"歌句不顺用心改"(《水利建设山歌十首》,人民文学1958年4月号),歌声还是不可避免地喑哑了。

讨论蔡其矫的诗歌创作,我们无须忌讳他写过那样的诗(除上面提到的外,还有《襄阳歌》)。构成这个现象的原因是多方面的,但个人的原因并不重要,几乎所有的人都不能摆脱那个时代的羁约。不过这时的蔡其矫,毕竟是业已成熟的诗人,他没有在"大跃进民歌"的海洋里淹没,并不轻信人们对他"改了洋腔唱土调"的"鼓励",也没有被批判的声浪弄得不知所措。他很快感到了自己歌声的别扭。此后,他宁愿不写或写了暂不发表。作为诗人,他有自己的坚持。这样,从五八年下半年到六〇年长达一年半时间里,他写得极少,我们只读到他的一首诗:《天安门广场》。

进入六十年代,"大跃进"所造成的灾难性后果,逐渐消失,生活正走向正常。蔡其矫的创作如同我国的经济一样,也处于恢复期。这时期,他比以往更多地写下了一些山川、自然题材的自由诗,这些诗中不乏佳品。如:使我们产生哲理联想的《鼓山》,想象奇妙而有所寄寓的《夜》。《双虹》是非常美丽的纯风景诗,在以"这样的景色真是罕见"一个惊叹起句后,写并立水面的双虹,它们的前后两面的远景。接着描绘绛色笼罩下的高岸和周围的景物,以"闪照"、"起落"、"摇动"、"横飞"四组精心选择的动词,点染近物的生动,最后又谐合自然状态,让一切淡化在蓝烟和夜的帘幕里。这首诗描绘的神妙境界,足以令擅长丹青的大师叹为观止。

与此同时,蔡其矫没有忘却对于现实生活的关切,他在向新的深度突进。如同《海峡长堤》、《雾中汉水》、《川江号子》一样,处处体现他作为严肃的生活诗人的精到的观察、独立的思考,以及深刻的洞察力。《九鲤湖瀑布》是一首重要的诗篇:"云和水的居所,天畔的湖。"这里,不失蔡其矫独有的、对于自然景物的精心的概括。诗中那飘飞在悬崖上的白色流苏,那峭壁与流霞相接处的岚气映射出来的绿光,清幽秀丽的风景让人心灵为之震动。但是,经历了严酷岁月的磨折,蔡其矫的柔婉之中潜藏着锐利,他问九鲤湖惊心动魄的瀑布:当月光抚慰沉睡的万物,唯独你未能入眠,而不停地叹息与喊叫——

> 是不是哀号你被幽闭
> 在荒无人烟的狭窄沟壑
> 怅对天空直到今日?
> 你的呼声从不稍息,
> 保有一颗永不疲惫的心
> 你究竟要求什么?
> 是不是在你严峻的命运里
> 还缺乏最必需的东西?

此诗写于六一年底。当时经过了一番令人心悸的"共产风",我们业已调整了各项政策,举国上下正潜心于建设和繁荣。因此《九鲤湖飞瀑》充满了生活激情,其基调明朗而乐观。它发出了在当时是不乏胆识的、对于科学和文明的召唤:"再也不容许强大的自然,依旧是愚昧和神祇的帮凶,人民的手,要把你造成为高山的玫瑰。"多么美丽的"高山的玫瑰"! 那时,诗人和我们都一样地憧憬着这样以人民之手创造大自然的玫瑰花的奋斗。

但"重来的春天是短暂的"。蔡其矫不无怅惘地说："'千万不要忘记阶级斗争'的号召，又使文艺陷入团团转。人们并没有变得聪明起来。不免要思考人民的命运。"(《生活的歌·自序》)在严峻的生活中变得善于严峻思考的蔡其矫，本着诗人的胆略与良心，以狂热而近于痛苦的构思，写下了充分显示内心风暴的由惊涛骇浪组成的交响诗：

> 永无止息地运动
> 应是大自然有形的呼吸
> 一切都因你而生动
> 波浪啊！
>
> 没有你，天空和大海多么单调
> 没有你，海上的道路就可怕地寂寞
> 你是航海者最亲密的伙伴
> 波浪啊！
> ……
> 是因为你厌恶灾难吗？
> 是因为你憎恨强权吗？
> 我英勇的、自由的心啊
> 谁敢在你上面建立他的统治？
>
> 我也不能忍受强暴的呼喝
> 更不能服从邪道的压制
> 我多么羡慕你的性子
> 波浪啊！
> ——《波浪》

这首写成之后湮没了整整十七年，于七九年才得以发表的诗，是一篇凝聚着诗人对于生活的全部思考的力作。波浪是英勇而渴望自由的人民的伟力的象征,诗人创作时想到了"水可以载舟,也可以覆舟"的前哲名言。对于生活的全局作总括性的俯瞰与精微的透视,强烈的使命感与对于强暴的抗争精神的崇扬,凝成了如今这不断腾跃的"波浪"。正是因为诗人对社会生活的判断有了自己的尺度,有自觉的意识作为赞美或抗争的准绳,六十年代初的蔡其矫才没有像当时众多的诗人一样,在阶级斗争的题材上一哄而上,而保持着可贵的独立和执着的诗人节操。

写《波浪》的同一年,他到过当年中央苏区第一模范乡的闽西才溪,在"血泪楼"前追昔抚今。诗人更深刻地认识了人民信仰的力量:"在血和泪上头,任何建筑都不牢靠";他由历史的启示而作这样的断言:"我们都是赌了咒的封建势力的敌人,到死都要和它作斗争!"他发自内心地向自己的人民立下这样的誓言。在这些诗句背后,我们可以看到遨游于秀山丽水之间的诗人,现在变得有了多么苍劲的心肠。这首《才溪》也存诸箧中达二十年,近年才得以公开发表。诗人为诗,自然深愿发表于世,但蔡其矫不愿趋时,他认为有比发表诗更为重要的,那就是诗人对于生活和诗的忠诚,"必须使写的符合诗的条件"(《生活的歌·自序》)。由是,他的《波浪》和《才溪》等竟成了"常林钻石"。尽管蔡其矫也许不愿把它们和这样稀有的珍宝相比喻。然而事实又是如此——

  当你处身在深邃的地层
  僵硬、冰冷、微贱而无光色
  经历时间和风雨无数冲洗
  你逐渐显露,逐渐呈现光泽色彩
  藏身在流水下,又为泥沙掩盖。

真正的诗可以缄默于一时,甚至数十年,但终究不会湮没。

它会在一个春光明媚的日子,奇迹般地出现在世界上,让人们艳羡它那璀璨的光采! 至关紧要的,是"要有诗人和艺术家的良心,那就是忠于人民"。一九七九年(那是多么让人缅怀的美好的年代!)一个春雨潇潇的日子,蔡其矫在闽江之滨给人们讲了画家黄永玉的故事后,说了这样一句沉甸甸的话。

一九八二年三月于北京大学

(下)

> 仿佛是作为一次大变革的纪念
> 你于无人知的地下储存
> 忍受长期黑暗的埋没……

借用《常林钻石》中的这几句诗,形容蔡其矫七十年代前期的创作,是恰当的。乌云压顶的年代,"尽管风在撕毁小草,把阴暗扩散到天空海岛",但他未曾辍笔。他的诗"犹如顽强的花在暗夜里"。当然,灾难像洪水一样泛滥的日子,他失去了发表诗的权利,也没有心思去想象自己这些诗的运命:它会不会沦为"常林钻石",什么时候它才能来到人类的春天。他只是执着地相信:"那秘密的黎明,依然要从它黑暗寂静的深处升起。"(《劝》1975年)

黑暗年月里的诗人是忧郁的。尽管他六十年代初就预感将有"风暴来到";但是,他和每一个生活在光明时代的中国人一样,不会想到灾难会重新降临,而且是一个深重的长长的灾难。他不能不是忧郁的:生活在被暴风雨般的鞭子抽打着的祖国和人民中间,他的"波浪"只能在地下躁动着,它没有找到冲击的决口。那时候,他整整八年被下放(诗人称之为"流放")在一个相当落后、闭塞的山区。一群爱叫的候鸟从头上掠过,敏感的诗人立即联想起它们曾经结队北飞的喧腾的日子,看到它们如今被风沙和冰冷逐回,不禁感喟:好在祖国幅员广大,"这才不需要远走他邦异国,就在天涯找到了落脚的地方"(《候鸟》1973年)。在那物质异常匮缺的年代,有人提一块肉在街上走过,"也引来无数羡慕",诗人为之慨叹;在这上面竟建立起了屠夫的"权威"(《屠夫》1973年)。冒着冬天的冷雨,他去拜访福建长乐的玉华洞。他看到洞中那些不闪射的阳光、凝固的云雨,封冻的暴风雨、僵硬的瀑布、死去的山峰、不再有浪涛的海岸……他似是读到一部"秘密的书",而禁不住沉痛地呼唤:

啊!石头如果有语言,我求你
告诉我
这最悲惨的历史
古老的洞穴呀
给我指出
那扇通往真实的门!

死去的石头当然不能回答。在当时的社会环境下,面对玉华洞的奇观所展现的一幕幕古老的传说,蔡其矫的心中的波浪不安地激涌,他不能不思索:

那传说中的王朝
是不是为无上的权威弄得昏聩
相信自己的金口能创造一切
醉心于无声的秩序
使歌喉冻结
笔端凝止?

我们是从十年的暗夜里走向光明的,我们不会忘记那漫长的黑暗。于是,我们会联系《玉华洞》(1975年1月)署明的写作时间,在灵魂的震颤中联系自己的经历,便会奇迹般地发现诗人的机心。这首诗当然是对自然的慨叹和思索,也许更为主要的并非自然和传说的境界,是历史,是现实。但作者并没有把超越自然的东西直接抛给我们,而是通过清醒的意识,把握自然、历史、生活相联系的一点,把另一点予以暗示。这是诗的暗示。玉华洞已不仅仅是玉华洞,它甚至使我们忘记它的具体的存在,而获得了一个普遍的象征的意义,人们自然地会想起柳宗元《永州八记》的笔法,但却又比柳宗元忧愤深广,它表现的不再是知识界的不幸,这诗的感情和时空要广阔得多,概括的生活也广阔得多——一定程度上,它概括了一个灾难的时代。

蔡其矫和我们每一个有思想的中国人一样,度过了多少"忧心如焚"的日子!他到处寻找梦魂之中的祖国的形象,"……那些鸽子哪儿去了?那棵大树,为什么倒在泥泞?眼前只有小路,又被迷雾封锁,叫我怎把方向辨认?"他终于发现了"玉华洞"。他希望赶快告别这痛苦的"梦游","返回生动的世界"。他因忧郁而变得激怒,他已经忍耐不住这暴风雨前的沉寂:"自由呀,把你的信心给我/那种对权威不屑一顾的视线/那种从美中产生欢乐的信念/热望使我专注/即使在失败中仍保有尊严。"(《请求》1976年)

不久,这令人窒息的洞穴终于打破了,"被监视的春天"冲进了闪电——那是诗人曾在六十年代初的《波浪》里预言过的,人民的忍受已经到了终极。为了悼念一个伟大的人,"升起壮烈歌声,爆发了酝酿已久的斗争"。蔡其矫随即写下了《丙辰清明》(1976年4—6月),向人民"报告时代的更生",他在这首诗中热烈地宣布:

　　果实成熟落地
　　种子在它酸苦的体内
　　人的权利觉醒

不再忍受任意的欺凌
在这千钧一发的时辰!

　　深切关注着祖国前途命运的诗人,必然时刻关注着他周围普通人的境遇,在"众多的打击都是向着人民"(《元宵》)的年月,蔡其矫直接生活在劳动者中间,使他进一步感受到了人民质朴与顽强,也进一步看到了那丑恶的十年中不正常的人的生活。他的诗作回到了五、六十年代经常歌唱的主题:对于朴实、英勇、强壮的灵魂的讴歌。他赞美风浪中的灯塔:"唯独你不躲闪,迎风站立/发光的脸上仿佛有歌声"(《迎风》1976年),赞美它使荒漠的海域不再死寂,"仿佛作为自由的报信者/闯进这萧索的时代"(《灯塔》1975年)。他深受劳动者"带着力量和健康,严肃里有自信"的精神的感染,钦敬那些"在死亡之上,有大胆作为"的勇士,写下了长诗《木排上》(1974年)。这首诗,深情歌唱在风浪中追求自由、积极抗争的艄排人,赞美他们团结友爱的水上生活。诗人自然地站到了他们中间:"我也唱这风雨之歌,跟你们走未来的路!"这首诗里描写的艄排人的形象,和作者审美意识中的"人"大体一致:是强壮、坚韧、在险恶的自然和人生的痛苦中永不屈服的"人"。但较之五、六十年代作者讴歌的"人",又有了新的延伸和发展:抗争的意识有了增强,"慧眼中有蔑视凶暴的视线";一种理想的人与人的关系,开始受到关注,他们之间充满了合乎人情的友爱精神。

　　不正常年月中的不正常的际遇,使蔡其矫有机缘与劳动者建立了正常的关系。诗人发现了他们身上新的美。在那个人的价值遭到贬抑的造神的年代,厌恶于那种无情的吞噬与倾轧,诗人在讴歌独立,自由、强壮灵魂的同时,必然呼唤人的尊严、友爱与同情心。他说过:那时"我一再想起美国诗人惠特曼的那句话:'无论谁如无同情地走过咫尺道路,便是穿着尸衣在走向自己的坟墓'……"(《生活的歌·自序》)

他不仅在这个时期写下了许多与友人互勉的赠答之章,而且还为扭曲的心灵与变异的生活发出由衷的"祈求"。这首曾在他家乡的青年中广泛流传,七九年一月发表后被竞相模仿的《祈求》(1975年),可以说,就是一曲祈求正常的生活和情感复归的诗章。他祈求夏风、冬阳、花的色彩、祈求爱情、同情、知识和心中的歌,他清醒地意识到,他所祈求的这一切,本来都存在于平常的生活之中,是无须"祈求"的。只是后来消失了。"在那个年代,一切都不正常,因此我写《祈求》"(《生活的歌·自序》),他这样说过。所以当我们在诗的结尾读到:"我祈求/总有一天,再没有人/像我作这样的祈求"时,立即悟到这是一句反语:在刻骨铭心的诗句背后藏着思想的尖刺,如我们所已经感受到的诗人逐渐增长的抗争的意识。"为了一切,为了在生活中我们所被欺骗的一切,我只愿这样,从现在起我不再长久地感谢你",他是从莱蒙托夫的《感谢》的方式中学到《祈求》的方式的。

五十年代中期,蔡其矫曾为自己的创作未能追上现实生活的变化而苦恼,"虽也企图捕捉它,表现它,但总感到我的歌声配不上这时代的宏伟气魄",他歉疚自己"还不能唱出为读者所需要的心中的歌"(《回声续集·后记》)。他所认为的"最大缺点",在经历了五分之一世纪后的七十年代——这个由大悲大喜组成的难忘的年代——得到了克服。蔡其矫在社会生活中显得敏感起来,思想也深刻了,他的诗显示出更高的概括力量,成了真正的"时代的回声"。"只有作者确实站在时代生活的中心,他才有可能把那强有力的感人心肺的时代声音传播出来,而这才是真正的诗。"(《回声集·后记》)他这样说过。他的诗也向我们这样证明着。上面提到的那些写在暗夜里、像"常林钻石"一样在"地下储存"过的诗,为我们留下了在那个年代不多见的、人民和诗人自己的心史。

而后,正如我们大家都永远铭记着的,我们迎来了一个新的十月,我们沉浸在胜利的激奋之中。狂喜的浪涛平静之后,我们面对那段黑暗所造成的现实,进入了一个反思过去的新时期,用今天的眼光解剖和思考历史的失误。包括诗人在内的整个文学在力图表现过去未能表现的生活,以弥补那一段长长的真实生活的空白。蔡其矫以其有异于其他诗人的特点参与了这一历史性的创造。他不曾在黑暗年月中断过创作,因而他的创作也以不曾中断的状态和新的生活衔接起来。同时,饱经忧患的诗人,呈现着令人羡慕的成熟。他的思想失去了那种单纯感,当胜利来到的时候,他清醒地记取:"从黑暗中首先出现的不是曙色/而是可怕的殷红一道道/是苦痛的心,是凝固的血/是无数惨烈的伤口/在向我们呼号。"因此,在一九七六年写的这首《十月》里,当人们一般地只触及讴歌与控诉的主题的时候,他已经在深究十年动乱的根源,呼唤着"吸取教训"和"重新建设新生活"了。

我们面前站着的,是深沉的、思索的诗人——对照往常他所留给人们的"山水诗人"的印象,人们仿佛发现了一颗在波光虹影中闪烁的坚硬的钻石!几乎同时,蔡其矫又写下了《二十年》(1976年)。他的思绪一直奔驰在我们前头,他在探究自从1956年提出"百花齐放"的口号以来整整二十年的坎坷和曲折——

> 二十年,并不是短暂的瞬间
> 历史上有过烜赫一时的文化
> 并不比它漫长!
> ……
> 这已经是悠久的行程:
> 错误的假设
> 付出多么沉重的代价
> 以为一切轻而易举
> 以为语言法力无边
> 毁坏多少精华

留下多少破烂!

在整个七十年代,这位"海的子民"的诗魂是沉思和愤怒的。反映在他作品中,大体上有着合乎逻辑的演进:他的诗绪先是在沉思中呼号、抗争和祈求,继而在沉思中追求完善与进取,忧郁的情感渐渐消失而化之为理智的乐观;他不再满足于一般的对于自由、光明、人的生活权利的呼唤,而以激昂的声音"呼唤新的建设/呼唤道路/呼唤文明"(《九曲溪》)。就在这样明显的演进中,蔡其矫走完了整个艰难的七十年代。

应当说,他未曾虚度光阴;也许还可以说,在这个艰难的七十年代,他的诗的波浪溅起了最动人的、钻石般的浪花!清醒和诚实的诗人,他洞悉历史步履之维艰:痛苦和欢乐并存,落后和进步比邻。但希望的阳光已照进他的心灵,而从他的诗中折射出惊人的光焰:从《元宵》的狂欢中,他感到"人民的心胸充满希望";从《常林钻石》的"出土",他深信已经走来了懂得"珍宝"的人,在"全世界在这海港亲密团结"的黄浦江上,他听到"波浪响起了新的旋律"(《黄浦江上》);在太姥山迷信的梦台边,他看见耸起了电视机的高塔……也就是这座气象万千的太姥山,在他心中升起了并不缥缈的希望:

让我在摇荡的云烟中
再次向彩虹欢呼
向从愚昧中解脱出来的自由欢呼
　　——《太姥山》

在七十年代,蔡其矫的诗艺出现了新的突进,也更臻于成熟。这个难忘的年代,也许竟是他艺术的秋天。他在诗歌艺术方面的精进,表现在更为注意通过意象与意象的组合,直观与记忆的呼应,来暗示自己的思想情感,显示了诗灵魂的充实和艺术的蕴含。由于特殊的历史条件,他的不少诗是隐寓或象征的,但并不流于晦涩:主观思想情感与客观形象的契合,外象与内象的和谐一致,沟通了作者与读者的隔阂和距离,达到了前人所谓的双重境界。《玉华洞》如此,《沉船》亦如此。也许更能体现他艺术的成熟的是《常林钻石》,这颗被泥沙掩没以及在美好的阳光下被重新发现的巨大钻石,让人想起几乎与它同时被重新发现,唱着"归来的歌"归来的艾青,想起众多被"封存"后重放光彩的人和事,想到我们重现生机的大地!

> 终于来到了人类的春天
> 终于来到了懂得你的人
> 你与无数动人的新事物
> 同时被发现,你是新时代
> 一个灿烂辉煌的象征!

不是简单地使用个别的比喻,避免直接说出自己描写什么,让具体的形象产生张力,通过诗的整体给人以暗示,是这首诗迷人的地方。

七十年代的蔡其矫,很注意去寻求思想感情的对应和契合物(吸收了西方现代诗歌的某些表现上的长处),摆脱夸张的词藻,使情感从表面走向内蕴,于是益显深沉。特别是一些抒情短诗,显了这样的趋势:为了更富于概括力的表现,特意与描写对象拉开间距;诗的容量扩大了,形象反而纯粹了,显出了一种单纯的丰富(有扩张力的单纯)。与之相联系的,他更为注重诗歌意象组合的自然和巧妙,注意光与色的调配,让你进入一个特定的想象世界;那里的画面美丽,但不是平面地展示画卷,而是通过画面启迪和诱导读者的想象力,使你由欣赏进入想象而产生持久的诗绪;加上情绪的约束和语言的精约,总体上体现出一种经过浓缩的诗情。例如《时间的脚步》(1974年),那里有一颗觉醒的诗魂,人们在经受骗局之后沉思中的觉醒。但这首有广阔时空容量和生活容量的重大主题的诗,统共只有十五行,其中虚实、远近、具体和抽象都彼此交织在一起,无须陈述,也无须注释,它只是明确地暗示你,疏导你的想象力。立足于诗的本身,又不把诗本身当作终极目的,就构成了诗的辐射强度:每一个读者都可以用自己的经验丰富那感受。这样,有限与无限、经济和富裕,一时皆备于你。

"从纷纭万有中单取纯真,自然的色彩和音响凝为一体。"(《风景画》)这是蔡其矫欣赏东山魁夷的绘画时所感受到的,他的不少诗篇也给了我们这样的感受。寓丰富于单纯,以有限表无限,诗人就自然而然地告别了空洞、抽象的抒写,而维护了创造的艺术个性。《思念》是一个抽象的题材,却全然没有抽象的笔墨:细雨濛濛的塔边的一个未曾预期的等待(这是间接写思念),等待中对于昔日交谊的追忆(这是直接写思念)。但诗人不是先写这幅含蓄的画面(这是他处理素材的高明处),而是先以细腻的笔勾画出记忆中的一幅画:"前面/波纹鲜明的流水/背后/展开一片绿色的原野/寂静的云影下面/你的微笑如鸟群翩飞。"一幅静谧的图画却因"微笑"的"翩飞"而飞动起来。蔡其矫是节约的,他不会无休止地画下去,紧接着的描写便由实而虚,超脱的笔墨立时显示出容量和密度来:

> 我对你的思念从不静止
> 有如月亮升起
> 掠过一层层树枝——
> 你从我的心灵走出
> 沿着一层层的记忆……

虚写不虚,他的妙笔造出了奇境。最后收笔于雨塔下的等待,由虚境又化为实景,出现了特定场景,并以充分个性化的内心独白为全诗作结:"为倾心而永久等待/既无言/也未曾示意。"他的思念的翼翅在纷繁的时空翱游后,终于回归到心灵。这首诗,如果只有后面抒情主人公的画面,深沉的思念会因之显得浮泛;如果只有前面一个梦幻般的回忆的画面,无非"思念充满春意"而已,便单调而失去情感的厚度。它们是互相映衬的。写这种深沉柔丽而精约的诗,蔡其矫练就了一幅锦心绣口。

《思念》写的是友情,收在继《祈求》之后的又一部诗集《双虹》中。《双虹》收的都是他关于友谊、爱情和美丽的大自然的诗篇。他的题材是广阔的。他写严峻的生活,也写山川风物和日常生活,这一切都是因为爱。他爱生活、爱祖国、爱一切美好的事物(当然也恨,我们已经读过他不少的恨、甚至愤怒的诗篇——其实恨也是爱的一种表现),于是他写诗。不管是在生活面前,还是在自然面前,蔡其矫的诗的触角都是敏锐的,对于那些富于美感的事物,他能很快地把握,溶进自己的情感,他似乎是能够饱吸水分的诗的海绵。他写《榕树林》,在那里,晨、午、昏分别有银色、绿色和金色不同色彩的梦,他对光和色的感觉是多么敏锐。他写《双桅船》,"落下两片白帆/在下午金色的海面上/像落下两片饥渴的嘴唇/紧贴着大海波动的胸膛",他的想象力是如此超拔,又如此奇崛。

在诗的形象的创造上,蔡其矫几乎以凌厉的姿态,严拒纯粹议论的侵入。他显得十分苛刻。《风中玫瑰》、《武夷山梅》、《六弦琴》、《排练厅》无不如此。特别是《排练厅》:钻石玫瑰在花圃缓缓开放,睡醒的天鹅展开无瑕的翅膀,海神牵动红云,摇晃嫩枝……在他心中、笔下,舞蹈演员的排练,让我们进入了梦一般的境界:"举步如惊动的梅花鹿,从绿叶间飞跃入紫色的梦?"理性上对抽象描写以及空泛议论的摒弃,再加上非常自由、宽广的想象力,使他造出了一个又一个艺术上的奇迹,《波隆贝斯库圆舞曲》是不具形的乐曲,《风景画》是不具声的绘画,我们把这两首诗对照起来读就会觉得:无论是从听觉中捕捉画面,还是从画面中捕捉音响和律动,蔡其矫都能打通特定艺术的墙壁。对于有才能的诗人来说,五官感觉是没有太大界限的。

以诗歌题材的重大与否来鉴定诗歌的价值,似乎是一个惯性力量,这当然是一种偏执的见解。这种见解使本来很有价值的诗篇失去了它的价值,蔡其矫很少根据那种僵硬的价值观念来选择他的题材,他依据美的原则创造艺术的价值。有一首命名为《女声二重唱》的诗:

> 你们是大自然并肩生长的
> 两棵树,在平原的晚风中相对招摇
> 两颗星,在天上作倾慕的谈心
> 两条在波浪中共起共落的鱼
> 两朵在下午晴空里互相追逐的云
> 或是霞光照耀着的两座山峰
> 因距离的远近而分出浅紫和深红
> 或是西落的太阳和东升的月亮
> 各在遥远的天边挥手告别。

这题材并不重大,但它给我们以联想:美满的爱情、诚挚的友谊、工作劳动中无间的配合,人与人间的和谐的相处,等等。倾心交谈的两颗星,嬉戏于碧波之中的两只鱼,两朵互相追逐的云,这具象化了的女声二重唱,使我们的欣赏活动转化成一种对美好生活的热爱和追求,它净化我们的灵魂。

这位向着大海的波浪讨取灵感的诗人,从他在四十年代初拨动缪斯的琴弦到现在,已经有了四十年的创作历史。迄今为止,他出了六部诗集:从五十年代中期出版的《回声集》、《回声续集》、《涛声集》到近年出版的《祈求》、《双虹》、《生活的歌》,写出了一颗执著于生活真理的星辰的轨迹——一贯的对于自由和光明的追求,一贯的对于邪恶和强暴的抗争,一贯的对于诗和美的忠诚。

　　然而,这个具有创造性的艺术才能和独立的艺术个性、并且始终不懈地做着独特的艺术追求的诗人,他的际遇一直是坎坷的。他一直在荆棘和寂寞中走着,可以说,他几乎总是踽踽独行。但他走过来了。他仍将前行。他是执着的,他甚至有点固执,他沉溺于他所钟爱的艺术,他甘作默默的锲而不舍的追求。人们的非议和赞美都不影响他用"符合诗的条件"的琴弦弹奏生活与心灵之歌;他以微笑伴随生活的水手走向自由、光明和幸福的彼岸,把愤怒掷给强暴、黑暗和灾难。这个自称为"海的子民"的诗人,爱波浪的勇敢和温柔,波浪的灵魂也如他的诗魂。他的诗歌形象与风格如同波浪:刚劲又柔丽;他的诗的格式与律动如同波浪:自由、流畅、任凭潮汐的起伏而无所羁束……让我们把他的《波浪》回赠给他:"对水藻是细语,对巨风是抗争,生活正应像你这样爱憎分明!"

一九八二年旧历除夕爆竹声中于
北京大学燕园

献给他们白色花[*]
——读诗集《白色花》

也许这是中国现代诗史最为悲凉的一页。那些"把照在自己身上的阳光全部反射出来"的白色花，不甘情愿地凋谢在它们所渴望、所追求的太阳光下。一九四四年，阿垅在《无题》中曾经写了这样的诗句：

> 要开作一枝白色花——
> 因为我要这样宣告，我们无罪，然后我们凋谢。

时间过了十年，这些话不幸却应验在他们自己身上。

他们真正是无罪的。

他们把纯洁素净的白花，先是献给了伟大的抗日战争，继而献给了伟大的解放战争，献给那些为民族解放的神圣事业而抗争以至牺牲的灵魂。这年青的一群，奋起于中华民族深重苦难的年代，程度不同地参加了那个年代各种形式的斗争。他们成为战士，不少人成为无产阶级政党的成员。有的进过敌人的监狱，有的在战争中流血负伤，他们像那个艰难年代的许多人一样，为战争作出了神圣的贡献。应当把白色花献给他们，而不应当让他们凋谢！

但他们毕竟曾经凋谢。四分之一世纪前所发生的这个事件，竟然牵涉到了对中国新诗的发展发生了重大影响的一个诗

---

[*] 此文初刊 1982 年 12 月《新文学论丛》1982 年第 4 期，初收《中国现代诗人论》，后收《当代学者自选文库・谢冕卷》。据《新文学论丛》编入。

歌流派的湮没。其原因,有待于研究工作者(政治的、艺术和诗的)进一步探究和阐明。这里,我们所能谈论的只是诗歌的事实。一部二十人诗选《白色花》足够证明,他们是革命营垒中的战士,把他们当作敌人只能是一种误会,因为——

他们曾用歌射击

这是从绿原的诗句衍化而来的概括。因为历史的偏见,曾经把他们的"射击"作了粗暴的歪曲。在这里,需要特意地着重地指出:他们曾经英勇地用诗参加过伟大的光明战胜黑暗的斗争,像前方战士用枪射击那样,用歌射击过敌人。

中华民族苦难最深重的年代,这批血性方刚的青年,他们不约而同地奋起在浸满血泪的中国大地。他们在黑暗中寻求光明,寻求着作为战士的岗位。有的走过艰难曲折的行程来到了解放区和敌后游击区,有的则苦斗在国民党统治区。不论走到哪里,他们作为战士,都找到了自己射击的位置,他们射击的目标是明确的。

一九四四年,绿原写了一首著名的长诗《给天真的乐观主义者们》。他敢于以"魔鬼"的身份面对整个腐朽的统治"大摇大摆地背诵讽刺小品"——实际上是向着国民党统治的腐烂没落的社会,发出了长篇的抗争檄文。他以无情的笔墨揭露那个"破裂的棺材""掩不住的死体的臭气",尖锐地挖苦说:"我们的身份不过是——尚未亡国的'四强之一'"而已。当然,他面对那黑暗的一切,心中有着光明。在当时的条件下,他对此还是作了最清晰的表述:"虽然圣经不敢发表他们的史迹,博物馆不敢陈设他们的塑像,甚至百科全书不敢记载他们的姓名,然而我正走向他们……"

阿垅——他们中一位有着雄浑诗风和富于哲理的沉思的诗人——也以悲愤的诗句《写于悲愤的城》。他的诗不像绿原那样汪洋恣肆地把一切最丑恶最无耻的画面披露于世,他看到了这一切丑恶,但他总是对此作痛苦的思索。例如,他从无数腐朽的现象中看到这类人的丑恶,慨叹说:"见了真的狼,像绵羊/见了绵羊以及麋鹿却又这么高兴做真的狼……"他的沉郁到压抑不住时,也会爆发出绿原那样的激愤来,甚至他会狂喊:"流氓的城!流氓的言论!流氓的皇室啊!"

他们中的许多人都看到了在国民党统治的城市里弥漫着毒菌,看到了那里的虚伪的"法律"所建立的畸形的《秩序》(郑思),这是一篇副题为"向北方的诗人们写的一篇报告"的诗。揭露的是南方城市的罪恶,诗人清醒地意识到:

  ……短行而跳跃的诗句
  暂时只好让给玛雅可夫斯基或者田间
  那些被新鲜的血液所鼓动的嘹亮的歌者
  洋车夫赤膊上的汗粒
  和女郎在车上翘起二郎腿的姿势
  令我有了新异的灵感……

这只能是一些沉重的郁闷的、而且是诅咒的和反抗的诗的灵感。徐放的《在动乱的城记》,表达的同样是动乱的城中的冷酷的夜,通宵失眠的不宁,以至于诗人设想自己是一颗射击的弹"穿出闷抑的枪膛,向黑暗的中国南方的低沉的密云打出去"。但中国正在暗夜,屠杀仍在进行,监狱的门开着。菜花飘香时节,一个诗人被投入监狱。母亲前来探监,他们都没有哭泣。他歌颂在狂暴的迫害下的"不屈的敢于犯罪的意志",这是牛汉的《在牢狱》所表达的意志。曾卓的《门》,鲁煤的《焚书》,都写的那些暗夜里的复杂的斗争。朱谷怀的《碑》是为在黑暗中呼救光明的献身的伟大死者而竖的。

在那些暗夜里,朱健以富有神话色彩的《骆驼和星》讲大海变成沙漠,"叛逆者"变成骆驼的故事,他以充满信念的诗句预告：人民，将"因日夜的光明而得福"。但更为切实的声音却来自化铁的《暴雷雨岸然轰轰而至》。这是一篇气势伟岸的狂暴的诗。它"从每个阴暗的角落里扯起狂风的挑战的旗帜"，宣告"一个大的破坏在地面进行"。的确，对于一个庞大的腐烂的统治机构，没有暴雷雨的涤荡是不行的。

他们始终和人民站在一起，用发自内心的呐喊，以推进和赞助那呼啸而来的"暴雷雨"，让人民的敌人在人民的雷鸣电闪中发抖。他们坚信自己的力量，尽管他们知道通往自由解放的道路是极为艰难的。他们之中，也许绿原是最有历史感的一位诗人。他的《伽利略在真理面前》和《重读〈圣经〉》（后者将在后面谈到），都以历史的深度和对比的鲜明而显示其锐利的力量来。伽利略在愚昧和暴力面前作为人的尊严而站立着，他生活的那个时代——科学是异端，星象学家贩卖符咒，文化跪在十字架下哭泣。而诗人生活的那个时代——"人们不哭不笑，不能哭也不能笑，也不愿哭不愿笑"！这两个时代是相似的，但是，也不会相等，诗人指出，"那时，在真理面前的，只有你一个，伽利略，而现在，却有无数为真理而献身的人民"，"今天，不光是人人都相信地球是围绕着太阳转动，而且，在今天，将受裁判的，决不会是我们。"这无异于为历史的发展作了翻天覆地的宣告：新的人民的时代已经诞生！

但宣告距离事实还有一段艰难"旅途"要走。罗洛曾以"越走路越长"的惊叹来开始这个艰难的《旅途》。他看到田野的丰沃，同时也看到农民的褴褛和贫穷，他不能不发出质问：是谁夺去了他们劳动的血汗？在这批诗人中，冀汸的诗句是乐观而坚定的，"能够骄傲地活着最好，能够不屈的死去也好"，这是他对生命的认识。在暴虐的鞭笞下，他坚强地喊着《我不哭泣》。他说："鞭子是你的，意志是我的。"他的一些诗以近于格言的简短的形式表现了革命者的坚定，《今天的宣言》说——

> 我可以流血地倒下
> 不会流泪地跪下的

他们是这样的一群,在寻觅真理的旅途中,勇猛地抨击着黑暗。他们也不能不承担那时代所加在他们身上的一分苦难。他们把自己比喻为一条"奔流在黄昏与黎明之间"的小河,唱着追求的歌,而且作了勇敢的告白:"自从知道了有海/我便不再有家。"(鲁煤:《一条小河的三部曲》)这海,便是他们真心寻求的革命。另一个诗人,他要"远行",不能不把妻儿留在"地狱"。他比喻说:这犹如一把刀子"将一个圆润的苹果切成两半"。这诚然是痛苦。但同样却把希望分成了两半:"各人坚守着各人的种子吧!暴风雨来了,我们同时出芽。"(牛汉:《我的家》)这里不曾有虚张声势的豪迈,但是,的确是在把个人的命运服从于全民族和全人民的命运。有时他们不能不以充满矛盾的诗句来为自己的这种"忍痛"的心境作出剖析。阿垅作过这样的《誓》:我要爱情,我要春天的日光和春天的风,以及向大平原上走去的那宽畅和自由,要人和人之间的幸福与和平——

> 但是我现在不要了!
> 我指着旭日的暴烈向赤光发过誓了
> 我指着维纳斯底晶莹的眼睛发过誓了,——
> 我没有时间,我就要老了啊!
> 而且一个骑士不能够再在手挥利剑之外消耗
> 他底臂力去拥抱人。

他之所以要作这样的"牺牲之誓",是由于他要为大家去"废墟堆中寻觅燃烧的火种"。在那个年代他们的确失去很多,许多的快乐和幸福都因战乱而与他们失之交臂。胡征的《白衣女》表达了对于一位战争中输以血液如今只留下"一个白衣身影"的惆怅。芦甸有一个类似的主题,作为一个亡命的"过客","后有马蹄的追赶,前有人群的召唤",他无法承受一位少女的温存,而只能答之以《沉默的竖琴》,悄悄弹奏他的祝福。牺牲有了代价,誓言也得到补偿。他们获得了人民的意识,他们和人民走在一起,这使他们的诗篇不仅能够代表战斗人民的心音,向着黑暗势力发出有力的怒吼,而且能够展现出一幅壮阔的——

时代的风景线

这风景线既壮阔,又绵长。前面所述,基本上是他们以粗放的木刻画的条纹所展现的后方战时城市的血污和积垢。在那里,作为对黑暗的射击,他们的笔触基本用于揭露。他们的巨大功绩还在于,他们的确生动地再现了进行着神圣的抗争的充满生命力的旷野和山地。鲁藜是这一群中很有成就的诗人。他在《旷野的给予》中承认,他是在农民耕作的旷野上获得了"活的诗歌"的。他们和战争中的人民一样,生活在纯朴的旷野之上。他们的诗情来源于大地以及大地上的浴血的奋战,这使得他们的诗情总是充满了泥土的气息。仲瑝的《我是初来的》能够以朴素的笔墨描画出一片充满生气的海滨的晨景,是他最初看见:从这阔的海的彼岸,升起无比温暖的,美丽的黎明。他不仅看见了那大海的晨光"照着少女弯曲而裸赤的身体",而且看见了在大海的柔美背后所蕴藏的抗争力——

> 生活在海边的所有渔民
> 肩着枪　在海里捕鱼
> 他们是深爱着这海
> 而且准备杀戮侵犯这海的敌人

这一批诗人大体上都用朴素而自由的诗的语言和体式,传达着生它育它的中国大地的体温和脉搏。它们描绘广阔的地平线上多彩多姿的风物,仲瑝写的是大海边上的风景,牛汉则以浩瀚的笔墨写了《鄂尔多斯草原》上的沉淀着远古的悲哀和囚禁在冰层里的生活。那困厄的蒙古包,那召唤着牧民归来的高高地悬在红柳梢头的羊脂灯,"像一只悲哀的哭红的眼睛"。公正一些说,当一九四二年,自由体诗已处于相当不利的条件下的时候,牛汉能够用他所擅长的自由体的形式写出这么一幅蒙古草原上的史诗般的风俗长卷,的确是一件诗的珍品,它不仅写苦难,而且写了苦难中的抗争。在茫茫草原上生长着北中国的绿色的生命,在那里沸腾着"绿色的生活的海",在那里举起了"绿色的战斗的旗子"。

他们总能这样,以活泼的跳动的诗行清新自然地再现着中国旷野上的自然风景。但他们又总是让这些充满泥土和乡俗气息的画面,自然地掺杂着并使其涌现出蓬勃的斗争场面。他们的动机,与其说是表现自然界的美,毋宁说是借自然以映衬人的壮丽的斗争生活。孙钿的《雨》,抒发的是一种崭新的情怀。雨中的梦境,雨中的人们保护枪支,少年玩水的伙伴已经出征。随着雨中的思绪,忘记了雨中的缠绵和阴郁,最后来了一个惊人的收笔:

> 我脱掉草鞋
> 在给雨捣烂了的泥地上
> 向一座破屋走去
> 那里
> 《新华日报》到了

这样的诗,如果是油画,便不是静物写生,而是富有自然色彩的历史画,正如绿原所宣称的,"不是要写诗,是要写一部革命史呵"(《憎恨》),不是写生画,而是历史画;不是写诗,而是写革命史。当年,在他们的艺术观念中,具有这种非常明确的革命功利主义的观念。(今天的人们对此可以持商榷的乃至不赞同的态度,但无疑的,应当对此充满钦敬之情)。在他们的诗中,原先平淡无奇的画面,因增添了人民斗争的生动笔墨,顿使画面充满了辉煌的光照。杜谷的诗,非常重视这种原始而又现代的美的融合。他总是努力创造出这种平淡中现出壮烈的艺术境界来。《泥土的梦》是相当迷人的。最为壮丽的是《写给故乡》:"荒凉的村落冻僵在雪地里,雪地上布满殷红的血迹。"遍地皑皑的白雪,雪上的血迹殷红,这是何等的凄艳动人!那时的人们,由于严酷的环境,自然地获得了这样的审美观念——一种悲壮之美。彭燕郊也有一首《雪天》,枯黑的树,泥泞的板桥,在雪天里全部披上了白雪的外衣,一片雪野之上,跃动着"赴战"的行列,年轻的战士们——

> 艰难地移动冻僵的双脚
> 在雪地上疾走
> 企图踏着雪上的
> 硃砂似的同伴的血迹
> 去追索仇敌的血

他所极力渲染的正是这样冰天雪地之中的先行者的"硃砂似"的斑斑血滴。这样的美,让人警醒。

  他们的许多诗作,都可称之为战斗的史诗。如牛汉的《鄂尔多斯草原》,胡征的《我回来了》,方然的《报信者》。《报信者》中,同样有动人的群众生活场面的描绘:紧张的生活,紧迫的环境,"报信者"没有忘掉要给那些想念着"情郎"的少女说几句安慰的话,但他们所承担的使命却是极为神圣的:"就在昨天夜里,我们底大队人马呀,就从冰上开过去了!"冀汸的《跃动的夜》也是一首雄壮的、而且足以给暗夜抹上瑰丽色泽的诗篇。蜷曲过两小时的防空壕之后,仍然是一个充满生机的"跃动的夜"。一切,都在夜中"迎着光辉":夜市的灯火,繁忙的码头,展现了那些平凡的工人,农民和士兵对于抗战的热情,特别是最后描绘的子夜时分诗人越过那狭小的田径,走向那黑色屋檐下的"我温暖的巢穴"。他在那里听到纺车的声音和推磨的声音,更是一种富有暗示的形象。不可遏制的力的倾流,以及唱着劳动之歌的马达的暴跳,一切都迎着光辉:"遥远处,将有火的跳跃,血的流奔。"

在我国新诗的创立中,作为向着文言体的旧诗作战最力的,是当日初具规模、但还不稳定的自由体诗。这种诗体经过许多前辈诗人的身体力行,当日已经具有相当的战斗力。如今看来,早期的自由体诗较为成熟的典型应推周作人的《小河》——但总的说来,它们往往带着矫枉过正的幼稚,力求语言的平实,而趋向诗意的寡淡;加以对生活的提炼不够,使结构失之松弛;而且内在节律上也缺乏考究。久之,自然影响了新诗的威望。于是"新月"一派崛起而力主格律诗运动,他们往往忽视诗的内容之切合时代人民的脉动,而过于寻求诗的艺术形式的精深圆熟。在民族危艰的时刻,他们的主张自然地与时代产生了不和谐。这时,应运而起代表了时代强音的是艾青、田间等人。绿原在《白色花》的序中回顾了自由诗发展的事实是有说服力的:"中国自由诗从'五四'发源,经历了曲折的探索过程,到三十年代才由诗人艾青等人开拓成为一条壮阔的河流,把诗从沉寂的书斋里、从肃穆的讲坛上呼唤出来,让它在人民的苦难和斗争中接受磨炼,用朴素、自然、明朗的真诚的声音为人民的今天和明天歌唱:这便是中国自由诗的战斗传统。"本集的作者们是这个传统的自觉的追随者,始终欣然承认,"他们大多数人是在艾青的影响下成长起来的"。

这种在内容上强调诗走向人民的现实主义和在形式上以诗的散文美和内在的旋律为基本特征的自由诗运动,从三十年代后期起始有一个蓬勃的发展。其间,由于胡风所创办的《七月》和《希望》等刊物的提倡(不应当忘记,胡风不仅是文艺理论家和文艺组织者,他本人还是诗人,他的《时间开始了》,以及近年发表的《小草对阳光这样说》《雪花对土地这样说》都表现了诗人的才华),在他的周围形成了一个以写自由体诗为主的诗歌艺术流派——七月诗派。这对中国新文学和新诗的发展无疑是有益的,理应引起人们的喜悦而不应是其他。遗憾的是后来发生了如今人所共知的事件。事件发生之后,连同自由体诗也遭到厄运。有的人把诗创作中本来属于艺术范畴的问题,归咎于自由体诗的存在与提倡,认为"在极少数诗人当中,资产阶级诗风有所滋长,民歌受到轻视,看不起自己的民族风格。"显然,他们自然地把自由体诗排斥在民族风格之外,在他们看来,它理应属于"资产阶级诗风",而民歌体(当然还有古典诗歌的传统)无疑要取消一切风格的迥异而求一统。这显然是一种偏狭的见解。不幸,这种见解一直占据着特殊有利的位置。而"七月诗派"的诗人们为繁荣新诗创作所作的贡献,一直遭到不公正的湮没。

新诗的发展应当沿着新诗自己的传统所提供的经验向前推行。不应当随心所欲地强加给它各式各样的"指令",某些业已下达的"指令"之所以屡屡碰壁,就是因为它不符合客观事物的发展所提供的启示。它是主观的和人为的。新诗绝不应该返回到旧诗中去,也不应该返回到前些年那样的窄路上去,它应当容纳多种多样的形式和风格,自由体诗就是其中重要的一种。《白色花》所表现的实力已经说明,它是新诗诸种流派的雄健有力的一派。

尽管我们称"七月诗派"是稳健有力的,但并不意味着它可以、而且应当代替其他的诗歌流派。它之不能替代其他,正如其他之不能替代它一样。取法于古典诗词丰富经验的表现现代生活的旧体诗和学习古典诗歌写成的新诗,无疑仍有其生存和发展的价值;民歌以及民歌体诗无疑亦将存在;新诗中一切格律体诗也将并行不悖地得到发展。同样,现在可以把话题拉回到《白

色花》来,诗集中阿垅的名篇《纤夫》对于纤夫劳动生活作了特殊的概括:

> 伛偻着腰
>
> 匍匐着屁股
>
> 坚持而又强进!
>
> 四十五度倾斜的
>
> 铜赤的身体和鹅卵石滩所成的角度
>
> 动力和阻力之间的角度,
>
> 天空和地面,和天空地面之间的人底昂奋
>
>   的脊椎骨
>
> 昂奋的方向
>
> 向历史走的深远的方向
>
> 动力一定要胜利
>
> 而阻力一定要消灭!

这是一幅历史性的悲壮场面,它对于力的搏斗的永恒的描写,犹如这些参差不齐的诗行所表达出来的力量、呼吸以及人体动作的错落,它的延伸与短促所造成的内在旋律与听觉间的抑扬顿挫,特别是它锲入现代人的劳动生活所传达出来的真实的力度和美感,都是格律诗所难于达到的,更是那些民歌体诗歌所难以想象的。当然,它有它的弱点,而格律诗则可以在另一方面表现出它的长处来;格律体诗的长处定然也是自由体诗不可奢望的。

  中国新诗的求得发展,不在于给它规定应走这样那样的道路,而仅仅在于应当切实地抛弃那种种偏执的艺术观念,给新诗的艺术发展打开闸门,让它自己去选择应走的道路。《白色花》的出版将为这种发展的前景提供有力的启示。在新时代的阳光下,这批凋谢了二十余年的花朵业已被历史庄严地宣布为无罪。于是它选择一个美好的日子,向寻觅着这枝白色花的人们的召

唤,发出了热情的——

感人的"回响"

《回响》是冀汸的一个诗题。我们都记得他写于黑暗年代的《今天的誓言》,那份顽强,那份斗争的韧性,在复出之后发出的《回响》中,我们仍然可以感受到他的豁达和乐观。他告诉友人,对于长达四分之一世纪的与世隔绝以及不公正的待遇,都"算不了什么"——

> 在历史的长河里,那不过是
> 无关轻重,难以计算分量的一星半点!
> 风吹雨打,只能把
> 灰沙卷走,污泥冲掉
> 玄武岩会留下来,变成矗立的高峰。

他一直在不停歇地劳动:搬砖运瓦;他只是一个人,没有家,只有一个十二平米的房间;他和书籍做朋友。他告诉友人:他不怕寂寞,"泥土里的种子不就是在寂寞里萌芽,寂寞里生长,又开花?"他这么反问。

他们无愧为昔日的战士般的诗人。久经动乱之后,也许发已斑皤,但是豪情依旧。仍然对祖国和人民充满着热烈的爱情,对生活不失前进的信念。鲁藜复出之后唱过一首如同旧日那样隽永娟秀的诗《我是云》,这朵云不沉重,它只是"轻轻地飘",它怀念童年的伴侣小溪流,"每当寒夜星星熠亮时,我化为梦幻般的轻纱覆盖她的全身"。它也有它的忧愁和愤怒,那是疯狂的风吹起时,"掀动了大地的草木也弄乱了我——歪曲我的形象":

> 把我变成妖魔鬼怪
> 去吓唬那些天涯海角漂泊的白帆
> 但是我挣扎着跑回我的深山

在溪流上洗掉我满脸的泪痕

面对逆境,冀汸有他甘于寂寞而坚信光明必将到来的方式;鲁藜同样有他轻轻地飘荡的云彩的方式——它只能始终不渝地钟爱它的小溪流,不管飞得多远多高,它定要回到"我那亲爱的清澈的小溪旁"。

但生活毕竟曾经是相当冷酷和艰难的,绿原曾以毫不留情的笔墨以《给你》这样的赠答方式表达过他的难以抑制的愤怒:在那些日子里,唯愿天天下雨,免得让人看出脸上的泪珠;唯愿"红海洋"掩没一切,免得在墙里墙外,燃起一滩滩的血;甚至愿意二十四小时不停地劳苦:"免得一不小心睡着了做一个交代不清的梦。"他的深刻在于并不辍笔于此,而是反转过去,讲那一切"愿望"似乎都是多余的:

> 更多的眼泪是流不出来的
> 更多的血郁积在内伤的脏腑里
> 喟叹是一种早已扑灭的病毒
> 梦则是资产阶级的一种奢侈品

他总是表现出一种独特的沉思型的讽刺力量。他是一个擅长于以进行历史性对比的思考来表达对于现实的态度的。"牛棚"诗抄的《重读〈圣经〉》可以称为早年的《伽利略在真理面前》的姐妹篇。二者各自面对一个畸形的年代,《重读〈圣经〉》对十年动乱进行了无情的揭露和批判。诗人自信是无神论者,确认自己的"上帝"只能是人民。他打开《圣经》,没看到什么灵光和奇迹,而只是他认识的形形色色的活动着的人,从而自然地联想到当时的现实,他慨叹说:"论世道,和我们的今天几乎相仿,论人品(唉!)未必不及今天的我们"——"今天,耶稣不止钉一回十字架,今天,彼拉多决不会为耶稣讲情,今天,马丽娅·马格达莲注定永远蒙羞,今天,犹大决不会想到自尽"。诗人在这里慨叹的,不过是对人们在日常生活中的议论的概括,大约就是"人心不古,世风日下"八个字。那曾经是疯狂而耻辱的年代啊!

思考使人们成熟、并且坚强,当年"七月诗派"的年青诗人有的已经不在,健在的如今也都不再年青。但岁月未能消磨他们的壮志,他们仍然活得坚强而且信念弥坚。彭燕郊有一首《家》,是写给"一个在动乱中失掉家的人"的。他并不回避生活的严酷和艰辛所带来的那种无言的凄楚——小小的蜗牛,带着他小小的家,世界这样广大,而他没有一寸土地!即使如此,残暴者也许仅仅是为了消遣,而把蜗牛的家击成了碎片,垂危的流浪者,变成了真正的一无所有!但是,他仍然用豁达的态度劝说这个失掉家的人:人们常说,家是一种负担,现在该感到轻快了吧?笔端充满了悲凉和凄楚,但是仍然未曾失去希望。至少,这里有一丝坚韧的苦笑!曾卓写于六十年代的《有赠》,也表现了艰难生涯中的含泪的坚韧。诗中所表达的患难之交的挚爱让人感动:我是从感情的沙漠上来的旅客;饥渴,劳累,困顿,是你的灯光在招引我。对于已经不能习惯光亮,也不能习惯"你母亲般温存的眼睛"的我,这种惶惑是可以理解的。但是,诗中响起了倔强的声音:"你愿这样握着我的手走向人生的长途么?你敢这样握着我的手穿过蔑视的人群么?"回答当然是肯定的。幸福属于那些蒙受耻辱而坚定的灵魂!

曾卓的《悬崖边的树》可以说是对这批"七月诗人"的一个永久性的造型——

　　　　不知是什么奇异的风
　　　　将一棵树吹到了那边
　　　　平原的尽头
　　　　临近深谷的悬崖上

　　　　它倾听远处森林的喧哗

和深谷中小溪的歌唱
它孤独地站在那里
显得寂寞而又倔强

它的弯曲的身躯
留下了风的形象
它似乎即将倾跌进深谷里
却又像是要展翅飞翔

突然而起的奇异的风，把这棵树（也许是这些树）吹到了悬崖。风塑造了它的扭曲的形象，但它未曾、也不会跌落深谷，那扭曲似乎造就它可供飞翔的翅膀。多么令人欣慰。这些被莫名其妙地吹到悬崖边的树，未曾陷没，也未曾枯槁，苦难给它的是坚强的信念和翅膀。当另一个春天来到人间，它已经化为了具有苍松的性格和色泽的飞翔的鹰。

回顾那来路的艰辛，也许难以抑制那种失落的怅惘。但是，作为诗人的一生，这种失落也许竟是一种收获。绿原有两句诗，几乎和阿垅的《无题》那两句有同样的悲凉，他说："我和诗从没有共过安乐，我和它却长久共着患难。"说这话时，是一九四八年，他正站在光明中国的门坎上。失去的是年华，得到的却是对于人生和诗歌的钻石般坚贞的信念。他们已向昨天告别，应当把一束象征着安宁和幸福的白色花赠送给他们。

一九八二年春节，北京

诗的脚印与翅膀[*]
——论李松涛的创作

一、诗的垦荒者

李松涛属于这样一代诗人:他们在中国诗歌被淹没的年代开始歌唱。暴虐曾经解散了中国诗人的队伍。在长长的凋零期中,李松涛所属的这一代人在艰难地生长,他们的存在,使得中国的诗的传统不至于断流,他们在艰危中接下了前辈诗人的火种。他们是特定时期的一代诗的垦荒者。

那是多么压抑和沉重的年代。从遥远北国的崇峦幽谷之间,飘起了深山创业的"第一缕炊烟"——这是李松涛第一本诗集的名字。它们确切地向我们传递了这样的信息:人民的创造不会死亡,诗歌实际上也不曾死亡。这一代人,他们的处境并不比他们的前辈更好些,但他们仍然在逆境中奋斗。

在李松涛的诗中,我们看到了严肃的创业精神,而且刻意渲染这一代人的开垦和耕耘,与他们的前辈当年在深山浴血奋战之间的纽带联系——

> 就是这鸟语花香的山间,
> 曾有一个烟火弥漫的当年……

"这是我们的大山",他们接过了前人镌刻在白桦树上的豪

---

[*] 此文初刊 1982 年 8 月《春风》文艺丛刊 1982 年第 3 期,初收《谢冕文学评论选》。据《春风》文艺丛刊编入。

言。他们感到了自己与革命前辈的奋斗目标的一致性,他在《我们和大山》中这样说:

> 大山中,没有一棵娇柔的垂柳,
> 大山中,没有一条呻吟的溪流,
> 有的只是松的挺拔、柏的苍劲,
> 有的只是泉的高歌、峰的险陡。

我们就是大山,大山就是我们,诗人赋予他们所钟爱的大山以革命者的性格情操。他把生活理想化了,他为之无保留地献出汗水的世界,几乎是不带纤尘的纯净。他看到的是一个通体光明的五彩缤纷的"净界"。他走进桦树林,为一片奇光所惊愕,他禁不住喊起来:

> 喂!赤桦,是日光吗,给你一身金?
> 喂!白桦,是月光吗,给你一身银?
> ——《过桦林》

在诗人的想象力患了萎缩症的年代,他的诗句的确能够唤起人们的新奇之感。他给平凡的甚至表现为灰暗的生活镀上了金银之光。可贵的是这种理想化的热情,当然,这诗句是单纯的。当周围变得失去了弹性的软疲和慵怠的时候,毫无疑问,这种充满活力的单纯,是非常可贵的。透明的单纯感,让我们窥见这一代青年心地的纯净。但是,在丰沃的生活面前,这种单纯也容易呈现为缺乏深度。

其实,当他写着《山湖唱晚》一类充满田园情趣的诗篇的时候,我们国家的形势正遭史无前例的"文革"运动的破坏。李松涛囿于他所处的环境,他的诗没有,也不可能去表现当日潜在的危机。他似乎在有意地忘却那不美的生活,他让自己陶醉在"叽叽嘎嘎一湖鸭,吹吹打打一湖蛙"的喧闹声中。他也许隐约地感到生活的失常状态,因而,他迷恋那"野云封乱树,迷雾锁高峡",

"夕阳下,人归家"的境界。我们不会因而责备他。如前所述,就他当日生活的环境以及对生活的态度而言,他是诚挚而笃实的。那时,极少数的野心家正热衷于篡权,但广大的劳动者和青年一代都在流着诚实的汗水,享受着他们艰难困守换来的"盛秋",写着真实的诗。当然要是以严格的标准来要求他(对于这样一位青年作者,应当说,是显得苛刻的),则我们可以认为,他所记载下来的时代的画图只是当时社会的一个侧面,就他的生活环境来说,达到了一定的真实,就整个时代的变迁来说,他把生活描写得充满了明亮的色泽,而忘记了当日曾经笼罩的浓重的灰暗。这当然是单纯和天真的过失。

二、绵长的思绪

在深山中,他创造了第一个诗的秋季。后来,他满怀着希望的憧憬走下山来,经历了中国历史的巨大转折。而后,他陷入了深邃的思考。收在《诗的脚印》这本诗集中的,大体可概括为新时代的新的主题——为祖国,为人民的思索。

无疑,李松涛的诗创作也处于转折的历史时期——他的思想在走向深沉和深刻。他的《诗的脚印》,显得坚实而沉稳。他已从田园诗的梦境中醒来,他已经悟到,生活并不像他早期诗作所体现的那样单纯。他感到了生活的复杂和严酷。

《滴水情怀》是收在《诗的脚印》中的首篇,可看作是他的诗的新时期的宣言。往日的那种乐观奋斗精神依旧,只是近乎天真的单纯感正在消失。他的思维具有了历经艰难之后的那种深沉的严肃:

> 假如有一天遇到彻骨的严寒,
> 我将顽强地挺起不屈的脊背。
> 化成洁白而透明的坚冰,

我有信仰的生命绝不枯萎。

即使最终我被烈日蒸发了,
也自有那来日骄傲的返回——
变成春雨,去营养五谷,
变成白雪,去陪衬红梅。

生活的百宝箱在他面前打开了,他接触到更多的实有的生活。于是,他的笔显得比过去沉重了。《车过故乡》,他激起了真诚的怀念,他的笔墨并没有在童年的幻梦中沉溺,而是不回避那种现实的"沉重"——"整整十年,我不敢去触摸信封盛来的冰霜;我那年迈的、旧社会曾沿街乞讨的祖母,扶着烟火熏黑的门框,又在愁粮……"他登古长城,访姜女庙,谒姜女坟,由历史上的姜女为寻觅丈夫的舍生联想到现实生活中曾发生过的一些夫妻被"红色恐怖"逼迫离散的事实,他愤怒质问:是什么力量驱遣阴谋来离间那些恩爱夫妻的感情?在《密山之思》中,他把目光投向了更远处,他看到了仅仅是由于它的"陌生的偏远"以及具有"北国最冷的冬季"而被选中的一块新的"流放地"。五十年代,一场"不测洪水",把众多蓬勃的生命冲到了这里。诗人怒斥密山的罪过,它迫使有用之材在惩罚与非人待遇中虚度光阴,由此而发出了深长的慨叹:"祖国呀,你囊中统共有几块珍宝?竟这样无忌地随意抛弃。"他庆幸时代列车终于冲来这里,接走了祖国"多难不死的儿女",无疑,他们将化为推动祖国前进的光与热,而对于诗人(他此时正是人民战士),他为此留下了"绵长的思绪"——

缠在每一棵生长的树上,警戒,
把那条艰难的老路永远封闭!

他的长叙事诗《未完成的爱》是一首黑暗与光明际会时刻的

壮烈诗篇,它是一篇充满了悲剧气氛的壮歌。青年一代在天安门前的斗争,他们在共同目标下的信赖和友谊,以及由此萌生的朦胧的爱情。当"我"在天安门前被捕入狱时,那位为他保存了诗稿的不知姓名的女友以未婚妻的名义前来探监。待胜利后他释放归来前去寻她时,她因探监的被告发而被折磨至死,这是终天之恨。在这首诗中,较之故事更为动人的是年青诗人锋利的思绪,他写天安门前最丑恶的一幕用的是"最亮的灯光发出最黑暗的信号";他对那个反常的历史时机的概括,也是大胆而尖锐的:"到处都喊'红太阳'的时候,人们却冷得颤栗。"在难以忍受的逆境,人们有了最明确的醒悟:"饱尝过不加选择吃吞食物的苦头之后,我们学会了使用大脑这个过滤器。"

在他的诗中,深山创业式的牧歌加颂歌的情趣业已消失,尖锐的抨击,愤怒的控诉却随处可见。年青的诗人,正在向生活的真实挺进,他将由令人可羡的单纯,走向令人可敬的深刻。

当然,一些诗歌现实所留下的积习,一时也难以在他的诗中完全涤荡。三十余年来,我们太习惯于把诗当作政治的图解,因而也太习惯于给诗外加许多政治标签。

从《第一缕炊烟》到《诗的脚印》,李松涛在努力甩掉那些"影子",但他未能完全如愿。即使是在后一个集子中,那种硬搬政治术语(我说的是"硬搬",因而也没有全然反对之意)入诗的倾向,依然未曾绝迹。如《煤海潮汐》,有一个前提"据说,大海产生潮汐,是由太阳和月亮的引力",又有一个结论"我说,煤海产生潮汐,是由于四个现代化的引力",显然,前提因结论而存在。其余诸诗,如讲拖拉机"你将在四个现代化的大道上奔腾";如讲草原上的放牧青年没有时间谈论爱情,因为"一点一滴的时间呵,都交给了四化"。其实这些诗篇中要是回避了那些流行概念,不仅不失诗的现实意义,而且有可能获得更为长久的和更有概括性的意义。

三、云雀在天上歌唱

一首叫做《她的草帽》的小诗吸引了我的注意。它只有五行,全诗是:

> 她那顶黄色的草帽,
> 我不知该叫太阳,
> 还是称月亮。
> 因为它日日夜夜,
> 只在我的心里闪光。

这首诗,可能会有人认为它"没有什么意义",而它却是李松涛迈开的创作征程中新的、也是有力的"诗的脚印"。在以前,也许草帽就是草帽。但是,这时(这是1979—1980年之交写的,这是当代诗歌的"复活节")在他面前出现的一顶非常平凡的草帽,却闪闪发光,以至于他难以判断,究竟是太阳,还是月亮?把草帽只看成草帽的,只是普通的人;而如今,草帽本身在诗人的心灵中点燃了太阳和月亮的光辉,我们可以毫不迟疑地说:那是缪斯的灵感!

《俯拾集》是一组包括了《她的草帽》在内的短诗集,这组小诗业已透露出某种"超越"实际生活的企图。注意想象的翱翔,加上某些哲理的思辨,使得它呈现出隽永的魅力。《影子》是写得好的:"在阳光的照耀下——你是你,我是我。在黑暗的考验中——我们都成为了一个。"对于影子处于光明与黑暗的不同际遇的表现,给了人们比"影子"要丰富得多的暗示,而这种暗示的力量是诗的本质所固有的。又如《思得》中的"灯火说:夜并不是什么都能吞没",亦同此类。李松涛已经领略到用最少量的语言,讲最多量的内容的佳妙,他在拥有把现实生活描绘得有声有色的能力的同时,又拥有了以略显抽象和超脱的方式概括生活的能力。

作为一个空军战士,他的诗也插上了高飞的翅膀。最近几年,他陆续写了一批银燕飞翔于高天的诗组,他把这些命题为《飞的启示》《我飞,在云端》《我是云雀,我在天上歌唱》。他不曾动摇过他所信守的诗的观念:

> 我爱写豪壮的诗。警惕与斗志,是我喷香的墨汁;辽阔的天空,是我蔚蓝色的稿纸;……我有不朽的主题:保卫祖国神圣的领空。我有炮火提炼的内容:崇高的生与壮丽的死。我是用翅写诗的战士!

他的诗也正在向着云端飞翔。最近,他几乎忘情地呼喊着:"战鹰上哨了,呼啸着,飞得那么快、那么高、那么远。我愿我的诗追随它,也能腾空而起,直上云端。"他的愿望没有落空,他的诗的确获得了飞翔的意识。他的诗风正在离开外在华美的追求而趋向于雄健与奔放。如今他的诗中充满了呼啸的雄风:我是大鹏,我是雄鹰,我是响箭,我是飙风!他这么喊着,发出了雷电之声。甚至他能够用平等的口气和"太阳"谈话:"让我们合造一个光明的宇宙。"单单是这样跃进的变异,我们就应为年青的诗人祝贺。

他已经注意到了只是平面地看生活是不够的,因为"生活是立体的";他也已经注意到了只表现生活和人的"同"的一面是不够的,应当"于外在的相同中寻求不同的内涵"……这一切,不正是目前正被诗歌界热烈讨论着的题么?在他那里,却是全然明了的。这一点,也许是更值得为他庆贺的。在李松涛面前诗的道路是十分宽广的,只要他如同开初那样,诚实地生活,用辛劳的汗水浇灌诗之花,加上他的日渐全面的辩证和前进的诗的观念,他的诗也将是一只不断向上的云雀,从云端向我们抛下晶莹清脆的诗句。

一九八二年岁首于北京

漫谈儿童散文*

一

写下这几个字的题目,不觉心驰。我想起自己的童年,感激于美好的儿童文学给予幼小心灵的滋润。我走上文学生涯,有两位前辈作家的著作起了极大的作用:巴金给我奋斗的热情,冰心给我美好的情操(那时,我还读不懂鲁迅和郭沫若)。而冰心的作品中,我最不能忘的,是《寄小读者》。她通过那美丽温柔的笔墨,写了清新淡远的山川湖泊,写了母女、亲友、人与人之间那种温情与友谊,她为弱小者的不幸而动情,她写离情的楚楚,乡思的眷眷,《寄小读者》给我苦涩的童年以一片光明纯净的天地。此后,不论在什么环境中,我总不能忘了这本给我恩惠的书。直到今天,我的孩子也早已超过了我当年读它的年龄,但我展卷读之,兴味仍不减当年。

由此我想到,优秀的儿童文学作品,它的生命力,也可以和那些驰骋人生疆场的鸿篇伟构同等。我情不自已地提到了《寄小读者》,我想,我这篇文章是可以由此发端的。《寄小读者》是属于散文范围的文学作品,因为它是写给小读者看的,因而理所当然地属于儿童散文这一种类。

儿童文学之名的缘起,我以为:也许是由于它的作者是儿童,儿童自然受了儿童的年龄、经历、文化等局限,故其作品能够

---

* 此文初刊1982年2月《儿童文学研究》第9辑。据此编入。

称之为文学的,毕竟属于少数。这样,儿童文学的作者,成年人占了多数,则是自然的现象。是否可以认为:只要为小读者而作,则不论其作者是儿童还是大人,其内容是写儿童还是写大人,均可称之为儿童文学。当然,有一部分作品,并不专为小读者而作,但因为文字平易,内容适宜,儿童可以读懂的,亦可算作儿童文学,如杨朔的《荔枝蜜》便是。

散文是文学的一类。这里用的是近代对于文学品种分类的概念,而不是我国传统的散文概念。在我国古代,散文是和韵文对立的一个概念。除了韵文(诗、词、曲、赋),都是散文;不仅文学作品,还包括非文学作品。其实,散文就是文章的另称,这和我们今天所用的散文概念是不同的。近代的散文,是指文学的品种:小说、散文、诗、戏剧中的一种,是狭义的散文。在儿童文学中,这种狭义的散文品种,古时似乎不曾有过。古时也有专供儿童诵读的文化启蒙读物,但却多半不是散文,而且也未必就是文学,如《幼学琼林》、《神童诗》、《三字经》等。

儿童文学这一品种是新文学的产物。而且几乎从有新文学的时候起,就有了新文学的儿童散文。立志写散文给小朋友看,第一次有心这么做的,是《晨报副镌》的编者。一九二三年,他们特地辟了《儿童世界》专栏,约请冰心在她出国前后,以《寄小读者》为题,并以旅行通讯为形式,专栏报导她的生活。冰心这么做了,从一九二三年七月起,至一九二六年归国止,共写了通讯二十九封。由于晨报副刊编者和冰心的坚持,给中国新文学,更给中国儿童文学留下了创始期的精粹。《寄小读者》开了儿童散文这一文体的风气之先,它以自由不羁的形式,熔写景、抒情、记事于一炉,铸出了儿童文学园中的一树奇花。

当然,新文学中,儿童散文的历史还不能从《寄小读者》的出现算起。一九二〇年,刘半农写过《饿》、《雨》等以儿童生活为题材的散文。这两篇作品不分行,不押韵,没有诗的格式,但却被朱自清收入了《中国新文学大系》的《诗选》。这大概是由于它那不断回旋所形成的自然节调,以及它们描写的童心是充满了诗情的原故。《雨》的文前有一小序:"这全是小蕙的话,我不过替他做个速记,替他连串一下便了。"全文较短,全录于下:

妈!我今天要睡了——要靠着我的妈早些睡了。听!后面草地上,更没有半点声音;是我的小朋友们,都靠着他们的妈早些去睡了。

听!后面草地上,更没有半点声音;只是墨也似的黑!怕啊!野狗野猫在远远地叫,可不要来啊!只是那叮叮咚咚的雨,为什么还在那里叮叮咚咚的响?

妈!我要睡了!那不怕野狗野猫的雨,还在墨黑的草地上,叮叮咚咚的响。它为什么不回去呢?它为什么不靠着它的妈,早些睡呢?

妈!你为什么笑?你说它没有家么?——昨天不下雨的时候,草地上全是月光,它到那里去了呢?你说它没有妈么?——不是你前天说,天上的黑云,便是它的妈么?

妈!我要睡了!你就关上了窗,不要让雨来打湿了我们的床。你就把我的小雨衣借给雨,不要让雨打湿了雨的衣裳。

这篇《雨》,不论是内容,是语言形式,都是臻于成熟的典型的儿童散文。

新文学的先驱者鲁迅,也是长期创作儿童散文的作家。《故乡》(一九二一年)和《社戏》(一九二二年),一贯被当作小说看待,其实,就它们的特点而言,说是散文,恐怕更为合适。鲁迅的儿童散文不止于此,一九二五年,他写了《雪》、《风筝》;一九二六年,写了《藤野先生》。一九二二、二三年冰心写的《往事》一、二,一九二五年朱自清写的《背影》,一九二六年丰子恺写的《给孩子们》,这些,都可视为儿童散文草创期的杰作。

儿童散文也像一般散文那样,有偏重于抒情的,有偏重于叙事的,有偏重于写景的,也有偏重于议论的。最后那一类偏重于议论的,一般指文学性很强的、区别于一般论文的杂感漫谈一类文字,如鲁迅的许多杂文,以及陶铸的《松树的风格》等便是,一般称之为议论散文,现在多半不把它归入狭义的散文范围中。要是把议论散文排除在外,余下的,一般分为抒情和叙事两类,这也只是就其大的倾向来划分的。抒情散文如《背影》、《往事》,叙事散文如《藤野先生》、《故乡》;前者以其抒情意味浓厚而近诗,后者以其人物命运的描述的具体而近小说。但它们是散文,既不能是诗,也不能是小说。抒情散文不具诗的形式,而且也比诗具体而详,是容易区别的;而叙事散文,有的近于小说,有的本身也可算是小说,但大体上也与小说有分野:它可以有故事,但可以不完整;可以有人物,但人物的生活史可以无终始,出现及消失有极大的灵活性,一般也不注意人物典型的刻画;它并不要求有一个中心事件来展开情节,而对情节的生动性却不作什么要求;总之,它在人物情节方面较小说松散而不严格。所以,叙事散文,也可以不准确地比拟为不完整的小说,但却是相当具体的散文。正是因此,我们才认为《故乡》和《社戏》更像是散文,而不很像小说。

以上是按照散文的内容表达的侧重来分的。按表现形式,儿童散文也是自由而丰富的。它可以有种种表现的体式:冰心的《陶奇的暑期日记》是日记体,赵树理的《给女儿的信》是书信体,朱德的《母亲的回忆》是传记体,冰心的《寄小读者》既是书信体又是游记体,而任大霖的《童年时代的朋友》则是近于小说的故事体,冰心的《咱们的五个孩子》则是近于报告文学特写体……这大概也是散文有别于其他儿童文学样式的特点之一,即它的表现形式上的丰富、多样、生动、自由。

我们说儿童散文可以同样分为抒情叙事两大类,的确是就其基本倾向说的。在具体作品中,往往是托物言志,触景生情,夹叙夹议,兴叹兼之的。当然,单纯的作品也是有的,如刘半农的《雨》,它只是模仿一个小孩的口气以抒发那天真无邪的心灵的感触,并没有过多的曲折铺排。但更多的作品则是情、景、物、议交错穿插的,这类作品,鲁迅的《风筝》较为典型。它有"景"——先写北方的风筝时节:地上还有积雪,灰黑色的秃树枝丫叉于晴朗的天空中,远处有一二风筝浮动;再写南方的风筝时节:

> 是春二月,倘听到沙沙的风轮声,仰头便能看见一个淡墨色的风筝或嫩蓝色的蜈蚣风筝。还有寂寞的瓦片风筝,没有风轮,又放得很低,伶仃地显出憔悴模样。但此时地上的杨柳已经发芽,早的山桃也多吐蕾,和孩子们的天上的点缀相照应,打成一片春日的温和。

在这样的"风筝环境"中引出了"风筝故事"来,因而,它有"事"——那便是他想起一段往事:小时,他"破获"了小兄弟偷做蝴蝶风筝的"秘密",伸手折断了蝴蝶的一支翅骨,又踏扁它的风轮。如今人到中年,他为自己当年的"精神的虐杀"这一幕而深为悔恨。但忏悔已经失去了必要,他为此感到无可补偿的悲哀。在这样的物境之中,糅合着,奔涌着不可扼制的"情"——

> 现在,故乡的春天又在这异地的空中了,既给我久经逝去的儿时的回忆,而一并也带着无可把握的悲哀。我倒不如躲到肃杀的严冬中去罢,——但是,四面又明明是严冬,还给我非常的寒威和冷气。

人们常说文无成法,就是说,写文章不应该有固定的程式,散文更是如此。一般说来,尽管每篇散文的或抒情或叙事不免有所侧重,但也以互有联系、互有结合的为好,如《风筝》便是。

因为人们抒发的情感,总有它产生的根据,这便是客观存在的景、物、事,离开了这些根据,感情的产生便成了问题,抒情也不见得扎实,不扎实的抒情也就不易感人。冰心的《往事二·之八》,是从除夜酒后父女关了灯塔的谈话发凡。她要求看守灯塔,当时年小,不免充满了瑰丽的幻想,而父亲则认为她的想法不切实际。由于她的"郑重",而引出父亲同样郑重的一段话来:"为着去国离家,吸受海上腥风的航海者,我忍心舍遣我唯一的弱女,到岛山上点起光明。但是,唯一的条件,灯台守不要女孩子!"——冰心在太平洋舟中回忆起了这段"往事",由具体的"往事",而引出如下一番深情的文字:

> 这是两年前的事了,我自此后,禁绝思虑,又十年不见灯塔,我心不乱。
>
> 这半个月来,海上瞥见了六七次,过眼时只是悄然微叹。失望的心情,不愿他再兴起。而今夜浓雾中的独立,我竟极奋迅的起了悲哀!
>
> 丝雨濛濛里,我走上最高层,倚着船阑,忽然见天幕下,四塞的雾点之中,夹岸两嶂淡墨画成似的岛山上,各有一点星光闪烁——
>
> 船身微微的左右欹斜,这两点星光,也徐徐的在两旁隐约起伏。光线穿过雾层,莹然,灿然,直射到我心中来,如招呼,如接引,我无言,久——久,悲哀的心弦,开始策策而动!

这段文字,也不单是抒情,作者没忘了具体描绘那四塞雾点之中,夹岸嶂峦之下闪闪而动的微光,那是灯塔。然后,她又具体描写这穿透雾霭的灯光,如何投向她的心上,——又把周围的景,溶入了心中的情,以写她对于往事的淡淡怅惘之情。

有的作品,不重在写情,而重在叙事,这也是散文的表现方式。如《芦鸡》(任大霖),通篇犹如讲述故事,有人物,也有情节,却不轻易显示情感。故事大体这样:那年发大水,从上游漂下了一窠小芦鸡,一共三只。捉了来,几个小孩分了。我分到的这只芦鸡,用线拴住它的脚,它根本不吃,只是啄那捆它的椅子脚。又怕捆紧了活不长,便让它在院中自由走动。可它仍然想着逃走,却钻进了一个猫洞,塞死了。故事到了这里,作者说道:"为这事我哭了一场,不是为的我失掉了小芦鸡,而是为的小芦鸡要自由却失掉了性命。我觉得这是一件极悲惨的事,而我要对它负责的。"作者在讲述芦鸡的故事时,很少插进主观的抒写情怀,但是情感却渗透在对于客观事物的叙述中。例如,它插进了一段这样的文字:

  那时候,燕子在我们的檐下做了一个窠,飞进飞出地忙着,只有当燕子在檐下"吉居吉居"地叫着的时候,小芦鸡才比较的安静,它往往循着这叫声,侧着头,停住脚,仔细听着。燕子叫过一阵飞出去了。小芦鸡却还呆呆地停在那儿好一会。——它是在回想那广阔河边的芦苇丛,回想在浅滩草窠中的妈妈吗?

这当然是借小动物的酷爱自由的天性,抒写对于人类社会某种追求的联想。总的说来,散文这种文体并不要求什么固定的格式,虽有重于抒情,重于叙事,或重于议论的区别,但总以互相渗透,互相融汇为好。而且优秀的儿童散文,也往往是状物写人,各有其妙,抒情记事,各有其宜的。

二

我们把散文的这一部分叫做儿童散文,这就不能不论及它的独有个性。作为散文,其共性是显而易见的。因为均是文学的一种,因而它不能离了文学的特点,这已是常识,不赘述了。儿童散文的个性,简单地说,就是要有儿童的特点。它应当:写儿童的生活;或是儿童感到兴趣的生活;即便是写成年人的,也应当适应儿童阅读欣赏的习惯。但这样说,还没有寻找出区别儿童与非儿童的实质来。在这种状况下,"童心"的重要性便显现出来了。冰心说:"所谓'童心'就是儿童的心理特征。'童心'不只是天真活泼而已,这里还包括有:强烈的正义感——因此儿童不能容忍原谅人们说谎作伪;深厚的同情心——因此儿童看到被压迫损害的人和物,都会发出不平的呼声,落下伤心的眼泪;以及他们对于比自己能力高、年纪大、经验多的人的羡慕和钦佩——因此他们崇拜名人英雄,模仿父母师长兄姐的言行。他们热爱生活;喜欢集体活动;喜爱一切美丽、新奇、活动的东西,也爱看灿烂的颜色,爱听谐美的声音。他们对于新生事物充满着好奇心,勇于尝试,不怕危险……"(《一九五六年儿童文学选·序言》)

按照冰心的论述,童心是对儿童心理特征的总的概括,它可包含的内容是宽泛的。但当我们论及童心,首先还要看到儿童的天真活泼。成年人写儿童散文,万不可把暮气与迟钝、麻木带到作品中来。儿童散文作家应当都是"大孩子"、"大朋友",要有一颗不会衰老的童心。他应当像儿童那样用稚气的、充满新奇之感的眼光看世界。刘半农在散文诗《雨》中关于把小雨衣借给雨,不要让雨来打湿了雨的衣裳那段话,通过含混而又富于幻想的、纠缠不清的概念,表达了只有孩子才能有的天真。郭风的散文诗也善于把孩子的天真化作诗人大胆而奇特的想象,二者得到了完美的结合。他写《蝴蝶·豌豆花》:一只蝴蝶从竹篱外飞进来,豌豆花问蝴蝶:"你是一朵飞起来的花吗?"豌豆花因为自己是花,因而认为蝴蝶也和自己一样,也是花,不同的只是能飞。绮思奇想,果然是一颗童心化作了诗人的天籁。郭风的实践,解决了儿童文学的难处:他必须是儿童,又必须是大人;在用儿童的眼光观察的同时,又必须用大人的心灵思忖。

丰子恺在他的画中和文中,记录了儿童的天真烂漫,他懂得孩子的生活。他不无悲哀地认为,当孩子们懂得他们那种童年的朦胧的时候,童年已往不再。《给我的孩子们》是他的画集代序,这是一篇充满了童心的儿童散文。这篇散文,能启示我们关于儿童散文的真谛。他写了儿童那种比大人强盛得多的素朴的创作力:身体没有椅子一半高,却常想搬动它;要把一杯茶水横过来藏入抽斗;要皮球停于墙上,要拉住火车的尾巴;在儿童生活中,充满令人发笑的奇异的想象力——

阿宝!有一晚你拿软软的新鞋子,和自己脚上脱下来的鞋子,给凳子的脚穿了,划袜立在地上,得意地叫"阿宝两只脚,凳子四只脚"……

瞻瞻!有一天开明书店送了几册新出版的毛边的《音乐入门》来。我用小刀把书页一张一张地裁开来,你侧着头,站在桌边默默地看。后来我从学校回来,你已经在我的书桌上拿了一本连史纸印的中国装的楚辞,把它裁破了十几页,得意地对我说:"爸爸!瞻瞻也会裁了!"

丰子恺在这篇文章中捕捉的,正是我们写作儿童散文时所要把握的。可以说,离开了童真,儿童文学便失去了它的最基本的特色。

鲁迅的文笔,一向以练达老辣著称,他不乏那种辛辣与冷峻。但当他涉及儿童的题材,便活跃着一颗童心。我对他的《阿长与山海经》所写的孩子眼中的保姆长妈妈,留下极深的印象。他的文笔充满了含笑的挚爱。长妈妈喜欢在母亲面前说"我"的长短,又不许走动,拔一棵草,翻一块石头,便说"顽皮",便要告诉母亲,这使"我""实在不大佩服她"——这里有儿童憎爱的天真流露。不仅这些,长妈妈更有不能让人"容忍"的:一到夏天,睡觉时她又伸开两脚两手,在床中间摆成一个"大"字。天那么热,挤得"我"没有翻身的余地;推她呢,不动,叫她呢,也不闻。母亲知道了,委婉地提醒她,但她照摆"大"字不误。这里,在儿童式的"愤懑"的背后,有着让人忍俊不能的成人的幽默。鲁迅的笔墨,以他真切的对于童年的记忆,以及儿童心理的传达,成为非常精彩的满含儿童特点的散文。这里是一段关于除夕的"磨难"的经历:

>"哥儿,你牢牢记住!"她极其郑重地说。"明天是正月初一,清早一睁开眼睛,第一句话就得对我说:阿妈,恭喜恭喜!记得么?你要记着,这是一年的运气的事情。不许说别的话!说过之后,还得吃一点福橘。"她又拿出那橘子来在我的眼前摇了两摇,"那么,一年到头,顺顺流流……"
>
>梦里也记得元旦的,第二天醒得特别早,一醒,就要坐起来。她却立刻伸出臂膊,一把将我按住。我惊异地看她时,只见她惶急地看着我。
>
>她又有所要求似的,捏着我的肩。我忽而记得了——
>"阿妈,恭喜……"
>"恭喜恭喜!大家恭喜!真聪明!恭喜恭喜!"她于是十分喜欢似的,笑将起来,同时将一点冰冷的东西,塞在我的嘴里。我大吃一惊之后,也就忽而记得,这就是所谓福橘,元旦辟头的磨难,总算已经受完,可以下床玩耍去了。

鲁迅通过一些非常风趣的细节,写出了阿长这位善良的劳动妇女,她把一年的好运气完全寄托于新年第一天孩子的吉利话上面,难免愚钝,却笃诚得让人感动。《阿长与山海经》当然不能算是典型的儿童散文,但因为他写了儿童,又把儿童心理的刻画与成年人成熟的思忖结合得很好,对于理解儿童散文要写童心的命题,是大有助益的。

儿童散文抓住了儿童的心理特点,也就抓住了它的最主要的规律。前面引述的冰心关于童心的话,包括正义感和同情心在内,认为儿童对于被压迫损害的弱者,会为之发出不平的呼声,会流下同情的眼泪。她当初写《寄小读者》,就紧紧抓住儿童这一心理的特征。《寄小读者》第一篇是前言,第二篇算是通讯的正式开始,讲述的就是一只小耗子的不幸遭遇的故事:夜坐读书闲话,一只刚会走动的小鼠"无猜的,坦然的"出来觅食,我用书轻盖了它,它也不走。刹那间,被小狗扑上,挣扎着死去。作者写了由这件小事引起的负咎之情:"至今已是一年多了。有时读书至夜深,再看见有鼠子出来,我总得忧愧,几乎要避开。我总想是那只小鼠的母亲,含有伤心之泪,夜夜出来找他,要带他回去。"

这篇散文,我幼时读的,至今不忘。现在我引用了它,肯定还会有人不以为然:老鼠是害物,值不得动此恻隐之心。但是,借一只小鼠的悲剧,讲同情弱小,反对残忍,这对于陶冶幼小的心灵,对于儿童德育、智育、美育的成长是有益的。多年以来,我们的儿童读物中,充满了"斗斗斗"的说教,使得幼小无瑕的心灵,在开始接触人生时,便蒙上了阴翳。冷酷和残忍,被当作"斗争性"来加以肯定,丑变成了美。而像这类小鼠的故事,一概被不加分析地斥之为超阶级的爱。儿童当然应当懂得阶级,可是,当他们还不可能懂得的时候,我们对他们进行一些切实的美好情操的教育,诸如告诉他们不要恃强凌弱,学会憎恶残忍,当然不无意义。鲁迅的《风筝》,确是从成年人的角度发出了至哀的追悔。它所悔何事?无非是童年时节那一幕"精神虐杀"所造成的终生不忘的愧疚。这样的散文,有补于儿童美好心灵的铸造,因而有它的价值。

儿童散文要唤起儿童阅读的兴趣。他们的特点是天真,喜好新奇,又缺乏成年人的耐心。只有新鲜的故事,才能吸引他的注意力,而不至于厌倦。儿童散文中,许多题材都注意到儿童这种欣赏心理。像西双版纳密林中斗蟒的故事,以及大兴安岭林区被熊瞎子包围的故事等,都能博得小读者的欢心。即使是很严肃的,很有教育意义的内容,也要用儿童所习惯、所喜欢的样式来写,黄秋云的传记体散文《高士其伯伯的故事》的行文,就是充分考虑了儿童的特点,具备了吸引小读者读下去的力量的。他讲高士其的身体状况,是这样开始:

> 高士其伯伯靠在一张藤椅上,微笑着望着你,但是他没有站起来,也没有跟你点头打招呼。原来高士其伯伯的身体很不好,他得病已经二十多年了。他现在不能自己走路,行动只能靠一辆特别给病人用的手推双轮车,让人家推着走。他不能像正常人似的讲话,只能从喉咙里发出唔唔哼哼的声音……他的眼睛也不好,闭上了就张不开,要旁人给他按摩好一会才能看到东西。他的耳也已经聋了。

讲了这些之后,作者直接对小读者说话了:"亲爱的读者啊,你试想想看,要是别人像高士其伯伯那样,早就痛苦得活不下去了。但是高士其伯伯一点也不悲观是什么精神力量支持着他呢?"作者是在讲述一个先进人物的事迹,但却采取了儿童们最喜欢的说故事的办法,这就是充分照顾到儿童阅读欣赏的特点,也是一种寓教于乐的办法。这种办法,在任大霖的散文集《童年时代的朋友》中被广泛地运用着。那里的每一篇散文,都是一个引人入胜的故事,每一个故事的后面,又都蕴藏着深刻的教育作用。任大霖也有一篇《风筝》,它的特点与鲁迅的《风筝》不同,是叙事重于抒情:过去很会玩风筝的贵松哥哥,十三岁便结束了他天真的童年,去杭州当上了小学徒,变成了一个不苟言笑的"小大人",作者通过这个故事为旧社会生活在底层的儿童们短促的童年叹息。

在这里,我们总的一个希望是:当你创作儿童散文的时候,不论你是讲小孩的事情,还是讲大人的事情,你不要忘了要像孩子一样地看、想和说——要有一颗纯净的童心。在《队伍出发以前》(非立)这篇散文中,两个孩子看到了护士学校的进行队伍,有一段对话:"为什么一定要女人当护士呢?""不知道。你说为什么?""我也不知道……大概女人比较客气。"当作者写这段对话时,他忘了自己,他是在试图用儿童的观感说话,"大概女人比较容气"就是儿童对眼前这一事实的解释,读起来,觉得充满了拙朴的趣味。孩子对什么都有兴趣,他们不掩饰自己的无知,但又不轻易放弃他们对世界的解释,尽管这解释有时显得可笑。我们却从那些孩子式的可笑中,得到了美的满足。这正是儿童文学的最重要的特性。

三

散文是这样一种文体:它的题材非常广泛,可以说是漫无边际。上下千载,纵横万里,大及宇宙洪荒,小至草木虫鱼,庄严肃穆可以是英雄献身的故事,轻松恬远可以是一只小昆虫的悲欢际遇。正如冰心说的,散文"有时'大题小做',纳须弥于芥子,有时'小题大做',从一粒砂米看一个世界,真是从心所欲,丰富多采!"(《关于散文》)

散文的题材虽然无可不包,而选材却应有标准。即事言情,因物咏志,总要有寄托。风筝不过一玩具,鲁迅以之寄托对于往昔的追悔,任大霖以之明喻对于旧社会儿童运命的沉哀;冰心娓娓而谈小耗子的悲剧,寄托着她的仁慈爱物之心,而在任大霖的《芦鸡》那里,却由衷地歌颂小动物渴求自由而不惜一死的遭际,这是寓意。但是,散文也并非篇篇均有寓意,它的广泛的题材,包括着世间的一切,有的含有明显的喻世之意,有的则于潜默中起陶冶性情之功,这都是它的职责所司。请读冰心的《寄小读者》:

>河亭建在湖岸远伸处,三面是水。早起在那里读诗,水声似乎和着诗韵。山雨欲来,湖上漫漫飞卷的白云,亭中尤看得真切。大雨初过,湖净如镜,山青如洗。云隙中霞光灿然四射,穿入水里,天光水影,一片融化在彩虹里,看不分明。光景的奇丽,是诗人画工,都不能描写得到的。……
>
>绮色佳真美!美处在深幽。喻人如隐士,喻季候如秋,喻花如菊。与泉相近,是平生第一次,新颖得很!林中行来,处处傍溪涧。睡梦里也听着泉声!

它只是再现了那大自然的美好,抒发了人们对这些景色的赞叹之情,它带给人们以美感的享受,也启发人们如何去体会自然美。这样的散文能够使人变得优雅高尚。在目前,青少年中美育教育几至于无,而庸俗粗鄙之风却颇为盛行的时候,多读这样的文字,无疑将会成为良好教育的补助的一环。

有的散文,写的是世故人情;更多的,则写的是云影月光;而有的散文,它只是写出了生活中那一些片断的天真烂漫的情趣,它让人想起那充满了诗意的生活,即使在艰难困顿之中,也会得着些心灵的慰藉。这是鲁迅的《雪》:

>孩子们呵着冻得通红,像紫姜芽一般的小手,七八个一齐来塑雪罗汉。因为不成功,谁的父亲也来帮忙了。罗汉就塑得比孩子们高得多,虽然不过是上小下大的一堆,终于分不清是壶卢还是罗汉,然而很洁白,很明艳,以自身的滋润相粘结,整个地闪闪地发光。孩子们用龙眼核给他做眼珠,又从谁的母亲的脂粉奁中偷得胭脂来涂在嘴唇上。这回确是一个大阿罗汉了。他也就目光灼灼地嘴唇通红地坐在雪地里。

孩子们充满了好奇心,他们喜欢听那些引人入胜的故事,因而,除了抒情写景,儿童散文中大量是有情节的故事。例如,有一天,亲戚送来了半篮"喜蛋"(孵化一半的蛋)。突然有一只蛋壳破了,跑出了一只小鸭。小鸭被老鼠咬了,用万金油给它敷好,但它的头却歪着。它又喜欢跟着人跑,又被一个老头踩了翅膀,奶奶又给它敷了万金油,又好了。有天下大雨,满天井都是水,小鸭高兴地玩水。退水的时候,它跟着杂草枯枝一齐漏进了阴沟中,于是用火钳把它钳了出来。后来,它又和小鸡争米吃,半个钟头以后,它就不舒服起来,老用一只脚抓自己的胸脯,还张大嘴喘气。"我"跑去找奶奶说:"小鸭子老打呵欠要睡觉了。"奶奶跑来看了看说:"唉!什么打呵欠,它是贪心害自命了!它的肫一定要胀破了"。奶奶又给它吃仁丹,十滴水,又活了下来。这就是《多难的小鸭》(任大霖)。文章结束时作者说:"小鸭子就这样活下来了,虽然它的磨难这么多,我现在回想起来,还觉得奇怪呢!"这只小鸭坎坷的经历,读起来曲折有趣。尽管它没有太多的教育意义,但却能引起孩子们的兴味,得到娱乐和消遣,这也是好的。

在儿童文学的诸品种中,散文在表现生活选材上是最为自由灵活的。小说要考虑情节的生动性,人物的典型性,以及主题的富有意义;诗歌要考虑宜于抒情歌唱的题材,以及诗意的提炼;报告文学要考虑人物事件的真实性,等等。而散文这个形式,本身在取材上具有极为广泛的灵活性:具有重要意义的内容,如雷锋的故事,它可以写;只使人们娱乐和休息的内容,它也可以写。它可以成为政治思想教育的辅助手段,也可以成为有益的休息和消遣。散文的职能比任何一种体裁都宽泛,它有一个自由的天地。

创作散文,离不开一个散字。这一个字,大概可以概括这一文体从艺术构思到文章结构全过程的最基本的一条规律。行云流水,天女散花,儿童散文和一般散文一样,也仍然是一种无拘无束的文体。它可以开始得漫不往心,越是自由不羁,文章就越是亲切引人;它可以随意游动,甚至跳跃;结束也不拘一格,可以戛然而止,可以流韵悠长。冰心用书信的形式来写儿童散文《寄小读者》,充分利用和发挥了这一文体的特点。她的《通讯八》是这样开头的:

> 这里一天一天的下着秋雨,好像永没有开晴的日子。落叶红的黄的堆积在小径上,有一寸来厚,踏下去又湿又软。湖畔是少去的了,然而还是一天一遭。很长很静的道上,自己走着,听着雨点打在伞上的声音,有时自笑不知这般独往独来,冒雨迎风,是何目的! 走到了,石矶上,树根上,都是湿的,没有坐处,只能站立一会,望着蒙蒙的雾。……

接着,写从湖畔回来已是天晚,灯下读国内寄来的报纸,读诗,蓦然升起乡情,往往历历,如烟如缕,不可扼制。最后落到菊花上来:"菊花上市,父亲又忙了,今年种得多不多? 我案头只有水仙花,还没有开,总是含苞,总是希望,常常引起我的喜悦。"表面上看来,它是漫不经心的,仿佛是兴之所至,想到那,说到那。而内里却有一根线牵着,那便是思乡的主题。

散文要是没有诸如此类的形式上的散漫自由,便失去了这一文体的基本特色。但若真的语无伦次,散乱无章,连起码的文章组织都说不上,那决不是散文本身所拥有的素质。散文创作的难处在于:它在外形上要非常散,而在内里却要非常严密。通常以形神来比喻散文,则散文应当是形散神凝。形散与神凝,是对立的,但要求把它统一起来。形散,指形式上,文章章法上,要自由自在地流注奔泻;神凝,指文章气脉贯通,要围绕着一个潜在的焦点运行。前面引述的《寄小读者·通讯八》,其焦点就是思乡二字,但却是隐着、藏着、表面上不露声色。散文写作的形散神凝,即是要求外松内紧:在表现上,极其洒脱自如,而在文章的构思上,却要极度紧张的约束。

　　严密精到的构思,对于任何文体都是必要的;但散文要是仅有前者,而失去自由而无可羁绊的形态,则是连散文的形式也没有把握住。话说回来,写作散文的真正难度不在于散,而在于外面要散,内里要不散。法国作家法朗士写过一篇儿童散文《罗歇尔的种马》:小孩罗歇尔有一匹穷人送给他的木马。他珍爱这匹高贵的马,他认为:假如它不曾在一场战斗中失去尾巴的话,它可以是木马中的一颗珍珠。罗歇尔在想象中给木马喂燕麦,在梦境中骑着它驰骋。这是一篇不及七百字的散文,却是一篇曲折有致的、变化多端的文字。它的开头就像是一段"闲话":"饲养种马是一件很伤脑筋的事情。马儿是一种骄矜的动物,需要很烦杂的照料。你不妨去问问罗歇尔,看事情是不是这样!"文章经过了散文中不可缺少的变化与曲折(罗歇尔希望木马的尾巴能再长出来;他给它喂料;他梦中骑着奔跑;作者希望罗歇尔永远不要骑上"危险的马";作者认为不论伟大还是渺小,"我们要骑着自己的马"……),方告结束。在结束时,它把主题又引向一个新的境界:

　　　　我祝你幸运,小小的罗歇尔。我希望,当你长大成人以后,你能有两匹马来骑,好让他们把你带上正路:一匹的性格猛烈,另一匹的性格温和。他们都是高贵的马儿,一匹叫做"勇敢",另一匹叫做"善良"。

法朗士这篇散文,以小罗歇尔的一匹没有尾巴、又断了耳朵的木马为题材,写一个家境贫穷的儿童心爱他的玩具,写这样小小年纪的孩子拥有的那种幻想与憧憬,最后讲到了人生的哲理("每个人都应当骑自己的马");以及对儿童含蓄的祝福和希望(希望他们勇敢和善良)。一篇短文,柳暗花明,百折千回,虚实相映,曲径通幽,但又处处都不离开"马"的主题。这是一篇形散神凝、短小精悍的典型的儿童散文。

　　法朗士这篇散文告诉我们,散文的写法需要海阔天空,但却不是随心所欲的。如前所述,它需要内紧外松。外松,就是很自由,很放达,很洒脱,有点若无其事的样子,内紧,就是要紧紧抓住作品所要阐发的主题,要有一个明确的抒情、叙事、写景的中心,即一切均由此生发开去的"焦点"。《罗歇尔的种马》的焦点,就是由一匹破旧的木马生发开去所阐明关于人生道路的哲理。离开了这一点,文章就失去了用以串联那些散落各处的珍珠的线,那就成了断线珍珠,而不成为一串晶莹的项链。

四

　　写作儿童散文真正的难点在于要掌握外松与内紧,形散与神凝、行文的曲折有致与主题的鲜明突出的辩证统一。而散文这种篇幅短小的文体,要使之在一篇之中呈现出千姿百态与千变万化的艺术效果,则要讲究文章的布局结构。只有讲究了这方面的规律,才有助于散文达到又散又不散的理想效果。

　　讲究布局,概括起来说,就是扬抑疏密四个字。这是两个方面的问题:一是扬抑,一是疏密。散文之讲扬抑,就是强调文势要有波澜,要有起伏,不要平展。或欲扬故抑,或前扬后抑,或扬抑相间,总之,不要一马平川,要有变化以刺激读者欣赏的兴味。杨朔的《荔枝蜜》,大家都熟悉。它的目的在于歌颂,开头却偏不歌颂,只是在那里不着边际地讲"花鸟草虫,凡是上得画的,那原物往往也叫人喜爱";它的目的在于肯定蜜蜂的可爱,开头却故意说:"蜜蜂是画家的爱物,我却总不大喜欢。"要歌颂,却有意把歌颂的话压下来;说可爱,却有意要降下调子,说"不大喜欢"。这样一来,后面才有文章可作,所作文章也更引人注意,效果也比一开始就正面讲要强烈得多。

　　再以鲁迅的《风筝》为例,他是认真地要作一篇追悔不可补偿的往事的文章,是一篇抒写心灵之至痛,非常精深沉郁的文字,开头却同样地表现出"无所谓"的姿态。它仿佛只是无目的地由闲话北京春季的风筝,讲到故乡的风筝,讲蜈蚣风筝的堂皇与瓦片风筝的憔悴。我们以为,他是要讲有关风筝的趣事了,却又笔锋顿挫,来了个急转弯:"但我向来不爱放风筝的,不但不爱,并且嫌恶他。"说到这里,他又把"嫌恶"放在一边,而讲起他的小兄弟对风筝的沉迷,他极力渲染小兄弟的喜欢风筝:

> 他那时大概十岁内外罢,多病,瘦得不堪,然而最喜欢风筝,自己买不起,我又不许放,他只得张着小嘴,呆看着空中出神,有时至于小半日,远处的蟹风筝突然落下来了,他惊呼;两个瓦片风筝的缠绕解开了,他高兴得跳跃。

他以这种大力张扬的笔墨,来反衬后来他对小兄弟这种如醉如痴的对风筝的爱的"虐杀"。文章由于这种先抑后扬的处理,出现了起伏,由此生发出来的情感的冲激也更强烈,然而,风筝的波澜并未至此平息下来。事隔多年,已是中年时节,这才读到"玩具是儿童的天使",于是引起了二十多年前一段旧事的愧疚。于是,他想起补偿的办法,但一切都已失去意义;甚至有一日见面提及此事,小兄弟却惊奇地反问:"有这样的事么?"作者于是悲哀地写道:"我还能希求什么呢?我的心也只得沉重着。"至此,他才把文章做到了高潮,又留了不尽的余音,让我们从轻松开始,而却只能像他那样,永远地沉重着。

散文的讲究疏密合度,目的也在于避免文章的呆板单调。文章疏密相间,有了疏,才显出密来;正如有了抑,才显出扬来的道理。处处密不透风,让人紧张得生厌,但若处处稀疏而不紧凑,同样也会影响读者的兴趣。因而需要有疏有密,疏密结合。朱自清的《背影》作为优秀的可供儿童阅读的散文曾被选入课本。这篇名著,就很讲究文章的疏密合度。它的开头是疏的"我与父亲不相见已二年余了,我最不能忘记的是他的背影",这是点题。随后:那年冬天祖母死了。在徐州见着父亲;回家办完丧事,与父亲结伴回到南京,到南京后我要北上,父亲事忙,说是不来相送;……这几段文章,都是淡淡的、疏疏的,不大紧迫,也不写浓烈的情绪。而后,父亲还是不放心,决定亲自来送。过了江,进了站,我买票,他看行李;父亲送我上了车,给我拣了靠窗的座位,又忙着嘱托茶房好好照应……渐次紧密了,但仍然是冷静的笔墨,及至"我说道:爸爸,你走吧"以后,那才是极细密的一段文字,而这段文字的中心,却紧紧地扣住我在车窗里所看到的他去买橘子的背影:

> 我看见他戴着黑布小帽,穿着黑布大马褂,深青色棉袍,蹒跚地走到铁道边,慢慢探身下去,尚不大难。可是他穿过铁道,要爬上那月台,就不容易了。他用双手攀着上面,两脚再向上缩,他肥胖的身子向左微倾,显出努力的样子。这时我看见他的背影,我的泪很快地流下来了。

这还不够。作者又写父亲买了橘子回来,再过铁道,先把橘子放在地下,自己慢慢爬下,再抱起橘子走。一来一去之间,从父亲的穿着,上下月台的动作等等,极详细地写他所看到的背影,这是首次。而后,写离别,再写父亲的背影。这种极紧密,极细微的文字,是在开头那些疏疏淡淡的文字的映衬下,益发显出它的"浓度"来的,这当然有助于感情的抒发。过了以后,文字又逐渐地舒展了:"近几年来,父亲和我都是东奔西走,家中光景是一日不如一日。"写父亲少年谋生,老境颓唐,触目伤怀,情系于中。最后收他一信,在他凄凉的话语中,"又看见那肥胖的,青布棉袍,黑布马褂的背影"。留下了轻烟淡霭般余韵,让一片爱心,摇撼读者,以至久远。

散文这种文体,以构思的精巧而不露痕迹,以文字的精美而不见雕琢,以行文的自然而不见零乱最为上乘。但人们往往忽略了儿童散文风格的多样化。人们有一种错觉,以为儿童年少,不会要求也不会欣赏多样艺术风格的作品。其实,读散文也如听故事,孩子们听故事入迷,往往为那些讲故事的大人们特殊的风格所吸引。孙敬修讲故事的风格是亲切自然而微带幽默,孩子们爱听,儿童散文的写作也如此。鲁迅沉郁,朱自清清淡,而冰心则婉丽而温情,叶圣陶与之相反,他是质朴而坚实的,却同样具有浓厚的儿童特点。一九五六年,他在《中国少年报》上写过《爬山虎的脚》,这是一篇带有叶圣陶自己风格的很朴素,同时又很隽永的儿童散文。"学校操场北边墙上,满是爬山虎。我家也有爬山虎,从小院的西墙爬上去,在房顶上占了一大片地方",文章这样开了头。接着,他写爬山虎刚长出来的叶子是嫩红色的,而后,变成了嫩绿色,长大了的叶子由嫩绿变成了鲜绿。接着,他从静态来描述那叶子:那些叶子,铺在墙上,那么均匀,没有重叠起来的,也不留一点空隙;又从动态来描述那叶子:一阵风拂过,满墙的叶子就漾起波纹。写了这些,他把话题引回到爬山虎的"爬"字上来。起先,他不知道它是怎么爬的,经过仔细观察,了解到它原来有"脚"。于是,这位老作家就集中笔墨,用朴素的语言,给小读者们讲起了爬山虎的脚来了:

> 爬山虎的脚长在茎上。茎上长叶柄儿的地方,反面伸出枝状的六七根细丝,每根细丝像蜗牛的触角。细丝跟新叶子一样,也是嫩红色。这就是爬山虎的脚。
>
> 爬山虎的脚触着墙的时候,六七根细丝的头上就变成小圆片儿,巴住墙。细枝原先是直的,现在弯曲了,把爬山虎的茎拉一把,使它紧贴在墙上。爬山虎就是这样一脚一脚地往上爬。如果你仔细看些细小的脚,你会想起图画上蛟龙的爪子。
>
> 爬山虎的脚要是没触着墙,不几天就萎了,后来连痕迹

也没有了。触着墙的,细丝和小圆片儿逐渐变成灰色。不要瞧不起那些灰色的脚,那些脚巴在墙上相当牢固。要是你的手指不费一点儿劲儿,休想拉下爬山虎的一根茎。

散文就这样结束了,没有一句多余的话。这使我们想起叶圣陶在新文学史中所特有的风格来。他一丝不苟地观察生活,哪怕是这种大家习惯的爬山虎。他从叶子的颜色的不断变化,写到叶子的动静观察的形态,由叶子进而写"脚",脚的不断发展变化……他老老实实地看生活,又老老实实地写文章;文章的风格寓深刻于平淡之中,也如人的风格一样。

他的《爬山虎的脚》,对我们的启示是很大的。它至少告诉我们,写散文并不意味着华辞丽语的堆砌。尽管有的作家的文风是华丽的,但它的内容,无论如何总要实实在在。散文的题材海阔天空,但小及爬山虎这样的小植物,我们要是不在生活的观察体验上多下功夫,要是只满足于一知半解,并不真的了解它的实际,散文也失去了力量。

生活是重要的。对于儿童散文,生活也是重要的。

《共和国的星光》后记[*]

  星光照耀着我们,有时明亮,有时暗淡,但未曾泯灭。有时仿佛失去,但扫却层云,它们依然亮晶晶地在天上发出微笑。编完这本谈论中国当代诗歌和诗歌运动的集子,正是星斗满天的时刻,我想给它起个名字。星光启示了我。我禁不住要像那位我熟悉的诗人那样,发出呼喊:多么明亮,失而复得的不屈的星光,共和国的星光!

  中国新诗自"五四"起始,百川汇聚而成为巨流。进入中华人民共和国的国门,开始一个新的时代。六十年的历史,要是以前后三十年分期,这后三十年,则仿佛是长江进入三峡,夹岸巉岩,曲折艰难。然而,正是这些,开拓着它奔流入海的雄伟气势。

  当代诗歌历时三十年的发展,为我们提供了非常可贵的历史的启迪。我们有过不只一次的挫折,有的挫折几乎摧毁了诗的生命。但是,它仍然发出生命的光。我们依然有着我们时代的骄傲,我们骄傲于我们毕竟有着前人无可替代的,我们自己的诗的星座。——这是我对于这段历史进行并不平静的沉思之后的结论。

  更为明亮的未来正在孕育。我发觉:新诗失去了令人窒息的平静,它跃动着新的生命力。为此,我提出了一个严肃的命题:在新的崛起面前。我愿这新的崛起将造成新的繁荣。为此而付出代价是值得的。

---

 [*] 此序初收《共和国的星光》。据此编入。

一个论点的提出,总渴望着得到支持。对于支持了我的朋友,我不会忘记。在这里,我本来应当写出他们的名字,只是为了避免混同于庸俗,我只能在心中记着他们。

当然,同情与谅解来自更多的不同年龄的朋友和长辈,我收到许多热情的信件。学术上不同意见的争论是有益的。善意的尖锐批评不仅能纠正理论上的失误与疏忽,而且将促成一种健康的自由讨论的风气。因此,我愿借这本书出版的机会,向一切支持我和反对我的朋友表示谢忱。

谢　冕

一九八二年三月十四日于北京

诗作点评*

《路,你和我》(赵栩作)

诗歌是心灵的声音,它应当真挚、诚实。动人的绝不是那些漂亮的词藻,更不是伪饰之词。这首《路,你和我》以不加雕琢的质朴的语言写出了当代青年的真情,它感动了我。它完全告别了那种"假、大、空";它不自欺,也不欺人。的确,谁不追求美好的生活?况且那位女同学遭遇也值得同情,充满了让人辛酸的同情。"那些年你也失去的太多"!谅解、高兴、祝福,甚至还有微微的妒意,这情感早已失去了单纯(人的思想感情本来就不那么单纯!)而切近于真实。

诉诸情感的艺术充斥着矫情,这简直是不可思议的;而这在前不久还是事实。幸好,几代人都已醒悟,诗要讲真话。这首诗的作者,讲的是真话,他理解自己的同代人,但他并不苟同,他只说,他懂得前进和后退的含义,却也没有吓唬她。他说了认真的话:你并不是强者。

我为一代奋斗的青年高兴,我想,要是大家都能在艰难中立志做一名"蹚河的卒子"该有多好,这里没有虚张声势的豪言壮语。它的语言淡如水,却摇漾着酒一样的感情。

它的艺术也是好的,开头三行:

---

* 此组点评初刊1982年3月《海韵》1982年第1期。据此编入。原无题,此题为编者所加。

刚瞅见信皮儿有些发怔

　　哦,原来是

　　你的

一行比一行短促,表现了刹那间的情绪的变化,疑惑、思索、顿悟、惊喜!没有多余的解释,以浅白的语言启迪人们的联想,让人思而得之。

　　第三节以"可不成"三字起始,是思索后的结语。有力的开头,预示着有力的结束。错位移行之后出现的"真正的强者",表现了判断和抉择的力量。通篇用语洁净不紊,如写女同学出走之后的生活,只用了十个字:"生命的加速器""五光十色",简约而不失精当,真正属于诗的描写。

　　诗并不长,却有起伏,也有曲折,如"我真替你高兴",紧接着便是"那些年你也失去的太多",表现了情感变化的丰富而急促。

《风和树》(刘涵华作)

　　开篇便是异峰突起:我终于知道了粗暴的风的好处,它掳走碧叶,折断柔枝,但却创造了一个重大的发现——我"原来是一棵树"。是由于风否定了草而证实了树的存在。原先,总把自己当作草,甚至连生存都期待着别人的搀扶:

　　是风

　　证实了存在的真谛:

　　我有躯干

　　它硬直粗壮

　　老化的皮肤龟裂的泥土

由于生活的变态和扭曲,人们,特别是那些久经坎坷的青年,终于获得了觉醒——自我价值的显示。首先是自立,自立而能自爱;倔强地站立着,风使柔草变成了巨木,于是不再犹豫而固执地要求大自然没有偏倚的赏罚,无须怜悯于柔弱的草。作为树,树有自己的骄傲。

此诗饶有新意,质直坦白得让人高兴。特别是在平淡朴素的语言后面所蕴含的坚韧意志,使人窥见了微茫中的希望。

借物言情的诗总不要忘了"情"所赖以寄托的"物",从对象所提供的条件去作各种各样的阐发。要是忘了这一点,便易于与空泛的说教混同。如此诗结束时——

　　心,尚显得幼稚
　　渴望着一份应得的爱抚
　　也想到了潦倒
　　潦倒也是可能的归宿
　　无论怎样我都暗暗自豪

这五行便离题。风和树都不见了,只有"心",试问,"潦倒""爱抚""归宿"等等,与风何干,与树何干?自然,这些话似乎是为了点题的,但是,这样的题,是不应明点的,它只应当让人自己去"悟"。诗在很多时候,不依靠诗人的"说清楚",而依靠读者自己的"悟出来"。

《我可能是树》(白叶作)

执着的追求,坚韧的奋斗,组成了这首诗。"我可能是树",是说,可能还不是,但希望像树一样活着。采集阳光、吮吸水分,冀望着默默地贡献——为炎热者遮阳,创造着和贡献着绿色的生命。

它蕴含哲理,表述的是新鲜的观念。它认为作为一棵树,"生活的开始"是在被伐木者锯倒之后,承压和受弯都意味着贡献,它为此而欣悦。最动人的句子当然是——

　　假如我持托的是宫殿

> 我就召唤白蚁
> 噬食我的内脏

这是悲壮的英雄主题,这乐音属于觉醒的时代。作为树,宁可支撑农舍的草盖而不是豪华的宫殿,这种意识是前进的。

全诗结构,前半松弛,后半紧凑;全诗思想,前半平淡,后半奇崛。前后的不甚和谐匀称,埋藏了它的锋刃。总的毛病是,诗中尚有枝蔓,若能加以"修剪",则精警之句将脱颖而出而无可掩盖其光华。此外,"松柏"也是树,而且也是可爱的树,似不可以异己视之。它临冬而不凋,并不是它的过错,它的芳香也不能称之为"蛮横"。作者对松柏似乎不公。当然,这是诗,不一定这么看的。

《蓝花瓶》(赵坤作)

这首《蓝花瓶》它的浓郁的象征意味让人想起梁小斌的《中国,我的钥匙丢了》。在那里,梁小斌为丢失了钥匙而无法开启藏有心爱之物的抽屉而怅惘;在这里,赵坤却因翻动"一页很沉的日历""碰落"了蓝花瓶而失望。(为什么只是"碰落"而不是"破碎"?要只是"碰落"而不曾"破碎",为什么又要"开门""去买"?可见用词不切)。

花瓶是美丽的:鱼形,透明,有着海水的波纹。花瓶是引人遐想的:它是鱼,它一会儿小,小到可以"游进我的心";一会儿又变大,也许大如鲸,我又可以"骑你去大海"。心是海,海是心;花瓶是鱼,鱼是花瓶。一个具体的物件具有了丰富的象征意味,它寄托一种情绪:酷爱并不能失去透明。

写实的诗有写实的好处,象征的诗有象征的好处。象征可以在单纯中获得丰富,它可以运用一点去占领无垠。当然,"蓝花瓶"并非无思想性,也并非与现实无关。它曾经失落,因而要重新寻求;要是没有希望,当然也无需为曾经"碰落"而动心!

"蓝花瓶"很单纯,也明晰,并不难懂(当然,难懂不一定就不好)。它的缺点是浅,少了点蕴藉,而且有时还很拖沓。短而单纯的诗,要是出现如——

> 我爱和蓝花瓶一样透明的天
> 透明的阳光
> 透明的人

那样的"详尽",其后果就相当的"严重"。诗的含义不明,不好,说得太透,也未必佳。"太明白"是与诗的特性相背谬的。

《拾贝》(李挺奋作)

许多写采贝的诗,都是赞美的。采贝自有可赞美的理由,但不能人人如此写"拾贝"诗。在诗歌创作中追求新意是应当得到鼓励的。用新的形象,写表达新意的诗。

《拾贝》的作者写出了新意。他开始也被缤纷如彩云的珠贝的外形所迷恋,继而趋于冷静。他从珠贝不常被人谈论的另一面寻觅到了崭新的诗情。他认定这只是一只空壳——"没有鲜的肉,没有活的魂",徒有华美的外表的花纹,它只是被大海摈弃的"僵尸",却被人们"视作罕珍"! 由于谴责,它发出了如下的警句:

> 大海喜欢坚实的运动的生命,
> 因而也会讥笑我对干骷髅的痴情。

这是痛快淋漓的,也是非常富于哲理的。

诗的开篇应当紧凑,不宜松弛,要是如贝多芬的"命运交响曲",能有猛叩门扉的一击则最为精警,退而求之,则应当以最短的过渡进入主题。《拾贝》有此优点,"我在似玉的海滩上狂奔",

第一句是海滩;"脚下闪烁的珠贝,如同缤纷的彩云",第二句就显出了珠贝的美丽,仅有两句,便给往后全诗的展开提供了基础。

诗的结句不论是戛然而止还是余音缭绕都应当有力,切忌没完没了地拖延,多余的笔墨可以删去——

　　我于是将手中贝壳轻轻一掷,
　　深深吸几口新鲜强劲的海风。

　　一个浪头猛扑上来,
　　送给我一个深沉的吻……

收煞在前二句即可,后二句属于蛇足。

《关山月》(闻波作)

这是一个古老的题目。"秦时明月汉时关","一片孤城万仞山",古人用关、山、月这三个字吟过多少悲慨苍凉的诗篇。但是每个时代都有自己的声音,同一题材,什么时候都含有新的创造,什么时候都不会成为"绝唱"。

这里又是一曲关山月,但它是现代的诗。孤城依旧,寒星冷月依旧,那情景不再停滞,甚至也不再荒寂。那一片孤城,正"在乱石崖的草背上爬过"。一个崭新的意象,表现了前所未有的情致,它把古典的诗和现代的诗,作了明确的判别。这一片孤城,它也许是苍老的,但是却充实着生命;虽不是在腾跃,但却的确在爬动,在一片荒草寒烟上边爬动。苍莽的山峦如奔兽,"朦胧中粗犷的线条",也呈现了现代飞动的节律,精妙的是作者立即让那抛掷出去的线条凝固。升起了一轮"冰冰冷冷的月",月色如金,那古城仿佛在激动着陷入历史的沉思。基本是行动的抒写,而适当地衬以静境;对比和变化造出了诗境的丰富。

>"疏旷的胸间渗过溪水的深凉,
>我伸手摘取高空的果子;"

这里用的是现代的方法,前句是凝立塞上心胸开阔之感,它让深凉的溪水"渗过"疏旷的胸间。一种"假借",仿佛诗人的心境就是那月色之下的苍茫的关山。后句表明那心境所产生的意向,却并不是真的"伸手"。伸手摘取之后,是"山峰的倒影秤砣般落下,把黑色的城门堵死"。这里有大跨度的跳跃。不是真的"伸手",却"真的"摘下了"秤砣"。(它把虚的山影写成了沉甸甸的实物)。而这个由于伸手摘取而坠落下来的其大无比的"秤砣"居然堵死了"城门"!给人的感觉是虚幻的,但仔细品味,却觉那种如实的描摹更为"真切"。

同样笔法,变化良多。一会儿是高原霸主的"坚硬而响亮的风",一会儿变成了"月亮蜕下无色的蝉衣"。都是风月,它把塞外风写成了仿佛有着金属般的硬度与响声,而把高原月写成了蝉翼般透明,轻柔如霓裳羽衣。"坚硬"、"响亮"、"无色的蝉衣",分别是触觉、听觉、视觉,它赋予对象以质感,状物写形,愈见艺术上的丰富。

这是一首写景诗。在诗中,同一景色可以被重复表现千万次,因此求新颇难。但一定要求新,要不是一首异于前人的诗,则完全不用再写。闻波的《关山月》是一首新诗,古旧了的诗题,被作者拨响"富于力度的琴键",它宣告"古老的时代"已经过去。虽不明言,但它的凝思,它的飞动,它的沉健,说明它充盈了时代之力的搏动。

《妈妈,别给我唱摇篮曲》(朱榕作)

怎么总是听着摇篮曲呢?青年人告诉妈妈,他要投向比摇篮大得多的天地里去。他要走向高山,唱一支嘹亮的生活之歌,他奔向大海,让心灵沐浴得更纯洁。也许他将跌倒,但将重新站起!这是一曲充满激情的歌。

在人生行进途中,自然有种种考验,"猝然跌倒"而重新奋起是好的。但这里形容为"破皮和流血",似都不确,"破皮"太轻,"流血"含混,要是奋斗需要我们付出严重的代价,应当如何?仍然要前行的。"但只要心没有从胸膛里丢掉",应当有更明确的表述。其实应当是"即使流血,赤诚的心也不会死去",如此这般。一支嘹亮的歌从崖上飘下,而后是:"橙红的""瑰红的""鲜红的",究竟何指,都不甚了了。想象和幻想并不是意义的暧昧,描写不可太实,但形象本身应当肯定。含混的形象,也无从引发人们的联想。

末段应避开那些流行的用语,那样做,并没有增加思想性,先进的思想不是靠加上那些用语而得到加强。其实,离开母亲的摇篮曲而奔向生活,虽历磨难而不颓唐,这是生活之歌,这种信念于人的一生有用,也于某一阶段(例如当前的新时期)有用,何必拘之过死!

《新诗,我爱你!》(海南作)

诗中应当允许发议论,也应当允许专发议论的诗,只是要用形象的方式。议论不宜繁冗、拖沓,它应当非常精粹——精炼是诗的法律。所以,这类诗并不易写。《新诗,我爱你!》是写得好的。它发议论,却不沉闷,它讲道理,却生动而充满了光采。你先看由三行诗组成的第一节,可以认为是这组论诗诗的"总论":母亲面容上的一丝微笑,战士枪刺上的一道寒光,金色国徽上的一抹晨曦,三组形象,对诗的使命作了多么全面、周密的归纳,却全然是诗的语言。第二节也好,诗面临着现代视听艺术的挑战,但诗的地位无可替代;拿破仑喜爱罗德曼的大炮,而列宁却欣赏普希金的诗,两个事例轻轻拈来,放在一起,不作声张,却隐含褒贬，精警异常！而后，有关于今日诗歌遭遇的感慨与抨击，有关于当代诗风的建议性的评论，都通过生动的形象的再现：

  我不满
    你目前的纤弱
      像一位苍白的少女。
  不，你应该是一个壮汉
    骨骼里
      有坚强的钙质……

  读者和批评家都是独立的，他可以对诗发表各种各样的看法，也可以提出各自的批评。诗中应当有钙质，这是重要的论点，无疑是十分有益的。当然，纤弱的诗也并非不可存在。正如作者后面谈到的，艺术应当多样。最后一节，对诗的形式之争发表了尖锐的（而且是公允的）意见，显示了这位作者有着颇为宽广的艺术胸怀。

  全诗五小节，以极少的文字，论及诗的现实、发展、内容、形式诸多方面，丰富、周密、尖锐、生动，这是十分难得的。这一组诗论，是议论型诗中的佳品，它杜绝了概念化。

深挚情爱的心曲*
——读《长干行》(其一)

一般都认为,李白的诗如黄河之水,自天而下,激荡千里,入海不回。但李白也有另一种韵调的诗篇,这种诗宛若涓涓清流,回环九曲,而以沉郁深挚,表达细微缜密的情致为其特点。当然,那种豪放奔腾的诗,体现着李白作为浪漫主义大师的基本特点,而这类细密的诗,则从另一个侧面展现了这位诗人的丰富和博大。和杜甫、白居易等伟大诗人情况相同,他们的创作总展现出艺术上的多种才能。

要是拿《长干行》和《蜀道难》相比,二者的风格迥然异趣。《蜀道难》当然属于长江大河一类,有非凡的气势;而《长干行》则不啻叮咚作响的山泉,在月下闪着银色的光亮。前者粗犷,后者柔婉。当我们欣赏了《蜀道难》让人惊心动魄的雄奇险峻,再来吟诵《长干行》的深情绵邈,柔肠百折,是别有一番滋味的。

《长干行》以女性第一人称的语气回顾了女主人公的爱情与婚姻生活,通篇沉浸在对于往事的深沉忆念之中。这可认为是一"部"仅以三十行一百五十个字(要是不算《长干行》其二的话)写就的一个普通女性的爱情心史。它是这样一首诗:在别离的凄苦中,一个女子发出了对于爱情的轻轻的叹息,这是一曲女子

---

* 此文初刊《阅读和欣赏·古典文学部分(四)》,北京出版社,1982年7月版,收《论诗》;又收《流向远方的水》,题《婉转女儿心——读李白的〈长干行〉》。据《阅读和欣赏》编入。

思念自己远游的夫君的诗篇。它以凝练概括的笔墨,集中生动地写出了一个普通女子从天真烂漫到情窦初开、从少女的矜持到婚后的笃诚,以及饱经别离之后的思恋之情的全部心灵的历史。这份缠绵,这份柔肠百结的细腻,的确让我们窥见了李白艺术风格除了豪放与豁达之外的另一面。

《长干行》是写相思、写离愁别恨的。但它采用了十分现实的笔法。因为思念远人,不免思及他们交往与结合的难忘的经历。她一开始就陷入了一个十分甜蜜的往事的沉思之中:"妾发初覆额,折花门前剧。郎骑竹马来,绕床弄青梅。同居长干里,两小无嫌猜。"妾,是旧时女子的卑称——我那时很小,头发长得刚刚遮住前额。我在门前采集野花,你骑着竹马跑来了,我们俩围着床玩那青青的梅子。我们是长干里的邻居,两颗小小的心灵,天真烂漫而不避嫌疑。这里只用了三十个字,展现了一幅童年的纯真友谊的情景。"青梅竹马,两小无猜"八个字,已经成为异性男女童年友情的最凝练的概括。

"十四为君妇,羞颜未尝开。低头向暗壁,千唤不一回。"这里又有四行二十个字,它宣布了忘情嬉戏的童年的结束。十四岁就当了新妇,猝然开始的婚姻生活,给这个还是少女年龄的女性带来了充满羞涩之感的新鲜。"羞颜未尝开"写尽了这位新妇的娇柔妩媚:她怕在人前露面,俯首向壁,千唤不应,只是背人而立。诗人用"低头向暗壁,千唤不一回"这十个质朴的文字,对一个特定年龄(十四岁)的新婚女子的内心世界作了准确而又有鲜明特点的概括。一个"低头",又一个"千唤"不应,简洁的动作(而且是"不动"的动作),从静态的描写中画出了她那交织着复杂情绪的、十分不平静的感情。这是一位艺术大师忠于生活塑造出来的艺术典型。

过了一年,彼此间有了认识与体谅,蹙皱的眉端方才有了舒展,开始了由衷的爱恋。这就是"十五始展眉,愿同尘与灰"。在共同的生活中建立了真挚的爱情——愿意尘灰般地和合相依而永不分离。"常存抱柱信,岂上望夫台!"是从女子此时的心理状态写他们爱情的成熟。"抱柱信"是《庄子》里的一个故事:尾生(人名)与一女子约定相会于桥下,桥下忽然涨水而女子未到。尾生誓守信约,不愿离开,结果抱着桥柱淹死。后人因此称坚守信约为"抱柱信"。这里仍然是女子的口气——婚后两情笃好,常常想的是抱柱殉情之信;但愿彼此长久团聚而永不离别,更不敢想到有为祷祝夫君归来而登上"望夫台"的一天!

自开篇至"常存抱柱信,岂上望夫台"之前的文字,是关于往事的回忆,大体勾画出了从男女爱情种子的初萌到成熟的全部历程。当它回忆童年的嬉戏,新婚的羞赧,以及婚后的渐趋平淡而弥见坚贞的感情发展过程,基调是欢悦的,情绪也平稳,除了前一大段的结句"岂上望夫台"预示了情感激动的前奏之外,并没有大的波澜,全篇似乎都沉浸在一种轻松抒情的气氛之中。当然,它的追念往事却也不全是透明与单纯,它业已渗透出一种凄迷的落寞的情绪。这一股思绪仿佛是几缕飘拂不定的蛛丝,却隐隐地以不可见的情绪触角拨动着你的心弦。在这里,充分显示了这位抒情诗人对于人们情绪的感受及捕捉的能力是精妙的。

前半首诗创造了一种梦幻般的情调,展现着感情发展的各个阶段的线索,它让人带着清淡的忧愁,以不无惆怅的心情回味那带着微苦的甜蜜,悼惜业已失去的不知忧愁的时光。这一部分的笔墨全然是为了后一部分的主题展开作准备。

"十六君远行,瞿塘滟滪堆。五月不可触,猿声天上哀。"从这里开始,是以大激荡的自然景色来映衬大激荡的内心情感。它把一种悠悠的思念之情放在极其波动的情景中来描写。婚后第三年,女子十六岁的时候,男人为谋生而长别离。从此开始了"远行"的主题。《长干行》发生的地理背景是长干里,据《方舆胜览》:"建康府有长干里,去上元县五里。"上元治所在今南京市。这位青春女子思念远人的长干里,系今南京秦淮河一带地方。她的男人由此远行而溯瞿塘峡当是沿江西上——由建康而入川的路线。这在古代,是相当遥远的旅行。而"远行"的主题就是在这样一个动人心魄的大场面下展开的——那就是巨浪排空,险仄惊人的瞿塘滟滪堆。瞿塘峡亦名夔峡,在四川奉节县境,两崖耸峙,江流其中。滟滪堆为大礁石,在瞿塘峡口,舟行至此,惊险万状。每年五月涨水季节,滟滪堆淹没水中,船只易于触礁,故云"五月不可触"。

"十六君远行"之前,写的是对于往日的回忆;之后,写的是离愁别绪。为了写出这深沉的情爱,一开始就选择了入川途中的一个自然的险境,借以映衬女子为自己丈夫的旅途安全担惊受怕的心境。接着是"猿声天上哀":巫山三峡沿岸,旧日是十分荒凉的所在,时有野猿对空哀鸣。李白就有过"两岸猿声啼不住"的名句,不过那首诗里的猿声,表达的却是另一种情绪。在瞿塘峡口的惊涛骇浪过去之后,在沉寂落寞之中,猿声在遥遥的山头上发出了悠长的哀啼,这种笔墨,正是为了渲染女主人公那种凄苦的、惊惶不安的心情。惊涛乍过,又是这来自"天上"的猿的哀号,此情此景,人何以堪!

往下八句:"门前旧行迹,一一生绿苔。苔深不能扫,落叶秋风早。八月蝴蝶来,双飞西园草。感此伤妾心,坐愁红颜老。"从三峡的动景中猛然收缩,回到了眼前的家园静景。我们把这首诗喻为深挚情爱的"心曲",企图证明诗人完全是按照感情流动的逻辑,谱写这个内心世界的抒情曲。女主人公的情绪是波动与沉寂交织着的,她的思绪随着情感的潮水而起伏。开始,她为爱人而设身处地,仿佛伴随着自己的所爱经历了三峡的艰难与凄苦。这里猛然一收,回到了眼前:孑然一身,怅对旧物,门前是他旧日常行的路径,他留下的足迹上,已经生起了绿苔。对于在寂寞中生活的、心境悲哀的人,那凄厉的秋风仿佛来得格外的早,瑟瑟的秋风早把枯叶吹得满地都是!而积满了厚厚青苔的地上,连落叶也扫不动了——秋风,落叶,覆盖了离人足迹的青苔,这些身外之景都为了极写心中之情,这当然是凄楚万端的。阴历八月,蝴蝶双飞,嬉戏于西园草丛。这情景,更增添了心中的伤痛,青春年华就这么一天一天地在思念中成为过去,女主人公的心情充满无可言状的哀愁——"坐愁红颜老","坐愁"犹云深愁。——以上数句,完全是感时触景而发为悲情的笔墨。

"早晚下三巴,预将书报家。相迎不道远,直至长风沙。"——这是《长干行》(其一)的结束四句,仍然是女子心灵深处的私语。她只能在这种孤寂凄苦的思绪中遥遥地对着浩浩长江自语自慰——迟早有那么一天,你从三巴(今四川东部一带)首途归来,切盼预先来个书信,我将怀着急切而喜悦的心情,不畏路途遥远去迎接你。长风沙是旧日地名,在今安徽安庆市东。自南京至安庆,不下数百里,女子决心走这么长的路途去迎接她的爱人,这说明她是多么真诚。

《长干行》并没有展现李白一贯的豪放风格。它的长处不在这里,它追求的是细腻地表达内心的波动。细腻并不意味着平板和单调,它富有变化。只是这种变化仍然是细微的。全诗可分前后两半:前半回忆,后半悬想。前半的回忆又有层次,大体为童年、新婚、婚后三个阶段,统一的回忆之中又有鲜明的起伏。后半起于大激荡的场面,显得不凡。但很快又沉稳下来,复归于深沉的追忆("门前旧行迹"、"八月蝴蝶来"),又返回到开始时的那种平静。但这时表面的平静却掩盖不住情感的风暴:表面的静孕含着内在的动——这种内心情感的富有层次的起伏变化,造成了《长干行》耐人寻味的艺术魅力,也体现着这首优秀诗篇的高度艺术成就。

近年诗歌:一个简单的轮廓＊

一、历史的简单回顾

中国当代诗歌的历史,始于中华人民共和国成立的一九四九年。这与其说是取决于革命在全国建立了统一而巩固的政体,毋宁说,是由于决定诗歌性质的最根本原因——社会生活起了重大的变化。这种变化使得生活在这片土地上的人们开始了崭新的生活方式,甚至改变了世代相因的思想方式,其根本应是人的精神素质的改变。

但这个诗歌分期的历史,似乎还应当追溯到更远一些,即是一九四二年。那年在延安举行了一次影响深远的文艺座谈会。可以说,当代诗歌的"设计师",是那次"在延安文艺座谈会上的讲话"。在《讲话》的指引下,出现了中国当代诗歌的雏形:以《王贵与李香香》为代表的解放区诗歌,以及在《讲话》和解放区诗歌影响下产生的以《马凡陀山歌》为代表的国民党统治区诗歌。一方面,诗歌记载并讴歌了革命所带来的史诗般的变革,从而成为社会变革中的史诗;一方面,诗歌勇敢地肩负起干预生活的重任,它鞭挞生活中的倒退和黑暗,从而成为向着旧社会宣战的诗的檄文。它们组成了在中国共产党文艺方针领导下的诗与现实的密切联系,即通常被我们的文学理论著作称之为现实主义诗歌传统。这个传统好比一棵大树,有两个分杈:一个是颂歌,一

＊ 此文初刊 1985 年 5 月《当代文学研究丛刊》第 6 辑,初收《论诗》,题《中国新诗现阶段》;又收《谢冕文学评论选》,改为原题。据《当代文学研究丛刊》编入。

个是战歌。

截至一九七六年"四五"之前,共和国诗歌将近三十年的发展,基本上都是试图沿着这条现实主义的航道前进。其根本性的特征就是,认为诗歌应当反映现实生活的革命性发展,时代的精神面貌应该在诗中得到体现,从而鼓舞人民向着革命的目标奋斗。诗人们为了实践这个目标,进行了近三十年的努力。取得了重大的成绩,也经历了重大的挫折。这些挫折大体上是:建国初期,有过生硬照搬革命词藻以为就是诗歌为现实服务的标语口号化倾向;社会主义改造取得成功、社会主义建设开始以后的图解现实的庸俗社会学倾向;百花齐放方针提出以后,对于社会主义的萌芽状态的错误进行批评所产生的严重后果(这种后果最终导致了相当多的诗人回避现实矛盾,以及愈来愈普遍的粉饰现实倾向)。至此,现实主义诗歌大体上只保留了社会主义新生活的颂歌。这些颂歌因包括了不应歌颂的内容、和未能包括歌颂以外的内容而表现为明显的不健全。这方面,特别表现了对于现实生活负责的批评性主题的职能的萎缩。因而,这样的现实主义诗歌是有缺陷的和不完全的、有时(主要是十年动乱时期)则表现为虚假的。

现实主义在现实生活的挫折促使诗歌另求他途。恰好出现了一九五七年大挫折之后的一九五八年大跃进。这一运动以人民摆脱贫穷的真诚愿望为动力,而以小资产阶级的狂热性为基础形成的"共产风",使当时号称革命的现实主义与革命的浪漫主义相结合的创作方法,实质是中国式的浪漫主义诗歌应运而生。浪漫主义作为现实主义的反拨,从五十年代后期起始,成为主要的诗歌潮流风靡达二十年。浪漫主义在中国兴起的整个时期,现实主义并未断流。不过是,它只表现为一股微弱的力量在延续着。成为基本的和主要的潮流的,是浪漫主义。

与之同时,过去十分重视的现实生活在诗中的地位急剧地下降,现实生活变成了仅仅是充当抒发革命精神的媒介物。这就是从六十年代中期一直延续到七十年代后期的浪漫主义诗歌。这个时期的浪漫主义,随着我们国家政治生活的畸形发展,当代诗歌的优良的颂歌传统在六十年代后期发生了病变:真实的人在充满迷信色彩的颂诗中失去了独立和尊严的自我。这就是受到扭曲的颂歌传统。

同样,由现实主义派生出来的战歌传统,也在这一股浪漫主义潮流中改变了形象。诗歌完全被征用来为随着各式各样的政治风向而转换名目的"阶级斗争"服务:从"斗走资派"、"批儒评法",到"批投降派"、"反右倾回潮"。它们同样地均是与生活实际和人民的思想感情没有联系的飘在空中的存在。

当代诗歌的现实主义传统终于中断。经过了十年的政治动乱,人们惊呼:中国没有诗歌!当这场动乱结束,人们惊魂初定,这才以醒目的标题追记了这段诗歌灭亡的事实:一九七八年一月,邵燕祥执笔写《中国又有了诗歌》,在那里,他以悲愤的声音表达他的信念:

> 还我笔,还我歌喉,
> 我要唱人民的爱憎,革命的恩仇!

一九八〇年,沉默了很久的女诗人郑敏,在香港的《秋水》发表《诗呵,我又找到了你》,表达的是曾经有过的死灭,以及诗的再生的欣悦:

> 我吻着你坟头的泥土,充满了欢喜
> 让我的心变绿吧,我又找到了你……

从一九七六年"四五"到一九七八年底,经历了大约三年的恢复,诗歌的复兴已见端倪。

建国以来形成的诗歌为现实服务的观念,以及自延安文艺座谈会讲话以来形成的诗歌现实主义传统,虽屡经挫折而仍然呈现着它与中国现实血肉相结的生命力。当代诗歌在十年内乱中的窒息,乃是现实主义诗歌无以弥补的损失。

二、现实主义精神的复归, 诗歌为恢复真实性的努力

人民曾对变异的诗歌极为冷漠,因为它与人民的实际生活无关。这种状况一直延续到"天安门诗歌运动"的出现。需加辨明的是,这一"诗歌运动",并非纯诗的运动,它带着当代诗歌发展中的一般规律,即诗歌对于政治的依附。从基本特征看,它是一次完全自觉的以诗为武器进行政治斗争的行动。从诗的角度看,它以表达了人民的憎爱的真情而唤回了它的真实性的生命。在人民的生活中,在人民对于时代和国家命运的思考中,诗已成为一个切实的行动。"四五"作为诗歌现实主义精神的复兴与再生,对新诗现阶段的发展有着特殊的意义,它宣告:一个历史性的转折已经开始。

许多文章都描述过中国新诗队伍在新的时代召唤下的又一次大的会合。这次会合不再有一九四九年第一次文代会那样的欢快气氛,而是不无悲凉情致的生者为死者的大集聚。诗歌队伍重新集结之后,显示其战斗实力的第一次"实弹射击",目标指向伪音与矫情。

一般认为,这是一个显示实力的要求恢复现实主义精神的抗争。所谓的现实主义精神,按此时的理解则是抛弃"假、大、空",提倡诗要说真话。艾青是举着"红旗"重现在读者面前的,旗上写着两个大字:真话。艾青给他复出之后的第一本诗集《归来的歌》加的一篇序文,题目便是:《诗人必须说真话》。这是艾青对诗作出的最新的宣言,它是一篇声讨诗中的假话的檄文。艾青鄙薄那些"像投机商似的奔走在市场上"的诗人,他呼吁:

> 诗人必须说真话。……人民不喜欢假话,那怕多么装腔作势,多么冠冕堂皇的话,都不会打动人们的心。

随后,艾青又写了一篇题为《新诗应该受到检验》的文章,继续向着诗歌中的虚伪宣战。公刘以《诗与诚实》为题,对诗发出同时的召唤,他指出:诗也面临着"信用危机","不少诗作不说真话,或者说,不替老百姓说话。"公刘说,"诚实无罪"。

诗歌复活之后,几乎全力以赴地荡涤诗中的谎言,鲜明而响亮地提出了对于诗说来原不是问题的"真话"与"诚实",甚而成为诗歌界一致的呼吁。这是一种基于对历史的沉重反省、其中当然包含了深刻的批判意识。人们对那些在政治动乱、经济凋敝、正常生活受到严重破坏的情况下,仍然唱着"形势大好"的诗歌,感到了厌恶。他们要求不再隐瞒生活中的阴影,希望这些说真话的诗歌成为撒在生活的巨大伤口之上的"带韵的盐",而不再是精神的迷幻药。

在这样深刻检讨过去的背景下,新诗的确开始了一个前所未有的转机。诗人的社会使命感重新得到确认。建国以来诗歌锲入生活再现和反映现实的传统,获得了全新的体现。这个时期的诗歌总的特点不单是奋发,更为贴切地说,是对于历史的沉思之后,面对现实生活的沉重而发出的激愤之音。

黑夜刚刚过去,曙光是突然来临的。诗人的笔下不能不留下那一片阴暗,以及透出云层的熹微的光线。但在最初,更多的是对于阴暗的控诉和诅咒。公刘写过《雪景》:大雪后,"连垃圾都变成了纯洁的一堆",妈妈告诫孩子:"不许你用脏鞋底破坏了它的完美"。孩子用手指头对着窗玻璃画了一个"愚顽的妇女"。已经觉醒的诗人,不能容忍再用假话来覆盖历史残留的那一堆垃圾。

以画著称于世的黄永玉,曾在黑暗年月住在一间没有窗户的斗室里画着窗户,窗外是明媚的阳光和美丽的迎春花。他以对春天的向往坚持度过黑夜的时光。等到春天真正降临,他却变成一位充满激愤的诗人。他以特有的辛辣和机智的讽刺崛起于诗坛,他唱的是那些年月让人哭笑皆非的痛苦。在诗中,他擅长的似乎不再是画纸上那些闪着金色光晕的墨荷,而是华君武式的诙谐和让人坐不住的讽刺力量。他从变态的生活中获得那些荒谬的令人发笑的画面。他的诗的力量,在于让人要笑还来不及笑的时候就感到了剜心之痛。诗集《曾经有过那种时候》?对那个变态的时代进行了无情的揭露。诗人讽刺为了抹平皱纹而擦了过厚的粉的老太婆,她一笑,"碎瓷般的粉块的的嗒嗒掉在人们眼前",诗人发挥说,

> 讨厌的是世界上
> 有一种叫做"记忆"的东西,
> 它总是不给擦粉的老太婆
> 　留点情面。

黄永玉的诗,就是这种"讨厌"的"记忆"。他忠实于这个不讨人喜欢的历史的记忆,他写了一篇又一篇"不给擦粉的老太婆留点情面"的诗篇。值得庆幸的是,在一个美好的年代,这些诗篇获得了时代和人民的奖赏。一位在画中表现出诗美的诗人,此刻在诗中,却成为画出了现实的丑陋的画家。但就是这种难以忍受的丑陋,要比那些在发展的生活表面涂抹"亮色"的伪善、伪美更有价值。

艾青提倡讲真话,他并没有黄永玉那样率直的揭露。他似乎不愿具体描述那些肮脏的"记忆"。他也有对于历史的思考,但更乐于作超脱的俯瞰。对照那些失去光明的日子,他唱《光的赞歌》。他眼中不是没有阴影,但他更显得空灵洒脱。人到晚年,感情更有节制。《我爱这土地》式的强烈,《大堰河——我的保姆》式的奔放,如今,都化为了哲学家般的冷静:

> 我们从千万次的蒙蔽中觉醒
> 我们从千万次的愚弄中学得了聪明
> 统一中有矛盾、前进中有逆转
> 运动中有阻力、革命中有背叛
>
> 甚至光中也有暗
> 甚至暗中也有光
> 不少丑恶与无耻
> 隐藏在光的下面

他几乎不对现实生活的实际发言。他甚至更愿把这种实际的感受概括为富有哲理的意象。他从那些失去常态的生活里看到许多丑恶,但他并不像黄永玉那样作出惊世骇俗的刻画。他更多地把它化作了哲学的思索和抽象,通过这种概括表现出他成熟的机智。

从总的方面看,对于历史的反思正在成为诗歌现实性增强的重要标志,这不可避免地强化了原来相当疲软的诗歌的社会批判能力。这种能力的增进,改善了诗歌的能动性,从而在较高的水平上对社会进步起促进作用。相当数量的诗篇在历史性的反思中,对动乱年代的野蛮和残忍作了尖锐的揭露。这方面的主张,由于张志新事件的披示而达到高潮。"只因一个弱女子的从容死去,沉重的中国大地飞速地转动起来了……只因敌人在你身上拨动了一根琴弦,使九亿人心头不可抑制地回响起复仇的大音"(毕朔望:《只因》)张志新事件使中国知识界乃至整个中国都陷入痛苦的沉思,人们被这种罕见的失去良知惊呆了。一个普通的女共产党员,不是死于敌人的屠刀,而是死于"无产阶级专政"的枪口,这丑行使全中国发出了惊天动地的呼喊:

> 中国呵,中国!

>   中国被人割断了喉管!
>   ——公刘:《呼喊》

这一声声呼喊,显示了诗人正在行使自己失而复得的为人民代言——当然是"说真话"的权力。

张志新之死成为火种,它点燃了人们探讨民主与法制的热情。许多诗篇以此一事件为契机,引发了对于生活弊端当然主要是动乱的十年的生活的思考。思考它如何发生,以及如何避免,如何使我们能够生活在更为正常的环境中。当沉默的张志新走向刑场的时候,诗人在反思现代中国的愚昧(这当然是指特定的历史时期的愚昧):"最高权力的继承可以写进党章,这和'巴黎公社'的原则相距多么遥远!""在社会主义国家由于渎神而判处死刑,二十世纪的中国竟会出现中世纪的奇冤。"(白桦:《复活节》)这类诗篇中,最为人们知晓的是雷抒雁的《小草在歌唱》。它参加了这个对于民主与法制的一致的呼吁,同时又在另一个侧面启示了诗歌的发展。

诗歌在大步走向真实和真诚。人们不再在诗中掩饰自己的真情实感,也不再在诗中无限度地美化自己,而是袒露真情和真心。我们读到了因哭张志新的悲烈而转向哭自己的怯懦的诗篇:

>   不装哑就必须学会说谎
>   想起来总不免暗哭一场
>   哭自己脑子里缺少信念
>   哭自己骨子里缺少真钢
>   ——流沙河:《哭》

我们也读到了由烈士的死而转向自我谴责的诗意:"我是军人,却不能挺身而出,像黄继光用胸脯筑起一道铜墙!……我惭愧我自己,我是共产党员,却不如小草,让她的血流进脉管,日里夜里,不停歌唱……"(雷抒雁:《小草在歌唱》)

在过去,我们也有过忏悔的诗,但多半不是在平凡的"小草"面前的愧疚,多半只是在神圣面前的谦卑和自惭形秽。如今这种真诚的忏悔之感,是在对于历史的反思之后转向自我的反省,是充满时代感的。更为主要的,由一个异常时代的终结所给予的启示,围绕着一个普通共产党员之死发出的哀音,毕竟推动了诗歌思考主题的发展,形成了现阶段诗歌关切现实生活的新局面。过去受到禁锢的领域得到开放,诗歌的触角伸向了与人民的利益与权力密切相关的颇为敏感的领域。

前此的诗歌,对现有生活的颂扬几乎等于诗歌的全部主题。现阶段诗歌出现了明显的逆转。诗歌的形象有了改变。群众对诗的冷漠心情开始消失。诗歌再变在人民中建立了信誉。

三、沉思与呐喊——时代赋予的使命

经过一个灾难性的年代,全中国都陷入了思考。"既然历史在这里沉思,我怎能不沉思这段历史",这是成年人对于历史的思考;"在灰色的夜空前,站立着一棵年青的树。它拒绝了幻梦的爱,在思考着另一个世界",这是年青一代的思考。诗人的使命感在恢复。诗不再满足于牧歌式的恬淡清远,而是以充满激情进取精神,为消灭生活中的令人窒闷的阴沉而大声疾呼。于是出现了呐喊型的诗篇。

这些呐喊的诗,最直接地继承和发展了当代诗歌的求实精神。有一批诗人致力于这一类为生活的推进而发出的真诚的呼唤,他们对社会问题远较披露自己的内心世界更为关注。他们把个人放置于客观世界中来表现,而不是如另外一类诗人那样把世界溶解于内心。

一些经历了生活忧患、曾经在政治浪潮中淹没的诗人,表现了更为动人的热情。他们淹没之时还年青,一旦浮了上来,仍然处于盛年,热情未曾泯灭。他们不像老年人那样冷静沉着,他们还不失五十年代那种对于生活的理想和信念,却又较比他们更为年青的一代少了点迷惘。这是更为多情的一代人。未曾泯灭的热情,把这些饱经忧患的诗人大体划分为两大类型:一种是前面述及的呐喊型,他们更为注重诗直接介入社会性主题;一种是沉思型,他们偏向于通过个人身世以间接地表现生活。后一类诗人,大体也有一个集中体现了特点的共同性主题,这便是:"归来"主题——归来之后的沉思,沉思自己的归来。

无论是呐喊还是沉思,他们都遵从复活之后的现实主义精神,说真话,抒真情。一部分人在生活的激流中奔涌呼喊,另一部分人从激浪中站起,坐在布满礁石的岸上咀嚼狂涛激浪的凶猛,回想生活中的浮沉,有了更多内向的思索。

存在着多种性能的诗歌,有偏于浅吟低唱的,有偏于振臂高呼的。建国以来一种主要的诗歌形式——政治抒情诗,是振臂高呼一类,曾经起过好的作用。近年来还在兴起的对生活作直接观照的呐喊的诗,正是前述的诗歌传统的发扬。这类诗歌典型的是《将军,不能这样做》和《请举起森林般的手,制止!》,从内容到形式都是政治抒情诗传统的继承。不过是,它恢复了真实性,使得它具有充满生命力的尖锐。

白桦、公刘、邵燕祥等近于此类。他们以各自不同的声音和方式表达对于生活的热情。他们在旧生活结束、新生活开始的时候,都曾经以传统的方式欢呼和歌唱过。白桦歌唱过"如期归来的秋天";公刘为宪法第十四条曾经写上的"百花齐放、百家争鸣"唱过真诚的"恋歌";邵燕祥归来的第一首诗是献给一座新建筑物的《献诗》。随后,他们逐渐觉察到自己的单纯,经过思考而终于为生活而呐喊。这种呐喊是对于因创伤而显得凝滞的生活的觉悟。

几代人都在沉思。呐喊型的诗人是沉思之后激情喷发的呼喊,而别样的诗人,则不采取呐喊的方式宣泄他们的热情,而仍然沉浸于思索。邵燕祥在这一辈诗人中算是年青的。他在五十年代是唱着青春之歌走向远方的。他的特点是对生活单纯的热情。在新的时代,邵燕祥的诗变得沉重起来,他不再有过去那种把中国架上汽车的单纯感。但他仍然为中国的汽车呼唤着高速公路,仍然热情地召唤着前进。而在依然热情的歌唱中,他已经有了新的觉悟:"空话不能起动汽车,豪言壮语也不能铺路",他坚信我们一定能铺成一条高速公路,因为——

> 有这么多的痛苦
> 有这么多的愤怒
> 甚至有这么多的血肉
> 化为我们特有的混凝土!
> ——《中国的汽车呼唤着高速公路》

他的"高速公路"竟然是由这样的混凝土所筑成,这是何等的悲凉! 在这些诗人中,邵燕祥原是色调最为明亮的一位、他的诗中有着一贯的乐观感。他不是没有看到生活的沉郁,但他执着地认为,我们的"阳光、空气与水"理应属于我们,而不许被劫走:"我们是史诗的主人。"这是一位目光向着前面的诗人,当生活重新开始的时候,他就"把长长的身影留在背后",而不愿把阴影带进新的生活。即便如此,当他《含笑向七十年代告别》的时候,他还是留下了最后一声叹息,这就是:"我们有行乞的习惯吗?"

白桦以热情、积极、进取的姿态重新出现。他如同五十年代的郭小川、贺敬之那样,关心的是社会性的重大主题。他对风花雪月近于冷漠;也很少谈论自己的苦难,他总是把对人民、民族、国家兴衰的思考写入诗中。他是一位离不开重大的政治性题材的诗人。歌唱了一个丰收的"如期归来的秋天"之后,他望见呼啸而来的春潮:"我是那样真切地感到了你的临近,我的血液和祖国的江河一起在转暖。"他的笔墨是节制的,他只是"感到了"春潮的"临近",而没有进一步加以描述。这体现了诗人的成熟——一种中年人特有的审慎。随后,他的声音渐趋于冷静。新时期不少人写过各式各样的珍珠,但却有一个共同的趋向,即珍珠的痛苦的磨砺以及它在黑暗中的期待。白桦写的是一种显得特殊的珍珠,它几乎排除了对于个人命运的咏叹,他有一个更为宏阔的诗思,那就是——三十年的总结,人民对于历史变迁的思考,结成一颗珍珠,它的名字叫"觉醒"。

白桦是呐喊的,他愿意站在生活的前头呼唤生活前进。要是说,《阳光,谁也不能垄断》是一声雷鸣,他的《眼睛》则是一道电闪——"中国的上空没有上帝,只有八亿双睁着的眼睛"。他总是这样写着重大的题目,这些诗的题目就是人民及其力量。即使这样一位充满激情的诗人,也不失对于历史的思考之后难以泯除的悲凉。那种即使是豪壮言辞后面的悲慨,几乎是同代人的诗作所共有的。他在《船》中以一种近于沉重的调子说道:

  即使它们终于把我撕碎,
  变成一些残破的木片,
  我不会沉沦,决不!
  我还会在浪尖上飞旋。

即使是前进的船,也会有被"撕碎"的预警,这毕竟是令人不安的。我们当然愿意诗人们如同往昔,唱着乐观而豪迈的歌!然而,这不可能,因为诗的真实生命已经归来。

公刘唱过一些乐观的歌,很快即陷入"沉思"。沉思之后写出的诗章,都是富有哲理的深沉缜密之作。公刘动人之处在思想的深刻,这种深刻往往还藏着尖刺。经过离乱,他完全失去了当年那份吹着"叶笛"的牧歌情趣。他的诗很冷峻。他的抒情形象是一位始终皱着眉头思考的哲人。他也很少谈论自己的命运,尽管他们的命运也是坎坷的。他同样是一位以社会性的重要主题为诗的主题的诗人。一些我们不易引起警觉的普通现象,诗人却能引发为凌厉的批判,如《讨论会》,他抨击了那种只满足于空谈,却"谁也不去碰那个可怕的巨大的伤口"的现象。

这位呐喊的歌者,他曾为天安门广场上进行斗争的年青一代写过充满希望的《星》,他挑选了十二月二十六日这个日子,把它作为一首诗的题目(在那里,他第一次写到了旗帜的光荣的弹孔);他还写过《车过山海关》、《关于摩西十诫》,都是他对中国当代重大问题的思考。

诗人们由争取诗的诚实到自觉思考生活提出的重大命题,这说明当代诗歌在开明政治的引导下,在思想解放运动的启示下,已经跨越了历史的每一阶段所曾经跨越的。这方面的成就,形成了当代诗歌的第一个重大的转折。当然,事情也在悄悄地变化中:呐喊的声音已经转弱,由沉思引发的呐喊不同程度地复归于沉思。至此为止,为催动生活前进的呐喊的潮流已不再是主要的,代之而起的,是普遍的反省。以至连公刘这样的诗人,也有充分的条件从社会性的重大事件中部分地收回目光,转向了自己的内心。为此,他写出了对自己的《解剖》:"我的每一个'现在'都被割成两半:一半顾后,一半瞻前,作为动物我十分容易满足,作为人我却往往感到不满。"

当前诗歌的巨大转机,开始是热情的呐喊。当这种热情减弱下来,诗歌便自觉地返回它的出发点,这就是对于生活的思考。它们不是道路的两个分叉,它是两个同心圆:外圈是沉思,里圈是呐喊,它们的圆心则是诗的真实性。对于时代的沉思发而为鼓动前进的呐喊,一旦呐喊的方式不再成为主要的,思考在继续着。时代提供了丰富的资料促使人们思考。这使诗人真正成为人民的代言人。在这一庄严前提下,不仅是传统的抒情诗的价值得到了确认,而且有了补充和发展。这一战绩将为当代诗歌所保留而成为传统精神的一部分。不论创作实际将发生多大程度的逆转，但毫无疑问，人民将记取诗歌经历了多年曲折之后所争取到的东西。

四、新的太阳在升起，归来主题的出现

当代诗歌对于新诗发展的重大贡献，在于诗与现实生活空前密切的联系。建国初期诗歌创作的共同趋向，即是把诗从飘浮空中的云变成地面上沉甸甸的实体（当然，由此产生过太过描摹现实、甚至用诗来表现生产过程的偏向）。现实主义的挫折，使新诗转向理想精神的追求。最后，在动乱的十年中，诗由人之歌蜕化为神之歌。历史走过了一个大的弯曲。复苏之后的诗歌，不能不考虑这个大的弯曲。当太阳在诗中变成了专用的代名词，当诗只允许"朝阳"的存在，当"落日"成了忌讳，诗歌的确变得狭窄了。寻求发展的诗歌，不能不结束这种异常的局面。

新诗摆脱神学的桎梏，实际上走了一段艰难的路。当旧生活结束，新生活初兴的时候，新诗面临着一个巨大的断裂层：从神到人的转折，或者说，人民重新争得诗的主人地位的转折。其过程是痛苦的。但很快，思考的诗歌终于有了新的觉悟，开始了对神的主题的否定，它们喊："不要耶稣"，"中国的上空没有上帝"。一旦神圣的闸门被打开，太阳也就成为平凡，它既不永恒，也非万有，一首题为《太阳》（流沙河）的诗，终于用明确的语言告诉人们："固执迷信的只是我们自己。"

获得了生机的诗歌，同时获得了一个新的主题：人与太阳。神的太阳在人的手中被创造，也在人的手中陨落。上面引用的《太阳》是展现这一主题的很重要的诗篇。它试图阐述科学战胜迷信的思想，它宣告："活生生的上帝终归是我们自己，而不是任何太阳。"

一时间里，出现了相当数量的人与太阳的歌唱，这归功于人

的意识的复苏。它使一个古老的题目变成了新鲜。作为向着诗歌的变异的主题的告别,敏感的诗人终于以满不在乎的语气说出:

> 我一直唱着颂歌,
> 现在,也该唱唱我。
> ——雷抒雁:《人的颂歌》

它预示了一种反拨,这就是普通人的主题的受到尊重。与英雄颂歌、神圣颂歌相对应的是人的颂歌,是平凡的小人物主题的出现。

一九七九年出现了两首引起强烈反响的诗,它们显示了诗歌的两个大的走向:一个走向是痛苦思索后对于现实生活的关切;一个走向是从同样引人关注的事件而引发心灵的内省。《小草在歌唱》属于后者。它并不是传统意义上的英雄颂歌,而是由一个普通人的死而牵动另一个普通人的深刻自省的诗篇。它的中心形象是"小草"。在暴虐的风雨面前,诗中人物的命运是小草的命运;生命遭受挫折之后,是平凡的小草为它歌唱;我是军人,却不如小草坚强……这首沉思型的诗启示了一个崭新的主题:平凡的小人物命运的主题。

当代诗歌主题由神到人的转移,为诗中"归来"主题的兴起提供了良好的准备。随着人的觉醒,个人的命运和自我的形象不再被视为异端。随着伤痕文学的出现,也出现了伤痕文学在诗中的特殊形态:"归来"主题。归来主题之引起重视,主要的并不是由于艾青把他复出之后的第一本诗集叫做《归来的歌》,以及流沙河、石天河等诗人都写过题为《归来》的诗。主要是由于过去受歧视、被放逐的平凡人、小人物的悲欢,如今堂堂正正地成了诗的主题,并且汇成一股不小的潮流。

最先传来归来的明确信息的,是曾卓《悬崖边的树》的发表——

> 它的弯曲的身躯
> 留下了风的形状
> 它似乎即将跌进深谷里
> 却又像要展翅飞翎……

这是一座"归来"的浮雕。它保留了一个被扭曲的树的造型。读这首诗的时候,我们都想起曾经有过一阵又一阵的"奇异的风",把一棵又一棵的树,吹到了"临近深谷的悬崖上"。幸好,这些已经成为过去。这些留下了"风的形状"的树,终于喊出了自己的声音。

一棵树的歌唱预示了春的归来。但整个气氛并不是这首诗所传达的那样"轻松"。这种归来的声音显得沉重。畸形的生活造成了几代人的离散。这样,诗中的归来主题便自然地纳入了伤痕的潮流,也就不能不在诗中体现出当代文学中的一股潜流:感伤情绪的潜流。归来之后,普遍产生一种失落感。老年人悲哀于失去不可复得的时间,壮年人悲哀于失去了最宝贵的青春,青年人悲哀于失去了许多机会。这种抚今追昔、痛定思痛的情绪是几代人所共有的。

老年人有自己的沉静。即使如此,也掩饰不住那种悲凉情致。艾青写《失去的岁月》,慨叹失去的岁月如一碗泼到地面的水,水被晒干,看不到一点影子。"时间不可能变成固体,要成了化石就好了,即使几万年也能在岩层里找见",透露出无尽的惆怅。年青一代表现得更为强烈。他们也有自己的归来。他们也叹息曾经有过的《从前》:"从前我的心流过血,从前。我用流血的心,问大地、蓝天:我的青春在哪里?我的欢乐在哪里?我的爱情在哪里?"(曹安娜)但他们毕竟年青,他们不可能有那么深沉的悲哀。在他们那里,"归来"更多地表现为"寻找"。《中国,我的钥匙丢了》(梁小斌)诚然有它的惆怅,但是,那毕竟是一个孩子在寻找曾经挂在他脖子上的钥匙。那时,他进不了门,开不了抽屉,他感到了憧憬的破灭,于是他们追寻。

中年人把这种归来主题表现得最为充分。对于岁月的流逝,他们的感受最深切,因为流逝的正是人的一生中最富有创造力的一段年月,其中包含了对于失之交臂而悔不可及的爱情与友谊的挽歌。林希的《你曾经是我的舞伴》就是一曲流淌着淡淡的哀愁们抒情曲。周良沛的《要求》也是一支揪心的离歌。除了生离,还有死别。胡昭的《答友人》,就是对友人关于自己妻子的询问的回答:"她挣扎了很久很久,终没有挣脱那使她窒息的绳索。"

最集中地写了归来主题的是流沙河。他几乎始终沉浸在往事的追怀之中。《归来》写他重返旧日居所,他哀叹:"岁月、岁月,你到哪里去了?我像蠢笨的哑巴被扒了巨款,痴呆呆,无一言,泪盈盈,望青天。"一种眷恋往事的心情,驱使他拜访那些能唤起亲切记忆的旧地,他吟咏故园,九咏而意犹未尽。

当前诗歌论争中经常被提议的"自我"形象,归来主题的诗其实就是表现自我形象的诗。在现阶段,这样集中地出现描写个人命运的诗篇,为数这么多,表现得这么动人,这是前所未有的。不仅是人代替了神,而且是平常人和小人物的命运得到关切,这意味着诗正向着广阔发展。在继续关心社会生活的重大问题的同时,相当一部分诗趋向于个人化。它改变了过去的褊狭,极大地开拓了诗的领域。

在归来主题的诗作中,的确存在着一种感伤情绪,但并不像有的人斥负的那样,认为"于时代,于国家都非常不祥的声调"。它们的诗情源于昨日的离乱,而歌于光明的今天,是时代的合理产儿。我们可以从一个心灵的颤动,认识那个让人心灵颤动的时代。这种痛定思痛的、带着深刻反思的认识,不是要我们反复咀嚼往日的悲哀,而在于要我们因此活得更加清醒。这将促成一种防御性的精神力量,以防止错乱年代的再度降临。

这类诗篇在表达几代人的悲欢的同时,客观上再现了在新时代生活并成熟起来的人们的思维世界。离乱和挫折并不能摧毁他们对于人民和土地的爱。历尽劫难不仅始终怀着信念,而且宣称《我不怨恨》(梁南)。在这首诗中,引人注目的是这样一组形象:

> 马蹄踏倒鲜花,
>
> 鲜花
>
> 依旧抱住马蹄狂吻;
>
> 就像我被抛弃,
>
> 却始终爱着抛弃我的人。

这是一种无以解释的执着。成熟了的中年人,能够理解那个时代的神经错乱,而且也有能力分析它。抛弃我的人未必不爱我,也许竟是欲爱不能,他们也不能离开那个时代的羁束。诗中体现了十分复杂的情绪组合。而支配一切的,是这一代人与他们所处的时代、生活、土地的完全不可割离。这使他们受苦受难的土地,又是生我养我的土地,它的冷酷和它的热情,他们都能理解。这一切,造成了新诗的巨大转折,出现了以小人物的悲欢折射畸形年代的社会全景的归来之歌。

五、抒情形象由平面趋向立体的演进

从根本上说,每个时代都有自己的诗歌,每个时代生活的演进不能不促进诗的演进。社会生活节奏的加速,必定冲击着那种幽雅恬淡的田园诗情趣。诗,总是适应着生活的变化:从内容到形式,从形象到节奏。中国的诗传统异常丰富,而丰富则易于带给人们以维护这一传统的观念。传统要继续,但也要发展,这是所有人在口头上都赞成的。但有人要求这种发展不要"走样"——即这种发展必须符合他们不变传统的规范。这种观念的差异,是造成新诗发展问题的争论持久不衰的一个原因。

然而,诗是要变的,不变,不可能。以上所论,都是诗变的粗略轨迹。作为抒情的诗,在现阶段,抒情形象由单一而趋向多层次,再现生活由平面而趋向立体化,这是当前时代施加给诗的明显的影响。五十年代李季的《致北京》是一首力作。在那里,他讲"哪怕是能在你的怀抱里住上一天,这就是我们一生里最大的光荣"。感情纯朴天真。八十年代同样是热爱北京的诗,它失去了那种单纯感,在同样深挚的真情里明显地打上了时代的沉郁的投影。下面是匡满的同名诗《致北京》的开头:"当历史/从酒精中毒中苏醒/可怕的呕吐/叫我明目清心。开启新的一页/就像开启/锈蚀了瓶盖/艰难纷杂/还常要伴着/破坏和不幸。"这是受伤的心灵中生发出来的真挚的北京颂。它失去了昔日颂歌中那种单纯的欢悦。这类颂歌变得复杂了,它包含了对于历史的追忆,追忆之中当然有着对于失常的生活秩序的谴责,但明显地包孕了希望和再生的喜悦。不再是单纯的赞颂,也不再是单纯的谴负,失望和渴求,沉郁的回首往事和热情的冀企未来,交织在这样的新颂歌之中。

生活在前进,特别是经历了曲折,人们的思想也在成熟。人们喜欢晴朗的天空,喜欢明亮的色调,但人们愿意把这和真实统一起来。从单纯到复杂,诗歌形像的演进落后于生活,诗歌艺术有自身的惯性运动。当生活业已发生变化,但这变化并不立即传递到诗的变革中来。邵燕祥是一位对生活相当敏感的诗人,他复出之后的第一首是《献诗》,他想象自己只是一只"飞旋在正阳门北,英雄碑南"的北京雨燕。但当诗人"含笑向七十年代告别",他又唱了一首《燕子的歌》。他重申"我是一只北京的雨燕"。但这只燕子却不是仅仅栖迟在那一片并不广阔的空间了,它——

> 曾经飞越大海的波涛
> 穿过凄寒的风雨,墨黑的云层

> 被闪电灼伤了翅膀
> 跌落在雷劈过的礁石上
> 咽下痛苦,也咽下歌声
> 在一阵又一阵浪潮冲击下
> 吮吸着总不愈合的伤口……

这是一只更为真实的燕子。风雨、浓云、雷电、身上的斑斑伤痕,它的歌声也真挚、委婉、沉郁,但又是坚定:归来了,一边"衔泥修补檐下的旧窝",一边向人们报告春天的消息。

单纯的爱和恨,单一的欢呼,单调的描摹,这是已经或即将过去的形象。现阶段诗歌把一个个"有血有肉的立体",送到了我们面前。正如赵恺那首著名的《我爱》所表达的:眼泪可以变成琥珀,截然对立的东西同样地受到珍惜:平反通知书和亡妻的遗书,第一根白发和孩子的入团申请书,希望和绝望,今天和明天。在这位诗人的心目中,不幸也变成了"有幸",他一切都爱,甚至"爱"上了"爱的仇敌",他认为因为有了丑恶的存在——"爱,才是一个有血有肉的立体"。但即使如此,在整个由矛盾组成的新的和谐中,却跳出一个不和谐的音符:他也有例外的"不爱"——

> 可是,我不敢抚摸提琴;
> 我觉得那根被切断的喉管的鲜血,
> 还在琴弦上滴……

生活留下了多么深的创伤,人们,不管他多么宽容和豁达,也未能全部把阴影、灰色和丑陋从心中驱逐净尽。

这一时期的诗歌,抒情形象也获得了新生。它打破了统一的僵硬的模式,更多样也更加丰富了。多层次结构代替了过去的单一层次,再以《我爱》为例,我爱,我恨,我又恨又爱,我一切都爱中也有不爱……骆耕野的《不满》、刘祖慈的《为高举的和不举的手臂歌唱》,都有多层次结构,感情抒发趋于细腻。总的是,立体化和多层次的诗歌感情结构的格局已经形成,光明的背面是阴影,乌云的暗处,又露出了太阳的光线。

在这样诗风的影响下,诗歌的抒情更加细微,不同于过去那样的直率粗疏,它允许感情的委曲的表达。这当然意味着成熟。流沙河从昨日的坎坷中获得了诗情,他的归来之作之所以动情,是由于他表达了感情的复杂性,因而也更为真实。如他在《故园别》中抒发的对于与他共过患难的乡园的情怀,"我恨这一角荒园破庭/在这里尝够屈辱与酸辛/我爱这一角破庭荒园/在这里学会了觅食与做人";他在《中秋》中写道,"爱他铁齿有情,养我一家四口;恨他铁齿无情,啃我壮年时光"。这些,表达的都是一种说不清的情绪,一种回肠百折的情感混合物。引人注目的赵恺的创作,他的《第五十七个黎明》、《镍币》,本都是单纯的命题,却都被写得委婉曲折。如《镍币》,要在以往,完全可表现为好人好事一类,但在赵恺那里,却激起了极不寻常的情感波浪。诗人写藏在"叔叔"口袋里的那枚镍币:

> 共和国的国徽,
> 在青年的衣袋里哭泣。
>
> 一枚哭泣的镍币,
> 一枚欢乐的镍币,
> 一道前进在时代的车厢里。

又是一个复杂情感的结晶体:车厢是前进着的,但在前进着的车厢里,既有哭泣的国徽,又有欢乐的国徽。现阶段诗歌全力塑造的,正是这样一种立体的、多层次的情感结晶体。

一九八二年八月六日——八月十三日,于北京、青岛

从单一的美走出来*

我们已经有过的诗歌,肯定对当代的诗歌作过无可替代的贡献。我们以诗的形象创造了整个时代的美。革命热情勃盛的年代,我们以激昂、明朗、有力的形象装饰我们的诗句,我们创造了单纯的美。我们也曾经真诚地描摹过生活,我们曾以为这种描摹愈是切近于现实的,便愈是美的。在一段时期里,诗人们满足于以诗记述过程、会议的进展、生产的环节,以为都是诗美所不可缺的。后来,诗走到另一个方位上,诗人们不再重视诗对现实的这种描摹,开始有意地忽视细节和程序,诗人们有了更新的关注。那时的诗歌,往往为革命意识的宣扬而寻觅对应物,竭力在小物件上寄托大含义。任何一个时代出现的美学追求都有其合理的价值,但当它不再是创造,而成为一个模式时,它的价值也消失了。

曾经有过这样的时候:诗失去了色彩,只有红色,君临诸色之上,垄断着美,夕阳总是没落的,黄昏成了禁忌;而太阳,这千千万万个星体中的普通一员,却成了神明,而且只有一种单一的寓意。自然界的太阳是充满生气的,而诗中的太阳却因过于辉煌的形容而显得龙钟老迈。只是到了这一天,伴随着人的觉醒与诗的复活,我们这才听到了一声巨响:"太阳,每天都是新的!"这是诗的新生代的呼吁,一种企图打破长久凝固的诗歌美学观

---

* 此文初刊1982年11月5日《山花》1982年第11期,初收《论诗》。据《山花》编入。

念的开拓的声音。

是的,太阳曾千万次从诗中升起,它无一例外地都是壮丽的,它总是充满无所不在的力量和无边际的光芒。只是从这时开始,诗试图对重复了千万次的描写作某种新的尝试。一位青年,他写《日出》:

> 萧萧的凉风中,
> 黎明,在缓缓地分娩。
> 哦,光明的诞生原来这样痛苦,
> 看山的那边
> 正渗出一滴殷红的血
> ——布依族　王泽州

这似乎是一个转折的标志,诗歌,正在扬弃那种徒有其表的华词丽语,正试图诀别那些矫作的夸张和空虚的激情。这"痛苦"的日出是前所未有的,但无疑属于它的时代,且是真实情感的结晶。只有经历过悲凉的年代,才有这样悲凉的情怀,黎明的诞生不再是那种光明澄澈的欢呼,而是以"殷红的血"为誓。诗歌美学正在走向拓展期,一股新的艺术探索的力量已向凝固不变而日益狭窄的诗美告别。日出可以是壮丽的,但不必每次都壮丽,而且也并非从来都壮丽的,日出却可以是这般痛苦而悲凉,一次萧萧凉风中的渗出殷红之血的缓缓的分娩,其价值可与千万次一例的轰轰烈烈,光芒万丈的"红日东升"相抵。

生活有多么丰富,诗就应当有多么丰富。美不能是单一的,美是丰富。美不是贫乏,更不是凝固。五十年代,艾青写过散文诗《养花人的梦》:一个酷爱月季的养花人,种了几百株品种不同的月季。他的院子呈现出一种"单调的热闹",不想养花人的偏爱激起了百花的愤懑。养花人做了一个梦,受到了百花的谴责,梦醒后,养花人不胜感慨:"我自己也越来越觉得世界太狭窄了!"单一的爱好,只会造成一种日益狭窄的世界,这是养花人的梦所启示的。

诗歌正从狭窄的世界中走出来。它试图打破那单一、平面、而且凝固不变的美的观念。它试图表现复杂多变的美,而这种美则接近于真实。莫奈曾以自己的画笔改造了伦敦市民对"伦敦雾"的色彩的观念。波德莱尔曾以他的《恶之花》改变了人们拘于传统的古典美的趣味。艺术家的创新,在最初,总是不脱叛逆者的形象。正是由于有无数这样的敢于叛逆"传统"的人,艺术才取得不断的发展。当代诗歌结束了令人窒息的噩梦之后,伴随着新的呼声而来的,是那种无视陈规的叛逆精神:"为什么丹红不能表现悲哀,为什么黛青不能表现欢乐,为什么太阳只配朱砂,除非消灭光线吧,我决定:不给丰收金黄,不给希望翠绿。我想用雾代替流水,我想用泪代替星星,我想月光能充当火焰,即使失败了,我也心甘,因为我信仰:没有相同的沙砾,没有重复的叶子。"(陈仲义:《颤音》)在这里,艺术的成见得到了摒弃,而充满了大胆勇敢的创新精神。

几代人以这种无所拘束的创造精神,改造着历史遗留下来的单一的审美观念,他们试图把生活表现为血肉丰满的实体,而不再只是图解和描述:

> 我挖出当年那颗珍藏进泥土的泪滴,
> 时间已把它变成琥珀,
> 琥珀里还闪动着温暖的记忆。
> ——赵恺:《我爱》

泪滴不再单纯是泪滴,而它也不再被轻易抛弃;当年的泪滴可以珍藏而为琥珀,而琥珀留下来的却不尽是凄凉与悲苦,甚至还闪动着"温暖的记忆"。感情的表现被复杂化了,人们回首往事,凄楚或甜蜜交杂而存在,对于往昔的追忆,于悲凉之中却透出了温

暖,这就是如今诗人所追求的新的美。像下面这样一组形象,简直就是令人惊骇的复杂情绪的结晶品:

> 马蹄踏倒鲜花,
> 鲜花,
> 依旧抱住马蹄狂吻……
> ——梁南:《我不怨恨》

一方面是践踏,另一方面却是抱吻,诗人把不和谐的画面重新组合而为和谐。在这相应对立而充满躁动的两组形象造出新的和谐之中,透露出中年一代人曾受到伤害的灵魂深处的可贵素质。鲜花不仇视而且能够理解马蹄,理解那产生悲剧的原由,这当然是在更高的思想层次上对于情感的美的提炼。

罗丹说过,"真正的艺术家总是冒着危险去推倒一切既存的偏见,而表现他所想到的东西"。经过长久的停滞,几代人都在试图冲破那停滞。诗人首先要求改变那存在诗中甚久的太过详尽的"说明",而试图"兑换方向",回到诗的暗示上来。顾城的《感觉》体现了这样的意图:天是灰色的,路是灰色的,楼是灰色的,雨是灰色的,在一片死灰之中,走过两个孩子,一个鲜红,一个淡绿。他只是写他的这种对于颜色的直接感受,他不解释,也不强加给你什么,也没有如同一般诗作那样,以简单的某物像某物的比附以说明事物。他只是让你自己去揣摩。《感觉》让人想起一幅油画,浑然的单调的灰色之中,朦胧地映出一点二点鲜亮的色泽。自然界溶进了作者的心灵中,雨景映衬着心境,雨景不再是单纯的雨景,它已渗透了个人情怀;灰色不再单纯是自然的色彩,灰色也涂抹着主观情绪的画布。无疑,那两个孩子鲜亮的色泽,透出了迷蒙之中的生动和欢快,至于这画面是否包孕意义,包孕了什么样的意义,诗人不担负说明的义务,他完全信任自己的读者,在这点上,诗人与读者的关系,已有了全新的更易,他们是平等的,他们也互相信赖。

刻板的描摹,在日益复杂的情感世界面前已显得不够用了。诗歌的艺术创新正向着更为广阔的领域挺进。在一些诗中,通感的被广泛应用,时空秩序被有意地打破,视角的自由转换,构成了新异的美感。这些,都给读者提供了空前广阔的想象空间,如下面的题为《日子》(北岛)的片断诗句:

> 用抽屉锁住自己的秘密
> 在喜爱的书上留下批语
> 信投进邮箱,默默地站一会儿
> 风中打量着行人,毫无顾忌
> 留意着霓虹灯闪烁的橱窗
> 电话间投进一枚硬币

每一个意象都是独立的,时序对它来说并不重要,重要的是这种不拘时空观念的重新组合,这七巧板般的随意的组合,构成了一种奇妙的效果。在这里,一个城市的普通居民的心灵世界得到了真实的展现。从它的美学效果来看,它注重的只是瞬间感觉的真实捕捉,而无意对此作辉煌的夸饰,普通人就是普通人,普通的日子就是普通的日子,但从这最一般的"一般"中,我们看到了生活在同一空间的同代人的"个别",日子也许显得沉寂而乏生气,但无疑却是充实的和真实的。

对照那些一读就懂的、被说明得无可再说明的诗,目前出现的某些诗篇是"难懂"了。但懂与不懂从来就不是衡量诗的优劣的标准,极明白好懂的"诗",甚至连诗都不是,即使是诗,也未必是好诗;难懂的,经历了千百年而仍然充满神秘之感的诗,如李义山的《无题》,却公认是好诗,这已是常识了。当然,对于"连鸽哨也发出成熟的音调,过去了,那阵雨喧闹的夏季"也大喊读不懂的读者,是很难讨论什么的。但富有艺术素养的读者却饶有兴味地反复捉摸那些似懂非懂的诗句——

> 用手臂遮住了半边脸，
> 也遮住了树林的慌乱，
> 你慢慢地闭上眼睛：
> 是的，昨天……
> ——北岛：《是的，昨天》

这首诗运用了某些不常见的手法，树林而能"慌乱"已属少见（这正如鸽哨而能成熟，道理是一样的）树林被赋予人的感知的特性，此处写树林，实则写人，也许当时，树林是静谧的，但是当"你"以手臂遮脸，树林也随之慌乱了。意象的重叠，加上视野的迅速转换，把人的内心慌乱移到树林上去，这种意象的重叠的组合，产生了某种奇妙的审美效果。犹如电影，人的晕眩，顿使周围的景物因之倒旋起来一般，以外景映衬内心的慌乱，又把内心的慌乱嫁接到树林上去。这给诗的状景写情，无疑增添了新鲜的经验。至于《是的，昨天》的所指，对于读诗一定要彻底读懂的执着的读者，恐怕是永难满足的。它的用意就在于这般不明白的"朦胧"，造成你永远的悬念和一再的追寻，它的目的就在于你永远不能满足而要永远追寻的再欣赏的魅力。

尽管明白通晓可以造成诗的美感，但似乎更多的人对此开始了不满足感。他们在不同程度地寻求造成新的诗美，以求艺术上的深化与更新，平板地叙述已显得陈旧，照直地说明甚至是细致的描写，都已不能令今日的读者满足。有的诗人大胆地把变形的手法运用入诗。这里有一首《路遇》（舒婷），这是初遇的情景：

> 凤凰树突然倾斜
> 自行车的铃声悬浮在空间

正常的凤凰树的"突然倾斜"，表现的是内心的躁动与惊悸，痛苦的记忆造成了情绪的恍惚,那耳边鸣响的自行车铃声也"悬浮在空间"。这一切都是现实的反常的描写,这种有异于常的对于事物的变形的表现,极大地丰富了诗的表现力。当回忆的晕眩消失,心神沉稳过来,眼前出现的是:

> 凤凰树重又摇曳
> 铃声把碎碎的花香抛在悸动的长街

"重又轻轻摇曳"的凤凰树,表明心境的趋于平静,他们都从可怕的回忆回到了现在,钟声恢复了它的轻盈优美,因而它可以把"碎碎的花香"(通常都用"阵阵",这里偏是"碎碎",原系无形的香味在这里变动而为可触感的有形之物,这便是通感的手段)抛向长街,但显然那记忆所带来的心悸并未完全消失,于是,眼前那优美的长街依然是"悸动的",作者把悸动的心情无限地延伸,造成了历久不衰的审美效果。

诗歌美学的领域在进行新的拓展,无疑的,合理的旧的原则正在被继承也正在被发展;同时,合理的新的原则也正在悄悄地生长,人们的审美趣味面临着一番变革,言论的倡导或制止都显得乏力,重要的是它正在形成和发展,正在以并不声张的形式影响着当今的创作者和欣赏者。不论这个过程有多么漫长,但事情正在悄悄地起变化,艺术正从单一的美中走出来,单一的审美习惯正在被改造,这个改造的过程是艰难的,充满痛苦的,但却同样是不可改变的。"不管过去有什么东西吸引我们,它总是一去不复返了"(别林斯基)说这话的,是一位目光向着前面的批评家,对于我们来说,心情是一样的,既然陈旧的已经陈旧,我们的工作只有一个:变革它!

1982年8月15日青岛归来

飞天的新生代[*]
——《飞天》《大学生诗苑》述评

一、富有远见的措施

西北是神奇的。连绵不绝的荒漠之中，产生了惊动世界文化史辉煌的一页——敦煌石窟艺术。一切显得是这样的不可思议：一条绵亘千里的风沙走廊，却也是促进东西方文化交流的丝绸走廊。甚至就在最坚韧的骆驼也难免困倒的地方，创造了最美妙的反弹琵琶，莫高窟的壁画和雕塑，乃至豪放悲慨的古代边塞诗。

就在这里，飞天以惊人的艳彩，使最冷静的心灵卷起风暴。

西北不仅属于过去，它也属于今天。在当代文学艺术的创造上，西北仍不失其素有的和独有的风采。当代诗歌是近年来受挫甚重的艺术部类，人们经常谈论它的"不景气"，乃至"危机"。即使是这样一种发展并不顺利的艺术，在西北仍然有着令人注目的发展。人们曾经惊叹过千里沙海中出现的《绿洲》，为吹拂绿洲上空的温润的"绿风"欣喜。在古称春风不度的《阳关》，那里正在采取措施促进"新边塞诗"的兴起。在艰难中，那里进行着庄严的垦殖。最贫瘠的地区，能够产生灿烂的文化奇观，西北这样告诉人们。

《飞天》开辟的《大学生诗苑》的出现，是诗歌困厄期中一片

---

[*] 此文初刊1982年11月5日《飞天》1982年11月号，初收《论诗》。据《飞天》编入。

令人欣悦的绿洲。目前新诗的这种困厄，也许是蜕变中的苦痛，而不会是永久的。但事实的确是，在经历了短暂的生命的复苏后，新诗正由热情趋向冷静，由激昂的奔涌转向暂时的低潮。《飞天》对这一环境作了逆反应。它似乎要证实新芽的生机，即在趋向沉寂的1981年，它不定期地出了七辑《大学生诗苑》；今年，开始按月定期出版。至八月号它已出满十五辑，发表了全国七十余所高等院校一百五十余人的二百六十余首诗，其中，三分之一为处女作。在中国诗坛中，在一段时间内如此集中、专注、大量地选刊大学青年学生的诗作，这确实是一个富有远见的行动。这一迹象，已经不仅在大学的诗歌爱好者中，而且也在全国的诗歌界引起了广泛的关注。当前新诗，在获得思想、艺术的全面的解放意识的同时，它的读者和作者的构成面也有了崭新的拓展。诗歌运动正在以更加明确的方向靠近它的基本读者——青年，特别是作为青年知识分子的大学生；他们已成为最热情的新艺术的探索者。诗歌正在大学校园里赢得了广大的爱好者和创作者。在那里，诗歌孕育着（或者已经发生了）变革，《飞天》的编者敏锐地获得了这一诗的最新信息，他们选择了一个特殊的时期，采取了一个特殊的方式，用以突出他们对于诗歌发展的关心。

学院诗歌在中国新诗史上的存在的事实是明显的。但这种事实曾经被长期地冷淡。人们往往把它等同于与现实和劳动群众的脱节，总是在含有明显的贬义时才记起它来。这种观念，如今正在起变化。不仅因为事实证明学院和大学生未曾与劳动和劳动者隔绝，而且也由于人们已经获得了条件，敢于确认诗总是与高度文化素养相联系。这一认识是接近于诗的本来素质的。诗是一种相当精致的艺术，在艺术的家族之中，诗总受到特殊宠爱，她有点超凡脱俗，但却植根于生活的地层。过去，我们曾经不把诗当做诗，而且素来轻视作为艺术的诗与高度的文化素养的联系,甚至认为愈没有文化愈能写诗(当然,事实也绝非是愈没有文化的人愈不能写诗)。只是在人们挣脱了极左思想对于文艺的桎梏之后,这一观念才能有所改变。

向这种相当凝固的观念挑战,不仅要有相当的勇气,而且的确要有对于崭新现实的实际的认识。《大学生诗苑》的编者确认如今生活在校园中的整整一代人是有着广阔前途的一代人,他们"有与社会生活的广泛接触,有为祖国精神文明献身的强烈愿望。他们的诗作,有继承,有借鉴,有突破,有发展,给诗坛带来了陌生而新鲜的气息。事实已经证明,一批诗歌新人正涌现于大学之门……"(《大学生诗苑》编后)这段写在一九八一年八月的文字,无疑会给那些感到了冷漠的青年以温情之火。中国的青年一代将铭记这些激励。当少量的人沉醉于旧梦的追怀与眷恋,而以谴责新诗潮为快意的潮流涌来时,"诗苑"编者为青年人带来的"陌生而新鲜的气息"而欣悦,这个事实本身,便具有鲜明的挑战性。

一九八〇年开始的现阶段新诗的讨论,使更多的人获得了关于新诗发展的意识。中国新诗经过了十年摧毁性的打击之后正在复兴,而且必将有更为自由更为开阔的发展。发展的前景在于青年,特别是那些有丰富的文化知识以及广泛的诗歌素养的青年——这些人对于中国和世界的诗歌传统有较多的了解,而且对于艺术的探索持开放的态度——他们中的一支重大的力量是现在的大学生。一些以青年为主要对象的刊物,如《萌芽》、《青春》等对此已有更多的关注,《大学生诗苑》则是专注于此的。

《飞天》的编者,无疑是把正在接受和已经接受了高等教育的这批力量,视为中国诗歌的生生不灭的富有生气的力量。他们"从《诗范》的窗口眺望,一九七七级走去了,一九七八级也将走去了。但是一九七九级走来了,一九八〇级和一九八一级走来了!这是持续行进的无数梯队,在每支建设高度物质文明和精神文明的梯队中,都走着一些现在不甚起眼,然而步伐沉稳、昂首向前的未来诗人!"(《大学生诗苑》编后之二)文字质朴,寓意甚深,这里表现了对于历史发展的审视力,一种整体的和发展的战略的构想。丰美的收获在于辛勤的垦殖,未来的成功和希望在于不拒绝今日的天真、幼稚,以至于明显的缺憾。有的人的职业似乎只是责难那由于种种原因造成的幼稚;有的人,把未来的光辉寄托在现在的辛劳以及难免会受到轻蔑的创造性的实践上。我们对后者怀有敬意。

二、脚下是醒来的黑土地

青年已成为当今生活的主题。在本世纪末可见的未来,中国将成为青年之国。到那时,青年仍然是生活的主题。历史塑造了当代中国青年的形象。动乱历史造成的心灵的"擦痕"(如今的年青一代,他们的少年和童年时代只留下冰川期的冰冷的记忆!),使他们难免有过迷惘的哀音,同时,新生的阳光与昔日的黑暗构成了强烈的"反差",鲜明的"对比度"为他们提供了对于历史的思考的可能。思考启迪了未来的憧憬。这种错综的局面引出了关于一代人的现状与素质的议论,这种包括了差异与分歧的议论,有助于对一代人的准确与科学的认识。

每一代青年都有自己的笃诚。生活在共和国的青年,大体属于两种明显的类型:五十年代型与八十年代型。前者笃诚于革命的信念;后者笃诚于务实的思考和实践。当然,八十年代的青年不像他们的长辈那样完全生活在理想的光照中,他们更注重实际。《大学生诗苑》的成就之一,在于以青年自己的诗,绘出了青年自己的近于实际的群体造型。这些诗篇作了如下的自我表白:他们脚踩祖国坚实的黑土地,他们不曾离开生养自己的富饶然而多灾多难的原野。《原野》(甘肃师大崔桓)是一组充满中国田园风光的诗画,它以斑斓的色彩再现了北中国大地的迷人风景:月亮落下去,乳色的云变成又低又薄的夜雾,堤岸在静卧中聆听江河安恬流过。无须说明,这种永恒的静谧的美属于今天,也属于胜利。特别是其中的《北方的黑土地》——

> 暴风雨洗刷过的天空
> 　明净、深情。像船夫在黎明
> 凝望东方的目光
>
> 那夜里落满林中的叶片
> 　响亮、透明。像跳跃在绿色海波上的
> 点点阳光

这诗句让人想起郭小川的《团泊洼的秋天》,祖国到处都有这样迷人的静谧的自然美。但作为真实的诗,它不能不在这样优美的风景画中留下生活的真实的足迹,如同郭小川曾在宁静得几乎让人"睡傻"的环境中望见了刀光剑影的"厮杀"一样,在崔桓的这幅关于北方的黑土地的油画中,仍然出现了母亲辛勤的步履:缀着补疤的肩头,以及夜色溶不尽的疲劳,这就是作者未曾与之脱离的北方的黑土地,"古陶般的敦厚的母亲"! 大概尤为可贵的是,她并不沉湎于此,因为她未曾忘却自己对于大地的许诺——

> 一切都要告别
> 　要走很远的路
> 　　也许不再
> 　　　　回还
> ——《去远方》

这就是我所了解的当代青年的笃诚。这些诗篇摒弃了那种直露的说教,但它并没有摒弃诗的向。崔桓的表现了对于大地的挚爱的诗,依然属于自己的时代。

《原野》的美在于含蓄、柔和,让人想起女性的宛宛婴婴。与之相比,同期刊出的《父亲》(兰州大学杜宁)却显得直接和强烈,这是一首同样来自生活的"黑土地"的诗篇,父亲就是黑土地的"具象化"。一代人曾经迷惘,如今不无沉痛地重新找到了自己的土地,于是痛悔自己不知道"你是父亲","不曾将半点真诚的歉意,送向像牛一样劳作的你"。诗中充满了沉重的自责,他为自己曾对父亲的愚钝、贫苦乃至"赤裸的脚"的不谅解而痛苦,他弄不清楚,究竟是自己真的不知父亲,还是"薄情的鱼忘记了海的养育"。我们听到的是对于这一片旷远的"黑土地"的真诚的忏悔和祝愿:

> 我饱经凄风苦雨的父亲呵,
> 即使我的忏悔如一江春水,
> 　满川烟草、连绵梅子雨,
> 也不及今日你碗中有了面和米!

也许这里显得沉重的诗情是受到那幅引起争论的著名的同名油画的启迪,但我们依然看到了属于年青的这一代人特别是生长于"黑土地"而又受到高等教育的一代人对于苦难的父辈(这里应当理解为土地和历史)的觉醒的"认同"。我们从这种朦胧的觉醒中受到鼓舞。在生活的急剧的变动中,这一代青年并不曾抛弃远祖留下来的遗传因子,尽管这是渴求变动的一代人。

重要的是在历史转折关头的变革生活的意识。当然,这种变革并不意味着对于民族和历史的背离。这一代人,不是关在校园的象牙塔中只在精神世界中生活的人,他们的脚上仍然沾带着大地的黑泥,特别是心灵上未曾与世隔绝。但在迅疾跃动的生活中,当一般人难免眷恋于即将失去的旧物时,青年一代却勇于变革性的扬弃,这是更足以鼓舞人的信息。《别学我,新来的徒弟》(宁夏大学刘园尧),是这样正在苗长的新观念的抒写。

师傅告诫新来的徒弟:

> 等你拿起了锤,学会了锯,掌握了锉,
> 就要有勇气去否定! 去探索!
> 别学我,别学我的师傅,别学我师傅的师傅,
> 只是把发烫的汗珠捧献给贫困的祖国。

在已是登上月球的时代,只会以古老的工具重复师傅传下的动作,无论这动作是何等的娴熟,这种观念的无止境的坚持的确具有悲剧性质。可喜的是,一代人已经觉醒,他们开始否定,而否定意味着前进。同期刊出的《织机·钢琴》(河南师大王剑冰),是一曲新旧生活交替的复杂的奏鸣曲。一个主题,是古旧的,那是消磨了曾经是"俏姑娘"的青春的织布机!另一个主题,是新近的,那是音乐学院的一架钢琴——

> 学院,我的钢琴
> 五分钟就会赢得热烈的掌声。
> 她,却用聪慧与精巧
> 织着一个又一个没有赞许的
> 　黎明和黄昏……

一架古老破旧的织机,吞噬着一代又一代的"表姐"的青春年华,失去了少女的红晕,留下的是"劳累的鼾音",与一架象征着高度的文化艺术的钢琴,形成了强烈的对比。这里有无言的否定,也有真诚的希冀——"我多想把地上的织机变成一架钢琴,送入她的梦中——让她在小山村的夜晚,弹起迷人的黎明和青春……"织机与钢琴对比,构成了对停滞的昨天的否定,同样意识,在其他诗篇中也有表现,如《摇篮》(山东师大谢迎秋):一只田间挑肥用的大筐,做了农民儿子的摇篮。一只"今天与明天之间的摇篮",表明新一代已不再满意往昔那种自给自足的"农家乐",他们的目光向着明天。新的生活和旧的生活如同织机上

的经纬,组成了如今我们脚踩的这片土地上的生活。大学生的诗作保留了这一生活场景的足音,也保留了未曾脱离生活的年青一代的不满和希望的心音。因为这一代人曾经涉足在生活的泥淖中,在底层,他们有过切身的体验,他们与劳苦人的劳作并不隔膜。这是一代人的诗,又仅是大学生的诗,这是《大学生诗苑》所昭告的。我们从《地头上的催眠曲》(西北大学老嘎),看到累极了的老农田间片刻的酣憩;我们从《穿米黄色连衣裙的少妇》(湖南黔阳师专李玉成),看到一位用自己的劳作赢得生活权利的人的艰辛;我们也从《石桥》(复旦大学王键)的形象中,看到了挣扎在生活重负之中的青年搬运工面对大山也可以骄傲的身影。笔法都是充分现实的,那种沉默的伟大的艰辛,却能使"太阳,滚落了一滴泪"。如同现阶段诗歌终于恢复了对于生活的现实主义态度一样,他们的声音至少在真实这一点上,说明对于生活的诚实。他们有自己的土地,正是因为他们脚踏实地,所以他们的诗有着动人的力量。他们不仅表现大学生,而且广泛地表现大学生以外的集体的和个体的劳动者。但作为大学生的诗歌,当他们表现这些劳动者的思想感情时,已经渗透作为知识者的思维特征。一般说来,与不同作者的同类作品相比,他们有着视野更为开阔辽远的特点。他们不仅有"我们的土地",而且有着"自己的土地"。他们热爱它,但并不眷恋,他们勇于向自己所曾经眷恋的"告别"。如同前面引过的崔桓的诗,在赞赏那原野的迷人的粗犷之美时,便已决心远离,尽管路途艰难坎坷,但他们仍然走向远方。

> 我们从每一个雨的黄昏和雾的早晨
> 从太阳,那白天与黑夜交映的旌旗下
> 像高山奔泻的白色瀑布
>
> 走向四月……

——《我们走向处女地》,河南师大程光炜

这片处女地是开阔的,它从现实通向历史。他们要去的远方,不再为愚昧和落后所统治,而是交织着张衡、莎士比亚、李白、爱因斯坦的名字的土地,交织着罗盘、活字版、火药和纸的历史的土地,他们决心以汗水去灌溉"那饥渴地等待五月和九月的庄稼"(《告别我的大学》,扬州师院曹剑)。

三、一代人的祈愿与追求

这是一代人的歌唱。他们寻求通过具有强烈时代感和个性化的自我形象,以表达一代人的祈愿与追求,这是他们的主题。

较之其他同辈的人,他们是幸运的。国家给他们良好的条件以掌握更为丰富的知识,这种机缘只有一小部分的人享有,他们自豪地宣称:《我,一个学生》(甘肃师大张子选)。"我读地球,读在贝壳的纹络中潜藏的童话","我读天空,读在蓝色脉管的经纬网里运行的太阳和月亮……"当然,他们也认识了人,唱着一曲人之歌。他们已经鄙弃那种失去了人的尊严的"朝圣者"匍匐的身体,呼唤在圣者面前挺立的《脊梁》(西北民院吴春岗),他们认为人的脊梁一旦挺立,"就会发觉——血肉之躯比堂皇的殿宇,还要高大"。北京大学吴稼祥从普通人的严肃的现实出发,把最庄严的颂歌,献给了"第一个直立行走的人":"人类有了这第一个敢直立行走的人/便有了敢吃马铃薯和螃蟹的人/有了敢在石壁上作画/敢用大脑思想的人"。这是一曲对于迷信和蒙昧主义的抗争之歌,这是颂歌主题的全新的变异:由神的主题到人的主题的变异。大学生的诗歌没有脱离当代诗歌的基本思潮,人的主题带着眩人眼目的鲜红色泽升起,它的主题是:

我歌唱第一个直立行走的人
这创造了人、改革了人的人

>   但我绝不歌唱
>   亚当、女娲或奥林匹斯山上的诸神
>   我歌唱人类最杰出的改革者的先驱
>   一个伟大的普通人

一个伟大的普通人,这是神圣的主题。为了这一主题的展示,我们经历了长久的争取,这包括了对于历史的深沉的反思,反思之后的奋起。宛若长久涉行泥淖,终于来到水草洁净的丰茂平野。他们不仅表现了平野,而且也表现泥淖和泥淖中痛苦的跋涉。

当代文学伤痕主题带来了诗歌中反思主题,这仍然是时代感召的产物。诗歌在回归真实的过程中,无法回避这历史的真实,真实的历史。说真话的诗人和诗,却为此付出劳绩。青年,最敏感,也易于动情。他们以自己的方式展现这一主题,而且是不无沉郁之感的。他们并不像某些评论所指责的那样消沉或沉沦,他们的声音并不属于"小鸟般的歌唱"一类。他们的悲惋之中,留有时代刻在心灵上的伤痕。他们追求真实的人的真实的情感的抒发,憎厌虚假。

他们曾经失落过,因而他们的反思并不能全然摒弃那种淡淡的感伤情调。他们反顾往昔的年月,尽管"童心里不存在法庭,无知的犯罪上帝也会饶恕",但却真诚地为《我曾折断过一株树苗》(兰州大学曹长林)而忏悔。从一棵树苗的摧折,年轻人看到了自己的命运:"当我被那场'革命'折断青春,不由地为那株树苗懊恼——暴力同样地践踏了我们,我失去年华,你却把生命丢掉。"他们也许是未来的设计师和建筑师,他们将在祖国的大地建造许多美丽的楼房,将为那些楼房嵌上明亮的《窗》(复旦大学周伟林)。但是,他们也不乏那种回首往事的"窨思":回忆的石子,雪崩般地打破那一扇扇明亮的窗子;而"我","竟也是"一块"荒唐的石子"!他感到了无形的谴责的"目光",一位年轻建

筑师的心为之震颤：

> 我,要为中国装上晴朗的玻璃窗

这就是一代人的祈愿与追求,而发出这样的誓言,都是走过了痛苦的长途,是他们自觉的内省的结果。其实,他们是受害者,他们不能为历史的过失负责。但是,他们却真诚地感到了羞愧：

> 愧打湿书本的泪滴
> 竟不能像种子一样发芽,
> 竟不能长成参天的树林;
> 愧在太阳下活着
> 却不能射出一束炽烈的光明……
> ——甘肃师大　张子选

不仅仅是忏悔,而且是一种真实的使命感。未来的重任使他们的心为之沉重,但他们不仅不再打破窗玻璃,如同梁小斌诗中说的决心不再涂污"雪白的墙"那样,而是决心为楼房装上千万面窗子;他们不仅不再折断无辜的树苗(因为曾经折断过一株树苗),而且决心"在山顶上种下十棵小树"。当这些诗句从眼前升起,我们发觉它们有着新奇的光焰。它是熟悉的,却也是陌生的,这是一扇扇心灵的"窗"。在这里,失去了往昔那种单纯的明丽,它的情绪显得繁复、多样了。狂热的年代锤炼了人们的意志与智慧,包括年青一代在内,人们成熟了。这一代的声音,他们的上一辈人,没有眼下这份近于酸辛的追悔,以及由于痛切的反顾而不无些微迷惘之情。

但希望随着心灵的觉醒而觉醒,鲜亮的音响正在取代那种沉重的色调。他们以青年人特有的锐利与勇气,敢于向落后、愚昧、固执和专横射出批判的语言。他们宣告："我不是诗人,我是医生！"(北京广播学院叶延滨《我是……》)他们确认自己手中的笔,即是无影灯下的手术刀。它宣告了青年一代已经感到并担在自己双肩的使命,这种使命包括了医治时代的和生活的病症在内。解剖刀看来刀锋犀利,却是一片真实的心灵之光:

> 我手里捧着一个新的存在,
> 别责备我剪断连着过去的脐带。

的确,他们为了"新世纪的'思想婴儿'"的诞生,对过去作了有分析的批判与摒弃。他们的目光向着未来,以充满青春生命力的心音,唱着一曲勇敢的《告别之歌》(兰州大学尚春生)。这首歌,让我们想起他们的同辈骆耕野的《不满》。《不满》是对于陈滞、守旧、因袭力量的勇敢的反叛,是一曲追求希望和要求变革的歌。而《告别之歌》作为《不满》的续篇,不是意愿和祈求,而已经是行动。行动正在代替那些连篇累牍的空话,只有行动才是力量和信心,才是希望和胜利。他们确认这样的告别,是"伟大的告别",充满了对于陈旧力量的批判的意识,因而它是庄严的和战斗的:

> 把迷信留给偶像,
> 　捧出真理的太阳,
> 　　我是破晓的曙色;
> 把愚昧留给古猿,
> 　托起科学的航船,
> 　　我是解冻的江河;
> 把终身制留给飘落的秋叶,
> 　给生机勃勃的春芽以希望,
> 　　我是不可抗拒的自然法则;
> 把特殊化留给撕去的日历,
> 　给特写的履历以崭新的一页,
> 　　我是三令五申的纪委准则……

通篇诗,以两两相对的形象,作出了批判与歌颂的心理反映,这无疑是一首概括了一代人的希望和觉醒的昂扬诗歌。这样的诗篇,在《大学生诗苑》并不是个别的。

觉醒的结果是"告别",而告别的第一步行动是《清理》(河南师大刘跟社)。不仅仅是无影灯下的手术刀,也有铁铲、抬筐和拖把:"也许,污染太重了/生活和它的脚步/才提出了严厉的抗议/也许,沉积太厚了/思想和它的巨臂/才挥动了强大的膂力/也许,零乱和拖沓太多了/效率和它的大脑/才发起了这场全面的清理"!总之,年轻人的确看到了:中国终于挂出了新崭崭的洁净的日历。他们唱的是决心和信念的歌,这是真正令人鼓舞的。我们的希望在他们那里。这里有一棵杉树,它眺望着蓝色的海,但它宣言:"我不愿去作栋梁,我愿作一根桅樯,假如不能如愿,我就作一支木桨。"这就是青年一代对于未来的追求,这种追求朴素而切实。这是理想,但却十分平凡。特别是对照某些人不断膨胀的权力欲,就平凡得令人感动。但更为动人的却是它的结束:

> 将来我会朽烂,
> 无法送舟人远航,
> 请把我放入水中,
> 让我自由地漂荡。
>
> 人们会捞我上岸,
> 在岛上蒸煮稻粱,
> 我要用残年的火光,
> 把那片海滩照亮。

这就是陆健(北京广播学院)的《海的向往》。这是一首装在音韵响亮的短句行里的宏伟的诗篇。它的宏伟力量不由巨大形象构成,而是一种庄严的思想:一根桅杆,一支木桨对于伟大的海,的确渺小,然而,我们从中却窥及了海一般的胸怀。这是年轻的一代人,这是一代人的祈愿与追求!

四、艺术有自己的季节

"艺术有着自己的季节、自己的云彩、自己的缺损,甚至也有自己的污点,这些污点也许是一些光彩,也许是一些它自己不能负责的突如其来的翳障;但是,总起来说,它总是以同样的强度,照彻人类的灵魂。"(雨果:《莎士比亚论》)雨果这一段话,好像是专为我们说的。中国当代诗歌走过了值得自豪的、但又是充满了荆棘的道路。但它毕竟走到了新的时代,而且迎接了一个新的收获的季节。它的确有过挫折,究其原因,其中也确实有"它自己不能负责的翳障"。所幸,这一切大体已成为过去,诗歌回到了它自己的轨道——艺术的轨道上来。一般地说,我们已经有了最基本的条件,使艺术自身的规律起作用。

也许是对于新诗发展中的挫折的认识,青年的敏感与冲动,再加上编者能够包容多样艺术探索的宽阔胸襟,《大学生诗苑》的确向我们传达了令人鼓舞的信息:艺术,正回到并沿着自己的轨道前进。

《诗苑》发表了形形色色的诗:从格律体到自由体;从民歌风到古诗风;从刻意写实的到注重象征的;从豪放到婉约的;……由于编者的不怀偏见的胸襟,《大学生诗苑》成了真正难得的百花苑。我们寄望于当代诗歌的,如今在这里得到了初步显示。兼收并蓄,造成了让人眼花缭乱的效果。有一组诗,题为《我们五颜六色地年轻》(复旦大学孙晓刚)。《大学生诗苑》所展示的诗歌艺术,正是这样"五颜六色地年轻"的诗歌。

引人注意的是,表现城市现代生活的题材得到了年轻作者的关注,并且开始寻求新的表现方式,这是当代诗歌值得注意的一个信号:城市主题正在诗中悄悄地兴起。上面提到的那组诗,把年轻人与城市生活的主题联系起来,注意表现城市生活的特有的环境气氛。以《年轻人从百货商店出来》一诗为例,它断然不用常见的那种呆板模拟现实生活或是简单地罗列现象的做法,而要求与今天城市生活的声音、色泽、纯度相适应的艺术表现。它把人们对于大百货商场的感受,综合为"一台立体声的节目"。它把一对男女逛百货商店的亲密情景,以高度抽象的方式加以再现。它以几何学上的线条与图形,来概括特定的生活的特定情趣。这让人想起西方现代绘画的某些手法的运用。这位作者还写"城市的灵感"的橱窗,"把光的造型、色彩交织于匠心"。另一首诗《十字街口》(安徽师大吴尚华,副题即为"一个绿色的蒙太奇")。它以城市大街的十字街口红绿灯的开闭,停车线的阻梗,表现人们的离合聚散,因敢于冲破传统的方式而获得新趣。

诗歌艺术正在打破传统的田园诗和水墨画的静穆气氛而走向节奏急速、线条飞动的力与光的组合;艺术正由静走向动,正由平面走向立体;这是诗歌艺术在新时代里初步透露的倾向。

旧的情趣正在年轻人的心中消失,正在被对于现代生活的蕴含哲理的思考所逐渐代替。尽管这些思考不免幼稚和肤浅,但却有正在萌兴的趋向。例如太湖风景,前人已有无数诗篇表现,但目下我们读到的《太湖素描·岸》(无锡职工大学达黄),不再走太湖特有的风光写实,而是舟行湖中人们内心活动的素描。舟行是"飘荡的等待";驶向岸边,是"褐色的土地向我靠近"。不是我的船动,而是岸在动。这种感受是微妙而新鲜的,更重要的是,它抒发了人对于生存空间的思考:"我告别了动荡的历史/它曾以水的单调/涂抹我多彩的憧憬/我本是大地的儿子/即使在没有大地的湖心/我也要寻找岸影"。

许多诗作继续了现实主义的可贵传统,并走向深化。与此同时,广泛多样的艺术试验也在进行。即在现实主义的诗作中,也有明显的他种创作方法的"渗透"。一个基本的事实是,新的探索在大学生中正得到有力的实行。丰富的中国诗传统,在相当数量的诗中得到继承,并用来表现现实生活,如"昨夜风急雨急,不知多少落红如泥,心,惦想着农时,梦,也湿漉漉的!仿佛又在家山,又见父亲披衣坐起,对我唠叨:稻田麦田,锅里碗里……"(《夜雨》,武汉师院褚家生)这里,我们不仅窥及当代青年与乡村山野的心灵的维系,而且也看到传统的诗的情趣正在新的主题中体现出来。尽管这首诗在新的内容与传统的情调的融合方面,略有生涩之感,但意愿却是好的。

  一代人生活在我们古老的土地,几千年形成的民族的素质和思维方式不能不影响着他们。但是,生活是发展的,新的潮流正涌现在这条古老的河道,特别是新的表现生存世界的方式,正在悄悄地渗进传统的题目。在《春节》(四川西昌农专周伦佑)这首诗里,我们看到了中国与世界的交流和汇聚:

  我从艾叶与菖蒲
  带苦的清香中
  采来一缕诗魂
  我从月亮一样圆的月饼
  和月饼一样圆的月亮中
  采来一个圆满的愿望
  我从菊花与茱萸斜插的
  疏影里,采来一曲乡思
  我带着这么多的故事和传说
  降落在你的花蕊上
   再采一点花粉
  去酿一个七色的春天。

悠久的历史,美丽的风俗,浓郁的乡情,把无数的具体,化为了极凝炼的形象。在这里,太过写实的诗消失了,而代之以超脱的概括,飞腾的奇想。手法是新的,而又充满了中国乡土的情韵。

多样的艺术探索在严肃地进行。和全中国的诗一样,过去那种单一化的艺术已在打破。这种尝试当然是初步的、幼稚的,也有并不成功的。但可喜的是,艺术正以扇面的队形向前扩展。多样的创作方法和多样的艺术风格,至少已经得到了宽容的读者和同样宽容的编者的尊重。从总的方面看,它将不会倒退。它将勇猛而不无曲折地前进。如同《大学生诗苑》编者说的,他们发出的诗稿"一部分是平平之作和不成功之作,即使可读的作品,也存在某些明显的缺点或缺陷,但从整体考虑,我们不怀疑这项工作的意义。"(《大学生诗苑》编后之二)

要对这么多的作品作周到的和细致的评析,特别是对具体的作品所表露的缺陷作建设性的批评显然不是本文的重点。笔者面对这一股蓬勃奔涌的激流,欣悦催动着笔墨,作的是一次随想式的巡礼。记得有一首《黎明般的歌声》(广西师院罗贵昌),它描述这新生的歌清亮、轻盈、年轻,而期望它没有灰暗、沉重、衰老。这可能是一种天真的期望,但它表述的,却是我们共同的期望:期望这升腾于干旱的沙漠之上的美妙的飞天的新生代,他们的彩翎般的歌声不会中断:

> 唱吧,你刚诞生的歌声
> 愿你就这样唱下去
> 不要停,不要停……

1982年8月中旬青岛归来,于北京大学

抚爱土地的手掌[*]
——析戴望舒《我用残损的手掌》

我用残损的手掌

我用残损的手掌
摸索这广大的土地；
这一角已变成灰烬，
那一角只是血和泥；
这一片湖该是我的家乡，
(春天，堤上繁花如锦障，
嫩柳枝折断有奇异的芬芳，)
我触到荇藻和水的微凉；
这长白山的雪峰冷到彻骨，
这黄河的水夹泥沙在指间滑出；
江南的水田，你当年新生的禾草
是那么细，那么软……现在只有蓬蒿；
岭南的荔枝花寂寞地憔悴，
尽那边，我蘸着南海没有渔船的苦水……
无形的手掌掠过无限的江山。
手指沾了血和灰，手掌粘了阴暗，
只有那辽远的一角依然完整，

---

[*] 此文刊于《文章选讲(续编)》，北京市工农教育研究室编，北京出版社，1982年9月版，初收《论诗》。据《文章选讲(续编)》编入。

温暖,明朗,坚固而蓬勃生春。
　　在那上面,我用残损的手掌轻抚,
　　像恋人的柔发,婴孩手中乳。
　　我把全部的力量运在手掌
　　贴在上面,寄与爱和一切希望,
　　因为只有那里是太阳,是春,
　　将驱逐阴暗,带来苏生。
　　因为只有那里我们不像牲口一样活,
　　蝼蚁一样死……那里,永恒的中国!
　　　　——1942年7月3日

　　《我用残损的手掌》是戴望舒后期创作中的名作,一九四二年写于香港,收在一九四八年出版的他的最后一本诗集《灾难的岁月》中。戴望舒是五四以后被朱自清称之为象征派的一位重要的诗人,著有《我底记忆》、《望舒草》、《灾难的岁月》等诗集。他的《雨巷》在现代诗歌史上享有盛名,因此他被称为"雨巷诗人"。

　　抗日战争爆发后,戴望舒在香港主编《星岛日报》的"星座"副刊,经他的手发表了许多进步的作品。一九四一年底,香港被日占领,第二年,戴望舒以从事抗日活动的罪名被日本宪兵逮捕入狱。在黑暗阴湿的土牢里,他怀着悲愤的心情写下了著名的《狱中题壁》,戴望舒用诗向自己的亲友诀别:

　　　　你们之中的一个死了,
　　　　在日本占领地的牢里,
　　　　他怀着的深深的仇恨,
　　　　你们应该永远地记忆。

　　　　当你们回来,从泥土

> 掘起他伤损的肢体,
> 用你们胜利的欢呼
> 把他的灵魂高高扬起。

在抗战以后写得不多的作品中,特别是在这首《狱中题壁》中,戴望舒完全摆脱了原先那种多半只是为自己的哀乐而歌的局限,而发出了正义和真理的呼喊。爱国主义激情和向往光明的信念,开始在他的诗中得到展示。

《我用残损的手掌》是《狱中题壁》的姐妹篇。两首诗都写于一九四二年,也是他在这一年中创作的仅有的两首诗。它们的主题是共同的——爱国、斗争。两首诗创作时间相距两个月,目前还不能确切地证明《我用残损的手掌》也是写于狱中,但可以肯定的是它同样是产生于这一背景的情绪的抒发。不同的是《狱中题壁》着重表达必死的决心和胜利的信念,而《我用残损的手掌》则着重抒写他对沦亡的和正在斗争的祖国大地的思念和热爱。

诗题记载了它的特殊创作环境的特征:诗人是如此深切地爱自己的国土,但他的充满深情的手掌已被无情的现实所挫伤、摧残而成为"残损的手掌"。这首诗中用了"残损",使我们想起《狱中题壁》中的"伤损"("掘起他伤损的肢体")。"残损"和"伤损",都说明身体的伤残。致人的肢体于伤残的,一定是包括监牢在内的不正常的环境,因此,诗的题目也使人联想起牢狱来。当然"残损的手掌"不单单说明肢体的受到摧残,更重要的是,它反映了人的精神受到的摧残。"我用残损的手掌,摸索这广大的土地"中,用的是"摸索"而不是别样的动作,这个动词也让人想起黑暗而没有光亮的环境。在侵略者的迫害和虐待下,在黑暗的土牢里,用伤损的手掌颤巍巍地在墙上摸索,这就是我们读这首诗最初被引发起来的想象。

现在要进一步探明,诗人用"手掌"是怎么"摸索""这广大的土地"的。抗战以后,戴望舒的诗风有了急剧的变化。一九三九年他在《元日祝福》中就以激情的声音呼喊:"祝福!我们的人民,坚苦的人民,英勇的人民,苦难会带来自由解放。"由于抗战中的切身经历,戴望舒已经跨出"独自彷徨"的"悠长又寂寥的雨巷"而走向浴血奋战的人民。《我用残损的手掌》较之《元日祝福》,把这种走向人民的意愿,表现得更切实、更细致也更深沉。但是,诗人对现实态度的改变并不等于创作方法的必然和全部的改变。戴望舒的诗歌艺术,走过艰苦的摸索道路。他有很深的中国古典诗歌的素养,他也受过西方(主要是法国)现代主义诗歌的很大影响,他擅长于用象征的手法来丰富诗歌的表现艺术。

《我用残损的手掌》。这首诗无疑是深刻地表现了作者对现实生活的实际感受和情绪,但它更多地借助于象征。有人以为此诗也写于狱中,周良沛在一篇文章中说他想到严重的哮喘病是怎样折磨着戴望舒时"就自然地想到他用那残损的手掌在黑牢里摸索祖国广阔的土地的情景"。但我们不好断定此诗确系在狱中所作,因而也不好推测诗人的"摸索"是否是指他面对着一张全国地图,也许他面对着的就是空洞而暗黑的监狱墙壁,也许他压根儿就只是在"想象"中"摸索"他所挚爱的大地。"摸索"只是纯粹的想象而并非实际的动作。这是一种抽象的写法——他只是在祖国受难和斗争的土地上"精鹜八极,心游万仞"地"神思",而并没有真的有所触摸。但是,他把这种想象中的摸索写得真实具体,仿佛真的发生过似的。

"这一角已变成灰烬,那一角只是血和泥"。就是说这一角和那一角,到处都是血泥和灰烬。他一开始就用这样浓重的笔墨总写灾难岁月中的灾难深重的大地。两句概括性的语言过后,转为具体而微的祖国大地景象的形象再现。首先跳入心境和眼前的,是朝暮思念的家乡杭州西湖的景色:

> 这一片湖该是我的家乡,
> (春天,堤上繁花如锦障,
> 嫩柳枝折断有奇异的芬芳,)
> 我触到荇藻和水的微凉;

身在铁蹄下的香港,渴念这隔云山的家乡。想起家乡,脑海里马上跳出一组让人刻骨思念的形象:春天湖上的堤,那里,繁花组成了彩色的屏障;湖岸垂柳抽出了嫩枝,不仅是嫩枝,还有柳枝折断之后发出的"奇异的芬芳"。这里用了一个括弧,括弧里写的显然是谈到家乡,而立即跳出的意念,表现了迫不及待的心情:手掌"摸索"到湖,就不能不赶快写湖上的外观——春日的繁花和垂柳。他没有用笔墨直写那些大的场景,而只是细致地写"嫩柳枝折断有奇异的芬芳"、"荇藻和水的微凉"。前者写的是早春的自然景物中特有的气味,后者写人们的手指接触到湖水和荇藻之后特有的感觉,这些笔墨,都表达出诗人对早春的十分细腻而清新的感受。这对于我们学习写诗,无异有着重大的启示。我们要表达自己对家乡的思念,如果只是讲:"家乡的春天令人难忘",这就流于概念化而显得空泛;要是再进一步讲:"我想起家乡的春天,那里有低垂的柳枝,芳草连着青天",由于失去了独特性而不能唤起人们的思念的情怀。人们思念旧物,并不总是写"重大"的内容,而往往是写那些看来微不足道但却是终身难忘的细节。在这里,诗人在传达对于家乡的思念时,就很了解人们常有这种心理。"暮春三月,江南草长,杂花虫树,群莺乱飞",能够以总体的江南春天的迷人景象唤起人们热烈的思乡之情;戴望舒这里的对于"芬芳"和"微凉"的感觉的捕捉,是从最深切的对于家乡的回忆中得到的,它同样能够从最细微的嗅觉里唤起人们深切的故乡之恋。一般说来,描写情感也要避免空泛,从切身最难忘怀的体验中寻求情感的传递,这是最为重要的。这里所说的体验可以大到"群莺乱飞",也可以小到"荇藻和水的微凉"。

诗人摸索到的广大的土地是什么样子呢?一开始诗人用了"灰烬"与"血泥"来总括,接着是具体的描写,首先便是对于家乡的思念,传达这种思念,也不是浮泛的,而是通过对春天、湖畔、花树荇藻和水的描写。其基本趋向是不求铺排而求集中和收缩:那就是集中到春天,收缩到细微的触觉。但仅写家乡还不能展示这首抒情诗所蕴括的宏大的主题,因此他接着写:"这长白山的雪峰冷到彻骨,这黄河的水夹泥沙在指间滑出"。这两句依然很考究。长白山是祖国北域的疆土,黄河流经中原,是伟大的民族摇篮,这是一种例举,但是诗人却以这自然对称的一山一河,简括又具体地在人们的心中"画"出了"广大的土地"的轮廓。这当然是极为精当的概括。

但这两句却与前面紧紧地连接着,它是前面浓郁乡情的继续和发展。前面,"我触到荇藻和水的微凉",这个触觉不曾中断,它在延续。因而当诗人歌唱长白山的雪峰时,不是转换方向去写雪峰的形态如何巍峨雄壮,而是继续写用手掌"摸索"所能有的具体的感触,因而继"微凉"而来的是"冷到彻骨"。写黄河也是这样,不是转换方向去写它源远流长"蜿蜒如九曲连环",而是紧扣着手掌触摸的感觉写那夹着泥沙的又腻又稠的黄河水,从"指间滑出"。这样写大有好处,它使这几组形象产生了紧密的联系,而不是脱节的和分散的。同时,由于注重了感觉的连续性,因此它所传达的感情的效果是强烈的。这种强烈并非单一的感觉所造成,而是"微凉"、"冷到彻骨"和"滑出"组合成的相同而又差异的丰富的感觉所造成的。

由长白山而黄河,由黄河而江南,祖国广大疆域在手掌下展示:诗人摸索到故乡——江南,诗人痛苦了:

> 江南的水田,你当年新生的禾草
> 是那么细,那么软……现在只有蓬蒿;

开始接一触"这一片湖"时,诗人的感情是欣悦的,他惊呼"这一片湖该是我的家乡"!那时他沉浸在对于江南早春的迷人景色的缅怀中,刹那间陶醉在忘了现实的回忆中;现在,他触摸到了现实的伤痕,他开始了痛苦,(这在诗中是一个感情的转折)国土的沦亡以及战乱给人们带来的灾难,造成了人们心灵的"残损"。痛苦是从触到江南的蓬蒿开始的,它继续延伸:"岭南荔枝花寂寞地憔悴,尽那边,我蘸着南海没有渔船的苦水"。可以看到诗人的"手掌"是从极北的疆土而"摸索"到南方的海域的:江南而后是岭南,岭南而后是海南。层层都有明确的递进,层层也都选择出最典型的风景以点染哀愁;在江南,水田里蓬蒿代替了禾苗;在岭南,荔枝花在"寂寞地憔悴";在海南,他蘸着的是"没有渔船的苦水"。这些细微的笔墨,都体现了戴望舒的风格。荔枝开放时极为繁盛,给人以枝头喧闹之感。现在憔悴了,而且是"寂寞地憔悴",恰好形成了强烈的对比。海水是苦的,但要照直讲"南海充满了苦水"便不能产生强烈的情感。因为"没有渔船",所以才成了"苦水",这样的"苦水"便充满了感伤的苦味!

"无形的手掌"掠过无限的江山,手指沾了血和灰,"手掌粘了阴暗"。这句话是前面半首诗的总结,"无形的手掌"明确地指出戴望舒写这首诗用的不是写实的手法。所谓"手掌",其实是心灵;所谓"摸索",其实是想象。一只残损的手掌而能摸索无限的江山,这当然充满象征意味。沾了血灰的手指与粘了阴暗的手掌,都紧紧地扣着诗题,都和前面的描绘,保持了构思的一致性。中国诗讲究点题和扣题,其实是为维护艺术构思的完整和统一所必具的条件。诗题既然是"我用残损的手掌",那就时时不要忘却手掌抚摸的动作以及所产生的触觉。

下面到了感情转折的关键:"只有那辽远的一角依然完整,温暖,明朗,坚固而蓬勃生春。"这"辽远的一角",他没有明指何处,自香港而曰"辽远",而且是"一角",应该指的是中国的西北,是中国共产党所领导的根据地。戴望舒用温暖、明朗、坚固、蓬勃八个字作了抽象的评价,但这显然不能充分表达他澎湃的诗情。他的抚爱的手掌继续在黑暗中摸索,他接触到的这辽远的一角,犹如"恋人的柔发""婴孩手中乳",诗句中充满了甜蜜的情感。这位曾经徘徊于雨巷随后又沉湎于"我的记忆"的诗人,他的心飞向了光明的那辽远的一角,他当然要把"全部的力量运在手掌""贴在上面"——

> 寄与爱和一切希望,
> 因为只有那里是太阳,是春,
> 将驱逐阴暗,带来苏生。
> 因为只有那里我们不像牲口一样活,
> 蝼蚁一样死……那里,永恒的中国!

在那与世隔绝的香港孤岛上,戴望舒凭着一个诗人对于人民执着的爱,他的心飞向了中国的光明的一角。他的坚定的信念,使他认定只有那辽远的一角"是太阳,是春",它是人民的希望,它将拯救人民,不使人民像"牲口一样活""蝼蚁一样死"。在当时,以戴望舒这样一位如艾青说的"像一个没落的世家子弟,对人生采取消极的、悲观的态度"的诗人,能确认那里是"永恒的中国",是十分难得的。诗人的手,是一双曾经柔软、娇嫩得"有点像少女的手"(冯亦代:《戴望舒在香港》),是几经折磨而逐渐"残损"的手,在黑夜沉沉中,在阴湿黑暗的土牢里,它"摸索"亲爱的祖国的广大土地,从北而南,又自南而北,终于寻到了那通天的光明。这是一双爱抚大地的手掌,不是"残损"的,而是完整而崇高的,有这样一双手掌的人,的确可称为一个"诗化了的爱国者"。

阳关,那里有新的生命[*]
——从敦煌文艺流派到新边塞诗

一

艺术的繁荣需要适宜的气候。动乱的年代,危难的环境,悲愤也会产生激情,但窘迫的境遇毕竟少有余裕去探寻艺术的奥秘。我们是幸运的:曾经陷入苦难,毕竟已经跨过;心灵留有伤痛,却沉浸于希冀。亲历的动荡与变革使我们富有,我们又获得咀嚼过去与憧憬明日的机缘。社会的安定,政治的清明,使我们有可能从艺术的挫折中思考它的发展,其中包括对于艺术风格与艺术流派的形成与提倡的大胆构想。要是没有昨天的挫折,我们不会有今日的清醒;要是没有摧残之后的萧瑟,我们也不会如此急切地谈论希望与追求。我这样理解《阳关》发动的探索、创立敦煌文艺流派以及倡导新边塞诗的时代的动因。

当前的诗歌运动,处于微妙状态。一方面,一九七九年的高潮过后,发展渐趋沉寂,现状未能令人满意;另一方面,新诗无视旧日的积习,在每一个角落悄然而又扎实地发展着。不事声张的埋头苦干,代替了习见的浮嚣。只要了解并接近这一现实的人,必定不会忧虑新诗的未来。就在被一些人认为新诗危机四伏的时候,西北地区的诗人和理论工作者首倡并建设着新边塞诗,许多报刊开辟了专栏就此发表了意见,《阳关》在倡导敦煌文

---

[*] 此文初刊1982年12月20日《阳关》1982年第6期,收《谢冕文学评论选》,题《阳关,那里有新的生命——一论西部诗歌》。据《阳关》编入。

艺流派的同时,以《丝路上飞天的花瓣》为题集中刊登新边塞诗。《阳关》以及其它刊物的努力,得到国内舆论界的赞助。

无论是文化史上的事实,还是当今的艺术与诗,西北都是出现奇迹的地方。就自然环境而言,那里有着公认的严酷,干旱把大片的土地变成了沙碛,却以无尽的雪水滋润着一片片瀚海中的绿洲。严寒、酷暑,不期而至的沙暴,磨炼了人的意志,也造就自然的奇观。于是有红柳和骆驼,也有了坎儿井以及巨大的日夜温差造成的最甜美的瓜果。人类顽强的奋斗力和在险恶境遇中的创造精神,是真正溶化不尽的天山雪水。从古长安的大雁塔到三危山前神妙的洞窟,飞天撒了一路的花瓣。西出阳关,再往前行,无尽的酷烈的日午和严寒的星夜,伴随着寂寞的驼铃的,是文明造就的华彩,那里,伸展着一条丝绸铺就的路。

愈是贫瘠的,便愈是富有。愈是趋于表面的沉寂,却愈是孕育着创造的欲望。没有流水的地方,山峦也要干死,沃野会变成荒滩,大自然就这样毁灭了大片的土地。而人们,就在那未被夺去的地方,以不可想象的坚毅创造着奇迹。这就是敦煌之所以产生并存在下去的原因,这一事实,犹如三危山上的佛光,始终启迪着历史的走向。

二

西北富有鲜明特色的生活,始终吸引了诗人的关注。为当代诗歌建树了业绩的李季,是在那里哺育、并且始终未曾离开西北边塞的人民和生活、风物和谣曲的诗人。从三边走到玉门,李季是新时代的朝圣者。他以高亢的歌咏记载了从受苦难而又相亲相爱的王贵李香香,到从事祖国宏伟的石油事业的几代建设者前进的轨迹。可以认为,李季的歌唱乃是今日新边塞诗的先声。李季的工作在闻捷手中得到了充分的开拓。他一开始就以诗人的锐敏唱出一曲又一曲劳动与爱情的新牧歌。我们第一次从抒情诗中得到对于西北风物的全面的美感享受。随后,他以新生活的史诗性作品对上述成就作了重大的发展:他的长篇叙事诗《复仇的火焰》开拓了新边塞诗的新领域。

闻捷也许是迄今为止对西北少数民族生活和风习作了最充分的咏唱的一位诗人。当代的其他一些著名诗人张志民、敦小川、李瑛都有许多边塞新声的名篇。贺敬之的《西去列车的窗口》,从一个新的侧面传达出西北现实生活的最新节奏。可以说,如今正在兴起的新边塞诗,应当溯源到建国前后,特别是建国以来前辈诗人的致力。革命的胜利,祖国大陆的解放,交通的发达,各民族间的团结友爱,加上诗人个人对于生活的感受力以及表现的才情,这些条件,为新边塞诗的发展提供了基本的保证。

新边塞诗的创立,题材的接近和一致趋向是先决条件,但并不是决定的条件。要是把写了边塞新生活的诗等同于如今所提倡的新边塞诗,那么,这种提倡就失去了意义。我理解,这是一种对于风格倾向的共有性的召唤,也是一种对于诗歌流派的形成的呼吁,其实质,是共同艺术素质的培育和提倡,而并非一种共同题材的简单的集聚。

生活曾经提供建立倾向大体接近的艺术流派的可能性,由于当时的政治的和艺术的气氛,我们往往使这种可能性交臂而过。以诗歌为例,全国解放初期在西南边疆出现了一批诗人,多民族聚居的神奇而美丽的土地,再加上豪迈的边防军的多彩的生活情调,使这些诗人的作品具备了大体相同的思想和艺术的倾向。但我们不曾有意识地促其实现,我们失去了这个机会。有一个时期,我们忌讳议艺术流派,相反的,我们侈谈所有作家作品的一致性和共同性。我们把造成艺术的统一视为正常乃至神圣,我们畏惧艺术的多样和多元,当然,更谈不上艺术的创格和自立门户。《阳关》八二年第一期的编者按语指出:"文艺流派往往产生于思想比较解放的时期",这一判断符合艺术史的事实。"五四"是中国现代史上思想大解放的时代,那时艺术流派蜂起,造就了文学和诗歌的大繁荣。六十年过去了,当日的思想解放所带来的战绩,仍然保留着无可比拟的辉煌。

在当代诗歌的发展中,的确出现过许多表现西北边塞自然风物和社会人情的诗篇,其中如李季、闻捷等诗人,为此作出了突出的贡献。但所有的一切成绩,始终没有集结为一个(当然更不是几个)艺术流派。从总的方面看,当日的气氛不宜于艺术风格流派的形成和发展,因而也不存在积极的提倡。诗歌本身也存在问题。当日的一部分诗人缺乏西北生活的长期的、深入的积累和体验,多半只是由于特定的生活情趣令他们感到新鲜,因而新奇之感超越了深刻性,至于把大西北的特有的风习溶入个人的情趣而化为特有的风格,则是更进一步的要求了。上述原因,加上当日十分强调的诗歌对于现实的责任,诗人的关注集中于日常生活场景的记述性再现,而使它所表现的社会生活内容往往游离了西北的历史曾经有过的光耀。单纯感和孤立感使诗歌缺乏历史的对比与延伸。由于表现新生活的得到强调,人们一般地易于忽视民俗学的渲染和特定自然风物的光照所产生的具有边塞土风的心灵的投影。历史有它的承继性,但历史出现过断裂。从古典边塞诗到新中国成立之后出现的边塞诗,再论及今天的新边塞诗,历史期待着新的延续和发展。

三

我们的确有幸生在弃旧从新的转折期,历史给我们提供了较当代诗歌任何一个时期都更为良好的条件。目前谈论某一艺术流派的建立与发展,谈论纯属于敦煌文艺流派或纯属于诗歌的新边塞诗和新边塞诗派的建立,尽管在某一地区或某一局部都有若干客观的和人为的障碍要克服,但毕竟已经消失了那莫名的抑迫感而怀有某种青春创造欢愉。

西北地区和全国有志于此的人们均为此而努力,创作的实际业已提供了典型,并在这方面初步展现了它的生命力。一些旨趣相通风格相近的诗人正在集结,他们正试图展示他们的实力。这种努力是韧性的。新边塞诗,其含意字面已有示知,应指现代的,即我们时代的抒写西北疆风物的诗歌。"边塞诗",借用古典诗中的用语,所指的地区大体上与今日我们所理解的一致,艺术上亦有承继与相通之处。但它们毕竟属于不同时代,而有了质的变化。离开新边塞诗的具体实践,企图通过否定古典边塞诗(这断非简单的"否定"所能否定的)以否定新边塞诗,这种意图可以某地某时暂时奏效,但新边塞诗的存在这一事实,却难以抹煞。我们重视的是诗歌实践,我们愿意探究这种实践的价值 令人欣悦的是,新边塞诗创作的实际已为这种探究提供了根据。

要是仍从题材入手谈论新边塞诗,应当是适宜的。以题材论边塞诗,这尽管是由外在因素对边塞与非边塞加以区分,但这种区分却是前提。但同是边塞,区别在于新旧。新,指的是新的边塞的新的生活,生活的新主人及其属于现代人的襟怀。一个原先的游牧民族,在新时代里生活已发生了巨大的变化,但远古留下的习俗,并不会就此消失。现代的诗人,看到的是现代的人和现代的生活,而不会简单重复祖先的语言。山间驰过的"驭者",岑参生活的时代就已有了,但我们的新边塞诗人就此抒发的是现代人的情感:"一副马鞍,一副马蹬,一条绳缰,组成人世间最豪壮的生涯",从此告别了祖先的那份悲怆——

  一代人,又一代人
  消失在历史地平线的深处,
  只剩下一片古老的神话。

> 但蹄声不灭……
> ——章德益:《驭者》

到过大戈壁的人都会对那里的荒漠和苍茫留有印象。那是辽阔的地平线让人想起悠悠的远古,但在我们同代人的心灵中,却在那无尽的悠远中响起一片不灭的蹄声。这是属于新边塞的新声音,这种情怀属于当代中国人。"明月出天山,苍茫云海间"。同是天山明月,今天的诗人不会重复李白的情感和形象,他们写着现代的边塞诗。《塞上月光曲》(唐祈)用的是古题,抒写的却是现代人的情调,形象也是现代的。"月亮的毛边散成花环,在低空轻轻呼唤",塞上的月色呼唤着不寐的寻求的灵魂:他们从梦中惊起,搜索塔克拉玛干的秘密。诗的结语是:"月亮不像我悲伤、随时感到骄傲。"我们仍然透过那不隐饰表面上的"悲伤",谛听到敲响无边沙海的不灭的蹄声。这永远激发前进的蹄声,是听边塞诗的时代之道。

四

新的一代人在那里寻求新的诗情,他们以挚爱的目光审视那看似单调的生活。就在这历来被理解为无尽枯燥的环境里,他们发现了动人的色泽和音响:"铅白的,游牧民族的帐篷;盈红的,红柳梢头的火焰;棕黄的,峰峦般滚动的驼峰,驼奶茶的醉香。长调的居延海牧歌,纯朴、壮阔、雄浑,和着漠野尖厉的啸声"(董培勤:《巴湖吉林抒情》)从这些传统的风俗画中,诗人发现了现实生活的"重叠、交融、异变",白天和黑夜交替,贫困的乳汁孕育着辉煌的信念,亘古不变的荒汉启示着当代人闪光的灵感。尽管这里有着永恒的沉默,但希望正在历史性的艰难中萌起:

> 风沙

> 淹没了烽火台
> 塑造历史的驼峰
> ——西北:《沙漠、长城、骆驼》

正是在新生活的画面中,新边塞诗抒发着充满时代的激情。当然,这种情感不再是单纯的;悲慨之中渗透着刚劲与豪放,经历了长久的苦难,它的昂奋带着痛苦的刻痕。诗人歌唱沙海中出现的《铁轨》(周涛)——在浩大的天地之间,那铁轨就只是两根"纤细如少女柔发的游丝,支撑着几万年寂寞荒凉之感"。诗人的足迹并没有钉死在昔日的荒凉上,铁轨毕竟属于现代人,他确认那是"牢牢地铸在地面"的"两道希望的目光"。

传统的边塞诗中那种"西出阳关无故人"、"古来征战几人回"的叹息,已经为上述那种希望与信念之歌所替代。正是这种精神,赋予新边塞诗以鲜明的时代感。诗人认为,嘉峪关并不仅仅是雄关,而是一部书,书上写祖先寄望于我们的豪壮的语言:"走出嘉峪关"(周涛)。生活在沙漠中的诗人看到的并不全是荒凉和干涸,他们坚持说,"我看到的世界是鲜嫩的"(李老乡)。

抒写现代人的情怀而不游离西域边塞特有的风情,特别是在现实生活的画面中渗透着深厚的历史感,这是新边塞诗的共同追求。我们看到,三危山顶紫色的夕光中,显现着莫高窟里的敦煌,林染的《敦煌情思》一开始就写:云游的僧人滚下了驼鞍,以巨大的虔诚匍匐在沙砾上。正是在这充满史诗色彩的画幅中,跃动着诗人对于新生活的爱情和理想。大片的林带和葡萄园,莫高窟里住着"我的爱,我的诗神"

> 窟后的鸣沙山无情地伸延
> 伸延进空旷的塔克拉玛干

接近现实而富有历史的透视力,写生活的信念而不脱离西北自然风物特有的严峻和雄浑,林染的诗作了这样的实践。李瑜也是一位专注于通过史实抒写现实生活的青年诗人。组诗《塔尔巴哈台之歌》追求一种特有的融汇史诗与边塞风情于一炉的抒情个性,他重视一种综合的庄严的效果。

应该认为,凡是表现了当今时代的边塞生活的诗,都属于新边塞诗。其中包括了不是长期生活在边塞,由于某种机会访问了西北的人们留下的诗篇,这些诗篇以陌生的目光,新奇的感受,传达出西北的神奇、粗犷和雄伟,其优秀之作当然丰富和壮大了新边塞诗的阵容。五六十年代大量优秀的新边塞诗大都出自这样的作者之手。

七十年代后期到八十年代初期,情况有了新的变化。作为新边塞诗新发展的重要迹象,就是一批长期生活在西北边疆的新人的涌现。新边塞诗的基本创作力量,不再是那些临时性访问或短时间居留的人们,而是长期生活工作在那里,或者本身就生长于当地的一代人。他们自称:"我是天山、草原和沙漠的子孙"。他们是与西北的大地和人民血肉相连的一代人,他们是"土著诗人"。对于他们来说,表现的是他们引以自豪的自己的土地和人民,而不再有那种别人心目中的"猎奇"之感。

他们就是生活的主人,边塞的子民。他们本身就是"驭者"和"牧民"。"在广漠的宇宙中,我也有一堆篝火,我也有一匹骏马,我也是一个牧者"(章德益:《天山偶忆三题》)这首诗的作者自称:"我感谢瀚海,给我的诗以风格和气质"。他们骄傲于辽远的地平线是属于他们的。杨牧把准噶尔当作自己的第二故乡,他说:"我曾把十六年岁月交给它,它也给了我那远远超过来此之前的二十年所得到的东西;准噶尔人的气质和追求"。他们都承认是大西北给了他们的诗以特殊的性格和气度,他们对此怀有深深的感激:

> 大漠的风啊,曾经吞噬我太多的美好,
> 我自慰:也吞噬了我的怯懦和哀怨。

于是我爱上了开放和坦荡,
于是我爱上了通达和深远。
——杨牧:《我骄傲,我有辽远的地平线》

他们是在西北作诗的耕耘的人,他们为这里的历史的久远和文化的丰富华彩所陶醉。但他们并不沉溺于远古的追恋,他们面向今日的现实。他们自然地把这里的"持花飞天"视作《我的诗神》(杨树)。他们从这些女神的裸着上体,赤着双足,静娴、丰满、端庄的形象得出判断:"她是我国北方农村典型的少女形象"。他们把神视为人,视为自己的姐妹。正是因此,诗人才说:"我追求沙漠里的幻影,追求大自然的浪漫,是为了追求真实的折光"(李老乡)。

这就是今日写着新边塞诗的一代人对历史与现实的态度。古老的阳关也许只留下一个遗址可供凭吊,但是,那里的确产生过美丽的持花飞天,反弹琵琶的壁画和灿烂的古代边塞诗。一个时代结束了,一个时代正在开始。艺术和诗不会死亡,人类的创造不会死亡,生活将无限地延伸下去,而且将愈来愈美好。阳关,那里有新的生命在繁衍,这就是我们的信念。

一九八二年国庆并中秋日,于北京。

什么是抒情诗[*]

诗在把握世界的方式上,有其特殊性,即它因外界的感兴而采取抒写内在情感的方式表现生活。诗的主要特征和基本职能在抒情。

抒情诗不注重、甚至有意忽视事件和情节的客观叙述,而专注于内心情感的直接抒发。抒情诗也描写外界事物,但目的不在说明那事物,而在借助那事物来抒发诗人自己的感兴和情怀。抒情诗再现生活的方式是直接显示诗人自己的内心世界,从而显示生活的实际内容的折光。如郭沫若写《炉中煤》,目的不是写煤,而是借煤的燃烧抒发诗人自己"眷念祖国的情绪";又如郭小川写《团泊洼的秋天》,主旨不在描绘团泊洼的秋色,而是借景抒怀——抒发"战士一句句从心中掏出的话"。抒情诗的抒情总要有依傍,咏物,写景,目的在于寄情。"纯抒情的作品看来仿佛是一幅画,但主要之点则不在画,而在于由那幅画在我们心中所引起的感情。"(别林斯基)

在抒情诗中,作为抒情主体的抒情主人公形象,较之其他文学品类,更切近于诗人自己。因而,诗歌的抒情主人公形象,往往表现得更自然、更鲜明、也更亲切。在优秀的抒情诗篇中,诗人自己的情感活动往往以无可掩饰的真实性显示出来。抒情诗人的任务在于始终忠实于个人的亲切感受,并力图使之成为对众人有

---

* 此文初刊 1982 年 11 月 28 日《中国青年报》,初收《论诗》。据《中国青年报》编入。

意义的可感的内容。有一种说法认为,抒情诗人的任务在于"把生命全部摆进诗中,把自己诗化。"(卢那察尔斯基)这大体可以说明抒情诗人创作的基本特点。

"抒情诗的主体的首要条件就是把实在的内容完全吸收到他的自我里去,使它变成自己的东西。"(黑格尔)诗人通过"自我"进行的这种对于"实在的内容""完全吸收",是抒情诗概括生活的重要手段。诗中的抒情主人公仍然不等同于诗人的自称。抒情诗人习惯于从自身出发而达到再现一般的目的。因而当诗人似乎只是代表自己说话的时候,往往也在代表更多的人说话。抒情主人公的形象是抒情诗人所创造的较诗人自我更为广阔,更有概括性的艺术造型。

在抒情诗中,诗人的自我形象带有强烈的个人的和主观的色彩这一事实,是不可否认的。"事实上真正的抒情诗人就生活在他的自我里",黑格尔这样作了论断。我们追求的则是抒情诗中的自我表现与表现时代的完美统一的契合。

什么是叙事诗[*]

作为诗的另一品种,叙事诗是基于诗的抒情属性的一种特殊形态。无疑,叙事诗具有叙事文学的一般特性,它重视客观事件的描绘、叙述,它也借助情节的安排展现人物的性格。在叙事诗中,表现人物的活动以及或简或繁的人物之间的关系乃是一种常态,但即使这种属于叙事诗的重要特性,也被诗的抒情的本质所"溶解"——就人物、事件而言,它不是如同其他叙事作品那样的"叙说",而是如诗那样的"歌唱"。我们可以同意按抒情、叙事的基本趋向给诗分类,但它们毕竟不是并列的关系,而表现为明显的主从关系,即叙事的诗是从属于诗的抒情本质的。

与其把叙事诗解释为叙事的诗,不如把它说成是诗的叙事。即叙事诗以诗的特点、抒情的特点叙事,就是说,叙事诗的叙事中渗透了抒情的特性。这种特性,不仅表现在夸张的形象,充分的想象,音乐性的、富有节奏感的语言形式等方面,更主要的是,即使在表现它的叙述特性方面,叙事诗也充满了诗人自我的感情色彩。叙事诗和其他叙事文学的差异之处是,它在叙事过程中"浸润"着诗人对歌唱对象的丰富的感情,它使客观叙述渗透着主观色彩。优秀的叙事诗往往表现为诗人以全部激情溶注于人物事件的歌唱,而且不掩饰诗人对于人物事件的评价和态度。阮章竞的《漳河水》是叙事诗,它唱:"声声泪,山要碎!问句漳河

---

[*] 此文初刊1982年12月19日《中国青年报》,初收《论诗》。据《中国青年报》编入。

是谁造的罪";李季的《王贵与李香香》也是叙事诗,它唱:"二三月饿死人装棺材,五六月饿死没人埋。"前一例子,在环境描写中包蕴着诗人自我的强烈愤恨;后一例子,似是客观叙述,同样充溢着诗人自我对于艰难岁月中三边人民的苦难的深刻同情。叙事诗毕竟是属于诗的,而不是属于小说或散文的。

期待着前进[*]

××：

是的，诗歌界有点沉闷。也许是，热情的夏季已经过去，随之而来的是秋天的成熟。我觉得，诗歌是在进步中。前几年，不仅是中国的缪斯已经复活，"中国又有了诗歌"，而且开始了一个根本性的转折。这是一个思考的诗时代：思考历史，思考人民的命运，也思考人生的坎坷。思考之后，偶有所获，不免呐喊。呐喊自然不能久长，又进入新的思考。大概，诗正是在这样的回旋往复之中成熟起来的。

曾经有一个时期，我们的诗中只剩下了"政治"。一些本来属于诗的范畴，被切割乃至弃置。风月和花草被视为异类，友谊与情爱也被贬斥。诗被弄得很窄狭。花花草草从来都属于诗，孔子讲，"多识于鸟兽草木之名"，诗中理应有它的地位。何况"愤世疾俗意，寄在草木虫"，历来的进步诗歌，香草美人，总寄寓着天下兴亡的嗟叹，并不专为花草而花草的。

诗歌也经历了一番拨乱反正。过去被放逐的形象和题材，都回到了诗中。这是一个重大的进步。但的确，进步时代的诗人应当关切时代的进步。对于生活，诗人理应有更为重要的关注。诗人不能离开他的土地，以及土地上的风云。留连于小花草的沉吟，而又离开了时代与人民之主题的，未必可称之为负有历史使命感的诗人。

写"自我"并不能为诗定罪。"事实上真正的抒情诗人就生活在

---

[*] 此文初刊1982年12月23日《文汇报》，初收《论诗》。据《文汇报》编入。

他的自我里"(黑格尔)。艾青的《大堰河——我的保姆》,就以他人不能替代的独特的"自我"形象而流传久远。它不仅未因写了"自我"而脱离他的时代,反而成为那个时代的强音。但同时,写"自我"并不能为那些隐匿于"自我"而掩住两耳不闻周围声息的人们开脱,事实是这样的:诗人的题目可大亦可小:大至大千世界,小及花鸟虫鱼;有为国家的兴衰而慷慨高歌,有为一己之哀愁短叹长吁的。这些,理所当然地均在诗的范围之内。但跟随时代前进、愿为人们代言的诗人,他的心总与国家的兴亡、人民的忧乐与共。

迄今为止,人们可称之为史诗性的诗篇,总与上述那些重大的命题相联系。而我们的时代,始终呼唤着诗人的庄严使命。当今的有为诗人,他们未必不曾窥及生活的艰辛,也理解那无尽的磨擦和罐头里的沙丁鱼般的拥挤,但诗人说:"纵使我是一条鱼,也是一条前进的鱼";他们也未必不有那对环境的险峻的思虑,作为"船",它也会想到千百倍强大于己的摧折的力量,但"船"说:"只要我还有一根完整的龙骨,绝不驶进避风的港湾"——它确认,即使是恶浪把它撕成木片,它也会因自己"曾经是一艘前进着的航船"而骄傲!

的确,未能持久的呐喊,使曾经呐喊的诗人心渴。坚定者期待着进取,颓唐者将转而寻觅他途。所谓的"小花小草都在笑",指的即是此种倾向。花草未必是他们心志之寄托,倒成了对于时代风雨的躲避。当手臂不再高举,寻觅的却是对于少年时光的眷恋与追思交织而成的"小塆",这却未必是健康的。

"诗歌在政治风暴中冒险,正因为如此,它方更美、更强有力。当我们以某种方式来感受诗歌的时候,我们情愿它居于山巅和废墟之上,屹立于雪崩之中,筑巢在风暴里,而不愿它向永恒的春天逃避。我们情愿它是雄鹰而不是燕子。"(雨果:《秋叶集•序》)忧虑是不必要的,我们依然乐观。我们拒绝"向永恒的春天逃避",我们期待着前进。这就是我对你的忧虑的回答。

在批评和自我批评中得到提高[*]
——访中文系副教授谢冕

星期日下午,我来到蔚秀园一所公寓,就党中央提出的清除精神污染问题,访问了中文系副教授谢冕同志。

谢冕同志说:"最近,我学习了《中共中央关于整党的决定》和邓小平同志、陈云同志在二中全会上的讲话,思想有了新的提高。党中央作出的整党决定,是非常适时的、具有深远意义的措施。我衷心拥护党中央关于整党的决定,衷心拥护邓小平、陈云两位同志言简意赅、充满战斗精神的讲话。"谢冕同志强调说:"邓小平同志在讲话中尖锐地批评了近年来理论界和文艺界存在的精神污染以及对这种现象抵制不力、不同程度地表现为软弱涣散的问题,对我触动很大。"

接着,他针对近年来自己在某些方面出现的一些失误作了自我批评。他说:"粉碎'四人帮'后,我国文学艺术事业冲破'四人帮'的文化禁锢,特别是在三中全会精神的鼓舞下,我们的文艺创作和文艺批评都出现了空前活跃、空前繁荣的局面。正是在这种形势的鼓舞下,我参加到繁荣我国社会主义文学艺术事业之中,

---

[*] 此文初刊1983年11月23日《北京大学校刊》第339期。据此编入。作者按:1980年5月7日,我在《光明日报》发表《在新的崛起面前》一文,引起各界关注。1983年有一次高校宣传工作会议,胡乔木与会,他在讲话中提到北大的朱光潜先生和我,说到我的上述文章。北大哲学系有人参加此次会议,回来向党委作了汇报,党委对此十分重视,授意我要有一些"回应"的表示。经与北大协商,由校刊出面以回答记者采访的方式做了这篇讲话。——谢冕,2012年2月16日。

近年来,用了较多的精力研究新诗的发展。我的思考侧重于历史经验的总结。但由于我对'文革'十年的'左'的文化路线印象太深了,加上对外开放的形势以及随着各国之间文化交流的增多,当右的倾向开始产生并日益严重的时候,我的思想状态仍停留在反'左',对右的倾向失去了警惕,对中央一再提出的有左反左,有右反右的指示,也没有认真领会。这种认识上的偏离,造成了我在学术活动中的失误和理论批评中的某些偏颇。这种失误和偏颇在我对新诗发展的历史的回顾中表现最为突出。我为了突出当代诗歌的创作走向'窄狭',而突出强调五四传统的'丰富、多样',甚至对五四新文学运动作出了'作为一个完整的时代,它表现了极大的宽容'这样有很大偏差的概括。众所周知,五四文学革命的主体,是无产阶级与资产阶级两种文化思想的对立和斗争。而我在对这一历史时期文学和诗歌现实的论述中,没有强调这一点。"谈到这里,谢冕同志告诉我,胡乔木同志在最近的一次会议上,中肯地批评了他在这方面的失误,谢冕同志表示接受并感谢乔木同志的批评帮助。

谢冕同志还说:"在我对新诗历史的认识中,受到朱自清先生诗论的很深的影响。朱先生是我所尊敬的前辈,但是我对他在《中国新文学大系诗集导言》中所表述的观念,缺乏科学的分析。我因为要强调和纠正我所认识的新诗的走向'窄狭'和'单调',因此在强调艺术上的丰富和多样的同时,而对各个时期诗歌发展中作为主流的革命的、战斗的、人民的诗歌表现了不同程度的忽视和论述的不周。这种倾向,不仅表现在对五四时期新诗的论述上,同时也表现在对共和国时期新诗的论述上。"

谢冕同志还分析了他在对待青年诗人的创作评论方面存在的一些失误。他说:"近年来,我在论述和分析一批青年诗人的创作实践时,也表现了不容忽视的片面性。例如,有的青年诗人在学习外来经验时表现了对本民族传统的缺少知识和轻视,我不仅不能及时地向他们指出，反而以自己同样不全面的理论助长这种倾向。又如，我重视他们在艺术上的大胆探索的精神，并且给予鼓励和积极的评价，但对他们艺术上的不成功的、失败的实践却极少批评。特别是，我总强调对这一代人的理解，但极少注意他们思想上、认识上的片面的、不健康的东西。青年是我们的未来和希望，青年的健康成长对我们社会主义事业关系极为重大。但作为一个教师和文学理论批评工作者，我在公开的文章中，也很少对此进行必要的严肃的批评帮助，这是很不应该的。"

最后，谢冕同志说："在清除精神污染的斗争中，党中央既指出了问题的严重性和进行这场斗争的必要性，又十分讲究政策。党很科学地、冷静地处理已经暴露出来的问题，并且重视对不同性质的矛盾采取不同的办法解决。我深深感到，我们党在总结历史经验当中，更加成熟起来。我坚信，通过社会性的严肃认真的批评，以及犯有这样那样过失的同志进行同样严肃认真的自我批评，我国的社会主义文学事业一定会得到更为健康的发展。"

在即将告辞的时候，谢冕同志诚恳地表示："我的认识还只是初步的，还有待于提高，对自己的思想和问题也有待于进行系统的、深入的回顾、思考和清理。对于不论在什么场合，以什么样的方式对我进行的批评，我都欢迎。这是我的一个真诚的愿望。"

1983

就《佳作选荐》专栏的创立
致《绿洲》编辑部*

《绿洲》编辑部,亲爱的朋友们:

谨向你们致意。我知道,你们那里有一片绿洲,有为开垦绿洲而辛勤劳作的人们,我想,曾经有过沙碛上跋涉并且有过干涸与枯涩的经历的人们,都会因绿风的拂煦而感激你们。正是因此,当你们拟在《绿风》举办"佳作选荐"栏而嘱稿于我时,我便欣然从命了——我因能以微力加入你们的开垦而高兴。

我们面对的是这样的事实:尽管前些年那种颇为喧腾的气势已经消退,但诗歌仍在默默地发展着,其间也不乏佳作。我希望这个专栏能提供一些诗歌创作的新的信息,以便开拓人们的视野与思路——也许它们还称得上为"佳作",也许它们保留了艺术探索的不成熟。基于这一考虑,尽管手边有不少完全可供推荐的优秀诗篇,我还是选择了王燕生的《老虎》。

朋友们都了解,中国当代诗歌有锲入社会现实的良好传统,由此培养了相应的诗的审美观念——人们往往以对实际生活有无裨益来判定诗歌的价值。这些,无疑是合理的和适当的。但似乎因而忽视了另一类诗的存在及其意义。这类诗,尽管仍然植根于人们对世界的经历和认识,植根于情绪上的对于他所生

---

* 此文初刊 1983 年 3 月 10 日《绿洲》1983 年第 2 期,初收《论诗》,题为《一个悲凉而完整的句号——析王燕生〈老虎〉,兼致〈绿洲〉编辑部》。据《绿洲》编入。

存的世界的把握,但它们并无意于直接作出对于现实的回答。这类诗偏重人生的经验和理性,它蕴含哲理的启示,它有意地忽略实际的和直接的诠释现实的命题,而寻求在更为宏远的层次上把握人生。《老虎》属于这类的诗。我之所以向《绿洲》的读者推荐这首诗,与其说它是我们"最喜欢的",毋宁说它是我所感到新鲜的和对于我们是陌生而富有诱发性的。

诗人眼前的这只虎,它真的老了。昔日大山般巍峨的身躯,开始如秋雨泡软的泥团"坍塌"下来。它追念往日驰骋山林的威荣,难以忍受如今的沉寂乃至"宿敌"的"宽恕"。这只已经衰老的虎身上,仍然畅流着英雄的血,它甚至冀望猎枪无情的射击:

> 唉!要是响起猎枪多好
> 它还会以响于三倍的吼声
> 重震整个山林
> 坠地的尾巴
> 还会像竖起的旗杆
> 猛扑向前的风声
> 会刮走衰弱和怯懦

然而,只有难耐的"死一般的沉寂"伴随着它。它当然感到了从生命的激流中涌退之后的悲凉。这只虎无疑到了生命的最后阶段,它的一生勇猛而充满骄傲:不曾在搏斗中战败——甚至"至今不曾遇见真正的对手"。但如今,它只能以"僵硬的舌尖,舔着幼虎软缎似的花纹,让止不住的爱的流泉,洗浴自己的未来,流送遥远的记忆。"

《老虎》不是如我们通常所看到的那类咏物诗。在物我关系上,物不单是我的某种观念借助物象的外在比附。它的特点是"我"的"浸入物内"以把握自身对于物象的内心感应。它不再是诗人面对着一只虎的托物言志,而是设身于虎——特别是已经失去旧日威严的垂老之虎的"自我"感觉。显然,诗人被一个现实生活的命题所启发,在理性的观照下,创造出了完全建立在内心与外界互为补充的和谐的意象。甚至可以认为,"老虎"更多的是诗人自我对于世界观照的某种意念的结晶。他不再停留于表层现象,进而追求潜境,这种潜境已经超脱于通常所认为的肯定或否定的简单结论,它启迪人们对于人生规律的思考。诚然,这里有着无可言说的落寞;但作为虎,它向往的是山林的呼啸,以及勇往直前的搏杀。这里,依然渗透出生活的奋取之光耀。至于它如今的怅惘与寂寞,无非是对于昔日活泼泼的生命的眷念与追思而已。

从普遍的意义上说,诗的意旨,有近,有远;可近,亦可远。《老虎》的意旨指向了远处,甚至指向了永恒。那么,应当如何判别它的主题的价值?的确,以是或否的简单方式,都难以为这首诗作出断语。它是丰富的,更是复杂的。它有点像里尔克的《豹》。那是一只笼中之豹——

> 它的目光被那走不完的铁栏
> 缠得这般疲倦,什么也不能停留。
> 它好像只有千条的铁栏杆,
> 千条的铁栏杆后没有宇宙。

豹面对的是"走不完的铁栏杆",它的目光被眼前的囚禁缠得疲惫不堪。在豹看来,栏杆以外没有宇宙,它不仅焦躁,甚而痛苦。作为动物的豹,它当然不会有这么复杂的感觉,这是诗人在替它"设想"。诗人以自我的心情来写豹的心情。他是"用自己的思想歪曲了(实际上是拔高了)豹的感受能力来表现它与现实世界的矛盾"(袁可嘉语)。

这里的豹,是诗人所遵循的"思想知觉化"的产物。《老虎》的创作与此近似。它忍住眼前那小鹿投来的嘲讽的目光,甚至懒得挥去居然敢在它鼻尖嬉戏的苍蝇。这是已经失去了青春活力的虎的此时的心理真实,但更是诗人所感受到的自然法则的无法抗拒的悲慨。真实的山中的虎是不会这么"思想"的,诗人把人的(主要是他自己的)思想化为了虎的思想。当然是一种寄托,但不是通常那样从外面贴上去。这种寄托合理地渗透在诗的全部意象之内,为诗自身所包孕。新鲜之处就在这里。它超出了习见的咏物诗那种直露,而只是以诗的自身显示丰富。

> 常青的群峰耸立着
> 看时间渐渐聚拢的网口
> 怎样合成一个完整的句号

也许这可以看做是一个庄严的葬礼,也许这是一个悲凉的结束,但是,诗人试图说明什么呢?这只能是一个永恒的悬念。

在一年之初,我很高兴能和你们作这样无拘束的、随意的漫谈。朋友们,让我们共同祝祷1983年新诗的新进步。

紧紧地握手!

一九八三年一月一日于北京

她们在创造[*]
——漫论中国女诗人的创作

一

要是没有她们和她们的诗,我们的诗歌会是何等的寂寞。从宏远的角度看世界的诗,她们——我说是女性,不仅给了那些天才的诗人以激情和灵感(由于获得和失去她们的友爱和温存,诗人们创造了无以数计的动人诗篇),也许,更为重要的是,作为一个历史的进程,她们自身也成了诗的创造者。这个历史,可以从古希腊时代算起。当被柏拉图称之为"第十位文艺女神"的萨福在列斯波斯岛开展诗与音乐的创造活动,并以古老的独唱琴歌形式写下如《给阿那克托里亚》那样丰富的抒情诗篇的时候,人类文学史上的辉煌一页已经写上了女性的名字。值得古往今来的女性骄傲的是,萨福进行天才创造的年代,距离无以企及的荷马史诗时代极为接近。

在中国,尽管漫长的封建社会的历史,也是压迫和歧视女性的同样漫长的历史,但中国女性同样也创造了自己漫长的诗史。史籍上有记载的女诗人的活动,至少要推算到纪元前后的西汉和东汉时代。中国诗史上第一个非民间的可以称之为诗人的创作高潮,便留下了她们的劳绩。距今将及一千年前,李清照以独立一家的女诗人崛起于世。她毕生的诗歌创作,集中显示了女

---

[*] 此文为诗选《她们的诗》序,初刊1984年9月《新文学论丛》1984年第3期,初收《中国现代诗人论》。据《新文学论丛》编入。

性诗人的最为鲜明的特色:以娟好的形式写内蕴的情感的风暴,她创造了婉约温情的东方闺阁诗的典型风格。李清照的影响历久而不衰。如今论及诗歌史上的婉约诗风的形成,她的名字依然闪射着永恒之光。

中国古典诗歌中女性的作品,大致都以抒写委婉细腻的女性风情为其基本特征。这种局面的打破,当以秋瑾的出现为标志。秋瑾用满腔碧血献给了民族新生和女性解放的事业,也许她是旧时代最早,也是最后,同时还可能是唯一的一位既持着写诗的笔又举着战斗的剑的女诗人和女革命家。她集侠女与才女于一身。她的诗褪尽了脂粉的艳丽和钗钿的华彩而闪起了刀剑的寒光。秋瑾,更准确地说,是一位充满诗人气质的革命家。她的惊心动魄的一生是短暂的,她把全部的智慧和才华献给了奋斗和牺牲,严酷的时代并没有为她提供余裕成为一个完整的诗人。

二

但毕竟,中国有着一个封建主义传统的社会形态,随后又有一个畸形发展的半殖民地半封建的社会形态,这些社会形态是以压抑人性的发展,特别是戕害妇女的独立人格和创造力为其本质特征的。一部篇什浩瀚的《全唐诗》,女性的名字寥寥,且被列入受屈辱的地位,便是此种"扼杀"的明证。在受到抑制的年代里,女性往往难以成为诗人,偶尔因诗成名的,大致也以抒写苦闷悲怨的情感而赢得公众的注意。秋瑾毕竟是一个例外,她以自己的诗的行动宣告了一个结束,但她未曾启示一个新的诗时代。

中国诗史的新时代是以"五四"新诗的诞生为标志的,"五四"时期的新诗运动带有确定无疑的革命性质。作为反帝反封建整个革命的一翼,新诗的诞生及其兴起,自然包括了女性的解放和自立的革命意识。只有在这样的大潮流中,妇女的主题以及女性诗人的涌现方才成为可能。尽管冰心说过,"《繁星》,《春水》不是诗。至少是那时的我,不在立意作诗。"(《冰心全集·自序》)但是,冰心最初却是以诗人闻名于"五四"诗坛的。那"满蕴着温柔,微带着忧愁"的"诗的女神"毕竟叩响了她的门扉。冰心的创作,带着"五四"个性解放的时代的精蕴。在《假如我是作家》诗中,她祈愿自己的作品在人间不露光芒,她只求这些诗能"自由抒写"自己的忧愁和快乐,把"积压的思想发落到纸上",便满足了。《繁星》是冰心第一部诗集,作于一九一九年。它是"五四"伟大的思想解放运动的直接产物。《繁星》的出现,由于它和它的作者及同时代诗人的共同创造,奠定了新诗初期小诗运动的基础。中国新诗史第一次写上了女诗人的名字,而且显示了内容形式全然不同于古典诗歌的革新。

作为"五四"新诗的开拓者之一,从《繁星》到《春水》,冰心初期诗作业已告别了中国传统的女性诗作那种特有的哀怨,它传达前进时代的声音——尽管仍然渗透着东方女性的柔婉。她把诗献给了"普遍的装点了世界"的"弱小的草",献给了"创造新陆地"的滚滚波浪之下的"细小的泥沙",也许她身居深院,但她看到了"平凡"的伟大。在《繁星》中,诗人曾借嫩绿的芽、淡白的花和深红的果的取喻,激励青年的发展、贡献和牺牲。新时代的柔婉中,有着特定的刚强。

这是新诗的启蒙期。这个时期女诗人的作品,同样以个性解放为出发点,获得了女性自立的反封建觉醒。她们写着自由解放的诗,甚至写的就是她们自身为争取权利的斗争。刊于一九一九年《新诗年选》中黄琬的《自觉的女子》:"我没见过他,怎么能爱他?我没有爱他,又怎么能嫁他?"便是觉悟女性的歌唱。在白薇的《祖国我回来了》中,我们不仅看到了为反抗封建婚姻而远走他邦的女性,而且看到了把个人奉献给整个社会的新的价值观念的女性。"我富于白血的勇敢,为杀灭细菌而奋战",白薇宣称,尽管"我是一个女流,背后没有靠山",也决"不愿做花瓶里装饰的花"。但她仍然感到了封建阴影的重压,她不得不面对一个"还是看不见女子","不给女子平分共享"的"男子的社会"发出感叹。

但上述那种已经觉醒仍还艰难地挣扎的情调,在写了《莎菲女士的日记》的丁玲的《给我爱的》中,完全看不到了。这是一首情诗,但却是全新的。诗中的女性所爱的,是一位以全付心力贡献于光明事业的革命者,他们在共同的志向中建立了爱和了解:

> 只有一种信仰,固定着你的心。
> 所有的时间和心神,
> 你都分配在一个目标的各种事业了。
> 所以你从不管我的眼睛,或是我的心。
> 因为你是不会介意着这个的。
> 我们不是诗人,
> 我们不会讲到月亮,也不讲夜莺
> 还有那些所谓爱情,
> 我们只讲一种信仰,它固定着我们的心。

在这首表述新的爱情观念的诗中,丁玲的确驱逐了旧的和当时流行的概念。她讲的是"烦难"的事业所给予的亢奋。这首迄今为止不为人们熟知的诗,其中充满了飞机、炸弹、金价、银价、白人、黑人、资本主义及殖民地、斗争、组织,以及原则的运用等等概念。丁玲很少写诗,但这首发表于《北斗》创刊号(一九三一年九月)上的诗篇,是一个明显的标志,说明中国现代女性的诗,已经从草创时期的人性觉醒与妇女自立的讴歌,以迅疾的速度转到了投身新兴事业的呼号——即使在丁玲这样表达爱情的诗中亦不例外。这种新时代女性的爱情诗,崇尚的是固定一种执着信仰的彼此倾心,而表现为对于那种传统的表达爱情方式的轻蔑。"有什么眼睛,有什么心,纵有机会,我也没有什么要向你倾吐了"。同时,她们也竭力消弭爱情的个人色彩,追求的是蒙上了民群共有的"大家都一样"的普通形态:"太阳把你的颜色染上,太阳也把我的颜色染上,但是太阳也把他们的颜色染上,我们现在是大家(许多的大家)都一样了"于是,在这样一片红色光焰之中,她感到了慰藉和满足。

女性投身于社会的进步与解放事业的结果,必然使她们的眼界为之一廓。现在,她们终于能够和男子一样而对着纷纭的世态发出未能忘怀于世事的宏大音响了。这类作品,如陈学昭的《我怀念被屈辱的巴黎》。在她的心目中,巴黎仍然是神圣的,巴黎并不因纳粹的污辱而失去荣誉:"还是巴黎!高贵、自由、独立、不朽的巴黎。"杨刚的长诗《我站在地球中央》是女性诗人中少有的锲入生活底层的雄浑之作——我站在地球中央,"无尽的,汪洋的生命,太平洋永生不断的波纹——长在我的怀里,泛滥在我的胸前"。此诗写于民族危亡也是民族觉醒的一九三九年。杨刚在诗里呼唤"我站在生命最后的防线上,奉着了地球新生的使命"而"竖起了战斗的大纛",呼唤"掉在强横、残暴、自私、懦弱底下"但却未曾死去的"自由"。

至此,我们可以认为,中国新诗当它与古典诗歌决裂而宣告新生之日起,以冰心为代表的女诗人便开始了对于人生的思考,从而彻底地脱离了旧诗词中那种远离社会人生的呻吟与陶醉。随后,在纷纭多变的时局中,特别是继军阀混战之后,抗日烽火暴燃,女诗人的创作也如同全部新诗所显示的,投入了挽起危亡的全民奋战之中。在民族抗争和人民解放高潮之中,女性也失去了她们温柔缱绻的情致,她们同样地把诗当成了炸弹和旗帜。

三

在中国新诗的发展中,一方面是诗在进步的文艺思潮的引导下走向平民和社会,诗人在思考人生与表现人生中走向了人民为争取社会进步的战斗,从而形成并确定了诗在社会生活中的实际的价值观念;另一方面是诗沿着它的固有的轨迹,深入人的心灵,探索那些永恒的而且是和外在世界同样深广的内心世界的奥秘与丰富。固然,一定社会阶段的人们的心灵是那个社会的固有形态在精神领域中的表现,但较前述的那一类,无疑后者更为注重内在的表现。与此同时,也与前者不同,这一诗潮在诗艺上的追求远较从为人生到为革命的诗主潮为甚。从以闻一多、徐志摩为代表的新月诗派到戴望舒为代表的现代诗派直至汉园三诗人的创作,明显地画出了刻意于艺术追求的鲜明的印迹。其间,形成较大的理论与创作的实力的集团,当以新月为最显著。进入新月诗选的,有二位女诗人——方令孺和林徽因,她们的创作是以单纯的意象叠印出奇丽而清幽的生命的欢欣。但她们没有那种习见的浮俗,而显示出受过高度文化熏陶的女性特有的肃穆清致。

林徽因是新月中公认的才女,她以清丽的诗句写出了现代的青年女性微妙而丰富的内心情绪。如《情愿》,写的是习见的爱的主题,却有属于她自己的深刻的力量。她"情愿"把自己化为一片落叶,并赋以哲人隽永的思绪——

> 忘掉曾有这世界,有你;
> 哀悼谁又曾有过爱恋;
> 落花似的落尽,忘了在
> 这些个泪点里的情绪。

> 到那一天一切都不存留,
> 比一闪光,一息风更少
> 痕迹,你也要忘掉了我
> 曾经在这世界里活过。

不难看出,新月中的女诗人的创作,如同新月的作为整体一样,她们把"五四"开拓的新诗,从对于实际世界的关切中更多也更广地推向了对于诗歌技艺的切磋,正如陈梦家说的,"主张本质的醇正,技巧的周密和格律的谨严"乃是他们"一致的方向"(《新月诗选·序言》)不论是林徽因还是方令孺,她们的诗追求的正是这种诗的本质的醇正与诗的艺术的精湛的结合。尽管她们的笔墨对于社会的实际不求深涉,所咏却也并非云端的飘缈,她们的追求依然是新月的追求:"我们时刻不曾忘掉自己的血,踩着地土,并这时间的罡风,我们的情绪并不是无依凭的从天空掉下的。"(陈梦家:同上)的确,她们拥有属于她们自己的真实,即使是梦中铺满金色阳光的路,醒来后"只是一个没有星的夜,空幻的黑"(方令孺:《梦中路》)即使是梦幻,也是真实世界的心灵的投影。当然如方令孺的《灵奇》,确是一首灵奇的诗,却是对于并不灵奇的现实世界的反拨。她依然感受到了黑夜的静,感受到了黑夜中的"神怪的寒风冷透我的胸膛"。

尽管在奋起的时代亟需诗歌走出内心而投向外面的血淋淋的现实,但在文学的诸品类中,诗却是最擅长也最习惯于走向并表达内心的,因而,不仅产生了如同上述所描写的,在走向现实斗争的强调中,仍然有着另一类走向心灵的诗。有的作家在进行其他部类创作中,她明显地属于锲入社会生活的,但当她进行诗创造时,那种对于世界的真切感薄弱了,却呈现出一颗赤诚真实地跳动着的心灵。譬如萧红,是一位在小说中表现了土和汗的现实性很强的作家,但诗中却着重表现了一个纯真的女性心灵。她有一只《苦杯》,注满了属于个人的爱的慨叹。她的《沙粒》却并不琐琐,那里凝聚了人生的亲切而苦痛的经验:"从异乡又奔向异乡,这愿望该多么渺茫,何况送着我的是海上的波涛,迎着我的是异乡的风霜。"这是从内心生发出来的对于生活的叹惋。

也许存在着一类为社会和人群而忘掉自我的诗,如同丁玲在《给所爱的》中所表现的。尽管那是一首有着强烈的个人意识的诗,但她极力抹去个人色彩而努力为之涂上众人共有的色彩。在革命意识业已萌生的女性那里,她们往往会以自己具有过多的女性特点而产生愧怍。同时,又存在着另一类倾向,那就是因诗的走向内心而表现出强烈的个人化倾向。这样的诗,即使在热烈地倾向于进步与革命青年的诗人那里,也表现为极为动人的个人情感的倾注。如石评梅,她的《祭献之词》是一首著名的诗:"醒来醒来我们的爱情之梦,温馨的春风悄悄地把我唤醒;时光在梦中滔滔逝去无踪,生命之星照临着你的坟茔。"这样的发于内心的至哀至痛的声音,本已十分动人,而当它蒙上了女性的多情与温柔的特性,当然是更易引人发起情感的风暴的。

如新月诗人那样追求"本质的醇正"的"纯诗",在台湾省的女诗人那里,一直在悄悄地延续和发展着。那里出现了一批保持了较多的女性特性的诗。以轻婉又细致的笔触抒写着作为恋人和女友,作为妻子和母亲的爱的情感,彭捷的《妈妈日记》是很突出的一首:

> 长工、兼值日,
> 张着网、张着手臂、张着爱的雷达
>
> 网内是我的宇宙
> 极大,且圆、且满
>
> 爱的轨迹,每一点都有引力
> 不论距离远近

总在引力之内

诗人有一份庄严的自信,她尊重并歌颂这个"我的宇宙"。诗在那一隅土地上,更多地表现为静态和凝聚的美。艺术的刻雕不曾松怠而艺术的滋养却寻求多元,于是单一的迹象不复存在,东方与西方的诗艺有了新的融汇。如蓉子(她被誉为"开得最久的菊花")的《我的妆镜是一只弓背的猫》,能够把狭小的生活天地写得如同一个"迷离的梦"般有趣而丰富;她写《伞》,能够从蝙蝠的双翼而缀成一个无懈可击的圆中,寻到一个"自在自立的小世界",艺术上是圆熟的。但自然,她的世界确也太小,也过于贫瘠了。

在台湾和香港,有更多的青年女诗人在为中国新诗的繁荣耕作。其中突出的如席慕蓉,这是一位画家又兼诗人的原籍内蒙而刚刚进入中年的女性。她在《一棵开花的树》中写她所感受到的"宿缘"。她把平常的爱情写得充满了宗教气氛;是颇富新意的。而《长城谣》则是一曲客子思乡的衷曲,从中可以感到中华民族的热血在奔涌。林泠以她的《不系之舟》和《未竟之渡》写她对于人生的浅淡的忧戚。陈梦青则以明晰的语言写生命的困顿:"那样的生活是漩涡/投身进去/挣扎不出来/那样的生活是池沼/会埋葬理想和希望"。这首题为《停笔的日子》的诗的结句是令人吃惊的——"我实在是太累太累"!写在那样令人莫测风云的漩涡之中的诗,也有一份严峻的真切。

诗人不可忘怀于社会和公众,但诗人也不可消匿自己的个性;中国的诗要追求富有中国的特色,但中国的诗又必须走向世界。在新的时代——特别是变得严峻的时代里,上述二端往往会表现为严重的顾此失彼和矛盾对立的状态。四十年代中后期涌现于《诗创造》和《中国新诗》等诗刊上的一批以学院为中心,如今被称之为"九叶"的青年诗人,其中有两位是成绩显著的女诗人:陈敬容和郑敏。她们在寻求二者的统一,并已取得了明显的成就。袁可嘉作为她们的朋友,对她们的诗曾作过中肯的批评:郑敏的诗"注意雕塑或油画的效果:以连绵不断的新颖意象表达蕴藉含蓄的意念";而陈敬容的诗"往往是火爆式的快速反应,高速度地以外景触发内感。"(《九叶集序》)她们继承了"五四"的诗传统,又在吸收西方现代诗歌艺术方面把诗推向成熟。她们注意诗人的个性在诗中的显现,但又自觉地以诗适应动荡的时代(特别是四十年代后期的时局)。她们的诗以十分鲜明的个性传达出对于黎明的普遍的呼唤:

> 多少个寒冬、长夜,
> 岩石是锁住未知的春天,
> 旷野的风,旋动四方的
> 云彩,凝成血和肉,
> 等待,不断地等待……
> ——陈敬容:《题罗丹作〈春〉》

四

中国革命的成功,带来了妇女社会地位的全面改善。随着女性参加社会活动的广泛和深入,女诗人的作品也出现了较前远为鲜明的社会化和政治化的局面,勃兴之后经久不衰的是那些投入生活洪流热情呼号、以及再现了现实生活而富有认识或鼓动价值的诗篇。和全体生活在人民共和国的诗人一样,女诗人也有了更为自觉的用诗促进社会进步的行动。这在五十年代和六十年代的女诗人作品中得到生动的说明,这些作品构成了当代诗歌最为鲜明的时代特征。此类作品是当代诗歌的主流,它发展了社会主义时代的新诗艺术,其成就是前所未有的。作为一代诗风的证明,最有代表性的作品应推柯岩写于七十年代后期的《周总理,你在哪里》。这是一首以真实和挚诚的情感拨动了全中国人民心弦的诗。

与之形成鲜明对比的是,专注于抒发诗人自我的内在情绪的诗作趋于沉寂。但此种诗也不会就此泯灭,尤其不会在女性诗人的创作中消失。在当代,尽管诗的发展趋向于社会化,但长于吟咏心情的诗不会被放逐出诗的王国。经过长久的曲折之后,它终于在开明的和开放的政治气氛下恢复了原有的和应有的状态。到了全国第一次新诗评奖,获奖作品中竟然出现了林子的纯爱情诗组《给他》。这组以十四行的体式写就的诗,完全是属于个人的纯真爱情的表达,它的大胆、坦率和真挚是当代诗歌,特别是女诗人的创作中所仅有的——

> 只要你要,我爱,我就全给,
> 给你——我的灵魂、我的身体。
> 常春藤般柔软的手臂,
> 百合花般纯洁的嘴唇,
> 都在等待着你……

这是充分女性化的诗。这样的诗,经历了久远的沿革,由于种种的原因而曾经消隐。女性的诗失去温柔缱绻的情致,是一种可以理解的趋向。但诗的走向这一目的,原不必以另一种风致的诗的消隐为代价。各种的诗(符合人民意愿的诗)都有生存的权利。女性的诗而体现出女性美是正常的,这并不意味着它必然与诗的社会价值的增长相对立。如前所述及的,萧红在以小说锲入人生的战斗的同时,却在诗中诉说纯粹属于个人的忧患,而这并不因而抵消了萧红的价值,即是一例。林子的《给他》并非新作,只是到了适宜的时机,它得以公开发表而不必为它的命运耽忧。良好的政治气氛下,诗歌在更为广阔的天地里发展的权利已受到确认。一些立志于探索的人不会再孤独下去,她肯定有更为年青的同行者。

舒婷的出现引起了当代人的关切。她以青年女性特有的细腻,写出了充满矛盾的内心世界的渴望与怅惘,少女初恋的朦胧的喜悦掺和着噩梦的惊悸,造成了属于她自己的"美丽的哀伤"的风格。舒婷可以视为最年青的一代女性诗人的代表。她的诗也许不免失之纤弱和委婉,但若论及空前的社会动乱以及政治生活的失常所带给人们的精神伤痛,一种受到长久压抑之后重获生机的惊喜交加的复杂心理,特别是青年女性的微妙情绪的倾诉,无疑的在她诗中得到了艺术的凝聚。与舒婷齐名的傅天琳,她的近作把母爱刻画得鲜明而又细腻。从批判"血统论"到写果园,从果园再走到摇篮旁,傅天琳的诗歌道路,显示出女性的特点。

人民的诗歌在复归。当代女诗人为恢复诗的纯洁性和真实性作出了无可置疑的贡献。她们的诗带有时代深深的刻痕。长夜醒来,不免怀着伤楚回顾来路的风雨泥泞,从而寻求生活的答案。她们有的人已中年,对着两鬓新霜,无处寻觅失落的青春,却依然活跃着女性坚强的灵魂:"岁月给我们增添的是冷静和审慎,那冷固的岩层下却凝聚着高温"(宛青:《给——》)如今活着的几代女性,她们多半有过作为女儿、作为女友、作为妻子、作为母亲为那个灾难的时代作出的牺牲(这种牺牲已经得到了某种相应的补偿,人们将永远记住那些与男人共同蒙受苦难的女人),她们和他们一起吞过生活的"神秘果",也一起变为凝固了生命的"鱼化石"。如今,她像当年认出《礁石》的价值一样,认出了《你就是你》(高瑛)。

我们一起生活在这片古老大陆上的女人,确乎不同于生活在海峡那边的她们的同胞姐妹,不会如同那边的姐妹那样,在很年轻的时候便唱着"是与不是都不重要/时刻到了就要死……黑夜之下无新事/只不过是/每天同样的死"的悲哀而绝望的《每天》(朱陵)的歌。在这里,她们也有自己的痛苦(当然更有欢

乐),但她们唱的是不无矛盾的创造之歌:

>……是什么在我体内不停地撞击,
>让我疼痛,让我激动,让我难过?
>太阳和冰,冰和热。上升和下降。
>我搏击在无数气流的漩涡。
>一个幻想刚破灭,又一个幻想来临,
>我急切地寻找阴电和阳电的交错,
>低垂的积云太沉闷了,
>我要打破单调,
>我喜欢新奇和探索……
>——李小雨:《小雨》

一个社会的进步和它开放的程度,只需看看女性在这个社会中的地位和她们的活动受到重视的程度,就已足够。在我们如今生活着的这一阶段,女诗人的崛起和活跃,特别是为数众多的青年女性的参与诗歌创作活动,正是生活的富有生机的明证。她们的创造同样带来了诗和艺术的生机。论及女性大量参与最富有感情色彩的诗的创造,不能不注意到她们为这一创造所带来的对于人的普遍的和普通的感情的强调。诗和艺术的富有强烈女性色彩,往往是人们艺术欣赏活动中乐于对诗人和艺术家进行性别区分的一个动机。

勃兰兑斯在论及法国斯塔尔夫人时说过,"正是这种温情,甚至可以说是这种母性,在她身上使得这个时代的忧郁情绪具有独特的性质"。他指出,她的这种忧郁并不属于个人,"它是与革命时期争取理想中的平等与自由的斗争联系在一起的一种压抑情绪,是一个热情改革家的忧伤情绪。"(《十九世纪文学主流:流亡文学》)当代中国女诗人的创作,当然充满了当代的时代精神。我们的时代由于刚刚逝去的黑暗而给诗与艺术投下了忧郁的影,我们期望于这些创造者的,是一种既有女性的温情和母性,但又是基于争取理想中的社会进步的奋斗热情相联系的时代气氛。

五

自有新诗以来,六十余年中,各种选本品类繁多。但从新诗的全部历史出发,上自"五四",下迄当今,不仅是大陆,而且包括了台、港同胞和海外华人在内的以女性诗人为标准辑选为书的,实不多见。本书编者继完成数十万言的《中国女作家传》之后,于短时间内收一百余家、四百余首、一万余行的巨型女诗人诗选,仅从规模上说,可谓一壮举。面对这一丰硕的成果,感奋之余,不能不想到近年对于新诗的议论。

近来新诗的发展真的到了微妙的时刻。一方面是几代诗人的归来和汇聚,诗歌艺术的复兴和更为广泛的探索;另一方面是,由多种原因的促成,新诗打破了原有的格局,出现了多种多样的诗。对于上述状况,有人因而欣悦,有人却为之皱眉,有人以为生机勃发,有人却感到了危机四伏。只要承认新诗跨越了动乱年代的虚假和僵硬,只要承认新诗是在探索中前进的,便没有理由为新诗的状况悲观。《她们的诗》的编辑出版,再一次提供了这样的事实:即以女诗人而言,我们不仅有为此作出重大贡献的前辈诗人的光辉,我们又有源源不断的诗的新生代(本书所收,出生于四十至六十年代的诗人约占百分之六十),其间所体现的改革和创新的事实,则是未可尽述的。本书编者以宽广而富有包容性的胸怀,不拘执地容纳百家,从而在我们面前展现出瑰丽而繁富的发自女性心灵的佳美的声音。这是一种基于雄厚事实的振奋。她们在创造,中国的所有诗人在创造,中国新诗的振兴是可以预期的。

一九八三年岁首于北京

采石者的欣慰[*]
——论林斤澜的创作

一

> 在寂寞的时候,这个老石匠使我的心血温暖起来。
> ——《石火》前记

在北京作家群中,他仍然被认为是中年作家,尽管他自己已在追寻那莫名其妙地丢失了的、创作生涯的"中段"。禀性乐观的林斤澜,即使在说一件沉重的事情,也断不了那种满不在乎的诙谐。当他回顾那被剥夺了创作权利的日子时,说了如下一段话:

> 这十二年,正是我的壮年时期。我家门口菜市场里卖鱼,有切段卖的。到了傍晚,往往只剩下头尾。有的顾客爱打听:
>
> "中段呢"?
>
> 可以得到不同的回答。
>
> "这鱼没有中段。"
>
> 显然是谎言。
>
> "中段叫猫叼了。"
>
> 大概就是报纸上常说的"灾难性"吧。
>
> "明儿有。"

---

[*] 此文初刊1983年5月15日《钟山》1983年第3期,与陈素琰合作。据此编入。

> 这好。这豁亮。这有浪漫主义的气息。
> ——《林斤澜小说选》前记

事实是"中段叫猫叼了",但他宁肯相信"明儿有",这就是我们所认识的仍然不失"浪漫主义气息"的林斤澜。向后看,他已走了许多路程,但无疑的,不曾走过的路将更长。而且,在这路上人们会发现:经过锲而不舍的探求,他那独立的和独特的艺术个性,将得到更为完整的显示。

时代的际遇对于作家的成长实在是太重要了。公平地说,林斤澜所属的时代恩惠于他的,仍然要比失去的多。但无可讳言,在他所生活的环境中,他的寂寞感是漫长的。对于他的作品,有时,表现为不被理解,更多的时候,则表现为难耐的冷漠。由于权威性理论的影响,造就了中国文学的特殊现象:在特定的时期,我们的鉴赏者和批评者往往只习惯自己所能习惯的艺术品。个人风格不被重视,创作和欣赏趋向于单调的一致。只要对当代文学的发展加以宏观的考察,我们就会理解包围着林斤澜的冷漠产生的根由。一位在艺术上矜持自重而又不肯随俗(当然,某些时刻他也未能免俗)的作家,在那样气氛中所能得到的令人不悦的回音是必然的。

他写过《石匠》,在那里,不论作品主人公的石匠,以及石匠口述故事里的石匠(其中有一位石匠,他在昆明西山龙门的千丈悬崖上辛勤雕凿二十年,最后因魁星手中的朱笔凿断,愤而投身滇池),都有一种执着于自己事业的韧性。这使我们联想起它的作者来,站在我们面前的,也是这样一位石匠,一位为了独特的艺术创造而甘于寂寞的石匠。林斤澜在给小说集《石火》拟名时,无意中碰到一个"石"字,他由此想起前辈作家的一段文字,"……在深山老峪,有时会遇到一处小小的采石场。一个老石匠在那里默默地工作着,火花在他身边放射,锤子和凿子的声音,传送在山谷里,是很少有人听到的……"引用这段话之后,林斤澜说:

> 在寂寞的时候,这个老石匠使我的心血温暖起来。他是真正的师傅,我不过是个匠人。锤子、凿子敲打出来的匠气,就是明证。但我的心血温暖起来了。

寂寞中的欣慰!他不是不知道山外有热闹的世界,但他不追求那种人们都向往的繁华,他甘于这种深山中采石者的寂寞。这是这位作家为自己的艺术创造而选择的岗位——一个小小的采石场,这里的锤子和凿子所发出的响声很少为人所知,但在他的身边,的确飞迸着火花。正如小说《石匠》的主人公说的,"正经石匠,个个都是这样的,越是年纪大了,越要拼一身的本事,拼一身气力,凿出个什么来,留给后人"。

一个健全的社会和这个社会的健全的艺术,应当允许并鼓励各种各样的艺术的创造,尤其应当尊重那种不趋时的甘于寂寞的严肃的艺术家的探求。林斤澜谦虚地承认自己只是"匠人",但他的确有自己一以贯之的追求。这种追求是不受时尚的影响的。尤其当强大的潮流极大地影响了文学的创造时,这种执着于自己的初衷,钉子一般地站在自己选择的位置上默默工作的精神,更显得可贵。我们当然不愿意把我们研究的对象说得不切实际的完美:他不愿随俗,但有时又不免随俗;他有独特的追求,但这种追求不能不受到时代潮流的制约。林斤澜也时常沉浸在对于创作的反思之中。"重理旧业,不光是生疏,还觉得堵塞。仿佛有些沉重的东西,搬也搬不走,烧化又烧化不掉",他把这种"沉重的东西"的"堵塞",归纳在《两个再认识》中:对生活,过去"往往受当然潮流的影响,有时偏差不小";对写作"过去往往因当时的需要从概念出发,又归宿到概念上。貌似反映了现实,实际又不是生活的真实反映"(《人民文学》,1982年第5期)。这些话,林斤澜是针对自己以往创作的偏差而言的。他并不把自己看得完美,他承认自己在"大起大落"的"文字的'行情'"面前,也有"随大流"的时候。但他的确神往于那些不受潮流左右的"真正的艺术家":

> 波涛狂暴时,那样的声音当然湮没了,间隙时随波逐流地去远了,那声音却老是清亮,叫人暗暗警觉出来,欢腾的欢腾的生命力。
>
> ——《林斤澜小说选》前记

也许他并不承认自己是这样的艺术家,但他倾心于此。《头像》与其说是他的自况,不如说是他对理想的艺术境界真诚的讴歌。美术家麦通交了好运,因为作品符合潮流而三年连续得奖,眼下忙于"三来":来信、来访、来约稿。形成对照的是他的老朋友梅大厦,孑然一身,身居陋巷,只守着满屋满书架不趋时的艺术品。现在,他从事着"一般人是看不懂的","眼前是无名无利"的艺术探求,他为自己的创造所陶然,全然记不起还要迎合什么潮流。他想的是"不定几十年百年之后,会有人研究,中国有这么个人,做了这么一些东西"。就是这些话,他也只能在深夜里,对着一个邻居——一个疼爱他又不理解他的老太太说。他是寂寞的,然而,不管寂寞多么漫长,那寂寞中击发出来的火光,将温暖人们的心血,"人不在了国家在,民族在"这是《头像》的主人公的信念。这是一种为创造久远价值的自甘寂寞的艺术家的心中的火花。梅大厦并不就是林斤澜,无疑,林斤澜是为他心折的。

二

> 只守着真情实感,只用自己的嗓音歌唱。
>
> ——《林斤澜小说选》前记

当文学不是由它自身的规律,而是由规律而外的潮流导引的时候,梅大厦难免会感到寂寞。在那样的历史年代,人们可以理解一般,但不能理解个别。但是,梅大厦之所以是门庭冷落的梅大厦,而不是春风得意的麦通,区别仅仅在于在总的潮流中,前者总不肯轻易改变自己的信念与追求。梅大厦在邻居好心的老太太眼中是一位神经不正常的人,她认为"再让他敲敲打打,非出大事不解"。当梅说"人不在了国家在,民族在"时,她总"瞅着他那眼神不对"——"一下子贼亮贼亮,仿佛打个电闪",在不免有点落拓的过着灰暗生活的艺术家那里,伴他的只有这种深夜里偶尔亮起的电闪。这个电闪的光,正是深山采石者锤子凿子下面迸射出来的光。

现在我们回到林斤澜的创作上来。这是一位长期辛勤劳作却很少被人谈论的作家,他身上不缺少梅大厦那种坚韧的追求精神。他并不为自己的不被理解而不安,他仍然以平静的口气转述朋友对他作品的评语:"这些东西,好比蔬菜里的芹菜香菜一类,喜欢的人就是喜欢这个味道,不喜欢的人也就是不喜欢这个味道。"芹菜香菜的味道,不喜欢的人往往目之为"怪味",特别是一般的菜蔬把大家的口味都磨练得只能适应那一般的"味"的时候。然而,不论喜欢这种味的人多或是少,林斤澜一直在追求自己作品独有的"味"。而且,他刻意不使自己的味混同于一般作品的味。这大概也经历了一番过程。在林斤澜早期引人注意的《台湾姑娘》中,并没有这种"怪味",他沿用了当时流行的写实主义的方法。

《山里红》的背景是热烈进行"挑战应战"的"大跃进",那里的几个羊倌,都是竞赛场上的英雄,无疑都是那时提倡的新人物。但是,他不编排惊天动地的故事,也不让他的人物头上放出灵光,在那人们免不了总有点热狂的年代,他笔下的人物,大体上都保持了浓郁的土气,他只是如话家常般的把几个人物串在一起,写他们平平常常的劳动和平平常常的感情。他依然固守着不使自己的作品过多地成为某种精神和概念的图解。——他对文学的图解充满了警惕,曾经检讨说:"我们这些人以往在这上头走的冤枉路多了,吃的亏大了,免不了多操一份心。"(《送下乡》)他依然"只守着真情实感",而且竭力实行"只用自己的嗓音歌唱"。这恰好印证了左拉的话:"没有任何东西可以代替真实感和个性表现。如果作家缺少了这两种物质,那么,与其写小说,不如去卖蜡烛。"(左拉《论小说》)即使在那样的年代他对此也是信誓旦旦。《山里红》的人物,除模范羊倌张春发有点过于"神"外,性格粗豪的老羊倌陈双喜,寡言少语而心眼多的大羊倌李有本,以及"笑起来都没有声音"的小羊倌王金明都是泥土里爬滚的人物。尽管整个作品被当时的"跃进"气氛笼罩着,但作家始终坚持用自己的嗓音来歌唱这些人物和人物的环境。

从这时开始,他已经在描写北京地区山乡习俗景致方面寻觅着和创造着自己特有的"味道"。他能够把北京的土味与现代抒情散文特点融汇一致地表达出来。这里是《山里红》的结束一段,大羊倌和老羊倌摸黑走山路回家——

"你有完没有?糟老头子,你倒是要往哪儿去呀!"
"啊!"老羊倌这才明白,早就错过了岔路口。连忙叫了声"回见",撒身往回走,忙中有错,这瘦长个人撞在一棵山里红上了。树上的红果,劈头打脑掉了下来。老羊倌管自走路,独自眉开眼笑。他踩着墨般黑,迈过发白的黑,推开挤开发紫发蓝的黑。一边伸手到衣领里、怀里,摸出一个个山里红,往嘴里扔。这种红艳艳的果子,不等吃,只要一看见,一摸着,就让人觉着甜酸,酸甜。觉得漫坡野岭,都是有滋有味的了。

没有当日那种喧嚣的呼喊,也没有那种夸张的形容,有的只是对于华北山区生活的真实的体验,人物和环境溶浸在那一片发黑、发白、发紫、发蓝的夜色之中,那"劈头打脑"掉下来,掉到衣领里、怀中,含到嘴里"甜酸、酸甜"的山里红,既为作品回环往复的主题作结,又是此时两个羊倌喜洋洋乐滋滋心理的抒情描写。

在林斤澜的创作思想中,"真情实感"是支柱。他重视短篇小说的构思艺术,但他小说的一切构思和一切语言的追求"都是为了表现好真情实感的魂"。他的名篇《新生》,在题材和主题的开掘上并无太多新意,无非是说,在急难中,处处闪现出好心肠的人,赋予一个难产婴儿的新生以深刻的象征意味。值得注意的倒是:当社会思潮中酝酿并涌现出"阶级斗争"的喊声时,《新生》对此漠然。那里的一切,只有同情帮助和无言的支持,那里依然是一个桃园世界。从这点看,林斤澜的不随俗中,倒显示出作家的某种勇气来。当然,那个时代有他自身的矛盾,而在《新生》中全然不见,他是把生活叫诗意融化了。

《新生》的创作从大的方面讲,它也受着时代潮流的影响,写所谓共产主义萌芽之类;从小的方面讲,作家则专注地雕塑他的艺术品。这仍然体现了作家的个性化追求。即以构思一端为例,那时流行的办法是不论何事何物从头写起,他偏不;当大家似乎都不太重视艺术的切磋的时候,他给自己"出难题",在艺术上提出新的要求。他也有意地疏远那些惊险的情节,以及克服困难的过程,特别是,他对笔下那些善良的人的心境几乎不作直接的说明。他只是让他的人物行动。当描写这些行动时,他用的笔墨不是当时习见的那种浓重的写实色彩,他写得飘忽,有意地和生活的原样保持一种距离。这是真实的,却又不是那么写实的。尽管他承认"喜欢现实主义写法",但他很早就追求"不完全那么写实"的写法,这在《新生》有了明显的表露。这就是作品中平添了那股似真非真,说假不假的情趣,这确比那种描摹实际的笔墨,显得活脱多了。

表现的是作者对于新生活和新人物的"真情实感",用的却是"不那么写实"的"自己的嗓音"。当文学趋向用共有的嗓音歌唱的时刻,林斤澜"不合常规"的追求,难免会招来惊异的目光。《新生》还只是露出的一个尖刺,到了《惭愧》,却形成了明显的倾向。

因而《惭愧》受到的非议也多。从《新生》到《惭愧》，可以看出林斤澜在竭力从文学图解生活的束缚中挣扎出来所进行的努力。与此同时，他在冲破作品走向模式化的思潮中闯荡。当全社会都倾注于"思想性"（此处指那种刻板的概念的图解），他却像《头像》中的梅大厦那样，忘我地创造着一件又一件真正的艺术品。

对《惭愧》来说，认为它在主题上是对于所谓不能写中间人物或转变人物的冲破已经不够了。它在手法上更富变化，完全打破了那种常见的叙述方式，他有意打破时序，有意地把环境写得虚虚实实。在这样的氛围中通过会计小康泰把眼前景和往日景叠合在一起，造出了扑朔迷离的印象，用这突出老长泰为自己的过去而惭愧的心境。《惭愧》对于自己的主题不置一词，它完全让读者自己去领略、去归纳，而且，不仅《惭愧》，还有《新生》，他在尝试一种对于单调的主题表述的冲破，他寻求一种更为复杂的主题结构，使一种并行的和复合的主题展现在一个作品之中。由于他不重视事件的说明和叙述的顺序，因此，它不易被领会。像这段文字：

> 只见老饲养员闭着眼，斜靠在椿头柱子上，难道头晕了吗？又只见那打这起皱的老眼，忽然一睁，灯光映着红红的眼睛，竟闪出十分的光彩。这时听见嗡的叹了一声："惭愧！"

惭愧什么？是谁，因为什么？作者全不告诉你，让你通过全部作品反复思考而得到领悟。这样的文字，当然显得艰涩，它必须咀嚼方知真味，而与那种一读就懂的文字判然有别。当大家都把情节写得很完整的时候，他忽视它；当大家把内容弄得一目了然的时候，他隐藏它。《惭愧》是深刻的，但又不那么明晰。当那种风格大体近似的小说风行于世时，林斤澜的试验却蕴含了明显的挑战意味。

在当前,文学风格的多样化已经不再是新鲜的题目了,但是,在林斤澜最感寂寞的年代,这种钟情于独特艺术个性的追求,却要付出沉重的代价。不论人们对林斤澜的探求作何种估价,毫无疑问的是,这种探求不仅将丰富、而且也将直接的对文学的发展起促进的作用。卢卡契在论及毕生寂寞无闻的卡夫卡时作过如下的评语:"恐怕很少有作家在他的作品中,在把握世界和再现世界的时候,能把原本的东西和基本的东西,能把对世界上从未出现过的事物的惊异,像他的作品中那样表现得如此强烈。在今天,在那种实验性的或千篇一律的技巧掌握着多数作者与读者的时候,这种突出的个性必定给人留下难忘的印象。"(转引自《文艺研究》,1982年第6期)林斤澜当然不是卢卡契此处所评论的那样的作家,但当很多人只用一种嗓音歌唱的时候,他坚持基于自己的真情实感而用自己的嗓音歌唱,这一点,却是相似的。从我国当代文学的发展加以考察,"千篇一律的技巧掌握着多数作者与读者"的时候不仅有过,而且统治了相当长的时间,在这种环境中,像梅大厦那样自甘寂寞地塑造着他的头像的人,可以说,是体现了真正严肃的艺术家品质的人。

三

> 这是什么样的人?只能说是很不正常的生活里,活出来的一个很正常的人。
>
> ——《肋巴条》

在林斤澜的创作历程中,动乱的"文革"时期是一段空白,以此为界,大体上可以勾勒出风格演进的前后轨迹。在此之前,他的创作活动仍然打上了当代任何作家几乎都无法避免的时代性的烙印——属于作家自己的思考不多,作家的思考往往只在他的时代潮流规定之内进行。但即在此时,林斤澜也始终坚持着自己艺术个性的创立和维护。我们从他的创作活动的整体加以考察,便会发现他几乎在和平庸和一般化搏斗中生活。"他和所有的一切搏斗过,甚至也和风格搏斗过",仅仅为了避开众人的熟路,他拣生僻的路子走,而不管这路上有多少同伴以及是否长满了荆棘。《惭愧》和《新生》都不是新颖的题目,但林斤澜却在这些众人也做的题目中留下了自己的艺术性格。"他在每一部小说中,都把自己的风格加以揉捏,重新熔炼和再造……他挥臂锤炼他的文句,直到刻上他自己的标记。"(左拉《论小说》)

漫长的动乱的年代结束以后,林斤澜在探求的道路上开始了一个属于自己的时代。他未改初衷。不同的是,他有了新的醒悟。他回顾说:"过去认为参加农村工作队,参加那里的运动,就是深入了生活,就得到源泉了。现在看来'源泉'不那么简单,要有自己的头脑……"(《北京文学》1982年第5期)引人注意的是他在讲源泉时突出说明"要有自己的头脑",他知道至关重要的是要用自己的头脑思考生活。

为此,他让梅大厦雕了一个头像。这是一个少女的头像,一个不合比例的变形雕塑品。作家告诉我们:

> 这是一个沉思的面容,没有这样的脑门和这样长长的眼皮,仿佛思索盘旋不开。森林里常有苍老的大树,重重叠叠的枝叶挂下来,伞盖一般笼罩下来,老树笼罩在沉思之中。这个少妇的头像,是沉思的老树的精灵。

由一个少妇的头像的造型而产生了一个奇异的联想:森林中的苍老的大树笼罩在沉思中。林斤澜发现:少妇的头像中活着"沉思的老树的精灵"。我们由他的这个发现而发现了林斤澜这一时期创作思想演进的轨迹。他在外在的不谐和甚而是矛盾对立的物象之中(例如少妇与老树)寻求某种统一,这种统一是由对于历史和现实的沉思而统驭的。他赋予一切他所表现的对象以沉思的头脑,不论其为男为女,为老为少,他们都有了一个"沉思的老树的精灵"。

一个混合着写实主义和非写实主义不同创作思想的变形的"头像",一个是外表活跃的少妇而内心却是一个沉思的老树的奇怪的精灵,为我们提供了开启林斤澜近年创作奥秘的钥匙。可以说,从"石"(《石匠》)到"火"(《火葬场的哥们》)(这是林斤澜《石火》一集题名的由来),他完成了他的创作主题的基本转移。要是再往前推,这种转移的迹象也更为明显:"春雷"萌动时节那种欢跃明快、经过生活的磨练而成熟的心灵迸发出来的"惭愧"的叹喟;到饱经人生沧桑的"辘轳井"旁搅拌着苍凉与失而复得的生活权利的庆幸的情味。可以说,林斤澜的确开始一个逐渐以新的创作思想(八十年代创作思想)以逐渐替代(当然包含着合理的继承)那种正面的歌颂新的人和新的人与人关系的单纯的主题(基本上是五十年代的创作思想)。而这些新的作品中,大体上都活跃着一个沉思的老树的精灵,这个精灵,也许存在于一个少妇的"头像"中,也许存在于有点玩世不恭的"火葬场的哥们"身上,也许存在于那些犯了"神经病"的人们身上。

一个动乱的时代造就了千万颗沉思的心灵。这个时代意外地给了整整几代文学工作者以特殊的宠惠:他们有可能从历史的沉思中获得正常生活所不能给予的创作灵感。那个善恶易位,正误互乖,热情与疯狂为邻,卑鄙被目为神圣的颠颠倒倒的错乱生活,不能不启迪着人们的智慧。这种时代给予的机缘,在别的作家那里,也许体现为对于伤痕的披露,也许表现为对社会弊端的思考与砭正,也许表现为饱经离乱之后对于美好生活的眷顾与畅思。林斤澜面临这个新的时代,犹如在往昔的文学大潮中他寻求用自己的嗓音歌唱一样,他迅速地完成了创作重心的基本转移。他寻求属于他自己的重新再现生活的独特方式。

这种转移是基本的,但并非全方位的。这是一位艺术涵养十分丰富的作家,他不会轻易地抛弃自己实践中获得的多方面的经验。他宁肯使自己拥有更多的方式,而绝不会使自己陷于艺术的单一。因此,一方面是正面的面对生活,讲那些代表希望与新生的事物的美好,如《竹》、《悼》、《杜爷爷》、《肋巴条》等,基本是《春雷》、《飞筐》、《山里红》主题和方式的延续。但无可讳言,这些作品的成就正在被更富有魅力的作品所超越。老树的沉思具有更为鲜明的时代特色,他从生活的变态和颠倒中,概括出那个时代本质的一个侧面。邪魔,这是他的小说的一个篇名。在那篇小说中,一个正常的因"眼前黑,想亮光"而搞发明的人,被认为是"走了邪"。各种各样的人从各种各样的角度,对他喊出了一个声音:"邪魔!邪魔!"这是一篇有着深刻象征意味的作品:愚昧和贪心把创造和追求诬为邪魔,而真正中了邪魔的却是那些裁定别人为邪魔的人。这无意中概括了林斤澜对于动乱的时代以及它所造成的后果沉思而得出的结论,从而形成了他近年创作不断探求的主题。他说着一个又一个荒诞到几乎不可信的故事,以他特有的方式:黠智的诙谐,有些滑稽的文风和类似讽刺杂文的叙述方式,往往造成令人忍俊不禁的效果,紧接着引你陷入痛苦的沉思。他以特有的"轻松的严峻"的方式取代了他所擅长描绘北京乡俗景物的抒情笔调。

林斤澜试图证明,在那个年代里,一个个正常的人曾经被如何地指控为、歪曲为不正常的人。《阳台》中的"我"认定那个关在牢里还写书的"红点子"教授是"疯子"应该送精神病院检查,而这个"我"恰恰是一个动乱年代培育出来的无知愚昧的变态的人。《记录》是一篇以私设公堂的"提审记录"形式写成的小说。它的"犯人"曾一同,仅仅因为某个档案材料中有"徐尤英梅石菊曾一同填表参加复社"一语而无辜身陷囹圄。这原是一个绝大的荒唐。文章的结语是这样的:

曾:(忽然狂笑不止)哈哈哈……(目露凶光,口出狂言)

曾一同不是我,曾一同不是人,曾一同是徐尤英梅石菊两人曾经一同……

建议:送精神病院检查。

医生提问:谁是病号呀?

医生的提问无疑是作家的提问,他把答案留给了读者。他的整个思考在于说明,由于一个可笑的颠狂,把正常的人当成了犯人和精神病患者,而无知、愚昧和野蛮,却是变态的生活投给那些真正的时代狂人的心灵阴影。他极少选择正面揭示的方式做文章,他选择了这种具有浓郁的揶揄意味的方式,当然,这也许更能切近于那个离了常轨生活形态的方式。

这种邪魔的人物和故事奇迹般地集中到了作家的艺术构思中。《一字师》中的那位严格、认真而很有学问的老师,一再被逼迫,直到做了"看门人"。而他的念了错别字的学生以及念了更多错别字的学生的儿子却代替了他的位置。更具讽刺意味的是这位本名应为吴白亭的人,他的退休证上却赫然地写了一个白字:吴白丁。《法币》的主人公,一个旧社会可怜的穷学生,仅仅因为自传上"家境贫寒,上学时常找外活来做,月入约法币百元"中的"法币"一词而受尽磨难。通篇小说是以"我的交待"、"补充交待"、"交待罪行"、"认罪书"、"报告"、"保证书"的形式分段构成。我们从这个直到最后才明白缘由的无辜的受害者茫然无所适从的不断的认罪和辱骂自己中,感到了疯狂年代中小人物的沉哀。

另一篇《绝句》,确是一曲悲哀的绝句。右派,脱帽右派,过了十年再揪出来的陈新,一个因残酷的历史误会而弄得妻离子散的陈新,犯了急性阑尾炎,右腹部疼痛。忙于夺权的医生们,却在他的左边开了刀。作家写这个痛苦的故事时,用的是让人笑更让人哭的笔墨:

老陈新觉得刀尖碰到了他的小腹,刀尖划拉着,不痛。好比是铅笔在皮肤上划一道线。可是右边怎么还有拳头鼓着拱着?啊,刀子划的是左边。老陈新没有说过一句话,这时挣开粘住了的嘴唇,说了一个字:

"右,右。"

"知道你右!"

就这样,他被胡里胡涂地送了命。这位连个遗言也无对象可留的人,最后还唱了四句对生活充满希望的"绝句"。这真是"中了邪"的年代。我们从这些漫画式的貌似夸张却是高度真实的文字中,看到了曾经有过的生活。这里,我们看到了类似契诃夫的方式:"在契诃夫笔下,样样东西真实到虚幻的地步,他的小说给人留下'立体平面镜'的印象。他似随手把文字丢来丢去,结果却像印象派画家似的,他的涂抹却有了极妙的成就。"(托尔斯泰:《论契诃夫》)

当林斤澜写这些痛苦故事时,他的确想到了契诃夫,他甚至把这个时代的生活和契诃夫作品的环境作了比较。作家在《问号》中提出了一个大大的问号。那个穿绿衣的红脸汉子,他在批专政对象面前的表演,使人不能不想起那位艺术大师的《变色龙》。但《问号》绝不是《变色龙》的摹仿,它是中国那个特殊年代的龌龊的土壤中培育的特殊菌类,它是中国式的变色龙。正如那位"眼神里透出凄凉来"的"黑帮"想到了变色龙又立即改正自己的看法一样——"他忽然手颤,一个思想颤颤地钻了出来:'不对,不像,那个死洋人《变色龙》那里,没有最最最革命,因此没有最最最恐怖……'"

林斤澜就是这样,以一个个颠狂的和邪魔的主题对那个变态的年代的失去常轨的生活进行批判。在这个主题的完成中,他提出了作为觉醒的中国人的要求。这种邪魔主题,也许让人联想到西方现代派文学中的梦魇意识,梦魇意识基于对资本主义社会生活的挣扎和抗议,表现了那些对于社会灾难无能为力和不能理解的绝望情绪,这种绝望情绪是长久的,不可克服的。而我们此刻谈论的林斤澜的邪魔的主题,是在一个曾经是健全的和良好的社会中,由于人为的原因而引起特定时期的剧烈的动乱。这种生活的变态不会是生活的常态,当然也不是永恒,它们之中有着质的区别。但是,就对生活变态的抗议而言,它们却极其相似。试看那个有口难辩的"曾一同",那个因写了"法币"而历尽磨难的小人物,那个让人随意切割而丧命的阑尾炎患者,他们不也是一个个梦魇者?

"从着魔状态中解脱出来而不再抱有幻想,而在颓废和消沉的情绪中,现代派一般仍然深沉地保持着期待使个人和人性得到某种正常发展的愿望,在痛苦中发出了希望世界有一点人性的呼声"(陈焜:《西方现代派文学和梦魇》)。那些生活在畸形社会中的人们,他们感到了梦魇的痛苦也仍然不是完全的幻灭。我们此刻接触的邪魔主题当然与之更有质的区别;我们依然可以从那怪异的魔影后面,看到闪动着的作家的理想之光。不仅是渺茫的期待,而是对于理想生活的创造和希求,这导致作家有可能对生活持积极的批判态度。这种批判甚至是极为鲜明的,例如前面提到的《问号》中对于喊"最最最革命"的那种邪魔势力的批判即是。不仅是《问号》,他的每一篇这类作品的背面,几乎都可以让人窥见那黑夜里闪烁的光点。《阳台》这篇小说,也许能说明更为丰富的问题。在那里,它刻画了"我"从"革命"捞到好处之后那种变态的心理。但它不限于这个"我"的批判,而且写他的醒悟:不是专政者的"我",而是被"我"专政的人,是神经健全的强者。他们的位置不觉间进行了互换。而且他们终于在对于活泼人性的窒息的不满中,找到了"共同语言"——"窗外是阳台"。在这里,作家对愚昧无知的"我",也寄托了可以改正的转机。在《神经病》中,张三、李四、王五都有不同程度的神经质,但他们仍然是健全的人,只是那种变态的生活迫使他们失去了常态而显得卑琐可笑。他们——这里指的是那些被认为"疯子"、"神经病者",以及"口发狂言"如喊"曾一同不是人"的曾一同等——是什么人?他们是正常的人,只不过他们生活的环境失去了正常,因而在不正常人眼里他们失去了正常的形象。

林斤澜在表现这些否定或肯定意义的"中了邪""发了疯"的反常生活的反常的形象时,采取的也是反常的艺术手段。前面我们曾经提及,在创作的这个阶段,林斤澜那种带有浓郁"京味"的抒情笔墨变得稀少了,他也很少采用传统的那种正面表现的方式。这个原先就声称"自己的东西不完全那么写实"的作家,现在面对着他自己选择的颠狂的和邪魔的主题时,不能不考虑采取与之相适应的艺术手法。这就使我们再一次想起《头像》来。《头像》的基本方式是忠实于生活的又对之实行有意的形象扭曲,这是一个变形的头像:尖尖的脑门占全脸三分之一,从眉毛到眼睛竟有一个鼻子的长度,她的眼皮长得令人吃惊。他不仅用这种明显的夸张和比例失调来写人物的外形,而且还用奇诞荒唐的方式组织他的故事。《微笑》是在一个"提审"黑帮的场所,一个被打成黑帮的声乐专家巧遇专政队里的他的崇拜者和知音,专政者与被专政者谈得投机,居然面对面半跪着练起嗓子来。待到提审黑帮一声令下,那位原来专政队员居然自动地挂上了黑帮牌子,微笑地代他去受审。这些荒诞不经的处理无疑会引起笑声。但笑声过后又给人以严峻的痛苦的沉思。林斤澜在小说《卷柏》中曾经写了一句话:"都是偶然,细想起来又都不偶然。"这种有意的形象扭曲,环境扭曲,看似荒唐,实是妙不可言地再现了那个本来就显得滑稽可笑的人生世相——它本身就是一个扭曲的怪物!

也许更为本质的是内心世界和精神的扭曲,这点,林斤澜的笔墨更为辛辣无情。《火葬场的哥们》那个"黑旋风"一般的小伙子,他的外形和喜欢恶作剧的癖性,在一般人看来,不免有点特别,而那个被"黑旋风"叫做"貂"的女干部,却楚楚可人,她会适时地对人发出笑容(作家两处写这种笑容"一、二、三、四、五,数到五字,嫣然一笑"),这个外形并不扭曲的人的内心却是扭曲的。如那个"黑旋风"谈完工作,下意识地对着自己鼻子打了个榧子,她以为是对着她打的,心中恨恨,随手便在表格上写下一句"天书":"本人谈话志愿火葬场为要。"轻轻一笔便把"黑旋风"发配到了火葬场。当然,后来"黑旋风"巧遇女干部,向她索取了一条花手绢,便把她引到停尸间,也是一种极度夸张的生活的变形。然而,这也是"细想起来又都不偶然"的。

开头的时候,我们论及到林斤澜的寂寞感,因为他有时不易为人所理解。到了他的创作的现阶段,手法更多样也更新颖,用传统现实主义眼光分析他的作品已不够用。这种对于表现对象的有意的异动,的确令人目眩。但只要我们放开固定的尺度,例如,换一个类似观看毕加索的画或卡夫卡的小说那样的角度,林斤澜的许多艺术都变得浅显而易懂了。据说在布拉格第一届立体派画展期间,卡夫卡的朋友认为"毕加索是有意的歪曲者"。卡夫卡不同意,他认为"他只是记下了还没有渗入我们意识的现实而已。艺术是一面镜子,它有时像表一样'走得快'"。艺术允许离开正常的速度而"走得快",这原是常识。文学或艺术上的有意进行形象的悖谬,是文学艺术反映生活多种方式中的一种。林斤澜在这类涉及颠狂和邪魔主题的作品,他以他原有的诙谐与讽刺的艺术个性为基色,对现实生活进行了变形的调整。他讲述了一系列令人发笑又令人瞠目的怪异的故事,他刻画了一系列变态"中了邪"的形象,在近年小说中,他甚至不重视传统的短篇小说格局,把鲁迅杂文的方式引进到小说创作中来而增添了"随意性"。这只能说明这位深山采石者并不就是他自己认为的"工匠",他的确像梅大厦那样的富有勇气的寻求。《酒言》是一个酒汉的独白;《记录》是对话体的"提审记录";《法币》的分段则是灾难性岁月中常用文体大全;《火葬场的哥们》于本文之外,外加"糖里拌蜜"、"节外生枝"、"画蛇添足"三小段为附文。在林斤澜那里,小说的形态也有了不拘一格的开拓。语言上的变形则更为大胆和明显,有时,他笔下的主人公用的是一些文理不通的、文风恶劣的语言,这些都增强了他艺术变形的魅力。忠于艺术的探险精神,使林斤澜在寂寞的探求中,完成了自己的艺术个性。如今,他已是一个不加署名也可以认出他的作品的风格独特的作家。深山大谷中默默的采石者,应当为此欣慰。

四

> 一个低着头,笑咪咪地管自走路的人……
> ——《林斤澜小说选》扉页题词

这是林斤澜转述别人问起他的作品意义、构思和特色,而他自己往往答非所问之后,说的一句话。他,就是这样一个不论别人对他的理解如何,总是"笑咪咪"地低着头坚持走自己的艺术道路的人。理解这样一个明知可能寂寞而甘于寂寞、却一贯地执着于自己追求的作家,对于读者和批评者都是困难的。原因在于我们的文学有历史形成的远的和近的背景,我们的读者和批评家的批评和欣赏标准都趋于定型。我们往往不能理解和容忍作家有异常的独特的多方面的追求。

这种追求在林斤澜的近期创作中尤为明显。如上所述,他从噩梦般的灾难岁月中醒来,以他特有的讽刺的笑揭示那个畸形的生活,他的笔墨关注于批判的主题。即使在这一点上,他也是"笑咪咪"的,虽然没有沉溺于痛苦,却也没有故作豁达。但我们却从他那描写的浓重的暗黑中,依稀地看到了星星点点的光明。他有太多的让人痛苦的笑、笑后的痛苦,但是却在那让人感到难于生存下去的境遇中,让石与铁撞击而迸射出火来!《神经病》中那个最后也害了"神经病"的连长,他把无言的温暖给予那些在生活中颠沛困顿乃至陷于绝境的"神经病人",他巧妙地保护了他们使之免受更多的灾难。须知,他自己也同样生活在一个艰难的年代,难怪作者在小说结束时说:"要以为我们听见神经病就难受,那也是一种'历史的误会'。在那甜酸苦辣咸——五味俱全的时候,'神经病'属于酸甜酸甜味儿。"这也是《山里红》的味道,记得在《山里红》的开头和结束时,他都指出那让周围的一切都变得"有滋有味"的"甜酸酸甜"的味道。难得的是,他竟然在灾难性的充满了苦味的年月中发现被掩盖的令人心醉的"酸甜味"。对于逆境,他不哀叹,而且他能异乎寻常地在受到了可怕扭曲的场合中,发掘出充满人性温暖的"微笑"。在《微笑》的结束,那位专政队员主动地挂上"残渣鱼儿"的牌子插进了鱼贯的队伍,而把真正的"残渣鱼儿"愣在尾中。这时,真假"残渣鱼儿"的脸上都有个微笑,作者说:

> 这是个微笑是无可怀疑的,只是长久没见了。早在还有家庭生活的时候,灯下,床上,甜甜睡着的孩子,灯花婆婆教他笑出来这样的微笑。

他就是这样"笑咪咪"地走他的路,他总是发现并再现生活的微笑,不论这生活是多么艰难。

这是一位严肃的作家,尽管有时我们从他那有意的逗乐中觉得他喜欢说些玩笑话,那是他的苦中作乐,苦中寻乐。奇怪的是,当他面对现实的生活,那种"嬉皮笑脸"的味儿却消失了,给人感到特有的严峻。《腾身》是一个新的主题。它表现的是中国农村社会长期的封闭,以及这种封闭的解体,新的生活带来人与人关系的重新调整,老爷子周玉堂为了社会公益事务而想从那种大家庭的纠纷中"腾出干净身子""利利落落地蹚烂泥塘"。而他的子女却从各自的角度不让他"腾身"。不论赞成还是不赞成老爷子的出山,他们彼此指责对方"中了魔"。当周玉堂真的"腾"出"身"来了,他们又一拥而上利用他的尚未获得的职务开出一系列要求来。周玉堂代表真正的进步力量,也就是我们看到的深山石匠心中的火花。他给他的那股借他的腾身以求各自"腾身"的子女以严拒:"跟公社说说,要让我当大队长,给挪挪窝子上别处当去。烂摊子也不光咱们这儿啊。"注意精心构思的林斤澜,紧紧地咬住了"题目",峰回路转,他最后给《腾身》以一个突如其来的新意。

引起争论的《辘轳井》,是一篇概括了多变生活的富有历史感的小说。它似乎是一曲挽歌,但却展示了辘轳井的再生。在这里,他对颠狂的主题作了历史的延伸。同时,他表现了魔影的消失。历史走了一个大的弯曲,如今转到了原先的辘轳井旁,那山羊般白狗的悲嚎和它的尸骨,那瘦个子摄影师和短矬摄影师在不同年代的出现,那最后一个单干户的"消灭"和第一个个体户的诞生,富有历史的讽喻意义的对比,让我们体味出总体的悲凉。作者变得异常的肃穆,也消泯了最后一丝微笑。生活翻到了新的一页,人们不会再回到往昔去,但作品却留下了令人怅惘的余音。也许有人会责备因过多的失落而产生的淡淡的哀愁。然而,这却是久经沧桑的老树在作沉思的显现,无疑浸透了对于新生活的执着,也可以说是执着的爱和信念。

我们面对的是一位很丰富,同时也很复杂的作家,他的确是不易为人理解的。作家无意中借笔下一个人物的形象,让我们看到他的自我造型:

> 那"螺丝转"般的皱纹里,喜怒哀乐都很难说。皱纹本身也像是自然形成,和风吹雨打没有关系。他那眼神里的冷静,把玩笑、正经、撒谎、诚实,一概冻在里头了。
>
> ——《肋巴条》

那"螺丝转"的皱纹,原本是沉思老树斑驳的皮层,他沉思时,脸上的皱纹尤为明显。要是我们能够通过那样大大咧咧的"玩笑"和"撒谎"看到他的"正经"和"诚实",通过他的冷静,看到深山采石者寂寞工作中迸发出来的火星和无限的热,那么,我们就算是理解了这位"低着头,笑咪咪地管自走路的人"了!

一九八三年二月二十四日匆成于蔚秀园

诗人们走向世界[*]
——序《旅外诗笺》

只要是杰出的诗人，不论其国籍如何，他们的声音是没有国境线的。这在今天这个变得越来越小的地球，情况就更是如此。荷马和但丁的故国，离我们很远；他们生活的年代，也离我们很远。但我们理解他们，犹如理解我们的屈原和李白。诗人的语言有一种魔幻的力。一旦消除了民族的障碍而被"破译"，它就可以成为一种神秘的宇宙射电，穿越不同肤色、不同习俗、不同生活方式和思维方式的人种的心灵之壁，而唤起普遍美好的情感。因而，寻求自己的声音在更多的人心中引起共鸣，就成为诗人们的普遍的愿望。

各种国家和民族的交往的频繁，使诗歌题材有了新的拓展，这便是以表现国际题材为基本内容的旅外诗的出现。这一诗歌品类的诞生，直接成为了人民之间心灵交通的桥与舟，从而使千山万水的间隔缩短以至消失。异域的历史风物、人情世态，借诗歌以为媒介，无疑地为人类的彼此了解提供了有益的手段。在中国新诗史中，许多前辈诗人已为此作出了重大的贡献：郭沫若站在日本的笔立山头展望，那里的烟囱开出了朵朵"黑色的牡丹"，他为"二十世纪的名花"的开放而欢呼；徐志摩以眷眷之心唱着初别康桥，再别康桥，表达了他对异国他乡的友爱的温馨；

---

[*] 此文为《旅外诗笺》序，苏文魁编，中州书画社1984年1月版；初刊1983年12月《旅游文学》1983年第2期，收入《谢冕文学评论选》。据《旅外诗笺》编入。

闻一多写出了芝加哥公园斑斓的秋色,但那美好色彩也掩不住"支那人"悲愤血汗凝成的洗衣之歌;艾青笔下则有繁荣而怪诞的巴黎,被诗人称之为"盗匪的故乡"的可怕的马赛,诗行之间充满了那位当年的青年诗人憎恶不义的激情……

中华人民共和国成立后,直至灾难性的十年动乱前,国际题材的诗歌创作获得了空前的发展。中外诗人在友好互访中,建立了良好的友谊。只是这种关系因动乱而宣告中断。艾青把这种中断形容为"沉船"——中外交流和人民友好往来的船只,在历史性的颠狂中沉没了!生活复苏之后,他寻找这种失落的友谊的工作称为"打捞沉船"。正是在这样的题目下,他回忆了和聂鲁达的个人友谊。

可以庆幸的是,友谊正在复活。收在这本选集里的作品,尽管未见完善(有一些诗人和一些优秀诗作未曾收录),但却是"沉船"修复后,重新启航的航海记录——许多水手都站到了自己的岗位上,他们把我们带到了促进人民友谊和维护世界和平的海洋中。诗人们走向世界,他们的诗展现了这个世界的瑰丽和令人眷恋。这里是举世闻名的花城翡冷翠,她舒展于亚平宁山谷,沉浸在古都豪华的记忆之中;这里是浸漫了花香的洛桑,轻盈的草坪和沉思的栗树在一片雨声中闪着迷人的光;这里是卡拉奇海湾的彩楼,手皮鼓和白音琴的节奏中,宾客围铜盘席地而歌;这里是希腊——产生奥林匹斯诸神的国土,地中海滨云雾凄迷……

从东半球飞往西半球,诗人们的足迹踩到了时间的前面:跨过地图上蓝点连成的虚线,太平洋匆匆隐退了,白令海涌到了眼前——"混沌的丝绒黑代替了透明的宝石蓝,艳阳天退到繁星夜——转瞬之间"(屠岸:《写于安科雷季机场》)。世界的确变得小了,朋友的温情使远游的客子,宛若置身乡园,这就是辛笛在加拿大诗人亨利·拜塞尔的农舍短暂的居留和吻别的一瞬所感受到的,他由此发出了对于我们生存的世界由衷的赞美:"啊,人间到处就有这么多的依恋和期待,希望和欢欣!"这种感受很有普遍性,严辰在沐浴着高加索温暖的阳光的地方,那异国老诗人诚挚的离别拥抱和泪水,令他激动不已!诗歌可以促使美好心灵的拥抱,而不论他们来自世界的东方或西方。难怪李瑛登上阿尔卑斯山的顶巅,感到的不是宇宙、时间和生命的尽头,而是获得了充溢着活泼泼的生命力的人生的领悟——

> 原来,这里是人间——
> 人间并不是一片冷酷的冰!

当诗人走向世界的时候,他带去的不仅是友谊的花朵和酒,而且带去了对于邪恶的谴责和对于正义的支持。正是这些,赋予诗人的声音以燃烧和奔涌的力量。一位诗人来到西柏林,她看到了"有名的柏林墙",她诅咒那无法隔断笑声和希望的"似透明的网"的、"丑陋和愚蠢的墙"(柯岩)!一位诗人来到《林肯纪念堂》(屠岸),只见它身披青色的荧光屹立在夜幕前,那是一座"玉雕的帕尔特农",在紫丁香的浓香中,诗人看到:"那雕像仿佛紧锁着眉头,一双深邃的眼睛里满含着忧愁。"中国诗人在世界的历史和现实中,表达了自己的真挚情感,他们把中国当代诗人对于人生和生活思考的特点,带到了高山和大洋的那边。他们有自己对于美丑善恶判别的观点,其间浸透了我们这个建立了新生活的东方诗人的审美观念和审美习惯。邹荻帆看不惯《买卖城》中的买空卖空的繁荣,却把美好的诗句献给了珠光宝气的曼谷市街上一个掏下水道的少女:

> 当世界上某个港口
> 女工得不到应有的工资,
> 而自由神也变成了装饰,
> 我宁愿在这炎阳下
> 在这十字街头的中心

> 为一个掏下水道的少女
> 立一座晶体像……

诗人们漫游在世界的各个角落。他们一边行走,一边歌唱。他们从一切美好的和紊乱的生活中,寻到了一个最美丽的音符,那便是人的创造、以及这种创造力的伟大。绿原在科隆哥特式的大教堂前,得到的就是此种人的庄严的意识——

> 登上去,到上面去,到最高层去,
> 去眺望一下大科隆,去欣赏
> 它积木似的房屋,甲虫似的汽车,
> 贝壳似的轮船,风筝似的喷气机,
> 让我们证实一下,
> 科隆大教堂也是人造的,
> 当攀登到最高最高的哥特式尖顶
> 上帝就在他的脚下。

这种意识渗透了经历过历史的巨大曲折之后中国人的新的觉醒。也许正是由于这种历史的曲折剧烈地震撼了人心,以至于当他们面对那些历史久远的举世闻名的建筑物时,这种对于人比神更为崇高,祈求对于合理的人性的尊重和维护的呼声,显示了最为深切的思考的力度。下面是文青的长篇抒情诗《古罗马的大斗技场》的一些诗句,在这里,那种对于古代宏伟遗迹的赞叹已经被一种严峻的思考所代替。他的确是从历史的深度和广度,面对这座千万访问者为之动容的建筑物,诗人通过那些从奴隶与奴隶的互相残杀中取乐的场面,表达了对于愚昧和野蛮的无情的谴责:

> 最可怜的是那些蒙面的角斗士
> (不知道是哪个游手好闲的
> 想出如此残忍的坏点子!)

> 参加角斗的互相看不见
> 双方都乱挥着短剑寻找敌人
> 无论进攻和防御都是盲目的——
> 盲目的死亡，盲目的胜利

我们通过历史的荒唐，想到了现实（这里当然是指某一时运的、反常时期的现实）的荒唐。我们从这些诗句的背后，窥及诗人最难平静的心境。

任何卓越的诗歌都是全人类的财富。创造了这些财富的人，他们的目光是投向世界的。他们张扬美好的事物，他们诅咒丑恶的事物。诗人对于黑暗的氛围，是雷霆和电闪；诗人对于善良的人们，始终是福音的传道者。这，同样是没有国籍之界限的。雨果在他的著名诗篇《朋友，最后一言》中，谈到了诗人对于全人类的责任：

> 我恨压迫，恨得刻骨铭心，
> 所以，当我听到在世界的一角，
> 在酷烈的天宇下，一个横遭屠杀的民族，
> 在暴君的统治下呼求和呻吟；……
> 我就感到：诗人是暴君的裁判者……
> ……
> 噢，诗神要效忠于手无寸铁的各国人民。
> 我于是忘掉了爱情、家庭和童年，
> 忘掉了柔和的歌声，和宁静的闲适，
> 而在我的竖琴上加上一根铜弦！

当诗人走向世界的时候，他们怀有的正是雨果所表述的那种神圣的使命感。他们走到哪里，就和那里的人民一道，为了人类的今天和明天，为创造社会的光明纪歌。在我们这里，常对诗人旅行诗的创造持揶揄的态度，他们鄙薄诗人的"游山玩水"，并且以

此和"深入生活"的倡导相对立,从而视前者为异物。事实是,诗人固然有与一般文学家共有的深入生活的方式,却也存在着诗歌创作独特的体验观察的方式——行万里路,就是一种诗人的方式。诗人应当旅行,从国内到国外的旅行(只要条件许可,就不应截然反对),并在旅行中或旅行后写诗。

诗人总是怀着孩子式的天真审视生活,捕捉那些最新鲜的感受,因而,除潜心于一事一地以取得深广的生活体验的方式外,那种在流动的生活中观察以获得最新鲜的感受的方式,往往成为那些卓有成效地进行创作的诗人的灵感的来源。本世纪一些最负盛名的诗人,如聂鲁达和希克梅特,都是足迹遍及大部世界的旅行者。聂鲁达因呼吁人民的权利而成了"逃亡者",他的诗歌也从此越出了国门。从智利漫长的海岸线,穿越北美大陆,西伯利亚无边的旷野在他面前展开,欧洲葡萄园的风抚摸过他,他歌唱过北京那些发出钢铁音响的"蝈蝈的城堡"……,这些经历使他成为了一个视野开阔的世界性的诗人。

雪莱把诗人通过种种方式以扩大自己的生活范围,看做是"诗人应该受有的特殊教育"。在《伊斯兰的起义》一书的序言中,他确认:"我凑巧受过这方面的教育",他说:"我童年就熟悉山岭、湖泊、海洋和寂静的森林。我与'危险'结成了游伴,看它在悬崖峭壁的边缘上嬉戏。我曾踏过冰封的阿尔卑斯山,曾在白朗峰之麓居住。我曾在遥远的原野里漂泊。我曾泛舟于波澜壮阔的江水日以继夜地驶过山间的急湍,看日出、日落、看满天繁星的闪现。我见过不少人烟稠密的城市,处处看到群众的情绪如何昂扬、磅礴、低沉、递变。我见过暴政与战争的明目张胆,暴戾恣睢的场景,多少城市和乡村变成了零零落落的断壁废墟……"可以断言,要是没有这些"特殊教育",雪莱同样不会成为世界性的诗人。

诗人的走向世界,以及各国诗人间的互访,的确给诗歌创作提供了空前广阔的想象空间。诗人的视野的开阔,关系着诗人胸襟的开阔,只有把目光投向世界的人,他的心才可能拥抱世界。无疑的事实是,更多的了解各国人民的生活和情感,最终将提高诗人对于世界的认识,以及人民之间的谅解。有这种经历与缺少这种经历的诗人的成就,是会产生差别的。无可怀疑的是,要是我们的诗人不曾如绿原那样参观过卡塞尔的画廊,不曾听过他的向导关于现代绘画的介绍,不曾听到——

> 对于从一个圆点延伸开去的永恒
> 和凝聚在无垠面积之上的刹那,
> 重要的不是欣赏,不是赞美
> 而是惊诧——被埋没于
> 日常经验中的惊诧。我们的责任
> 就是把他的惊诧发扬光大。
> 因此,坚决反对习惯化。

那么,他就不会理解艺术在另一片天地里有了怎样的发展。惟其到过卡塞尔,有过漫步这个由古典画廊通到现代画廊的经历的人,他肯定会获得由最初的惊诧而引起的某种冲激,也许他将因此而获得一个开拓自己艺术观念的契机。当然,对于诗人的走向世界,还有比这重要得多的益处。

重要的是,诗人们走向了世界,他们也因而获得了世界。

一九八三年三月三日于北京大学

选择：特殊的方式[*]
——论诗人的创造之二

从花粉到蜜，是蜜蜂对于原料的消化；从生活（当然，对诗来说，更为重要的是萌发于生活的情感）到诗，是诗人对于原料的消化。诗人的这种消化，是诗人特殊的提炼生活的方式。这种方式，在现实主义的小说家那里，往往表现为材料的"合成"。如人们经常谈到的，小说家对于人物形象的塑造，是在观察了许许多多的人物之后，按照典型化的需要把若干个"模特儿"的特点"合成"起来。也就是高尔基说过的，作家能够从二十个到五十个，乃至几百个小商人、官吏、工人的每个人身上抽出最富特征的东西，再把它们综合在一个小商人、官吏、工人身上的工作。这种方式是小说家（主要是现实主义的小说家）所常用的，但并不为诗人所常用。

诗人显然有自己的特殊的提炼生活的方式。诗人很少"合成"，诗人重视"选择"。可以认为：选择乃是诗人的特殊方式。贝郎瑞说过："好的志趣——这是精选的艺术。艺术的美，可能只有通过真实的东西的选择才能达到……要进行选择，就需要时间。创作不能急于求成。要慎重地研究题材的所有因素，以便进行比较，达到最大的匀称。"（《给自己的信》）小说家需要通过观察和比较进行"合成"；诗人则需要通过观察和比较进行

---

* 此文初刊1983年3月15日《启明》1983年第2期，初收入《论诗》。据《启明》编入。

选择。

当我们像蜜蜂一样穿行在生活的花丛中，众多的生活现象向我们涌来，我们采集的必须是花的精英——甜香的花粉，而不是其他。这同样启发我们关于诗人的选择的思考。不是所有的材料都可以变成诗，对于诗人说来，在生活中进行诗与非诗的判别，是艰苦的工作。正如我们今天都已经认识到的，要像过去那样，凡有一个中心任务便有一批"任务诗"，凡有一个政治运动便有一批"运动诗"，这种现象是不正常的

第一步是对材料的选择，而后才是对材料的改造。雕刻工艺讲"量料取材，因材施艺"，可以认为，前半句指的是选择，后半句指的是改造。诗对生活的选择的标准是什么？不是平常的生活，而是不平常的生活。元稹有一封和好友白居易论诗的信，叫《叙诗寄乐天书》，谈到了诗对生活的选择。他列举了公私感愤，道义激扬，朋友切磨，古今成败，日月迁逝，光景惨舒，山川胜势，风云景色，当花对酒，乐罢哀余，通滞屈伸，悲欢合散，疾恙穷身，悼怀惜逝等十余种宜于作诗的境遇，并把这种现象总结为："凡所遇异于常者则欲赋诗。"所谓"异于常"之"遇"，就是我们这里所概括的"不平常"的生活。伊萨柯夫斯基也有类似的看法。他认为诗人的主题"应该是重大而有趣的事物"，"它不但对于诗人自己或者一小群人，就是对于极广泛的各种读者也是重大而有趣的。"(《谈诗的"秘密"》)他的话大体是对的。但要对"重大"和"有趣"加以必要的解释：有对全社会说来是重大的，也有对全社会未必重大而对个人却是重大的，它们都应受到诗人的关注；有趣并非狭隘的趣味，它的会意超过一般认为的新鲜和独特。雷抒雁写《小草在歌唱》，诗后注："六月七日夜不成寐，六月八日急就于曙光中"，正是他受到了"不平常"的生活的召唤而生发出"不平常"的情感活动。

诗人的目光在生活的花丛中逡巡，他不断地吸取，不断地

"筛选",也不断地扬弃,他选择那些在他看来属于"不平常"的事物。或者由于这些事物的不平常唤起了他的不平常的情感,或者由于二者不期而至的遇合。诗人不会选择那些既不"重大"又不"有趣"不"异于常"的材料。要是树,他将放弃和忽视一般的树,他将选择不一般的树:他会选择杭州岳坟前面的一段古柏,因为它为一位死去的英雄而死;他会选择生长于赤紫褐色层岩之上的黄山松,因为它在诗人的心目中幻化为中华民族的形象。

千千万万棵"一般"的树,他毫不动情,全都忽略于它们。有一天,他在原野上有了奇遇,他认为是找到了写诗的材料,他见到了一棵被《巨雷击倒的大树》(沈仁康):

> 原来,它像高塔一样耸立山崖,
> 时时抚摸着低飞的云影,
> 现在,一声巨雷击倒了它,
> 它躺在地上只说,
> "我还能起火,把我劈成木柴……"

一定是这样为保护周围小树而猝然倒地的大树唤起了诗人的情感的风暴,这个有异于常的情景诱引着诗人的选择。由于恰当的选材以及恰当的寓意,造就了诗中这棵树的特殊价值,于是,这首《巨雷击倒的大树》在无数同题材的诗中保持了自己的特色。诗人要是蜜蜂,则他将是有感情的蜜蜂,他给予那些"花粉"以感情化的改造,但是,任何改造都必须以恰当的选择为前提。

还有一棵,它同样是奇特的,它是生长在《悬岩边的树》(曾卓):

> 不知是什么奇异的风
> 将一棵树吹到了那边——
> 平原的尽头
> 临近深谷的悬岩上

它倾听远处森林的喧哗
　　和深谷中小溪的歌唱
　　它孤独地站在那里
　　显得寂寞而又倔强

　　它的弯曲的身体
　　留下了风的形状
　　它似乎即将倾跌进深谷里
　　却又像是展翅飞翔……

诗人在他所遇及的千千万万棵树中选择了这棵奇异的树,它的蕴有矛盾内涵的造型,恰到好处地表达了失去常态的生活所带来的不只是诗人个人、也不只是小部分人的特殊的际遇。被曾卓所选择的立于悬岩上仿佛即将跌落深渊又仿佛即将展翅飞翔的树,将区别于千千万万棵树而永存。

　　为了选择一棵奇异的树(被巨雷击倒的树,立于悬岩边留下了"风的形状"的树),诗人要淘汰成千万棵他所遇见的树。多情的诗人,在一般化的事物面前,却表现异乎寻常的冷酷无情。对于"异于常"的生活的"多情",和对于不"异于常"的生活的"无情",判断着诗人的生活审视力。满足于一般而无力透过一般去选择特殊的诗人是缺乏审视力的。以表现丙辰清明的生活为例,所有的人都看到了花环,平常的诗人只会看到平常的花环,不平常的诗人会从花环海洋中选择。黄永玉的《说是从丰台来的》,便是从奇殊的"一群褴褛的人,抬着一个褴褛的花圈"的选择中,写出了一首奇殊的诗:

　　他们排不成一个队伍,
　　他们的花圈用稻草和野花扎成。
　　排在最后的是一个

抱着婴儿的妇女
　　和一个牵着她衣角的女孩

　　说是从丰台来的，
　　说是一路走来的，
　　献上他们哭碎的心。

这是经过选择的诗的典型。天安门前有悲壮宏阔的悼念场面，但这一支队伍以它特有的风格在整体的场面中得到了凸现。黄永玉从无数动人的场面中，选取了最动人、也是最特殊的场面。这个特殊场面对天安门广场的斗争却作了最精彩的概括。诗人为了提炼那些激动人心的材料，就要掌握比这多上数倍、数十倍的材料，然后，他又无情地舍弃那些次要的东西。

　　选择意味着淘汰。在被诗人的目光所钟情的背后，曾经有过数倍、数十倍于此的冷遇乃至无情的"扼杀"。日本当代诗人田村隆一写过一首题为《四千个日日夜夜》的诗，这表达了诗人对于诗人对奇殊方式的提炼的理解：

　　为了产生一篇诗
　　我们不得不枪毙许多东西
　　不得不暗杀、毒死我们所爱

　　你看
　　为了从四千个日日夜夜的天空
　　取得一根百灵鸟舌头的振荡
　　我们竟枪毙了
　　四千个黑夜的沉默和四千个白日的背光

　　你听

>为了从雨中的城市、高炉和大伏天的码头、矿井
>寻得一个饥饿的孩子的眼泪
>我们竟暗杀了
>四千个白日的爱和四千个夜晚的悲哀

他认为,"为了产生一篇诗,我们要枪毙我们所爱的东西"。田村隆一在一九七一年说过:"关于《四千个日日夜夜》这首诗的历史,我已经记忆不清。看到《四千个日日夜夜》这一标题时,我感到这一首诗好像是一下子就写出来的,不过,当时我经历了四千个日日夜夜。"他为了"一根百灵鸟舌头的振荡"和"一个饥饿的孩子的眼泪"的选择,而"枪毙"了,"暗杀"了,"毒死"了其余的种种。

我们认为诗人的这种选择往往不是一次完成的,它是有层次的筛选。从千千万万中选择"重大而有趣",一般说来并没有结束这个选择。他还应当抓住那些能够集中地爆发式地点燃人们心灵的火焰、并能最有力地揭示生活真谛的东西。诗歌最忌泛泛,最忌不分主次的泛泛而写。诗人要善于从万象纷陈之中,去发现那个闪光的东西;他要在千千万万的相似中,寻找那足以引起燃烧的特殊的"一点"。

诗的提炼,有大体的规律:在普遍生活中,选择那些有异于常的生活;在有异于常的生活中,选择那体现生活实质的闪光点。以胡昭的《军帽底下的眼睛》为例,在朝鲜战场上,他淘汰那一般性的生活场景,他选取那一位活跃在炮火中的女军医的紧张工作的场景;进一步,犹如镜头的推进,他选择她的一双眼睛。他忽略了其余的一切,专注地抒写那双眼睛:"我想起妹妹的眼睛,那么天真而明净;我想起妈妈的眼睛,那么温暖那么深……"这双军帽底下的眼睛,正是诗人通过朝鲜战场上纷繁事物的进行选择的结果,未央的《枪给我吧》也是这种选择的产物。这是通常可见的诗的特殊提炼,许多动人的诗篇都是由此产生的。

在叙事诗的创作中,这种选择更为重要。叙事诗的作者要是

不会选择材料,往往会把很复杂、很琐细的故事塞进诗中,结果往往是小说的分行,而不是诗的叙事。叙事诗的人物故事应力求简洁,叙事诗应当通过对于纷繁的"事"的淘汰而保留最有抒情性的情节。叙事诗特别要注意通过选择达到人物情节的简洁明晰。情节太巧甚至过于离奇曲折,往往成为叙事诗的诟病。柯原写过一首对越自卫反击战的叙事诗:《好兄弟歌》。一位担架民工在夜晚运送伤员途中,被弹片击中腹部,肠子流出了,他咬牙把毛巾塞进腹部。坚持把伤员抬到目的地,他也倒下了。诗人没有去写这个过程,他有选择。他选择的是行进途中另一民工因他抬得不稳而对这位"好兄弟"的频频责难。及至他倒下,这位民工明白了真相,不禁痛悔交加。叙事诗淘汰了众多的细节,单单选择了这位民工痛悔交加的自我谴责:"霎时我心似万箭穿,二十里山路你是怎样过来的?寸寸艰辛步步痛呵,我赤胆忠心的好兄弟!惊人的意志和毅力呵,我钢打铁铸的好兄弟!"这首叙事诗,选材精当集中,表现上避免了烦琐的情节描写,它简洁、明晰、也集中。

"在艺术家看来,一切都是美的,因为在任何人与任何事物上,他锐利的眼光能够发现'性格',换句话说,能够发现在外形下透露出的内在真理;而这个真理就是美的本身。"(《罗丹艺术论》)对诗说来,这种罗丹所肯定的发现,经过了严格的选择的功夫。更要以淘汰和扬弃多数作为这种选择的代价。只有这样,那隐藏在普通事物之间的真理,即美,才能够表现出来。这位艺术大师鼓励我们:"虔诚地研究吧,我们不会找不着美的,因为你们将要遇见真理。奋发地工作吧!"

早秋的年轮*
——论刘祖慈的诗

> 我是一个先天不足的孩子,
> 又是一个早熟的孩子。
> ——《爱人》

一、"最后一个沉闷的雨夜已经过去"

那时候,月亮落下去了,东边露出了熹微的曙明。尽管层云依然深深地锁住天穹,但周遭的一切毕竟在光明即将降临的拂晓时分呈现了勃发的生气。这是黑夜与黎明际会的庄严时刻。这方生未死的特殊历史时期,造就了一批敏感于生活的诗人,他们把握了这特有的时代氛围。他们使自己的最初一批诗篇,成为富有现实感的早春意识的传达者。

经过了一番漫长的冬季,严寒中的风雪冰霜,在人们的心灵中镌下了深深的印记。生活的机缘造成了人们对于地气转暖的特殊敏锐。历史性的庄严使命落到了当时业已开始创作并取得了初步成绩的一批三十岁上下的青年诗人身上。生活选择了他们,也造就了他们。

刘祖慈,这位一九五九年(当时他二十岁)开始发表诗作、毕业于医科学校终于弃医从文、如今已步入中年、但在中国却仍属

---

* 此文初刊《百家》1984年第2期,又刊1985年7月《诗探索》第12期,收入《中国现代诗人论》。据《百家》编入。

于青年行列的诗人,他和他的同辈一样,以久历郁结的时日,而终于在美好的黎明期寻觅了草丛中最早绽放的花朵。《年轮》(这是他的第一部诗集)的开篇便是《三月》,他用年轻欣喜的声音,向着我们作最早的春天的宣告:

　　三月的江南是绿色的!
　　一切都碧绿碧绿……

诗人预感了比大江还要浩瀚的"新时期的春潮"的即将到来。写这诗时,正是一九七八年的早春。的确可以说,澎湃的春潮业已在望。生活的发展,将荡涤那些迟迟不肯散去的密云浓雾。

进入七十年代,我们的诗人已过了三十岁。生活重新开始之后的歌唱,和他的前辈一样,保留了五十年代的单纯和天真。在刘祖慈的早春三月的天空,几乎寻不到一丝愁云。那江南三月的绿色是透明的,他用孩子的真诚向我们争辩:"这是生命的色彩","这是希望的色彩","肃杀的冬天和肆虐的风雪,毕竟已经过去。"

我们不难从中窥见诗人的意向:经历了长久的噩梦之后,对于噩梦般的现实的厌弃。在这些跨过人生的青春期的青年人心中,已经迅疾地以理想化的态度去看待历史的灾难。诗人对于眼前出现的早春景象,无疑是加以明显地理想化了。它比现实还要美好,还要瑰丽,还要充满希望。《夜雨过去了》所写的"嘈杂、恐怖、紧张"的"难熬的长夜"终于结束,他以"在焦灼的等待中,爆出个灿烂的早上"的意象,描绘这个突然而降的春朝。等待,是焦灼而难熬的,但"早上"的降临却是"爆"出来的。它表现了意外的喜悦。

这种状况,是特殊的历史阶段过去之后,人们因渴望摆脱噩梦而渴望美梦的成为现实而产生的创作心态。在这个时间,前前后后，他写过多首以春天为主题的诗篇。一九七八年底，即著名的中国共产党的十一届三中全会开过以后，他更加明确了这种早春的主题(有首诗的题目就叫《早春》)。这一主题的诗，总的情调是轻松、愉悦、充满希望，不再有忧愁的完好。这时间，他对理想和理想的追求是单纯的，"你发出光焰，运动着，并且把我们吸引，那么，我们就要梦想，就要追寻，不惜用我们的血，我们的生命！"(《理想》)他没有讲理想是什么，他只是觉得它"要来造访我们的门庭"，我们就要为此不惜牺牲。这种单纯感是特定时代的产物——因为我们曾有一个扼杀理想从而失去理想的年代(距写诗时，这年代刚刚消逝)，那么，仅仅是重新获得这两个字眼也就令人满足。

　　一九七八年以来刘祖慈的早期作品，总是轻轻地缠裹着这缕甜美的思絮。他的诗中浸透了有如游园惊梦般的春的启迪与觉醒。这种早春的诗情不仅出现在类似的命题中，它像江南的淡云，浸透了远近的山水楼台。在那里，连《仙人掌》也变得温柔起来，它只是在"燥热的砂砾"中以火一样的花朵献给火热的南方的充满温情的形象。在刘祖慈的笔下，周围的一切，一夜间都变得令人倾倒的美艳："空气像蝉翼一样透明，浪花像玉簪一样舒卷"(《雨中过清澜港》)，诗人诗的目光所到之处，到处都充溢着青春的气息。再看他取自李白《赠汪伦》诗意的《桃花潭》，昔日水深千尺的古潭，如今已是横直九十里的人工湖——

　　　　倒成了——
　　　　成了群山捧在掌心的杯盏，
　　　　喝醉的不是您，也不是我，
　　　　是山！是山！是山！

　　这依然是一种非常美好的宁静心境的流露。当然，江南的秀丽山水，加上古代诗人醇酒般的友情，的确能够唤起人们的这种情怀。但的确,为了突出诗人内在情绪的欢愉,这里的美是经历了一番有意的省略和筛选的。在刘祖慈这一时期的作品中,经常运用重叠和复沓,如上引"倒成了——成了"的句型,以及《过休宁》中的"我知道、我知道:在那一抹最远的云山下边,深藏着、深藏着——我曾经落户过的村寨",重复的词语,造成了回环不绝的绵长意绪,恰能有效地烘托对于突然降临的新生活的柔情。

久远的企盼和自天而降的生机,孕育了这一时期诗中的幸福感,这种幸福感是与严冬结束之后早春意识的产生相联系的,它甚至忽略了曾经有过苦难、以及迄今尚存的困扰。当人们沉浸于欢乐之中,他们会"忘却"一切的不快。基于此种特点,在刘祖慈的这一时期作品中,生活中确实存在的矛盾和纷纭"消失"了,只有一点是真实的和充分的,那就是他的诗的确表示了我们对于一个时代的再生所萌发的全民的欢乐。

这种欢乐的力量是强烈而博大的。它甚至可以起死回生。他的《橡树》是苍老的,它"举起筋络裸露的手臂,好像刚搂清地上的柴草,伸一伸酸痛的腰肢"。诗人内心的欢乐灌输给它以生机,这橡树没有成为病树或枯树。它是老人,而且饱经风雨的肆虐,却坚强地跨过了艰难。还有一棵奇迹般复活的树,更能代表他此时诗作的思想力度。在《老乌桕树》中,诗人讲的是被"春风唤醒"的故事:

> 在南方,
> 在高高的山上,
> 一棵老乌桕树,
> 从沉默中活了回来!
> ……
> 这是一棵雷火劈死的老树,
> 人以为它死了;

> 其实,只有大地知道,
> 它在痛苦中期待!
> ……
> 它将活下去,
> 活得无比自信和欢快!

我们都受到这种"自信和欢快"的情绪的感染,而且一经查对,这诗的写作时间是一九七八年十二月,我们便充分理解这种情绪产生的政治的和社会的背景。这是一个可以称之为起死回生的时代,许多原以为死去的,都在政治春天的感召下活了回来。所以,从这个意义讲,在早春季节里,枯树复活的奇观,也不单是理想主义的产物。

"最后一个沉闷的雨夜已经过去,最后一块滞重的阴霾已经散开"(《广场上的黎明》)既然阳光已经降临,那就尽情地歌唱阳光。这时,即使还有残留的雨云,那也无暇顾及,因为那不是我们所冀盼的。况且,它也没有给新生活构成不安。重新开始认真生活的幸福感,和一切枷锁均已挣脱的解放感,使我们的诗沉醉。这时,旧有的主题提炼的方式以及久已闲置的艺术的切磋,都被怯生生地然而如逢故旧地运用开了。这种现象,从刘祖慈初期创作中,也可得到佐证。他的与春天的歌唱相默契所常用的复沓与叠句便是一例。还有,《年轮》的一部分还突出地采用了旧诗词的词汇和表现手法,如《过太行》"并州一片月,汾河千里霜,正是清秋时节,轻车过太行",《汾河》"人逢盛世敢浮想:当得并州快剪,铰去汾河乱石滩,还一匹锦缎",说明他此时的创作出于新旧交替和冲撞与困惑之中。公刘说他"驾驭古汉语的功力尚嫌不足",这大体是对的。

应当说,刘祖慈这一时期的创作,与我们想象中的诗的革新,保留了一段相当的距离。当然,那时诗人刚从冬天的蛰伏中苏醒,他对现实生活富有纵深感的审视尚需假以时日,他的艺术视野也有待于来日的拓展。对于经历了严冬的煎熬,而在早春寒冽的微风中怯生生地崛起的幼苗,责之过苛是不实际的。

何况,就刘祖慈的诗作而言,他那么鲜明、那么完整地完成早春时节诗的造型,即使在他的同辈诗人中,也是相当突出的现象。在诗歌的元气还未完全康复的时候,他所塑造的笋的艺术造型,可以称之为成功地概括了当日的朝气和欢欣,我们从——

> 在山的怀抱中企盼了很久的竹笋,
> 像箭一样猛蹿,向着太阳,向着光明!
> ——《春天又回来了》

看到了复苏的生命。这里的笋不仅有属于自己的希望和渴想,而且是勃发的、充满生机的和行动的。

爱竹的刘祖慈也写竹子之死。但即使如此,也不是真的死灭,而是顽强的再生力。悲哀而又庄严的竹花开了,"竹子含着微笑死在晨曦里","它走完了艰难的历程","它把阵地交给了儿女"(《竹花开了》)。他是着眼于发展的。竹花的开放,与其说是哀悼死亡,不如说是庆祝新生。他的所有涉及竹或笋的形象都如此,在一首题名就叫《笋》的诗中,作为春天的第一代儿女,它既是充满憧憬的向着光明和春天歌唱的,又是抗争的和战斗的形象:

> 你有着比宝剑锋利十倍的刃尖,
> 能挑开头顶的石板和土块。
> ……
> 你是挥动绿色投枪奋战的英雄,
> 荒凉在你的攻打下节节溃败!
> 呵,笋,顶着亮晶晶的露珠的笋,
> 你是春天的!没有你就没有春天的未来!

刘祖慈初期创作的追求,在这里得到了整体的说明。作为致力于诗的早春意识的宣扬者,他属于站在生活变动前列的最敏感的诗人之一。他的特殊贡献在于,他把这种意识和新生代、以及新生代的抗争和奋斗精神,通过笋、竹、竹花的形象统一了起来。这样,不再是轻飘飘的春的歌吟,而是在春天里萌发的沉甸甸的奋斗、向上、不畏艰难与暴虐精神的形象化呈现。

二、"前面是惊叹号"

刘祖慈写笋的时候,笋并没有结为群体,它只是各自的探出土层,欣喜地呼吸着春天的空气,向着阳光拔节而升。在当初,当竹笋以比宝剑还要锋利的尖端顶着沉重的负荷露出地面之时,那形象是幻想型的充满憧憬,向往光明的昂奋多了而离开实际的地表就远。这些春天里萌发的竹笋,它们是富有朝气与生机的,它们善于幻想,却明显地缺少了富有现实感的思考力量。

直到有一天,车子行走在万山丛中,一边是深谷巨涧,另一边是危岭巉岩,沿途不断出现标志着危险的、但又确定是伸向光明的远方的《新开的路》上。这惊心动魄的场面,终于激发了诗人的情思,他用高度凝括的语言写出这样的诗句:

前面是急转弯!前面是惊叹号!

我们的车子就行进在这样的环境中。我们的生活面临着一个急转弯。

刘祖慈始终不乏作为诗人的审时度势的锐敏。犹如他很早捕捉到整个生活迷漫着春天气息而且把它凝聚在一系列关于春天的造型上一样,他此时意识到我们的整个生活正处于伟大的转折点。这种转折是气势雄伟的、但又是惊险万状的。于是,"前面是惊叹号"的警句出现了。

这个惊叹号不是唯一的。与《新开的路》写于同时的《雾》中出现过:"那原先还是裸露着的赤红色的山岩,像巨大的惊叹号在朦胧中撩动我的情思",在也是写于同时的《爱人》中也出现过:"檐前的水滴——一个接一个惊叹号,发我思索,发我自问……"这说明,他对此一阶段的现实有了更深的关注,这种关注的外化形象就是:惊叹号——即使是平日常见的赤红色的山岩,在一切朦胧不明的雾气中,却活脱脱地是高高竖立的一个巨大的惊叹号。

此时创作进入了严肃的对于生活的思考,《新开的路》留下了这种思考的明显印迹:"秦朝的步犁至今还在耕耘这里的沃土,汉代的石杵至今还要舂碎这里的昏晓。"接着是连续两个"难道":"难道大山的孩子只能横坐牛背吹笛弄箫?难道大山的岁月只能像树皮那样干裂而枯燥?"诗人已经开始对凝滞不动的岁月提出了质疑。就是说,随着他对生活的变化及其实质的认识(这种认识的形象说明是:"惊叹号"),他从而对现有和将有的生活发出了探询和寻求答案的目光。

问号跟随惊叹号来到了他的诗中。他甚至向着他为之顶礼的、深信不疑的早春天气发出了疑问:"会不会再有雨雪纷飞?会不会再有寒流来袭?"(《早春》)而且毫不掩饰他对于"忽冷忽热"的天气的焦虑。当然,一个最为鲜明、也最为深沉的问号,出现在距离一九七八年底将及两年后写的《幼林之歌》中。这个问号是细小而微弱的,但较之《早春》,无疑是显得成熟的思考。一粒种子落进泥土里——

> 我们变成问号,
> 豆芽儿似的问号,
> 伸出比玉还白的细茎,
> 对脚下的大地,
> 对未来的世界,
> 开始快乐而又单纯的思忖。

问号出现了,思考开始了。诗顿然变得严峻起来。如今支配着他的诗的,青春曼妙的欢乐情调不再是主要的,他的诗中浮动着伴随思考而来的肃穆,他开始创造一种悲壮的美。那年他漫游到了海南,沿途所见尽是绮丽的风物,但却是众多的问号伴随着他。在《莺歌海盐场》,他发出的并不是欢乐的狂呼,而是沉重的提问;他写的不是唱歌的夜莺,而是流泪的夜莺:"海水又苦又咸又涩,夜莺流了多少眼泪?那水底浮动的卷云,可是夜莺的羽毛?谁把它扯得粉碎?它那圆润的歌声呢,叫我到什么地方寻觅?莫非夜莺也要涅槃?——在太阳的煎熬中死去。"在南方,他看到山崖水滨遍地生长的剑麻,他发出的竟是充满悲壮气氛的奇想——就想象的奇特新警而言,这首《剑麻幻想曲》堪称刘祖慈诗作的上品——"无数把锋利的青铜剑,全砍钝了,尽是豁口;荒凉的海滩上倒遍壮士的尸首。夕阳把海天染得血红,战马在风前抖鬃嘶吼。"

和现阶段中国文学同步前进的诗歌,它也经历了由庆祝胜利的狂欢、狂欢过后的冷静,冷静中对于苦难的回顾与咀嚼——这就到了伤痕文学阶段。对于伤痕的抚摸,必然是一连串问号的产生。从这个意义上说,刘祖慈的诗由早春意识起步,衍化而为现在这种思考的主题,是不曾游离文学和诗歌发展的总的规律的。从流泪的夜莺的形象,我们可以联想到美好事物的破碎和幻灭。从剑麻的幻想中,我们看到了正义与邪恶的搏战,悲壮的场面显示了正义的必胜,那一片鲜血染红的战场,令人想起腥风血雨的动乱。

有了属于自己的思索的人是幸福的,刘祖慈终于获得了这种幸福。他不再重复初期创作那种轻松的调子,而有了一种肃穆的心境化为的认真探求的精神。他鄙夷那"肩着空空的头颅,等待别人来充填思想"的蒙昧。他以自己的思考去校正习以为常的观念,例如他责备:"别总是絮絮叨叨,'比比过去','过去'

那是个不值一比的黑暗年月。"思考使他不再把笋看做单位数,在他诗中,出现了复数的林丛。当初,在《过休宁》中他说,"我是你——趁着春汛放出的一棵小树",到了《幼林之歌》,他的笔下涌现了一批幼树的群象。这幼林,它们也有诗人一贯的那种乐观昂奋的情愫,但它们却蒙受过苦难。《幼林之歌》为一代人的创伤、扭曲发出了呼吁,从中可以窥见滴血的心灵。那真挚的呼喊,令人为之动容:

> 园丁啊,不要看不惯我们!
> 斧斤啊,不要删削得太狠!
> 我们受伤,我们扭曲,
> 但罪过不在我们!

幼林不甘在荒寞之中死去:"我们还未开过花,我们还未结过果。"这里有一份难以言说的激愤。诗人获得了一个宏观的角度,视野陡然开阔起来。这种激愤同样表现在《母亲,当你……》一诗中,诗人借母亲给儿女分食,自惭形秽的远远站在后面的"我",他不断重复着:"我知道我曾是你的弃儿","我怕人说我是狼孩"一类语言。在诗歌中,比较明确地表达了特殊的一代人的特殊的心理状态,这不能不是刘祖慈这些诗作可能作出的贡献:它传达了曾经被遗弃的、心灵受到扭曲的一代人的呼声。

他作这样激愤的祈求时,并不是沉沦和颓丧的。幼林的年轮不仅挣脱了葛藤的捆缚而深深地刻印,而且是和着人民的叮嘱与期待而深深地交织。春天的情绪既已产生,就不会消失,即使对于看来最无希望的所在,他也喊着充满希望的声音:"黑夜,他是罪恶的同谋吗?不!黑夜是黎明的前奏!"(《剑麻幻想曲》)"在旱火烧焦的地方,她的名字就是希望!"(《雨》)而最为动人的则是他通过《大潮》所塑造的这种悲壮昂进的造型:"仿佛沉睡很久很久,一瞬间全举起前蹄,长嘶一声,扬起雪白的鬃鬣,拼死向礁石扑去。"

尽管刘祖慈被我们划归青年诗人的队列,因为他的这种年龄的特殊阶段,他们的气质和精神之中,自然地孕含了当代中国中年知识分子的一般特性:他们身上革命理想的传统很深厚,不论处于何种逆境,蒙受何种污垢,他们对着自己的祖国和人民,对着自己的事业和理想,总是毫不迟疑地回答:我爱。他们对于社会的发展和生活的前途,也总是怀着不可动摇的信念,眼前无论是什么样的艰难险阻,他们相信终将到达彼岸。他们的目光望见了傍山险路的一连串惊叹号,但他们却因而更为热爱战胜险阻所赢得的欢乐;的确,许多问号因而驰到了诗人的眼前,但他对问号的回答,总是如此这般的富有隽永的意蕴:

> 明天还是这样吗?
> 不,明天雪化了,
> 我们将听见溪的欢笑……
> ——《山地的雪天》

三、"不和谐中和谐的曲调"

从对于昨天的噩梦的咀嚼,到对于明天的冰融雪消的憧憬,我国诗歌和诗人为此作出了艰难的努力。刘祖慈也不例外。从欢呼春天到来的惊叹号,到发现生活的陡然转折、新时代开始的惊叹号,再到锲入现实生活之后对于过去、对于现在、对于将来的切实的思考,从而画出了一个又一个巨大的问号,便是他进行艰难的思想跋涉的轨迹。

在刘祖慈笔下,那从艰难中成长起来的笋的幼林,已经学会了皱着眉头思索:"再也没有孩提的欢乐,只有无穷的疑问。我们在沉默中思忖,我们在沉默中觉醒。"历史的创伤终会抚平,在跨越艰难的今日通向闪烁迷蒙、然而必定更为美好的明天的时候,严肃的善于思考的人们面对捉摸不定的气流而发出忐忑难安的矛盾重重的声音,这也是正常的。刘祖慈的诗,记载了历史转折期的人们(特别是敏感的青年)易于产生的心态,他为此作了形象的凝聚。受到公刘格外重视的《爱人》一诗,即是这种心态的描绘:"我有些惆怅,但更多的是兴奋,我满怀热望,却又有些担心;我勇气很足,又明知不会一帆风顺……"

生活把诗歌推到了一个高度。诗歌已经或者正在唾弃虚假。诗人的全部感情世界,它的多面体以及雄浑的立体感一旦呈现出来,我们于是得到顿悟:人心,原来和世界同样的丰富。这种顿悟是中国新诗恢复了现实主义精神的传统之实证。与他的《爱人》相距不远,他写了《鸽子》:

> 这早晨,没有风也没有雨,
> 更没有响雷闪电。
> 这早晨,也是沉闷的,
> 汗津津的,
> 树梢纹丝不动。
> 有可怖的宁静和庄严。
>
> 鸽子呵,你快飞走吧,
> 暴风雨就藏在云霞后边。
> 你的翅膀已经吹折过一次,
> 这第二次,或许是死亡的深渊。
>
> 但是,它动也不动,
> 好像全然没有听见!

不是说明天将不是这样么?这里所体现出来的惊悸不是与那种对于未来的乐观自信逆反了么?需要辨明的是,惟其因为他既乐观自信而又对暴风雨怀有不安的预悸,惟其因为它展现这种看来相互矛盾的心理真实,这才使我们相信,那刻写在幼树年轮中的迹痕,已经浸透了现实的血和汗。我们的诗人不再在幻想的良辰美景中生活,他的双脚已经踩在结结实实的土地上。

诗人开始以充沛的热情对着实际的生活发言。他为生活变得美好而真诚地赞颂:因一夫妻合开的《小酒店》的出现,诗人倾注了他对这迷人的黄昏的激情——"一个热呼呼的黄昏,一个美滋滋的黄昏,一个失而复得的黄昏";他为"一个普通的中国农民"结束了困境和屈辱,如今过的"喜人"日子而写出了热情的诗的农家变迁史。

诗人在现实生活的欢乐与艰涩中驰突。他以饱满的热情为现实生活的变革或未曾变革而呼号。对于现实主义精神的关注,使他成就了这一时期创作的高潮。高潮的标志是获奖诗篇《为高举的和不举的手臂歌唱》的出现。这首由现实生活提供的题材,给诗人以机会,使他有可能通过一个全国性大会会场表决的场面,概括他对历史和现实的经验进行富有历史感的对比。它把会场上出现的现象:高举的手臂和不举的手臂并陈,赞成和反对都受到尊重("人民有权利说同意,人民也有权利说'不!我不赞成这样!'")的局面,作为人民真正行使了自己权力从此能以文明和理智抗拒蒙昧的象征而予以高度评价。过去,"一致高举"的表象往往掩盖了生活中真正的矛盾,舆论的表面一律造成了自我陶醉,由此滋生出种种弊端,使我们的生活发生了倒退和遭受挫折。他在这首诗中,以"假如我们早就这样,我们就不会"的句式构成的排列段落,以实在的内容渲染了深重的历史反思意识。尊重高举的手臂,也尊重不高举的手臂,这体现了现时期的进步意向。

这首诗作的成功,固然是现实生活的典型意义启示了诗人的灵感,但的确也与此时诗人对于社会生活的观察、以及美学理想的成熟有关。在《黄山,风雨后的黎明》,有千百种鸟在发出各式各样的鸣声。诗人为这样的喧闹而欣喜,称之为"不和谐中和谐的曲调"。这种把矛盾的现象、把纷陈并立的互不相谐的多方组合成的新美,属于近期诗歌美学的新的开拓。前面论及,刘祖慈在发出乐观高昂的《大潮》之音的同时,又有像《鸽子》那样充满惊悸的沉郁的呼喊,这是不同的和对立的诗篇所造出的"不和谐中和谐的曲调"。而如今我们再来看看这首得奖的诗篇的开头:

为扬旗般高举的手臂歌唱
为路障般不举的手臂歌唱

两种手臂,一是扬旗的姿态,一是路障的造型,从外形到内在涵意,都是截然不同的。二者的组接构成了新时期中国最美丽的风景线。这风景让人体会到生活和人的思想的真实:人民行使了自己的权力和这种权力的受到尊重,从而显示了希望、力量和自信。这正是最大和最本质的和谐。我们的社会将在这种表面的万象纷陈和不和谐的喧腾之中,走到一个高度和谐的境界。

《我们是大运河的子孙》(这是一首诗的题目,也是刘祖慈第二本诗集的名字)可以认为是《为高举的和不举的手臂歌唱》的姐妹篇。这首写作时间稍晚的诗,作为前者的补充和发展,明显之处是和现实的距离拉大了,而历史的深度和厚度加重了。刘祖慈写过北方的一些与古代文明有关的诗,但都不及这首宏阔。它以高高的堤岸拱卫的大运河为背景,出现了古老的雕梁画栋、暮鼓晨钟,近代的艰苦奋斗,表示要以古老大地奔流的血液点燃烛照天地的火炬。"我们赤着脚,肩背纤绳,高高的堤岸举着我们",这是中华民族艰难行进的历史画面;"不要为沼泽的泥污所困扰,不要为曾经的搁浅而伤心……我们的船,全靠我们",这更是意志和力量的显示。

　　刘祖慈的诗,系着时代敏感的神经。对于风停雨住,花开花落,他都及时地把握、鲜明地再现。以写作"大运河"为标志,他有了新的觉察:不论是对于现有的良辰美景的讴颂,乃至于针砭时弊的呼吁,都不能构成诗歌艺术魅力追求的终结。《银杏》、《月亮》、《扶桑花开了》、《净瓶山幻想》不论其写作时间为前为后,都应看做是有了这种觉察之后的产品。不再以是否直接配合为唯一目的,写得洒脱自如、先前那种拘谨消失了,从而从观点上获得了解放:诗可以直接针对生活、也可以不直接针对生活发言,更不求对现实生活作生硬的比附。《怀友人》、《祝愿有小艇向您驶来》是纯粹的对于友情吟咏。后一首的结尾,诗人甚至自问:"该不该给这首小诗,安一条高昂的尾巴,教人血沸如煮",诗人自答:"用不着了。"这表明了观念上的转移,尾巴可以高昂,也可以不必高昂,用他的话来说就是:"多深的辙印,总是多重的车轮辗出。"

　　体现了艺术的精致的是《净瓶山幻想》:粗心的仙女,只顾了想自己的心事,把偌大的花瓶碰翻了,"流出这九曲十八弯的漓江,流出这一川玻璃似的清澜"。比喻的熨贴,设想的奇巧,仙女、花瓶、玻璃似的清澜,构成了一幅具有清丽情思的轻柔的水彩画。特别是此诗后半阕"你瞧那浸在水中的一半,颤颤悠悠,悠悠颤颤,像云那样轻盈,像梦那样奇幻"。这样无拘束的审美意趣,说明刘祖慈的艺术追求的确经历了由拘谨走向随意和洒脱的过程。这只要拿前期成功之作《桃花潭》和如今的《净瓶山幻想》加以比较,即可看出。这是成熟的标志。再如《月亮》一诗,并不刻意求实,通篇都是随意性的幻想,读来却饶有兴趣:"你是一滴清泪吗,挂在黑夜冰凉的脸庞?你是一枚分币吗,在穷汉手中摩挲得发亮?你是一粒珍珠吗,被梦幻的珠贝所包藏?你是一片明镜吗,飞自爱人的梳妆台上?你是一颗镀金的纽扣

吧,缀上夜神的黑氅?"最后一个比喻是:

> 你是一面铜锣吧,
> 要敲出振聋发聩的音响?

月亮被人写过千遍万遍,他依然写得充满奇趣。那些天问式的奇思怪想是互不关联、没有特意"组织"的,但却因自然而显得丰富。而最后这一面"铜锣",却意外地启发了我们,使我们接触到刘祖慈诗歌美学的核心部分,这就是,他一直重视诗对于世道人心的劝善惩恶的"铜锣"作用。

四、"狂热之后是深沉"

唱过颂歌,发过呐喊,曾经弹奏春天的竖琴,也曾经敲响振聋发聩的铜锣。不论是充满浪漫情趣的理想化,还是对于现实生活的严重关切,作为诗人,他的热情是献给他的特定时代的,他自然也无愧于哺育他的土地和人民。正如他自己认为的,他的"年轮"之中交织着人民的叮嘱与期待,这年轮,不论其为甘甜,其为苦涩,它吮吸的却是大地的汗液和血滴。我们的诗歌挺进得如此艰难,诗人是否感到了困惑?但愿不,希望刘祖慈也不!

作为一代人,他和他们都是早熟的。一九八〇年立秋这一天,刘祖慈写了一首诗:《秋天从今天开始》。秋天毕竟有收获的喜悦,但是,对于刘祖慈和他的同代人说来,秋天毕竟来得太快。不是没有明丽的春天,但是很短暂;不是没有浓郁的夏天,但因狂热而充满惶乱。现在,他们抚摸自己有了皱纹的前额,带着一连串难泯的记忆,如同一声喟叹——"我们的秋天来了"!

伴随早秋而来的是艺术上的广阔的丰富。那种简单的状物写情,那种用不娴熟的古汉语词汇写成的诗句,正在被充满当代色彩的形象所代替。这里有一首《三角梅》,也仅是近期创作中的普通一例:"柔韧的枝条,热烘烘的花,绿色的抛物线,跃过铁的篱笆。"不仅把娴静的三角梅写得喧闹,而且写出了飞动的情状。柔韧的质地,热闹的色泽,其"绿色的抛物线"的复沓,在读者的想象中造成不断的弧形"抛"出的充满生命力的祝愿。这首诗的确证明了诗艺的精进。

而最令人惊异的,是他的《龙湾湖》。在那里,他对这座火山湖进行了最大胆的抽象:

> 狂热之后是深沉。
> 深沉,不是死灰。
> 深沉下淀积着大地的隐痛,
> 深沉是说不清楚的滋味。
>
> 深沉,不是绝望,
> 就算是绝望、绝望、绝望,
> 只要不死,又慢慢升积起
> 脉脉春水,阳光下低徊。

那种通过某一自然景色的描写,再添加上某种意义的"升华"的模式,在这里已被弃置。这个火山湖及其周围,当然有绮丽的风光,但诗人只看见"深沉"。这是物我猝然相遇撞击出来的火花,湖的深沉和心的深沉互相得到表现和说明。竟篇似都是内心独白,却不囿于一己的忧乐。确切地说,乃是对历史与现实作哲学式的思辨。这里,可以看到刘祖慈一以贯之的柔韧中的尖刺,沉淀后的追求。

令人感奋的是弥漫诗中那种狂热之后的冷静(这是秋天成熟的产品),为了这一湖碧水的存在,要警觉地扼住那随时想迸射热狂的火山浆的咽喉,乃至于希望它"永远死去",这,正是强者的信念。

深沉的是那日益增多的、走向成熟的年轮,早秋的年轮。那曾经是掺和着痛苦的泪和艰难的汗、后来又渗透着阳光下的笑声的年轮,如今,正在被"不是绝望"也"不是健忘"的强者的信念所灌注。

一九八三年春——一九八四年春

丝绸路上新乐音*
——《边塞新诗选》序

一

在当前新诗运动中,西北是一个很有追求的、充满着青春气息的地区。从兰州到乌鲁木齐,从酒泉到石河子,漫长的丝绸路上,似乎洋溢着一种发扬与再生古代敦煌艺术那种创造的热情。阳关,那里有新的生命;飞天,在召唤她们的新生代。当人们接触到西北地区的诗人、评论家和学者为敦煌艺术流派的诞生,以及为创造当今时代的新边塞诗所作的执着而又辛勤的耕耘时,不能不为他们在沙海中开垦绿洲的韧性所感动。

现在出现在我们面前的《边塞新诗选》,可能还是中国新诗史上第一本这样包括了几代诗人创作的、以西北边塞为主题的专门题材的诗选集。在良好的政治气氛下,在整个文学艺术得到空前发展的背景中,出现这样一本诗集,原也是平常的事。但是,这本《边塞新诗选》却给我们带来了动人的信息:在新诗的崛起中,人们已把那种深切的呼唤和激动的辩论的热情更多地倾注于创造。在获得普遍醒悟的基础上——这种醒悟可以概括为:人们都不同程度认识到,诗应该是多种多样的,只有一种单一的题材或统一的艺术风格的诗,不能认为是健全的——西北的诗人们,以及全国热爱并有志于表现西北边疆的诗人们,正在

---

* 此文初刊 1983 年 9 月 15 日《当代文艺思潮》1983 年第 5 期,初收《谢冕文学评论选》。据《当代文艺思潮》编入。

以自己的富有地区特色的新的"塞声",加入我国多民族的、多风格的雄浑的时代交响曲。

二

历史上出现的边塞诗的极盛时代,是唐代,特别是盛唐。那时出现了一个以岑参、高适、王昌龄、李欣、王之涣、王翰、崔颢为代表的边塞诗派。唐代疆域的拓展,国力的强盛,直接地为文化的繁荣和发展提供了基础。当时的边塞诗成为中原民族和其他民族文化的沟通融汇的直接成果而显示出来。尽管这些边塞诗,涉及戍边士卒的艰辛以及征夫思妇的幽怨时,表现了浓厚的苍凉情调,但是,那毕竟是一个充满希望和憧憬的时代——特别是开元、天宝年间,即使在充满了悲凉之气的对于边塞的歌吟之中,也透露出那种开阔的襟怀,广泛的包容与吸收的热情与气魄,乃至于对于边塞新奇之物的充满天真的激情。即以王昌龄的《从军行》其一为例("琵琶起舞换新声,总是关山离别情。撩乱边愁听不尽,高高秋月照长城"),它的力量在于不回避那种扰人宁静的离情,但是,即使在这不尽的边愁之中,也仍然透露那个时代的雄浑与开阔———一种让人心胸与视野都不受阻隔的恢宏的境界,乃至于面对奇丽的自然美的忘情的倾心。这些,都足以令千年之后的我们激动万分。那是一个创造力和想象力都非常旺盛的时代。艺术上的空前开放与自由,直接促成了唐代诗歌群雄并峙,流派蜂起的繁荣局面。边塞诗派在这一艺术环境中也得到了充分的发展。这一诗歌流派继承了中国优良的诗歌传统并且和其他诗派(例如势力同样强大的田园诗派)一起以批判的精神荡涤了历史上遗留的齐梁浮艳的诗风,从而开拓了前所未有的一代诗风。

岑参正是在这一蓬勃发展的时代中,一举而为在艺术个性的独特、鲜明上足以与李白、杜甫、王维、白居易较量的卓然大家。他留给我们关于边塞风物的艺术遗产最多,他以独特的语言为我们雕塑了一件又一件绮丽雄奇的艺术品。那里有令人心悸的狂沙、暴风、酷暑、严寒,更有各族文化的奇妙的吸收和融合,绘成了辉煌灿烂的奇景。他的诗把我们带进一个不可思议的极富浪漫情趣的新奇世界:"琵琶长笛齐相和,羌儿胡雏齐唱歌。浑炙犁牛烹野驼,交河美酒金叵箩"(《酒泉太守席上醉后作》)。古代边塞诗固然留下了民族压迫与纷争的痕迹,但若以历史的宏远目光审视,则在中华民族灿烂文化的形成与发展上,自有其未可忽视的功绩。

那时的边塞诗人一方面有对于因连年征战而造成的生离死别的痛苦的倾诉,而尤为重要的是,这类诗创造了一种雄豪悲慨的艺术风格。通过这种艺术气氛的烘托,宣扬了某种建树功业的献身的热情与意愿。这种意愿,在盛唐,更多地表现为一种青春的朝气,一种由强烈的渴望所催促的视野空前开阔的抱负。边塞诗的极盛,原是与"盛唐气象"联系在一起的。

三

中国新诗自艰难的诞生到伟大的发展,从五四最初的"伟大十年间",直至中华人民共和国成立以前,在毋庸置疑的全面进步中,似乎只留下一个例外,边塞诗并不盛行。这就从事情的否定方面给我们以启示:它证实本世纪五十年代开始出现的关于边塞生活、情怀的吟咏并不是一种偶然。

一个摆脱了半殖民地半封建地位的空前统一的国家,生活在这个国家里的兄弟般和睦共处的各个民族,这种基本上不是由于诗学而是由于政治学范畴的因素,造成了诗歌这一微小范围内的崭新气象——在新诗史中曾经显得特别薄弱的表现边疆民族的斗争和生活习俗的题材,得到了广大诗人的重视。西北、西南、东北边疆各族人民的生活场景汇聚到新诗中来,造成了中华人民共和国文学中具有鲜明时代色彩的重要标志。在这些诗篇中,表现西北地区特定范围的题材的诗,最近数年,被更多地概括为一个与古边塞诗相衔接的名称:新边塞诗。

国家的昌盛,民族的团结,各民族之间政治、经济、文化交流的频繁,是这种新边塞诗兴起和形成的前提。时代和政体的改变,各民族内外矛盾的调整和变异,必然地带来了这种被称之为新边塞诗的内在的质的变化。这就是新边塞诗之所以"新"的原由,并不单是由于它是今人写的。最明显的是,那种古边塞诗中常常涉及的民族征服的主题消失了;那种戍边士卒的离情的悲苦也受到了否定。一种在民族团结的旗帜下以建设边塞的新生活,和以生动再现边塞新风习为基本内容的、全新的边塞诗开始出现。

前面述及:在唐代,边塞诗的极盛,是与"盛唐气象"联系在一起的。那么,认为空前统一和团结的新中国,为一个新时代的边塞诗兴起准备了最必要的条件,应当是在情理之中的。当然,特殊的地方风物——丰富、神奇、变幻莫测的边塞风光,是古往今来的诗人所乐意选取的题材。新奇和新鲜,是所有诗人灵感的兴奋剂。然而,要是不出现一个各民族和睦共处的政治局面,要是没有日益畅达的内地与边疆的交往和交通的条件,诗人的兴趣和向往,仍然只是一种幻想而不会变成现实。

四

论及当代诗人对于新边塞诗的贡献,首先想到的是李季和闻捷。李季作品未见于这部选集,但李季可以认为是当代边塞诗的无言的倡导者。他的诗歌主题转移的轨迹,是由三边踏着石油工人的足印向着古丝绸之路的追逐。玉门、柴达木、克拉玛依是他的诗歌的主体形象。应当说,李季是第一个把西北边疆建设引入诗中的诗人,也可以说,李季是第一个为新边塞诗的构成成分提供了新的素质的诗人。

闻捷对李季的建树作了新的扩展。尽管他对西北边疆的工业生产着墨不多,但他却把主题全面地铺展开来。特别是,他以诗人的浓郁兴趣和敏锐的审视力,把诗的触角伸入到西北维吾尔、哈萨克、蒙古、回、汉各族人民的生产劳动、恋爱婚姻的丰富多彩的生活领域中来。他展示了富有时代气息的各族人民新的生活和新的情感——一种融合着建设热情的广泛而深入的情感世界。一本《天山牧歌》是他献给新边塞诗建设的最初的,却也是当时最丰厚的功绩。从吐鲁番盆地到博斯腾湖滨,那时的确还没有一位诗人如他那样在那么广阔范围内唱出边塞的新声。闻捷把劳动和爱情的传统主题和西北边疆的风俗画面,作了创造性的结合。随后,几乎是紧接着,他写出了自有新诗以来最为宏伟的、同时也是全新意义上的、表现西北边疆人民斗争的史诗《复仇的火焰》(一、二部)。李季、闻捷为当代新边塞诗所作的最可宝贵的贡献在于,他们全然摒除了古边塞诗常有的那份苍凉,而保全和发展了其中无处不在的豪迈和壮阔。人民为新生活而付出的创造性劳动,成为新边塞诗的基点。这种转变当然是历史性的。

六十年代诗歌所发生的变化,给新边塞诗以巨大影响,这就是,它不再以表现了人民的生活和情感的真实为满足,而注重于追求在这一题材中寄托更多更浓重的革命意识,雄豪之音完全代替了悲凉之气。边塞诗不再以是否再现边疆特有风物为意,它几乎是完全致力于借当地特殊环境表达革命战斗的理想与愿望。《西去列车的窗口》(贺敬之)和《西出阳关》(郭小川)都体现了这样的追求。既重视了时代风尚的体现而又不失瀚海风光的特色的,以李瑛六十年代初期的作品最为典型。在他的作品中,革命精神和特定生活的风情,处理得十分熨贴,不是外加的,而倒像是西北风物本身所固有的,如《红柳、沙枣、白茨》中的句子:

他们很贫穷,
甚至没有一片丰腴的叶子;
它们很谦卑,
甚至只占空间很小的位置。

它们索取得最少,
甚至没有一点雨露的滋润;
它们献出得最多,
甚至自己的影子。

  所有的思想都自然地萌生于沙海特有的景物中,其间蕴含的献身与苦斗的信念正是当时所提倡的,却毫无牵强生涩之感。他的《戈壁日出》既是瀚海特殊风景的描绘,又是对于生命的奋发与激越的礼赞。李瑛是一位始终执着于维护诗歌艺术纯洁性的诗人,他不是不重思想,而是更重于信守艺术特征,从中寻求思想的展示。此种努力,在严辰的《山鹰》,张志民的《西行剪影》中均有体现,他们的特点是,更注重于通过特殊画面(而不是更注重于抽象的叙说)再现边疆特有的美感。可惜的是,这种努力却因一场空前的"沙暴"而被湮没。

五

  新疆也许是幸运的。五四新诗的奠基人郭沫若在天池留下了诗篇(可惜,竟不是新诗!);当代最著名的诗人艾青,竟在这里一住经年(遗憾的只是,他是谪居于此的)。艾青留下比郭沫若更多的吟咏边塞的诗篇:《烧荒》、《帐篷》、《地窝子》……他在这些题目中没有慨叹自己的坎坷命运,仍然以最大的热情唱着雄健的歌:"最荒凉的地方,却有最大的能量","最沉默的战士,有最坚强的心"(《克拉玛依》)。遥遥的迁谪而不曾哀叹,身处逆境却依然豪健,这毕竟是中国诗人的本色——其间,依然鼓涌着千年传诵不绝的边塞的雄风,莫非这便是它给予后人的坚韧性格!

动乱的年代没有留下带血泪的声音,倒是黑暗过去之后,有位诗人怀着浓厚的兴味远道来访,他望着前面有一道斜坡,斜坡上单调的三棵桧树,这单调却给他丰富的想象:

> 为广袤的漠野印染希望
> 为干涸的山陵抚平伤痕
>
> 所以能涨满长风无视荒凉
> 在戈壁上空孤飞着鹰隼
> ——蔡其矫:《树和鹰》

倒是蔡其矫这首诗启发了我们,启发我们正视一个曾经存在过的不平常的生活怎样地孕育了、塑造了当前时代的最新的边塞的歌吟。它所启示的,是这样一种新的边塞诗的基调:不可避免的回首往事之后的悲凉,但瀚海之上却印染着希望。不是不曾失落,而是不再哀叹。

从兰州西行,沿着漫长的河西走廊:祁连山,柴达木盆地,嘉峪关,要是以敦煌为圆心画一个大的圆形,把天山南北,把准噶尔盆地和塔里木盆地包括在内,也把青海湖和六盘山包括在内,西北这一个大的椭圆形地区,应该就是自古至今绵延不断的边塞诗生长发展的地方。今天,正是在这样一个范围内,聚集了一批致力于新边塞诗派的形成和发展的诗的垦荒者。他们用非常自豪的声音对着千里戈壁呼喊:"我骄傲,我有辽远的地平线!"(杨牧)

这是数目很大的一群。他们大体上不作婉约之声,尽管他们相信凄婉也是一种真情。他们追求大沙漠的壮阔,雄浑以及豪放和坚毅。他们追求一种诗的内在蕴含的厚度和艺术展示的力度的结合。他们的风格:慷慨,甚至有点悲烈,但并不哀切。而且,在他们的美学思想中,始终光照着敦煌千古不灭的艺术辉煌,三危山上不灭的佛光,沙海之中未曾湮没的高昌、交河古城,丝绸之路所开辟的各民族之间的文化艺术交流,充沛的自信,开放的胸襟,气势浩大的吸收和融汇。这一切成为精神上的支柱,滋润这最新一代的边塞诗的创造者。

一切当然还是刚刚开始,艺术也处以幼稚阶段,但新的艺术朝圣者的虔诚足以让人心动。他们有着看来可以引为骄傲的瀚海的挚友——红柳,胡杨,骆驼,还有沙漠上空盘旋的鹰——"它的境界是何等浩瀚,何等高远,只有高飞呵,才知道匍伏的不幸!"(周涛)正是这些光荣的沙漠的子民,既是他们诗中的精灵,又成为信念和力量的象征——"生锈的太阳,一定会在人类的开拓中重光"(章德益)。

新疆大学雷茂奎、刘维钧、常征三同志于繁重的教学、研究之余,致力于推进新边塞诗的繁荣发展已经有年,他们的工作是艰难而有意义的。有了诗人们的创造,再有这样一些专家的赞助,这一切,让我们对全面繁荣的新诗运动中一个新的艺术流派的形成和建设,怀有充分的信心。

一九八三年四月十四日,于北京大学

个人情趣与时代精神[*]

××同学：

来信并信中所举诸诗均阅，它们引起我的深思。信中提出的问题，已经超出了具体诗作的评价，而涉及更为普遍的论题。你所面临的"苦恼"，并非偶然因素的触发，而是一个相当固定的诗歌观念试图对某种实践作出评价引起的，它有着更为深远的原因。

也许《三月的风》未曾臻于完好，但无疑，它们抒发的情感是不乏真趣的。这类诗，不仅古已有之，"五四"以后出现的新诗中也不乏见。著名的"湖畔四诗人"写的大抵都是这类诗，其中汪静之的《蕙的风》曾因舆论的攻忤而受到了鲁迅的保护。只是，后来，随着革命文学的提倡，那种直接地为现实斗争发言的诗歌，其价值充分受到重视，从而对另一些并不表现生活主流、而从某些侧面满足人们精神需求的诗趋于淡漠。这种状况，到了新中国成立之后，发展更为充分，形成了新时代明确的诗歌价值观念：人们往往以是否于现实生活直接有用而对诗歌定褒贬。诗歌由为人生的一般提倡而发展为锲入斗争的实际，由一般的抒写性情而发展为革命的号角或战鼓。这在新诗发展史上是非常重大的进步，我们不应怀疑其功绩。但我们曾有一个不算很短的时期，独尊这类诗歌而忽视乃至排斥其余诸类诗歌，甚至发展为非政治无诗的程度，至此，偏见就易于形成。

---

[*] 此文初刊1983年7月5日《星火》1983年第7期，初收《论诗》。据《星火》编入。

你信上说,你的老师和同学读了《三月的风》,"他们在情感上承认这是诗,但经理智思考又说这种诗没有价值"。为什么会有这种情感和理智的明显的矛盾呢?可以说,当他们接触到诗歌抒发的人类情感的真实时,他们受到了感动,但这时,客观上业已形成的诗歌观念,便力图改变这种积极的评价。其结果当然是得出"没有价值"的结论。导致这个结论的,是单一的评价标准。符合这标准的,便有价值;不符合或不很符合这标准的,便没有价值。事实是,依照这种观念制为没有价值的诗篇,其优秀或杰出的作品,早已被历史确认了它们的价值。我愿举那些突出的例子来验证这一事实,例如元稹的《遣悲怀》,苏轼的《江城子》("十年生死两茫茫")、陆游的《钗头凤》("红酥手")以及李清照的许多吟咏个人悲欢的词篇,都是所谓抒写"个人的情趣"的名篇,但它们却同样地赢得了不朽。

诗本来是各种各样的。题材确有大小,但作为艺术的诗,其价值却不全然取决于题材。大题材而缺乏精湛的艺术表现,其成就未必大;而那些无非抒写"个人的情趣"的作品,却因为能真实深刻地刻画人类共有的情感,而有可能取得成功。

当然,这样说不应该被理解为是在鼓吹诗歌脱离时代,脱离时代的重大内容,恰恰相反,那些最为世人传诵的名篇,往往都因其深刻地揭示了时代的重大内容而获得长久的生命力。历史上为人民所不忘的诗人,尽管也有富有艺术魅力的个人抒情之作,但奠定其声誉之根基的,却是那些直接把诗的触角伸入生活深处并传达出时代脉搏的诗篇。尽管郭沫若的《瓶》、闻一多的《红豆》都为诗人争得了读者,但最终铸成诗的形象的,主要还是《凤凰涅槃》和《女神之再生》、《死水》和《口供》一类传达出时代声音的作品。

需要辨明的是,"天下事"和"儿女情"都是诗的领地,二者可以有主次(并不绝对如此),却不能互相排斥和取代。在人们的实际生活中,需要"大江东去"的昂扬气势的激励,也需要"晓风残月"的委婉情调的抚慰。因推崇"大江东去"的豪放而贬抑"晓风残月"的纤柔,乃是一种偏执的态度。

尽管那些传达出时代强音和生活"亮色"的诗篇,始终都能获得人们的理解和称许,但那些真挚入微地再现人类共有的内心世界的作品,无疑具有生存和发展的权力。今天的新诗,的确拥有一个无比广阔的天地,但它只能包涵而没有理由排斥那些"属于人类共同美的那一部分"。诗歌的艺术应当允许自由的选择,只要这种选择是适宜的和切实的。诗人把爱情与友谊、生与死这些领域,视为可供永久耕耘的田园,而不必因为那种充分政治性的诗篇的存在而否定它们。所谓的"情感上被打动而理智上却要抗拒它的'诱惑'",正是一种对于诗歌观念的异变。

诗本来就是注重诉诸情感的艺术品类,当人们在情感上被打动,正是诗歌发挥自己效力的时候,我们追求的正是这种"诱惑",为什么又要抗拒它呢?的确,作为诗人,应当投身时代潮流的奔涌,但诗也应当关切并包容永恒的"人类共同美"。

对于你的《爱之路》和《婚礼》,我不拟作出正面的评述。我只想对你听了"劝告""努力写表现时代精神的诗"之后所遭遇的更大的苦恼,说点我的认识。的确,你写了冷峻而又沉重的"爱之路",你也写了凄艳的"婚礼",你力图在这些不大的题材中,保留下那些失常的年代所留存的你的"记忆",以寄托你对"时代精神"的追求。但是,事与愿违,当你的那些师友发现你所表现的"时代精神"与他们的设想完全相左时,他们失望了。他们有一种长期形成的"时代精神"的概念,这种概念是不受实际生活制约的。

人们可以对你的诗的思想艺术的成败提出意见(它同样存在着缺陷),但是,的确存在着这样的爱和婚礼,这是无须怀疑的。人们不满意它的"黯淡",甚至主张留点"亮色",这种心情和愿望可以理解。但他们恰恰忘了,这里表现的是那个时代的沉重的记忆。诗人忠实于他的记忆。在那"风雪偷劫的夜晚",当

"远方的天像一座坟墓"的时刻,当"连星星也不来光顾"的时刻,他应当怎样给他的画板涂抹"亮色"呢?在这种意见的背后,正是无视生活真实而一律予以粉饰的意向,这是不能苟同的。

我寄望于你和你的同代人。我期待着你们能够唱出我们时代的激昂的声音,但我希望它是真实的而非虚妄的。既然生活的某一特殊阶段有过以"泪水串成珍珠""烛照"的"爱之路",既然那些异常的时日有过以"凄艳的冰灯"映照的"婚礼",我们——忠实于生活的诗人,为什么要用谎言矫饰它?我确以真诚的心意期待你们写出新的歌,写出那种让人民高兴并鼓舞他们前行的歌,但我非常清楚,根本之点在于生活自身的改变。

你无疑是在探求之中。你在探求自己的诗句如何忠实于自己的感受。尽管这种探求有待于更多实践的验证,但你并没有"从一个死胡同转到另一个死胡同"。你是在忠实地从事艺术的实践,你的苦恼并非由于误入歧途而只是由于"自行其是"的实践触动了某些早已形成的诗歌批评的观念。真正在折磨你的,是昔日的苦难和艺术的良知,你没有必要动摇自己的信念。我相信你的"甚至想折了这支笔"只是一句气话。珍惜手中的笔,勇敢地为人民代言,当人民陷于苦难,你就倾诉苦难;当人民蒙受欢愉,你就歌唱欢愉。忠于自己时代的诗,它永远信守着自己的格言,这便是:真实!

谷雨诗会,能有机会和新老友人共聚一堂、交换意见,十分高兴。会后,专程访问庐山一日,自九江抵武汉,又被留住三日,于五一节当日返抵北京。记着向你许下的诺言,匆匆作复。言不尽意,若有疏忽,请告我。

紧握手,祝进步!

谢　冕

1983.5.2.于北京

通往成熟的道路*

不管你承认与否,事实是,我们的文学正处于一个痛苦的蜕变期。也许我们面临着又一个如同五四那样充满青春憧憬的文学时代:它期望在新旧交替中有一个切实的进步。从来也不曾有过如此强烈的对于历史的冷峻的反思,也从来不曾有过如此热烈的对于未来的祈愿。如下的事实是公认的:当代的中国文学,业已取得了划时代的成绩,却也遭受过空前的挫折。成绩和挫折,它们形成了像拔河绳子两端那样逆方向的较量。因而,我们每一步前进都是艰难的,只要看看近年来文学运动的事实便会清楚,新与旧,开放与封闭,继承与革新,民族传统与外来影响,使我们陷入了几乎是没完没了的纷争之中。大变革的时期,不可能不把这股变革的风刮到文学中来。处处鼓涌着这种失去平静的气氛。我们应该为之欣喜,因为这是文学充满了活力的证明。

在争论的众多命题之中,始终响彻着一个带有历史意识的声音,这便是对于多样化的文学的呼唤:呼唤多种多样的小说,呼唤多种多样的诗歌,呼唤多种多样的文学。这种呼唤是合理的,不仅符合人民多样的审美需要,而且也符合中国新文学的史实。

中国新文学的传统之所以是丰富的,在于它的审美追求是

---

* 此文初刊1983年5月7日《文艺报》1983年第5期,初收《谢冕文学评论选》,后收《当代学者自选文库·谢冕卷》。据《文艺报》编入。

多元而非单一的。五四最初的"伟大的十年间",当以白话文为武器的文学革命刚刚站稳,紧接而来的便是各种文学社团流派的蜂起并峙。1920年初,提倡"血与泪的文学",主张作家"必须和时代的呼号相应答"的文学研究会与追求文学的"美与快感的慰安"的创造社,分别高举着写实主义与浪漫主义两大旗帜出现,显示了五四文学最初的活泼的生命力和创造性。而这,仅仅是事情的开端,随后的发展更见广阔与斑驳。仅以新诗为例,当它取代了旧诗词而获得自立的最初阶段,便赫然出现了朱自清所概括的自由、格律、象征三大诗派并立的局面。当年出现的那些诗坛巨星如郭沫若、闻一多、徐志摩、戴望舒等,至今仍未减其辉煌。那时也不乏怀有偏见的激烈的论战,但就总体而言,作为一个完整的时代,它表现了极大的宽容。怀有建设欲望而充分自信的时代,一般说来,都有那种开阔的胸襟,而很少艺术上的褊狭心理。崇尚写实主义的朱自清,在编选《新文学大系·诗集》时,不仅容忍了被目为"诗怪"并与自己的艺术主张相悖的象征派诗人李金发,而且收录他的诗作达十九首,所选诗目之多,仅次于闻一多、徐志摩、郭沫若而位列第四。这正是这种宽容态度的说明。新文学在短短十年间所以能够取得如此辉煌成绩,除了那些先驱者感应了时代的召唤生发出来的勇敢与坚定之外,多半要溯源于五四时代开放与宽宏的精神。

当然,所谓宽宏并非仅此一端。也许更为动人的是,那些新文学运动的战士,他们有着一种自觉的对于旧文化的批判精神。与此同时,他们转向外国寻求进步文化的营养。这种寻求的结果,带来了更为繁丽多姿的外国文学的投影,所以说,这直接地促成了中国新文学的迅速成长。当年,他们有的是对于"国粹"的充分警惕,而很少生恐学习了外国而丧失民族特点的忧虑。一个有强大自信心的民族和时代,是不会畏惧被外来文化所同化乃至淹没的。这正如一个健康而自信的人不会挑拣食物一样,因为他有健全的肠胃足以消化一切。五四正是这样一个健全而自信的时代。一般说来,那时人们并没有如今我们某些人身上所表现出来的对于西方文化的提防与恐惧心理。

追溯中国新文学运动的萌起与发展,不应忘了那些盗火的普罗米修斯们。他们在为中国取来科学、民主火种的同时,也取来了进步文化的火种。鲁迅的小说是最富创造性的,茅盾说过:"鲁迅君常常是创造'新形式'的先锋",而鲁迅则承认"我所取法的,大抵是外国的作家";巴金在答法国《世界报》记者问时说:"在所有中国作家中,我可能是最受西方文学影响的一个";而郭沫若总结自己的著作生活时,除他所认为的"诗的修养期"得助于中国文化之外,其余的各个时期(诗的觉醒期、诗的爆发期、向戏剧的发展……)分别受到了泰戈尔、海涅、惠特曼、雪莱、歌德等的影响而不见一个中文名字。[①] 这当然不能说明他们对于本民族文化的轻视,但可以说,西方的进步文化也如中国悠久的文化那样,深深地影响了并哺育了整整一代的五四文学革命的先驱者。

我们今天重提这样的事实,用意在于:为什么我们的前辈学习他们那个时代的有重大影响的西方文化,不成其为问题,而我们今日的文学工作者,学习当今世界起过和正起着重大影响的西方文学流派,却引起激烈的论争呢?难道我们今天一代人的辨识和吸收能力衰退了么?难道我们的肠胃或是神经变得不健全了么?既然老舍能够从狄更斯、茅盾能够从左拉、莫泊桑那里获得他们生活的那个时代的启示而无损于他们作为中国文学巨匠的光辉,难道我们不能像我们的前辈不拒绝对于托尔斯泰、巴尔扎克和罗曼•罗兰的了解和吸收那样,也不拒绝对于卡夫卡、乔伊斯和萨特的了解和吸收吗?因为,毕竟我们的智力未曾衰退,我们

[①] 《1928年2月28日日记》,《沫若文集》第8卷。

的健康状况也不至于坏到一接触"异物"便要崩溃的程度。

英国的斯特拉奇在给奥兹本的《精神分析与辩证唯物论》作的序中,说过一段令人深思的话:

> ……马克思主义者则有把精神分析学看做不值得注意的倾向。不过马克思主义的创始者会不会采取这样的态度呢,它就颇可怀疑了。特别是恩格斯,他把检讨当时每一科学的发展作为他的职责。假如他能再活二十年,他大概不会不研究弗洛依德著作的。这并不是说,恩格斯会全部接受弗洛依德的学说。正相反我们可以想象,那位最伟大的论战家将以何等辛辣的言词来指出这一学说的偏畸性。但我依然相信,恩格斯既不会忽略达尔文或摩尔根在生物或考古学上的发现,这老鹰也将猛扑这种新的材料,加以消化,批评和拣谧。①

但愿我们都能成为这样一只不拒绝新奇之物的老鹰。多种的营养,有分析的吸收,不忌讳西方文化对我们丰富传统的影响和"补给",造成了文学艺术风格丰富多彩的局面。由于各个流派之间论争和竞赛、合作和渗透,在新文学的开端,就形成了艺术方法上的多元倾向。这不仅意味着文学的丰富,而且预告着文学的成熟。

要是说,我们的文学发展曾经有过一个大的曲折,这曲折要而言之就是对于五四新文学的多元的和丰富的传统的偏离。这种偏离在某一历史时期(例如"文革"时期),表现得更为显著。造成这一状况,似乎是一个问题的两个方面:一是我们长时期的自我封闭(由政治、经济而文化,尤以文化、特别是对于西方文学的封闭为甚)。在某个极端和畸形的历史时期,我们把古、今、

---

① 奥兹本:《精神分析与辩证唯物论》,重庆出版社,1947年版。

中、外的几乎全部遗产分别谥之为封、资、修。我们由"恐食症"发展而为"厌食症";一是我们的文学观念逐渐由定型化而走向单一化,从而形成某种固执的(在某些方面甚至表现为不容讨论的)文学观念。我们只知道,因而也只承认某一种文学是好的、乃至是最好的,并试图以此统一全部的文学。久之,我们便远远地偏离了五四文学的丰富而走向贫乏;放弃了多元的审美结构,而走向统一化和模式化。结果沦入了"文革"十年那样的艺术创造的枯竭与窒息时期。

一个社会形成了自己独特的文学观念,这并非一件坏事。但是这种观念一旦成为无可替代的和排他的,这就容易给文学的发展带来不良影响。记得五、六十年代之交,茹志鹃的出现给当日的文坛以新鲜之感,茅盾敏锐而准确地概括她的作品风格为"俊逸"。那时有一场关于茹志鹃作品的论争,引人注目的是一位颇有影响的评论家的意见,她认为茹志鹃的"路子还不够宽广",她希望作家不要"作茧自缚",希望她更多地表现"复杂的矛盾冲突","由此把作品的主题思想提得更高"。这位评论家的用心是很好的,她对作家的要求也是当时习见不鲜的。然而,要是按照她的意见去办,写《百合花》和《高高的白杨树》的茹志鹃将不存在,她将混同于那时基本趋向一致的作品的海洋而无法辨认了。

在诗歌创作的倡导中,也与整个文学创作相一致,可以说,长期以来我们追寻的是统一的诗歌。一些人希望创造出一种所有诗人都遵循的诗体;后来,又希望用"新民歌"来统一诗歌;流传最久,影响也最大的是试图在"古典诗歌和民歌的基础上"建立新诗的统一意图。这些努力因为违背了艺术发展的自身规律,因而都不曾奏效,但对于创作的影响是明显的。以蔡其矫为例,这是一位有着自己独特艺术追求的诗人,但在"大跃进"中,迫于舆论的压力,他放弃了自己一贯的风格而写了诸如"天不怕来地不怕,英雄好汉不怕难"那样的诗。于是舆论对此大表欢迎,认为这是"改了洋腔唱土调"。那时真有一股劲头,一股非把所有的诗歌,所有的文学都变成一种统一的诗歌,统一的文学不可的劲头。这样的意图一直到了"样板戏"的出现,使本来就贫乏、单调的文学,走向了一招一式都符合"样板"而不允许走样的极限的程度。这只能以覆灭宣告结束。

在我们的传统观念中,对于文学是社会生活的反映,这一认识是坚定的。(以统一的甚至单一的文学而试图反映极其丰富的社会生活,这不能不是个根本性的矛盾)当人们热衷于推进这一做法时,恰恰忘记了如下一句名言:"文学事业是最不能机械地平均,标准化,少数服从多数。"这种"标准化"和"少数服从多数"的直接后果不仅是影响了创作的繁荣发展,而且也影响了读者的欣赏水平和审美趣味,单一化的文学造成趣味很狭窄,以至于使读者不能欣赏这种趣味以外的作品。这种影响甚至发展到今天,前几年由壁画《泼水节——生命的赞歌》到《猛士》裸体雕塑所引起的关于裸体画的风波,一直延续到电视连续剧《安娜·卡列尼娜》的放映所引起的道德伦理观念的充满惶惑感的争论,都说明我们的读者和观众的欣赏能力已经难以适应多种多样的艺术世界。"一件艺术品——任何其他的产品也是如此——创造了一个了解艺术而且能够欣赏美的公众。"据此推论,则单一的艺术必然培养了只能欣赏单一的美的对象。而这对于文学艺术的发展其害处尤为深远。

沉重的历史反思,使文学在新的历史时期企求新的崛起。一旦人民的真实生活和真实感情在文学中获得新生,随之而来的便是为满足人民多样审美需求的多样化的文学的呼吁。为着消弭文学的贫困,有志之士再一次寻求点燃文学复苏的火种。五四文学的传统(这个传统,是革命的和战斗的,但又是丰富的和多样的)重新得到了肯定。人们仿佛从梦境回到现实中来:我们的新文学竟然是如此的多彩多姿！不仅是冰心和丁玲获到了重新的认识,而且连长期寂寞的沈从文乃至少有人知的钱锺书,也引起国内外人士的兴趣。人们由此确认：五四新文学的传统不再是单一的传统,而是多样的传统。开放的时代,特别是直接受到思想解放运动的有力感召的时代,作家和读者重新与外国文学取得了联系。人们翘首天外,发现那里别有一番风景,而这番风景却是我们长期所不愿或不准窥及的。终于:

> 我们又听见了列宁喜爱的贝多芬的交响曲,
> 热情洋溢的旋律回旋在中国美丽的傍晚。①

可以想见,中国人在这样的傍晚所感受到的,是经历了多长时间的期待之后的欢欣。艺术开始在更多的营养源上获得新生命。音乐、绘画、雕塑、戏剧、电影、诗和文学。特别是诗,出现了吸引人们广泛关注的新的诗歌,几代诗人不约而同地卷入了一场情绪激动的辩论之中,有人认为如今的"朦胧诗"是照搬西方现代派的舶来品,有的认定它是三十年代那些"沉滓"的泛起;有的则干脆判之为"诗歌的癌症"。其实,青年诗人的创作乃是植根于中国现实土壤——特别是动乱年代的生活的产物,而不是其他。青年诗人中的一些代表人物,他们或者根本未曾接触或者很少接触西方现代派的作品——当然,随着国际交往和翻译作品的增多,青年人吸收了西方文学的特点而溶入了自身的创作的情况也会逐渐普遍起来。即使是对于西方文学的直接吸收,也应认为是正常的现象,而不必为此惊慌。巴金最近说过："现在交通发达,距离缩短,东西方文化交流日益频繁,互相影响,互相受益,总会有一些改变,即使来一个文化大竞赛,也不必害怕'你化我、我化你'的危险"。这是一种开放而通达的见解。

---

① 白桦:《我歌唱如期归来的秋天》。

可惜的是，这些话，现在多半只是由巴金、夏衍这些第一代的文学战士说出，而不是相反。

最近数年的文学艺术的迹象表明：中国的文艺事业，的确在摆脱长久的窒息和因袭的重负而走上正轨。传统的优越性继续得到发挥而未曾削弱。以小说为例，现实主义的作品仍然充满了蓬勃的生机，而且取得前所未有的成就。近年得奖的作品，几乎全是此类。其中卓有成绩的新进，如高晓声、古华、张一弓等等都是在现实主义道路上勇猛奋进的突击手。有更多的中年作家（在北京，如刘绍棠，丛维熙、邓友梅、谌容）都在这条为一代又一代前辈所开辟的道路上走向成熟。汪曾祺的《受戒》，古华的《芙蓉镇》，高晓声的《李顺大造屋》，体现了这种成熟。只要正视这些事实，应该都会承认，不仅所谓的西方化的危机不存在，甚至现代派的严重挑战也是被夸大了的。

近年的确出现了一些关于介绍西方现代艺术的著作，如陈焜的《西方现代派文学研究》，高行健的《现代小说技巧初探》，柳鸿九编选的《萨特研究》，这些严格地说，都是一些带有启蒙性质的普及读物，它们带领我们涉猎对于我们是陌生的世界。在理论上不无疏漏而又不失锐气的，乃是徐迟的《现代化和现代派》。尽管他发表了某些精到的见解，但他提出的"建立在革命的现实主义和革命的浪漫主义的两结合基础上的现代派文艺"，其"基础"是否存在过尚需考订，更不用论及建立在那上面的"现代派"了。因而，这样的言论也很难造成实际的威胁或"危机"。

我们对之发出惊呼的，并不是那东西本身有多么古怪，往往是，我们因为不熟悉不理解，而把正常视为"古怪"。正如前不久一些人嘲弄过的"朦胧诗"或"古怪诗"那样，其实，造成被称之为"令人气闷的朦胧"的典型例子之一，杜运燮的《秋》中的诗句"连鸽哨也发出了成熟的音调"，要是真从鸽哨是否能够"成熟"去谈诗的懂与不懂，那真是无以读诗了。当然，诗歌创作中出现了新的迹象,有的诗人于弃绝"假、大、空"之后专注于再现内心的真实;有的诗人感到原有的艺术手法不够用了,出现了新的追求,他们大量地运用通感,透视,打破时空秩序等手法,为着扩大诗歌的思想容量而注意潜意识和瞬间感受的把握。但从根本上说,我国现阶段的诗歌,尽管出现了新的倾向,却基本上仍在现实主义的轨道滑行。中国文学的现实主义大树,经过半个多世纪的发展繁荣已经扎下深根,一般的风是难以摇动其根基的。

这种新的跃动的情况,在小说中有着更为明晰的显示。一般说来,这种新跃动是对传统文学观念的改革和补充。这种改革之风较早的在小说领域出现。若以茹志鹃的创作来概括,也许可以百合花般的轻柔浅淡的气象的变弱,而代之以一个时空错位的"剪辑错了的故事"作为标志。在新的时代里,她追求的是更为复杂和立体化的对于现实和历史的思考。另一位女作家写了一篇抒情诗般的《爱,是不能忘记的》。传统的文学观念在这里受到了忽视,它不再重视情节。其中很重要的人物"妈妈"的名字被忽视到可以有也可以没有的程度。这篇小说的地点,时间,人物的年龄,性格,都很模糊,但它表现人物的内心世界却精细而真切。此即所谓"内向性"的倾向。当许多作家继续采用动人的情节以及性格鲜明的典型形象对生活作客观描写的时候,有些作家开始了新的领域的探险,——他们追求把人们精神世界当做自己的表现对象,而且把人的内心结构的层次感表现得既复杂又丰富。

许多作家在今日如此丰富的社会生活和内心生活面前,都感到了过去写法和经验的不能满足。写过《红豆》那样充满缠绵情意的小说的宗璞,竟然写了完全变形的《我是谁》(在那里,人变成了爬行的虫),以及读着荒诞不经,却真实地再现颠倒和畸形历史时期的《蜗居》。林斤澜是一位擅长描写京郊山区乡村场景的、能够表达十分浓郁的"京味"的成熟作家,他一再表明他对现实主义创作方法的优点及其生命力的坚信。同时,他又认为小说原应有多种多样的写法,他追求既写实又"不那么写实"的特殊风味(有人称之为"怪味")。到了近期,他有相当一部分作品却以明显的揶揄和讽刺的力量,把那个动乱年代的颠倒、畸形、变态的世态人情,作了淋漓尽致的再现。"邪魔"的主题得到了强调。而且在艺术上明显地采取了变形的手段。正如那个既现实又明显的变形的《头像》所展示的,他在"着力于民族传统之后,追求了现代表现之后,探索着一个新的境界"。

这种创作上的明显的新的趋向,是由现实社会所催动,而寻求在更高层次上的表现所造成的。要是仅仅从传统的再现生活的实际样子的角度,来读刘心武的《黑墙》便会茫然,甚至对他所表现的内容和形式产生怀疑。然而,只要了解到渴求新生活的冲动,以及对于束缚人正常思维的习俗的厌恶,我们便会理解作家在这种极富象征意味的夸张背后的,充分现实感的力量。这种小说要是用直接的社会功利的尺度去衡量,便难免要失望。它摆脱过于直接具体的说明生活,而力求在更为深远的层次上把握人生,以及追求社会的内在运动的轨迹。李陀近期创作所追求的正是这种处于新旧交替时代的心灵感应,表现对惰性的旧生活及其情趣的不可挽回的消失引发的苍茫之感。他力求在不重性格刻画和几乎说不出有什么曲折情节的情态下,传达出新的生活潮流对于类似《余光》中那种老槐树下的闲散的慢悠悠的黄昏余光的眷惜。《七奶奶》几乎就是九斤老太在今日生活中的复活。但她虽然已经失去了九斤老太那份不满现状的顽强劲,她几乎陷入了挣扎乏力的困境,但她仍然表现于世情未能断念的绝望的关切,这实在是一曲旧生活和旧情感的挽歌,从另一方面却显示了新的生活以无可阻挡的方式冲决着旧日的堤岸。

在当代十分活跃的作家群中,王蒙是一位最不墨守成规、最富探新精神的艺术冒险者。当人们经历了长久的隔膜正沉浸于组织部的青年人重归的喜悦时,他已经迈过了他已取得的成就。他以艺术家的勇气,在信守他的一贯的艺术信念(主要对于现实主义的信念)的前提下,勇敢地向着传统的文学观念质疑。他认为"我们的文学观念理应鼓励人们开拓更广阔的道路"。[①] 更进一步,他向着几乎是支配着我们一切创作活动的最主要的命题,"典型环境中的典型人物",提出了新的辨析,认为它"毕竟不是无所不包、更不是唯一的创作规律,它并不具有排他性,并不能成为主宰全部文学史和文学现象、衡量一切文学作品的独一无二的'核心的命题'"[②]。

王蒙以自己的艺术实践证实了他的论点。他进行小说创作的"非性格化"趋向的试验,他无视相沿成习的首尾相从,一以贯之的时间顺序,而有意地对时间进行切割,按照人物心态的要求对时空重新进行组合。这在他复出之后的实践活动中,几乎是贯彻始终的一种试验性创造。读者无法跟上他那变幻莫测的、无所羁束的文学探险。当他们还对林震、赵惠文怀着惜别的心情重聚时,王蒙已把那一个个昔日的人物幻化为"蝴蝶",在人们"海的梦"中自由地起舞了。在王蒙的创作思想中,核心部分仍然是打破单一的文学的观念,使之向着有变化的、广泛的领域进发。

为了改变我们文学的单层次的结构,文学界出现了一批敢于第一个吃螃蟹的人。为了寻求新鲜的启示,他们也把目光投向世界现代文学,如同他们的前辈那样,不排斥新颖的文学思潮对于某些人的吸引力,也不排斥对某些作品并不成熟的模仿的倾向。但无疑,它们将对开阔我们的文学视野,改变我们已经显示出来的某种板结的土层有好处。像《巨兽》(周立武,《上海文

---

① 王蒙:《关于塑造典型人物问题的一些探讨》,《北京文学》1982年第12期。
② 同上。

学》1982年2月号)通过超现实的象征手法所显示出来的对于人生哲理思索的力量,像《高原》(谭甫成,《十月》1982年第5期)通过人的内心渴求所显示出来对于社会某一侧面(例如冷淡和孤独感)的揭示,以及像高行健称之为以"冷抒情"方式写就的那篇"可以当诗读的小说"《和弦》(蝌蚪作,《丑小鸭》),以及为数不少的这类新、奇、怪的作品,他们不曾,也没有力量对我们文学的发展造成损害,而只会给我们文学的发展提供新的启示(也许包括不成功的启示)。

总的是,我们文学在通往成熟的道路上开始了一个新的、有着更为广泛的探索的时期。

优秀的传统无疑将得到发扬和承继。但重要的是,许多为我们所陌生的东西正在补充进来。一些"古怪"的东西(它们不都是魔鬼)堂堂正正地(有的也羞羞答答地)以并不成熟和没有定形的方式向我们走来。

现实主义在中国新文学的力量是强大的,影响是深远的,也是轻易不可动摇的。客观地说,迄今为止,还没有哪一种创作方法和文学流派有足够的力量向它发起挑战,它也不会在挑战中——要是有这种较量的可能性的话——垮掉。迄今为止,它还是无可匹敌的力量。所以,与其说是现代派向着现实主义的挑战,毋宁说是多样化文学的渴求向着单一化的模式的挑战。不论从哪种意义上说,文学的挑战意味着竞赛和竞争,都是应当受到社会的欢迎而不必惧怕的。

要点是感动,是爱[*]
——论诗人的创造之三

闻一多评艾青和田间的诗时,说了一段很有趣的话:"我们以为是诗的东西都是那个味儿。我们的毛病在于眼泪啦,死啦。用心是好的,要把现实装扮出来,引诱我们认识它,爱它,却也因此把自己的狐狸尾巴露出来了。"(《艾青和田间》)这"狐狸尾巴",可以理解为矫作的激情。我们误以为是诗的东西,都是这样对现实巧加"装扮"的东西。

辛弃疾有一首《丑奴儿》:"少年不识愁滋味,爱上层楼。爱上层楼,为赋新词强说愁。而今识尽愁滋味,欲说还休。欲说还休,却道天凉好个秋"。少年阅世浅,没有忧愁而故作忧愁之语,远失去了诗的纯真,因感情的虚假而不能动人。等到年事日增,人生的忧患多了,想说,又不想说。心情极为矛盾。于是,你以假装的欢愉来掩饰真正的痛楚。当他讲:"天气凉了,真是极好的秋日",透过这充满内心矛盾的表达,我们看见了无以言说的悲哀。

罗丹在《遗嘱》中说:"要点是感动,是爱,是希望、战栗、生活。在做艺术家之前,先要做一个人!"(《罗丹艺术论》)与其做一个虚假的诗人,不如先做一个真实的人。一个有着自己的真情实感的人,就是说,首先要像一个真实的人那样去感动,去爱,

---

[*] 此文初刊 1983 年 5 月 15 日《启明》1983 年 5—6 月号,初收《论诗》。据《启明》编入。

去希望,战栗着认真生活的人,才有可能成为诗人。只有这个时候,她才能从一个士兵死后还紧握着枪不松手的悲壮场面,提炼出"同志,松一松手,枪给我吧"那样令人心颤的呼唤;只有这个时候,她才能够从失去亲爱的母亲的苦痛中,提炼出足以令许多女儿愀然动容的哀音:

> 为了一根刺我曾向你哭喊,
> 如今戴着荆冠,我不敢,
> 　一声也不敢呻吟。
> 呵母亲,
> 我常悲哀地仰望你的照片,
> 纵然呼唤能够穿透黄土,
> 我怎敢惊动你的安眠?
> ——舒婷:《呵,母亲》

要点是要感动,要在生活(不论是平常的生活或是不平常的生活)中,真正地受到感动。真正地感动了,爱了,心灵为之战栗了,把这感情真实地记载下来,往往就是一首纯真的诗。有许多例子可供证明,只要是真正动情,而不是蓄意为诗,往往涌出的就是一首好诗的雏形——诗是激情的产儿。

乔治·汤姆逊在他的诗论(《马克思主义与诗歌》)中举例说明了这种因情感的燃烧而自然地成为诗的现象。一个非洲孩子,在路旁为他的欧洲主人打石子。这孩子一边打,一边唱。他唱的内容,就是此刻令他情感激愤的东西:

> 他们待我们真坏,嗳嗨!
> 他们待我们真凶,嗳嗨!
> 他们喝着咖啡,嗳嗨!
> 我们一点也没有,嗳嗨!

这就是"劳者歌其事"。那不断重复的"嗳嗨",是劳动的呼号,应和着锤子打击的节奏。他一边打着石子,一边想着主人的虐待,于是,在忘情的歌唱中,每击一下,便是一声控诉,这是一首并不刻意为之、却渗透了深刻的阶级和民族意识的诗。它的激情的火种,是真实的愤怒。还有一个例子,南部非洲某地,一个黑人仆役,在帐篷里为殖民者擦罐子,附近有一条殖民者修筑的铁道,火车的汽笛在鸣叫。自从修了铁路,村庄里的孩子被重税所逼,只得离乡背井到远方的煤矿去卖苦力,女孩子也被迫出家庭去卖淫。这个仆役,一边劳动,一边自语:

  它在远方号叫,
  它压榨青年汉,把他们毁掉,
  它败坏我们的妻子。
  她们抛弃我们,到城里去过下流生活,
  啊,强奸者!
  我们被孤单单地留下。

这个黑人仆役的喃喃自语,表现了外来的闯入者怎样地打破了南部非洲原始生活的平静,它如暴风海啸般地冲击着原先的生活秩序,一切都变得反常了。这里的独白,传达了非洲人的愤怒,这是激情点燃的诗。先是火车的鸣叫,引起这仆役的注意力,他忘却手里擦着的罐子。接着,他又忘却火车,它不再是火车,而成了摧毁他之所爱的暴力和掠夺的象征。他内心原有的积郁,此时找到了喷射口。

  生活给人以真正的诗情。很多好诗,都是在上述这样忘我的情绪激动的状态下迸发出来的。前些年,我们许多被叫做诗的东西,其实只是一些虚假空洞的叫喊。不是由于激情的迸发,只是由于"需要",结果只能是词藻的堆砌,文字的游戏。有许多的"心潮澎湃",也有许多的"蓝天作纸,写不尽……",但它只是矫作的豪言。不是不能有巨大的和夸张的形象,但创造这形象必须真感动,真爱! 海涅的《宣告》便是巨大的和夸张的,然而,它真实。诗人用芦管在沙滩上写上爱人的名字,但波涛却把这"甜美的自由"消灭了,他于是发出了"宣告":

> 我用强大的手,从挪威的树林里,
> 拔下了最高的枞树,
> 把它插入爱特纳的火山口,
> 用这样蘸着烈火的笔头
> 写在黑暗的天顶:
> "阿格内丝,我爱你!"

这里的形象是夸大的,但并不觉得虚假,他表现的是不可扑灭的爱情的烈焰,激情恰当地显示了爱的真挚。当然,激情的表达,也可以不采取这种外露的方式,它可以表达得含蓄委婉。例如旧时一首云南民歌:"妹家门前一棵槐,小郎死了山上埋。抬走妹家门前过,闻见花香活转来。"热烈的爱情可以起死回生,激情化成了一首生生死死相爱的诗。它没有海涅那样公开的"宣告",力量却是内蕴的,它用"死去活来"的信念,表示爱的永恒。它受激情的驱使,激情要求把自己的幻想和祈愿变为现实,尽管这也许不会实现,但激情却具有充分的现实性。

激情未必就是大喊大叫,它是一种真挚的冲动。虚假和丑恶并不能构成诗的激情。以真话表现真情,以真情构成真诗;称为真诗的,未必都有剑拔弩张的激动。如唐代张旭的《山中留客》:"山花物态异春晖,莫为轻阳便拟归。纵使晴明无雨色,入云深处亦沾衣。"友人远道来访,山中久雨多日,幸而日出,客人告归,主人挽留以诗。这里漾溢着一片动人的友情:别看出了微阳,但是山太高,即使无雨,云雾也会打湿你的衣衫。体贴入微,处处真情,较之那种虚张声势的"激昂",它无疑有百倍的真实。

诗的选材必须符合抒写激情的条件,离开这一条件,即使材料是重大的,未必符合于写诗。一个重大的工业建设项目,一位了不起的卫国英雄,一个全民庆祝的盛大节日,都可以写诗,决未必都可以写成好诗。这里有一把钥匙,即不论什么材料,都要融进诗人主观的情感。它要把那一切化为自己的血肉,他面对客观的材料,仿佛就是面对自己的血肉之躯——他把对象化为了主体。在《枪给我吧》(未央)中,诗人自己仿佛就是那个"我",诗人和诗中的人已经合而为一。他不是旁观者,他是在用自己的热血和生命呼唤。写诗到了这个境界,即使艺术上稍弱,他仍然能够创造出第一等好诗。

卓娅是我们所熟悉的英雄,但希克梅特根据卓娅的事绩写成的长诗《卓娅》,却给了我们新鲜难忘的印象。卓娅在临刑之前,度过了一个个非常漫长的夜晚。诗人一开始就写夜晚——

> 这是一九四一年,十二月的最初几天,
> 白天,一天比一天短,
> 可是,夜晚,
> 漫长得就好像我的监禁。

他一开始就把自己当成了对象。这个夜晚是卓娅的,却也是希克梅特的,正是这个夜晚,他把卓娅的命运和自己的命运联在了一起。我们不单是受到了卓娅事绩的感动(这个效果是其他文学样式所共有的)而且直接为诗人的激情所感动。这一特点贯串全诗。他总是把卓娅的故事拉到靠近自己的地方,力图把它化为自己的,而不是一种对于英雄业绩的客观描述。他把自己的激情溶入了这个异国姑娘的形象中。

在那首诗中,卓娅只是激情的火种。她的事迹的重要性,甚至降到了次要的地位,而诗人因卓娅的牺牲所引起的感情的"核离变"却成了主要的。要是我们据此判断,在这首诗中,希克梅特是在写自己,恐怕也不为虚妄。对于抒情诗人而言,不论他面对何种对象,他其实都在写自己——借客观事物写自己最真挚、最隐秘、最需要倾诉的。

对此,我们可以总结说,诗人的创作不仅应当在情感激动中进行,为了获得抒情的最良好的效果,诗人应追求化自我入对象中。不掩饰,而且勇于袒露真情,让读者在诗中不仅看到对象,而且看到主观化了的对象。诗人,始终是诗的第一主人公(不论是明显的还是潜在的)。正是因此,可以认为,每一首抒情诗,从实质上说,都是自我抒情的诗。当然,所抒之情不意味着褊狭、自私和丑恶,它应当是美好的和高尚的;应当是真话,而不是假话。拜伦说过:"假如诗的本质必须是谎言,那么将它扔了吧,或者像柏拉图所想做的那样:将它逐出理想国。"(《致约翰·墨雷先生函》)

抒情诗写得好的,大体上总可从中寻到诗人的影子。叙事诗写得好的,也往往如是。浔阳江头送客,白居易听到琵琶起于舟中,后来写成叙事诗《琵琶行》。在这首诗中,不仅是那个商人妇的遭遇令人同情,把自己写进诗去的诗人同病相怜的情怀,更令人同情。在那里,那个妇女的命运固然引起我们的关注,但诗人那"同是天涯沦落人,相逢何必曾相识"的人生慨叹更令我们震动!《琵琶行》前有序:"予出官二年,恬然自安;感斯人言,是夕始觉有迁谪意。因为长句,歌以赠之。"可见,是那位妇女的遭遇"引爆"了他的感情共鸣。他便把自身的"出官"、"迁谪"之意,写进了这首赠给邂逅相遇的"沦落人"的诗中。"感我此言良久立,却坐促弦弦转急。凄凄不似向前声,满座闻之皆掩泣。座中泣下谁最多?江州司马青衫湿!"与其说他是在为他人泣,不如说他是在为自己泣!

由此可以证明,也许不仅是在抒情诗中,诗人的自我形象总是构成诗歌抒情主人公不可缺少的要素。要是诗人忽视了自我在诗中的存在,便是诗人不可原谅的疏忽。事实正是如此,即使在并不出现"我"的诗中,"我"也站在那里,在爱,在感动,在战栗,甚至是在"感觉"。天是灰色的,路是灰色的,雨也是灰色的——

顾城的《感觉》就是如此:

> 在一片死灰之中
> 走过两个孩子
> 一个鲜红
> 一个淡绿

他对这个"感觉"不置一词,但却鲜明地写出了"我"的"全部"(是全部!)对生活的看法:这里似乎一切都是迷濛的和灰色的,但却存在着、活动着那鲜亮的、充满生机的色泽。只要把握了诗的这一特质,诗人都不会与"我"为仇而把"我"加以放逐。"至于战士的深情,你小小的团泊洼怎能包容得下! 不能用声音,只能用没有声音的'声音'加以表达"(《团泊洼的秋天》)郭小川在这里的"没有声音",的确是那个黑暗年代的最强音。在诗中,直接或间接地出现我的形象,有助于使读者体验到诗人情感的搏动。诗来到读者群中,诗人随之打开了隐秘的心灵之窗。这样,感情的交流便是亲切而充分的。

论中国新诗传统[*]

一、它写着两个大字:创造

中国的诗传统,无可争辩的,是一条浩瀚的长河。上下三千年间,它滔滔流逝。其间纵有变革,总不曾离了旧日宽阔的、然而又是淤积的河床。只有到了本世纪初叶,它仿佛一匹惊马腾起了前蹄,在突兀而起的无形的巨坝之前,顿然失去了因循的轨迹——河流改道的历史性时刻来到了。

这是一个灿烂的时代:封建主义的漫漫长夜已经宣告结束。新时代召唤着新文学,新文学召唤着新诗。而新诗的建立,注定要有一个持久的痛苦挣扎的历程。这是因为:在中国旧文学中,旧诗词是发展最充分、最健全、因而也最稳固的品种;而作为新文学的新诗,它不仅天然地有着旧诗词这样强大的对立面,而客观的事实也是,较之白话为文,白话赋诗存在着更大的困难。朱自清说过,"给诗找一种新语言决非容易,况且旧势力也太大。"[①]当白话的散文终于战胜古文并站稳脚跟的时候,对于白话诗的怀疑乃至攻击依然是激烈的。

胡适是新诗最早的开拓者之一。他在提出"文学改良"的主张之后,几乎立即着手创立白话诗的试验。他一开始就朝着打破旧诗词最顽固的语言形式桎梏的方向冲击。"若想有一种新

---

* 此文初收《共和国的星光》。据此编入。
① 朱自清:《中国新文学大系·诗集导言》。

内容和新精神,不能不先打破那些束缚精神的枷锁镣铐"。① 他把这种努力概括为"诗体的大解放"。他认为,惟其有了诗体的解放,"丰富的材料,精密的观察,高深的理想,复杂的感情,方才能跑到诗里去"。② 在历史的某一特定时期,文学形式严重阻碍了文学的发展,对于形式的革命必将大有作用于新内容之引进与包孕。对于胡适诗体解放的主张,一律判以"形式主义",恐怕未见妥切。朱自清在总结新文学第一个十年的新诗运动时说过,"新诗运动从诗体解放下手"③,也肯定了这样的战略方向。

胡适为这一开创性的"尝试",很经历了一番曲折。他有感于旧诗词对于中国社会、历史的深远而顽强的影响,有感于当日知识界对旧诗词普遍存在的恋旧情绪,他"认定一个主义","非做长短不一的白话诗不可"④,很表现了对于旧诗形式之整饬僵硬的愤懑。这当然是不尽适宜的矫枉过正,但即使是这样一种低限的目标,在旧诗词的森严壁垒面前,想要撞开一条通道,仍然困难重重。

当年的开拓者们的工作并不限于此,他们刻意于创立新诗。而新诗的创立,最重要的,乃是在诗中彻底扫荡旧诗词的痕迹,而即使这一点,也要付出沉重的代价。据胡适的叙述,当时试验白话诗的新诗人中,"除了会稽周氏弟兄之外,大都是从旧式诗词曲里脱胎出来"。胡适显然并不肯定这种放大了小脚式的"脱胎",他重在创造。他自己的创作,也经历了这种不能摆脱旧日桎梏的苦恼。他认为《尝试集》里就记载了他的诗作"从很接近旧诗的诗变到很自由的新诗"⑤的过程,这就是:由"实在不过是

---

① 胡适:《谈新诗》。
② 同上。
③ 朱自清:《中国新文学大系·诗集导言》。
④ 胡适:《尝试集·自序》。
⑤ 胡适:《尝试集·再版自序》。

一些刷洗过的旧诗",到有了某些变革但仍"脱不了词曲气味与声调",再发展为有了较大突破的"自由变化的词调时期",最后才过渡到"'新诗'的地位"的确立。当他终于写出了摆脱了旧诗桎梏的属于自己"久想做到"的自由诗,回头对照最初"尝试"的结晶,如:"到如今,待双双登堂拜母,只剩得荒草孤坟,斜阳凄楚"那样的诗篇时,他不禁感喟:"真如同隔世了。"(同上)

新诗创始期就开始了与旧传统决裂的恶战。当然,当时的战略方向是诗体的解放,而诗体的解放之标志,乃是对于旧诗词的框架的彻底打破。在初期,由于新诗人们的艰苦奋斗,终于有了明显的战绩:自由体的白话诗已经诞生,而且地位得到了巩固——它和旧诗词划清了界限,不再留有用白话来写旧诗的痕迹,它失去了那种虽用了白话却仍然依附于旧诗的奴颜而卓然自立!

终于在旧诗词的沉重闸门之下涌出了一条新鲜的"小河"。周作人写于一九一九年的《小河》的出现,可以看做是新诗创始期奋斗之实绩的概括。这首完全独立于传统的旧诗词之外的崭新的诗,获得了胡适、朱自清等的充分肯定。一条微不足道的"小河"获得了自己的生命。活泼、流动、自然,代替了滞涩、僵硬和淤塞。也许它还只是浅底、细流,毕竟只是小河,但它将发展。新诗历史的第一页便是庄严的,它写着两个大字:创造。

创造是新诗创业期虽然未曾明确确认,但却实际存在的根本宗旨。它的目标是异常明确的,那便是对于中国数千年的诗传统的反叛。(半个世纪之后,有些人居然在理论上提出、并实践着实际上是向着旧诗词妥协的主张,而且美其称为"革命",当年的创业者有知,该作如何想!)初期的白话诗的创立,当然只是长久的变革的一个序曲。这支序曲的历史性功绩在于证明:利用白话不仅可以为诗、而且可以为崭新的完全区别于旧诗的新诗。它实现了诗体大解放的宏伟目标。诗体解放的事业,始于胡适,而完成于严肃地实践着"文学为人生"主张的文学研究会诸诗人。

一九二一年以郭沫若为旗帜的创造社成立,当时称之为"异军特起"。中国新诗的天幕之上,顿时出现了明亮的星云。这时,涌现了一批立志于创造的诗的女神。他们唱着创造之歌,从事于"开辟鸿荒"的伟业。他们宣称:"他从他的自身,创造个光明的世界",而且欣喜地望见:"无明的浑沌,突然显出光来"(郭沫若:《创业者》)。创造社的成员并不满足于新诗最初数年的开创性工作所已获得的成就,他们立志于从事新的创造。他们不再单纯着眼于诗的形式的创新,他们把目光投向"缺陷充满的人生"。

创造社的主要诗人,尽管不曾直接参加过以《新青年》为核心的文学革命运动(他们中不少人当时留学日本);也不曾与当日的文学革命启蒙者有过直接的师友关系,但他们承继并发扬了五四先驱者的创造精神。创造社兴起的时候,新诗已经成功地取代了旧诗。创造社诗人的使命已经不是对于旧诗的否定,而是对于新诗缔造者们开创性工作的总结与发展。诚如郭沫若所分析的,"前一期的陈、胡、刘、钱、周主要在向旧文学的进攻,这一期的郭、郁、成却主要在向新文学的建设,他们以'创造'为标语,便可以知道他们的运动的精神。"[①]

郭沫若自己的诗歌创作便是这种创造精神的典型体现。他的诗作一开始便超越了早期新诗人们的最高水准线:个性解放以及对底层人民的同情心。钱杏邨对郭沫若精神气质作了透辟的总结,认为在他的作品中,"确实表现了毫无间断的伟大的反抗的力。……一以贯之的反抗精神的表演"(《诗人郭沫若》)。闻一多则以高度的历史感评价郭沫若的出现,"郭沫若君底诗才

[①] 郭沫若:《创造社的回顾》。

配称新呢,不独艺术与旧诗词相去最远,最要紧的是他的精神完全是时代的精神——二十世纪底时代的精神。"(《女神之时代精神》)新诗发展到郭沫若,有一个创造性的突破。他几乎无视胡适等人所作的追求,也不墨守他们的战绩,而从思想上和艺术上把新诗推向一个崭新的境界。

一九二〇年当郭沫若把《凤凰涅槃》那首不仅在当日、而且在今天也仍然显得"古怪"的诗,从日本寄给《学灯》时,宗白华当即肯定了他的创造的成果。宗白华复函给他:"你的诗意诗境偏于雄放直率方向,宜于做雄浑的大诗。所以我又盼望你多做像凤歌一类的大诗,这类新诗国内能者甚少,你将以此见长。"(《三叶集》)这时的郭沫若,确实是写着前所未有的"大诗":

> 无数的白云在空中怒涌,
> 啊啊!好幅壮丽的北冰洋的情景哟!
> 无限的太平洋提起他全身的力量要把地球推倒。
> 啊啊!我眼前来了的滚滚的洪涛哟!
> 啊啊!不断的毁坏,不断的创造,不断的努力哟!
> 啊啊!力哟!力哟!
> 力的绘画,力的舞蹈,力的音乐,力的诗歌,力的律吕哟!
> ——《站在地球边上放号》

这里展现的,已不是小河的轻歌,而是大海汪洋的力的震荡与狂暴。这种力,表现为足以推倒地球的伟大气魄。一种不断摧毁旧的和不断创造新的、蔑视传统秩序的力的节律,给我们展示了时代的、还有诗歌的美好前景。它无疑是当时的时代强音,而且也是历久弥新的新诗。这种诗,是五四早期所不曾有过的。

六十年后重读《女神》,仍然惊慑于它那前无古人的创造精神。从《小河》到《站在地球边上放号》,新诗短暂的生涯,迈过了一个多么奇伟的变革！这种精神激励着后来的新诗探索者，不断地在前人的基础上去创造超越前人的新业绩，从而使新诗在它的长期发展中形成并不断生长着波澜起伏的创造的传统。

一九二八年创刊的《新月》，他们是一支新的探索与创造的生力军。从胡适开始，迄及"小诗运动"，包括写了《春水》与《繁星》的冰心，新诗的奋斗目标就是摆脱旧诗词羁绊的自由化。郭沫若虽有《地球，我的母亲》一类形式较为整齐的诗篇，但其主要倾向也是走向内容和形式的无拘束的狂歌。新月的兴起，艺术上明确地提出为新诗"创格"的主张，这当然是对于前段自由化的一个大胆的和有力的反拨。闻一多完整地提出了节的匀称，句的均齐，以及诗的音乐美、绘画美、建筑美的主张。《死水》是这种主张的集中体现。尽管他们的思想达不到创造社诸诗人的高度，但他们在艺术上却雄心勃勃，要对前一时期诗歌发展的现实进行变革和创新。

对于新月诗人，一般人易于看到他们在新诗的律化方面的实绩，往往忽视了他们引进外国诗歌的经验并使之与中国的民族传统精神之融合方面所作出的贡献。闻一多习惯于把"霭霭的淡烟笼着的菊花，丝丝的疏雨洗着的菊花"以及"鸦背驮着夕阳"这些东方情调的形象，溶入他那节奏新颖而整饬的、绝对区别于旧体诗词的新格律诗中来。朱湘的格律诗甚至讲究对仗与平仄的谐和。正因为他过于拘泥旧有的声律原则，因而尽管他的诗篇朗朗可诵，但却失之过于"精美"而少了点生气。徐志摩比闻、朱都放得开。他的诗有着浓烈的现代生活的色彩，但又不乏民族风情的诗之韵调。他的诗具有回环往复、一唱三叹的特点，他的复沓流动着优美的诗韵——

> 轻轻的我走了，
> 　正如我轻轻的来；
> 我轻轻的招手，

作别西天的云彩。

这是《再别康桥》的开头。变换了几个字,变成了这首诗的结尾——

悄悄的我走了,
　正如我悄悄的来;
我挥一挥衣袖,
　不带走一片云彩。

徐志摩把这种荡气回肠的功夫用在表达感情的微妙曲折方面,达到精湛的程度。到了这时,新诗不仅以其思想之吻合于时代潮流方面超越了旧诗,而且也以精妙的可供反复吟咏的诗艺术与旧诗进行了明显的较量。徐志摩创造了以精美的语言,流畅的韵调抒写人的心灵之和谐曼妙的声音(有时则是充满哀怨悲愁的)。当然,他缺少的是郭沫若的气魄,但精致华美却胜过了郭沫若。这种各有短长、但却不断创造的竞技般的推进,形成了新诗创立以来的源源不绝的潮流。

这种勤于创造、勇于探索的精神,不仅造出了中国新诗史上六十余年绵延不绝的创造传统,而且浸透到具体诗人的创造活动中来。某些卓有成就的诗人,总是勇于创新,又勇于否定。他们的作品因而总是处在变革的状态之中。戴望舒以《雨巷》的问世而赢得了声誉,他并不因而停止了新的创造性的探求。据记述,"望舒自己不喜欢《雨巷》的原因很简单,就是他在写成《雨巷》的时候,已经开始对诗歌的他所谓'音乐的成份'勇敢地反叛了"。[①]杜衡指的就是戴望舒继《雨巷》之后写出的《我的记忆》对于前者那种"青鸟不传云中信,丁香空结雨中愁"的中国旧词韵味,以及那些"彷徨""惆怅""迷茫"的华美音响的扬弃。《我的记忆》造出

---

① 杜衡:《望舒草序》。

了与《雨巷》截然不同的新诗——当时让人觉得有点"古怪"的新诗。

戴望舒被称为中国早期新诗取法象征派的代表人物之一。"他也注重整齐的音节,但不是铿锵的而是轻清的;也找一点朦胧的气氛,但让人可以看得懂;也有颜色,但不像冯乃超氏那样浓。他是要把捉那幽微的精妙的去处。"[①]朱自清的这些概括,主要是根据《我的记忆》之后的创作倾向作出的。《雨巷》当然在诗史占有地位,但《雨巷》之后的《我的记忆》,乃至于身经离乱之后写出的《元日祝福》、《狱中题壁》诸作,不仅体现了这位诗人思想渐趋于成熟练达,而且也体现了他在诗歌艺术上的不断求索,不断创新的进取精神。戴望舒的经验,溶入并丰富了中国新诗的光荣的创造的传统的长流。

建国之后的三十余年间,新诗虽历尽坎坷曲折,但中国新诗的创造女神并未停止创造。她的竖琴在新中国的艳阳之下,仍然颤动着美妙的音弦。五十年代中叶,贺敬之以前人所不曾有的形式,写出了气势恢宏、一泻千里的长篇抒情诗《放声歌唱》。他的具有民族传统风格的"楼梯诗"是一种新的创造,他的长篇政治抒情诗的体式,也是一种新的创造。贺敬之的创造性实践是新中国诗坛的一大盛事,它给新诗在新时代的发展带来了美好的信息。

郭小川在建国后是以《投入火热的斗争》《向困难进军》等富有革命激情、而又充满鼓动性的诗篇而赢得了普遍注意的诗人。他也写中国式的"楼梯诗"。较之他早期的作品如《草鞋》等,这种以重大的政治题材为内容、以现场鼓动为预期效果的抒情诗,确是一种创新——这是一个获得了解放的人民在亢奋前进的时代的战歌。它理应得到历史的肯定。

---

① 杜衡:《望舒草序》。

但是富于创造性的诗人,并不以此为满足。他在为建国十周年编选的《月下集》序言中,令人意想不到地发出了沉重的声音:"在我写了一些那样的东西之后……有时真想放弃这个工作,去做自己还能够做的事情。实在的,我是越来越感到不满足了,写不下去了,非得探寻新的出路不可了。"(《权当序言》)这位诗人的形象简直就是一个永无止境,也永远不知疲倦的探求者。由于他的不自满,也由于他明确的创造的意识,使他能够成为当代诗歌史上最富于创造性的诗人之一。

正如戴望舒写出了蜚声一时的《雨巷》又立即扬弃了它一样,郭小川也是在他的《致青年公民》等诗引起巨大反响之时,说出了上面引到的那些话的。由于这个勇敢的否定,他的创造闸门一旦开启就再也关不住了:《甘蔗林——青纱帐》式的极度铺陈排比的"现代赋体";《林区三唱》式的由纯粹的短句构成的"现代散曲";《将军三部曲》式的讲究意境以表现战争年代高级指挥员内心世界为对象的多部制抒情长诗;《雪与山谷》式的以明净的线索刻画人物心理活动为特点的抒情性的叙事长诗;直到《团泊洼的秋天》以高昂的乐观的奋斗精神宣告了这位诗人用毕生精力贡献于不断创造事业的终结。

新诗六十年间走过的路,每步都是对旧的否定,每步都是对新的追求。它每向前跨出一步,就把陈旧的因袭留在了身后。由于它的不懈怠的创造,使它离开延续了数千年的旧体诗词而获得了独立的生生不息的生命。整个的诗潮如此,影响所及,那些富有朝气的诗人也如此。"江山代有才人出,各领风骚五十年"。每一代的"才人",当然都从他的前辈那里取得了发展的基础,但他们又各自独立地创造着。唯有敢于突破并决心超越前人的人,唯有能够独立创造的人,他才有可能在推进历史发展的事业中留下名字。

传统诚然值得珍惜和骄傲,中国诗歌的传统尤其如此。我们每一代诗人的笔下都流淌着民族诗歌传统的乳液。传统诚然神圣,但又非不可变易。所谓的"反传统",并不可能真把传统反掉。若是为了排除传统的骨骼中日益增多的石灰质,并且寻求输入新鲜的因素,即使叫做"反传统",并不应当为之反感。

传统的保持与发展有赖于创造。不断的创造,就是不断的革新。艾略特说的"新奇的东西总比反复出现的好",一种习惯的势力总是条件反射式地把"新奇"(或他们称之为的"古怪")的东西,看做是异端,看做是与传统(他们认为的传统总是凝固的化石)对立的东西。他们总是怀着神经质的警惕乃至敌视的心理,"关注"着这些闯入者。五四前的那批声称"拼我残年极力卫道"的人,就是当年的"传统"派。在他们眼里,陈独秀、李大钊、鲁迅当然是一些"数典忘祖"的妖魔。新诗的历史早已对此作了结论。今天那些口口声声高喊维护传统、而对着一批青年的新探索叹气、摇头、跺脚的人,他们难道不应当从历史的发展进程获得某些知识?

在论及传统时,钱锺书讲过一段很通达、也很冷静的话。它对于我们今天的新诗讨论将有助益:

> 一时期的风气经过长时期而能保持,没有根本的变动,即就是传统。传统有惰性,不肯变,而事物的演化又使它不得不以变应变,于是产生了一个相反相成的现象。传统不肯变,因此惰性形成习惯,习惯升为规律,把常然作为当然和必然。传统不得不变,因此规律、习惯不断相机破例,实际上作出种种妥协,来迁就事物的演变。

——《中国诗和中国画》

现在的现实是:一部分人看到了传统的惰性,更多一些人看不到或是自觉地维护这种惰性。而改变了闭关锁国与世隔绝之后的形势,使这种惰性迎受到巨大的清新空气的压力,它凝滞着,不愿流动,但又不得不有所妥协。当前的形势:貌似强大的"讨伐"是众多的,而悄悄的、但又是缓缓的让步却也在进行。把常然当成必然乃至永恒的情况,当然不会长久维持下去。对于新诗在新时代的新突破和新创造的呼声,已经起于四野,我们对它在未来的发展怀有信心。

二、多样而丰富的艺术探求

对于中国新诗六十年的发展,我们可以不预期它有震惊世人的奇迹。但我们真诚地期望沿着本世纪初叶那一番"河流改道"的新流不断开拓,使之有更宽阔的河床、更洪大的流量。我们总是怀念五四那个比较宽容、能够进行自由探讨的思想解放的时代,那是一个让人心胸开阔的时代。在那个时代里,有着为建设新文学而忘我创造的热情。那时,存在着一种互相磋磨的自由气氛,大体上保持一种平等讨论的气氛。

胡适回忆他早期尝试白话诗时,十分眷恋那时的气氛:"若没有这一班朋友和我打笔墨官司,我也决不会有这样尝试的决心","我至今回想当时和那班朋友一日一邮片,三日一长函的乐趣,觉得那真是人生最不容易有的幸福。"①那个时代当然也有若干心胸狭窄而不能容纳新物的人,但大体只是林琴南一类。更多的人,成为汹汹滔滔的潮流的,是大批忧国忧民的亿万志士。他们学派不同,阶级殊异,大体上都能容忍而很少恶意的攻讦。

在新文学兴起的初期,提倡为人生、崇尚现实主义的文学研究会和提倡走向"内心要求"的浪漫主义的创造社,是同时并存的两个社团。它们代表当时的两大流派,但都得到充分的发展和繁荣,谁也没有统一了谁。当郭沫若化身为凤凰在烈火中唱

---

① 胡适:《尝试集·自序》。

着新生之歌,甚至化身为"天狗"要吞没日月的时候,冰心只是那墙角悄悄开放的小花,唱着梦一般的歌,她有她的属于自己的骄傲:

> 弱小的草呵!
> 骄傲些罢,
> 　只有你普遍的装点了世界。
> ——《繁星:四八》

那个时代容得下澎湃激荡的、汪洋恣肆的郭沫若,也容得下幽幽地散发着轻香的冰心。他们并没有因为郭沫若女神再生式的狂歌是代表了时代的强音而泯灭其余各式各样的(也是更为大量的)歌声,而是让它们同时并存,各自获得发展。徐志摩的创作离胡适的创作甚远,但艺术和思想上的差异并不妨碍他们创作上的互相推进。徐志摩在一首诗的题目下写着:"——奉适之——下面这些诗行好歹是他撩拨出来的,正如这十年来的诗行好歹是他撩拨出来的"。(《爱的灵感》)我们由此可以窥见当日创作思想的开阔。

五四最初十年新诗创作思想的活跃,已经记载在《新文学大系·诗集》上面。仅仅是二十年代的后数年,中国诗坛几乎同时兴起了几个重大的诗派:新月派、象征派、现代派。其中诗人如闻一多、徐志摩、朱湘、戴望舒、李金发等,以各自特有的声音色彩并立于诗坛。朱自清作为文学研究会的诗人,他与上述各派的艺术主张是大相径庭的。但他不怀偏见,在写诗集导言时,他持论客观而富有科学性。他的公允和求实精神,使得这篇导言至今仍然是研究新诗的重要资料。

朱自清的这种精神,在对于当时号称"诗怪"的李金发评价上,甚至表现为充分的谅解:"他的诗没有寻常的章法,一部分一部分可以懂,合起来却没有意思。他要表现的不是意思而是感觉或情感;仿佛大大小小红红绿绿一串珠子,他却藏起那串儿,你得自己穿着瞧。这就是法国象征派诗人的手法;李氏是第一个介绍它到中国诗里。许多人抱怨看不懂,许多人却在模仿着。"这位诗人兼批评家与后来的那些艺术趣味褊狭的人们相比,显得心胸豁达得多。后来的那些人,他们习惯于先是轻易而武断的判决,后是不容许他人怀疑他所作的"永恒"的结论。

中国新诗的丰富的传统,即使在内忧外患交织的年代,也呈现出它的多样多彩。三十年代初期中国诗歌会倡导国防诗歌,他们团结了一批年轻诗人执意要以诗为现实服务,他们甚至提倡诗的"斯达哈诺夫运动"。他们强调的是诗与行动的结合。他们认为,"国防决不是空话。土地不会咆哮,虽然真正要咆哮的是我们的心,而我们得用工作来表示我们的怒吼。"①但当日的诗歌潮流也并不是单一的一道流水——尽管这可能是很有活力的一道流水。那时,《汉园集》三诗人:何其芳、卞之琳、李广田写着属于他们自己心灵的诗篇;新月的余波还在泛着涟漪,陈梦家在唱着《自己的歌》;林庚在默默地、然而又是精心地编织着自己那节调很别致的"十一言体",例如《正月》:

> 蓝天上静静地风意在徘徊
> 迎风的花蝴蝶工人用纸裁
> 要问问什么人曾到庙会去
> 北平的正月里飞起纸鸢来

文学现象是繁复的,诗歌现象也是繁复的,一切都在按照自己的规律生长发展。世界绝不是单一的,我们也无须要求它单一。也许在一个时期里,某种声音能够代表更多的人的愿望,但是,与此同时,另外一种、若干种声音仍要发出。它们是繁复的

---

① 蒲风:《怎样写"国防诗歌"》。

社会生活的反照。只要自然界和社会没有失去它的丰富性,诗歌总是丰富的。

成名于三十年代、在以后的中国诗坛起了重大影响的、是当日的三位年轻诗人:臧克家、艾青、田间。这三位当日负有盛名的诗人,都得到了新月派的前辈诗人闻一多的肯定与鼓励。闻一多亲自为臧克家的处女作《烙印》作序。他给这位青年诗人的诗以很高的评价:"作一首寻常所谓好诗,不是最难的事。但是做一首有意义的、在生活上有意义的诗,却大不同。克家的诗,没有一首不具有一种顶真的生活意义。没有克家的经验,便不知道生活的严重。"他关于艾青和田间的精辟见解,至今还具有权威的性质。闻一多曾经是诗的形式美的有力鼓吹者,他自己也认真地实践着"带着镣铐跳舞"的新格律体创作。这三位青年诗人的无论哪一位,都与闻一多自己的诗风迥异。但他不怀偏见,热情地肯定了他们的努力。我们可以看到:在国家、民族生死存亡的严重关头,臧克家、艾青、田间的诗都表达了那个时代的音响,但它们的风格相去甚远。《老马》的质朴凝重,《大堰河——我的保姆》的深情绵邈,《给战斗者》的热情奔放,它们给我们展示出那个时代中国新诗丰富传统的一幅缩影。

近三十年来某些文学和诗歌的理论指导,在强调思想性、现实主义和民族风格的同时,往往忽视了问题的另外一面。中国新诗兴起的时候,它的批判对象是具有深厚之民族传统的旧诗词,而它所取法的,却是对于我们都是陌生的外国诗歌。那时,大批知识分子留学国外寻求救国真理,他们从英、美、俄、法、日诸国,带来了新诗的启蒙讯息。新诗的"揭竿而起",尽管是中国诗歌自身规律运行的必然,却不是与这些"盗火者"无关。郭沫若把自己的创作过程分为诗的修养时代(主要是唐诗的影响),

诗的觉醒期(泰戈尔、海涅),诗的爆发期(惠特曼、雪莱)[①]。他在回答别人询问他所受的外国诗人的影响时,也印证了这个历史:"顺序说来,我那时最先读着泰戈尔,其次是海涅,第三是惠特曼,第四是雪莱……"[②]

五四开始的这个潮流一直没有中断。中国多数有影响的新诗人,大体上都有一段接受外国优秀诗歌陶冶的经历。除郭沫若外,还有不少诗人。这种潮流一直带到了抗战的延安,何其芳在他的《夜歌和白天的歌》中,便保留有明显的外国诗歌影响的痕迹。

由于延安文艺座谈会讲话的指引,新诗从那时起开始涌入一股激流,外国诗的影响于是趋于减弱。这股激流就是在为中国老百姓所喜闻乐见的命题下的民族化、群众化的强调,后来把这种努力概括为在民歌和古典诗歌的基础上发展新诗。有一批诗人忠实地实践了这种理论。李季的《王贵与李香香》、张志民的《死不着》和《王九诉苦》、阮章竞的《圈套》以及后来的《漳河水》给新诗增添了新的血液。从五四初期刘半农、刘大白等人对此有某些实践之后,大约三十年间,在新诗史上似乎还不曾有过规模如此浩大的"走向群众"的行动。这就使新诗的多样化和丰富性顿增光彩。

在国民党统治区,诗人们大抵还是沿着五四所开辟的道路充分实践。生活在国民党统治区的袁水拍的《马凡陀山歌》和生活在解放区的李季的《王贵与李香香》,堪称四十年代中国新诗的双璧。它们对于诗之民族化的探索甚力。这种探索,在今后的长时期内被目之为主流。主流的确定当然有助于某种诗风的倡导,但由于忽略了多种风格的扶植,这就造成了我们所谓的

---

① 《离沪之前》,《沫若文集》第八卷。
② 蒲风整理:《郭沫若诗作谈》。1936年《现世界》创刊号。

"走向窄狭"的一个原因。

但新诗在新时代的发展,并不真的停止了它的多方面的丰富的探索。新诗的丰富的传统,并不因而中断。从反映生活的深度与广度而言,诗人们仍然在探求从不同的侧面表现他们所生活的时代的真实面容。以抗战这一重大题材而论,高兰写于一九四二年的《哭亡女苏菲》,是一曲与当时许多诗人所发出的时代鼓点的声音截然不同的真挚的个人生活的哀歌——

> 姗姗而来的是别人的春天,
> 鸟啼花发是别人的今年!
> 对东风我洒尽了哭女的泪,
> 向着云天,
> 我烧化了哭你的诗篇!

从一个家庭的忧患中,我们看到了时代的苦难以及人生不可避免的哀痛。这样挚情和血泪凝成的诗篇,无疑地与那些时代的号角之声共同丰富了诗的传统。我们的时代要充分珍惜和尊重艾青、田间所作的那种正面表达了生活与时代之精神深度的诗篇;但也应该珍惜和尊重如《哭亡女苏菲》这样从某个侧面表现人们情感之丰富性方面的努力。它们,同样属于那个苦难的、然而又是战斗的时代!

应当支持对于诗歌民族化、群众化的提倡。谁能够脱离我们这块古老的、然而又是贫瘠的土地?我们的诗歌又怎能不带有这片土地上让人沉醉的温馨的泥土气息呢?提出以民歌和古典诗歌作为新诗发展的基础,要是为了纠正五四以来某些新诗缺少民族特点的强调,作为对于自己传统的忽视的提醒,这原是适当的。但问题出在我们因而断定:道路只此一条,其余道路是没有的,或虽有而不能走的,这就造成了片面性。

由于上述那种理论的提倡,新诗的格律化重新得到肯定。

在众多诗人的创造性实践中,从四十年代开始,历经长时间的实践,中国的半格律体诗得到了充分的发展。李季建国后的诗风有变,他的《玉门诗抄》就是半格律体的实践。许多诗人的创作丰富了这方面的经验,闻捷在《复仇的火焰》中,把这种四行一节,每行顿数大体相近的诗体推向稳定化。

但中国新诗坚持它的丰富性,而抵制走向单一化。艾青一直坚持写自由体诗(《藏枪记》等诗是一种例外,而且也是一种不成功的例外)。而且不停止他对诗的散文美的追求:"自从我们发现了韵文的虚伪,发现了韵文的人工气,发现了韵文的雕琢,我们就敌视了它;而当我们熟视了散文的不修饰的美,不需要涂抹脂粉的本色,充满了生活气息的健康,它就肉体地诱惑了我们。"①

我们看到了诗在民族化和格律化方面取得了进步,我们不应忘记构成新诗传统的丰富性的"另一面"——有一些坚韧的坚持者在工作。何其芳的《夜歌》是散文的,也是"欧化"的,只是后来他自认为不合时宜了,没有坚持,转而鼓吹建立半格律诗。但蔡其矫却从四十年代开始始终坚持着以散文体为诗。(当然,他也重视民族诗歌传统的继承,但他有自己特殊的认识与实践。)《回声集》、《回声续集》、《涛声集》几本诗集记载了这位诗人一贯的对于散文美的追求。

论及建国后三十年的优秀诗篇,人们都会想起两首诗:一首短诗,未央的《枪给我吧》;一首长诗,石方禹的《和平的最强音》。它们都是体现了散文美的自由体的杰作。在那一片环珮叮当的诗韵的沉醉中,突然闯进了这样一些奇异而自由的声音,它贻人以新鲜感是自然的——

---

① 艾青:《诗的散文美》。

>不许战争
>
>为了无数家庭骨肉团圆
>
>为了星期六晚上的跳舞会
>
>为了我们的工厂
>
>我们的农庄
>
>我们的学校
>
>我们的戏院
>
>不许战争
>
>让无数的丹娘继续念完中学第九班
>
>让刘胡兰活到今天成为劳动模范
>
>不许战争
>
>人民选择了拖拉机和麦穗
>
>而不是原子弹和科罗拉多甲虫
>
>　　——石方禹:《和平的最强音》

这样的诗,若说民族风格和民族形式,则全然不是,但却是三十年来始终留在人们记忆中的诗篇。这些,无疑都属于中国新诗六十年来丰富传统的范围——尽管它遭到了某些习惯势力的冷遇。

四十年代在大后方,以西南联大为中心出现了一批青年探索者。他们植根于中华民族深厚的土壤,接受了传统的中国文化的熏陶,但又面向西方现代诗歌,从中吸收了有益的成分,形成了有特色的创作流派。这一流派的诗人,于四十年代末集结在《中国新诗》的周围。他们感到了他们所从事的是一份严肃的工作:

>我们现在是站在旷野上感受风云的变化。我们必须以血肉似的感情抒说我们的思想的探索。我们应该把握整个时代的声音在心里化为一片严肃,严肃地思想一切,首先思

想自己,思想自己与一切历史生活的严肃的关联。一片庞大的繁复的历史景色使我们不能不学习坚忍的挣扎,在中心坚持,也向前突破,对生活也对诗艺术作不断的搏斗。①

但他们的"呼唤"并未获得应有的反响。随后的一段长时间,人们似乎忘记了他们曾经存在过。

中国新诗长达六十余年的历史,它业已形成了自己的传统,这个传统并不是零。说新诗"迄无成功"是不符实际的。新诗的传统是丰富的,它之所以丰富,不仅表现在反映新时代新生活的范围之广泛上,而且表现在它对对象的把握方法之多元化上(不仅有现实主义,有浪漫主义,而且也有象征主义以及其他的方法);不仅有源于古典诗歌和民歌的继承借鉴,而且有源于西方不同时期各主要流派的继承借鉴。新诗多种风格流派的纷陈杂现起始于五四初期,而且允许并鼓励各风格流派之间的自由论辩与自由竞争。在新诗发展的早期,并没有产生强制性的、类似后来的行政干涉的那种不正常风气。

继诗体大解放打破了古典诗词的僵硬格式的统治之后,新诗在长期发展中,一代又一代的诗人尝试着各式各样的新诗体式,或是一代又一代的诗人在不断地毁坏各种建立起来的新诗体式。应当认为,不论是建设还是破坏,都是有利于新诗的发展的。自从半个世纪之前,新诗打破了凝固的形式的控制,实现了诗体解放,恢复了诗与时代、生活、人民的沟通,新诗多种多样的形式不断地被诗人创造出来。从此实现了由诗体大解放到诗体的多元化的过渡。由这个过渡的完成所造成的局面是正常的。对这种局面应施以保护的方针,而不是相反。新的格律可以不断创造,但是不宜以一种或数种格律强行统制诗歌。继承新诗的传统,意味着继承多种多样的、丰富多彩的传统,而不是单一

---

① 《我们呼唤》,《中国新诗》第一辑。

的,单调的和枯竭的传统。本世纪初刘半农提出文学改良主张的第二条是"增多诗体"。他认为"诗律愈严,诗体愈少,则诗的精神所受的束缚愈甚",因而主张通过"自造"和"输入"(今天称为"引进")包括有韵、无韵诗的诗体的多样化以巩固发展诗体解放的成果。鉴于历史的教训,那种认为可以不经过广泛实践而"设计"诗体,并通过硬性规定以"推广"某种统一型号的观点,是不可取的。新诗只能通过多样的形式的反复试验以实现它的繁荣。

我们在回顾了历史之后确信:中国新诗业已形成的传统,是新诗发展的最巩固最丰富的基础。当然,我们在肯定新诗自身的传统之时,不能对长达三千年的中国古典诗歌传统持虚无的态度,我们当然要从那无比丰富的传统中获取我们继续发展的民族文化的"遗传基因"。我们将为中国诗歌之富有民族风格(是新鲜活泼的,而非陈腐僵硬的)而努力。但我们不是它的奴隶,我们鄙弃那新时代的复古倾向。我们将沿着五四先行者所开辟的道路前进。

三、始终活跃着战斗的生命

反顾了新诗六十年辉煌的历史,我们再客观地审议胡适文学改良的主张之基本环节:诗体解放,我们会发现,他当日的确把诗的形式革命的考虑置于诗的内容革命之先。这就给他在新诗发展中的作用带来明显的局限。他的《尝试集》可以是区分新旧诗的界碑,但却不能成为新诗革命的纪念碑式的作品。这后一种评价,历史性地留给了稍后出现的《女神》。

中国新诗的最初阶段,形式革命的矛头指向古典诗歌凝固的格式。而在内容上,则致力于使新诗能够装得进新时代科学与民主的新思潮,能够表现出在帝国主义列强和军阀压迫下人民大众渴求自由与光明的心声。这种努力取得了成效。郭沫若是新诗革命在内容形式之统一的意义上的奠基人。在他前后，当时一般的思想高度是同情底层人民的疾苦、对于个性解放的追求，以及追求恋爱婚姻自由的反封建意识。早期的新诗建设者们，在进行新诗创造期的试验时，也都默默地为新诗的新内容新思想新感情之促进做着贡献。

在新诗中把爱国主义思想提到新高度的，是被朱自清称之为在早期新诗人中"几乎可以说是唯一的爱国诗人"的闻一多；把劳工解放和无产阶级意识的宣传提到新高度的，是被鲁迅称之为的他的诗"属于别一世界"的殷夫——他的诗是被无产者的斗争和他自己的鲜血染红了的《血字》：

　　我是一个叛乱的开始，
　　我也是历史的长子，
　　我是海燕，
　　我是时代的尖刺。

他的很多诗被印成了传单散发在劳工运动的行列中。殷夫的名字是与新诗走向革命，走向群众斗争这一光荣的战斗的传统联系在一起的。"这是东方的微光，是林中的响箭，是冬末的萌芽，是进军的第一步，是对于前驱者的爱的大纛，也是对于摧残者的憎的丰碑"（鲁迅：《白莽作〈孩儿塔〉序》）应该感谢鲁迅，他把最崇高的评价赠给了这位如闪电一般划过新诗的历史空间，有才华的青年诗人。蒋光慈也是全力呼号革命的诗人，但他在内容的战斗性与艺术的完美性相结合方面不及前者。

中国诗歌会在蒲风的周围集聚了一大批诗人，他们为诗歌走向大众做了大量的工作。他们适应民族解放战争的严峻形势，对于新诗在新时代的使命有着明确的意识："你可以写反抗的黑手，你可以写怒吼的洪流，你可以写铁蹄下惨痛的呼声，你可以写炮烟里大众的抗争……"①

在民族奋起抗战的年代,那些传自大后方,传自中国共产党领导的各抗日根据地,特别是传自延安的战神的怒吼,成为这一时代的最激昂的号音与鼓点。作为这一时代诗歌的战斗精神的集中代表,毫无疑问地落到了艾青和田间身上。《向太阳》是号角,《给战斗者》是战鼓,它们概括地传达出那个时代的洪亮、激越、沉浑的声音。

抗战期间的诗歌,反抗外国侵略者几乎成了唯一的主题。当日的民族矛盾吸引了全部的注意力。这种状况到了解放战争时期转而为,向着反动腐朽的国民党反动派的斗争成为诗歌的共同主题。但当时诗歌有明显的两大分支。在解放区,带有史诗性质的叙事长诗盛行。因为人民在共产党领导下进行的壮丽的斗争要求诗歌以宏伟的长卷把它载入史册,于是有了《王贵与李香香》、《赶车传》(第一卷)、《漳河水》,以及不属于长篇叙事诗却有重大的叙事性质的《王九诉苦》等。这些诗歌通过富有抒情特点的叙事,表达了人民斗争的信念及其业绩。另一方面,在国民党统治区,讽刺诗盛行。这仍然是诗歌的战斗要求使然的。诗人们以嬉笑怒骂的方式揭露和攻击人民的敌人,于是有《马凡陀山歌》、《宝贝儿》等出现。当然,其中也包括了属于解放军部队诗人毕革飞以快板形式写成的讽刺诗。一九四六年,臧克家说过他创作讽刺诗的动机:"我觉得,在今天,不但要求诗要带政治讽刺性,还要进一步要求政治讽刺诗。因为,在光明与黑暗交界的当口,光明越见光明,而黑暗也就越显得黑暗。……当眼前没有光明可以歌颂时,把火一样的诗句投向包围了我们的黑暗

---

① 《中国诗歌作者协会宣言》。转引自王亚平、柳倩作《中国诗歌会》一文。载《中国新文学史料》,第二辑。

叫它燃烧去罢!"①这说明,当日战斗在国民党统治区的诗人是自觉地以诗为武器的。四十年代中叶的诗歌思潮就是这样,它如两只巨钳从不同的方向,配合着人民解放军的胜利进军,伸向国民党反动统治的核心。

新中国诞生。诗的新时代是伴随着欢乐的鞭炮和腰鼓声到来的。新诗传统中向着黑暗势力战斗的职能得到延续,但它的新时代却有了明显的崭新的歌颂光明的使命,这,当然是战斗职能的重要组成部分。五十年代兴起了政治抒情诗的热潮,贺敬之和郭小川这两位新中国诗坛的明星,他们在继承和发扬新诗的战斗传统方面作出的巨大贡献之一,就是倡导并实践了崭新的可以包容时代新声的政治抒情诗的体式。贺敬之的诗歌实践的经历,大体可概括为如下的公式:《放声歌唱》——《雷锋之歌》——《中国的十月》;郭小川要繁复一些,但大体上也可概括为:《向困难进军》——《林区三唱》——《团泊洼的秋天》。新中国诗歌以主要是颂歌的形式以完成其战斗的使命,这在今天的一些青年人中也许不被广泛地理解,但却是历史的必然。以贺敬之、郭小川为代表的新中国诗歌的战斗传统,是五四以来诗歌革命的革命精神的发扬光大。

中国诗歌史上最壮丽、最动人的一页,是经历了十年毁灭文化的"文化革命"所造成的痛苦之后爆发于天安门前的诗的怒吼。那些无畏的战斗诗篇,一方面履行颂歌的任务:对于人民的力量和信念的歌颂,以及由于一个伟大人物的死所迸发出来的悼念与热爱;一方面履行战歌的任务:它把攻击的矛头指向篡党窃国和奴役、虐杀人民的人民的敌人,天安门诗歌集中地概括了建国以来的诗歌对于五四新诗的战斗传统的发展,代表了这一光荣传统在新时代所达到的高度。

---

① 臧克家:《宝贝儿·代序》,《刺向黑暗的"黑心"》。

丙辰清明，一阵春雷，几场春雨，诗在精神和文化的荒漠上复苏了。诗的战斗传统也得到了复苏。新诗在近三、四年来所获得的发展，为建国三十年来所仅见。经历灾难的战斗诗歌，有感于历史的沉痛经验，它对歌颂光明是诗的职责（当然并非全部职责）这一神圣使命重新加以确认。但它又醒悟到：歌颂光明并不意味着对于现实生活中的阴影予以粉饰，不意味着虚假，也不意味着对于神和迷信的愚昧的颂扬。颂歌应当献给走向光明的时代、和为促进时代进步的人民。历史的教训促进了人们对于自己所生活的环境的认识，新诗的战斗性诚然要表现为与伪善、丑恶和黑暗的斗争。新诗认识到，即使在光明的社会，依然存在着阴影，批判的武器不可弃置不用。

这种战斗精神，在新的历史时期，大量地、而且主要地表现为对于生活的思考。在当前，诗歌的战斗观念失去了传统的单纯性，它变得更为繁复、更为深沉，也更为丰富。新时代的战斗歌声，不再单纯地表现为雄壮激越的号音了；可以认为，这仍然是号音，但它的昂扬之中有着雄浑、沉厚、甚至还夹带着悲慨。在一部分经历过艰难困苦考验的诗人那里，哲理的思辨与政论的色彩在此类在生活中思考的战斗诗篇中，有了明显的增加。

我们重新开始了一个时代，诗的战斗传统的旗帜仍然为雄风所拂动。公刘的诗富于哲理；白桦的诗长于论政；邵燕祥的诗于庄严的话题中不忘精新的抒情；黄永玉自由流畅，寓庄于谐，对生活有深刻的揭示；周良沛、流沙河仍然热情饱满地站在时代的前面，唱着真实的歌，他们有着痛定思痛的激昂；艾青早已抖落了满身风尘，依然容光焕发地举着他的火把，而把长长的黑暗留在了身后……

尽管有不少诗人在探索诗走向人们心灵的道路，尽管有一些青年重视他们自己的内心世界的宣示，但总的潮流是，诗在人民创造的生活中行进。难忘的一九七九年，诗歌经过短短的休养生息,得到了全面的恢复。这种新时期的颂歌与战歌的主题,以及这一主题在新生活中的演化,在这一年的诗创作中有明显的体现。这一年出现的优秀诗歌,呈现出前所未有的光彩,以其复杂性、深刻性、真实性和艺术上的完美,震撼着读者的心,有些诗是失去了单纯意义的颂歌和战歌:颂歌之中,有自我觉醒的悔悟;战歌之中,有射向抨击对象的发自内心的期待。

新的战斗的诗歌就是这样:爱与恨,歌与哭纠缠着。生活教育着诗人,生活使诗走向成熟。那种表面化的浅薄的歌声正在消失,诗歌正在走向立体地展现人们思想情感的高处。

萌芽之后是生长[*]
——读《萌芽》诗作

1

热情之后的冷静,也许于新诗的发展更为有利。基于切实的实践而生发的清醒,对个人的创作乃至对全部的诗歌运动,无疑增强了摒除盲目性的自信。只要接触一些诗歌创作的实际,谁都会因新诗正在悄悄地前进而兴奋。萌芽之后是生长,是结结实实地植源于土地的追求。它们(我指的是各种各样的新的诗)的能够生存下去是无可怀疑的了,如今的问题,是争取更为良好的发展,以期在不远的将来,形成挺拔的林带,以证实自己合理的存在——这就是读了《萌芽》发表的诗作(也包括了其他的青年诗作)之后产生的想法。

尽管已经过去的那段生活是空前的严酷和艰难,但人们仍然会说:生活在这个时代的诗人自有属于他们的幸运:他们有可能摒弃历史的扭曲所带给新诗的扭曲,他们有可能获得更为清醒和更为广泛的艺术抉择。他们承继着当代诗歌所已形成的关注新的生活和新的人物的传统,但这个传统已有了新的拓展。王小龙的《一只工作鞋》、《灯的故事》即是以这种承继而又拓展了的传统主题而引人注目。在那里,已看不到过去习见的那种夸张的装饰和形容,而只是质朴的思想裂变的显示。一只大脚

---

[*] 此文初刊 1983 年 7 月 1 日《萌芽》1983 年第 7 期,初收《论诗》。据《萌芽》编入。

(因抢救突然事故而)从大地上消失了,留下了一只"巡航导弹"似的空的工作鞋。它由此引发出凝重的思绪——"我的两只脚,在后面,一直站到今天"。平平淡淡的不事雕饰的语言(当然,他的语言过于疏朗而流于松弛),有着发人深省的精神震撼。《灯的故事》也是通过"凡人小事"以造成这种思想感应力,它也全然摒弃了说教。那种虚夸的喧呼,正在被伸入生活土壤的根须的扎实工作所代替。

表现新的生活和新的情感,特别是表现正在变动的社会生活方式带给人们的精神生活的变动,已成为新诗人们的新的追求的目标。吕贵品的组诗《城市·农村》,鲜明地留下了生活的变革所给予人们精神方面微妙变化的轨迹。他歌唱建立新生活秩序的中国农民的"属于自己的秋天"。久远被捆缚并挣扎于劳顿中的农民,终于有了年关进城逛逛的余裕。他不写生活的表象,而是潜入于农民心理素质,以此显示新生活给予长期生活于滞塞之中的农民内心的骚动:

> 一座城市
> 在他的眼睛里
> 就像一块漂亮的花手绢
> ……
> 他在大街上走着
> 他的手
> 竟不如这路面细腻、光滑
> 他把手沉甸甸地放在衣兜里
> 手心里攥着
> 一个中国农民磨硬了的感叹
> ——《手茧、他》

这里的感受属于地道的中国农民。但农民而能因"一块漂亮的花手绢"般的城市地面,第一次为自己磨硬的手而"感叹",这正是传统的心理结构的解体的初征。通过微妙的触觉而概括出时代潮流的内在鼓涌,从而在精神上留下刻痕,这是当今新诗人竭力寻求的艺术效果。而当他们把笔墨转向自身和同辈时,这种时代潮流的冲激,表现得更为亲切自然。告别了动乱时期的不正常生活之后,他们以《不要装饰音的诗》(筱敏)宣告了对于无知和浅薄的扬弃。尽管生活对他们还不是甜蜜,甚至还有点冰冷。("不要抬头纹,但抬头纹是存在的。不要腰肌劳损和疼痛,但劳损和疼痛却不肯消失。")然而,他们终于创造了属于自己的浑厚的生活节奏。"为了验算正负数的加减法,为了证明两个三角形全等或者相似",而度过一个个工余的夜晚。他们珍惜这生活给予的权力,尽管这样的权力来得太晚了。林贤治在《夜。我工作》中再现了这种生活的激情:"把房门关上,世界便给我一块十平方米的天地",在那里,他与屈原、但丁、卢梭、狄德罗同在,黑格尔、克罗齐、弗洛伊德令他困惑,但他坚信——

> 越过布满皱纹的岁月
> 越过折叠的山、雷雨、往古的废墟
> 我不是化石
> 我是燧人氏遗下的木块
> 火焰和热情都没从我的身上消失
> 我是粗糙的石斧

曾经有过的、而且也能够理解的感伤情调,正在被这种艰难中求索和奋斗的精神所代替。重要的正是这种在生活的风景中翱翔的激情。年轻的诗人未曾背离生活的真诚,他们的诗屹立在山巅之上,乃至于雪崩之中——如雨果在《秋叶集》序中所说的——情愿它是雄鹰而不是燕子。在他们的充满了希望的祈求与抗争的意识的诗中,我们看到了鹰的影子。他们说:"当毒草代替了铃兰和毋忘我/我将成为冷酷的冰雹/当梅花鹿遭到巨兽的追逐/我要成为猎枪/甚至一支古老的箭镞"(林贤治:《诗,我不能失去》)。当然,也有如雨果所不乐意看到的那种"向永恒的春天逃避"的诗,它看到了生活的积垢,却不愿触及。尖锐为温驯所代替,回避酸苦而一味酿造甜蜜,应当认为是诗的未能尽责。

2

也许生活给予诗人的更为重要的恩惠是:巨大的历史性动荡之后,如今处于重大转折的时代,为诗人提供了一个不会枯竭的诗情的源泉。狄德罗有一段话,好像是专为我们说的:"什么时代产生诗人?那是在经历了大灾难和大忧患以后,当困乏的人民开始喘息的时候。那时想象力被伤心惨目的景象所激动,就会描写出那些后世未曾亲身经历的人所不认识的事物。"(《论戏剧艺术》)的确,这样的历史时期已为现今生活着的几代诗人所拥有。时代将造就诗人,时代给予诗人的足已使他们富有。

一代人已经有了自己的追求。他们要把历史性的思考溶解在诗情中,他们致力于再现动乱岁月所带给人们的心灵和情感的经历。先前那种充满着憧憬的兴奋过后,平静下来的思绪使他们有可能对诗歌艺术作更加切近诗的本质的探求。他们已经不满足于先前人们常作的那种生活表象的平板的反映、以及流行术语的直接征引。他们渴望把诗从别一天地的迷幻中,导引到自身的艺术领域中来。他们目前作的,是如同黑格尔所曾经昭示的那样:"诗所特有的对象或题材不是太阳、森林、山水风景或是人的外表形状如血液、脉络、筋肉之类,而是精神方面的旨趣。"(《美学》三卷下册)

单纯的刻写"伤痕"已近于浅露。目前的趋势是,在历史性的回顾与现实性的再现中,使这些"精神方面的旨趣"在对比中显示出思考力的厚度来。聂鑫森的《钢城恋》题材并不新颖,但它具备了历史与现实的透视力。在矿石场,他看到的是"从板结中走向分化,分化后将赢得完整";在破碎机前,他祈望的是今后不再造成畸形,也再不要有这样的破碎。最精彩的诗句来自《夜,锻造房》,是最少物象的羁束的"我像一颗小星,追寻失去的太阳"。缪国庆关于海洋的诗篇,都采撷自实际的生活;《蓝皮日记》的每一篇,都具有历史对比的特性。《一艘沉船浮出海面》,沉船的因由和破损的程度都显得不重要了,重要的是,一艘沉船正在浮起:

　　……你听这水声,你看这涟漪,
　　出水的桅尖、上升的桅杆、起浮的船体——
　　鲜艳的阳光下,向我招展那面曾经偃息的旗帜。

当然这组诗的情感有点单纯。更多的诗向我们提供的是复合的、立体的感情的晶体。在那些诗中,我们可以感受到对于时代、历史、人生的总体性探求与评价。高伐林在《彩色的工地》看到了由黄、红、蓝多种色彩装饰的生活,但是,每一种色彩都让人感到它是一种综合的和复杂的情绪的凝聚和化合。就在"酝酿着力量"的黄色中,诗人也发现它是一种多种情感的奇妙的综合:灿烂的稻穗与麦粒、飘零的枯叶、斑驳的铁锈、似乎永远也不会风化剥蚀的琉璃瓦……使他的胸膛感到了"淤塞"。同一组诗中的《红:建设者的热血》,我们也可从下面这些诗句——

　　红,受过亵渎与侮辱的红,
　　这个音节,多么雄浑又多么沉重!
　　像防浪的水泥铸体,
　　像门吊巨大的钩,
　　像工地火车的汽笛,
　　像钟!

我们可以感受到诗人对于新的生活的激情。但同时,从红袖章、大字报的红,到踏勘的铅笔、施工的三角旗以及姑娘安全帽下的蝴蝶结的红,他完成的是富有历史感的一代人情绪的雕塑。

可以预期的是,历史的灾难和忧患给予中国诗人的特殊恩惠,将在一个时期中得到持续。他们将在那些特定题材中获得对于畸形的生活的批判意识和对于正常生活的肯定意识。与此同时,因为希望的曾经泯灭而升起某种怅惘的、乃至于悲凉的情怀,是不必为怪的。要是诗人能在这种几代人为之付出巨大代价的历史的对比与回顾中,造出真实地记录了时代本质的作品来,那将是诗歌中的佳作。基于这样的认识,不能不给予李其纲的《魔方、积木及其他》以格外的重视。

这是一首始终贯彻历史的对比、同时又富于批判意识的诗篇。全诗由女孩的提问和"我"的答话构成。女孩问:"……小时候,你也玩魔方吗?"回答是:不。"我"的童年的游戏,只是按照大人给的图样搭积木,搭那些美丽的"建筑物"。积木是温顺的,却也是单纯而软弱的。等到"智齿拱破板结的牙床","唇边生出刚硬的胡茬",生活给予的,不是幼时积木所显示的房子,而是在"黄昏一般泥浆"的地面搭起的一座茅屋。

如今,不是当年玩积木的孩子按着图纸的堆积,而是今天玩魔方的女孩——

> 她在组合世界
> 分割、重聚;变幻、固定
> 多元的艰难的没有图纸的旋转
> 如扑朔迷离的光谱带
> 如高深莫测的遗传分子密码
> 哦,思维是立体的而非平面
> 她把童年交给了魔方

依然是一种历史性的对比！积木和魔方是对两个时代、两种童年的概括。

诗歌变得沉郁了。这种沉郁在李其纲的诗中,却是用最单纯的语言表达并不单纯的思绪。新的诗,表现现代人的现代情感的诗,正在涌现。当然,他们表现的是一种多元的而非单一的情绪的复合。这首《魔方、积木及其他》结束于一个情绪的高潮,那依然是向着未来的心的呼唤:

> 我:魔方是匈牙利人发明的。
> 女孩(清脆的):我也要发明魔方。
> 我:你?
> 女孩:知识爷爷说,阳光有七种颜色,
> 　　　我要发明七种颜色的魔方。

这简直让人吃惊！天真、无邪、敢于幻想,但又非无知。《魔方、积木及其他》一类诗,已经驱逐了抽象的说教,但它未尝没有倾向性的抒写。

3

如上所述,如今写诗的一代人,"有可能摒弃历史的扭曲所带给新诗的扭曲",这种扭曲最突出地表现于人们对诗的艺术实质的忽视与淡薄。当"中国又有了诗歌",当缪斯真的在这片诗的国土上复活,继诗歌真实性的呼吁(这种呼吁最初来自几位最有影响的诗人)之后,最宏大的声音,和最艰苦的追求,便是诗歌本质的回归。

诗的正本清源,当然无法回避诗人自我在对于世界的观照中的特殊作用和地位。我们可以把当前对于自我表现的责难放置一旁,但要论及诗的本质,这却是极为重要的命题。我们重视的仍然是创作实践。实际上,不论诗人在写什么,他是在写自己,他不能不把自己真实的情感溶化到他所把握的对象中去。

章德益的《我与大漠的形象》,是一首雄健的诗。它无意中为我们提供了诗中物我关系的有力说明。大漠和"我"彼此告诉对方:你应该和我相像。结果是,大漠以沙柱、怒云、炎阳塑造了"我"的形象;"我"以浓荫、笑靥、旋律塑造了大漠的形象。这就是诗人对世界这一客体的改造工程。诗不是我们过去所普遍确认的那样,它只是现实生活的复述,不是。诗"只为提供内心观照而工作","适合于诗的对象是精神的无限领域"(黑格尔),而不是别的。

4

任何时候,谈论诗歌的走向成熟,总不能无视它在艺术上的新追求与新突破。思想的深刻、内容的丰富,唯有恰当的艺术表达方能证实真正的诗的存在。孤立地谈论诗人的生活底蕴或思想厚度没有意义,只有十分重视不同于常的语言魅力的施展,才能够说,这个诗人有了创造。在《萌芽》诗中,也存在着一些艺术上并不精粹的艺术品,但相当多的诗篇显示了一种艺术的新追求。李钢的《情绪——在医院》偏重于情绪的微妙表达。他在霎那间获得了永恒:他为那洁白衣裙的身影以及口罩后面的微笑,而在心中留下了"一段茫茫的历史和历史一般茫茫的思绪"。吕贵品的《手茧·化》由城市而引出了手绢的联想,由花手绢而想到他从未用手绢抹过汗,由抹汗而想起抹汗的手,由手而想起手上的茧,最后才是因手茧而发出的"一个中国农民磨硬了的感叹",诗的艺术构思显然是受到情绪流动的支配。艺术正呈现出多元的倾向,这,是真正令人感奋的。

来自丝绸之路的诗篇给人以启示:他们在创造自己的风格。那里的诗人大体上都有一种天山大漠的气势。但也有不同的追求,如酒泉地近敦煌,那里的风格古朴而又有些柔和,于是我们读到了"大同小异"的诗,这便是林梁的《楼兰·忧郁的影子》——

  江南,一个织女
  杏花一样开放的眼睛灰暗了

  它用这两句诗来开始对于"化作一个梦想"、"化作一个忧郁的影子"的楼兰的思念。它把楼兰的湮灭的追怀,放置在一个延伸的背景上:江南,织女的眼睛因风沙暴虐地吞噬了她的七彩丝绸而灰暗。而后,它又在"她想用那匹缠绵的虹,点缀远方的欢乐,"的命题下,把视野扩展到撒玛尔汗的罂粟花,底格里斯河畔的柳枣树,黑海,伊斯坦布尔,雅典卫城和拿坡里——可是,楼兰湮灭了,于是杏花一般曾经开放的织女的眼睛灰暗了。能够把一个容易表现为单纯的题材,表现得这么精细,这么开阖自如,这表明年青的诗人正在艺术的天地中艰苦地追求着。艺术在逐渐地趋向于精湛成熟——而这,正是《萌芽》所传达的诗歌健康发展的最新信息。

让我们"发现"[*]
——论诗人的创造之四

智利诗人聂鲁达到了北京,听到了西半球的人们感到新鲜的中国蝈蝈的鸣声,他把它写进了《新中国之歌》。后来,中国的农民把蝈蝈送给了诗人,它成了人民友谊的象征。诗人由此想起自己的童年,那苦难的童年里苦难的人送给他的"绿色的甲虫",由使人心酸的回忆而想到异国人民胜利的今天——

> 鸣声撒布到广大的土地,
> 穿过整个中国,
> 人民的自由
> 再一次被肯定。

这是聂鲁达在新中国大地上的新鲜的"发现"。尽管是小小的昆虫,却被写进了歌颂人民的友谊和自由的磅礴乐章中。这些关于蝈蝈的诗句,不仅给这首雄浑的《新中国之歌》增加了新鲜的形象和气氛,而且也有力地深化了诗的主题。诗人微小的"发现",可以为他的创作带来巨大的效果。

生活是诗人的宝藏,但宝物却非探手可得。它全靠耕耘和开掘,这就是我们这里所说的"发现"。发现什么?发现可以用来写诗的材料,发现足以揭示主题的形象的胚胎。一个外国诗人在中国的大地上,听到了金属般的蝈蝈的鸣声,他以这新的发

---

[*] 此文初刊 1983 年 7 月 15 日《启明》1983 年 7—8 月号,初收《论诗》。据《启明》编入。

现来抒写他对这个国家的新生解放的喜悦。没有这个发现,他的诗可能是平淡的。

树长在土地上,但土地并不就是树,诗植根于生活,但生活并不就是诗。我们处身生活之中,仍然要去发现,要在平凡的生活材料库中,找出不平凡的诗的材料来。不是这个材料库中的所有材料都适合于写诗,而是必须选择。选择的标准,由诗的抒情特性所规定。据此,适合写诗的材料,应当是生活不平常的、往往是激动人心的材料,而不是一般的材料。所谓选择,就是通过比较,淘汰次要的有杂质的物质,从中提炼出闪光的金子来。"发现",一个艰难的历程。

例如自然界的虫鸣,并不是新鲜罕见之物。但精心观察生活的诗人,总能不断地从亘古不变的虫鸣声中,发现出新鲜的诗意。唐诗《夜月》(刘方平)是著名的咏虫鸣的诗:"更深月色半人家,北斗阑干南斗斜。今夜偏知春气暖,虫声新透绿窗纱。"一个早春的夜晚,外面有很好的月色和星光。在这静静的深夜里,经过一冬的蛰伏,虫声叫起来了。这一年中最初的草虫的鸣叫,诗人把它捕捉住了。这首《夜月》之所以能够传诵至今,主要的原因恐怕在于他对虫鸣有最新的发现:他居然能够发现这"新"的虫声正在"透"过绿色的窗纱!当然,"透"过窗纱的一定还有溶溶的月色和闪闪的星光。这月,这星,这新虫的鸣叫,和绿树掩映中的绿窗纱构成了声色俱佳的迷人春景。

还有一首唐诗,也写虫声,却全然不与刘方平重复。白居易的《闻虫》,对虫声的感受全都是新的,也全都是他自己"发现"的:"暗虫唧唧夜绵绵,况是秋阴欲雨天;犹恐愁人暂得睡,声声移近卧床前。"白居易写的是秋夜,阴雨,哀愁;刘方平写的是春宵,晴暖,欣愉。二诗境遇不同,即是虫鸣,也各自进行了新的创造。刘方平的好处,在把无形的虫声写成仿佛是可以自己行动的有形之物。它是自己"透"进窗子里来的。白居易则把忧愁中的失眠之人对于虫声的感受,写得极其逼真。那虫鸣仿佛一步步在移动,一步步移近愁人的"床前"。不论刘方平,还是白居易,他们都在各自的生活中有自己的发现。同一事物,如虫鸣,有才能的诗人,可以发现无比丰富的各不相同的美。所以,罗丹才说:"美是到处都有的。对于我们的眼睛,不是缺少美,而是缺少发现"(《罗丹艺术论》)

让我们重新发现生活!发现那些我们习以为常的、熟视无睹的一座山、一道水、一条小径、路边的花草、天际的流云。我们要是不如痴如醉地、不神魂颠倒地把全部心灵投入到客观的生活实际中去,我们的笔下,绝不会有独特的、创造性的、新鲜的形象出现。写诗,最怕那种人云亦云的东西。而这种人云亦云的东西,会像细菌一样地侵入我们对生活的观察体验中,它会粗暴地吞噬一切新鲜的感受,而以毫无创造性的陈辞滥调代替认真的对于生活的探索。

诗是"喜新厌旧"的。有见解的诗人和诗论家总是非常厌恶那种缺乏创造性的陈陈相因。叶燮说过,"使即此意此辞此句虽有小异,再见焉,讽咏者已不击节;数见则益不鲜;陈陈踵见,齿牙余唾,有掩鼻而过耳。"(《原诗》)开始的时候,麦田只是麦田,并不是别的。有一天,一位诗人看到随风起伏的麦田的时候,眼前出现了海上波浪起伏翻滚的形象,于是有了"麦浪"的创造。最初,"麦浪"的确是了不起的发现。很多诸如此类的发现(包括"姑娘如花"),都是了不起的发现。但是正如叶燮说的,再见,已不击节;数见,益不鲜;陈陈踵见,令人掩鼻而过!现在人写麦田,再见"麦浪"的,他肯定于实际的麦田无所用心。他什么也没有看到。

诗歌创作是一种不断发现,不断创造的竞技运动,它的淘汰是无情的,它绝对不能容忍形象的蹈袭。有经验的诗人对此深恶痛绝,并且总结出对付它的办法。袁枚说:"凡人作诗,一题到

手,必有一种供给应付之语,老生常谈,不召自来。若诗家必若谢绝泛交,尽行麾去,然后心精独运,自出新裁。"(《随园诗话》)

客观事物万象纷陈,而且千变万化,它始终在运动中。因此可以断定,客观事物的美是开掘不尽的矿藏,存在着永远"发现"不尽的实际可能。难道对于麦田的形象再现只能是"麦浪"? 难道唯有"麦浪"方是对于麦田属性揭示的极限? 当然不是。即以麦田的随风起伏的形态而言,可以发现"麦浪",也可以发现许多与之相似的形象:

> 八百里金麦一把扇,
> 搧得晴空万里里蓝。
> ——王致远:《胡桃坡》

麦浪在这里,变成了一把大扇,不是晴天的太阳把麦子晒成了"金麦",而是这八百里秦川的一望无际的一把大扇子,搧得晴空万里。只有这时,我们方能确认诗人的创造。

诗人不能只看到别人已看到的事物,他应该看到别人没有看到的事物,看到只有他自己第一次看到的事物。诗人是不疲倦的"发现"者,是最不墨守成规的探求者。他能在众所周知的、被人看过并表现过千万次的"旧"东西上看到"新"东西。要是说,喜新厌旧是诗的创造者和欣赏者的习性,则标新立异却是真正的诗人的天职。这一点,对于发现者和探求者的诗人,是不会遭到反对的,尽管在发现和探求的路上,有着千难万险。

"蝉噪林愈静,鸟鸣山更幽"、(王籍:《入若耶溪》)被公认为不朽的名句。蝉噪林间,鸟鸣山中,这是谁都见过的极平常的境遇。可是,由于诗人独到的静观默察。他从这人人都知道的平常场景中发现了不平常的东西:"林因蝉噪而愈显其静,山因鸟鸣而益感其幽。"换言之,愈是宁静的林间,才有喧闹歌唱的蝉;愈是深幽的山中,才有悦悦欢腾的鸟。在这里,诗人道出了人人有而人人道不出的特殊感受。他在众所周知的事物中,发掘出不为世知的宝藏。与之相似,韩愈的"草色遥看近却无"(《早春呈水部张十八员外》),也是对早春景物悉心观察的微妙的发现,是对若有若无、若隐若现的春草萌动景象的入微的捕捉。许浑的"高树晓还密,远山晴更多"(《早秋》)也是这样创造性的"发现"。树和山都不会突然变多变密,"晓还密"当然不是说一早上高树忽然间长得更浓密了。它是初秋清晓看树感受的精妙表达:雾霭迷濛中,树显得更密,更浓了。"晴更多",秋晴时节,气爽天高,凭眺远山,平日看不清的,这时看清了,平日看不到的,这时看到了,山也显得比平时"多"了起来。

这说明,所谓"发现",正是诗人在生活中对人、事、景、情的深入精到观察体验的再创造活动。"现代最有独创性的作家原来是这样,并非因为他们创造出了什么新东西,而仅仅是因为他们能够说出一些好像过去还从来没有人说过的东西"。歌德说的这话,和中国古代文论讲的:"人未尝言之,而自我始言之"是相同的。高树没有变,远山也未曾变多,在这里,诗人没有创造任何新东西。他的创造,充其量不过是说出了别人有过、但未曾说过、而却是他第一个发现的新感受。诗人审视自然,抓住了倏然万变的物态,把它用诗句固定下来,这就是诗人创造的"新东西"。尽管事实上树和山都没有增加,但他还是发现了早秋清晨的树"密"山"多",而这,却为许许多多人们忽略了。

我们在这里说到"发现",其实,在"发现"的前面,还应当有一个"观察"。没有观察,当然就无所谓有发现。诗人的观察和小说家的观察,从形象地反映生活这一角度看,是没有什么区别的。但由于小说偏重叙述,诗偏重抒情,二者在观察生活时又有明显的区别。对于小说家,他要用极大的注意力观察人、人的性格和形貌、环境以及人的生活史——情节。这些,对于诗人也是需要的,但却不是最重要的。诗人在生活中,最重要的是,要捕捉新鲜的感受,并提炼为独特的发现。

史达尔夫人说过,诗"可以在最初一次诗情的迸发中达到以后不能超过的某种美。在日益发展的科学当中,最后的一步是最惊人的一步,而在想象的力量当中,越是最初运用这个力量,这个力量就越强大。"(《论文学》)新鲜的第一眼印象,对于诗人是极其重要的。小说家不同,他也需要这第一眼印象,但他的希望是在第二眼以后,百十次的反复观察使性格得以成熟。诗人的体验是爆发式的。他重视这第一眼,第一个声音,最先的感受。艾青写《绿》:好像绿色的墨水瓶倒翻了,到处是绿色,绿得发黑,绿得出奇……这正是第一眼的印象爆发出来的诗情。有一个诗人,写农村的清晨,他爱这清晨,但他不是什么都写,他只写那微阳初临的清晨所产生的光感:"晨光镀着启明星,像宝石,亮晶晶;晨光溶进小溪水,像琉璃,亮晶晶。……大嫂走进菜园,像活的雕塑,镀着金。"(陈所巨:《早晨,亮晶晶》)诗人抓住了他在早晨第一线阳光中的最新鲜的感受,他用这来概括清晨的村景。

诗人的观察的使命,不是了解一般的东西,而是从一般的东西上面,发现那些还区别于一般的东西。他要摒弃那些众人都知晓的感受。要是我们到了上海,我们一定要被那汹涌奔腾的人潮的壮观场面所激动。但是,我们一定要抗拒那些陈旧的比喻的诱惑,我们的使命是发现属于自己的东西。一个诗人,他也看到了上海的喧腾,但他有新的发现。他仿佛站在国际饭店的最高层俯瞰大上海,他的独特观察使他获得了有异于他人的形象:也许是从未有过的一次涨潮,潮水汹涌着上了岸,在纵深百里的海滩上铺展,却突然固定了,再也没有退潮。他提炼了这个独特的感受,意犹未足。他继续发现:

> 好像那奔腾万里的长江
> 倾泻到了入海的地方
> 突然看见太平洋的万顷波涛

好像受惊了的烈马
腾起了前蹄,嘶鸣着
像雕像似的固定在吴淞口上
——艾青:《大上海》

艾青笔下的上海,就不是一般的人潮、汽车的喇叭和夜晚的霓虹灯,而是别人不可代替的独特描绘,但又确是对于上海的合于常理的再创造。看他笔下,一动一静之间,对上海作了多么独特的概括。诗人对于生活的观察,有他的特点。一些在小说家看来是极重要的东西,诗人可能无动于衷,例如一个人说话的神态或一个生动的情节。但是一些在小说家看来是毫无意义的细节,却会令诗人大惊小怪起来。一位诗人在海边看到一颗青椰子掉进水里,这情景像闪电击中了她,诗情一下子便成熟了:她发现那椰子溅起一片、十片、一百片绿色的月光。因一颗椰子的下落,打破了夜海的宁静,诗人想象,原先闭着眼睛做梦的岛,因而不安地抖动起肩膀……

诗人对于生活的感受,可以受大的景物的催动。如"大漠孤烟直,长河落日圆";如"江流天地外,山色有无中";如"星垂平野阔,月涌大江流"。也可以受到如一颗青椰子掉进海里这种微小事象的诱引。里尔克告诉青年诗人说:"如果你觉得你的日常生活很贫乏,你不要抱怨它;还是抱怨你自己吧,怨你还不配作一个诗人来呼唤生活的宝藏;因为对于创造者没有贫乏也没有不关痛痒的地方。"(《给一个青年诗人的十封信》)的确,生活对于我们,从来都是丰富,而不是贫乏。有才能的诗人,不仅能从轰轰烈烈的丰富生活中,而且也能从不那么轰轰烈烈的"贫乏"生活中,呼唤出生活的宝藏来。同样的生活场景,即使被表现了一千次,也不会穷尽。

问题在于,人们要从熟视无睹之中去发现新鲜和独特。颐和园中有座石舫,它不动,呆板而单调,我们多次来到颐和园,几乎毫无发现。有一天,从遥远的土耳其来了一位诗人,他对古老中国的一切都感到新鲜,他从古老的石舫上面发现了潜藏着的最浓郁的诗情:

> 昆明湖中有一只船,
> 船身是石头所雕成。
> 中国所有的风帆
> 　都充满了风,
> 只有这只船感觉得孤凄——
> 　它走不动。
> ——希克梅特:《昆明湖中的石船》

不是我们从来没有看见,而是说,我们从来没有发现。我们没有从中国屈辱的历史以及今天的现实中"发现"生活的新意。没有由此而彼的联想,也没有从具体素材出发去对现实作更为巨大的概括。我们每次看到石舫,每次都没有像希克梅特那样去发现它的新鲜与独特。我们只是把它视为昆明湖中的点缀。——我们并不真的认识它,我们甚至也没有想到认识它。

应该承认,还有相当数量的诗,并不是基于诗人对生活的直接观察——有时,它甚至也无须直接观察,例如很多表现时事的诗,很多着重思辨的诗。如白桦的《阳光,谁也不能垄断》:"我们就像蜷伏在蛋壳里的鹰,苏醒了的鹰怎么能容忍窒息和黑暗!?成长着的血肉之躯必须冲破束缚,现状已经不能使我们羽翼丰满。"像这样带有浓厚的政论色彩的诗篇,当然不同于一般对于生活的描绘,但这类诗,对于生活的要求更高,综合起来更为复杂。这类作品的产生,不是依靠当时的体察,而是依靠平日的积聚,如鹰之在蛋壳里,用嘴敲响通往蓝天的门等等,是依赖平日的积聚得来的,是一种更为丰富的综合出现的功夫。

中国最年青的声音*
——《中国当代青年诗选》导言

一

人们几乎是以异样的和惊奇的目光迎接了新诗的再生。窒息的时间太长久、距离我们曾经创造的繁荣也太长久。在逐渐趋向单一乃至单调的氛围中生活久了,人们已经无法适应目前这种令人眼花缭乱的繁华。然而,我们仍然要为新诗庆幸,一批更为年轻的歌者接过了他们父辈和兄长举过的火把!他们正向我们走来。

一九七六年,当那些喷吐着愤怒的诗篇出现在清明寒冻的雨雾中时,人们只是为大体是古老的传统体式中挟带的雷电所震慑。那是血与火铸就的斩魔的诗剑。这当然意味着诗歌人民性传统的恢复。然而,它并不意味着其他,特别不意味着诗歌艺术的复苏乃至全面的创新。但是,无可置疑的是,天安门前那呼啸的烈焰,点燃了一个诗歌新时代。

事情大概就是始于此时,当那雪片似的用五言或七言旧体形式写成的檄文,使诗重获人们的信赖时,那些用有点特别的语言写于暗夜的痛苦的诗,以及写于光明与黑暗际会时的充满希望的诗,悄悄地诞生于终结了黑暗的时代的阵痛中。从那时到如今,诗歌,特别是青年诗歌,走着一条由赞许、也许还有更多的

---

* 此文为《中国当代青年诗选》导言,花城出版社 1986 年 2 月出版,初刊 1985 年 4 月 10 日《批评家》创刊号,后收《谢冕文学评论选》。据《批评家》编入。

指责的碎石铺成的坎坷的路上。不无令人惊喜的奖掖,也不无令人烦恼的攻忤;然而,这一切都由于一个由禁锢与无知所统御的时代的结束,特别由于一个政治清明、学术开放的时代的开始,而宣布成为过去和微不足道。青年的诗,横越一切艺术惰性和传统偏见,以合乎逻辑的法则不无艰难地向前发展。从根本上说,它们是一个异常的时代孕生的合理的产儿。

诗属于所有人,但诗归根到底属于青年。每一代的青年都为丰富和发展属于自己的文学样式进行了创造性的劳动。从这个意义上说,传统创造了他们,他们也创造了传统。当今一代诗歌青年的命运,最艰辛,却也最令人羡慕。曾经有一个时期,滋养过他们童年心灵的由几代人创造的诗歌消失了,他们生活在一片没有文学、也没有诗歌的荒漠之中。生长在戈壁滩中的植物,生命力最顽强,因为它们缺水。它们在贫乏中生存,因而需要把根须深深扎入地心。它们需要点点滴滴的积蓄和创造。也许因为艰辛,因而他们激愤甚多,一旦受到滋润,他们又感慰甚多。须知强烈的情感乃是诗所由产生的不可或缺的要素。他们面对的是一片荒芜,因此他们可以无拘束地发挥自己的创造力。也许他们难免留下了幼稚、甚而"古怪"的笔迹,但他们有幸,他们毕竟没有了描红的本子。

然而,历史不是凭空创造的。历史不可割断。悠久而深厚的中国诗歌传统,滋育着他们;特别是与他们同一时代的长辈的作品,更以直接的方式影响了他们。谈论中国当代青年诗人的成长,不论你承认还是相反,不把上述的因素考虑进去,简直是不可思议的。像李季和闻捷那样,以严格的再现人们建设新生活的智慧和热情的,基本上是现实主义的方式;像郭小川和贺敬之那样,以充沛的革命理想对于未来的生活发出激情的号召的,基本上是浪漫主义的方式;像李瑛那样,从具体的生活场景出发,溶之以革命的信念和意志,组合而为富有传统色彩的诗境的方式;以及其他一些富有艺术个性和创造性的诗人们所用的方式,我们都能从如今看来斑驳陆离的青年诗作中,寻觅到它们学习、借鉴、吸收、融化的轨迹。无视这一点,恐怕不仅是无知。"我们可以明确地说,任何一个二十五岁以上、还想继续做诗人的人,历史感对于他,简直是不可或缺的;历史感还牵涉到不仅要意识到过去之已成为过去,而且要意识到过去依然存在;这种历史感迫使一个人在写作时,不仅要想到自己的时代,还要想到自荷马以来的整个欧洲文学,以及包括于其中的他本国的整个文学是同时并存的、而且构成同时并存的秩序。"(托马斯·艾略特《传统与个人才能》)说这番话的人,他以自身的新奇的诗创造冲破了传统的约束,然而,当他面对自荷马以来整个世界文学和诗歌的史实,他却是最富于历史感的人。

当然,我们是当代人,我们的价值在于以当代人的目光审视社会和历史,我们的使命在于以诗的晶体提炼并凝聚当代人的情感和情绪。要是承认了这一点,我们就要承认如下所阐述的是真理:"假如荷马活在现代,他也会写出一些好诗,能适应他所属的世纪。我们的诗人们写出了一些坏诗,因为他们想适应古诗的模子,服从一种和许多其他东西一起已被时间推翻了的规则。"(圣·艾弗蒙《论对古代作家的摹仿》)我们崇尚的是这种前进的传统观:"荷马的诗永远会是杰作,但不能永远是模范。"基于这样的认识,当我们对中国当代青年诗人作了简单的检阅,从而作出判断说,他们正在作出努力,试图使自己超越自己的父兄,甚或作出判断说,他们业已在某些方面超越了自己的父兄。那么,应当承认,这是一种正常,而不是相反。我们对此种现象所持的态度是欣然,而不是相反。

二

"黑夜给了我黑色的眼睛,我却用它寻找光明。"顾城用精约的两行诗对一代人的概括,为我们提供了开启这一代人的心灵的钥匙:经历了黑夜的一代人,有着黑色眼睛的一代人,寻找光明的一代人!出于逆境而不失信念,截然的对立和尖锐的矛盾,却由于对光明的寻求而宣告了和谐。可以认为,这同样是对一代人的诗所作的精约的概括:失去了单纯感的繁复情绪的组合;重视理性的思辨;扬弃了直白的说教的曲折情致的艺术再现。

人与人的心灵是易于沟通的,不同年龄的人也是如此。人们之所以不能沟通,乃至于对立,在于其中一方对自己生活的时代忘却或是淡漠。他们忘记黑夜,以及黑夜给了人们的特殊的眼睛,反过来,他们不指责黑夜而指责这种眼睛。离开了曾经有过的产生病变的时代,以及这一时代所造成的畸形的社会现实和心理现实,我们便无法理解这一代人,同样也无法理解这一代人的诗。如今返顾那给这一代人留下了心灵的伤痛与沉哀的年代,那只能是一个使一切失去光热的年代。要是不曾确认那曾是失去了光热的冬天,那么,我们就无法理解像《走向冬天》(北岛)那样的变形与扭曲:"从谎言的摇篮里出发/从印着悼词的出生证上出发/走过驼背老人搭成的拱门"。这是丑恶和荒唐的,然而却是真实的,这里有着积极的诅咒与否定意识。要是说,我们不能理解"丢了钥匙"的痛苦的呼唤,那是由于我们根本不能理解曾经有过的毁坏一切和丢失一切的颠狂。当然,我们更不能从《中国,我的钥匙丢了》(梁小斌)的深情叹惋之中进而窥及一代人未曾泯灭的信念和追求。他们留下了《米色花》(筱敏)的少小无猜的甜蜜的记忆,然后,花干枯了;然后,他们思念,并寻找。寻找,本身是痛苦的,却也是坚韧和执著的。寻找,是对于造成寻找的抗议。

寻找,也许就是当代青年诗人中的普遍的悲剧性的命题。它被舒婷娟丽的笔墨作了精确的雕塑而固定下来。那是深秋的南方,若有若无的风,稀稀疏疏的雨——《在潮湿的小站上》:

> 一位少女喜孜孜向我奔来
> 又悄然退去
> 花束倾倒在臂弯

她等待,但没有等到,留下的是空荡荡的月台,水汪汪的灯光,列车缓缓开动,那是一个有着橙色光晕的夜晚。这里,体现了典型的舒婷式的"美丽的哀愁",但却有着概括性的价值。一个严酷的冰川纪刚刚成为过去,那留在心灵的"擦痕"并没有成为过去。从这个意义上说,这里展现了他们生活的时代的风貌,也许并非虚妄。在那个畸形的年代,年轻的心已经敏感到了年代的畸形,他们对于"飘满了死者弯曲的倒影"的"镀金的天空"的"回答"是:"我不相信"。要是我们不曾忘却,我们便能理解这种以否定的形式所表述的肯定意识。

这样,当那个时代宣告终结,人们从恶梦中醒来,狂欢的庆祝过后,面对着生活的积淀,感情趋向于冷静。那种对于黑暗年代的否定便转化为对于这种积淀的《不满》,"我是发紫的肩头,我不满拉船的绳纤;我不满步枪,不满水车,不满帆船;我不满泥泞,不满噪音,不满污染。"骆耕野的这首获奖诗所传达的"不满"意识正是在新时代对于新生活的企求。这里,依然充满了时代感。

情感变得复杂了,失去了过去的单纯。这也许竟是一种前进。但是在并不单纯的声音中,依然谛听到那种使人激奋的历史的回响。我们从《中国,站在高高的脚手架上》(曹汉俊)的歌唱中记起贺敬之诗中那节日里还在共和国大厦的建筑架上工作着的党的形象;我们也可以从那首著名的《现代化和我们自己》(张学梦)的呼唤中觉察到郭小川的《向困难进军》那样的激情。

然而,这一代人所表达的情感毕竟不同于他们的前辈——

> 我要盗火,为冻僵的希望

> 送去我所有的热情

也许因为希望曾经"冻僵",因而在盗火的壮举中也加进了一份悲凉。我们正是从这对希望的寻找和祈求中,辨认出这些诗篇的时代属性来。从而确认它的无可替代的价值。

三

生活迈着大步跑到前面去了,它把长长的身影留在每个人的身后。要是说,一个时代曾经把浓重的阴影笼罩了所有的心灵,那么,这已经成为过去。是的,因为失落,所以寻找和期待。寻找和期待不曾有预期的结果,而有怅惘,也有感伤。他们写过这样的诗篇,他们用不同的声音和风格把这样的诗写得很美,有男性的美,更多的则有女性的美。但是,这即使不是已成为过去,这至少也已不是全部的事实。

> 谁愿意
> 一年又一年
> 总写苦难的诗
> ——江河:《星星变奏曲》

我们的确面临着如同"五·四"那样的时代。它们共同经历着巨大的痛苦之后的觉醒,为一种新的生活和思维方式所鼓舞;又一次的同陈旧的观念进行决裂,又一次的从旧思想中获得解放。不少的诗篇谈到不要庙堂和偶像,不少的诗篇歌颂了第一个直立行走的人。这原是十分古老的命题,却因明显的现实感而被确认为是对于历史病变的反拨。许多真诚地写过颂歌的人,如今反过来说了这样的话:"我一直唱着颂歌,现在,也该唱唱我。"说这话的诗人没有否定颂歌,他是在对已有的颂歌观念进行修正与补充。但"也该唱唱我",却是一声惊人的呼唤。有一首诗这样写——

> 在偌大的世界上
> 我痛楚地寻找一个人——
> 我自己

人曾经是非人,我曾经是非我。也许还是曾经有过的最大的失落。寻找到了人的尊严和自我的价值,也许这是迄今为止的最大失落之复归。

归来的当然不会是完人,而只是普通人。为什么雷抒雁那首"小草在歌唱"那么动人,因为他把伟大的颂歌献给了一棵微弱的小草。在那里,充满了人性的小草与充满了自我批判意识的我,同时获得了生命,这就是严格意义上的人和自我的觉醒。把"我"再现在特定的时代背景中,带着血污,也带着伤痕,踏着荆棘前进,这就是史诗性的。当诗歌的走向内心和抒情的内向性成为一时的风尚(这是不应否定的)的时候,许多诗人同时呼吁史诗的出现。江河声称自己是要写史诗的人,他的志趣在于为我们这个民族建立一座诗的纪念碑。

意识到的历史和现实的使命,总体地把握一个古老民族世代的苦难和理想,又溶之以个人独特的感受,从而确认"诗的威力和内在生命来自对人类复杂经验的聚合"。这种追求到了杨炼近作《诺日朗》的发表,出现了一个新的层次。这是一首充满了神奇的气氛,同时体现了原始的力的奔涌的史诗。在这里,现代的表现方式与东方的文化传统,有了复杂而奇妙的组合。

在这一代人手中,诗歌业已完成了一个重大的变革:他们从历史的经验中获悉,必须对那种使诗粘滞在迫切的生活图景中单纯作为诠释的观念持保留态度。他们在诗歌美学领域对那种惰性的力量作了没有顾忌的驰突,终于,他们从激情通往思辨,再由思辨通往更高层次也更为繁复的意象组合。他们在探索。这种探索可能是危岩之上的探险,可能宣告失败,也可能作为胜利者登上冰峰。

一代人共同感到了"青春期"的烦恼与焦躁。他们有了憧憬与希望,却又暧昧而朦胧;他们因冲动而追求,却又对未来难于决断。但这也将成为过去。一代人迅速地成熟起来。热情未曾冷却,但却变得实际和冷静。为时代风云而呼啸者依然有人,但深沉凝重的对于古老历史和民族运命的沉思,得到了更为普遍的关注。在风景中成长的次生林,已经不再是萌芽。剖开它们的横断面,我们看到未必成熟,却是过早来临的秋天的年轮。

四

多半是由于这一群年青的陌生人的闯入,这些年的诗坛明显地失去了平静。静如古井未必能够促进艺术的进步;因而,诗歌的失去平静也未必就是灾难。由天安门诗歌(其作者大多是青年)所开阔的当代诗歌的新纪元,在它的发展过程中,经历了由主要是社会的和政治的价值发展而为审美价值的突破。由于青年的加入,推动并加速了新诗艺术由统一而走向多元的演化。这是从诗的内在因素引爆出来的巨大的不平静。

由于文化背景和审美追求的差别,这一代人的诗歌不是统一的,它们呈现了历史上罕见的艺术上的彼此离异。由于传统诗歌的影响的深远,原有的艺术方式谋求更为宽阔的发展。以现实主义为旗帜的各有个性地实践的诗人,仍然成为富有雄厚实力的、而且共同倾向最为鲜明的创作力量。刘祖慈、徐刚、李松涛、李小雨、韩作荣,都是其中成绩显著的代表。他们重视从具体的生活感受出发,发挥自己独特的联想,力求赋予每个场景或条件以隽永的含义。张学梦,曲有源、熊召政的诗,受郭小川的影响甚多。《向困难进军》那样基于现实感的号召,还在被《现代化和我们自己》那样切实的警觉,《打呼噜会议》那样深刻的讽刺,《请举起森林般的手,制止》那样血淋淋的揭露所代替。他们更为实际,现实的色彩加重了,少了点浪漫的情趣。以激情的燃烧和呼喊而著称的叶文福,表明他是一位理想型的歌者,他保留和继承浪漫主义的特点最多,他的紧迫感和沉痛感压过了五十年代特有的那份乐观昂扬。

艺术在相互影响中渗透,有一批诗人也从现实主义出发,但跨过并走向远处。雷抒雁、高伐林、叶延滨、徐敬亚、王家新、骆耕野大体属于此类。叶延滨从《干妈》到《环行公路的圆和古城的直线》,仿佛经历了绘画从写实到几何图形的组合的演变。在骆耕野的创作中,这种发展的轨迹更为明显。《不满》和《沸泉》注重直抒胸臆的热情,他追求把对象主观化。到了《二月》和《车过秦岭》,主观性有了消除,而象征意味却增加了。就在那秦岭的隧道忽明忽暗的奔驰中,感到了白天黑夜的迅忽交替,命运的挣扎与蜕变的创痛。他们在继承、发扬,他们也在变革、更新。现实主义在走向宽广,浪漫主义也在寻求拓展,也许二者都不是,已转向另一种创作潮流。艺术也有自己的生态平衡,是无需杞忧的。

另一类诗人脱颖而出,他们出现得洒脱突然,一下子就使存在成为事实。最早开始集聚、而又是最早显示力量的一群,出现在北京。这是一开始就把目光盯住诗美的革新的一群。今天的人和今天的诗是他们的命题。他们因艺术变革的目标而集聚,又因艺术的实行了变革而迅速向自己所开拓的世界移易。北岛、顾城、江河、杨炼、芒克的名字已为人知。福建与北京远隔千里,那里有一位独立的舒婷,却在北京寻到了知音。他们好比是天上的星辰,单凭无言的光便可使彼此的心灵相通。

舒婷和顾城合出了一本抒情诗选,但舒婷的忧郁却是她所独有的。南国海滨的青年女性,她似乎格外的多愁善感。然而,她的忧郁属于时代。她的人性的呼唤与追求证明她并非一个弱女子,她有坚强的个性。尽管她呼吁人与人的同情与理解,但即使不被理解,她也能生存。

顾城与她不同,他的诗没有舒婷那份典雅。他追求以单纯的语言和意象来概括更多的内涵。他的诗来得蕴藉,有一种引人的魅力,让你不得不"猜"。他是一位天真的"童话诗人",他可以从一个雨滴中寻觅诗情,也可以从一只瓢虫背壳的文采中看到一个世界。他追求"净化"和"童心"。他说,"当我打开安徒生的童话,浅浅的脑海就充满光辉","我要用心中的纯银铸一把钥匙,去开启那天国的门"。当他评价自己的诗是"近代化石"的时候,他是这个现实世界的孩子,一旦铸就了那把"纯银"的钥匙,他却是天国里的安琪儿。

写过《中国,我的钥匙丢了》的梁小斌也喜爱单纯。他追求以孩子的感觉和语言表达丰富的哲理。他几乎无视题材的重大与否,他认为一块蓝手绢从晒台上落下来,对诗歌来说也许是重大的。王小妮的创作中,"自然"几乎是她唯一的信条。她笔下的农村,和陈所巨的华美艳丽不同。她更多通过直觉让人们感受到原始性的冲动和情绪。她对中国农民的内在心理结构有更多的关注,她用的是现代手法。

共同的和相近的艺术追求的诗人,大体上按照自己的地区彼此影响而接近。他们开始集聚为一个一个诗群。最明显的是新疆,从塔里木盆地到准噶尔盆地,从天山之南到天山之北,他们终于选择了石河子——乌鲁木齐为自己的轴心。那里有杨牧、章德益、周涛,以及更多的一批诗人高炯浩、李瑜、石河、柏桦、杨眉……他们写着独特的诗,他们的语言是大漠和天山的语言,他们拥有极为辽阔的地平线,他们的精神之象征是耐饥渴的骆驼和红柳,他们为此而骄傲。他们的风格是艰涩之中的旷放,豪迈而隐隐透露出悲慨。杨牧苍茫,章德益旷达,周涛冷峻。他们以忠实于现实为核心,各自确定半径,画了无数个同心圆,但大体上总是苍鹰、瀚海、落日、风沙,他们有自己独立的时空感。有人把他们叫做天山诗派,有人则愿意叫做新边塞诗派。对于建设新边塞诗的努力,当然不止新疆一地。自兰州西行,沿河西走廊经酒泉,抵敦煌。北为祁连山,南为青海湖,出嘉峪关,过疏勒河,再以天山为中心,把两大盆地囊括其中,这大体即是今天新边塞诗建设的地域。

在北方,以长春为中心,有一批青年诗人正在形成自己独特风格,他们的诗中有着北方平原那般冷静和凝重感;在南方,以广州为中心,也有一批诗人在建设、侨乡、特区、开放的城市,他们在诗中写进了椰风海浪,有着特殊的南国风情。即在边远的西藏,那边的"雪野诗"已经引起了诗友们的关注。

诗歌在一个新的世界中醒来,他们感觉到了:太阳每天都是新的。道路不再平直,也不再单一。每人都选择自己要定的路,而且径直向前走去。道路是立体交叉的,呈辐射形。出发点是已经和将要拥有的时代和生活,归宿则是人民多样的审美需求。这就是二十世纪下半叶东方大陆的诗歌造山运动,如同《年轻的队列》那首短诗中所表述的那样。

一九八三年酷夏,于北京大学蔚秀园。

他们走向成熟[*]

雪野里有艰难的耕作,大漠上有辛劳的垦殖。一道山泉,流过北方凝重的谷地,默默地向人间宣告生命仍然在运动,而且在繁衍。早春的萌芽已经过去,我们眼前有一片茂密的新生林,那里已经刻上清晰可见的浅淡的年轮。的确,一切都显得较过去更为成熟了,也许连同那受到嘲笑的并无生命的"鸽哨"在内。

青年的诗歌创作像这些年这样被如此热烈地关注并谈论的情景,恐怕还是空前的。生长不易,得到支持和承认更为不易。但事实却是,它生长着、而且也悄悄地成熟着。

曾经有过激情奔涌的歌唱。一股受到阻隔的生命水,由于时代的感召而冲出了闸门。它歌唱着自己的痛苦和欢乐,失望和憧憬,以直接或间接的方式,传达出随着生命复苏而升腾起来的所谓公民的使命感。这些声音幼稚、充满幻想,但却真挚。而后,感情趋于沉稳,陷入理性的思辨。那种青春的欢呼和召唤的声音淡了,而增多了皱着眉头的思索。

那里曾出现一道"沸泉"。它是大地的一条沸腾的脉管,形成于地壳的错动与裂变,忍受过挤压与扭曲,吮吸着火的热情与熔岩的活力,终于在烈焰中找到了自己生命的青春。这是充满理想的歌唱。过了一段时间,这种歌唱不再成为主要的了,沸泉聚成了火山湖。那里水光云影,一切都沉浸在庄严肃穆之中。我们听到了那充满理性觉醒、仍然不失热情的声音:

---

[*] 此文初刊1983年10月《山泉》双月刊1983年第5期,初收《论诗》。据《山泉》编入。

>狂热之后是深沉。
>深沉,不是死灰。
>深沉下淀积着大地的隐痛,
>深沉是说不清楚的滋味。

从狂热的沸泉到深沉的火山湖,从奔涌于地面的热潮到深潜于地心的沸腾的力的蕴积,大体上说出了当代青年诗人在短暂的期间内诗歌基调的变异。这种变异虽然并不意味着总体的概括,却是大致的描写。从实质上说,意味着思想的成熟。

当初他们初现之时,曾经宣布说,我们不再是孩子了,我们要用新的更加成熟的语言和世界对话。但他们那时的语言并未真的成熟。如今,那种青春的躁动、不无幼稚的热狂,已经平静下来,我们终于听到了一声惊呼:"秋叶红了"(王家新)。它宣告绚烂的夏日以及青春的骄傲和苦痛,都已成为过去,"只有默默生长的年轮是真实的"。这个时候,一种属于成人的思辨,替代了那种单纯的呼喊——

>哦,需要太阳、需要雨水、需要霜打
>更需要全部的磨难、代价和生活
>才能完成这一枚小小的朴素的红叶吗?

回答是肯定的:红叶正是这样完成的。这种经过冷静的理性思索得出的结论中,浸透了诗的崇高感。

在整个艰难的追求中,艺术的探索为他们所始终关注。开始的时候,他们为诗的创新而集聚在一起。那时,艺术个性的分野还不甚明显,随着思想在磨砺中的成熟,艺术也显示出彼此自立的趋向。他们在这个阶段,似乎进入了艺术的反省期。已经走向成熟的人生提醒他们走向成熟的艺术观点。许多人都在痛苦中冲突,寻求一个突破和升华。已经显露出的一个共同性的前景是:他们在寻求艺术的现代表现与东方文化传统,以及民族心理结构的和谐与融汇。

可以说,当初他们从封闭与窒息中醒来,把目光投向了世界,从那里,他们如同自己的前辈那样,引来了火种。如今,他们转向了对于本民族历史文化的关注。当他们进行了一番横向的扫描,从而获得了开放的意识,如今,他们正进行着纵向的研讨,从而获得了一个历史的意识。应当说,这种努力给予他们的思想是宽厚的,而且将是长远的。纵横交错的把握可造成的纵深感和包容性,更为有力地促进他们走向成熟。杨炼近期创作这种趋向最为明显,他对东方哲学、宗教、文学包括《易经》和《楚辞》的兴趣,决不低于聂鲁达和埃利蒂斯。他的文化观在走向开阔,他在寻求"人类精神在本质上的交流和统一"。

诗歌曾经在平面的反映中长久徘徊,如今它已领悟到应当立体地呼应人类存在的整个状况,它应当对生活作总体的综合和把握,以求繁复而又浑厚地、多层次地展现丰富人生的真谛。因此,出现了多样的艺术探求。《版画》(牛波)把音乐绘画的理论引用到诗中来,不管他的试验性创作人们将如何评价,但他的确印证了我们感受到的当前青年诗人的思考。这就是:把握主题的多层次,立体结构和画面感——用他的话叫做"整体交溶"。这是诗歌克服单调、平面的总的努力的构成之一。

艺术和诗的癌症是它和时代使命的隔绝,以及艺术上的自我封闭而不是其他。各种各样的探索与试验,应当受到尊重和鼓励。探索在很大程度上乃是一种探险。在别人未曾走过的路上探索,可能迷途;在别人未曾实践的领域实践,受到偏见与习俗的责难的可能性最大。然而,第一个吃螃蟹的人总是一位勇者。世界上有多少专以探险为乐的人,他们或是深入死域寻觅被掩埋的城郭,或是驾木舟横越大洋,或是弃绝氧气袋而攀登冰山之父,他们或为探险殉身,或生还而赢得崇敬。在艺术和诗的领域也有探险的人,他们也有一份勇敢的快乐。可以欣慰的是,许多青年朋友正矢志于诗的革新与探索。他们可能受挫,也可能获得进步。挫折并不可怕,或走回来,或另辟新途。这种局面总比那一沟流不动的、乃至是"绝望"的"死水"更好。

艺术的探索与创新造出了多彩的音乐。从雪野和大漠吹来雄劲的风,于肃穆之中蕴着促人行动的活力。那里是雪原,是瀚海,却垦出了绿洲。那里传来的声音豪壮而高远。那些女孩子们的七弦琴又使人温馨宁静:北方的女孩子从倒扣在沙滩上的冬天的船上发现了粗放的诗情;南方的女孩子却在那芬芳的橘林中感到了淡淡的甜蜜的忧伤。艺术竟是这样的丰富!一切都向我们作这样的宣告:贫瘠和荒漠的时代已成为过去。也许有人不喜欢当前出现的这种驳杂的繁丽,然而,成为过去的不可能再回来。

写诗当然不是以"引人注意"为目的,但写诗显然也不能以不引人注意为目的,尽管这样的诗也是一种存在,如隐者的诗。引人注意而又不是立志于哗众取宠,不能不引人注意而又力求有补于世道人心,这,怀有历史的和现实的使命感的诗人,大概是不会拒绝的。生活变得复杂了,各式各样的原因促使诗人为适应环境作出抉择。但是,对于我们,无比重要的是,诗应当站在坚实的地方,始终(以这样的和那样的方式)关注着自己的人民,人民的命运和奋斗。诗是崇高的,也是庄严的。

萌芽之后是生长,生长又很艰难。但青春是无畏而顽健的,它们不选择,也无怨尤,只是默默地坚忍地生长。它们寻找可以生长的地方,而不论那地方是多么贫瘠和僻远。一种凝聚力使青春聚会,可以聚会于戈壁,在那里,它们变成了胡杨、红柳、骆驼刺,它们一样地迫使沙漠后退而拓展了绿洲;也可以聚会于山泉,在那里,它们变成了苔藓、水藻、微小的二月兰,它们一样地向人间报告着春天和生命的信息。这正是:天涯处处有芳草,芳草又年年绿了天涯!

一九八三年酷暑季节于北京

激情是诗的薪火＊
——论诗人的创造之一

假如说，生活是车床上有待加工的原料，激情便是车床的动力。没有激情，诗的机器不会转动，郭沫若论及自己的创作，说自己冲动起来如一匹野马，写《地球，我的母亲》时，他受到"诗兴的袭击"，不仅感受到急迫，而且"觉得有点发狂"——他索性脱掉了木屐，赤脚在石子路上来回地走，甚至倒卧在地，和"地球母亲"亲昵。"艺术就是感情"（罗丹）。离开了激情，诗也失去了灵魂。

平淡的感情不会产生诗。也许有的人会在平淡的、甚至麻木的状态下写诗，但他不会成功。杜甫写《闻官军收河南河北》——始闻捷报，涕泪沾衣，妻子脸上的愁云一扫而空，放歌，纵酒，想象那沿三峡而下的欢愉。这是"重大题材"所带来的诗的激情。至于"身边琐事"、"儿女之情"，也需要这种冲动性的情绪方可起笔。陆游写《钗头凤》，元稹写《遗悲怀》，那样的惆怅，那样的哀愁，隐约之中，总有一种可以感受到的情感的冲击力。正是因此，马雅可夫斯基才说："应该只有在除诗之外，没有别的办法说话的时候才拿起笔来。"（《怎么做诗》）他无疑是在告诫我们，要是尚有他法，就不要采用诗的手段。

唯有这个时候——激情逼迫着你，让你难过得（或高兴得）

＊ 此文初刊1983年8月5日《攀枝花》1983年第4期，初收《论诗》。据《攀枝花》编入。

喘不过气,给你带来颠狂和痛苦,这时,写诗的条件便成熟了,在莎士比亚的诗剧中,我们随处可以感受到这种诗的激情。

只有当人们处在这样忘情的狂热状态时,才能说,这是创造诗歌的较为理想状态。班固说:"哀乐之心感,而歌咏之声发"(《汉书·艺文志》)。拜伦说:"难道热情不是诗的粮食,诗的薪火么?"这确是一个恰当的比喻。热情之于诗,犹如粮食、薪火之于人。离此将无法生存。所以我们才说,激情是诗的火种和发动机。是它,摧动诗人点燃了诗的烈焰。

存在着各种各样的诗。在各种各样的诗中,唯一相同的、似乎也毫无例外的是,它们都受激情的支配。陈毅写"此去泉台招旧部,旌旗十万斩阎罗",不仅是未能忘怀于人间的战斗,而且是死了也要举起义旗与刀剑。这是激情,有了这,诗就有了艳丽的青春。国籍不同,时代不同,社会形态不同,但我们却可以通过激情求同。这是聂鲁达的《广场上的死者》:

> 我要号集死者们到这里来,就像他们活着一样。
> 兄弟们,我们的战斗将继续下去,
> 我们的战斗将在这土地上坚持到底……

这里充满了起死回生的激情;再看杜甫的"穷年忧黎元,叹息肠内热",他用深沉的语言表达他对人民命运的关切,这同样是为激情所驱策的。

"愤怒出诗人"这句话,最初出现于罗马诗人尤维纳利斯的一首讽刺诗,后来被恩格斯引用于《反杜林论》中。这句话不应理解为,唯有愤怒才有诗和诗人。它只是阐明:诗和诗人要表现像愤怒那样有异于常的激情。愤怒是激情的一种表现,但激情并不单指愤怒。狂喜是激情,沉哀是激情,如朱丽叶那样和罗密欧幽会的渴望是激情,如奥赛罗那样因所爱的"失去"而产生的绝望也是激情。

韩愈曾用"大凡物不得其平则鸣"的道理来解释诗歌的产生。他认为:"金石之无声,或击之鸣。人之于言也亦然,有不得已者而后言,其歌也有思,其哭也有怀。凡出乎口而为声者,其皆有弗平者乎!"(《送孟东野序》)有所思才放歌,有所怀才哭泣,就像流水草木因风而摇荡呼啸。不平则鸣,诗表现的不是平淡的情怀,它因受到外界的激发而产生,所以才说"愤怒出诗人"。其实,是不平出诗人。(不平——不平淡、不平常,不平凡!)

古人说:"男女有所怨恨,相从而歌。饥者歌其食,劳者歌其事。"前面一句,指男女的爱情受到了挫折,他们用歌声表达自己的怨恨;后面一句,指在生活的困顿劳累中挣扎的人们,他们用诗宣泄自己的不平。王国维对诗歌产生的这一现象作了总结:"诗词者,物之不得其平而鸣者。故欢愉之辞难工,愁苦之言易巧。"风平浪静,风起浪兴,人有不平,便思吁呼、发为浩歌。其实,歌唱不仅兴于委屈,而且源于情感的失去平衡,这是对生活"热情"的体现。这"热情",包括了喜、怒、哀、乐,包括一切激化了的、失去了平衡的情感活动。

英国的评论家说过他亲身感受的一次自然的诗情萌发的事实:

> 有一天晚上,我在林子里散步。这林子高踞在大西洋岸的山上。我走到了村里水井附近。在那里碰到了一个年老的农妇,她是我的朋友。她刚刚装满水桶,站在那里向海眺望。她的丈夫已经死了,七个儿子,照她的说法,都"给收罗去"美国麻萨诸塞州的斯波林菲尔特做工。几天以前,他们有信寄来,希望她跟他们一起去生活,使她可以安然终老,并答应她,如果同意,立刻将路费寄来。她详细地告诉我这件事情,也详细地诉说她的生活细节——怎样上坡去看山上的草堆,怎样失掉了她的母鸡,屋子怎样黑暗和多烟;于是再谈到她想象中的美国,以为那儿是金山银水,马

路上可以拾到黄金,她将怎样搭火车到珂格去,怎样横渡大西洋,她又怎样希望她的骸骨能够葬到爱尔兰土地中去。她一面说,一面逐渐兴奋,她的语言变得较流利,更富于色彩、韵律和音乐性,她的身体摇摆着,好像在梦中一样。最后她提起水桶,笑了一笑,祝我晚安,告别回家。

汤姆逊写到这里,总结说:"这种没有经过事先思索的、一个不识字的老妇的感情的爆发,一点没有技巧的虚饰,却具备着诗歌的一切特性。这是受灵感鼓舞的。"

以上一段叙述,说明诗产生于激情。那个爱尔兰妇农,开始只是一般的怀念她远在异国的儿子,说到儿子来信,受到母子之情的感动,她开始失去平静。她向往与儿子团聚,却又留恋自己的草堆、母鸡和多烟的房屋。她留恋这片故园,她希望葬身于此——她托出了她的隐秘,她说的是占据着她的全身心的对于生活的欢乐、痛苦、理想,她已经沉浸在令人激动的诗情中,正是因此,汤姆逊才认为:尽管没有技巧的修饰,但已具备了诗歌的一切特性。

诗人是普通的人,又是特别的人,从一个普通的农妇转化而且具备了创造诗歌的特性的人,其标志是人的感情由平淡的、平静的状态,转化到失去平衡的、昂奋的、乃至狂热的状态,在于激情的出现。诗人的特异之处,在于他在激情中发言。当然,这只是比喻而言,那个农妇事实上并不是诗人,但可以说,当时的她具有了成为诗人的最重要的条件。

华兹华斯承认诗人只"是以一个人的身份向人们讲话的人",同时又认为诗人是"特别"的:"他喜欢自己的热情和意志,并且习惯于在没有找到它们地方自己去创造。除了这些特点之外,他还有一种气质,比别人更容易被不在眼前的事物所感动,仿佛它们都在他面前似的;他有一种能力,能从自己心中唤起热情……"诗人的"普通",在于他像所有的人一样生活着和思想着,他有着普通人的欢乐和悲哀、忧愁和烦恼;诗人的"特别",在于他比普通人更易于感情冲动,而且善于表达这种冲动;他比普通人更热烈地感受着生活的多样的情感经历,当别人心中还是一片风平浪静的境界,诗人可能正孕育着情感的风暴。海涅说:"我的心胸是德国感情的文库",可见,诗人的心胸所能包容的情感世界是宏大的。

"诗缘情而绮靡",大意是说,诗根缘于情感的抒发,因而需要华美的文辞来表达。在我国古代,人们起先只注重诗歌言志的功能,它着重阐明诗在宣扬人生义理方面的作用。那时候,作为专门的诗人出现的个人的感情抒发并不被重视,诗歌通过抒情的方式以言志的特殊规律,也未被认识。直到辞赋出现,特别是五言诗的发达,"诗缘情"这一规律才引起了普遍的重视。这时候,"言志"一词便显得不够用了。作为"言志"的重要补充,陆机的《文赋》第一次"铸成"了"缘情"这个"新语"。诗言志,讲到诗的实质;再加上诗缘情的补充,更为明晰地显示了诗歌揭示生活的独特规律——诗,通过抒写情怀以言志。诗与情有缘,不仅是姻缘,也许竟是血缘。

表达激情的诗歌,直接抒写这种激情是最常见、也是最主要的方式。请读这位青年诗人的直接而大胆的诗句:

> 我真想摔开车门,向你奔去。
> 在你的宽肩上失声痛哭:
> "我忍不住,我真忍不住!"
> 我真想拉起你的手,
> 逃向初晴的天空和田野,
> 不畏缩也不回顾。
> ——舒婷:《雨别》

在这里,激情以无所遮掩的率真的方式热烘烘地逼迫过来。

记得旧时江苏一首情歌(方言)"姐在田里拔稗草,看见情哥过了几顶桥,河边大树遮住我郎背,为啥勿拿伊劈了当柴烧!"女子在田间劳动,她的目光却紧紧跟随着河那边出现的情人的身影。他连过了几道桥,但一棵大树却把心爱的身影遮住了。女子于是痛恨那大树,恨不得把它砍了烧火!这首情诗并不富有重大意义,但它抒发的感情却真实而强烈——热恋中的女子的热情。感情是诗的火种,也是具体实在的内容。

有的诗表面上并不见感情的热烈冲撞,而表现为异常的恬淡,但即使极静谧之中,也有激情的女神在逡巡。如王维的《鸟鸣涧》:"人闲桂花落,夜静春山空。月出惊山鸟,时鸣春涧中。"这里有潜在的热情:春夜,空寂的山谷,桂花无声飘落;月亮出来了,升起一片澄澈的光。这光,惊起夜宿的鸟,它们误认夜间为白昼,惊飞于月下的春涧……。诗人为这美景所醉,他当然是以抑制不住的热情讲述由此得到的那份喜悦。要是这里的夜色是平淡,要是诗人在这里没有新奇的发现,要是这里不存在有异于常的东西,又有什么力量能够激发诗人的歌唱?——这同样是由一种另一形态的激情所驱使的。

当然也存在并不直接表现而是间接表现激情的方式。这类诗中,作为诗所不可缺少的热情,以有异于直抒胸臆的另外方式加以表现。一部分间接的抒情诗,许多的叙事诗,以及寓言诗、讽刺诗等,都应以此种归纳来说明。例如讽刺诗,人们可以从嬉笑怒骂中,看到诗人的愤怒;作为诗的火种的激情,则是发出那尖刻地针砭揭露现实的动力。尽管激情并不直接显露,但它的确站在那里。离开了对于邪恶和落后的批判的热情。当然不可能产生不妥协的讽刺的力量。在讽刺诗中,激情仍然是薪火,不过,那是火山的潜脉。如同揭露的后面是理想的驱使,而讽刺之中则寓有激情。这里有一首"献给首长"的讽刺诗:《比味精鲜一百倍》:

别信他的话,
这家伙笑眯眯,
　　　比味精鲜一百倍。
如果我是你
就把他一脚踢出门去。
……
扔掉他给你戴上的高帽
　　　　枷锁
　　　　　和密罐罐。
什么首长长,首长短?
那些可怕的腐蚀剂,
比鸦片十倍的毒,
比味精一百倍的鲜,
敌人你见过千千万,
想想——
我倒在这小子脚底下,
　　可实在太不上算!

在这些辛辣无情的讽刺背后,洋溢着作者对于维护正常的生活秩序的可贵热情。

诗不是做出来的,的确谁也难保证想做诗就做得出来。凡要作诗,他就必须燃烧。从别人那里、从别外"借火"是不行的。最初说"一股暖流涌上了心头"的人,未必真没有"暖流"在涌;到了后来,它成了套话就不意味着真的暖流了。

华兹华斯认为:"各个民族的诗人,通常都由于现实事件所激起的热情而作诗;他们作诗很自然,而且同人们一样,他们的情感强烈,所以他们的语言很大胆,很富于比喻。到了以后,诗人以及那些想作诗人的人,看到这种语言的影响,很想不经过同样热情的激动而产生同样的效果,便机械地采用这些词汇。有时候还用得恰当,不过大多时候把这些词汇用来表现与它们没有自然联系的情感和思想。就是这样不近情理地产生出了一种语言。它在任何情况下都与人们真正的语言大大不同。"这种"与人们真正的语言大大不同"的语言,我们并不陌生,诸如"一股暖流……"、"蓝天作纸,写不尽……",以及曾经长期泛滥的"红旗漫舞,东风劲吹"均属此类。它们似乎不论置于何处而无不"熨贴",其实那是已经很陈旧,远无新颖之感的语言和形象,与人们活泼的思想、情感往往失去了真切的关联。

仙人掌的诗情[*]
——论公刘的诗

一朵云飞进来

诗人的全部创造的意愿,在于写出那个时代的情感的历史。世界太丰富了,从没有人能够完满地表现它,尽管有人想这么做。记得歌德说过,"文学是片断的片断,在以往发生过的事和说过的话中,被写下来的只是很少的一部分,而这些写出来的东西又只有少数被保存下来。"要是我们同意他的说法,则应当认为:能够较为广泛和准确地把握和再现这一时代的人们的情感的脉动,并且以较为清晰的"心电图"记载下来的诗人,历史终要肯定他的价值。我们现在谈论的这位诗人,他为当代中国诗歌发展所作的贡献是多方面的,但如下的一点尤应引起我们的关注,即:他以诚实的态度拥抱了他的时代和人民,他溶解个人的真实情怀于生活的激流之中。历史总的走向是前进,有时也停滞乃至后退,他把历史行进的轨迹烙印在自己的诗行里。今天和后来的人们,可以从他的美好的和充满希望的、激愤的甚至也不无局限的诗作中,把握他所生活的这个时代的普遍的情绪。从这个意义上说,公刘的诗属于人民。

从《边地战歌》到最近获奖的《仙人掌》,公刘走过了长长的道路。不管这道路是多么艰难,多么曲折坎坷,但它的起点却是

---

[*] 此文初刊1983年9月15日《文学评论》1983年第5期,初收《中国现代诗人论》。据《文学评论》编入。

中国人民争取光明的伟大进军。西南边疆神奇丰富的风物人情,以及共和国年青士兵的勇敢和忠诚,化为了公刘早期诗歌的灵与肉。公刘的创作活动始于四十年代后期,但逐渐形成了他自己的艺术风格的,是在五十年代以后。公刘是以自己独特的艺术追求体现了"五十年代精神"的许多诗人中的一个。这种精神集中地见于《黎明的城》和《在北方》二个集子中。它们是公刘初期作品成熟的标志。人们会记得,当那一朵云从西南边疆升起时,赢得了多少惊异的目光。

在战争中,诗人普遍专注于以硝烟抒发革命的情怀,那时人们对自然界的审美感觉是淡漠的。当大炮的轰鸣消失在身后,诗人随部队挺进到了祖国的边疆,他们那种青春的憧憬因壮丽的事业而得到充实。这时,他们站到了一座座亲自解放的陌生的山峦之上,他们惊异于眼前展现的这庄严而神奇的美。于是,他们铸出了崭新的诗情。这就是包括公刘在内的共和国最初的一代诗人,特别是西南边疆的青年诗人们所进行的创造性的工作。

在澜沧江"异样温柔"地流过的土地,诗人听到那里轻轻呼唤着一个充满幻想的声音:"让我们中国的咖啡,中国的可可,中国的香料和中国的橡胶在这里诞生!"当时他是这样年青而自信。他行走在边疆的土地上,美好的诗句充满了他的心灵:

> 每踩一踩这块土地,
> 就能感觉到音乐,
> 感觉到辉煌的太阳,
> 感觉到生命的呐喊:
> ——《我穿过勐罕平原》

公刘从《边地短歌》到《黎明的城》的基本追求,概括起来就是:他把士兵的热爱与自豪和神奇的自然景色作了完善的糅合,

融而为当时罕见的充溢着希望的新美。这是《雨后小景》:

> 牛背上伫立的白鹭惊飞天空
> 雪亮一团,灼人眼痛,
> 长翼搧起阵阵湿风,
> 山腰草棵悉索摆动;
> 警觉的哨兵急走出哨棚,
> 在他的明晃晃的枪刺上,
> 跳跃着一片七彩的虹……

惊人的恬静,鲜亮的色彩与充满警觉的心灵;明晃晃的枪刺与跳跃着的七彩的虹,在这里进行了新颖的组合。祖国保卫者豪壮的心境一下子拥抱了美妙而神奇的自然,它不再是那种情致与自然脱节乃至互斥的状态,而是熔铸为一种洋溢着时代感的浑然的形象。

当然,最为让人倾心的,是他的《西盟的早晨》:

> 我推开窗子,
> 一朵云飞进来——
> 带着深谷底层的寒气,
> 带着难以捉摸的旭日的光采,
>
> 在哨兵的枪刺上
> 凝结着昨夜的白霜,
> 军号以激昂的高音,
> 指挥着群山每天最早的合唱……

这一朵升于深谷、带着寒气又在氤氲的雾霭之中闪耀着初日的光炫的云,确是一朵奇妙的云。但若仅有这云而没有衬以哨兵枪刺上的白霜(这是色泽)以及那掠过枪刺与群山之巅的军号的高音(这是音响),则只是一种有特色的写景。现在,糅之以边哨生活特有的情趣,这就使柔婉与刚健、静谧与空腾、边地风景与士兵生活这些对立的因素大胆组合而为一座足以展示时代风情的诗的雕塑——不再以抒写主观情感为满足,也不再以描绘客观景物为满足,这在共和国诗歌的初始阶段,是引人注目的。

尤为值得注意的是,这首《西盟的早晨》体现出来的那种飘逸和洒脱,那种植根于现实生活而又超凡脱俗的气韵。这在当日热衷于摹拟现实的艺术风气中,无异乎是一个无言的冲击。正如公刘自己所承认的,当日人们喜欢这类作品,仅仅是因为"那一层生活的彩釉和泥土的本色"(《在学习写诗的道路上》)。有了泥土的本色,还要有彩釉,于是,这来自大地的土坯便发出了神奇的光彩。

人们开始注视这一朵奇异的云。人们望着它,从彩云之南缓缓地飘到了中国最繁华的城市的上空,那里景物全非而气韵犹存。西盟山奇幻的早晨换成了黄浦江旁迷人的夜晚。在那里,在夜色凄迷中,我们又望见了那朵云:"上海的夜是奇幻的;淡红色的天,淡红色的云"(《上海夜歌·二》)。诗人行走在工业的地平线上,听到了城市要他"抛开你的牧歌"的呼唤:"在这里,你应该学会蘸着煤烟写诗,用汽笛和你的都市谈心"(同上)。从边疆的牧歌到城市的汽笛,从叶笛吹奏的边地晨曲,到汽笛唱出的"上海夜歌",诗人的胸襟和视野随题材的转移而得到开拓。公刘在这种转移中显出了他的适应生活变异的能力。他的实践事实上改变了当日普遍尊崇的固定于一点体验生活的方式。流动的生活有可能创造更为广泛的诗美。五十年代初,诗的短处是过于固定板滞,也许是此时,当代诗人开始注意到对于现代生活节奏的适应和艺术地再现.公刘无疑对此作出了最早的努力。

他的《上海夜歌·一》的写法,在当日有着惊人的特异之处:

　　上海关。钟楼。时针和分针
　　像一把巨剪,

一圈，又一圈，
　　铰碎了白天。

　　夜色从二十四层高楼上挂下来。
　　如同一幅垂帘；
　　上海立刻打开她的百宝箱，
　　到处珍光闪闪。

急剧的跳动，短促的推移，显现着这座巨大的工业城市的律动的速度。从上海关到钟楼，从钟楼到时针和分针，是自远而近的特写镜头。后一节写夜幕降临，则是高处向下俯瞰的全景扫描。远和近、高和低、动与静的自然搭配，以寥寥八句极写灯火明灭的夜上海的阔大雄浑。这手法，与当日某些诗作的琐琐屑屑，形成了鲜明对照，有成就的诗人总是如此，给已有的诗歌增添未有的东西，以自己的劳动推动着诗美的发展。

　　那时节，共和国从战争的废墟中诞生，新生活刚刚开始，到处萌动着青春的活力和朝气。热情和单纯，对一切都怀有希望。在那时人们的心目中，生活是被理想化了的。公刘的诗也是如此，他以年青的嗓音装饰并改造生活。他把那一切表现得非常的美丽，如同西盟的早晨飘进窗子的那一朵云，其实寻常，却又充满异彩。他的诗中充满了生活主人的自豪感，一切都从这里创造，而创造一定也都会成功。在北方，他看见沙漠上走过来一队《运杨柳的骆驼》，不仅坚信沙漠上将从此插满春天的枝条，而且坚信就是"明年"，当骆驼再从这条大路经过时，那里将"没有风沙，也没有苦涩的气味"。"一路之上把柳絮杨花抖落"。琅琅上口的动人乐音，传达那个时代的理想和信念。不仅自己这么坚信，也让人们这么坚信，这是建国初期伟大事业的开拓者的胸襟，热情而又单纯。那时，即使是登上边疆一座普通的山峦，他也会令那眼前的一切变得庄严和崇高，而使之充溢着无与匹敌

的生活创造者和保卫者的自豪感:

> 这座山是边防阵地的制高点,
> 而我们的刺刀则是真正的山尖。
> ——《山间小路》

公刘初期的诗作,大抵都充满了这种"五十年代精神"。这是一种展现了人民共和国兴旺发达的青春精神。当代诗歌中迄今仍然是主潮的那种为新生活的重大事件而歌的现实主义精神,就是形成于此时的。那一个时期人民中的信任和信心是充沛的,普遍地有一种为共同事业献身的庄严感。过了二十年,公刘回忆当年写《致中南海》——

> 我走着,径直走向中南海的朱红的宫墙,
> 泉水般汹涌的诗句,
> 一起化作了庄严的思想;
> 我愿把我比作一滴水,小小的一滴水,
> 我要反射出你全部的辉煌永恒的阳光!

回忆这些发自肺腑的真诚的诗句时,仍然充满了激情。他想起边防战士讲起中南海时眼中闪起的"奇异的梦幻似的炽烈的光芒","正是在这样一种心情的支配下,我的脚步在当时还铺着石板的街道上敲打出来了节奏急促而又行程漫长的诗句"(《在学习写诗的道路上》)。公刘不胜怅惘地回忆起那个令人神往的年代:"那时候,人与人之间的关系是何等的单纯和友爱啊。是的,那是同志与同志结合的社会,不是狼和狼撕杀的世界。而且,一九四九年以前的旧中国还创痛犹在,人们是多么珍惜这一片光明的新天地啊"(同上)。生活在这样的时代,公刘也如他的同代人一样,意识到了自己的使命,他说:"我自己是奉人民之命写诗的;我必须这样写,唯有这样写才是真实的。"

历史在这儿沉思

历史走过了一段长长的弯曲之路。在这个弯曲中,公刘告别了他的人生的和诗的青春期。历尽沧桑的归来,时代和他的诗人一起陷入了《沉思》:

> 既然历史在这儿沉思,
> 我怎能不沉思这段历史?

这依然是对整整一代诗歌主潮的概括。不仅是诗人,还有我们全部的诗歌,在历经了历史性的重大挫折之后,一下子由天真的青年,而变成成熟的中年。他们意识到自己的使命,在于对历史的真诚的思考。出现在我们面前的公刘,已经不再是唱着牧歌、吹着叶笛的共和国最年青的一代边防士兵和歌者,而是一个有着丰富的人生经验的沉思者。从《白花·红花》、《离离原上草》到《仙人掌》,所有的诗篇,似乎都在描绘着一个如同罗丹雕塑那处于觉醒中的痛苦的《思想者》那样的形象:

> 他现在相信,努力脱离兽类而变成一个思想者会带来多么巨大的负担,这就使他决定用两倍于人体的规格来塑造这个最后的人像,以显示出这种搏斗的艰巨和伟大。他着重表现了那种苦思冥想而坚定不屈的力。相信那是一个基本上是悲剧性的生命所具有的特点。他突出地塑造了那个大脑袋和那承受这巨大重量的健壮的大手。
>
> ——《罗丹的故事》

戴维·韦思在叙述罗丹进行这一杰作时说了这样的一段话。当然,无论是时代和思考的内容,公刘面临的主题均与此不同。但无可讳言的是,公刘经历了一个人类正常的良知发生异变的时代,如何结束这一真理和正义的异化而复归正常,这同样需要罗丹的雕像那样的双倍于人体的规格、巨大的脑袋、粗壮的手,以及那看来有点扭曲的姿态。我们的诗人,几乎也无时无刻不自心里发出罗丹那样的沉思的低音:"即使是现在,思索依然是艰难的,也是痛苦的。思索是受罪,是探求……"(同上)

整整几代人都在大动荡结束之后进行着这种艰难而又痛苦的思索。富有历史使命感的公刘,率先感受到了诗歌的思考时代的到来。这种信息最初是由一九七八年七月写于他"流放地"的忻县的《沉思》发出的。二十多年前就喊着要告别牧歌而未曾真的告别的诗人,在新的时代里,几乎完全变了样。他已不再满足那种单纯而热情的歌唱,他宁可选择沉思之后痛苦的、然而又是真诚的渴望与吁求。仿佛是奇迹一般,公刘用诗塑造的"思想者",一下子就剖开了那巨大头颅的颅盖而透视到了它内在的构成:

> 遍布于大脑皮层的沟围呵,
> 　　　谷何其深,峡何其长!
> 多少事,和着血掺着汗在这里层层沉积,
> 深深蕴藏……
> 　　——《铁脚歌》

这是在黄土高原一个闭塞的县城,距离十月的胜利不及一年写成的诗句。他描述当日写诗的心境是:"一半活在记忆之中,另一半只好活在幻想里"(《〈白花·红花〉后记》)。记忆和幻想催动着新的诗情的萌生,这正是诗歌即将展现它的历史沉思主题的一种预示。

思考是一种更大的希望和渴求。一个新时代的降临,使人们在突然而至的光明中,反思那曾经有过的难耐的黑暗和污秽。有的诗人对于失去岁月中的愁苦与欢愉充满了眷恋,他们唱着久经离乱之后归来的歌。公刘与此不同,他也反顾来路的艰辛,

他也对那些失常的年代进行剖析,但是,他更注重于在历史性的对比中进行冷峻的思考,特别是对于自己的今天与过去无情的批判性的思考。公刘总是这样,一半沉于往昔的追忆,一半寄望于今日的希求。他总是不忘自己诗句的真实和真诚的价值,而且不需要掩饰。他唱着新的"恋歌"(它的题目是:《献给宪法第十四条的恋歌》),他在这首新歌的前面引用了写于二十四年前同一题材的《在这庄严的时刻》中的诗句。那里谈到了"贫穷和苦难将被遗忘,幸福的道路迎着祖国开放"以及"撑起了一座真正的地上天堂"之类的天真的语言。公刘对自己不留情面地写了这样的句子:

> 谈何容易!真正的地上天堂!
> 不能兑现啊,我的幼稚的狂想;
> 如今该我脸红了,也许
> 是我撒了一个善良的谎。

无疑,他批判的不仅是自己的天真和善良,更为重要的是他对生活的变态的鞭挞。公刘的历史性沉思,总是以造成巨大间隔的二十年为期。一个对时代诚实的诗人,不可能不对这个时代发出诚实的声音。二十多年的间隔,许多美好的记忆都散失了,他不再轻信那一队驮着杨柳的骆驼就能一下子踩出个春天来。他想得更多、更切实的倒是那无穷的驱赶生命于大饥渴的流沙。他曾经陷入其中,又蹒跚而出,但是不存幻想,准备再一次接受流沙的挑战。正是在这样的心境中,美丽的云彩消失了,连同那对于生活的天真的梦想。记得当他初次乘车夜渡黄河,曾真诚地祈愿睡梦中的"固执而暴躁的父亲""应该有一双充满智慧的明亮的眸子"。可是,一九八二年他在长江的江轮上却做了一个恶梦,长江因泥沙过量而变成了第二条黄河:

> 我仿佛看见有两条黄河竞相鼓荡,

一条染黄了北边,另一条染黄了南方。
　　我的祖国就像一名晚期黄瘟病患者,
　　眼球子都黄了,黄色的
　　分泌物沾满了我的被褥衣裳。
　　——《江轮上的噩梦》

在重大的转折的时代里,公刘获得了庄严的历史感。他在坚持诗歌歌颂真理与正义的同时,指出"鞭挞形形色色的阉割理想、戕害人民的黑暗事物,乃是诗的天职。"这就是他由云而火的"诗出愤怒"。正是在这样的历史性思考中,他写出了一首又一首喷着火团的诗篇。那里有对于企图保全掩盖垃圾的完美《雪景》的"愚顽的妇女"的揶揄;那里有对着由"半顽固半圆滑的颗粒"组成的《冻雨》而发出的对于春天的祈求;那里有对于只是满足"各式各样胡诌"而"谁也不碰那个可怕的巨大的伤口"的"讨论会"的谴责;那里有反复喊着"哦,可——怕"的以"无产阶级专政"的名义杀害女共产党员的《刑场》的惊呼……当然,期望以自己的诗句催动生活向前的"思想者",不能不关切造成历史变异的一个重大原因的探究。他的一些诗篇,试图评价在现代社会里由造神而引发的现代迷信造成的危害。公刘进行这方面的思考也以富有历史感而显示其批判的力度。

体现了公刘深沉的思考而又不失其科学精神和前进观念的,是《十二月二十六日》。在那里,他颂扬了战斗的旗帜,也写到不必忌讳旗帜上的弹孔。他试图对旗帜的概念作出符合实际的诠释:

　　无可置疑,他是一面大旗,
　　旗的概念是什么?是飘扬,是进击,
　　旗应该永远是风的战友,
　　风,就是人民的呼吸。

思考愈是深入，信念愈是触及实质，愈是感到了积淀的沉厚，开拓的艰难。"思想者"面当此情，禁不住会喟然长叹："思想啊，痛苦的思想啊……"(《声音》)。这种痛苦，虽然蕴含了罗丹那座伟大雕塑的人为脱离兽类的处境所感到的沉重负担，但最基本的因素却是现实的时代重负和关于人民命运的思索。当这位"思想者"触及现实生活中的"冻雨"、"残雪"、"冰山"、"伤口"、"噪音"、乃至"骨灰盒上的阴风"(以上均《仙人掌》诗题)时，那一朵朵带着深谷底层的寒气的奇幻的云，已经在历史的沉思中变成了愤怒的火团。(公刘说过，"歌声并未弃我而去，只是由于缺乏活命的水，连它都变成火了。")

对于一味责备火的人，对于不高兴由叶笛的轻柔优美转发为机枪一般喷射火焰的人，如下一段从勃兰兑斯那里转引来的文字，可能是恰当的回答：

  一批珍贵的康倍尼花瓶在炉中烘烤；一座家神腊像不经心被放在炉旁，开始融化。

  它向炉火使劲抱怨，说道："瞧，你待我多么无情！你使这些东西加固，加让我融消。"

  炉火回答道："这只能怨你自己的本性。至于我，不管是什么时候在什么地方，我就是火。"

不要埋怨火。火一旦形成，他的使命就是燃烧、喷射。

我们是雷鸣

一个有趣的事实是，一位诞生并长期生活在南方的诗人，却偏爱着北方干旱的瀚海上的生物：骆驼和仙人掌。他生活在没有骆驼的南方。骆驼只是在他的童年姐姐讲的故事和卖糖玩具老汉的摊子上出现。当他来到北方真看到骆驼的年代，他看到的只是它背上驮的"春天"，而并不真的理解跋涉的艰难和困顿。

只是当他自己陷入了"流沙",骆驼的命运不期然而降在他身上了,他这才真的理解了这个背上长着肉峰的、有着顽强生命力的戈壁之舟。他不仅真的爱上了骆驼,而且决心"假如七八年再来一次流沙,我就再变成骆驼"。即使因衰竭而倒下,"对习惯于横行无阻的流沙而言,骆驼留下的一堆骸骨也未尝不是一种小小的障碍"(《离离原上草·自序》)。诗人已经失去了五十年代那些开朗明快,他甚至显得沉郁而固执。

至于仙人掌,在名为《仙人掌》的诗集中,并没有出现以此命题的诗篇。只是在他为诗集的题名而困惑时,因偶然的机缘而选择了这种不多开花、浑身长刺的"泼辣的野生的植物"的名字。公刘显然是为他的诗选择了坚忍顽强的性格。他追求的是诗的诚实,以及为维护对于生活诚实的态度的韧性的战斗。仙人掌的刺,与其说是为了自卫,无宁说是为了抗争。

公刘近期的诗,其风格近于沉稳辛辣,有些诗则显得老练而滞涩。他的《竹问》是全然翻出新意的作品,但若仅以艺术的探新目之,则是对于公刘近期创作思想的明显误解。面对一片成林的春笋,他"不敢问""长大了你干什么?"接着是四个"也许":"也许将七窍通灵箫笛流韵","也许将编扎火把再次夜行","也许将玲珑剔透悬帘铺簟,为炙手可热者奉献着凉荫","也许将横节竖刺呼啸恶声,教鲜血淋漓者驯服于命运"。在从来都涂满赞誉之辞的传统形象上,他通篇没有留下让人愉快的形象,而只是噩梦般的奇想!有时,他甚至尖刻到不留余地,如《从前我们是诚实的》,全用反语,极尽辛辣讽刺之能事:"反正我们从前是诚实的!这就够了,根本用不着惭愧,何况我们私下还承认:撒了一个谎,就必须用一百个谎来保卫。"这首诗,连同《宪兵进行曲》、《我们是汉朝人》、《俚歌》等一类诗,其讽刺的才能,让人想起黄永玉的《曾经有过那样时候》。不过公刘似乎激愤更甚,而诡黠与幽默则不及黄永玉。

对于生活的毫无保留的直率,敢于面对光明(他能忘情的为之讴歌,他也有过如同《春天,你好!》那样由衷的欢愉,《星》那样忘情的歌颂,当然,他也有过像《交城山》那样不能全由他负责的创作的失误),更敢于面对阴影(他确认:"没有影子的地方,'光明'是假的")。复出之后的公刘的美学理想,可以二字概括,那就是:真诚。以真诚的态度面对生活,不论生活的积垢有多深。既然选择了诗,那就只能是:哪怕面对着苦难也要前行。公刘不承认真诚是他的哲学或美学理想,但他承认诚实。他说:"诗必须对人民诚实,这也谈不上是哲学,谈不上是美学,而只不过是革命者起码的为人之道"(《离离原上草·自序》)。

复出之后,他思考最多的是诗的异化。他的"诗与诚实"的信念,是基于这种思考而产生的。正是在这种信念的催促下,他寻求诗的新生命。这种寻求概而言之,就是让诗更加切近人民思想感情的真实,要是用上一个长久冷落的概念,那便是"人民性"。这在近期公刘作品中,是一个确定的倾向。《上访者及其家属》以深邃的思想,漫不经心的揶揄所传送的严肃的思绪,表达了诗人对特定社会现实的关切。很少见过如此真实、贴切地传达出屈辱的、求告无门的平民的痛苦情绪的作品。上访者的"独白":"我是大面积烧伤的血瘀,我是火成岩,我的家乡在炼狱";上访者女儿的"梦呓":"我太衰弱了,像一根坏了的弹簧,我想飞回去,但是没有属于自己的翅膀",字里行间都凝结着人民的眼泪。当然,他也尖锐抨击了那些名实不符的"公仆"。

从《上访者及其家属》到《读罗中立的油画〈父亲〉》,公刘以自己的作品,实践着他的诗美理想。他为维护人民的权力而呼喊,他敢于触动那巨大的伤口。特别是后一首诗,如此直言不讳地触及中国农民的实际状况,并以鲜明的画面展现这一切,这当然是诗歌走向诚实的有力实践:

有谁能数得清你死过多少次!

> 父亲，我的父亲，
> 那年你倚着土墙打盹，
> 在太阳的爱抚下再也不醒，
> 眼角滴着黄绿色的液汁，
> 浮肿的手还将一把草籽攥得紧紧……
> 那年你耷拉着脑袋，
> 　　硬把漫坡地撕成大寨田。
> 然后拉着犁，缰绳扣进肉里勒出血印，
> 吸完你最后一撮干桃叶烟末，
> 你倒下去，天上照旧
> 　　活着哑了亿万年的星星。

　　一种已经获得了主人的地位，却未曾真正行使主人的权力，特别是他自己也未曾真正意识到他就是主人的意识，公刘在这首诗中，把对中国农民（我们的父亲）的命运的思考推向了深入。当他对着那耳上夹着圆珠笔的近于麻木的"父亲"喊："你是主人！主人！明白吗？主人！"这声音让人心灵为之震动。诚实的诗人不会在人民的痛苦和历史的挫折面前闭上眼睛，不管是否有人据此嗜之为"缺德"。这种诚实的呼喊体现了诗人与人民心气的高度和谐。在"父亲"一诗的末尾诗人代表千千万万的父亲喊出了充满忧患感的朴素的请求："再也不能变幻莫测了，我的老天，我的天上的风云！"这呼喊响彻在公刘近期创作的许多诗中。让人愀然动容的是在被割断了喉管呼喊不出的《呼喊》中，诗人竟然发出这样惊心动魄的呼喊："中国呵，中国！中国被人割断了喉管！"

　　这些呼喊过后，应该是一阵沉默，人们将在沉默中获得更为深沉的觉醒。这就是充满了生命的挚爱而长着许多尖刺的仙人掌的诗情。只要和我们的诗人经历过同样年月的人都会理解这一切。这使人想起郁达夫评论鲁迅时说过的一段话：他"所看到的多是社会或人性的黑暗面,故而语多刻薄,发出来的尽是诛心之论。这与其说是他天性使然,还不如说是环境造成的来得恰对。……在鲁迅的刻薄的表皮上,人只见到他的一张冷冰冰的青脸,可是皮下一层,在那里潮涌发酵的,却正是一腔沸血,一股热情……"(《中国新文学大系·散文二集·导言》)公刘并不全然同此。他生活在一个诞生了光明的时代。尽管他也经历了沉重的苦难,但毕竟是光明之下的阴影。相似之处是仙人掌那些惹人不悦的尖刺,却洋溢着对于丑恶的诅咒的热情,这同样是透过表层方能发现的"沸血"。

当年在云南边疆,"蓝玻璃一样的澜沧江"亲吻着两岸的土地和原始森林;在哈尼山寨格朗和,满山的少男少女呼唤着自己的爱人;他为生活的美好所陶醉。后来来到北方,他登八达岭放歌,骄傲于自己"属于这个岸然屹立的古老的种族";在五月一日的夜晚,他和"整个世界站在阳台上观看"的友人一道享受着欢乐和幸福。他在美好的生活中感到了生活的美好。如今,他严峻得甚至有点"刻薄"。面对着"屈原竟死在第二次"的"荒唐的日子",他已经失去了那种美好的心境。他只能对着那十年动乱中被抛入东湖的屈原塑像满怀悲愤地质问:"这一回新的谋杀,该认作谁的羞耻?!"(《行吟阁行吟》)历史的沉思能激人热情,一种既有肯定又有批判的热情。当动乱刚刚消逝的时刻,一种批判意识在许多诗人那里都得到确认。"历史感指的是这样一种高度文化修养的感觉,它在评价本时代的功绩和勋业时,也考虑到过去的时代"(歌德)。和《行吟阁行吟》一样,《乾隆秋风歌》也是对于历史进行对比和反顾的作品。从历史上的一个女人,他想到了当今的另一个女人。诗人的谴责不仅无情,而且富有历史感:

原谅我提起另外一个女人,
因为她自命武则天的化身;

>假如一定要追寻鬼魂的投影,
>只有三点我同意;野心、淫荡、残忍。
>至于雄才大略,爱国恤民,
>她连一个脚趾盖儿也不顶!

公刘无疑是一位充满政治性的诗人。他以人民的意志为自己的意志。也许公刘近年的创作实践客观上响应了雨果如下的观念:"诗歌迎着政治风暴前进,正因为如此,它才更美,更强有力。当我们以某种方式来感受诗歌的时候,我们情愿它居于山巅和废墟之上,屹立于雪崩之中,筑巢在风暴里,而不愿它向永恒的春天逃避。"(《秋叶集·序》)公刘作为获得人民意识的诗人,他迎向了风暴,而不迷恋那轻飘飘的"永恒的春天"的情趣,他也不会从中寻求躲避。他有力量,并不感到孤单,因为他始终和人民在一起。在《我不是孤雁》这首诗中,他骄傲地说:"我的灵魂在空中排成梯队,我们是一群",而且依然充满了那种骆驼的韧性和仙人掌的肃穆的热情。这飞越远天的"雁",意识到自己的行程只能靠自己的振翼把它飞完。他以雄浑的声音表达了坚强的信念:

>我不是孤雁,
>我有一串嘹亮的啼音
>我们的啼音在海面轰然回响,
>我们是雷鸣。

在《离离原上草》那本自选集中,公刘把自己的诗作分为"叶笛"、"唢呐"、"铜号"三辑。现在看来,这三种由弱而强的乐器显然都已不能适应他的、他们的雷电之声了。

想象:诗人说明世界的基本方式[*]
——论诗的特殊性质之二

诗人的"疯狂性",不仅表现在他的激情方面,而且表现在他所构成的艺术形象方面。对于真正的诗来说,不存在"如实"的形象,而只有"想象"的形象。

诗从根本上说,是生活的反映。但它绝非对生活的"如实"的描写,而只是"想象"的描写。雪莱说过:"诗使它所触及的一切都变形"(《为诗辩护》),这是对诗的特性的极深刻的揭示。除了前面谈到的抒情的特点之外,论及诗与现实的关系,这是极重要的一点。单只是说:"这个少女很美丽",这不是诗的办法,它没有产生想象;说"女儿如花",就接近了,它把女儿的美艳,不仅仅看成女儿本身,而是看成了实体的"变形"——一朵含苞的鲜花,要是说——

> 呵,我看见
> 每一个姑娘的
>   心中
>   都是一片
>   桂林山水……
>   ——贺敬之《十年颂歌》

这就是纯粹的诗的方式。诗人居然把桂山漓水移到了新中国少

---

[*] 此文初刊1983年9—11月《青年诗坛》1983年第5—6期,初收《论诗》。据《青年诗论》编入。

女的心中!因为仅仅说"姑娘的心灵多美",不能令他人满足。诗的目的不仅在于抒写诗人的激情,而且要唤起他人同样的激情,要达到此目的,诗人除了"口出狂言",别无它法。于是,现实生活中不现实的,在诗的艺术中变成了现实:桂林山水果然移到了姑娘心中,以至于说姑娘的心灵的时候,不用美丽娟秀之类的形容,只需"一片桂林山水"便够了。

诗的这种不是"如实"的,甚至可以说是近于"疯狂"的方式,要是放在其他文学形式中,是不好理解的。李白可用"白发三千丈"来写忧愁的漫长,在小说中要是说:"这人因为忧愁,头发长得有三千丈那么长",便成了纯粹的疯话,甚至连"一夜之间,他的头发全变白了"也是不近情理的。而在诗中,这始终是一种正常的现象,而且可以说是一种受到鼓励的现象。"情人,和诗人一模一样,把他情妇的褐色的鬈发,比作发光的金发,因为新奇之感和亲切的美感,能够使那束发中的一星半点黄色,在想象中呈现出比纯金还要灿烂的光泽"(赫士列特《泛论诗歌》)。

在小说和散文中,当然也需要想象。它一般地要再现那现实生活的真实面貌,使人们在作家笔下的这些典型化的描写中去想象更为广阔的内容,它要让人身历其境,如同耳闻目睹的一般,人们通过文学作品的真实描写,觉得是再现了他所了解的、他所熟悉的,甚至是他所经历的感受,从而得到一种欣赏上的满足。古罗马的西塞罗说过:"文章之所以美,在于它不言过其实。"对于其他文体,不言过其实是美的;但对于诗,恐怕需要言过其实才美。诗的原则可以说是与之相悖。要是一首诗,把生活表现得过于实在,太像生活的实际,这诗是不会成功的。这里有一首诗,诗人满怀首热情歌颂他们生产队的好队长:

  叮叮叮,当当当,
  上工钟声谁敲响?
  "你送粪,他上场",

>   谁把活茬派妥当？
>   "我来推，你来装"，
>   谁和咱汗水一起淌？
>   批判稿，写满墙，
>   是谁贴的第一张？
>   一件件，一桩桩，
>   全记在我们心坎上。
>   干社会主义的带头人。
>   谁不夸咱好队长。

作者的意图是好的，他要用诗来歌颂这位事事模范带头的好队长。但是由于他不了解诗的性质，他以为诗的作用仅仅在于叙述什么，而且诗的方法仅仅在于按照实际加以描述，于是，他企图在这里列举好队长为什么"好"——上工的钟声，是队长敲响的；干活的任务是队长分派的；队长和社员一起劳动，队长带头写批判稿……但是，在表扬好人好事上，诗甚至连表扬稿都比不上，它用韵文来叙述事件，比不上一篇表扬稿的自由、充分、具体。而且，像这位作者这样写，也毫无诗趣可言。

诗不能照搬现实，诗应当"改变"现实，——这就是雪莱说的"变形"。同样一首歌颂好队长的诗，只有四行，却比这首十二行的诗说得更多、更好、更有诗的情趣：

>   村前流水长又长，
>   社员下地它照相。
>   照了三百六十张，
>   张张都有老队长。

它的奥秘就在于它把老队长的业绩加以"改造"。这首诗所表达的内容与上一首诗几乎完全一样，它要讲述老队长的先进作用。但是，它构成艺术形象的方法是很不同的。它不是照实地写,而是把老队长的不脱离劳动,不脱离群众的事迹"变形"为社员下地流水照相,日照一张,一年是三百六十张,张张照片上都有社员,也都有队长。诗的反映现实,一般来说,不要采取那种"一件件,一桩桩,全记在我们心坎上"的照直说的办法,而应当采取"社员下地它照相"的"变形"的方法。

在诗中,一种通常的办法是托物言志,借景抒情,心中有话,一般不直接说出,而是借一个契机,或是找一个寄托来加以表达。这在诗中,是自古已然的。屈原讲自己的政治抱负和理想,是香草美人的歌颂和追求;郭沫若用飞奔、狂叫、燃烧的"天狗"的形象来表达"五四"时代那种个性解放的狂飙突进的精神,而用凤凰的自焚来表达对于民族新生的期望。可以设想,要是诗人离开了这些对于事实本身的"变形"的描绘,不论是屈原的还是郭沫若的诗歌,都会失去它们的生命。在旧社会中,金钱可以变为极端的罪恶,但是,在诗人手中却不会这般"直说",它总是采用"曲说"的办法,含蓄地讲出它的罪恶。莎士比亚在《雅典的泰门》中把"金钱"说成是具体的"人"——"啊,你可爱的凶手,帝王逃不过你的掌握,亲生的父子会被你离间!你灿烂的奸夫,淫污了纯洁的婚床!你勇敢的战神!你永远年青韶秀,永远被人爱恋的娇美的情郎,你的羞颜可以融化了狄安娜女神膝上的冰雪!你有形的神明,你会使冰炭化为胶漆,仇敌互相亲吻……"。

把金钱仅仅说成是金钱,那不是诗的方式;把金钱说成是人,是凶手,是战神,是有形的神明,就是诗的方式。同样,下面是一首关于石油的诗,诗人知道石油是什么,但却偏问:"石油是什么?"

> 石油是什么?一团香喷喷的黑色乳酪?
> 石油!为了这富有想象力的名字,应当感谢沈括;
> 它是石头变了水,然而并不是水,
> 它是石头变了火,但又并不是火。

> 谁知道,人造羊毛的祖先竟漆黑如墨!
> 谁相信,酒意醉人的乙醇,仿佛来自糟粕!
> 这才是为革命输血,热烈却又沉默;
> 唯独工人阶级有权说:石油,它是我。
> ——公刘:《石油是什么?》

同样道理,要是把石油说成是石油,那不是诗。而诗,却是要把石油说成别的,从那既不是乳酪,既不像水,又不像火的曲笔之中去体会石油的真谛。这才是诗的方式。而且这首表面上讲石油的诗,实际上却不是讲石油,它的真正的含意,在这两句上:"这才是为革命输血,热烈却又沉默;唯独工人阶级有权说:石油,它是我。"这种言在此而意在彼的手段,是诗的常态和惯技,这是诗的"变形术",我们把它总的概括为:想象的手段。

"诗的光芒不仅是直射的,而且是反照的光芒;它将事物呈现给我们的时候,在那个事物的四周投下灿烂的光彩、激情的火焰,在与想象沟通之后,就如一道闪电一样,显示思想的深处,震撼我们整个身心。"赫士列特的这段话,恰恰证实了我们的观点。激情的火焰与想象的沟通,就会产生诗的闪电雷鸣。一个是激情,一个是想象,再一个,属于形式方面的,是音乐,他没有说。但前面两点是最重要的。诗的光芒,他说"不仅是直射的",我们可以订正说,往往不是直射的。诗是一种反照和折光,而往往不是直接的光照。

因为诗具有对于现实的这种反照和折射的反映的特点,因此,诗给予人们的印象是所有文学中的一种最为远离现实的一个品种。它对于生活绝不是亦步亦趋的,更不会生活中有什么,诗就反映什么,生活是什么样子,诗便是什么样子。三十年来,我们文学指导者把一切文学都驱赶到为现实斗争,为当前政治服务的窄胡同里去。诗不仅不是例外,而且走得更为极端。他们认为诗是一种最灵活、最轻巧的工具,在发挥诗的战斗作用的名义下,让诗一会儿为这个运动吹起冲锋号,一会儿又为那个运动敲起进军鼓,诗的特点遭到蔑视。而这恰恰造成了诗的灾难性的结果——三十年来我们还不曾出现一个伟大的诗人,我们没有今天的郭沫若,也没有今天的艾青。

应该允许诗表现为远离现实的状态,诗应当在想象的和幻想的世界里生存。有人说过,诗,"它再现我们参与其间耳闻目见的平凡的宇宙;它替我们内心视觉扫除那层凡胎俗眼的薄膜,使我们窥见我们人生中的神奇。它强迫我们去感觉我们所知觉的东西,去想我们所认识的东西,当习以为常的印象不断重现,破坏了我们对宇宙的观感之后,诗就重新创造一个宇宙。诗证实了塔索那句大胆而真实的话:'没有人配受创造者的称号,唯有上帝与诗人。'"(雪莱《为诗辩护》)这段话说明,诗是不能忍受对生活的庸俗的摹拟的,它要发现习以为常的现象之后的神奇,当生活变得千篇一律的时候,它就创造一种生活。所以,诗人从来都是大胆的创造者。否则,怎么理解"请君试问东流水,别意与之谁短长"呢?有生命的人怎么会向"无生命"的流水提"问"什么呢?怎么理解"狂风吹我心,西挂咸阳树"呢?那不是该送进疯人院了吗?而这种现象,在诗歌,都是屡见不鲜的。在诗人的笔下,世上的事物可以是另一种模样的,这里是聂鲁达的诗,他的"火"是"寒冷"的:

> 她说:"我直到昨天才知道/我的儿子告诉了我,/你的名字透进我的心,/好像寒冷的火。
> ——《逃亡者》

这里是海涅的诗,他的"严寒"都是会"燃烧"的:

> 严寒的确也会像火一样地燃烧。
> ——《什锦诗·冬天》

诗离开了"现实",在诗中,现实换了一副非现实的样子,这不是诗的"出格",而恰恰是诗忠于自己的个性的创造,试想,是热烘烘的火更能表现这种心向爱国者而又有些耽心受怕的普通智利妇人的心理状态,还是这一束"寒冷的火"?可是,谁见过"寒冷的火"呢?没有。但寒冷的火的确在诗人的心中燃烧着,正如严寒会像火燃烧一样。这些都是伟大诗人的创造。而理解这些诗,没有与之相同的智力,却是难以达到的。

诗歌史上有无数的事实可以说明这种来源于现实而又远离于现实的大胆想象所创造的奇境。正是由于这些奇境的聚合,造就了一部辉煌的世界诗歌史。想象产生诗歌,想象也产生诗人。李白听说王昌龄贬官,写诗给他,说"我寄愁心与明月,随君直到夜郎西",这是诗的方式。把充满忧愁的心,寄托给明月,明月伴随着友人,我的愁心伴随着明月。这里,全然是想象在起作用,这在一般现实感很强的小说里,除了特殊场合以外,是不大出现的。我的心不是在我的胸膛里么,它怎么会和明月有了关系?而居然又能随风而去呢?但是,几乎不分年代不分国籍的诗人都擅长这种思维的方式。这恰好证明:这种思维方式是诗歌所特有的。下面是土耳其的希克梅特写的《我的心不在这里——心痛病》:

> 你错了,医生。/你的柔弱而苍白的手/不能够摸到我的心,/鲜红的血,我的血同黄河混在一起奔流。我的心在中国,……/…………/我的心/不仅仅在我的身上——/虽然我躺在医院里面,/但我的心整夜的燃烧着,/它在同远方的一颗心谈话。

诗人患了心痛病,医生给他治疗。他告诉医生说:他的心不在这里。而在远方和一颗心谈话。要是读小说,人们会认为这是荒诞的;而在诗歌,人们认为不这样才是不正常的。因为只有大胆地超脱于现实,诗才能最真切地表达出那产生于现实的强烈的情怀。不妨设想一下,要是李白只说"友人远去了,我把对他的思念之情保留在心中",要是希克梅特只说,"我的心痛了,不是生理上的,而是我想着远方人民的斗争",那么,还有什么诗的激情可言?正是因此,雨果才说:"想象就是深度"(《莎士比亚论》);黑格尔才说:"最杰出的艺术本领就是想象。"(《美学》第一卷)

诗的基本特性是想象的表现。想象通常的表现形态是远离真实,但想象的前提和力量,都必须建立在真实上。戴望舒说过,"诗是由真实经过想象而出来的,不单是真实,亦不单是想象。"(《诗论零札》)这种真实与想象的关系,巴尔扎克在《论艺术家》中说得很精辟:"他听任躯体受世事变幻的摆布,因为他的心灵始终飞翔在高空。他的双脚在大地上行进,他的脑袋却在腾云驾雾,他既是赤子又是巨人。"既是赤子,说明他是真实;又是巨人,说明他会想象。但是诗应当表现为巨人,他的主要特性是想象。对于诗人,从来都是创造多于叙述,不过,诗应当是安泰,它只是紧贴地母的胸膛时,他才有力量,离开了母亲——真实,他就会变成最没有力量的人。

想象应当海阔天空,诗应当设想奇特,但是出人意想与合乎常情应当是统一的。不合乎常情,也就达不到出人意想的效果。一个年青朋友写了一首题为《镜子——车轮》的诗,说"镜子像一个车轮,奔跑在人们的脸上,压出了多彩的芬芳"。这或许也是想象,镜子多半是圆的,未尝不可为轮。镜子可以投人们的脸上以反光,但不知怎么会在人脸上"奔跑",说镜子奔跑在人的脸上不免离奇;但是也许不是镜子奔跑而是车轮奔跑吧,车轮压过了人们的脸,居然还现出了"多彩的芬芳",那就太悲惨太可怕了。这些想象违背了事物的基本真实。所以它不会产生良好的效果。又有一首诗,写:

> 我真想
> 揪下太阳塞进你的笔记
> 让温暖的阳光
> 射入那冰冷的诗行

把太阳揪下来,在现实生活中不可能,但在诗中这样写是完全允许的。问题在于,他要把庞大的,呈现为巨大的燃烧的火团的太阳,塞进他的朋友的薄薄的纸片订成的笔记,怎么塞法?即使"塞进",难道他就不怕将"笔记"焚尽么?不真实,也不可信,因而这种想象是一种胡思乱想。想象应当有现实的根据。像下面这首诗:

> 夜里他巡视海底去了
> 把他的光分给月亮
> 点亮这盏天上的灯
> 嘱咐她把地球照亮
> ——李又然:《嘱咐》

这奇想大体符合自然界的规律,是成功的。

　　成功的想象总有现实的依据,但又奇想腾空,对真实加以巨大的改造,使之发出奇异的光彩。诗人的夸大其词,有时会带给人们以莫大的喜悦,正如维吉尔在《伊尼特》中描写卡米拉的敏捷说:"要是她飞跑在麦田的顶端,她不会损伤柔嫩麦穗;要是她掠过汹涌的海面,海水不会弄湿她飞驰的脚底。"对此,英国的德莱登说:"没有人叫你像读历史一样地把诗人的话信以为真;但是你喜欢这个形象,虽然不曾为虚构的想象所欺骗。"(《英雄诗及诗的自由》)诗文所以需要想象,而这种想象之所以往往是夸张的,在于诗人需要强调和强化他内心激情,归根到底,是为了抒情的需要。

　　想象需要奇特,但是应当具有现实的合理性。"想描写他的梦境的人,他自己就要格外清醒"(瓦雷里),英国的文艺理论家罗斯金说过:"我们有三种人:一种人见识真确,因为他不生情感,对于他樱草花只是十足的樱草花,因为他不爱它。第二种人见识错误,因为他有情感,对于他樱草花就不是樱草花,而是一颗星,一个太阳,一个仙人的护身盾,或是一个被遗弃的少女。第三种人见识真确,虽然他也有情感,对于他樱草花永远是它本身那么一件东西一枚小花,从它的简明的连茎带叶的事实认识出来,不管有多少联想和情绪纷纷围着它。这三种人的身份高低大概可以这样定下:第一种完全不是诗人,第二种是第二流诗人,第三种是第一流诗人。"这就是说完全清醒的人不是诗人,完全在梦境中的人只是第二流的诗人,而能够清醒地说梦的人,是第一流诗人。想象中创造的世界,应当有现实世界的影子,哪怕是一道折光,一个投影。

1984

致北京大学校长信[*]

社会科学处苏执中处长　请转
北京大学校长

中文系当代文学1981级研究生黄子平、季红真,在校期间学习成绩优异,业已通过全部学业考试,修满规定学分,正积极撰写毕业论文。我们经过慎重考虑,从有利于北京大学师资科研队伍的长期建设,有利于中文系知识结构的发展更新,特别是,有利于中国当代文学这一最密切联系现实、又是最年青的学科门类的基本建设出发,建议将该二人留系工作,请领导予以审议。

今将黄子平、季红真二人的学习情况简介如下:黄子平,原本校中文系77级学生,为该年级成绩最突出的高材生之一,其大学毕业论文《从云到火》(公刘近年诗作初探)发表于《北京大学学报》83年2期,获得国内诗歌评论界的重视。在校期间撰写的《沉思的老树的精灵》(《文学评论》83年第2期)为研究当代作家林斤澜创作的最深刻、最系统的一篇论文,获得日本东京大学高田淳教授的重视,该文业已收入北京出版社的北京作家研究专书。另一篇论文《当代文学中的宏观研究》,发表于1983年第3期《文学评论》,曾先后被《光明日报》、《文摘报》等报刊摘要发表,《新华文摘》1983年7月号又以显著版面全文转载,该

---

[*] 此文据手搞编入。

文以立论科学准确,具有推动学科发展的理论价值引起学术界的广泛注意。

黄子平专业基础坚实,知识面宽广,思考缜密又富于创造性,有很强的独立研究能力,在校期间尚写有多篇读书报告,业已或即将发表的尚有:《道路扇面地展开》(《诗探索》1982年第4期),《郭小川诗歌中的时空意识》(《文学评论丛刊》)、《艾青:从欧罗马带回了一支芦笛》(湖南人民出版社)、《谌容小说论》(《当代作家研究》)等。

季红真(女),原吉林大学中文系78级学生,以提前一年毕业的资格经该校批准考取研究生。该生学习勤奋,知识深广,善于思考并总结当代文学的思潮动向,并能吸收当代学术研究中的最新信息以补充自己。该生除拥有较强的教学研究能力外,还能从事散文创作,散文作品《古陵曲》曾获全国散文评奖二等奖。季红真在校期间已发表(包括即将发表)的论文计有:《传统的生活与文化铸造的性格——试谈汪曾祺小说的部分人物》(《北京文学》1983年第3期)、《古老黄河的灵魂——评张贤亮的新作〈河的子孙〉》(《当代》1983年第5期)、《汪曾祺小说中的哲学意识与审美态度》(《读书》1983年第12期)、《同一历史主题的两部时代乐章——赵树理与高晓声创作特点的比较》(《北大研究生论丛》第1辑及《当代文学研究丛刊》1984年第1期)、《淳朴人情的赞美诗——评汪曾祺小说〈受戒〉》(《阅读与欣赏》)、《豪华落尽见真淳——汪曾祺小说美学风格初探》(《北京作家评论集》)、《归来:失去的与得到的——论近年"归来"主题的诗歌创作》(《诗探索》1982年第4期)、《现实主义的深化——近年小说的艺术特色》(《当代文学论丛》)、《阔大的空间与凝滞的时间——简论新疆三位青年诗人的创作》(《青年诗坛》1982年第2期)。

1984年1月13日

"感觉出火来"的死水[*]

题名《死水》,自寓深意。死水自然是与活水相对而言。朱熹有一首《观书有感》,是咏"活水"的名篇:"半亩方塘一鉴开,天光云影共徘徊。问渠那得清如许,谓有源头活水来。"所写不过"半亩方塘",却天光云影清澈可鉴,原因在于它是活水。闻一多这首《死水》,全然不同于此,它起始就说:"这是一沟绝望的死水,清风吹不起半点漪沦。"这是一个不存任何希望的、决然的判断,这种判断当然是指的《死水》诞生的那个阶段的社会现实的。

诞生于五四前后的中国新诗,在其形成和发展的过程中,浸润了五四运动的彻底反帝反封建的革命意识。作为当时诗歌的主潮,是一种不妥协的社会批判精神。那时许多对生活持认真态度的知识分子,不论其生活境遇和社会地位如何,或早或迟地总要皈依真理而踏上进步的道路。闻一多就是这样的知识分子中的一个。

一九二二年七月,闻一多赴美留学。在国外期间,他不能忍受作为中国人在那里所受到的歧视而写出了《洗衣歌》一类的爱国主义诗篇。朱自清对此有很高的评价,说他"是个爱国诗人,而且几乎可以说是唯一的爱国诗人"。一九二五年,闻一多怀着对祖国的渴想与期望,从美国归来。但国内现实的黑暗却令他极为失望,他终于有了一个痛心的《发现》:

---

[*] 此文初刊《阅读和欣赏·现代文学部分(三)》,北京出版社 1984 年 1 月出版,初收《论诗》。据《阅读和欣赏·现代文学部分(三)》编入。

> 我来了,我喊一声,迸着血泪:
> "这不是我的中华,不对,不对!"

在这首诗中,他毫不掩饰自己那种狂热过后的幻灭感:

> 我来了,不知道是一场空喜。
> 我会见的是噩梦,哪里是你?

正是这种为现实所冷却了的、炽烈的爱和期望,化而成为《死水》诗中的死水的意象。面对着满怀空喜破灭之后的噩梦般的现实,诗人强烈的爱国激情迸发而为对于现实的诅咒,这便是《死水》所要表达的情绪。

《死水》是一首社会性很强的诗。但它并不是一首写实的诗,它并不照实际的样子写实际的生活。但《死水》又是真实的。它再现了作者对那个社会实际情况所产生真实的情感。然而,全诗只是一种隐喻,它以一沟死水比喻那个粘滞得流不动的、沤得发臭的、完全丧失了生命力的社会现实。当诗人"发现"自己热烈的期望变成一场"空喜"和"噩梦"时,他内心的痛苦和愤怒同时迸发出来了。表现在《死水》里,就是这种决绝的批判态度。《死水》中出现的一系列形象,都渗透了这种批判精神。诗人有意把极丑恶说成极华美,其中包含了尖锐的讽刺意味。这死水是无可希望的,对付它的办法只能是"不如多扔些破铜烂铁,爽性泼你的剩菜残羹",就是说,不让它再伪装光明和美丽来欺瞒世人,索性让丑恶以它本来的面目赤裸裸地表现出来。以下的这些诗句都是反语,应该从它的背面理解它的含意:

> 也许铜的要绿成翡翠,
> 铁罐上锈出几瓣桃花;
> 再让油腻织一层罗绮,
> 霉菌给他蒸出些云霞。

>让死水酵成一沟绿酒,
>漂满了珍珠似的白沫;
>小珠们笑声变成大珠,
>又被偷酒的花蚊咬破。

那些"破铜烂铁",变成了翡翠和桃花;那些"剩菜残羹",却泛出了罗绮和云霞;这绝望的水,此刻却变成了一沟绿酒;绿酒在冒泡,那泡沫便是珍珠!他用很美丽的比喻来反衬这绝顶的肮脏,目的是造成让人恶心的反效果。这样,它便传达出我们所认为的诗人"尖锐的讽刺"的本意。

《死水》的笔墨寓辛辣于细腻之中,它讲究修辞,而且力求用辞的丰富精美而不重复。例如以下短语所用的动词就各不相同:"绿成翡翠","锈出几瓣桃花","织一层罗绮","蒸出些云霞","酵成一沟绿酒",等等。写完了这些,它总结说:这死水据此"也就夸得上几分鲜明"。但这里的"鲜明"还只是从色彩和光泽上加以点染。接着,他表现死水的"声音"。这声音也很别致,有"笑声"——"小珠们笑声变成大珠";还有"歌声"——"如果青蛙耐不住寂寞,又算死水叫出了歌声"!这是多么可怕的死一般的沉寂。唯有那"耐不住"寂寞而叫喊几声的蛙鸣,让人觉得这一沟死水居然还有声音!

在诗的末段,重现了它的"主旋律":"这是一沟绝望的死水"。这不仅是一种照应,而且是一种再强调。尽管在这之前,它极写这死水由翡翠,珍珠,桃花,云霞,罗绮所装扮的"美",但那只是美的骗局:"这里断不是美的所在"。这"绝望的死水"的"主旋律"的重现,表现了诗人对死水的判断和批判的肯定,应当说,这里所体现的《死水》作者的战斗精神是确定无疑的。

但是,全诗的最后两句:"不如让给丑恶来开垦,看他造出个什么世界",在对这首诗的积极意义,及其思想成就的估价方面,曾经引起过不尽一致的意见。有的同志认为:"他把当时的政治社会比作一沟死水,这表现了他的爱国主义情绪。"这样分析是恰当的,但当谈到《死水》结束的这二行诗时,却说:"他处理这沟死水的方法,是把它'让给丑恶来开垦',自己却钻进艺术之宫里去寻求'美的所在'"。这无疑是对"不如让给丑恶来开垦"一句表示了保留的态度。

显然,这是把诗人激愤的反语"当真"了。《死水》作者这种"不如多扔些破铜烂铁","爽性泼你的剩菜残羹",以及"不如让给丑恶来开垦,看他造出个什么世界"等等,应当说,是一种积极干预的、而不是躲避的批判精神的体现。他若是对死水无动于衷,自然就不会满含着愤怒说这些激烈的言辞。正因为他看透了这沟死水的无可希望,于是便执意要彻底暴露它,暴露出它的肮脏和丑恶,以它那灿若云霞、艳若桃花的"美丽"!如果把闻一多此诗的本意理解为他对丑恶的逃避、自己却由此钻进了艺术之宫,则是没有理解闻一多以他自己的方式所作的,对于黑暗的鄙弃,以及他对丑恶的毫不妥协的抗争。其实,"不如让给丑恶来开垦"的本意是否定;"看他造出个什么世界"的本意是怀疑,而不是相反。

关于这一点,闻一多于一九四三年一月二十五日给臧克家同志的信中已作过辨明:"我只觉得自己是座没有爆发的火山,火烧得我痛,却没有能力(就是技巧)炸开那禁锢我的地壳,放射出光和热来。只有少数跟我很久的朋友(如梦家)才知我有火,并且就在《死水》里感觉出我的火来"。这些话,应当视为开启《死水》奥秘的钥匙。就是在死水的下面,有一座没有爆发的火山,那蕴藏着光热的岩浆就在死水下面鼓涌运行。尽管全诗未曾对这潜藏的火山有所描述,但我们可以从他不妥协的精神中看到诗人火一般的热情。闻一多没有躲避,至少在写《死水》的时候,他是站在生活的激流之中——即使后来当他潜心于中国古文化的研究,他也是在通过历史思考现实的。

《死水》的作者是新月诗派中创作和理论都拥有实力、并起着重大影响的诗人。在早期,他是新诗格律化主张和实践最力、而且在理论上也最为完备的一位诗人。他主张新诗要"带着镣铐跳舞",提倡为增强新诗的节奏感而要求"句的均齐"和"节的匀称",并提出音乐美、绘画美、建筑美的要求以造成视听觉全能感应的诗美观念。《死水》便是他的新诗格律化理论的具体的和忠实的实践。这就使他的《死水》不仅成为新诗史上的杰作,而且成为格律体新诗的代表作。

《死水》体式极严。从外形看,每句九字,每节四句,排列起来非常齐整。从内在的韵律看,每句内部均由四顿组成,由于内在节奏的高度和谐一致,再加上严格的双行押韵、每节一韵的音响效果,使全诗的节调十分动听。《死水》用字富于色彩感,尽管是写丑恶,却也艳丽鲜明,更反衬出诗中有意造出的病态美在否定现实中的力度和深度。关于《死水》的艺术追求及其成就,沈从文曾著文指出:它"在文字和组织上所达到的纯粹处,那摆脱《草莽集》(朱湘著)为词所支配的气息,而另外为中国建立一种新诗完整风格的成就处,实较之国内任何诗人皆多。"(《论闻一多的〈死水〉》,《新月》三卷二号)

论及《死水》的成就,也许它在艺术上的精心结构较之思想上的积极批判精神更为引人注目。从《红烛》到《死水》,闻一多的诗风有了大的转变,主要是:"转向幽玄,更为严谨","他的诗有点像李贺的雕镂而出"(朱自清语);"他的诗是不断的锻炼不断的雕琢后的结晶"(陈梦家语)。五四以来像他这样注重诗歌艺术的探讨切磋的诗人的确不多,应该说,闻一多带给新诗艺术探讨方面的启迪是深远的。

《死水》明显地体现了这种艺术追求:他要把诗写得美些(即使是在《死水》这样诅咒黑暗的诗中),他的特点是艺术的精心

"雕琢"和"锻炼"。但他的确没有因重艺术技巧而轻了思想内容。例如《死水》，他竭力不作外在的呼喊，而以严密的有节制的韵律，组织进他的缜密的思想之中。因而，他的《死水》的深沉的意念是通过精美的艺术得到表达的。全诗始于"这是一沟绝望的死水"，也终于"这是一沟绝望的死水"，回旋往复又曲折有致。短短二十句中变化多端，有展开，有再现，有铺陈，有复沓；到"看他造出个什么世界"似结未结，余音袅袅，全部答案均留与读者自审，引而不发，陡然增加了引人思考的魅力。

难忘的记忆*
——我的中学时代

我相信我们那一代人的中学时代很少人不是在动荡中度过的。如今回想,仿佛整个生命陷入迷乱的星云中。时局的不宁、环境的多变、生计的困难,压迫着我们,使我们还没有真正开始生活,便对生活怀有畏惧心理。

我的家乡是福建省的福州市。那曾是一座南国风景佳好的花园城。闽江蜿蜒流过市区,市街两旁种植着白玉兰——那是北方看不到的一种高达数丈的开花的乔木。郁达夫曾经极口称赞过我的家乡:"山间的草木一年中无枯着的时候,最奇怪的,是梅花开日,桃李也同时怒放;相思树、荔枝树、榕树、杜松之属,到处青葱欲滴,即在严冬,亦像是夏的样子。"(《闽游滴沥之二》)南国温暖的太阳,照射着常绿的四季,1932年1月,我便诞生在这片美丽的山水中。

但陪伴我度过童年和少年时代的,却是一连串凄苦的日子。我整个小学阶段在抗战的炮火中度过,断断续续地换了好几个学校才念完。抗战胜利后,我进入了中学。在解放战争的炮火中度过了这一人生阶段。

我的中学母校是福州三一中学。这是一所外国人办的学校,收费甚高。那时社会不安定,通货膨胀严重,我父亲已失业多年,家境十分艰难。我每学期开学都为缴纳学费发愁。但我

---

* 此文收入《流向远方的水》。据此编入。

还是坚持念完初中并升入高中。我之所以能够如此,全靠两位最值得我感激的人的帮助。一位是我那时刚刚孀居的姐姐谢步韫,她以自己的积蓄,甚至变卖自己的婚饰供我学费;一位是我在仓山中心小学读书时的老师李兆雄先生。他通过自己的影响,使我每学期都获得部分减免学费的优待。要是没有他们,以我当时的经济条件,是完全上不起这样的中学的。

我在上小学时便喜欢读书。进入中学又对文学发生了浓厚的兴趣,特别是诗和散文。在这方面,对我影响最深的是语文老师余钟藩先生和林仲铉先生,他们都是南京中央大学国文系的毕业生。林先生是替余先生代课才来到我们学校的,虽只短短一个学期,但我们之间的关系甚至现在也一直保持着。他现在是福建师大的教授。余钟藩先生文学修养很深。他给我们讲《论语·侍坐篇》,用接近古音的闽方言吟诵,如听典雅的古乐,如今回想,依然充满了激动。

我是从古典文学入手,然后接近现代文学的。进入初中我便读《水浒》、《红楼梦》等古典文学名著。那时我通过自学已能全文背诵白居易的《琵琶行》、《长恨歌》,尔后,开始大量阅读新文学作品。从冰心的《寄小读者》、《南归》,到巴金的《激流三部曲》,那时我也读过鲁迅的杂文,但不能理解他的精深博大。

文学不仅给我清贫困苦的生活增添乐趣,而且陶冶了我的性情。可以说,新文学作家对我影响最大的是冰心和巴金。冰心教我爱,巴金教我反抗。他们的作品都以震撼心灵的人性的力量滋养了我。那时,我的生活十分艰难,物价飞涨,真如马凡陀诗中写的,是"这个世界倒了颠,万元钞票不值钱"。经济来源经常断绝,我们一家经常处于半饥饿状态。我和弟弟有时不得不去捡一些稻穗,砍一些柴禾以度难关。

但我钟爱文学如挚友。我节省父母给我的极可怜的一点零用钱买自己喜欢的刊物,如《中国新诗》、《诗创造》等。姐姐家住在福州城里,我住南台,相距甚远。但每到周末,我总步行进城到她那里取过时的报纸——因为报纸的副刊上有我热爱的文学。我那时买不起报纸。

对文学的兴趣使我忽视了其它功课,我不喜欢数学,虽然都能及格,但一直没得过高分。三一中学是英国教会办的学校,重视英文的程度超过本国语言。英文课在全部课程中是最重要的主课,占的时数最多。辅助这门主课的,尚有一系列课程,如单独开设的英文法、英练写、英会话、英作文等。三一的校歌是用英语演唱的。但那时我的全部兴趣都被文学夺去,加上对教会的反感,影响到我以近乎敌对的态度对待英语的学习和掌握。这种偏颇所造成的损失,直至今日我还在责备自己。在中学,我因为过早地专注于文学,使我的学业不能全面发展。我并不是班上成绩最优秀的学生。

我最喜欢的功课,除了本国语文之外,便是作文。那时的作文,大体都是余先生命题,间或也有自定题目的时候。遇到作文课,我兴奋得有如过节,往往借题发挥,当场把先生出的题目写成文学作品,有时是散文,有时则是小说——虽然是幼稚的小说。我第一次在报刊发表的作品《公园之秋》,便是课堂作文。这篇作文很短,我一气呵成,余先生给了92分,并写了"立意精新"之类的评语。我受到鼓舞,便偷偷地投给了福建当时最大的一家报纸(福建《中央日报》)的副刊。不几天,我到报栏看报,居然加上花边登了出来,这是1948年11月26日的事。这篇有点像散文诗的《公园之秋》全文是这样的——

  黄昏,我走进公园。
  我没有闲情来享受这绮丽的秋之景色!
  枫叶红似榴花,我不想作一首华丽的赞美诗,我想,那是血;那是苦难大众的血迹;他们,这批可怜的被献祭的羔羊,被侮辱了,被宰割了,在黎明未降临之前,他们被黑夜之魔夺去了。血,斑斑地染在枫树叶子上。

小河呜咽着。

河畔的享乐者歌唱着。

我该作如何的心情呢?

唱吗?我不应该这样作,哭吗?又不合时宜,于是,我忍住泪,"心沉向苍茫的海了"。

秋风中飘零的枯叶,像纸币,红的,黄的,也有绿的……

风,像一把利刃,刺向人民的咽喉,哀呼一声,血流出来了,人民哭了,哭声恰像秋的风,飒飒地响。

忧郁的山啊!你皱着眉,屹立在对面,泉水潺潺地从山凹中流下来了,是孤独者的泪啊!

看!公园外,一片广漠的田地。绿色是大地母亲的胸脯;金色,是血汗付出的代价呀!是收获的季节了,原野上轻荡着稻草的清馨,菜畦上,农夫开始播种了,明天,又将是收获的季节了!

我的写作兴味受到了鼓舞,诗、散文,有时也试着写小说和文艺随笔。当时福州的几家主要报纸我都投稿。那时才十六七岁,胆子大,敢闯。我没有熟人,也不找那些编辑先生,但寄去的稿子大体都能发表。对那些默默地为我改稿子、发表像我这样一个中学生习作的编辑,我至今都怀着深深的谢意。可是,我不认识他们,也无从表示我的谢意。只有一位是例外,那便是当时在《福建时报》编《詹言》副刊的郭风先生,他是当代著名的散文家和诗人。直到80年代我们相识了,提起旧事,他才知道当年的谢鱼梁(我使用的一个笔名)就是我。这益发加重了我对他的敬意。

1948年,我初中毕业,解放战争正在紧张地进行。国民党政治腐败,贪官污吏横行。国统区人民的生活十分痛苦,满街都是饿殍。我目睹这一切,加上自身的生活体会,产生了朦胧的反抗意识。我陆续参加一些学生的进步运动,以实际行动抗议国民党的倒行逆施。从一些同学老师那里,我阅读了从香港转入内地的解放区的作品,如《白毛女》、《白求恩大夫》等。这些书籍打开了我的眼界,给我以明显的革命的启蒙。

我继续写诗。这些诗多半是在课堂上写出来的。它们的总主题是歌颂光明、诅咒黑暗,艺术上则大多取法于具有现代倾向的诗作。渐渐地,诗风也趋向了朴实。1949年3月,在国民党的高压中,我在一家报纸上发表了《见解》。诗并不好,但思想倾向却鲜明:

> 泪是对仇恨的报复,
> 锁链会使暴徒叛变,
> 法律原是罪恶的渊薮,
> 冰封中有春来的信息。
>
> 黑夜后会不是黎明?
> 有人在冀企着春天!
> 历史的车轮永不后退,
> 寂然的火山孕有愤怒的火焰。

这时候,我已开始不大注重诗的艺术磋磨,我一心一意要通过诗呼喊出人民的声音。我当时诗的信仰,已鲜明地倾向于人民性的追求。在一首题为《诗》的诗中,我确认诗应当"呼喊出奴隶的声音/是被损害与被侮辱者的咆哮"。那时的一代人似乎都因饱经忧患而早熟,我在写这些诗、作这样思考的时候,才16岁多。

三一中学设小学部、初中部和高中部。本校初中生升入高中不用另行考试。我只在那里读到高中一年级。但就是这一年,我们从事了许多有意义的活动。我们进行了民主竞选学生自治会主席,还举办了读书会。高中一年级下半学期,解放战争的形势急转直下,人民解放军渡江后,上海迅即解放。这时,盘踞在我们内心的是如何以实际行动迎接福建的解放,我们对学习也不大专心了。

1949年8月17日福州解放。我们走上街头欢迎人民解放军。不久,一位解放军文艺工作队的干部来我们学校动员我们参军。当年8月29日,我就告别了母校和家庭,穿上了军装。来到部队,我仍然想念着哺育了我的那些报纸副刊,我满怀激情给《星闽日报》的《浩瀚》副刊,投寄了我中学时代的最后一篇稿子:《我走进了革命的行列》。在这篇散文中'我写道:"我看见了无数的至今还在受难的人民,向着我,他们伸出了呼援的手,我看见了广漠的、至今还在兽蹄践踏下的土地在哭泣。呀! 是的,我应当为他们献出我的血和汗。因为我向往于一个美丽的人民共和国,因为我向往于一个世界大国的人民的乐园,于是,我以激动的心情,张开了热情的两臂,向着广大的人民大众拥抱。"

上述那些话发表的时候,是1949年9月16日,距离人民共和国的成立大典,还有半个月。当然,另一个新学年也已开始了半个月了,但我已经结束了我的难忘的中学时代,尽管我才读完高中一年级。

我的中学时代充满了忧患与抗争。我几乎每一个学期都过得十分艰难,我不断地为筹交学费而奔波。因为时局的混乱和家境的贫寒,我那时也少有欢愉,唯一能够安慰我的,是对文学的兴趣和爱好。它是我不宁和暗淡生活中的一朵温馨的火花,凭着它我以我尚未成年的生命领略着人世的甘苦,它领着我追求崇高的人生价值,文学催我早熟。我那时知道,中国解放了,我们将生活在明朗的天宇之下,自由的土地之上,重新开始我们的中学生活。我也许会成为某一方面的专门人才。

但是,更有意义的生活在向我招手,我终于告别了我的母校和我的家庭。当然我选择的这条道路是更为艰难曲折的。它是充满了痛苦和随时都要准备做出牺牲的道路。我为它付出了比全部中学生活还要多的时间。换来的东西是宝贵的,那便是非常充实的为广大人民而工作的战斗的青春。

1984年除夕于北京蔚秀园

森林与我们的信念[*]

一旦诗挣脱被动的摹仿和刻板的演绎,它便会以卓然自立的姿态从事心灵对于世界的重新组合。在这个时候,诗不再重复生活已有的东西,它呈现的是一个比已有的生活还要丰富多彩的诗化的世界。尽管我们对以往那些再现了我们自身的生活和创造的诗篇感到亲切,但历史终于促使我们无可回避地面对一个新的世界。这个世界对于我们是陌生的,同时又是新鲜的。在那里,诗开始用另一种语言和方式说话。

这样的诗,对于我们这些已经习惯于我们所习惯的欣赏者,我们的确经历了一个由不能适应到逐渐能够适应的过程。过去,我们相当数量的诗歌,要么因过分写实而陷于板滞,要么是平庸的"理想化"而失之虚妄。现在我们读到的题为《大山・森林・我们》的组诗,它不事描摹而有自己的追求;它面对现实又摆脱了实写,它超然而不空泛。"我"因森林而存在,树木的年轮中嵌入了"我们"的跋涉的足迹,诗中的物我显出了和谐的一致。它有一个简单的寄托,但却具有复杂的层次,它展现心灵的多侧面的现实。

我们面对着一片发育、生长于大山的森林。森林呼吸着,生长着,甚至也思想着。它不是关于森林的静态的写生画,而且在躁动中感到生命力的冲击,它向我们展示的是立体化的森林生

---

* 此文初刊《青春》1984年第3期,初收《论诗》,题《森林与我们的信念——析岛子〈大山・森林・我们〉》。据《青春》编入。

命火。

组诗始于"G弦上的恋歌"——大山终于为积雪所覆盖。季节的调色板上凝固着单调的色泽。它始于冬之主题。那里有寒风中陨落的叶片,但却处之以现实的态度,森林陷于沉思,该如何以痛苦的犁耕耘:

> 采集东方的光芒
> 向花海、向歌潮、向白天鹅的翅膀
> 祈求少年的幻想……

也许我们从这里听到历史行进的昂然的旋律——通过积雪之下的"迟钝"的、却为刺绣春天的图景而生长的嫩芽。这就是四月的变奏。"山的裂痕喷射着自由的湛蓝,黄风穿越石孔",没有那种常见的早春的媚妩,却天然地有了一份充满力量的艰辛。四月,候鸟将如约归来,林中的河将再度流动,那里将聚结起新生的"绿的躁动与紫的勃起"。

上述主题在第三章《一片松林的简历》中也有显示。那里有野火之后的"被损害的美",但"遍野的根络"却如"暴起青筋的斗牛士的扭手","高张山洪淹不死的信念"。终于,随着植树鸟的归来,大山举行了生机勃发的庆典。《大山·森林·我们》是一曲艰难的生命进行曲。它的主题由悲壮的搏斗而导向最终的欢乐颂。

从第一章到第三章,是森林的生命史的纵向的切剖,第四章却似是一个横断面,是对于一棵树的"含钙的年龄"的扫描。《森林,正直的世界》是森林性格的雕塑,下面这些诗行,震颤着雄浑的旋律——

> 如果山雨如磐
> 溪谷的胸腔就会震荡征辇与号角的回声
> 如果肆虐的风雪

　　　　冰封了鸟啼、泉喧甚至鹿鸣
　　　　那么，一丛丛锯齿般的雪峰
　　　　将迎风挺立，以威严而凌厉的个性

这是灵魂的誓语，它以倔强的形象启示一种内蕴的力。

　　这种内在的力量来自地热。大山也好，森林也好，我们也好，陨落而能继续萌发，受难而能得到解脱，却因地热的温煦。但这里也没有那种轻飘飘的甜蜜的装饰。即使在森林交响乐的最后一个音符，也仍然是坚定和执著的，它仍然呈现出一种潜在的生命力的奔涌，一种向上的欲求："使慵倦的心灵充满绿素，一切生命之根在逾越禁锢中获得青春的力量。"力量正是由此而生的。

　　组诗用词太重，太浓，简括不够而枝蔓甚多。渲染多了而明晰度却明显地减弱了。第三章似要写夏季的喧腾，却是隐约而欠突出的。

新边塞诗的时空观念[*]

诗和艺术的繁荣有许多标志。但必定是以多样的和舒展的艺术实践为其基础和前提。多样表明这种创造的繁复,舒展则体现创造者的情绪心理状态。离开了多样的实践而只有单调的甚至是单一的实践,创造不出诗歌繁荣的时代。而创造者在从事这一精神领域的实践时,表现为无拘束或甚少拘束,它显示某种被创造性劳动唤起的愉悦心境,缺少了这种情绪的和心理的条件,艺术的繁荣期也不会到来。试想:哪一个禁锢深重的时代,曾经创造了艺术的繁盛?

谈论新诗,当然总要想到新诗的历史,想到"五四"开始的那种新诗流派蜂起、群英争雄的局面,正是诗人们在比较无羁束的健旺的精神状态下从事了多样的艺术探索与艺术实践所造成的。"五四"最初的短短的十年间之所以能够留下至今尚令我们为之赞叹的创造实绩,多半依赖于那时代的恩惠,依赖于上述那些条件的促成。

不知从何时开始,也不知出于何种原因,艺术流派在新诗中从名称到实际内容都逐渐地消隐了。有一段时间(但愿这段时间已经过去),我们讳谈流派,似乎它羁系着什么暗藏的怪物。现在已有更多的人对此产生怀疑。多样艺术实践将促成艺术的繁荣,而这是与单一化的强调不相容的。改变艺术的已有状态,

---

[*] 此文初刊 1984 年 7 月 15 日《阳关》1984 年第 4 期,初收《谢冕文学评论选》。据《阳关》编入。

促使艺术从多样走向丰富,问题似乎遥遥地指向了艺术流派的确认、提倡、乃至建立。由此想到西北地区以及《阳关》杂志为提倡"新边塞诗"和建立"敦煌文艺流派"所作的努力,不能不为他们对自己的追求所抱的锲而不舍的坚定性所感召。应当认为,《阳关》所推进的工作对艺术和诗歌的发展是有益的。作为一种特定目标的追求,其结果至少是对于已经趋于单一(或正在改变单一)的文艺提供"别一品类"的补充。

记得二十多年前,艾青在散文诗《养花人的梦》中写由于养花人的偏爱一种花而激起百花的愤懑。养花人不能只爱一种花(尽管他栽种了许多品种的、彩色各异的月季),而只有一种花的花园并不是真的百花园;那里所呈现的热闹,也不表明真的繁荣。一旦月季和紫罗兰、郁金香、乃至那路边悄悄开放的、不起眼的二月兰,都有了生存和开花的权利,那么,我们诗歌的春天也来到了。但是,这一春天的到来,必定是以坚定的努力换取的。由此来看《阳关》的工作,尽管也许不过是在月季园中栽种了另一类花卉的一角,其意义却并不能以目前业已取得的成效来估量的。

新边塞诗的提倡已经有年,提倡新边塞诗的不光《阳关》杂志,新疆地区的诗人和理论家也作了很多的努力。其间也不无曲折与障碍。这一工作业已取得成绩是确定无疑的。以西北的偏远和荒漠,居然在诗歌领域创造出了引人注目的昌盛,除了诗人的实践,理论的倡导与推进是不可忽视的。

开始的时候,我们论及诗和艺术的繁荣必须拥有的基础,这基础包括了促进艺术多样化的动力的艺术流派的倡导在内。现在,我们可以进而具体探讨提倡与建设这些诗歌、艺术流派的条件与可能。自然风物对于一个地区的诗歌影响是长存的。也许时间流逝了,而自然风物的影响却十分坚实。中国历史上的南北朝民歌所显示的极不相同的风格特征,其潜在的影响这一特征的因素甚至在今日的江南民歌和北方的花儿和顺天游的差异中得到承继。这说明除了时代的因素之外,自然环境对于诗的发展不是毫无关联的。

丹纳曾经描写过尼德兰低湿的平原的自然风貌(他的这些描写让我们想起产生了楚辞的江汉平原的河网区);尼德兰的整个地区是山洪的排水道;因为境内没有坡度,水流极慢,或竟停滞不动。随便哪里挖个洞都看得见水。懒懒洋洋的大河,近海的地段有四里宽……平原往往低于河面,只能筑堤防卫;一眼望去,水好像随时会漫出来的。河面上不断发出水汽,夜里在月光底下,形成一团愈来愈厚的浓雾,把半蓝不蓝的潮气罩着整个田野。《艺术哲学》据此判断:这样的自然环境影响了这一地区的文学、诗歌和绘画的风格。"像腐植土培养出郁金香(荷兰人最喜爱的花)一样,他们的繁荣富庶产生了一切味道,声音,色彩,形式的美,他们有规律的,安安静静的享受,心情既不热烈,更不兴奋若狂。"根据丹纳的分析,法兰德斯画派的大师卢本斯的作品,特别是引人注目的《甘尔迈斯》正是诞生于那样的自然环境中——经历了长久蹂躏之后的重享太平,安定的环境,富足的生活,画面上展现的那种无节制的狂欢,是为了"尽量炫耀生活的富裕","尽情发泄粗野的快乐"。

基于这样的认识,我们不难理解古边塞诗如岑参的作品所拥有的那种特殊的情调。这种情调是以西北边疆地区特有的严寒酷暑、狂雪暴风的典型自然景观衬托下的荒漠、艰难的征战,以及遥远的离情得到传达的。岑参诗的这种特殊魅力,只消"风掣红旗冻不翻"一句就得到说明。对比之下,与他齐名、同样号称边塞诗人的高适的诗,就显得逊色。高适边塞诗的代表作《燕歌行》,其中的名句是"边庭飘飖那可度,绝域苍茫更何有",依然没有状出边塞风光来。他和岑参不是同一层次的,他虽写边塞,但没有"进入"。若再以古今传诵的名句"高高秋月照长城"为例,凄清是凄清了,却未免过于玲珑剔透,也过于恬淡清远,因而也距离岑参甚远。西北的风物是特殊的酷烈,边塞的风情应当是强烈、具有蛮荒的阔大。在这一点上,岑参是得其神髓而体现为"不可企及"。

考察我们所用的新边塞诗的概念,西北边塞的特殊地理环境应当是首先的和决定性的因素。离开了"边塞",也就不存在边塞诗,这是大家都认识到的。从50年代开始,当代诗人就开始了新边塞诗的创作。从那时开始,天山南北终年不化的积雪,广阔而丰美的牧场,吐鲁番盆地浓郁的自然风光和那里甜美的瓜果,边疆各族人民的习俗乡情,以及边防军的艰苦奋斗,都陆续进入了诗中。应当说,那时的诗作虽然没有使用新边塞诗的概念,却是理解并把握了它的基本素质的。

初期写边塞诗最力的是闻捷。他以他的代表作《天山牧歌》和《复仇的火焰》(一、二部),从题材到形式、从抒情诗到叙事诗、从短章到多卷长诗,切实具体地进行了全面的探索性实践。闻捷在这方面取得的成绩,新诗史上很少有人能与他相比。那时的缺陷(这种缺陷闻捷还是最少的)在于,诗歌对于边塞特色的把握多半只停留于外在的客观描摹,还只停留在浅层次上。例如,它们也表现了时代精神,但往往只是在风俗的画面上粘贴时尚推崇的东西,例如,某边疆民族少女爱的是劳动模范,或者是某人爱上了戈壁滩,那是由于那里将要出现新的工业城市,如此等等。

记得郭沫若的《女神》出版的一二年后,闻一多连续写出两篇文章对它作出精到的批评。那两篇文章的题名《女神之地方色彩》和《女神之时代精神》,对我们此刻讨论的问题有启发。地方色彩和时代精神的统一,有助于我们对新边塞诗的性质的理解。这就是:决定这一正在受到提倡的诗歌流派的质的规定性的,是在富有地方色彩的环境中、寓含着(包孕着、寄托着)鲜明的时代精神。也就是说,我们称之为新边塞诗的,只有边塞的自然环境和人情世俗的画面,还不是我们所要提倡的,因为唐代的边塞诗也不缺这些因素。它还必须是"新"的,即我们这个时代的。艺术品的产生取决于时代精神和周围的风俗。每件艺术品的品种和流派只能在特殊的精神气候中产生。上述论断都是把产生艺术品的自然环境和时代精神加以结合。在新边塞诗中,边塞地域的风土人情是决定性的因素,但它们又必须充溢着此时代的(而不是彼时代的)精神气质;而且二者的结合形态是融汇的和互相溶解的,而不是简单的叠加。80年代以前的边塞诗,不是说它们未曾领悟到构成此类诗的基本要素,而在于它们毕竟处于不自觉的幼稚阶段。这一阶段的基本表现形式是:时代精神多半是作为一种附着于地方色彩上面的存在而被认识的。

此种情状,可以称之为诗人们只是把新边塞诗视为一种特殊的题材加以处理,他们还没有自觉地意识到现今边塞诗特有的时空观念。进入80年代,随着新边塞诗的创作的繁荣与理论的提倡,诗人们已向着把边塞风物人情与现代精神的融合方面努力。他们发展了五、六十年代此类诗中常见的那种豪雄乐观——这种情绪也是凝同不变和趋于定型化的,不论实际生活发生了什么新的气象,作为描写边疆的诗,基调总是那样稳定和不变——时间和空间都因过于抽象化而偏离生活的实际。经过磨折而趋向成熟的诗歌,已不再重复那种幼稚状态,它们追求新的边塞风物与时代精神的糅合。

一批诗人很快地找到他们的形象:他们谋求把现今拥有的情绪特征、他们对于生活和时代的思考,与西北地区阔大、雄浑,苍凉、荒茫的特有自然景观的融汇;他们谋求把现代人的精神气质与西北素有的坚韧、沉着、浑朴的锲合。特定的社会生活阶段所产生的迷惘与失落感,久经折磨之后的醒悟与奋斗的信念,恰好在火云、凝冰、瀚海、天山、无边无际的盆地,找到了自己的客观对应物。绵延千里的河西走廊,敦煌石窟中那些至今还活着的庄严的故事、及其超凡入圣的人物,沙海中的红柳和胡杨,都被诗人们沸腾的现代情感所点染和同化。于是,就在这些古边塞诗里存在过、今天也还存在着的自然风物——边塞特殊拥有的空间,装上了现今特殊拥有的时间观念。这种景象已不是如同往昔那样的只是二者的简单相加和重叠,而是一种经历了心灵发酵的重新溶解。

新的诗人们不再如同往常的诗人那样,以新奇的、甚至是猎奇的目光看对于他们是并不熟悉的世界,而后,写这些陌生地区的建设和新生活的诞生。他们不再用这种加法。他们也写新生活中出现的新事物,例如,也写新出现的城镇、长途客车和铁轨,但那一切都是特定时空的存在,而不是内地景物的搬迁。那里的一切,都被涂抹上一层边塞的色调——情绪和情感的色调。例如《长途客车》,不仅这客车是行进在边塞地区,周围出现了一种原始的蛮荒的情趣,而且是,它们所造出的意象组合也都是特殊环境和特有时代相结合的产物——

> 这就是古老的龟兹城
> 在被岁月的洪水冲坍的
> 　　历史废堆旁
> 有一千双佛眼在洞窟里
> 看着我们一代代衰老
> 看着我们一代代年轻

又如《边城》:

> 在两根最长最长的破折号后面,
> 终于有了个句号,这座边城。

处处都是边塞特有的景物,也都是现代社会的现象,但却被生活在那里的人们,以自己特有的情感世界所改造。——应当说明,抒情主人公的形象也有了根本的改变,在以往,边塞诗中出现的抒情主人公往往是外地来到的陌生人,这些陌生人歌唱着引起他们兴味的事物。而现在,他们却是与这天空,这大地,这沙海完全和谐的、浑然一体的"自我"。他们不再是"闯入者"(这些"闯入者"往往会对眼前出现的一切发出如同看到舞台上出现的动人情景时那样的赞叹)。他们仿佛在这里同样地生活了几千年,因而他们不再为那些惊心动魄的暴风雪和火山云所冲动,他们与其说像诗人、不如说更像哲学家般善于沉思。在他们的沉思中,渗透了强者的力量的悲壮美。尽管那也许只是无边博大的瀚海的一粒沙子,即使是沙子,却储存进最丰富的现代人的情感信息。

共同的和相近的艺术追求的诗人,在理论的提倡与推动下,开始大体按自己的地域彼此影响和认同。他们开始有意无意地集聚为一个一个诗的群落。也许最为明显的是西北地区。自兰州西行,沿河西走廊,经酒泉,抵敦煌;北出祁连山,南为青海湖,出嘉峪关,过疏勒河,再以天山为圆心,把塔里木盆地和准噶尔盆地囊括其中。这大体上即是我们如今称之为的新边塞诗的鹰群盘翔的空间。他们写着独特的诗。他们的语言是大漠和天山的语言,他们的造型是胡杨林、骆驼队和飞天的造型。他们拥有极为辽阔的地平线。他们的风格是艰涩的旷放,豪迈而隐含着悲慨,以及沉思之后特有的冷峻。他们以忠实于现实为艺术追求的核心,然后各自确定半径,画出了无数个同心圆。但大体上总是:苍鹰、瀚海、漫天的沙石、悲壮的落日。他们致力大体相近的艺术流派的建设,他们拥有自己独立的时空感。

重要的是他们业已获得了这种时空感,他们寻求地方特色与时代精神的完美的锲合。

一九八四年春深时节,北京

《诗的技巧》序言*

长久以来,我们就盼望着能有一本(当然不只一本更好)像《诗的技巧》这样的书,以期能够提高诗歌爱好者的创作水平和欣赏水平。

诚然,学诗,主要的和基本的途径,不是依靠文学课程,也不依靠新诗写作教程。但要是有这样一本书,从诗的特性出发,对一般的和常见的规律性加以讨论和辨析,无疑将赢得亟需帮助的广大诗歌爱好者和习作者的欢迎。

《诗的技巧》一书的写作和出版,正适应了这种要求和渴望。从这个意义上说,本书作者和编者所从事的工作,是很有意义的。

在我们的记忆里,像《诗的技巧》这样专门讨论诗的艺术技巧的通俗性读物,建国以来的三十余年间似乎未曾有过。仅仅从这一点看,它就具有了拓荒的性质。抛开这些不说,即使用比较严格的、甚至是近于挑剔的态度来考察这本书的内容,它的价值也仍然是无可非议的。

从全书的布局看,它重视此类普及性读物容易被忽视的理论的系统性。这种系统性是建立在对于诗的特殊属性的科学认识基础上的。除首章"诗人与诗"谈的是诗歌的一般性问题之外,从第二章开始,便直接进入了创作技巧的正题。第二章便谈灵感——这一命题,曾经被弄得很神秘,后来,又不知因了什么原因遭到长期的禁忌——这就足以体现了本书作者在理论上的

---

* 此文为《诗的技巧》序言,谢文利、曹长青著,中国青年出版社1984年10月出版。据此编入。

勇气。灵感在这里是作为诗的触媒被谈论的。作者确认它是诗情之发端,这就清楚地表明,这本专谈诗的艺术的书,一开始就紧紧扣住了诗歌创作这一特殊命题。它谈的是诗的创作规律,而不是一般文体的创作规律。在别的领域,当然也存在灵感的触发,但灵感首先或主要是属于诗的范畴的。

灵感之后的三、四两章,一谈感情,一谈想象,也是很有见识的处理。感情是作为诗的生命从而体现诗的本质的;想象则作为诗的翼翅而赋予诗的生命以运动的形式。没有感情作为前提,诗歌尽管也描绘了客观对象,却如同一具无灵魂的躯壳;而一旦充溢了情感的生命,由于丧失了想象力而不能飞翔,终究也不能成为诗的云雀或雄鹰。五、六两章,一谈导致将生活诗化的构思,一谈诗化的完成——意境的形成及性质,也是一对对称的命题。以上二者的表述,同样体现了创造性的见解。从全书的结构来看,作者在理论体系化方面的努力,成效是显著的。但本书前半部更为缜密,后半部略嫌粗疏。

具体性是本书区别于一般诗歌理论著作的重要一点。一般的诗歌理论或评论,要么侧重于作品思想的研讨,要么专注于概括性的论析,尽管它们可能是十分精彩的和深刻的,但是,它难以完全满足广大学习写诗的读者的愿望。这种愿望,概而言之就是要求十分具体的分析和讲解。读者希望得到具体的帮助,帮助他们解决创作途中的困惑。要达到这一目的,没有科学的理论深度不行,但仅有前者而缺乏具体性也不行。再以灵感为例,这本是一个容易被谈得很抽象的题目,但在本书却谈得实际而具体。它在列举了诸家有代表性的论述之后,用非常概括的语言阐明马克思主义美学所认为的灵感的性质。接着又把王国维《人间词话》中关于成就事业和学问的三个境界的名言,别开生面地应用在灵感的阐述上。作者说:"这第三境,正是那种突然颖悟、获致灵感的状态","在'众里寻他千百度'的过程中,总有一个'灯火阑珊'作为媒介,才得以'蓦然回首',发现'那人却在'。这种媒介,也就是一种外界新信息的触发。"经过这么一讲,灵感不仅不神秘,而且是可以把握的。在论及灵感的突发性时,作者要求读者要及时地"捕捉"住这易于"飘忽"的颖悟的触发,指出:"那种有了灵感不马上着笔,等以后再回忆追忆的做法,往往误事。"特别明显地体现了这种具体性。

把本来深奥的理论讲得通俗而又具体,使读得不是望而却步,而是在学得了某些知识的同时,又得到一些具体方法上的启示,这正是广大的诗歌爱好者和习作者所期望的。本书论述的具体性还表现在,它不仅告诉读者学习写诗应当怎样,而且告诉读者不应当怎样。几乎每一章都辟有专节谈这一专题范围内易于产生的毛病,如想象章讲"联想的混乱"和"幻想的怪诞";构思章讲常见的毛病:混乱、雷同、平庸;意境章讲意境四病;含蓄章讲直露、平泛、含混等等。使读者读后不仅有所遵循,而且知道自己的弊病所在,从而获得更多的自觉。

普及性读物不是对于理论的严肃性要求的降低,也不意味着无须创造性的和新颖的见解的阐发。本书作者广泛地占有材料,融中外古今于一炉,而又出以新意,往往用浅显的语言讲深刻的道理。此类例子甚多。以语言章为例,它讲语言的六性(形象性、动作性、色彩性、音乐性、多感性、象征性),不论这种概括是否完整和自然,无疑作者是以严肃的创造精神从事这一工作的。

当然,本书依然存在着不足。某些叙述过于浮泛(或过于简略)而不够深入;材料的引用上,当前的例子、特别是青年诗人的作品引用不多;某些观点未能涉及或未能展开,等等。不过,以本书两位作者的经历而言,能做出目前的成绩已是相当可观,但我却愿以更为热切之心,期待着他们为我们相当薄弱的诗歌理论建设,做出更多的有益的工作。

一九八四年四月二十四日,于北京大学,蔚秀园。

他的心向着未来*
——读袁鹰的儿童诗

当代诗人中,袁鹰是一位热爱儿童、关注儿童、讴歌儿童的老作家。不久前,他把自己三十年来所写的儿童诗精选成一部诗选——《袁鹰儿童诗选》(人民文学出版社出版),诗选的最后一辑叫《未来之歌》,书末还附有《为祖国的未来歌唱》一文。未来,是袁鹰儿童诗的基本主题;袁鹰的儿童诗,是献给未来的颂歌。

诗人笔下的未来是扎根于现实的。四十多年前的冬日黄昏,袁鹰在大上海目睹了受难孩子的"涔涔的血痕"。正是这血痕,启发了他最初的诗思,孕育出他的第一首儿童诗。他写道:"孩子,站起来吧,去学会憎恨!憎恨那人世间一切不平……"这充满激愤的声音,抒发了他对黑暗世界的深深的憎恨,也表达了他对于光明未来的憧憬和追求。

诗人的这种激情在新中国诞生后,得到更为宏阔的展现。《寄到汤姆斯河去的诗》,以炽热的感情,描述新中国孩子对于远方小朋友的同情和友爱,激起了多少红领巾的共鸣。在六十年代第一年写成的组诗《在毛主席身边长大》中,诗人以十年为期,询问小朋友:再过十年你们都在哪里?小朋友回答说:"我吗?我走出校门,奔向遥远的地方。哪里最需要,那儿就是我的岗

---

* 此文初刊《东方少年》1984年第6期,收《中国现代诗人论》,改题为《童心向着未来——论袁鹰》。据《东方少年》编入。

位；哪里最艰苦，那儿就是我的第二故乡。"过了二十年，八十年到来的第一天，他又在《青春的火焰在哪里燃烧？》一诗中，继续发问："请你告诉我，十年以后，你青春的火焰燃烧在哪个岗位上？"诗人自己的回答是坚定的：

　　　　反正要从0到∞，把"？"变成"！"，
　　　　在祖国的每寸土地上发热发光。

　　袁鹰是这样一位诗人：他确认孩子是世界的未来，因而把最热情的声音献给他们。他在他所触及的题目中，都浸润着这种瞩望与创造未来的意识。他未曾想到要让自己的诗作传世和长存，但他却实实在在为未来而歌。他希望他的诗句能对孩子们的健康成长有所助益。他希望经过这种诗情陶冶（当然不是由他一人，而是许许多多热情园丁的劳绩）的幼小心灵，是纯洁的、高尚的、充满忠诚和友爱的，当然也是正直无私、嫉恶如仇的。因此，他默默地在儿童文学园地上播种。当他了解到自己的诗句唤起了那些童稚之心的热情与激动，他如同孩子似地充满了幸福感，当然，也进一步激发了对这一崇高事业的责任感。袁鹰很谦逊地谈过自己从这种教育孩子的事业中所受到的教育——"从他们中间学习我们所没有的、或者失却了的东西，唤回我们的那颗'童心'。在那些纯洁的、天天向上的心灵面前，你会感到，一切自私的、贪婪的、邪恶的念头，都是可耻的……"

　　在告诉孩子们应当为美好的未来而努力时，袁鹰始终都在提醒他们：理想的实现绝不倚尚空谈，而只能是踏踏实实地奋斗。在《为家乡画图样》一诗中，他谈到要把未来的图样变成现实，只能依靠我们自身的工作："如果不为它流尽辛勤的汗水，再好的图样也只能是一纸幻想！"应当说，袁鹰是一位充分意识到作为诗人的崇高使命的诗人。当他贡献自己的心力在文学的这一角，他始终不忘长辈对于下一代的光荣职责，那就是，把孩子们培养成为有理想的、有道德的从事创造性劳动的一代新人。

袁鹰总是用诗的语言去滋润那些幼小的心灵,他善于把那些大和深的道理讲得实在、易懂、轻松。例如,他教育孩子要坚韧顽强,用的是十分风趣的语言:"如果你在困难面前低头,那干脆回家去玩玩皮球";又如《夜晚,在丝瓜棚下》,在充满稚气的对话的行进中,显示儿童认识的提高。袁鹰的确是以一颗童心来感受和再现他业已远离的童真世界。他有时还运用一种善意的揶揄,诗句诙谐而有真趣,描绘的是儿童生活的情状,却蕴涵着年长者的体验。《炉边夜话》就是其中很有韵味的一首:一群小朋友在假期即将结束时围炉夜话,一位少先队员汇报说:

　　"我的身体不够棒,
　　寒假里我天天上溜冰场,
　　开学以后再天天练,
　　不愁当不上运动健将。"

　　话才说完,他打了喷嚏,
　　原来他感冒还不轻。
　　大家说:你还得多锻炼,
　　要不怕风不怕热才行。

这一个喷嚏同他的成绩和决心、抱负紧挨在一起,打得很幽默。但小伙伴对他的"不愁当不上运动健将"的远大理想却没有加以嘲笑,一句"你还得多锻炼"生动地托出了他们之间的友爱之情。

在儿童诗的创作过程中,"童心"乃是诗人感受和再现这一特定世界的灵魂。不论是多么崇高和庄严的话题,都应是儿童的心理情绪和语言习惯的展现。《儿歌六首》应当是供学龄前儿童朗读的,每首都充满了稚拙的机趣。这是《沙土地》:"沙土地,跑白马,一跑跑到姥姥家,姥姥留住我,送我一个大西瓜。西瓜有多重?十五斤不差。搬呀搬不动,压了我的小脚丫。姥姥一看连声说:'回家快快练身体,明年西瓜还要大。'"传统儿歌的格式,语言明晰简洁,朗朗可诵,寓深意(如生产发展、生活向上以及鼓励练好身体等)于言外,质朴之中包罗着丰富。《小星星》也是佳篇,它以"东方一颗小星星,西方一颗小星星"起兴,引出"这边一位好朋友,那边一位好朋友,这边来,那边来,到处都有好朋友"。通俗的语言,流畅的韵调,单纯得没法再单纯的内容,却传达出一个令人倾心的崇高而和谐的境界——在那里,所有的星星彼此照耀,却不彼此倾轧,这边、那边、这人、那人,大家都是互相尊重互相友爱的好朋友。《盖房子》也是传统的儿歌形式。"新房子,盖好了,给谁住呀?谁要住,谁就往里搬吧!",透明、晶莹、纯净、天真,不留一粒灰尘。这样的诗句,甚至能够净化如我们这些经历过沧桑的成年人的心,从而对生活和人类的未来怀有信念。

　　对于儿童文学的重视,目前还没有成为整个文学界的共同风尚,因此,我们格外珍惜袁鹰这样一批为此竭诚尽力的作家。我们面前的这位诗人,已经在儿童文学园地上辛勤耕耘了三十余年。回顾自己的工作,他曾经说过:"我虽然没有赶上戴红领巾,但是三十年来,同少先队员们相处的日子,总是我最值得留恋的美好时刻。……我希望继续为孩子们歌唱,在他们向二十一世纪的大进军途中,继续当一名鼓手。"我相信小朋友们听了这话都会高兴,让我们欢迎这位大朋友永远在小朋友的行列中,敲打响亮的队鼓,和少先队员们一道向着更美好的未来走去。

真诚:他素有的芬芳*
——论何其芳

一、最初的足音

作为散文家,为他赢得最初荣誉的《画梦录》,在将及半个世纪后的今日,仍然闪射着艺术的光辉;作为理论家,他那些包括不无缺陷的时代局限性在内的文风谨严的充满论辩色彩的文学评论,至今尚保留在人们的记忆之中。至于诗,尽管创作的数量不多,却伴随他度过了终生的岁月。从《预言》到逝世后出版的《何其芳诗稿》,他一生只留下一百三十余首新诗①。但就是这些诗作,却为他铸造了一个最为人景仰的形象——他的诗生活向人们展示了作为诗人的最可宝贵的品质:真诚。

人的一生,不可能一切都完美,诗人也是如此。诗人可以有许多欠缺,但真正的诗人,真诚是不可缺的。然而,真诚却并非所有的诗人都具备,从这点看,何其芳是有幸的。

中国新诗的草创阶段,艺术的切磋是不被重视的。那时只求打破旧诗词的桎梏,可以说,新诗革命的首要目标是破坏,在破坏中创新。新内容的加入,新形式(其实是无确定形式)的确立,颇令当日的先驱者感到满足。周作人的《小河》应当说是新诗的成熟之作,但他的主要成就在于以自由的、无拘束的形式表

---

* 此文初收《中国现代诗人论》。据此编入。
① 据罗泅《缤纷落花香如故》《何其芳研究资料·五》统计,《何其芳文集》第一卷收新诗一百零五首,加上罗泅编《何其芳佚诗三十首》,总数为一百三十五首。

达了一种新的观念——诗歌在那时是不以精致为意的。郭沫若的《女神》堪称中国新诗的奠基之作,但《女神》的艺术特点是狂飙般的奔放,也不以追求精美为目标。中国新诗经过一番搏击终于站稳脚跟之后,自然的情势迫使一部分诗人把诗的艺术的建设作为追求的目标。这种倾向在新月派诗人那里表现得最为明显。

何其芳少年时代便喜爱诗歌,泰戈尔和冰心的诗体引起他最早的兴趣。他早期的创作受到了新月诗人的影响。如今读到的发表于《红砂碛》上的佚诗(署名秋若)明显地体现出新月诗人那种讲究韵律的、严整的诗风。

何其芳在回顾自己学诗的经历时,曾经说到他所受到的五四新诗传统的影响。最初他着迷于《春水》、《繁星》一类小诗的写作,后来,新月诗风引起了他的兴趣。他说:"我上高中的时候,刊物流行的是另外一种诗的形式,因为它每行的字数整齐,曾被嘲笑为豆腐干体。……我的小本子的习作,也就变为这样的形式了。"(《写诗的经过》)

在新月诗人群中,何其芳最为推崇闻一多不是无因的。何其芳无疑地也会被徐志摩的诗所吸引,但前者对他的印象则更为深刻。何其芳曾谈及对这两位前辈诗人的评价。在谈到闻一多的《荒村》之后,他写道:"这样的诗人的心正是闻一多后来勇猛的战斗精神的萌芽。同时,这样一些沉重真挚的作品也正是我为什么在所谓新月派诗人中特别喜欢读闻先生的诗的缘故。的确的,就是在当时,我对于徐志摩先生的飘飘然的作品也就感到了隔膜和距离的。徐先生的诗也写过穷人、乞丐,但总像不过是好心的公子哥儿的一时的同情。"(《悼闻一多先生》)

但这个时期吸引了何其芳的注意力的,还是诗歌的华美。十八岁以后的何其芳,先后在北京的清华园和燕园度过了最值得骄傲的年华。这里有幽美的环境,这里又聚集着一批最优秀的学者和青年。我们年轻的诗人在这里先后阅读了从丁尼生、罗塞谛到波德莱尔、玛拉美、梅特林克的作品,还阅读了中国晚唐五代"精致冶艳的诗词"。特殊的艺术环境、青春时代的浪漫气质,在广泛的阅读基础上培养起来的特殊的艺术好尚,从写作《预言》开始,应该说,一位独特艺术追求的新诗人出现了。

何其芳早期曾以禾止为笔名在《新月》杂志上发表诗文。前已述及,他曾经热衷于学习新月那种严整的"豆腐干体",但他又有自己的创造发展。在《预言》集中,除了一首《预言》是整饬的气象,其他的诗,诗风已有变化。他保留了那种对于华美而精致的艺术追求,形式上却挣脱了方块框架的约束。他创造了一种以谨严的章句结构为基础的开放型诗体。对比《预言》,与它邻近的《脚步》,便明白这种体式的微妙变异,后者的韵律是自由而舒展的,失去了那种拘谨凝滞。这种灵动和舒展在随后的创作中,有了更为自由的发挥。像《脚步》那样大体相近的音步构成,以及每两句押韵的规格都被打破,以至于出现了更为随意的、如同自由诗那样的组合。如《赠人》:"对于梦里的一枝花或者一角衣裳的爱恋是无希望的。无希望的爱恋是温柔的。我害着更温柔的怀念病,自从你遗下明珠似的声音,触到我忧郁的思想。"《预言》集卷二的诗,这种情况就更为明显。《梦后》、《病中》、《夜景》、《失眠夜》等表明,他业已完全摆脱了格律诗的窠臼,创造了诗人自有的特殊体式。

诗集《预言》基本上脱离了初期创作的模仿痕迹。青年何其芳找到了表达那种缠绵轻柔情感的最适宜方式,五四以后格律诗的提倡,是由于对新诗形式的过于散漫,以及对新诗艺术粗糙的不满,这种提倡一旦超过了目标,例如当形式的整饬妨碍和束缚了情感的自由表达,格律的藩篱便要被情感的野兔所拱破。在30年代初期,格律诗的兴盛期还未过去,我们从何其芳的创作中明显地觉察到新诗业已出现新的希求:不是简单的循环,而是经历了一番格律认真的磨砺,自由诗以更大成熟的姿态重新受到了诗人的关注。较早传达这一信息的有《预言》,它"预言"了新诗创作的更新。

从诗的社会功利的价值观出发来评价《预言》,也许得出的结论是低调的。《预言》的天地很狭小,留有荷香和"慵困的口脂"的"夏季的罗衫",惊叹于"频浣洗于日光与风雨"的粉红的梦的"无声偷逝"。他一篇又一篇地写着爱的寂寞,苦苦的眷恋,他只是生活在那与世隔绝的小小的个人情感的世界中。他也有一份欢乐,但欢乐也不是阔大的。在他的诗里,至少是一九三一到一九三三这三年的诗里,我们看不到他当日生活的世界和社会的实际情景——我们当然不是要求诗人都要实际地写出那情景,而只是认为,他当时的情感似乎远远地游离了现实的社会。

那里有他的欢乐,那欢乐充满了超凡脱俗的温柔之乡的清雅与缱绻。如《夏夜》:"在六月槐花的微风里新沐过了,你的鬓发流滴着凉滑的幽芬。圆圆的绿阴作我们的天空,你美目里有明星的微笑。"那里也有他的忧愁,那忧愁也闭锁于象牙之塔的幽微与精致中。如《秋天(一)》:"过了春又到了夏,我在暗暗地憔悴,迷漠地怀想着,不做声,也不流泪。"他那时的确陶醉于自己那柔美又掺和着凄婉的咏叹,典型的如同那"放在一个小坟上"的《花环》:"你有珍珠似的少女的泪,常流着没有名字的悲伤。你有美丽得使你忧愁的日子,你有更美丽的夭亡。"《预言》阶段的何其芳,把一切都幻化为华美的极致,悲哀和欢乐,乃至死亡的"美丽",都是被夸大了的。他夸大凡所能及的对象,并把对象理想化。

何其芳是以抒写理想的(尽管是属于个人的)生活为目标的浪漫型诗人。他并不以再现现实生活为自己的职责。尽管这一时期,从诗歌所承担的社会职责看,何其芳的创作有着明显的欠缺。但是,作为诗人他那样大胆而坦率地抒写他的苦闷和追求、以及追求的幸福感,而且把一切表现得那么细致精微,那么无保留,这,即使在并非无可诟病的命题中,依然表现了一位诗人的赤子的真诚。他忠实于自己的生活和情感,他不掩饰,不做假,他袒露的是一片小小心灵的真诚。有人认为诗是不可扼制的情感的奔泻,并不主张诗对情感的更多的加工。但何其芳却把真情的流露与艺术的精雕细刻很好地统一起来。他不讳言自己崇尚的是"绝美的诗情"。

《预言》开创了一种诗风。他不求清远恬淡,更不标榜天然朴实。他矢志要把诗做得很华艳,如同晚唐那样的气象,这也体现了诗人的执著。何其芳不是一位随随便便的诗人,他总要把诗句写得既华美又动听。记得"五四"初年,诗人们都急切地要摆脱旧诗词的韵味,那时的想法是革命性的。但对待传统的批判,显然要比对待传统的吸收和消化容易得多。对待旧诗词的简单化态度,是新诗人处于幼稚期的一种表现。

到了何其芳创作《预言》的年代,那种幼稚有了克服。他对于古典诗词,特别是那种含而不露蕴藉深远的意境的追求,有了切实的实践。师古而不泥古,总是在改造中熔铸新诗的词汇和意境,这是《预言》的功绩;特别是,由于受到世界现代诗歌的启示,它着意于把中国古典诗词的美艳沉厚与现代艺术的超脱抽象加以融汇,创造性地继承传统又出以现代手法,造出的是现代中国的新诗。从这点看,它体现了新诗艺术的进一步成熟。如"寂寞的砧声散满寒塘,澄清的古波如被捣而微颤,我慵慵的手臂欲垂下了,能从这金碧里拾起什么呢",这是《休洗红》,还有《罗衫》、《扇》,都带有浓重的古诗词的韵味,但却蕴涵了丰富的现代艺术的信息——象征的意味浓重了,整个的构思是一个象征。春的踪迹,欢笑的影子,都"在罗衣的变色里无声偷逝",他哀叹着"粉红的梦"的浅褪。此刻,关于"休洗红"的叹惋,并非真的欲浣罗衣而犹踌躇,它只是在叹息往日欢乐之不可再;"我杵我石,冷的秋光来了",整个的也只是一种怀想,这种怀想也许由于寒塘的砧声之寂寞所引起,但古波如一袭金碧顿然间"轻颤"起来,这份细致微妙却让人心惊。再如《祝福》:"青色的夜流荡在花阴如一张琴。香气是它飘散出的歌吟。"夜是青色的,并不足奇;但夜是流荡的,就赋予静态的空间以流动质感。夜又如一张琴,指浓荫中飘散花香如奏鸣曲。花香只是香气,并不诉诸听觉。把花香变成音响,通感的手法在这里有了纯熟的应用。

《预言》已把新诗艺术推到了新的层次。

二、云的否定

《预言》当然带有明显的局限,特别是卷一。但它的确写出了一个出于青春期的青年对于朦胧的幸福和爱的冀望,情感显然脆弱,但那种复杂的情绪组成的多愁善感,却富有典型意义。何其芳的贡献在于,他把那一切写得非常精美华艳。在五四以来的新诗人中,"湖畔"四诗人是专注于写情诗的。他们也写了青春期的烦闷和追求,也曲折动人,但作风是质朴的,没有何其芳这么华丽。我们客观地评价他那一阶段的诗,题材的狭窄和并非无可指责的沉溺于个人小小的感伤和小小的欢乐,乃是一个明显的局限。

但是,他那么精美细微地写出了有追求、有理想而又不断被现实的烦忧所困扰的青年人的心态,何其芳自身的价值又是难以否认的。即使是如今,《预言》依然能够唤起我们青春的回忆,引发我们回想往昔的梦,而且感到了年华如水的惆怅,那些轻盈柔和的最初的脚步声,的确能够唤起人们"甜蜜的凄动"。何其芳早期诗作的艺术魅力是无可非议的。

也许更为重要的是,这一切只是一个开始。作为一位真诚的诗人,他一旦了解了更多的世态人情,他就不能不通过他的诗篇传达他的这种了解,尽管这种了解可能并不是很深刻的。一九三三年与一九三四年之交,他的思想开始产生变化。他终于从象牙之塔的粉红色的梦中惊醒。他发现:"这个世界不对!"他自述这段时间"新的思想也在开始成长",对于艺术的华美和冶艳也有了批判性的醒悟——"我的偏爱的读物也从象征主义的诗歌、柔和的法兰西风的小说换成了陀思妥耶夫斯基的受难的灵魂们的呻吟。"(《一个平常的故事》)

一九三四年以后,他不再满足于"画梦",现实生活中的社会矛盾逐渐进入了他的诗中。一九三四年他写的"夜景",就不再是那种"今宵准有银色的梦了"(《月下》)的"银色的平静"(《圆月夜》),也不再听见"金色的星殒在杯间",以及那种"是的,我哭了,因为今夜这样美丽"的歌唱。他的夜景中闯入了灰色的屋顶下的"安睡的灵魂",最后的一辆旧马车,以及枕着大的凉石板睡下的"宫门外的劳苦人"(《夜景(一)》)。他对于生活的态度,已从与世隔绝中归来。也是夜景,原先的那份柔美华贵,却为苦涩的茫然所替代。可以看到,那在下弦夜的蓝雾之中,怯弱地扣响门环的虚掷岁月的浪子以及垂老无归的投亲者的凄凉(《夜景(二)》),说明着诗人的心已向着现实生活接近。

他过去也曾失眠,但那仅仅是为自己而失眠;如今的《失眠夜》写的却不是自己。他仍然未曾触及穷苦的人生,但却呈现了与那种温柔华贵的气韵截然不同的苍茫和愁苦。他不再只唱个人的哀乐,"有人从梦里回来","有人梦里也是沙漠",梦里、梦外、醒着、睡着,都是沙漠的蛮荒。那寂寞的梆子声,那逐渐哑下去的犬吠,说明了此刻他心中的世界。这里,已经有了某种醒悟的萌芽。

请看另一首写于一九三四年的诗《古城》:

> 有客从塞外归来,
> 说长城像一大队奔马
> 正当举颈怒号时变成石头了。
>
> ……

> 地壳早已僵死了，
> 仅存几条微颤的动脉，
> 间或，远远的铁轨的震动。

生活在过去充满浪漫情调的诗人心目中变了样子。一旦跨出象牙之塔，从温情蜜意的沉溺中解脱出来，眼前出现的正是这种苍茫和悲凉的阔大（这与先前的狭小形成了对比）。他感到了奔马的凝伫和僵死地壳的微颤，这是一种从理想化的欢愉中超脱后的一种"绝望的姿势，绝望的叫喊"，不仅是属于自己，而是依稀可辨地属于全民族。接触实际生活之后萌生的苦难感和悲剧感，此时已占据了诗人的内心。

这个时候，他就不再满足于自己以往的吟哦，不再把仅仅属于个人的天地看做整个世界，他有了明确的否定意向，他的作品呈现出了明确的批判精神。世界对于奔波于风沙里的浪游人是狭小的，生活的沉寂使人们又逃回了古城，眼前凝结的湖冰又吹成水，"长夏里古柏树下，又有人围着桌子喝茶"，生活依旧恢复了原来的节奏和格调。三十年代后半期，他已对《圆月夜》一类题目冷淡起来，他的诗中多了《风沙日》等冷峻的字眼。他从梦中醒来，一翻身打碎了藤桌上的麦冬草——"打碎了我的梦了"，他喊着，回到了现实生活中来。于是，他开始以现实的和思考的目光审视他的世界。

写《风沙日》那首诗时，正是一九三五年春，时代急速地逼近了神圣的日子；我们的民族已经远远地听到了神圣抗战的号炮的轰鸣，苦难和抗争的年代就要到来。一九三六年秋，何其芳到了山东，在一个乡村师范就教。他后来追述说，"在那里我的反抗的思想才像果子一样成熟"，"我才肯定地想到人间的不幸多半是人的手制造出来的，因此可能而且应该用人的手去毁掉"（《一个平常的故事》）。这一年年末，何其芳写了《于犹烈先生》一诗。他以独特的方式颂扬了诗人自我以外的热爱劳动和自己专业的古怪的平凡人。这首诗可作为何其芳早期创作的总结来读,一个全方位转移的情势已经形成。

和《于犹烈先生》写于同时(早两天)的《送葬》,已经明晰地传出了这一转移的信号。诗中确认"这是送葬的时代"。更为动人的是,他的否定意识理所当然地包含了否定自己在内。他说:"在长长的送葬的行列间,我埋葬我自己。"这也许是他的最主要的醒悟的意念,也就是从这时开始,他开始了对于《预言》创作的严肃的反省。他的"送葬"包括着对于过去艺术的告别:

> 我再不歌唱爱情
> 像夏天的蝉歌唱太阳。
>
> 形容词和隐喻和人工纸花
> 只能在炉火中发一次光。
> 无声地啮食着书页的蚕子
> 在懒惰中作它们的茧。
> 这是冬天。
> ——《送葬》

更晚一些时候,一九三六年的最后几天,何其芳以嘲讽的语气写《醉吧》,副题为"给轻飘飘地歌唱着的人们"。这一题目充满了批判的色彩。《醉吧》批判那些轻飘飘的歌者,"如其酒精和书籍,和滴蜜的嘴唇,都掩不住人间的苦辛……"望见并体察了"人间的苦辛"的诗人,他对自己的批判,甚至比对待他人更为严峻。就是这首《醉吧》,他写:

> 我在我嘲笑的尾声上
> 听见了自己的羞耻;
> "你也不过嗡嗡嗡
> 像一只苍蝇!"

> 如其我是苍蝇,
> 我期待着铁丝的手掌
> 击到我头上的声音。

这种不留情面地否定自己、无情地剖析自我的精神,显示出作为真诚的诗人的人格光辉。当年,他面对自己最初的朦胧的爱情,他因真诚而全身心地、忘记一切地沉浸其中,唱出了美丽而动人的歌。他忠实于自己的情感和追求,他呈现的是最真挚的心曲。一旦梦醒,他便决绝地从云中天上回到人间,体察最平凡人的生活和痛苦。他勇于否定自己,这种否定有时显得十分的冷静和果决。

我们听到了他的新的脚步声,那声音一样地真诚而令我们的心为之凄动,但现在却不是"甜蜜的凄动"。我们感到了那坚实而沉稳,不是轻盈的,也不是飘浮的,而是一旦认出了道路便会一往情深地走下去的脚步声。

记得《预言》开始的时候,诗人曾经祈愿:"告诉我,用你银铃的歌声告诉我,你是不是预言中的年轻的神?"现在我们终于获悉,作为《预言》的终篇的《云》,它实际上是《预言》答案的揭晓,年轻的神生活在人间,人间有鲜花和明月,但不总是花好月圆的良辰美景。《云》所显示的是这样的画面:失掉了土地无可栖身的农民,街头的现代妓女,海边的别墅以及大腹贾的无耻……这是一九三七年的春天,正是密云不雨的山雨欲来的时节,再过半年,卢沟桥边就响起了枪声。预感到时代变幻的诗人,他从云端飘到了地面。他以惊人的预见,宣告了时代的诗和诗的时代的开始:

> 从此我要叽叽喳喳发议论:
>
> 我情愿有一个茅草的屋顶,

不爱云,不爱月,
也不爱星星。

三、黎明的摇醒

"预言"的时代结束了。曾经"自以为是波德莱尔散文诗中那个忧郁地偏起颈子望着天空的远方人",他的歌声从轻盈的云彩之中,沉甸甸地落到坚实的、浸透了人民的血和汗的、苦斗的和创造的土地上。以《云》的出现,也以"云"的消失为标志,何其芳跨进了诗歌创作的新阶段。

对这一时期的基本概括可以说是,作为在黎明中醒来的诗人感到了浓重的黑夜的存在,他几乎是第一次清醒地唱起了"夜歌"。第一支夜歌是要把沉睡的生活摇醒的《成都,让我把你摇醒》。它让我们第一次感觉到一种明显的反抗意识在诗中生发。在这"并非使人能睡的时代",而成都却睡着。那里弥漫着"享乐、懒惰的风气,和罗马衰亡时代一样讲究着美食"。一种意识到人民和历史的力量,促使诗人能够以前所未有的角度说话:"让我打开你的窗子,你的门,成都,让我把你摇醒。"

不仅是说话由过去的纯粹个人的角度而转换为代表了前进力量的角度,而且过去那种过于缠绵柔弱的声音也有了明显的转变。这就是:诗人意识到作为人民集体力量的一员,有着自己的坚韧和坚定。时代促使每个人都忘记了个人的烦忧和欢乐,全国民众的心连接成一条钢的链条。而"在长长的钢的链索间,我是极其渺小的一环,然而我像最强顽的那样强顽"。抗争和奋战的时代,使诗人"像盲人的眼睛终于睁开,从黑暗的深处我看见光明"。

光明终于吸引何其芳走上了人民革命的道路。一九三八年八月,他来到延安。何其芳后来这样追述他当时的思想:"一个诚实的个人主义者除了自杀便只有放弃他的孤独和冷漠,走向人群,走向斗争","我应该到另外一个地方去。"(《一个平常的故事》)同年,他见到毛泽东。毛泽东告诉他:"诗歌要反映人民生活,要写抗日的现实斗争……要用接近群众的语言来写。"(《毛泽东之歌》)次年,他写出了第一首表现新的生活和新的人物的叙事诗:《一个泥水匠的故事》。这就是他第一首用群众的口语,以写实的手法写革命根据地的诗。

这首诗对于何其芳是新的尝试。在此之前,他没有用诗来叙述事件,特别是如此具体实际地叙述开始以新的方式生活和斗争的人的一生。他完全抛弃《预言》那种对生活加以理想化的方式,而采取了更为切实的态度。语言表达和艺术表现也有了重大的改变,他力图使自己诗成为平易的和适合民众欣赏习惯的。当然,这是诗人第一次在延安这样的新环境中写诗,而且这是他在新生活开始后写出的第一首完全与《预言》时代不同的诗。新的追求体现出来了,旧的追求淡化,乃至消失了。从根本上说,叙述性和通俗性增强了,诗的内容也更为实在了,但那种艺术的典雅精致却有了很大的损弱。

一组《夜歌》可以确认为这一时期的代表作。它如同《预言》,构成了一个创作的新时期。在这一时期的创作中,它们依然体现了诗人对于生活的诚实。组诗《夜歌》,不论其写的是对于异性旅伴的缅想,还是表达要到孩子中间去的愿望,的确存在着一个共同的潜主题,即,从旧世界来到新世界。诗人,当他以真诚的态度对待生活和自己,他便要真诚地披露自己已经适应的、与尚未适应的心境。这从他为《夜歌》所写的《初版后记》中可以得到证明:"这个集子的全名应该是《夜歌和白天的歌》。这除了表示有些是晚上写的,有些是白天写的而外,还可以说明其中有一个旧我与一个新我在矛盾中,争吵着,排挤着。"

《夜歌》是一组和后来所谓的描写新生活不相同的表现了新

生活的诗。诗中揭示了一个觉醒的灵魂在地狱与净界的交界处的欣悦以及不无困惑的踌躇:他热爱光明却又未能立时适应阳光;他憎恶黑暗,却又未能立时决绝阴影。正是因此,在我们为《预言》时代作结时,写下了一个"云的否定"的题目。告别了对于云的偏爱的诗人,当他开始新的歌唱时,却又未能断然拒绝它们——乃至于拒绝温柔的月亮。《夜歌(一)》的开头便是:

> 而且我的脑子是一个开着的窗子,
> 而且我的思想,我的众多的云,
> 向我纷乱地飘来,
>
> 而且五月,
> 白天有太好太好的阳光,
> 晚上有太好太好的月亮……

在内容是全新的基本上是明快的歌唱中,组诗依然保留了旧日淡淡的忧郁。这使他的这些诗篇成为一个迈向新生活的旧知识分子的心灵的真实的再现。这种再现不是虚伪的和矫饰的,而是坦率的和不掩饰的。一个基本的说明,可以用如下的诗句来表述:

> 是呵,我是如此喜欢做一点一滴的工作,
> 而又如此喜欢梦想,
>
> 我是如此快活地爱好我自己,
> 而又如此痛苦地想突破我自己,
> 提高我自己!

在这些朴素的语言描写中,我们看到一位喜欢做实际工作和喜欢诗人般梦想的矛盾组合,以及一个快活地爱好自己而又要痛苦地突破自己的矛盾组合,这,构成一幅绝好的心灵风情

画。它被涂抹上鲜明的时代色彩——在光明与黑暗际会时代一个要求进步的知识分子内心的全部丰富性。

《夜歌》的基本主题是对新生活的热爱和追求,它改变了早期诗歌的忧郁缠绵而代之以欢悦明快。但它所展现的并不是单纯的心境,而是一种复合情绪的结晶。它批判那种空虚的哀叹,那种只知叹息而不行动的人生,同时,它又欣赏例如插一朵小花在衣扣里的原野上的散步;它在阐明"心境并不是小事情"的同时,又豪迈地谈论"坦克车的出游三千辆一次"的战争;他在谈论生活中存在的"不美丽"的同时,他也看见了"通过黑暗的光明,通过痛苦的快乐,通过死亡的新生,通过丑恶的美丽"(《夜歌(二)》)。他的心境是擦拭泪痕之后讲述的光明和快乐的故事。这些诗中,何其芳展示了一颗真诚的热爱生活又不能忍受痛苦的心灵。当然,他的诗也表现了这类知识分子的脆弱,但包括它所展现的弱点在内,却因真诚的袒露内心而赢得了声誉。如《夜歌(三)》中他曾以诚实的回答告诉孩子们"我也不知道","同志们,我没有参加过什么斗争,我很惭愧"。此时,他承认自己已是成人,"我有着许多责任",但紧接着又承认:"我却又像一个十九岁的少年那样需要温情。"更为真诚的是他能够揭示内心的矛盾性。这就造成了何其芳这一时期诗歌的迷人的力量。他创造了迄今为止仍然令人羡慕的艺术境界,即他在歌唱生活的光明时并没有掩饰自己尚存的不完美。他的诗以真诚的态度创造了革命诗歌令人亲近的平易感。诗人的真诚是到处可见的,他随时都不忘记把自己业已改变的习惯和喜爱向读者昭示。在《快乐的人们》中他借"第四个男子"的发言,代表诗人对过去作明确的否定:"我不说我的过去,我早已经把它完全忘记……我最讨厌十九世纪的荒唐的梦,我最讨厌对于海和月亮和天空的歌颂。比较海,我宁肯爱陆地,比较月亮,我宁肯爱太阳,比较天空,我宁肯爱有尘土的地上。"在《云》的结尾,诗人宣布了从今以后的

"不爱";在《快乐的人们》中,诗人在重申"不爱"的同时,又进而阐明"宁肯爱"。这就是来到新世纪的诗人对于诗和艺术的"回答"。

何其芳的创作经历了一番巨大的转变,这种艺术上的转变随他的思想上的转变而来。他曾经讲过,"在我参加革命以前,有很长一个时期我的生活里存在着两个世界。一个是出现在文学书籍里的我的幻想里的世界。那个世界是闪耀着光亮的,是充满着纯真的欢乐、高尚的行为和善良可爱的心灵的。另外一个是环绕在我周围的现实的世界。这个世界却是灰色的,却是缺乏同情、理想,而且到处伸长着堕落的道路的。我总是依恋和留连于前一个世界。……其实在我当时的狭小的生活圈子以外,革命就正在轰轰烈烈地进行。……这个现实的世界的生活的丰富和动人,早已超过了我所沉醉的那个文学的世界。"(《写诗的经过》)何其芳热烈地投向、并拥抱了这个现实的世界。他不仅成为这个世界的一位热情的歌者,而且决心成为这个钢的链索间的最强顽的环。

过去总是以耳语般的轻盈歌唱着裙衣的窸窣以及美丽的夭亡的诗人,如今在用一种粗犷的声音叫喊——"你们为了人类的未来而进行着斗争的,我在和你们一起叫喊,……我要证明:唯有有力量的才能叫喊得很宏亮……"(《叫喊》)他的声音和人民的声音汇合到了一起。这最宏大的一个叫喊便是:"我们是一堆红色的火!"(《快乐的人们》)

要是考察何其芳抗战开始以后,特别是进入解放区以后的创作,我们可以发现他的诗歌艺术实践画出了一道明显的线条,即他由最初的崇尚新诗格律的创造而转化为目前的完全的自由体。他已经断然地拒绝了音韵格律的约束而进行着一种以情绪流向决定的内在节奏的自由诗写作。这类诗段落、章句都无定格,亦不押韵,一般均是长句。何其芳这时阅读了马雅可夫斯基和惠特曼的诗,诗风受到他们明显的影响。他创造了一种奔放和朴实的,同时又是现代人的情绪表达的方式。他对此后来也有冷静的分析:"句子太长,运用欧化的句法过多,都是缺点。但以口语的节奏来作新诗的节奏的基础这一点,恐怕还是应该肯定的。"①

何其芳这一时期的诗歌变革,大体可以概括为:诗的抒情主人公从狭小的带有较多旧情感旧爱好的我,走向了广大的人民群众;诗歌风格从柔美走向粗放,从雕琢走向自然;艺术格调从典雅华丽走向朴素;形式则从格律走向自由……可以说,何其芳的创作从内容到形式都根据时代的潮流作了调整。这种适应性的调整,使一位意识到时代要求的真诚诗人经过痛苦的自我批判,在新旧矛盾搏斗之中开创了一种新的诗风。在当时逐渐风行的崇尚向古典和民歌借鉴的风气中,他的个性化的追求,使他的诗创作具有了独立的价值。他自己回顾说,"《预言》中的那些诗,语言上都是相当雕琢的,用了过多的文言的辞藻,而且写得不开展,因而生活的容量很小。写《夜歌和白天的歌》中的那些诗的时候,我是有意识地想改正这些缺点的。我努力把语言写得朴素一些,单纯一些,使每个句子都尽可能口语化。"(《写诗的经过》)可以看到,他的追求是自觉的。

四、诚挚的回答

如果把《云》作为《预言》的总结,那么,作为《夜歌和白天的歌》的总结的是更为雄浑,也更为壮丽的写于人民共和国成立初的《我们最伟大的节日》。读过这首诗的人们都记得,它记载了这个人民共和国成立时的雷电轰鸣。诗人有幸,他不仅能以微薄的力量参与了共和国缔造的巨大工程,而且能以他的诗篇保

---

① 《夜歌和白天的歌·重印题记》。

留下这一历史巨变的动人场面和音响：

> 中华人民共和国
> 在隆隆的雷声里诞生。
>
> 是如此巨大的国家的诞生，
> 是经过了如此长期的苦痛
> 而又如此欢乐的诞生，
> 就不能不像暴风雨一样打击着敌人，
> 像雷一样发出震动着世界的声音……

一个时代结束，又一个时代随之降临。紧跟着时代车轮前进的诗人，他的创作又来到了一个巨大转折的路口。何其芳是一位执著、认真、对自己尤其不肯苟且的诗人，在这个巨大的转折面前，他又一次回顾了自己的创作。如同往昔一样，他再一次不满意自己以往的工作。当初他否定云的歌唱时，他清醒地意识到，诗不应该只是抒写自己的幻想、感觉、情感，"后来由于现实的教训，我才知道人不应该也不可能那样盲目地、自私地活着，我就否定了那种为个人的艺术的错误见解"①。但是，当那种用文艺去服务于民族解放战争的决心与尝试遇到了挫折，"变相的为个人而艺术的倾向又抬头了"，他不满意《夜歌和白天的歌》中那些伤感、脆弱、空想的情感。时过境迁，他感到这些诗"又和我隔得相当辽远"。他为此谴责自己："有什么了不得的事情值得那样缠绵悱恻，一唱三叹呵。现在自己读来不但不大同情，而且感到厌烦与可羞了。"②他为此表示了诚挚的祈愿："但愿读这个集子者，带着一种严格的批判的态度来读；而偏爱我的

---

① 《夜歌和白天的歌·重版后记》。
② 同上。

作品者,超越过这本书,超越过两年以前的我,走向前去!"①

超越,这无疑也是何其芳此时对自己的祈愿。但是,他没有以更好、更多的作品来证实这个祈愿的实现。《预言》以后,随着他对云一般的歌唱的否定,加上生活的大调整,他进入了第一个创作反省期。此后,创作日见稀疏。一九三六年以后的三年,三七、三八、三九三年,分别为每年创作一首。经过三年的调整,到一九四〇年,他确定了基本为欧化语法的自由体诗的"夜歌"形式。一旦找到了合适的形式,创作便有转机,此年创作转入旺盛,作《夜歌》七首,以后又有《我们的历史在奔跑着》、《快乐的人们》、《叫喊》等。一九四一年至一九四二年大体持续了此种状况。随着他本人对《夜歌》的内容及其表现形式的批判(批判意见见一九四四年所作《夜歌·初版后记》),他进入了第二个创作反省期。自一九四三年至一九四九年,七年中,除四五、四六、四九年各作一诗外,多数年份辍笔不作。一九四九年至一九五二年前,又是长达三年的空白。

新中国诞生了,广大的国土正在复苏,建设事业正在蓬勃展开,而热爱生活的诗人的沉默引起了读者的关切。直至一九五二年何其芳始作《回答》。《回答》的发表,在当日并没有受到更多的谅解。那时的多数读者不能理解诗人写作的用意和心境。革命业已取得了全国的胜利,大家都愿意听到昂扬的战歌,而且似乎都默认唯有昂扬的声音才是符合时代要求与诗歌职守的。但何其芳的《回答》却不是昂奋和乐观的,它还包含了浓重的个人的因素,后者在当日尤为刺目。

从《回答》发表到现在,时间过去了三十年,诗人也已谢世,我们可以冷静地估量它的价值了。可以判断,这是何其芳建国后最重要的一首诗,它在何其芳的全部诗歌创作中占有不可忽

---

① 《夜歌和白天的歌·重版后记》。

视的地位。从总的方面来看,从最初的《预言》到《云》,从《夜歌》到《我们最伟大的节日》,到新中国成立之后的《回答》,它清晰地画出了一位对生活和艺术都十分真诚的诗人精神发展的轨迹,它完成了一个活生生的情感丰富而又矛盾的、充满了个性化情感的形象化的圆雕。

《回答》的内涵是深广的,它不仅仅是诗人对于读者期待的回答,它至少还包含了下列两个方面的内涵:首先是对人生的回答,其次是对艺术的回答。写《回答》时诗人已进入中年,他已经告别了青春曼妙的憧憬和歌唱。人生的忧患感增多了,作为革命者也难以摆脱关于生死、安危、成败的思索。那时大家都崇尚那种忘"我"的情绪激昂的歌,何其芳不大重视这种情感标准化的趋向。作为真诚的诗人,他如同往日一样,他重视情感的真实,他追求自己的声音,自己的思索,自己的欢乐和忧愁。作为革命队伍的一员,特别是作为胜利者的一员,他原可以充分地表达他对新生活的自豪和欢愉,但他却不掩饰自己的真情,抒发了对自己的惶惑和不满:"一个人劳动的时间并没有多少,鬓间的白发警告着我四十岁的来到。我身边落下了树叶一样多的日子,为什么我结出的果实这样稀少?""那么你为什么这样沉默?难道为了我们年轻的共和国,你不应该像鸟一样飞翔,歌唱,一直到完全唱出你胸脯里的血?"然而,他的"回答"依然是——

> 我的翅膀是这样沉重,
> 像是尘土,又像有什么悲恸,
> 压得我只能在地上行走,
> 我也要努力飞腾上天空。

新的生活开始了,深沉的诗人敏感地觉察到自己情感的潜流:他感到了他的内心不能与生活的表面保持平衡,他在他所热爱的生活面前重新感到了某种不满足和不适应。按照常理,他本应和众人一样的表现为激昂与无忧,然而他在新生活面前却发出了自己独有的声音:"从什么地方吹来的奇异的风,吹得我的帆船不停地颤动;我的心就是这样被鼓动着,它感到甜蜜,又有一些惊恐。"生活带来了一种甜蜜感,但它不能让人释然,也许有的东西将要失去,生活给人以满足,但又令人感到忧虑。《回答》保留了成熟的知识分子这一类矛盾重重的情绪真实,而这种体现了情绪真实的诗篇出现得毕竟太少,何其芳的诗作可以说是预想不到的贡献。可以认为,《回答》以它真实的而不是虚假的、复杂的而不是单纯的、立体的而不是平面的,矛盾的而不是单一的情绪描写。它传达了那一历史时期诗歌中受到忽视的、然而却是应当受到珍重的诗歌实践。而何其芳能够在那种特有的氛围中作如此真诚的回答,无疑需要足够的勇气和坚定。

以《回答》的出现作为标志,何其芳创作的新阶段是伴随着惶惑和苦闷而开始的。一方面,是他担任了更多的社会工作,而且他的主要精力已转移到学术研究方面;另一方面,他长期信守的诗歌观点受到了现实的挑战,也受到自身的怀疑。一九五一年,何其芳说到他的苦闷:"很想歌颂新中国各方面的生活,并用比较新鲜一点的形式来写。但可惜目前的工作不允许我广泛地深入地接触工农兵群众,又不愿使自己的歌颂流于空泛,我就只有暂时还是不写诗。"① 其实,何其芳的不能继续写诗,还有更为深层的原因。

按照当时的观念,诗应当表现集体意识而不应表现个人,诗应当实际有用于社会而不应纯粹抒写个人的情怀,特别是诗中所表述的思想应当是符合统一的规范的,而不是如同以前那样可以较为活脱的表达。这些,都遥遥地指向了《回答》乃至更远一些的《夜歌》和《预言》赖以生存的基础。过去轻松自由的诗笔,如今变得滞重拘束起来。何其芳的创作感到了艰难,但他还

---

① 《夜歌和白天的歌·重印题记》。

是艰难地创作着。

更有一个折磨着他的困惑的问题,那便是诗歌形式。最初,他从格律体出发转而为自由体的创作。自由体创作的终点和极限是写于一九四九年的《我们最伟大的节日》。这位总是最早感受到时代的脉搏与节律的诗人,如同抗战兴起时感受到自由体的必然兴盛一样,从《回答》开始,他便弃绝了自由体而再度转向格律诗。但这次他提倡的是"现代格律诗",何其芳提出这一命题,是基于他对自己曾经为之致力的自由诗地位的怀疑。他认为"自由诗不过是诗歌的一体,而且恐怕还不过是一种变体"。他因之产生了一种错觉,以为自己诗歌创作的未能顺利进行,在于没有找到合适的形式。这当然不是如此。《预言》和《夜歌》都不因它的形式的缺陷而影响了它的价值。问题恰恰在于,当他谈论形式最多的时候,创作却陷入了枯竭。他曾说过"写诗最根本的还是生活",这话是对的。但更为重要的,决定诗歌繁荣的还是对生活的态度,最重要的是诚实的态度。一贯追求对生活忠实的诗人,他的创作的命运未必会很顺利,何其芳即其一例。当然,何其芳晚年写了不少很好的旧体诗。但是,一位毕生为新诗献力的诗人,最后却回到了旧诗那里,这到底是不会给人以欣慰的。回顾诗人的一生,他的晚年未能留下更多的创造的痕迹,不免令人怅惘。在旧诗《忆昔》中,何其芳写道:

> 既无功业名当世,
> 又乏文章答盛时。

这里有他的谦虚,又有他的遗憾。但这绝不仅仅是属于何其芳的。每个时代都给后人留下了值得记忆的东西,同样,它也不会是完满的。我们将从这种遗憾中,得到富有历史性的启示。

一九八四年八月一日—十五日北京、乐山、成都。

春天的儿子[*]
——怀念文武斌兼谈他的诗

  案头摆着文武斌送我的诗集：《春天从远方归来》，题签赠书至今，时间整整过了一年。我早想写一点怀念他的文字。这是我平生第一次写这样挽悼的文字，没有想到的是，不是为别人，却是为文武斌——这位比我年轻得多的友人。当春天从远方归来的时候，他却离我们远去。记得去年，文武斌在北京的病榻上，还与照料他的友人相约，病愈之后一定要重游一次他的母校的未名湖。遗憾的是，我们未能在未名湖畔再见。此刻，我只能独自在灯下默诵他遗留的华章，谛听他诗中传达的春天的足音。
  文武斌属于从"冬天"走来的一代青年。他有幸迎接了春天的降临，他终于成为春天的儿子。他的诗中保留了很多对于春天的冀盼，以及由于春天的温暖而萌生的信念与喜悦。他和他的同辈人一样，他们共同创造了现阶段诗歌的早春意识。这种意识的构成是复杂的，有对于"严寒季节"的批判与否定，有对于春天的真诚的讴歌，以及因春天的到来而产生的自信、发展与追求。长久的阴冷和窒息，造成了带有感伤色彩的激愤，这种特殊年代产生的情绪，终因节气的转换而变成欢愉。世界陡然变得美好了，诗人的心再度为单纯的欢乐所占据。和这个时代的所有人一样，习惯了冬季的漫长，当春天到来时反而难以置信，文

---

 [*] 此文初刊1984年8月23日《太原日报》，初收《谢冕文学评论选》。据《太原日报》编入。

武斌在诗中欢呼"春来了",紧接着是自语:"来得这样突然这样快"!那时他充满欣悦,一种解放感松弛了紧张的神经,他向着春天里的人们快乐地喊:"快把被惊悸闩紧的门窗敞开,快把被愁绪堵塞的襟怀敞开"(《春天的爱情》)。他确认曾经有过的"惊悸"和"愁绪",他也确认春天里依然存在的"浮冰"。但他认为那只是一支"慌惶逃遁的舰队"。他看到的是春天对于寒冬的"搜捕",以及由地球的"不可遏止的内在冲动"而进行的对于"僵死和麻木"的"切割"。《浮冰》向我们表达的是对于变态的昨日的蔑视,他以十分轻松的语气反问浮冰,"那是昨天凝固了的记忆,那是冬日的支离破碎的梦境"?

一个春天的主题,又一个春天的主题,他有写不完的春天。《夜半卧听春雨》,春雨传达的是人民的道义和力量;《春思》中他有愉快而不留纤尘的思索:我是一粒真正的种子,我骄傲!我自信!我忠实!他的渴望就是:发芽、破土、生根、自立。在文武斌的诗中,可贵的是这种充沛的精神与信念。由此,他生发出一种雄健的意志:"也许灵魂的伤口一时还不能愈合,那就让我们带伤出征吧。"他的好处在于单纯的热情,但也许缺点也在这里。突如其来的欢乐令他产生幸福感,除了这份甜蜜,他似乎记不起来苦涩。他也许没有能力,也许没有心情,去追究和探寻昨日苦痛的因由。这就是文武斌以及他的同代人可贵的、然而又是不无局限的早春意识。

但自我醒悟的内省力也在欢呼声中悄悄到来。《春日偶感》不能算是很有独创的诗,它关于浪子寻找母亲的比喻也未见新鲜,但那里确有一种可贵的信息,那便是由客观情势的触发而产生的觉醒。他在美好的春天看到了顽固地附着鬓边的"冰雪"。他对着自己喊:

> 不!我要找回失落已久的
> 我的太阳穴里的太阳……

这种清醒的对于自我的重新认识,在写作稍晚的《大地的春歌》中,有了更为确定的表述。在这首诗中,他劈头就问:"哦,这就是我吗?"他询问淡蓝色的早晨,也问自己。他谈到冰封,谈到雪盖,谈到霜欺,(当然,他更谈到把"地热""始终深深贮藏在心底")他毕竟扬弃了那种表面的欢愉,而潜入到为唤醒春天所经历的一切险阻。春天的到来不再是那种难以置信的、突如其来的福祉降临,而是由愚钝的木犁的"沉默的蠕动",一步步把"残冬的冷漠"驱逐的。意识到了历史的步履维艰,他的诗情由此也得到宏阔的空间感和绵长的时间感的互为结合的开拓。同样是春天在歌唱,但却全然换了一种感情色彩,由单纯欢快的抒唱,而转换为凝重的富有质感的对于历史与现实的把握:

> 我是汗水、泪水和血水的
> 　　混合结晶体!
> ——沉重的岁月压着脊背。
> 浑身骨骼才变得如此坚实;
> 于是,我掮着古老的民族不断完成
> 　　走向光明的"大陆漂移"。

文武斌的创作经历了一个不算太长的发展过程。他初期的作品,以关于大寨的那一批作品为基础,加上《春天从远方归来》集中的《月下酣睡》、《好客的山庄》、《火车飞进古交》、《备刀》一类作品,其特点是选取生活的一个易于能发联想的有意义的场景,通过精微的构思抒发情怀。这类作品写得好的,往往隽永含蓄,经得起回味,而缺点则是囿于事件或情节的羁束,难以在更大的想象范围内作富有纵深感的概括。(当然,他的初期作品中,受到当时社会思潮的限制也影响了它们的价值)。当新的诗歌季节到来的时候,文武斌的诗歌追求也产生了明显的变化。最引人注目的是他的《突围之歌》的发表。它体现了文武斌创作的大的跨越。

应当承认,文武斌有很强的观察具体对象并提炼这一对象所含有的启迪意义的能力。但是,对于抓住一个时代感很强的题目,使之体现出包容性宽厚、概括力高远的综合诗情的作品,特别是,这类作品能以很强的内省意识去把握一个时代的脉动的,还不多见。《突围之歌》的深刻内涵是明显的,同时,它的确给我们以象征的启示:文武斌的创作业已出现了"突围"的迹象。

《突围之歌》所体现的意义,不单属于作者本人。它表明了诗歌再生的一个重要的规律性现象:封闭式的结构出现了解体,不论人们的诗歌观念和美学追求存在着多大的鸿沟,但艺术和诗的总体结构在悄悄变化——它们彼此互为交融和影响。富有使命感的诗人如文武斌,不可能不在大时代的浪潮中接受新的信息以最终促成自己的艺术突围。《突围之歌》依然体现了文武斌十分重视的诗的社会价值的追求,但可贵的是,他把对于自我的省悟与对于时代的思考结合了起来。我们如今看到的,不再是缺乏个性的单纯的时代性主题,而是十分自然地溶入了个人命运的咏叹。当他写被往日的梦呓和泪水所包围时,当然蕴涵了对于旧时代的谴责。像"我在无法生存的逆境中学会生存,我在陷阱似的包围里学会突围",也不再是简单的对于生活实际的描摹,而是富有人生哲理的体验的概括了。写这类诗时,他又不是沉溺在往日的抽象思辨之中,而是带着往昔的回忆想到现实的"包围圈"中来。在他的笔下,出现了当今生活的纷纭繁复的动人情景:一个坚强的灵魂在这里向"乱麻似的无原则纠纷","嫉妒指使谣言和阴谋",以及"千年的封建幽灵"发出了挑战。最后,依然归宿于文武斌一贯的社会性呼唤:"我要突围——为保全党性,我把温文尔雅的情面撕破、揉碎!"体现了这种"跨越"的诗篇。还有《我们是桥》、《生活,正走向未来》、《我的歌,唱给汾河》、《致太行山》等。

文武斌爱生活,爱生养他的土地。汾河沿岸的风物,那些草野和柳笛,田鼠和蝈蝈,都给他以激情。他以雄健的形象再现了太行山伟岸的身躯:

> 你那嵯峨的骨架和隆凸的肌腱
> 组合而成的体魄,
> 是造物主的处女作吗?
> 而你的魂灵,
> 我敢说:全然是后天生成——
> 那黑色、灰色、赭色和绿色的风
> 以及刀锋、镐尖、犁刃
> 雕刻成你威仪
> 那烈火煮沸的血泪
> 像山洪、像飞瀑,像漳河水,
> 汇聚成你的感情!

这是有对于乡土的最美好的诗情,但又不囿于此。他把太行山的自然美与太行山儿女创造的功业结合起来,从而赋予太行山的形象以充沛的现实感。山西的文学、诗歌有自己的追求和这种追求所创造的骄傲。文学前辈赵树理和他的同志所创造的山西特有的文学风格滋养了整整几代人,文武斌是其中之一。但文武斌生活在自己的时代,他一方面吮吸着前辈的文学乳汁,一方面有感于时代的召唤开始了新的追求。从最初的创作到最近几年的创作,他无疑地为自己的诗引入了新的因素。他的诗风变得新了,他的"突围"有了收获。

要是命运对他不是这么无情,给他以更多一些的时间,文武斌肯定会创造出比目前还要显著的成绩。那时再回过头来看看《突围之歌》或《致太行山》一类作品,就会觉得也不过是一个新的起步。然而,这个起步却被无情地当做了终点。这是最令人痛心的。

文武斌认真地生活着,也认真地写着诗。他把诗歌看做非常严肃的事业,而这种事业又是与严肃的生活不可分开的。他认为"诗的最大不幸,是被沸腾的生活所抛弃";他又认为作为"珍品"的诗,是"逆水拉纤的人,留在沙滩上的深深的脚印"。文武斌对自己的创作活动,有一种感觉:"每逢我挥笔写诗,常想到春蚕吐丝。"他的一生也真如李义山诗中所写的"春蚕到死丝方尽"。他辛苦地吐着诗,直至生命的最后。

文武斌是非常热爱生活的人,他当然不会甘心这样与世界永别。春天来了,春天的儿子却从此远去。他留下了乐观、坚实的声音给他的亲人和朋友。我们不免惆怅,却也总是默默记着这位乐观、坚实的歌者的短短的一生。

和中学生谈诗[*]

很多人都是在中学时代开始爱上诗的,又有很多人是通过诗而走上文学之路的。当然,爱诗的人不一定都要成为、事实上也并不都会成为诗人,但一个确定无疑的事实是:诗与热情、青春、理想的憧憬紧紧联系在一起。诗,首先是,似乎也永远是属于青年的。

这是由于诗的产生和存在始终受到激情的驱使。言之不足,而有咏歌;咏歌之不足,而后手舞足蹈。诗大体是激情的歌唱,它一般排斥不动情感的冷漠的叙说。由此我们可以理解,为什么诗首先会成为青年的朋友,而且为什么诗总是悄悄地伴随着人们度过他们最可贵的青春时代——这是由于,不论是青年、是诗,热情是它们共同的属性。

所谓诗人,就是以具有音乐感的文学语言为工具的美的追逐者和揭示者。诗的世界是非常宽广的。它可以从人的心灵出发,走向社会和人生,走向社会的矛盾和抗争,为人类的真理和正义呼吁,它也可以翱翔于浩渺的时间和空间,表达人们对于世界的思索和追求。一个热爱生活和他的人民的诗人,他由激情的迸发而产生的诗篇,往往会成为他所从属民族情感的代表。海涅曾经说过:"我的心胸是德国感情的文库。"

对于诗,最激动心弦的命题,是属于为正义事业的呼喊。以形象的美的语言和形式,而不是用枯燥乏味的概念和口号,鼓舞

---

[*] 此文初刊 1984 年 10 月 15 日《中学生报》。据此编入。

人们为争取崇高的目标而抗争,这从来是进步诗歌的使命。以中国诗歌的传统而言,从屈原的《离骚》开始到秋瑾的《酒对》:"不惜千金买宝刀,貂裘换酒也堪豪。一腔热血勤珍重,洒去犹能化碧涛";从郭沫若再创新鲜太阳的"女神"精神到郭小川为"四人帮"的最后灭亡而作的"秋歌"式的预言,均是上述判断的佐证。诗人和人类的进步事业站在一起,而且成为它的鼓角,这是不同国籍的诗人所共有的素质。拜伦的《唐璜》中有这样的句子:"如果可能,我一定向顽石说情,要它们起来反抗世上的暴君。"这表明诗歌的最有价值的生命,在于参与人类为维护自己的崇高权利而向邪恶的斗争。

中学时代的主要任务是求知识、打基础,只要不影响学校规定的学业,读诗和写诗的兴趣,一般的会对学生的全面发展产生良好的影响。诗是美的事业,学生爱上了诗,他们就自然地承担了发现、再现人生的美的使命。久之,它会反过来对学生的心理素质产生潜移默化的作用。

学习作诗,首先要注重了解社会和人生,注意向活泼的现实学习,培养自己勤于思考的习惯。敏感的诗人应当对人们习见的生活时有新的发现和新的感受。诗人在生活中,犹如蜜蜂的辛勤劳作,它不停地飞翔采集花粉,酿造香蜜。一个懈怠的人不会成为诗人,当然,一个缺乏诗的感受的人,同样不会成为诗人。观察、体会、积极地思考,并养成一种习惯,把生活中的零星感受应当随时记下。这些往往就是极可贵的创作材料,甚至就是诗的半成品。

除了向社会人生讨取诗的源泉,还要多读好诗。阅读的范围应当十分宽广,不要窄狭,中外古今的各种诗歌式样,都要了解。前人的作品是前人进行艺术探索和艺术实践的经验结晶。那里,往往凝聚着他毕生的追求的心得,我们通过揣摩研讨别人的作品,往往可获得事半功倍的效益。初学写作,模仿不可避免,也是自然的。孩子的学步就是一种模仿,赛跑冠军也仍然有着蹒跚学步的阶段。当然,能够自立了,就当创新。一个成熟的诗人的标志,就是他富有艺术性的创造性劳动。

天赋不能说无,但徒有天赋而疏于实践,即便是谪仙从仙宫里跑下来也是枉然。有千千万万个诗人为人们留下了动人的诗篇,这千千万万诗人有一条最根本的成功经验——写!不断地写!在千百次的挫折中挺立,以坚韧的毅力向着诗这座迷宫索取答案。

《中学生报》要出诗专辑,有感于它的编者对于诗歌幼苗的热情慷慨,于是写了以上一些话,这些话并不新鲜,但可以看做本文作者对于《中学生报》编者的好心的支持和响应。

一九八四年九月十五日于北京大学

传统之于我们[*]

《星星》问:"新诗应向传统学习,请具体点说,什么是中国诗歌传统?只有一种传统还是有多种?""你对新诗的继承与革新问题想过些什么?和经济战线相适应,新诗应不应当也有所革新,怎样革新?"

下面是我的回答:

传统之于我们,是不可也不能须臾或离的。我们生活在传统中,我们也创造着传统。传统之于我们,并不意味着一潭死水,更不意味着是失去意义的河床。传统是长河,源流绵远,从远古流淌至今。它处于不断凝聚而又不断更新的状态。它并非凝固不变,一个历史悠久的民族,经过历代先民的智慧创造,积淀而为丰富的文化诗歌传统,尽管它的构成之中有相当稳定的基因,但又是不断发展不断丰富着的。一个改革的文化观,对于一个古老的、拥有极为丰富的文化传统的民族,始终是充满艰险的题目,但又是不可不严肃面对的题目。许多人都会清楚:"文化的改革如长江大河,无法遏止。假使能够遏止,那就成为死水,纵不干涸,也必腐败的。当然,在流行时,倘无弊害,岂不非常之好?然而在实际上,却断没有这样的事。回复故道的事是没有的,一定有迁移;维持现状的事世是没有的,一定有改变。有百利而无一弊的事也是没有的,只可权大小。"(鲁迅:《从"别

---

[*] 此文初刊1984年12月《星星》诗刊1984年第12期,初收《谢冕文学评论选》。据《星星》诗刊编入。

字"说开去》）如今的人们要是都有这位文化巨人的宏阔，那么，像噩梦一般缠绕着我们的文化变革中的纷扰都会冰释的。

论及中国的诗传统，我们几乎随时可以感受到《诗经》《楚辞》的潜在影响。但这绝不是旧形式的简单重复。在真正保持和发展了中国诗歌传统的现代诗中，我们最难发现重复传统诗歌的形式外壳的现象，在那里，只是一种内在精神的充溢。白桦的《情思》并不具有《楚辞》的外形，却令我们感受到屈原的追求精神在今天的复活；蔡其矫的许多自由体的山水诗，形式上最为"背谬"而保持古典山水诗的素质最丰。具有历史感的诗人总是为自己的时代创造着最新的诗。他们了解自己的使命：历史要求于他们的是新的创造，而不是以前人的形式重复前人的歌唱。好比过河，前足跨过，后足涉及，已非前水。世界万物都在不停运行，唯独诗歌传统却静止不动，这是不可理解的。

从上述的意义看，那种把现代诗的发展基础放置于古旧的诗歌形式之上，而且以保持"古风"的多寡来衡量诗歌民族化程度的看法，就显得相当的偏执。有些人论及保持传统时，心目中总有一种固定的模式。一个凝固的观念促使他们易于把不符此种模式的诗歌目之为背离传统。若是单纯以是否合于"古制"来判断，郭沫若的《凤凰涅槃》或《天狗》，都是相当"洋化"的诗，但《女神》却极典型地体现了传统精神与现代精神的融汇；至于《女神》所体现的五四狂飙突进的精神，则已成了现代文学史上不容置疑的定论了。同样，艾青的《大堰河——我的保姆》《我爱这土地》等名篇的歌唱方式，在中国传统的诗歌形式中，只能构成一种叛逆者的形象，而不会是"传统"的维护者的形象。但不论郭沫若还是艾青，他们的早期创作，已经成为了中国数千年诗歌传统中最年青、也最活跃的成分。

一个民族的文化传统，从基本上说，是该民族文化心理结构的对象化。作为一个民族文化心理结构的诗化综合体，一个民族的诗歌传统是统一的、不可分的。基于中国诗歌历史沿革的实际,为了研究的方便,不妨以新诗对古典诗歌的批判和新诗的诞生,将中国诗歌传统的构成划分为古典诗的传统和新诗传统两个阶段。这两个阶段对于中国诗歌,都是有价值的实体。但从总体上考察,传统只有"一种",而不是"多种"。

像我们这样一个在价值取向上偏重于过去的民族,我们的通常心态是颇以旧物的丰硕引为骄傲的。轻视乃至否定传统的现象不会构成主要的潮流。我们需要始终关注的倒是把传统过于神圣化的一种趋向于保守的观念。对于诗歌传统中的古典部分,除了个别特殊的时代,我们的估价一直是稳定的。而对新诗部分,六十年来的褒贬时有升沉。关于它的价值,需要一部新诗发展史加以辨明。但可以肯定的是,它的一些特质乃是中国诗歌传统中最可珍贵的部分。至于我们应向新诗传统继承些什么?则伴随新诗的诞生而来的日趋深入宽厚的人民性;建立于科学民主基础之上的巨大的开创精神;以及萌芽于自由创造观念下的艺术多样化实践等,均是引人注目的内容。

一个民族的诗歌传统,既受到历史的、更受到当代的民族审美心理的制约。世界已经变得很小了,现代人的时空观念已较前人有了大的变化。通信和交通的现代化,信息的储存和传播,促进了世界各民族全面的、广泛的交流。今天的人们必然不能满足旧时代给予他们的那些艺术形式,尽管对那些形式的历史评价是一种客观存在。诗歌和文学之受制约于经济的盛衰,这点是谁也不怀疑的。由此可知,随经济的开放与改革而来的,必然是文化(包括诗)的开放与改革。这个过程也许很长,而且会很曲折,但这一趋势是不必怀疑的。有人因而不免惆怅,而事实不会因他们的惆怅而改变。这就是,不管人们多么眷念往昔,但往昔不能代替现今。如同唐诗的极盛不能说明今日诗歌的实绩一样,五十年代的诗歌强音不会继续成为八十年代的诗歌强音——需要赶紧补充的是，作为昨日的强音，它们的历史价值都是不会被抹杀的。

　　传统被谈论得最多的时候，往往是传统观念面临着强大的挑战的时候。充满创造精神的年代，人们的目光总是望着前面，他们很少回头去看哪些传统受到了损害或是什么样的人忽视了乃至于"蔑视传统"了。旺盛的创造力奠立于强大的自信心之上。那些人不太喜欢谈论传统，他们专注于创造和发展，但他们的劳绩反转来极大地丰富了、发展了传统。五四时代的新诗建设就是如此。胡适写《尝试集》的时候，郭沫若写《女神》的时候，大抵都体现着这样的精神状态。盛唐的人们不太谈论如何保护传统的不受损弱，他们也不拜伏在前人脚下（当然，这并不意味着他们不重视传统），尽管他们距离创造了汉魏乐府的诗歌时代很近。他们执意于大胆的创造和无拘束地吸收。他们终于建立了自己的诗歌时代。历史上主张复古的，大致都不甚有出息。明代的前后七子，"文必秦汉，诗必盛唐"的旗帜举得最高，他们想振兴文运，但没有如愿。

　　传统的力量与影响是不容否认的，对于中国诗歌情况就更是如此。只有对历史毫无所知的人才会对此采取轻率的态度。中国的诗歌传统足以令全世界艳羡，正因如此，诗歌传统便始终成为困扰我们的题目。而在年轻的民族那里，变革现状和发展传统几乎不存在什么阻力。一位台湾诗人分析过在新潮流面前的美国："在现代主义矫捷有力的冲激下，新兴艺术立即掀起美国艺坛的美丽的骚动！马蒂斯、毕加索等野兽派、立体派大家们的画品开始同这个年轻的国家作初次见面；而在文学的静波港中，芝加哥著名的'小文艺复兴'也激起了第一朵浪花。美国的可爱处是她永远不躲避任何新的风暴，她甚至惊喜雀跃地'陶醉'于旧有一切的败北感和被'扫荡'的欢快之中！她首先承认自己的文化饥馑，而后从速重建或再造。美国就在这种氛围中

从事'破坏的建设',她获得了成功。"(痖弦:《诗人手札》)

我们的社会目前处于历史性转变的最关键、同时又是最激动人心的时代。我们正在向昨天告别,我们正在迈向对我们来说是陌生的、然而又是充满诱惑力的前路。许多旧有的观念都在变化,诗的观念也在变化。然而诗,这个令我们激动而又不断折磨着我们的命题,它究竟将产生怎样的变化?关于"古怪诗"已经惊呼有年,是否它将变得不再"古怪",或是它将变得更加"古怪"?那么,它和中国诗的传统究竟是愈来愈背离,还是意味着更为宏阔的发展?"每一代新诗人都是靠吸收或抛弃前一代的传统,从而取得自我意识"(丹尼尔·霍夫曼:《美国当代文学导论》)。在我们这里"吸收"是动听的,"抛弃"则很刺耳。然而,事实正是如此,创造,意味着有"吸收",又有"抛弃"。唯有这样,才是对待传统的合乎常理的态度。

希腊是堪与中国媲美的诗歌古国,希腊的诗歌传统与我们同样久远。但最近二十年中,希腊却有两位诗人获得了诺贝尔文学奖。有趣的是,不论是一九六三年获奖的塞弗里斯,还是一九七九年获奖的埃利蒂斯,他们都不以拘执于所谓的古希腊传统而获得肯定。塞弗里斯吸收了托马斯·艾略特的表现手法而丰富了自己的诗歌。埃利蒂斯则明显地把法国的超现实主义(这是属于世界的)与爱琴海的生活和感情(这是属于希腊的)融为一体——"许多世纪之后,永世不竭的希腊之海,这个哺育了艺术史上最富有创造形式的母亲,第一次在埃利蒂斯的笔下重新焕发出青春的活力",尼科斯·加佐斯曾经这样评论过。关于这一点事实的介绍,不知道是否有助于解除一些人对于诗歌未来的不安情绪?

一九八四年九月初秋于燕园

《"亚细亚"的故事》[*]

"亚细亚"没有被写成一个原先没有觉悟、后来由于种种原因而被教育成有觉悟的人那样被无数次重复过的人物。尽管她被多次评为先进,却是一个最后也不曾意识到自己的先进,甚至不敢上台领奖的卑怯的女人。作品真正震撼人的不是故事本身,而是它所展示的一个中国普通女人的命运,以及由此激起的我们对于全民族文化心理传统的思索。"亚细亚"属于这种类型的人:即使在坏命运面前,也不哀叹、怨艾,只是默默地忍受命运的折磨。小说让人想起她所从属的那个民族在艰难中绵延不息的再生力,它的坚忍、持恒,以及难以被外力影响的自强和封闭性。这个形象揭示了民族传统性格的某些更深层的方面。"亚细亚"的故事没有落入程式化的艺术窠臼,作家的关注显然已从情节的编织转移到人物自身的生活逻辑上来,更注重于人物心灵真实的揭示。作家没有按照先验的模式"加工",看来,"亚细亚"的本色显然比浓墨重彩更有魅力。

这个纱厂女工本名吴彩凤,她曾经有过让她感到幸福的爱情。吴彩凤和年轻的司炉周长贵相约成婚的日子,长贵没有如约归来。吴彩凤没有失去信念,她在每个星期三该是长贵当班的日子,总是伫立站台迎接长贵所在的亚细亚号快车的到来。她年复一年地等待着。于是,"亚细亚"便取代了她原有的姓名。吴彩凤放弃了可能获得幸福的机会而矢志不移。她在梦幻般的

---

[*] 此文初刊 1984 年 11 月 7 日《文艺报》1984 年第 11 期。据此编入。

期待中让年华消耗殆尽。她因刻骨的思念而精神恍惚。她生活在非现实的幻觉里。

"亚细亚"近乎麻木地生活着,她把自己的全部心力倾注于机械般的劳动中。由于劳动不偷懒,在日伪时期当了几个月的副班长。这使她在"反伪职"运动中受到了不公正的待遇;厂长奇岭因为坚持党的原则精神,帮助了这位女工,也受到了不公正的待遇。"亚细亚"觉得是自己"作孽"而使奇岭蒙受苦难。她总是赎罪般地谴责自己。达理只是以十分平静的语气讲着"亚细亚"在漫长人生途中的追求、屈辱、不幸和挣扎。这就是达理创造的艺术形象:一个善良的、不幸的、甚至带着某种蒙昧的、半"疯"半"傻"的模范女工。从"亚细亚"身上,我们窥见了数千年的道德伦常观念在一个处于新旧交替的时代里的普通女性身上的沉重因袭。但无可置疑的事实仍然是,"亚细亚"是闪光的、一种并不完整的闪光。她是一个充满了内心矛盾、流淌着活人之血而拙于言辞的先进工人,她的动人之处是她带着明显的历史的和现实的局限的不完善。

达理也许未曾料到,对这位普通女工的坎坷经历的描述,涉及了一个富有历史感的题材,这个人物的命运以及她对付命运的挑战的方式,在那里,凝聚了我们民族传统心理文化的若干最基本的素质。这个平凡人物的遭际概括了几代人生活的变迁,他们的失落与怅惘。曾有过那样的时候,善良勤俭的人被视为异类,有着追求和憧憬的正常人被当做疯子。新时代毕竟给她带来了生机,尽管她仍然遭受着往事的折磨,但终于能在垂暮之年,搭乘北上的列车(不再是伫立在月台上等待)去寻找那早已失去的遥远的梦。

雨季已经来临[*]

　　漫长的旱季过后,雨季终于来临。久经干涸与枯竭磨砺的嫩芽与新叶,如今在雨后雾气迷蒙的初阳中自由伸展。它们倾诉的情怀是湿润的,它们的心音也是多汁液的,一切犹如这充满水分的雨季。如今呈现在我们面前的就是这样一本书。它的作者也许对许多人来说都是陌生的。都在说诗歌的萧条、诗歌的危机、诗歌的"混乱",但诗歌的天宇上却一代一代地出现着新的星辰。它们放射着让许多人都感到陌生的光辉。这情形使人惊异,也使人醒悟:原来,那些"理论"是不需要事实的。

　　有位诗人说过,星星也会老的。那些年代久远的星体,它们有过自己辉煌的时代,但它们不会永远地发光;一旦它们为更加年轻的星体所代替,这便是进步和发展,也便是希望。天文望远镜上发现一颗新星会带给人们以持久的兴奋,那是因为发现的艰难。但在我们这里,陌生的星体却不断地出现在我们的视界,以至于我们还来不及辨认它们的方位和叫出它们的名字,它们便以富有个性的光辉毫不胆怯地唱出了自己的歌声。中国诗歌出现如同现在这般急速的更新和发展的局面,先前似乎还不曾有过。一个开放的和发展的社会,较之一个封闭的和停滞的社会,前者无疑充满了生机。诗歌也是如此。

　　《雨季来临》的这位作者的出现,决定于前述当代诗歌新的崛起的背景。但这个诗歌因复兴而变革、因变革而繁复的局面,

---

[*] 此文为《雨季来临》序,程宝林著,北京红叶诗社1985年2月出版。据此编入。

却取决于一个更雄阔、更壮伟的背景,即是中国现阶段社会的稳定和发展。这便是《雨季来临》这首诗所体现的那种氛围:当最后一队运水的骆驼,消失在赭黄的地平线,大地只是一片寂静,仿佛什么都不会发生。然而海风却以不可抗拒的男性的气息和力量摇撼所有的处女林,宣告了雨季的来临。于是星星们竞相歌唱。这些星星,有的大胆,有的羞涩,有的明朗,有的朦胧。它们勇敢地同时又是怯生生地在诗的天宇上寻找自己的位置。当然,找到了位置并不等于得到了承认。以《雨季来临》的作者为例,尽管他已在很多家有影响的刊物上发表诗作,但要出版一本诗集,却不得不采取目前这种方式,便是明证。

程宝林现在还是大学生。他一边上学,一边写诗。这个出生于湖北荆门一个农家的孩子,由于家庭成分不好,"在贫穷、疾病和受歧视里度过了郁郁寡欢的童年"。这童年在他诗里也有描写:没有牛奶喂壮我营养不良的童年/没有电动坦克保卫我残缺不全的记忆/我所有的伙伴和玩具/只是一堆黄土地馈赠给我的黄泥!(《土地啊,母性的土地》)但他还是以深深的爱献给这古老的黄土地。要是说程宝林诗歌创作的突出特点,对于土地和耕作土地的人民的深爱便是其中之一。他以深清的笔墨点染对于《南方啊,我的摇篮》的真挚思念。作为与土地共过苦难的农家的儿子,他思念家乡的独木桥和潇潇雨巷,思念春天的桃李花,更思念那些创造着生活的南方的男人和女人,特别是南方那些多情的活泼的女人们:

> 那些在芦花荡中
> 把船撑得如飞蝗一般
> 那些会游"狗刨"、会耕田
> 喜欢和男人们打闹、喜欢唱山歌
> 拧我屁股又用奶头贿赂我的
> 南方的女人们

当然，与其说是在爱生他养他的南方，不如说更多的时候他是在倾诉对于土地和人民的儿子的至情。

多少年来，我们期待的是今天的人写今天的诗，现代人写现代的诗。我们不愿看到生活在今天但心境却向着昨天而缺乏向着明天追求的诗。程宝林诗作的可贵之处，在于他以现代人的心胸，拥抱着并融化了绵延数千年的民族心理文化传统的因袭。他能以青春的流行色调、当代生活的节奏感来再现这片古老土地以及吾土吾民的淳厚乡风民俗，并把二者加以融汇贯通，体现出独创性。他笔下的乡野生活既是古老的和悠远的，但又是跃动着当代生活的激动情绪的。

《在小镇，我穿上西装》尽管其中说明生活的意向过于急切明显，但一个穿上了西装的劳动者的出现，对于过惯古老而宁静生活的那些"背靠一截土墙/晒着昨天的太阳"的"穿着褐色长袍的爷爷"，以及那由高一块低一块的青石板铺成的街道，确是一种深刻的震荡："我突然走进你发黄的诗页/成为新鲜的意象。"至于那一群穿着各色游泳衣相约野浴的乡村少女组成的"阅兵式"的"示威"，则从另一个侧面表现了人们现代意识的萌醒对于传统习俗的猛烈的冲击。在这位热爱乡村的青年的笔下，古老的中国农村和中国农民心灵深处的跃动，已如一江春水，正有力地"拍打乡村早该拆去的堤防"。

程宝林以经过精心锤炼加工的提高了的口语化的语言，以流动的活泼的节奏，平易地展现了当代大学生的生活和情感。他以同代人的身份，表现同代人的心灵世界，无疑是最引人注目的成就。《脸盆乐队》、《我们拥有向北的窗户》、《橄榄岛》、《女孩子们——课间二十分钟》都是富于当代校园情趣的诗篇。这些诗篇在描绘传达特有的生活氛围上，特别是在表现当代青年知识分子的隐秘心理和正在跃动着的深层思考上，其成绩尤为引人注目。青春与事业联系在一起，也与爱情和友谊联系在一起。

程宝林的爱情诗也很新颖,如他的《天气预报》——

    总是在国际新闻之后
    几朵带雨不带雨的云影
    无声地飘出荧光屏
    显得很重,或者很轻

    其实,无非是最高气温
    最低气温
    多云转阴或多云转晴
    一座遥远城市的天气预报
    向一颗心
    预报另一颗心

这些诗句以不事雕饰、不加渲染的暗示把初恋的复杂意绪表达得微妙、细腻,更主要的是不落俗套的创新。

  程宝林无疑是会写诗的,他已显露了这方面的才能。当然他的诗还不稳定;他的诗还表现了心灵与世界之间的游移;有时,他因急于再现现实生活的变革而流于简单直接;他注意到了农村生活以及劳动者在现代都市生活发达面前所表现出来的不谐调和心灵的距离,但却不能作更深、更复杂的剖析。程宝林显然注意到了自己的未臻于成熟。他以《我刚刚是个青年》表明了此种心迹。他说:"我为我浅浅的足迹悲哀",他在"等待"自己的诗的"血脉的搏动"更为"吻合时代更新的节拍"。他谦虚地承认"我的诗比不上杨牧/缺乏力度也没那么激昂慷慨";他希望自己能"扛起今晨的太阳,做铜锣/召唤诗神和未来"。

  程宝林是有追求的。他所已表示的对于"昨夜的落月"及"蒲公英和蝈蝈"的"告别"的意愿,纯然属于他个人。但诗的路子显然应当是拓展的,可以有追求,但不必断然排除。重要的是

他业已表现的那种当代大学生共有的开放和创造的精神,给我们以充沛的信心:

> 我从心底鄙视另一类河——
> 慵卧在千年的韵律里
> 连呻吟也不变变调子……
> ——《季节河》

在《太阳的履历》中,他对此作了更为精彩的概括:

> 既然昨天的太阳是我的父亲
> 我的儿子就应该是明天的太阳

这诗句让人兴奋。它体现了历史感,又体现了创造精神。

一九八四年十二月十三日于北京大学

诗歌的新生命
——近年新诗创作情况[*]

一九七六年以来,诗歌创作一直是相当活跃的。论成绩,它未必比小说更为显著,但是,诗歌往往更为敏感地走在风气之先。现阶段文学的每一个重大的发展,诗歌都率先喊出了自己的声音。要是说,当代文学的复兴是从一九七六年"四五"运动开始的,我们据此可以说,是天安门诗歌运动揭开了这一重大转折时代的序幕。从这个意义讲,诗歌在现阶段文学的发展中,有其不可替代的历史地位。

和我们整个社会生活一样,出于历史性转折时期的诗歌,在不长的数年之中,经历了一个完整的拨乱反正的过程。这个过程是不断递进并逐渐走向深入的。尽管前进的路上充满了曲折,但是近年诗歌在思想艺术上的进步和创新,则是不论其观点如何分歧的大多数人都看到并予以承认的。

讨论当前的诗歌创作,有着一个未必为公众所意识到、但却是实际存在的前提。这前提就是:建国后、"文革"前的十七年取得的重大进展以及随后十年间所产生的巨大挫折。现阶段诗歌正是在这个基础上产生并发展的。当然,因为造成重大损失的动乱十年离现在更为近切,因而,在整个诗歌的发展中始终都离不开这个正本清源的调整意识。前面谈到,诗歌在不长的数年

---

[*] 此文刊于《当代作家谈创作》,孟繁华编,中央广播电视大学出版社1984年12月出版;初收《谢冕文学评论选》。据《当代作家谈创作》编入。

中,经历了一个完整的过程,对于这个过程的描述,拟分下列三个方面递次进行。

一、谋求与中国新诗的现实主义传统精神的历史衔接。诗歌向生活真实地"寻根",这就是:对于表达人民真诚意愿的真实性的呼唤。纠正"假、大、空",成为最早兴起的创作潮流。

这是由"十年内乱"中大部份诗歌沦为虚假而提出的。十年的异常社会生活,把我们过去提倡的现实主义精神作了彻底的否定,同时,它也把随着革命理想主义的宣扬而开始的诗歌的浪漫主义精神,迅速地推向了反面。那个时期的大部分诗歌,当它描写现实生活时,并不能如实再现社会生活的真实情状和人民群众的真实情绪;当它表现理想时,却狂热地歌颂了与我们的革命理想背道而驰的现象。在那时的大部分诗中,社会现实和革命理想都遭到歪曲,人们据此称那些诗是"假、大、空",这形象地概括了那一阶段诗歌的变异。

因此,重获生命的诗歌,首先争取的是诗歌的真实性。这种争取,当然是随摒弃虚假而来的。一九七八年底,《诗刊》召开了"学习《天安门诗抄》,发扬'四五'精神,促进社会主义诗歌创作繁荣"的座谈会。座谈会突出的一个声音,就是对于真实性的呼唤。座谈会发表的《纪要》指出:"天安门诗歌之所以可贵,就是因为它在当时的情况下说了真话,抒了真情","新诗要繁荣,要发展,无论如何不能再说假话了。"《纪要》还针对当时的创作现状指出,"空话、大话、假话、废话,还在某些诗中时有可见,有人甚至荒谬地认为这就是'浪漫主义'"。这就是召开在与党的十一届三中全会大体同时的这一诗歌座谈会的最引人注意的声音。

在党的十一届三中全会精神的感召下,经历了有效的调整,诗歌终于结束了它的徘徊于旧轨道的惯性运动。它痛感于虚假的诗风所带给诗歌创作的危害,一九七九年整整一年进行的奋斗,便是为了诗歌真实性的努力。有一篇文章《说真话抒真情是诗的生命》,批判的锋芒指向了虚假的浪漫主义诗风:"明明是全面内战,停工停产,却偏要写'万里神州日日新,莺歌燕舞山水秀';明明是经济衰退,生活贫困,却硬要写'队队粮食堆满仓,村村一片新瓦房'……如此美化生活,粉饰太平,无视困难,回避矛盾,真是对人民的欺骗和麻醉,对革命的嘲弄和戕言。"(艾克恩作,载一九七九年十二月号《诗刊》)

那时有很多诗篇,都在谴责诗歌的虚假。有一首《我的诗》写道:"一度,我曾有过浓烈的诗兴,那是因为我窥视着政治行情。……读者不断向我投来鄙夷的目光,指责我是假话欺世的商人。的确,我把诗歌的声誉出卖了,同时也廉价出卖了我的灵魂。"无数痛苦的灵魂,都在新时代开始的时候醒来,他们坚持为恢复诗歌的真实性而抗争。

这种对于诗歌真实性的呼唤,是谋求当代诗歌与它的现实主义优秀传统认同与衔接的总的努力的一部分。虚假的违背革命理想的浪漫主义受到了唾弃,但诗人并不因此产生了对于理想的淡漠。首先应当提到的是艾青的例子。艾青重新出现的最早一首诗是《红旗》。那是一首充满了革命激情的抒情诗。但艾青复出之后的努力,可以说是全神贯注于诗歌真实性的斗争。这一年,他写了歌唱现实生活中的一位普通工人的英雄行为的《在浪尖上》。在该诗第二部分《这是什么战争》中,他以写实的、尖锐的笔墨描绘了那个变异的年代:"'理解的要执行,不理解的也要执行。'百分之百的虚伪,彻头彻尾的欺骗;最残酷的迫害,最大胆的垄断,比宗教更荒唐,比谋杀更阴险;……野心在黑夜里发酵,情欲随权力增长;自私与狂妄赛跑,良心走进拍卖行。"在坚实的真象前面,诗人的愤怒给人留下了强烈的印象。他此时追求的正是这种面对血淋淋生活的现实主义精神。为了体现这种追求,他甚至写下这样的诗句:

> 这个青年工人被捕了，
> 地点是列宁像的下面，
> 时间是清明前两天—
> 夜晚十二点。

这在艾青也是罕见的诗句。一种直面现实，甚至不惮于以具体而准确无误的时间、地点的交代以体现严格的现实主义精神的追求，构成了这一创作实践的思想力度。艾青以自己的创作实践了他此时的诗歌观念。他的观念的核心，就是：诗人必须说真话，。这是他一篇论文的题目，也是他复出之后第一次对诗歌发表意见的题目，集中显示了他打破长达二十余年的沉默之后，对于诗歌现实的批判性思考。艾青猛烈抨击了诗人的说假话，他嘲笑"谁'得势'了就捧谁，谁'倒霉'了就骂谁"的"政治敏感性"。艾青说，"这种人好象是看天气预报后写'诗'的"，"当然，说真话会惹出麻烦，甚至会遇到危险。但是，既要写诗，就不应该昧着良心说假话。"过了一年，即一九八〇年三月十五日，艾青在北京劳动人民文化宫讲话中说，"我还是坚持：'诗人必须说真话'。只有说真话，才能突破假话、谎话、大话的包围。"

可以说，只要对历史的挫折不曾淡忘，对于诗人的庄严使命不曾淡忘的诗人，都对前一段对于诗的亵渎怀有浓重的厌恶。他们不约而同地感到了这种"假话、谎话、大话的包围"，并且感到了"突破"的必要。而作为这一突破的手段，便是：说真话。真话、真情本是诗的生命，但是，由于对于现实主义精神的背弃，使我们在为恢复诗歌生命力的工作中，不得不从头做起。于是，诗人对于现实生活的责任，成为了对于风靡一时的假浪漫主义的反拨，而受到了新的关注。这种现实主义精神在诗中的重新发扬，构成了现时诗歌的"寻根"意向。它自然地与建国以后诗歌在现实主义道路上的发展与挫折，特别是与一九五七年以后这种精神的未能发扬，发生了史的关联。因而，这一时期的"诗人必须说真话"的呼吁,便带有浓厚的历史反思的性质。

于是,诗歌对于社会的责任便被提了出来。这种观点的战斗职能的实施,是由对于"四人帮"的揭露和控诉开始的,它因深入表现对社会生活中迄今尚有的不健全和阴暗面的批判而得到延续性的发展。许多诗人批判了某些诗歌曾经产生的质变。他们义无反顾地谴责虚假。《假话》一诗借"诗"的自我批评说:"因为我曾经说过假话,一见了乌鸦我就害怕,它从不说自己就是孔雀,黑色的衣服不缀一朵小花",诗人接着写:"在老实的试卷上我得了零分"。诗人们在谴责诗的虚假的同时,强调诗对生活进行监督的社会职能。不少诗人都对诗人和诗作了新的解释。他们把诗称作能够杀菌消炎的"带韵的盐"。许多诗人都乐于否定自己是诗人,他们宁愿为疗救病毒而担负起医生的职能。有一首诗说:"假如我是个诗人,该先有名医的桂冠;随时诊察时代的脉搏,更要留心社会的病变。"还有一首诗说:"我不是诗人,我是医生,无影灯下的手术刀,我的笔!——别咒骂我的诗句",他甘愿承认自己的诗是给社会开的"病历",并且认为,"如果,病历象组织部提升的报告,如果,病历象年终评奖写的评语,那末,干脆取下医院的木牌,换一块婚姻介绍所的红匾题"。这些诗中所传达的意向,并不是所谓诗意的形容,而是体现了实质性内容的诗歌观念的确认:人们对那些由虚假的情感所装饰的"甜蜜"的诗歌感到厌倦,人们要在现实主义的旗帜下,重新把诗歌导向于现实有用,而且不再是浮泛意义上的战斗性,它期待能够以诗救国救民,而首先追求的是对病痛进行治疗。诗歌在这个意义下当然告别了那种甜得发腻的廉价装饰,而纯粹是一种"苦涩"的事业了。

一九七六年以后,曾经有过一段颂歌的高潮。那时的主题是带着血泪的控诉同时的怀念和歌颂。尽管它的内容是歌唱革命史和老一代革命者,与"十年内乱"间的颂歌内容有了转换。

但是,"抒情诗,主要是颂歌"的观念却依然延续了下来。那种摒弃了虚假、传达人民受到压抑的、真挚的怀念和礼赞的颂歌,应当说是有价值的。它延续了一段时间,便为我们现在谈论的这一诗潮所取代。诗歌对于生活的审美角度,从更为注重颂扬性,转向更为注重批评性。这种审美角度的转换,是由于政治形势的趋向明朗和稳定,并直接受到党的十一届三中全会精神的鼓舞而出现的。有一首诗写道:"今天,党给了我讲真话的权利,我为什么还口是心非,继续把自己和别人欺骗?!"这是很能说明这一时期创作思想的诗句。在整个政治形势的影响下,诗歌的思想追求体现了更为明确的目标,这时出现了一批像《我要用真话武装我的诗句》、《把真情告诉孩子们,明天才会更美丽》这样的诗题。

诗歌修复和现实主义的传统纽带,为之斗争的是诗人的说真话,所谓真话,这时所指是那些曾被谎言所掩盖的事实。因而,这一时期的诗歌内容便充满了批判精神。也可以说,现实主义精神的复归,首先表现为一九五七年以后逐渐走向退化的社会批判价值的重新受到重视。由一月的哀思和十月的狂欢所造成的悲哀和欢乐的旋风过去以后,复醒的诗歌当时只是在表面层次上找到了曾经迷失的道路。诗人们当时简单地认为,重新为被"四人帮"所破坏的对象唱颂歌,便是诗歌生命力的恢复。激情使他们来不及更全面地思考现实主义精神的全部含义,只有当思绪趋于平静,这才清醒地觉察到虚假怎样糟蹋了诗歌。于是,争取诗歌对社会的进步承担责任的真实性的呼唤,便成为主要的目标。

诗歌的解剖刀首先指向了"四人帮"所造成的社会变态。黄永玉的创作较有代表性。他是一位画家,而且是一位处于逆境从来不曾失去春天信念的画家。但是他的第一本诗集《曾经有过那种时候》,却以十分强烈的讽喻意识,漫画般的嘲笑,揭露了那个颠倒、反常的社会生活。曾经有过这样的时候:"传说真理要发誓保密,报纸上的谎言倒变成圣经。男女老少人人会演戏,演员们个个没有表情";曾经有过这样的时候:"没有朋友,告密者就没有食粮。越是好朋友,告密者才吃得脑满肠肥"。这样,诗歌可表现的社会内容,便不仅仅是哀叹昨日的灾难,而是在揭示这种灾难产生的根源。这样,现实主义诗歌事实上有了一个大的跨跃,即由过去单纯地描摹现实,表现生活中的新人新事,进而对特定历史时期的生活进行积极的干预。

现实主义功能的恢复,是在歌颂被压抑的光明之后、揭露那些压抑光明的黑暗力量开始的,这样现实主义的视角便有了一个明显的移转,即由通盘肯定到有分析的不回避否定,由基本是颂扬到继续颂扬那些应当颂扬的、但却更为注意谴责的意向。人们因对现实的深入把握而开始了对于丑恶的思考。这种思考开始的时候是集中于对刚刚过去的昨天的控诉和嘲讽,如同黄永玉对"四人帮"时期的生活所作的那样。许多人都陷入了并不愉快的记忆之中。邵燕祥的诗集取名《含笑向七十年代告别》(其实,他在七十年代的大部时间都不是"含笑"度过的),诗集前面有代序题为《记忆》。"记忆说:我是盐。别怨我撒在你的伤口上",又说,"把我和痛苦一起咽下去——我要化入你的血,我要化入你的汗,我要让你比一切痛苦更有力。"这就是许多诗人真诚的祈愿。正是在这样的祈愿之下,他们写了一首又一首让人伤口发痛但又获得比一切痛苦更为有力的历史的启示。

思考的深入必然是对于那种动乱而又变态的社会生活和心理情绪的形成,有着深刻历史渊源的自觉意识。现实主义精神的重新关注使这些获得了独立思考能力和使命感的诗人,把目光从昨天转向了现在,从记忆转向了现实。医生的职守使诗人在生活面前显得异常严峻。需要辨明的是,这一切都是在对于祖国春天的突然降临之后发生的,它当然以肯定的欢乐情绪为这一批判性主题的展开打下基础。正是因为对今天的深情热爱，才有对于今天残存的阴影和丑恶无情揭示。在诗人的心灵世界中，已经断然拒绝了对现实的虚伪态度。黄永玉的《擦粉的老太婆笑了》、公刘的《雪景》、邵燕祥的《我们有行乞的习惯吗》，都抨击了以虚妄和伪饰来代替生活真实的意图。

在呼唤现实主义的道路上，诗歌的真实性追求，表现为两个不同的层次：首先是由批判"四人帮"发的对于过去丑恶生活的批判，继而是在思想解放运动中由于历史性使命的召唤而引发的对于现实的积弊的揭示。在这一阶段，诗歌对于现实生活积极介入，达到了过去未曾有过的高度。诗人们希望把丑恶说成是丑恶，而不是企图掩饰。在新的历史时期，人们被前一段时间的生活的凝滞乃至后退而激怒，从而生发起强烈的战斗热情。这种热情，我们可以追溯到五十年代那种积极歌颂并锲入新生活的传统。不过这时期的战斗热情有了明显的时代投影，一种感受到了虽然沉重但并非积重难返的历史感，而不是如同往常那样的明快，它失去了单纯感，从而表现了不无悲愤的沉郁。

一九七九年有一首很著名的诗，严厉斥责个别过去立过战功、在新环境中无视人民利益的人，引起了强烈的反响，直至今日仍然不失其锐利的锋芒。还有一首叫做《请举起森林般的手，制止！》的诗，副题为"致老苏区人民"，诗人为湖北某苏区县人民的贫困、饥饿和求告无门而悲愤陈词，诗末注明某日"愤笔"。大体上，述及旧生活遗留的阴影时，诗人都喊出这种激愤之声。这种积极对生活发言，特别是勇于批判生活中的积弊的战斗精神，直接继承了建国以来诗歌为现实斗争服务的传统。诗人化为与人民同命运共患难、一并为人民勇敢代言的形象，得到了成功的体现。

我们对于这一阶段诗歌创作的评价是：现实主义精神的发扬是积极、健康、全面的，它在很大程度上恢复了人民对诗歌的信任感。从天安门诗歌运动至今,诗歌已成为当前社会生活积极活跃的因素。诗歌深入社会生活,体现着人民为消除阴影、创造光明的激情,直接导致了那种对诗歌失望情绪的消失。至此,诗歌对于"四人帮"时期的"假、大、空"的批判,已取得决定性的胜利。要是给这一阶段诗歌加以概括,那就是,当历史惯性终于停止的时候,随之兴起的是带着浓重的批判意识的对于社会生活的大声疾呼,其基本特征是五十年代政治抒情诗传统的发扬的、受到政治激情启示的呐喊型诗歌。

二、真实性追求的延伸,体现为对于真实的个人情感的抒发。鉴于曾经有过的贬抑诗的抒情价值的偏离,它依然体现了一种调整的意向。诗歌创作自然地转向"归来"主题,获得与现阶段文学总体的同步发展。"归来"主题是积极的,但久经离乱,不免流露出某种感伤情绪,这与"伤痕文学"所具有的特征近似。

我们讨论中国新诗的现阶段,总不免要追溯共和国时代的诗歌创作的总趋向。一九四九年共和国成立以后,诗歌的抒情主人公有了改变,即由基本是个人的抒情转向了群体意识的宣扬。诗人都曾经真诚地在诗中摒弃自我情感的流露,而以体现人民大众的集体情绪的抒情为时代风尚。这一风尚的确给新诗带来了健康向上的抒情情趣,但是,由此而进一步要求诗人所抒写的情感必须都是摒弃了自我意识的,而偶一涉及纯粹属于个人感受或与通行的表达略有不同者,便判之为小资产阶级、乃至资产阶级意识,这就不免失之偏颇。五十年代后期对郭小川《望星空》的批判以及六十年代后期对他的《一个和八个》的批判,都属此类例子。诗中的真情实感逐渐萎缩,时间一久,诗人对在诗中涉及自我的描写都视为畏途,不愿偶尔涉足。

在新时期的诗歌勃兴中,最先受到关注的仍然是涉及社会生活的重大内容——政治性较强的题材,一旦在真实性的命题下展示了已经过去或未曾过去的真实画面,很自然地便产生了连锁反应。这就是由社会性的反顾而延伸到个人性的反顾。随着社会生活的大的方面的失常状态的揭示,其中难以排斥对于个人身世的失常状态的思考,特别是历次"运动"蒙受过苦难的人们,这种感觉尤为深刻。

艾青最先把他的新的诗集叫做《归来的歌》,不少诗人都不约而同地以"归来"作为诗题,寄寓个人的身世之感。艾青的归来之歌并没有很具体地描写个人的苦难,他似乎很不愿意追述那种灾难性岁月中的故事。但是,艾青的诗却很丰富地保留了那个时代的情感的"水文记载"。《鱼化石》再现了鱼对于逝去的生命的怀想:"不幸遇到火山爆发,也可能是地震,你失去了自由,被埋进了灰尘……但你是沉默的,连叹息也没有,鳞和鳍都完整,却不能动弹。"我们从这些描写中,感到了诗人在曲折地唱他的归来之歌。艾青同样留下了灾难的记忆。常林钻石的发现,使艾青也发现了他生活中失去的钻石,他写了《互相被发现》:"不知道有多少亿年被深深埋在地里 存在等于不存在 连希望都被窒息"。这些文字让我们联想到类似自谑为"出土文物"那种风趣语言背后的沉痛。这是一些被掩埋的故事和被掩埋的情感。但在艾青这首诗中却很少那种感伤气氛,而像是一个强者的凯旋:"像扭开一个开关 在一刹那的时间里 两种光芒互相照耀 惊叹双方的美丽"。被掩埋之后的重新发现,依然有着强大的自信力。

最直接显示了艾青的归来主题的,是《失去的岁月》。在这里,复归之后仍然歌唱着在政治风暴的"浪尖上"飞翔的海燕,以及"没有重量而色如黄金"的光明的艾青的乐观,终于流露一种淡淡的哀愁:"失去的岁月 甚至不知丢失在什么地方……时间是流动的液体——用筛子、用网、都打捞不起;时间不可能变成固体,要成了化石就好了,即使几万年也能在岩层里找见。"与其无声无息地流逝,不如被掩埋,即使是千年如鱼化石,也还保留着鱼的活泼的形体,一旦从地层深处被发现,则发现者与被发现都将为对方的美丽所惊动!

这就是归来之后的惆怅。对于一个老人来说,莫名其妙地失去的岁月是无所补偿的。但老人毕竟有老人的冷静,艾青并没有太多的激愤,他只是把这种怅惘包写在有节制的表述之中。在中年人那里,这种状况就很不一样。这些中年人,当他们遭遇风暴袭击的时候,正是如花的年华,他们归来后有感于失去的岁月,其沉痛要强烈得多。流沙河在《归来》这首诗中,以非常动人的呼喊,追寻他的那些无辜被夺去的岁月:"岁月、岁月,你到哪里去了?我象蠢笨的哑巴被扒了巨款,痴呆呆,无一言,泪盈盈,望青天"。在归来的歌唱中,流沙河的诗篇最集中地显示了这种浓重的失落感。要是说,一部分诗人从建国后的政治抒情诗那里继承了诗歌积极参与生活的变革从而创造了外向的、豪放雄健的呐喊型诗歌的话,则流沙河归来的诗一类,则倾向于自我的感情经验、倾向于内心世界丰富性的抒写。他们创造了一种基本上属于委婉沉思一路的诗。

对比艾青归来的诗,他只是在诗中隐约流露离乱之后的哀愁,而流沙河可以说是集中心力刻意再现那变态社会生活中个人的哀痛和艰辛。从婚姻写到故居,从妻子写到儿子,《故国九咏》中的"哄小儿",于浓重的喜剧气氛中渗入了更为浓重的感伤情调。至哀而出以轻快,所谓含泪的笑或苦中作乐,正是在两种情感的截然对立之中,曲写内心的隐痛。

从当代诗歌的历史来看归来之歌的兴起,依然有着历史反拨的迹痕。在相当长的时间内,诗歌的主题是英雄的主题,在特定的年代,甚至是超人的主题。当诗歌描写时代的英雄以再现英雄的时代,这种努力的确丰富了中国现代诗史的传统主题。但是普通人的生活及其情感世界却因而失去了在诗中的地位。

在新的历史时期,随着"离散者"和"沦落者"的"归来",也造成了普通人主题的归来,这自然而然地构成了新诗表现内容的大的逆转。

过去不被重视的"小人物"的悲欢,构成了一个创作潮流。这与其说是一种倒退,不如说是诗歌逐渐走向正常发展的征兆。从最低的意义加以估计,它对于已有的诗歌主题乃是一个补充。有了这样的补充,诗歌表现生活更全面,也更丰富了。

这类归来吟中大体都弥漫着一种感伤气氛,尽管有的诗出以愤激之语,有的诗吟咏伴以苦笑。当诗歌把注视的目光投向一向受到非议和轻视的个人内心情感的抒发时,它对于这种情感的真实再现,有力地支持了诗歌真实性的追求,并进一步促进现实主义精神的复归。因为整个生活在十年动荡中失去了常态、造成许多个人和家庭的不幸,因而涉及个人生活和精神世界的真实领域,与之俱来的感伤情调是无可否认的。因为失去的太多,这在动荡的年代当人们普遍对生活不怀希望时,也就无所谓悲哀,而一旦生活恢复正常,人们突然惊觉自己又将开始理应如此的生活时,这才有了因失落过多而产生的浓重的空幻感。

各种年龄的人都发觉自己有了失落,因为不甘于失落而开始寻找。这一时期诗人们之所以对珍珠、化石、贝壳、钻石一类形象产生兴趣,便在于人们不甘于沉没和掩埋的命运。这些形象的受到关注,首先,它们证明存在而否认消失,即使已死如化石,都曾是活着的生命;其次,它们都曾经深渊或地层,而珍珠的光泽依旧,钻石的坚硬依旧,它们都是经历了痛苦和磨难的造型。许多诗人都以珍珠为题,蔡其矫的《珍珠》写"贝的创伤";周良沛的《珍珠》是曾经囚禁过他的"牢";流沙河依然有他特有的伤感,他没有看到珍珠,只是"曾经沧海的你 留下一只空壳"。在年轻一代的诗人中,舒婷的《珠贝——大海的眼泪》最为著名:"在我微颤的手心里放下一粒珠贝,仿佛大海滴下的鹅黄色的眼泪",这依然是一曲归来之歌,但却表现了更为繁复的情绪组合,它既是"英雄眼里灼烫的泪",又是"少女怀中的金枝玉叶"。动乱的年代,留下了许多暗里如穿狱的贝壳,以及晶莹如血泪的珍珠,这些形象唤起诗人的内心共鸣,他们倾注了对于往昔的追忆。

诗歌由过去主要是在广阔的社会场景中呼号,而扩展到内心的沉思。当人们沉思于生活的曲折,便自然地产生了追寻青春、幸福、理想以及无可补偿的时间,这形成了由归来之歌兴起的寻找和追寻的主题。这种归来之后既痛苦于旧梦的失落,又苦苦寻觅失落之复归的情绪,不仅中老年人有,青年一代也有属于他们的失落。梁小斌的《中国,我的钥匙丢了》,以明确的象征表达了他的失落感。他在"红色大街"的奔跑中丢了钥匙,他不能走进门去,也不能打开抽屉,他于是也丢失了儿童时代的画片、夹在书页里的三叶草。因为钥匙丢了,"美好的一切都无法办到"、他发出了寻找的声音("我要顽强的寻找,希望能把你重新找到")——这里,积极的倾向是明显的,不是在哀叹失落,而是在宣言寻找。寻找也并非唯一的目的,目的也还在思考("那一切丢失了的,我都在认真思考")。回忆伴随归来而开始,回忆直接导致寻找;每一首寻找的诗篇,几乎也都伴随着思考。

值得注意的是,这一阶段归来的歌唱虽然带着沉重的追忆,渗透着人生的悲凉,但是,受到中国革命哺育的几代诗人,不论他们经受了怎样的挫折乃至苦难,他们的生活信念、对于未来的追求,是不会轻易失去的。只要不是单从诗句的表象去理解,而是深入到丰富而复杂的诗人内心世界,就不难发现那种坚韧和执着是无处不在的。顾城对于世界的"感觉"是一片灰色的("天是灰色的 路是灰色的 楼是灰色的 雨是灰色的"),但他却"在一片死灰中",发现了"一个鲜红 一个淡绿":原先混沌的一切,因两个孩子的出现而顿时充满了生机。究其实际,这充满生机的

"感觉"才体现了这位诗人的内在情愫。就是舒婷,当她写那个潮湿小站深夜的等待,尽管少女臂弯里的花束因失望而"倾倒",但诗人肯定了等待,而且预期能够等到。

十年的离乱,加上更早一些时候各种运动造成的离乱,这些归来者身心都伤痕累累;没有哀伤悲恸几乎是不可能的。但是,我们仿佛奇迹般地发现,几代人唱的都不是纯粹的悲歌,而是更为虔诚的坚忍的爱歌。像白桦、公刘这样的诗人,他们几乎不作悲切之语。白桦创造了悲壮的美。他的《船》体现的是男人风格,不仅没有泪水,却有了更多的与风浪搏斗的顽健。作为船,它发誓"只要我还有一根完整的龙骨,绝不驶进避风的港湾";它也不惧怕凶恶的浪,"即使它们把我撕碎,变成一些残破的木片,我不会沉沦,决不!我还会在浪尖上飞旋。"这也是一首归来之歌。它开始时用的是第一人称,具有很强的自我抒情性质:"我有过多次这样的奇遇,从天堂到地狱只在瞬息之间""今天我才有资格嘲笑昨天的自己,为自己落叶似的惶恐感到羞惭"。这种归来辞都充满了硬汉子式的反思精神。

邵燕祥的归来之歌也洋溢着重造生活、不断前进的激情。只要读读他的诗题,便可了解他的情绪结构:《假如生活重新开头》、《沙漠吃不掉北京》、《我们还是拓荒者》。《假如生活重新开头》这首诗完整地体现了前面分析过的那种悲凉之中蕴含坚忍的精神组合:"假如生活重新开头,我的旅伴,我的朋友——还是迎着朝阳出发,把长长的身影留在身后,愉快地回头一挥手!""假如生活重新开头,我的旅伴,我的朋友——还要唱那永远唱不完的歌,在喉管没被割断的时候,该欢呼的欢呼,该诅咒的诅咒!"最典型的一首昂奋的归来之歌,是梁南写的,"马蹄踏倒鲜花,鲜花,依旧抱住马蹄狂吻;就像我被抛弃,却始终爱着抛弃我的人。"这首题为《我不怨恨》的诗,它没有回避践踏和抛弃,但却表现着更为执着的痴心之爱——在本来可能播种和生长了怨恨的地方,却收获了爱的果实,这是何等奇妙的复杂情绪的组合!

诗歌从描状外界境物,从在社会斗争的旋涡中呼号,发展到同时也占领人的心灵,呈现人的内心世界的全部丰富性,而且把它表现得真实、可信,这是新时期诗歌重获生命的完整说明。同时,我们把诗歌从为"四人帮"的政治作传声筒的"假、大、空"的状态,发展到为人民的恩仇悲欢,为迎接光明和驱逐阴影而大声疾呼,再转换一个角度,进入个人的生活的隐密所在,为心灵的伤痛和希望而抚摸低吟,从而形成了另一种诗歌潮流。至此,我们可以说,中国诗歌的现实主义精神从来也没有得到如今这样的全面发展。这种发展的标志就是:它不仅确认了诗歌的另一个天地,而且在这个天地里造出了无愧于传统诗歌的成绩。

三、受到总的形势的鼓舞,诗歌酝酿着一个重大的变革,传统的艺术观念得到了肯定和发扬,同时又受到变革的艺术观念的挑战。一种不再满足而渴求突破和创新的情绪在增长。而且事实上已经形成了虽然驳杂、但却有着一个大致趋向的诗歌新潮流。

谈论中国当前的诗歌,要是仅仅涉及上面提到的两个方面,还不足以说明诗歌面临的变革。事实上,这种变革早就在孕育之中。这种情况的产生,是由于当代文学自身的发展,已达到某种必须突破的状态。艺术的发展规律,总是在一种观念非常稳定而且表现为不可动摇时,产生出这种突破的要求的。要是说,对于"四人帮"的"假、大、空"诗风,以及趋向于固定的诗歌模式早有不满,那么,一九七八年底党的十一届三中全会以后,这种艺术上的变革便直接地受到了总的思想解放形势的鼓励。一九七九年是现阶段新诗提供了最多的新的信息的年代。它是一个标志,标志着新诗的全面复兴和有成效地全面地拨乱反正。对于这种状况的说明,可以由队伍的全面地集结、创作活动的全面地展开,以及现实主义精神的全面恢复来加以估量。

就创作本身而言,题材无疑得到了前所未有的扩展。在此之前,公认为着重用来表达革命理想的"浪漫主义"盛行,现实生活的题材,都在浪漫主义的提倡中得到了"改造"。面对现实的态度,基本上只剩下一种颂歌。诗歌对社会进行监督的职能,本来是属于现实主义的,却受到了严重的梗阻,甚至因长时间的萎缩而渐渐退化。在新的时期,现实主义不仅恢复,而且得到健全的发展,这是最重大的收获。诗歌的触角伸到了社会生活的各个角落,特别是,由于生活的某一特定时期的严重挫折,因寻求答案而促使思辨色彩在诗中的强化。过去经常被提到的:生活难道是这样的吗?这一问话如今已显得没有意义。谁都能回答生活曾经是什么样子的。人们的目光更为开阔了,接着的问话便是:生活应当是什么样子的?这就把诗歌的视野大大地扩展了。

与此同时,过去受到漠视的诗歌主题,如今都理所当然地受到了尊重。在一段时间,人们都显得比过去宽容了(当然,这种宽容是有限度、有界限的,例如,有些人就对自己读不懂的诗很不宽容)。只要看看第一次诗歌评奖中林予的《给他》的获奖,便可说明这种宽容具有了何等重大的启示意义。因为林予的组诗是没有直接的政治色彩,也不试图什么重大意义的纯情诗。这种诗,看题目就知道只写给特定的对象读的,只不过是遇到了一个美好的时代使它得以公诸于世。

当然更为重要的变革的要求来自艺术。艺术的要求扩展和要求更新,带来了诗歌界的不平静。有一首题为《颤音》的论诗诗,以鲜明的变革意识,发出了具有挑战意味的"颤音"。它说,"我不再逃避阴影,怀疑畸形,我不再掩饰血泪,堵住呻吟,我不再无视崩溃,遮盖丑行,我不再拒绝噩梦,恐惧伤痕,因为真实,已经武装了我的灵魂。"这个任务业已实现。但这只是浅层次的艺术良知的觉醒,并不说明诗歌艺术在现时代的变革性发展。到了以下的叙述,具有了值得认真思考的价值,它无疑带上了思想解放的强烈色彩:"为什么丹红不能表现悲哀,为什么黛青不能表现欢乐,为什么太阳只配朱砂,除非消灭光线吧,我决定不给丰收以金黄,不给希望以翠绿";"我想用雾代替流水,我想用泪代替星星,我想月光能充当火焰,即使失败了,我也心甘,因为我信仰:没有相同的沙砾,没有重复的叶子";"为什么刀剪的两翼,只能是现实主义和浪漫主义,我不相信,我相信枝桠会剪裁天空,闪电会剪裁云,云也会剪裁星。"这些论点,体现了艺术变革的鲜明色彩——它对传统的表现方法和创作模式提出了质疑。它没有否定,它只是要求承认除了已有的方式之外,应该存在,也应该允许别一种或别几种方式,这就是我们经常谈到的、诗歌复兴之后立即面临着新的诗歌潮流挑战的事实。

近年诗歌的发展尽管充满了曲折和艰难,但的确是在发展中。尤其是诗歌新人的出现尤为令人感奋,诗歌界因他们的出现而喧腾起来。诗歌从思想封艺术的革新,也因他们的出现而更显得丰富多彩。这是许多人都看到并乐于承认的。以青年的创作而言,几年中,他们跨出的步子是巨大的,他们从幼稚而趋向于成熟。当他们最初出现的时候,他们曾以孩子一般的语言说过:我们不再是孩子了,我们要用新的更加成熟的语言和世界对话。但那时他们确是幼稚的。到了现在,那种充满青春幻想的躁动,以及阅世不深的热狂,大体上已经平静下来。到了现在,他们不再是往昔那样是一道"沸泉"——这道沸泉,曾经"在地壳的错动与裂变中,忍受到无休止的挤压与扭曲",如今"吮吸着火的热情、熔岩的活力"而呼喊:"我抑不住沸腾……我是层岩封不住的思想的热流"。这道生命之泉曾经是热烈的和沸腾的,如今它得到了冷静的沉淀。沸泉聚成了火山湖。在那里,过去的沉思和呐喊,一切都沉浸在庄严肃穆之中。我们如今听到的是不失热情但却节制的、充满理性醒悟的声音:"狂热之后是深沉。深沉,不是死灰。深沉下面积淀着大地的隐痛,深沉是说不清楚的滋味。"从狂热的沸泉,到深沉的火山湖;从奔涌于地面的热潮,到深潜于地心的力的蕴积,这大体上说明当今年轻一代诗人的诗歌基调的演变。

在整个艰难的追求中,艺术的探索为他们所始终关注。开始的时候,大家为诗的创新而集聚,那时,艺术的分类还不明显。随着思想在磨砺中的成熟,艺术也显示出彼此自立的趋向。他们似乎进入了艺术的反省期。许多人都在痛苦中冲突,寻求一个突破和升华。已经显露出的一个共同性前景是:他们在寻求艺术的现代表现与东方文化传统,以及民族心理结构的和谐的融汇。可以说,当初他们从封闭与窒息中醒来,把目光投向了世界,从那里,他们得到了新的启示。他们以这种展示丰富了自己的诗歌追求。如今,他们转向了对于本民族历史文化的研讨。当他们进行了一番横向的扫描,从而获得了开放的意识,如今,他们进行着纵向的探索,从而获得了一个历史的意识。这种努力给予他们以宽厚的文化积累,其影响将异常深远。纵横交错所造成的纵深感和包容性,更为有力地推进了诗歌的创新与变革。

1985

历史将证明价值[*]
——《朦胧诗选》序

中国当代诗歌有过一个划时代的发展,它以囊括了当代生活的胜利和挫折的全部丰富性而宣告这一发展的极致。一代为人民共和国的创立和建设而讴歌的诗人,以他们与时代高度和谐的诗的强音,赢得了历史性的评价。这一诗的时代因毁灭文化的一场"革命"而消隐。动乱结束以后,迎来的是全面更新诗歌的新的诗潮的兴起。强大而又自信的因袭力量,对这一新诗潮进行了不容思考的拒绝和排斥。它们的谴责使诗的探索遭到严重的挫折,甚至造成了生存的困难。然而,诗歌艺术的由枯竭而滋荣、由灭绝而新生,作为一种历史的规律却非任何人为的力量所能抗拒。

正如社会的发展一样,停滞乃至倒退之后,变革乃是唯一的选择;诗歌艺术的发展,伴随那业已产生的异变,以新的探寻来扩展、补充、乃至取代原有的艺术积累也是不可避免的。有否定方能发展,有批判方能更新。在诗歌新潮到来的时候,并不是所有的人都能获得此种观念的,历时数年的"朦胧诗"论战,即产生于这一客观现实之中。

这一论战迄今尚未结束。看来,要论战的各方各自收回自己的见解或是彼此说服都是困难的——他们之间,基于不同的

---

[*] 此文为《朦胧诗选》序,阎月君等编,春风文艺出版社1985年11月出版,初收《谢冕文学评论选》,题《时间将证明价值》;又收《谢冕论诗歌》,改为原题。据《朦胧诗选》编入。

社会文化背景之下所拥有的历史意识与审美意识的分歧,想在短时间内加以消弭是不可能的。然而,既然新诗的变革已是事实,明智的态度只能是承认它的存在(力求客观地描绘产生的必然,并研讨它的特质,从而估量它的价值),而不是其他。

在论及新诗潮的涌现时,需要加以强调的是它的时代性。一个让人猝不及防的变态时代,颠倒了由革命胜利而建立起来的生活秩序。几乎所有的人都在这场空前的动乱中蒙受了耻辱与灾难。在浓重的失落感中萌发出来的追求与寻找,既给这些诗篇蒙上一片迷惘与感伤的情调,又浸透着不甘湮没与泯灭的内在力的冲击与奔突。它并不如诸多谴责所认为的那样,是游离乃至背离于时代的,恰恰相反,人们从这些情感的多面晶体中可以把握到这个动荡的、繁复的、如今正面临着历史性转折的时代的折光。

可以为诗骄傲的是,在所有的文学艺术样式中,它最先、最丰富、也最全面地保留了时代和现实生活的情感的投影。这些投影不同于我们业已熟知的那种全知的描摹与再现,它断然排斥了直接观照的方式,而代之以总体象征性的对于生活,特别是人们内心情感的创造性表现。对于曾经有过的那种排斥了诗人主观情感的被动地直述和直描,它是无情的反叛。想在这些诗中寻找关于实际生活的图解与阐析,只能是徒劳。注重诗人自我的内心世界对于客观事物和社会生活的溶解和包容,已经成为一种明显的趋势。

人们已经习惯了详尽说明的"明白"的诗,他们把这视为诗的必然的和仅有的属性。人们也已经习惯了用诗来配合生活中的这个或那个重大的政治性行动,他们把这视为诗的唯一的职能和目的。一旦新诗潮中涌现出不同于此的作品,他们便在那些扑朔迷离的意象迷宫中茫然失措,他们为"读不懂"而焦躁气闷。于是他们进而责备这些诗人对社会的不负责任。可以说,传统的诗观念与变革的诗的观念彼此撞击而迸发出的火花,促使激动的乃至引起愤怒。这当然不是由于误会,这是当代诗歌走上刻板和单调的模式之后,必然产生的观念上的冲撞。

一首难以理解的诗,并不等同于不好的或失败的诗,除非它是不可感的。一些人在这些诗面前的焦躁,多半是由于他们的不能适应。他们习惯于一览无余的明白畅晓的抒写。他们的欣赏心理是被动的接受。他们并不了解,好的艺术是诗人与读者的共同创造,它们总是期待着欣赏者对于作品的加入。它们把自身未完成的开放式的(而不是封闭式的)存在付与欣赏者。此即属于可谓"未完成美学"的范畴。此类诗的创造,从一定意义上说,是最大可能地调动欣赏者的创造欲望,吸引他们的参与。这是一种双向的有一定规范性的自由活动。可惜不少诗歌的批评者和欣赏者,对此缺乏谅解。

他们难以理解如今这种诗歌结构上连续性和直线型的终止和以大跨度跳跃为主要标志的分割完整形象的间断突变型的尝试。他们尤其不能容忍诗人着意隐匿自己的意图,尽量让别的东西说话,而不是如同往日那样诗人是作为全知的存在。一些人之所以产生那种因诗意的朦胧而迸发出来的愤懑,其主要原因之一,是他们总是固执地要求诗明白无误地说明,则不准备自立而主动地通过再创造去感知它。

新诗变革中的一个重要现象,诗的朦胧性的呈现,是触发诗坛情绪激动的动因之一。这原是现代艺术潮流中并不新鲜的话题,许多现代艺术大师对此都有过精彩的论述。他们确认准确的描绘并不等于真实,描绘可见的东西并不说明艺术家的独创;把不可见的东西创造出来往往说明才能。至于诗的主题的模糊性和多重性,更得到现代科学的有力佐证。科学的发展启示我们,对象的复杂性与模糊性有难解之缘。系统科学承认,凡与人有关联的各种系统,均存在模糊性。当代诗歌既然把人的复杂存在作为表现的基本对象,诗作为人的复杂精神的对象化,当然就具有朦胧的特性。

封闭的时代业已结束。随着时代的开放而来的,必然是艺术的开放。对于诗人的创造,要是没有自由地采用适宜的艺术形式,从而自由地表达自己的情感的权力,诗歌的革新并到达繁荣只能是侈谈。当代诗歌在近年的发展,最先具有此种反抗因袭的艺术惰性的性格。它曾遭受非难。但它无疑将为新诗艺术的更新提供条件。

陌生的、让人惊诧的"古怪"诗风的出现,使许多诗失去传统的明朗色调,而蒙上了一层朦胧的氛围。诗变得费解或不可解了。它意蕴甚深却不求显露;它适应当代人的复杂意识而摒弃单纯;它改变诗的单一层次的情感内涵而为立体的和多层的建构。模糊性使诗歌的错综复杂的内涵的展现成为可能。急速的节奏,断续的跳跃,以及贯通艺术诸门类手法的引用与融汇如电影蒙太奇的剪接与叠加,雕塑的立体感,音乐的抽象,绘画的线条与色彩。这些"引进",都使新诗艺术有一个突进的扩展。这更加重了这些新诗潮对于已有新诗的挑战性。

原有的艺术经验显得不够用了,或不很重要了,于是便出现关于忽视乃至"蔑视"传统的现象。但正如罗丹说的,"真正的艺术家总是冒着危险去推倒一切既存的偏见,而表现他自己所想到的东西"。要是说,新诗潮在它初起之时,有感于因袭力量的羁束所造成的诗的困窘与衰竭,从而表现出对于传统的某种程度的批判意向,应当认为是合理的。每一代人都在否定和批判传统,每一代人也都在创造和丰富传统。

被称为"朦胧诗"的这一变革新诗的现象一经发生,诗坛旋即掀起一场广泛的、时间跨度很长的论战。由于艺术偏见的深刻和积习的沉重,加上种种复杂的非艺术因素的干扰,这一新的探求所遇到的艰难是难以想象的——前一时期甚至表现为人为的窒息。

毋庸讳言,这些诗确像初潮的涌现,是幼稚的和探索性的。它们有不可回避的缺憾和不足,例如某些诗篇过于夸大破碎形象的偶然拼凑,甚至浮表地满足于浅层次的象征和繁冗的装饰,相当数量的词语不合常规,无节制地使空茫的意象充斥诗中,而使作品的可感性达于低点……但这一切正如培根在《论变更》中所述:"一切生物的幼儿在最初的时候都不好看,一切变更也是如此,变更者时间之幼儿也……时间是转动不停的,所以固执旧习,其足以致乱与革新之举无异;而过于尊崇古昔将为今世所贻笑也。"时间最终将证明,二十世纪七十年代后半期中国出现的诗的变革运动,其意义是深远的。

当所谓的"朦胧诗"处于逆境时,人们寻找这些材料也感到了困难。当时辽宁大学中文系四位同学阎月君、梁云、高岩、顾芳,在该校老师的支持下,编选印行了《朦胧诗选》。这是当代新诗有特色的一个选本:它集中显示了新诗潮主要的组成部分的创作实力。诗选对这些有着大体相同的追求目标和在这一目标下表现了大致相近的创作倾向的诗人群,作了最初的总结与描写。入选者大都是此中艺术个性较突出、创作实绩较显著的。当这些诗歌受到形形色色的压力时,编者的举动无疑是无声的抗议与声援。时间过去了将及三年,如今当编者再度扩编她们的诗选,诗歌的发展又处于一个令人昂奋的转折点上。许多人都在这个"冬天里的春天"的美好季节中感受到了生活跃动的活力。

新的生机勃发的诗歌在向我们招手。但回首诗歌在新时期崛起的艰难命运,我们的心情有不无悲凉的欢悦。中国的艺术也如中国的社会一样,每前进一步都要付出代价。诗为自己的未来不惮于奋斗,诗也就在艰难的跋涉中行进。如今是生活的发展宣布了障碍的消除。新诗潮面临着新的考验,这便是:它究竟要以怎样的前进来宣告自己的成熟。

一九八五年一月五日——中国作家协会
第四次代表大会闭幕之日,于北京。

滇池的孔雀翎*
——读一九八四年《滇云诗卷》

一

刚刚过去的一年,对于新诗来说是可纪念的。这一年在困惑和严峻的气氛中开始,而以欢快和明朗的气氛宣告结束。整整一年,新诗的探索,因不是艺术的原因而人为地窒息。不安和疑虑袭击着曾经为新诗现阶段的繁荣和进取作出贡献的人们。整个诗坛是沉寂的。但其中不乏坚忍的跋涉者,《滇池》的《滇云诗卷》就表现了一种可贵的坚持精神。它在西南大地的一角,默默地坚持着新诗的变革。它与广大国土上几乎无处不在的探索者一起默默地显示了难以摧折的信念。

二

各族男女用多样的色彩和声音抒写了他们的希望和追求。一部分诗作仍然试图维系生活和诗的关联。这些诗显示了诗歌对于现实生活的责任。它们的努力属于传统,却明显地进行了现代艺术的更新。如骆骕的《母亲》——她从晚霞中飘然而来,她却不愿随夕阳而去。因为"脚下的小路变宽了""如今该有的都有了"因而"我觉得我的母亲是村子里一片朝霞"。《丝绸展览

---

* 此文初刊 1985 年 4 月 10 日《滇池》1985 年 4 月号,初收《谢冕文学评论选》。据《滇池》编入。

厅》(李浔)写青年营业员"在整个世界面前,丈量着一个民族三千年的骄傲",也是如此。这些诗虽然保留了单纯映照的痕迹,但对生活的笃诚却甚为明显。

《滇池》的诗并不满足对于生活的直线型的观照上,它追求以具有边疆特色的抒写,以间接地再现现代人的感情世界。它向人们展示一支一支五彩璀璨的"孔雀翎",唤起的是人们惊异于诗在中国这一地区泛出的惊人的异彩。绮丽的风光,迷人的乡俗,骁勇的和多情的民族精神气质与内心世界,甚而外乡人遨游这片土地留下的袅袅诗情,这些因素造就了《滇池》诗歌不可替代的独特性。

可以说明这一特性的诗篇很多。例如:密英文的《分猎》描写了傈僳族古旧习俗在今日的留传;李德静(纳西族)《童年的记忆》传来纳西族聚居的玉龙山上蓝野菊淡淡的药香;拉木·嘎吐萨(摩梭人)的《咕咕鸟》,以凄楚的声音吟唱着摩梭人古老的动人的传说:"为了母亲,一个温柔的阿妈",咕咕鸟不停地飞翔,哀苦地寻求着。叶已平的《猎户》、《铁树》、《仙人鞭的传说》三首诗,把瑰丽、奇想投给常见的物象,如《铁树》:将军长啸、烈马腾空、豪情如潮奔涌,却在瞬间凝成这"抖雄风而铮铮有声的一树铁"。它在极雄豪的奔突之中骤然的凝铸,而后,则是柔婉的映衬,写的是铁树难得的花信——

    ……也有千年前的一段爱恋
    在某个时刻溢出温柔
    像寓言中的少女
    以一簇浅黄 一簇芳馨
    像情人 像画师 像温暖的风

它无意间透出诗再现时的新探求:它以揭示情感的多重组合并展现其全部丰富性,而与过去的单线条的抒情加以区别。

在现今,体现了新价值的诗,以是否反映了或再现了多少生活的实际作为标准,已显得不够。独特揭示诗人所感知的客观世界,并溶入他对历史、现实以及个人情感的经验,从而再造一个诗的世界,已成为一个新诗创作鲜明的趋势。米思及的《高原,我的红土高原》是雄浑的,是悠久的历史和艰难的抗争,"七弯八拐的山路"和"木轮子的牛车",都使我们忆起步履的沉重;"阳光已把群山和我重新组合,我,走进你壮阔的画面",这里,诗人试图进行对客体的"加入",但却显得外在,没有自然地将主客体融而为一。这一缺陷在他的《睡美人》中完全不见了。这诗开头一句便显得奇兀:

> 你是累倒的,累倒在
> 你打满水的滇池边

记不清的悠长的历史,反正是她用竹筒把海水一筒一筒地背上高原。"你在高原上背出了一个海"。平时,她没有时间看那些星星和月亮。只有这时,只有当她累倒了,她才头枕高原的红土,仰着脸,披开头发,使之飘散于滇池,让细浪轻轻梳洗。米思及把历史意识融化在秀美的自然景物之中。不再是客观描写睡美人的优美身姿,也不再是如同往常那样从外面加上某些联想,使之上升为某种概念的宣扬。这首诗把关于劳动创造的历史意蕴、把远古先民开掘的艰难和坚忍、持恒的毅力,赋予了一个美丽的女性的造型。的确,传统的景物诗的含意已难以概括这首诗所包孕的内容了。它以景物诗的外壳装入了现代史诗的内涵。

三

诗的主题已经完成了由神到人的演进。上述睡美人不再是天上的仙女而是人间普通的妻子或母亲,是人。千千万万的普通人在从事着非凡的劳动和斗争,他们有作为人的欲求,有美丽的但也不排斥琐屑的作为人的精神空间。正是如此,我们在诗中看到自己。陈放的《一个马夫的画像》,立意于平凡的伟大。即使是"一个快结尾的故事",仍然响彻着庄严崇高的音符。杨瑾屏的《火塘边的女人》,是男人狩猎走后的普通景颇女人在火塘边的遐想:这是第一百个夜晚,还有一百个夜晚。她没有害怕,她有自己的坚忍与等待——

  吞晃里的水烟筒亮着
  小黄狗的脚爪亮着
  她不会做梦
  她不想做梦
  景颇女人的梦
  留在老林子里
  留在带露的
   腰刀和筒炮枪上了

展示的是普通人的生活和情感。诗不在高不可攀的天上说着遥远的故事,它就在我们的身边。于坚写的《山风吹下怒江峡谷》,也是如此。怒江河谷雄浑壮丽的背景下,出现的也是普通人质朴粗犷的劳动和生活情景。展现在我们面前的是边疆特殊生活的风俗画——

  岩石上有一个汉子
  躺在羊皮上晒太阳
  锄插在松软的山地
  狗卧在他的赤脚旁
  木房子外面
  背娃娃的女人
  拉开一条棕绳

把蓝布裙轻轻地晾开

它不加修饰,让人觉得生活的本色。岁岁年年,人民就这样平平常常地劳动着、休憩着。一种原始的力从这画面背后渗透出来,那就是被人称作现代史诗的抒情的力量。它的中心是歌颂人的繁衍生息以及创造,它赋予平凡人以英雄的气质,这种气质是属于生活在这片土地上的所有人的。

都是现实的人,前面一类诗把人从现实带进历史的绵延邈远的思考,这类诗尽管出现的是实际生活的画面,但空间似更宽泛,具有明显的抽象性。它追求着体现质朴原始的美。另一类诗,则把人带进更为实际的生活。它的力量是让人感到生活的纷繁乃至艰滞,从而激发出更为充沛的热情,以通往自身的目标。这类诗有更强的现实性,它以充分的现实性启示人更为关注实际社会生活。这是诗的主题的另一种走向。这类诗在《滇池》的诗中也有突出的成绩。缪国庆一组表现海员生活的《海员情思》,除《拾闹》让人感到不自然的夸张之外,《中秋》和《我们的女人》都很动人,特别《我们的女人》,写海员的妻子在期待与盼望中蕴蓄的情感的迸发。平实的描写之中埋藏着一个汹涌的感情的大海。"她们捶着我们的前胸,又轻轻地抚摸着,一遍又一遍地抱怨我们狠心,一次又一次后悔着当初不该嫁给跑船的男人;她们流着泪水紧紧地拥抱着我们",这是妻子们对海员的迎迓;"是她们,默默地替我们扣上胸前那最后一颗纽扣,为我们整一整衣领,平一平衣襟……然后,背转身去,抹一下潮红的眼睛",这是妻子们对海员的送别。这些诗句提醒我们:传统意义上的抒情诗的技艺已经有了扩展,人们更注意通过实质性生活细节来隐括内在的激情,而不是如同过去常见的那样对情感从事外在的充满装饰意味的涂抹。《我们的女人》很少修饰语,用的都是质朴的白描手段,然而它的情感内涵却似浪涌般一阵一阵地冲撞读者的心。

柯平的《工厂纪事》也致力于这种追求。他的诗以富有实感的描写,传达着当代人的内心状态。它的节律是不连贯的跳动,如同城市生活的急速变幻。这里是他描绘的《早晨》的景致:一个扫地的老人——

>……芬芳地点亮烟锅
>他一嗑烟灰太阳就出来了
>自行车和脚步又一次从日历顶端涌下来
>汽笛猝然响起
>(仿佛城市最后一个呼噜)
>人群新鲜地整洁地流动着
>……
>明天早晨老头也许会发现宿舍大楼七层窗口
>那个老盯着他看的卷发姑娘不见了
>只留下空空的窗口像一个不很复杂的故事

"一嗑烟灰太阳就出来了";汽笛猝然响起,"仿佛城市最后一个呼噜";以及明日那空着的窗口所说明的"一个很不复杂的故事",都是现代都市生活的场面和风景。这里跳跃式的叙述用的是蒙太奇的剪接手法,闪现出来的是现代生活的节奏和现代人的心态。柯平的《工伤第二次》同样表现了技巧的纯熟。但因为它过于直接地用于对生活发言,诗的社会价值被强调得过分了,反而失去了质朴的自然感。它的缺陷犹如前述《拈阄》。

四

一九八四年整整一年是诗歌的低潮(其原因是众所周知的)。但《滇池》的坚持精神却划开了整体的寂寞中的一线光闪。它的编者有宽广的胸襟,足以容纳诸多样式的诗。它在自觉地实践着艺术的开放精神。不论是传统的歌谣风,还是具体地描绘生活的前进和变革的主题，也不论是史诗般雄阔的石光华的《高原雨》，还是以典雅而精警的文辞再现传统命题如范方的《月下箫》《古战场》等的现代诗，在这里都受到尊重。编者也包容了那些曾经受到非议的写得抽象的诗。这里看不到偏见和歧视。它体现了在当时显得十分难得的自由空气。艺术的认真切磋与琢磨，在这里是正常的风气——尽管不排斥若干显得粗糙的并不成功的实践，但总的精神是认真的和求实的。即使是一首短诗，也体现着这种总的探求精神。《元江印象》（白族李春福）"山太高，天太窄，阳光在河底拥挤着……在甘蔗菠萝的山林里，风到处偷着甜蜜"，清新的笔墨体现了精心锤炼；如《绿》（何益）也很短：绿在涨潮，四周是绿的湖海，最后四句非常奇崛：

> 太阳热极了
> 一个猛子扎下去
> 从东山冒出
> 染成了绿幽幽的月亮

写的是向晚的日光推移，太阳潜入绿海中，再冒出时已是一轮染成绿色的月亮。它不因诗的短小因而在艺术上有丝毫的懈怠。因写过《三原色》而引起人们注意的车前子，他显然受到了《滇池》的爱护。他的《所思》和金克木的《寄所思》（纪念戴望舒而作，刊于《诗刊》）可相媲美。此诗的好处在对于"所思"的人与文均不隔膜，而又创造性地融古今文词于一炉。如"像戴望舒的'记忆'/携着枝红山茶/走六小时长途"，用的是他的《肖红墓畔口占》的故实。如"在江南春风又绿的清明节/雨纷纷辗转反侧"便把古代诗词的名句，化成为现代诗中浑然一体的佳妙意境。随意、活脱、而又不拘形迹地吸收古典诗词的精髓并使之现代化。车前子一首《所思》向我们报告了艺术探求正健康发展的信息。滇池之岸的孔雀翎在展放，它的五彩闪耀给世界带来吉祥。

现在,时间开始了新的一年。这一年显然要比往年好。但我们不会忘记诗歌沉寂中艰难地开放在滇池边的孔雀翎,也许黯淡时分的光闪是最可宝贵的。

一九八五年一月七日,
中国作家协会第四次代表大会后,北京。

自觉的历史意识[*]

我们已经听到了一个艺术解放的时代的足音。尽管这足音还是微弱的,但它却显得沉稳而有力。要是没有灾难性的动乱之后的政治上的稳定和清明,要是没有一个与政治形势相适应的、以实践是检验真理的唯一标准的讨论为先导的思想解放运动,这一艺术解放的前景显然不会到来。以结束现代迷信为标志,中国人民再一次从蒙昧中觉醒,从而开始了一个包括文学在内的新的振兴运动。

中国共产党十一届三中全会以后的数年间,我们的文学在艰难和曲折中前进,它的巨大规模和业已取得的成就,唯一可以比拟的是伟大的"五四"新文学运动。那也是一个思想大解放的时代。那个时代举起的科学、民主两大火炬,点燃了整整一代人的热情。它鼓舞着中国新文学的前驱者向封建的、半封建半殖民地的文学进行了勇猛而坚韧的冲击。需要特别指出的是:轰轰烈烈的"五四"新文学运动的兴起,是受到了当时的理论倡导的极大支持的。当时的文学革命,以内容上不妥协的反对帝国主义、反对封建主义和形式上提倡白话反对文言的锐意变革的潮流,创造了和建设了崭新的新时代的文学。这一伟大功绩的取得,与当时的理论界巨大的和直接的努力紧密联系在一起。先进的和创造的文学理论的倡导,文学批评的开展,包括国外先

---

[*] 此文初刊1985年1月10日《当代文艺探索》创刊号,收《谢冕文学评论选》。据《当代文艺探索》编入。

进理论的评价在内,是"五四"新文学运动的巨大推进器。

回头看看现今的文学运动。一个确定无疑的事实是:现阶段的文学在挣脱文化禁锢的斗争中,明显地受到了理论批评的有力推动;在此后数年间,它的发展轨迹,也得到理论批评及时的描写和说明。但从总的方面考察,文学评论的开创性和冲击力都表现为与整个形势的脱节。在批判文化专制主义时,理论批评界进行了一番有效的冲击(尽管那时使用的批判武器还表现为具有明显的时代局限)。但此后,整个批评界并不曾都是在文学发展的前列(甚至在某些个别时候的某些理论批评,还表现为对于前进文学的逆反)。我们已经出现了无愧于这个时代的文学创作,但我们还在期待着无愧于这个时代的文学批评。

都在说这是一个信息爆炸的时代,都在呼唤文学批评的现代化和多样化,都在呼唤理论批评的知识更新,然而,至关重要的还是理论批评与文学现实和时代进步的协调与适应。我们的理论批评不仅不应对文学艺术的探索、创新(包括不成功的乃至失败的)表现冷漠,不仅不应对或隐或显的落后于时代的观念和意识的失去警觉乃至与之呼应,不仅不应对形形色色的业已受到否定的谬误重新加以肯定,而且,更为重要的还是理论批评工作者高度的历史自觉的树立。

我们毕竟是幸运的。我们有幸送走了一个心灵和文学都受到扭曲的时代,我们有幸迎接并参加了一个重建文明与繁荣的时代。这就是习惯上称之为"变革的时代"。时代已经把文学的变革历史地放在了我们的肩头。如何像"五四"前辈那样对于文学新时代的到来有充分的自觉,时时表现为对陈旧的和失去意义的观念的批判和扬弃,以全新的态势面对不断更新的文学实际,这是当代理论批评工作者不能不加考虑的问题。创造性的劳动,坚定的思考,杜绝人云亦云和揣摩风向的庸俗的批评作风，这，已经成为我们这一代人严肃的追求目标。有人已对作家的学者化提出了希望，理论家当然对比尤为迫切。理论家主要有独立的自重的人格以及与时代共脉搏的思想家的风范，这依然给人以遥远感，但毕竟是应当争取的。

诗:审美特征的新变*

我们生活在一个十分特殊的时代:这是结束了空前动乱、开始了历史性转折的时代。饱经忧患的人民在时代激流中获得了进步并表现为成熟,这是一个充满诗情而又渴望表现诗情的时代,它呼唤新的诗人和新的诗歌的出现,时代按照自己的形象塑造诗歌。作为特定时代的诗歌,当然谋求与时代潮流的感应。这种感应不单是诗的内容发生的变化,而且也必然带来诗歌审美特征的变化。

从总的方面考察,当前诗歌创作的主流,是与特定时代生活的切实的契合,而不是游离和规避。当然,这种契合是带有鲜明的时代特征的。经历了大忧患又面临着大转折的时代,呼唤着真实的诗情,诗人响应时代的召唤,把诚实的目光投向了现实,真实地再现生活的前进和光明、梗阻和挫折,许多诗作渗透着昨天的泪痕与血斑,又渴求以汗水和智慧面对今天和明天——

作为一个富有时代特征的追求,诗歌力求以个性的方式再现情感的真实。一般说来,诗人都不回避个性化的对于生活的现照。在时代的画面上凸现诗人特有的生活经验已成为一种风尚。

在过去,这种对于时代的个性化的观照,曾经不被认可。郭小川的《望星空》之所以受到批判,就在于坚持以诗人自有的方

---

* 此文初刊1985年1月10日《当代文艺探索》创刊号,初收《谢冕文学评论选》。据《当代文艺探索》编入。

式观察并再现生活,这已是过去的事。现在,个人独有的生活经验和情感经历大量地涌入时代的诗篇,二者融合而凝为新的晶体。这突出地体现为时代性主题的个人化。要是说,艾青写于五十年代的《礁石》只是"泛指",而并非有的批判文章所认为的那样是某种"反动意识"的特指,那么,到了当代,他们的《鱼化石》和《虎斑贝》因把个人的遭遇和身世自然地"汇入"了时代的反思与呼喊之中,却打上了明显的"自传性"色彩了。这是他的《虎斑贝》:

> 在绝望的海底多少年
> 在万顷波涛中打滚
> 一身玉石的盔甲
> 保护着最易受伤的生命
> 要不是偶然的海浪把我卷带到沙滩上
> 我从来没有想到能看见这么美好的阳光

还有他的《鱼化石》:一尾活泼的鱼,"不幸遇到火山爆发,也可能是地震,你失去了自由,被埋进了灰尘"。绝望和希望,悲剧性命运和喜剧性遭遇的交错,表现的是艾青人生经历的时代性内容。诗歌感应了时代潮流的召唤,但它展现时代面容时又不是如同过去那样把诗人的自我排斥在外的"纯粹激情"的歌唱,而是吸收并溶解个人特殊经历于其中的带有鲜明的个性色彩的歌唱。

因为特殊的时代经历,使许多诗人不约而同地选择了珍珠的意象,在许多吟咏珍珠的诗篇中,也几乎都不约而同地凝聚了诗人各自的遭遇和经历,从而使这一时代性命题充满着个人命运的氛围。周良沛写过一首《珍珠》,他明显地借珍珠的意象寄托了自己长期囚禁的特殊经验。珍珠的命运就是诗人自己的命运。他唱的是自己的经历,不过托之以"珍珠"的"自述"罢了:"我一直——等,等,等,我总是——信,信,信,相信地上的房子都能打开窗门,等见到阳光不会眼花头晕","像沙在珠蚌里磨磨磨,像珠在蚌沙里滚滚滚,在等得难熬中、还等,在信得难以相信中、还信"。我们的生活造就了一代人对于信念的坚贞,处于极端的逆境而仍然坚信和等待,正体现了我们特有的时代感。但这种充满时代性的歌唱,都以诗人各自特有的经历加以"糅合",这就是诗歌时代感与个人化相"溶解"的例证。

在这样的形势下,即使是歌颂中国共产党的传统主题,也充溢着这种带有鲜明的抒情个性的结合个人命运的特点。流沙河的《一个知识分子赞美你》是传统的颂歌题材。但它传出了新的信息,那就是在这样过去常见的主题中,诗人直接的"自传性"也成为重要的特点。这里见到的,不是如前引《虎斑贝》或《珍珠》那样只是一种"借代",而是在一个重大题材中直言不讳地写入自我的泪痕与血斑、痛苦与欢欣。它表述"没有共产党就没有新中国"的道理,用的也不是以往常见的那种方式,而是结合着诗人自身的经历来写:"假如没有你的诞生/我将如一只蚕蛾被困在铁茧里/做着春天的梦/阳光的梦/在可怜的梦中孤独地死去","我也许是一个英文教师/在课堂上领读 ABC/我也许是一个低级职员/在牌桌上奉陪长官凑趣/我也许是一个新闻记者/在小报上推销流言蜚语"。这首颂歌没有重复那样廉价的内容,对伟大的光明,它有切实的剖析,当它面对曾经有过的失误,更多的则是转向内心的自我谴责——

> 我像猪一样被拖到街头
> 向打手求饶　请打轻些
> 不要一拳将我当场击毙
> 仰面我有愧于张志新大姐姐
> 俯首我有愧于遇罗克小弟弟
> 枉自你教育我许多年
> 我居然这般地不成器

许多著名的诗篇都自然出现了此种迹象。大忧患的时代留给人们心灵中的伤痛，不可阻扼地寻求在抒写心灵的诗中得到呈现。即使是重大的题材也难免留下这种时代的投影，在许多歌唱张志新一类的英雄颂诗之中，都保留了这种批判性的自我谴责的心痕。就是说，英雄颂歌也带上了浓重的"个人化"倾向。流沙河的《哭》，是借张志新来哭自己："不装哑就必须学会说谎/想起来虽不免暗哭一场/哭自己脑子里缺少信念/哭自己骨子缺少真钢。"雷抒雁的《小草在歌唱》的动人之处，也是这种借英雄之死以责备自己的诚挚的愧悔。

诗人成为普通人，他和读者站到了平等的地位上。诗歌和读者的关系变得更为平易近人，也更为亲切了。诗人是在袒露自己的真情的过程中——不是过去习见的那样排除了自然之真情的、居高临下的号召——向读者传达时代的强音的。要是说，生活曾经发生过错误，诗人从自己的角度承担了他应当承担的部分，这样，我们的诗歌就以个人的"加入"而摒弃了虚妄的豪言。当前诗歌的这种审美变化是符合诗歌欣赏心理的。诗要动人，动人靠的是真情，一般说来，以平等的态度，抒发自己独有的感受，特别是不掩饰自己的弱点与过失的诗篇，它对人的感化力最强，读者由此感到：他和诗人站在同一个地方，没有那种受教育、受训示的压迫感，因而乐于接受这种无形的诱导。这样的诗与单纯的"豪言壮语"不同。基于这样一种对于欣赏心理的了解：当前诗歌在总结了历史经验之后——

一般地都有一种醒悟，诗人的历史的和时代的使命感，诗人对于现实生活的热情，并不是以在诗中保留了多少口号和术语衡量，而是力求把这种对于生活的关切包含在具象化的情感和情绪之中，间接地和蕴藉地予以表达。一般说来，是对于"直说"的弃置。

当然，有不少以直接的对于生活的呼喊而获得读者赞许的诗篇,像张学梦的《现代化和我们自己》就是,当我们的生活刚刚结束了愚昧和落后而提出建设社会主义现代化的目标时的这首诗触发了这一敏感的议题。他以进取的姿态对待当前的生活,他是在"我们给现代化建设剪彩的最欢乐的时刻"感到了"苦恼"的。而当时这种"苦恼"并没有为更多的人易感到。他苦恼于自己对现代化的缺少知识:"仿佛我是腰佩青铜剑的战士,瞅着春笋似的导弹成果;仿佛我是刚刚脱掉尾巴的/森林古猿",而且感到了"一条生硬的淘汰法则"和"一条无情的进化规律"所造成的紧迫感,应当说,这首诗的神经末梢已经触及到生活业已提出的,对于多数人尚属茫然的问题。这种直接触及时事并提出最尖锐问题的诗,发挥了我国当代政治抒情诗的优良传统,这方式无疑有它优越之处。这种"呐喊型"的诗歌因触及时事而具有价值,原也不只上引诗篇,许多诗人都为此作出了贡献。

现在涉及的论题是,一种好的方式得到发扬,更多种的新的方式还悄然来临。一种新的趋向是蕴藉的和间接的、把热情包裹在意象之中的表述,正引起更多诗人的兴趣。直接的对于客观情景的描述,以及在此基础上的热情的呼号,在这部分诗人那里,已被更加抽象的或更富象征意味的简洁概括和对于世界的冷静思考所取代。在他们的诗中,热情和激情是潜在的而不是外露的。他们的诗带有更多的耐人深思的思辨色彩,他们展现了"沉思型"的美。如顾城的《这一代》:

　　黑夜给了我黑色的眼睛
　　我却用它寻找光明

全诗只有两行,却力图概括经过灾难性的动乱而迅速成长的"一代人"。这种意愿在过去通常可见的表述,是通过众多的例证并贯串以激情的铺排,而顾城这首诗却让人完全沉入冷静的思辨中。它寻求以最少的文字表达最多的意思。这样,文字的少和内涵的大构成了矛盾和冲突,赋之以象征和思辨是理想的方式。

读这样的诗和过去我们常读的诗不同。例如"黑夜",要是以为它就是"黑夜来了白天去,天花板像一页读腻了的书"(臧克家)那样实际的黑夜,那就可能影响正确的欣赏。它不是实指,而主要是对黑暗岁月的总体性象征。随着意识的流动,由黑色的夜过渡到"黑夜的眼睛",便很自然。"黑色的眼睛"也被赋予了深义,一种觉醒的象征,主要不是实指实在的眼睛很清楚,眼睛的存在并不一定要以黑夜为条件,在这里,这眼睛却放射出概括的暗示性:尽管夜色浓重却有着同样是黑色的但仍然观照和洞烛客观世界的亮眼——黑夜创造了它的对立物。这样,这一组意象便包孕了浓郁的辩证的和批判的意识。前一行诗只完成一半任务,到"我却用它寻找光明"出现,一代人的主题便得到全部的完成。

这主题就是:虽然成长于黑夜,但并不沉沦,而是积极寻找光明的一代人。这里埋藏了一个随时都可能喷发的火山,它的热情是内蕴的,一句激情的话和一个夸张的形容都没有,而只是以异常平静的"黑夜——眼睛——寻找光明"的简单意象群表述了相当宽厚的主题。这样的诗没有离开特定的时代,也没有消失对于生活的热情,只是它的关切和热情是内蕴的,是让人通过冷静的思辨得出的。这类诗的基本倾向是重隐喻而弃"直说",重内向的思考而不作外在的宣扬。

现阶段诗歌提供了不少此类实例,梁小兵的《中国,我的钥匙丢了》和《雪白的墙》都提供了这种审美特征的新信息。一把丢了的钥匙带给人们丰富的联想:失落、迷惘、寻找、希望。但那钥匙却空灵而超脱,它是虚,而不是实,但它的容量却比实写要厚实得多。同样,一堵刷去了污秽的"雪白的墙",又表示了多么丰富的内容:否定、更新、决心、坚定。一个象征的形象,包囊了整个历史性的变迁和一代人觉醒之后保卫生活权利的热情。

"钥匙"和"墙"中有政治,也有对于现实的关切,但都不是直述其事,具体的描绘以及直接的抒情方式,已被超脱的间接性所替代。这种方式已被越来越多的诗人所采用。

这种注重在现实生活中提炼一种简单的物象,用以象征性地更大范围的概括的方式,正在成为一种普遍的审美追求。李其纲的《魔方·积木及其他》便是以魔方和积木这样两种孩子的玩物象征不同的两个童年时代。玩积木的是"我"的童年,玩魔方的是"女孩"的童年;积木是按照大人给的图纸的单纯的堆积,而魔方则是立体的变幻和旋转。"我"曾经寄托在积木上许多美丽的憧憬,但都成了幻影,甚至连积木本身也毁于烈火。现实生活交给"我"的不是有着蓝色墙壁的殿堂,而是"黄昏一般沉重的泥浆"中搭起的一间茅屋。那女孩不同,她不能理解其间的辛酸和怅惘,连她的同情和叹息也是天真的和单纯的,但她的童年却是真正让人羡慕的、理应如此的童年——

> 她在排列色彩
> 草地、蓝天、云和一百分
> 她在谛听音响
> 微笑和掌声在蓝天回响
> 她在组合世界
> 分别,重聚;变幻、固定
> 多元的艰难的没有图纸的旋转
> 如扑朔迷离的光谱带
> 如高深莫测的遗传分子密码
> 哦,思维是立体的而非平面
> 她把童年交给了魔方

积木般的"我"的童年,积木的图案的未能实现,以及积木的最后消失,这里有失落的忧愁,有幻灭的痛苦,以及对于失常的年代的否定。魔方般的女孩的童年,她的幸运,以及由此引发的"我"的艳羡和怅惘,特别是通过积木和魔方的对比,显示两个时代的差异,这是当然具有了鲜明的肯定和否定的意向。但它不用一句现成的术语,千言万语全在不言之中,全然通过象征性的概括以及两组意象的排列组合显示其反差,以蕴藉而间接的方式传达出对待客观事物的态度,这已经形成了创作的新潮流,而且某些作品已经显示出它的熟练。像这首诗的结尾——

　　　　我:魔方是匈牙利人发明的。
　　　　女孩:(清脆地)我也要发明魔方。
　　　　我:你?
　　　　女孩:知识老爷爷说,阳光有七种颜色
　　　　　　我要发明七种颜色的魔方。

　　要是在过去,用非常写实的办法,甚至用豪言壮语来"表决心"或"展望前程"的办法,很可能把这种内涵丰富的结尾,弄得非常的平庸。总的是,抽象和象征给诗的丰富带来了好处,而这种好处是以放弃诗的"直述其事"为代价换来的。与此有关的当前诗歌审美追求的变异,是随着诗的避免直说而侧重含蓄的曲写,从总的趋势上造成了诗歌的越来越不具体而偏于抽象——

　　一个明显的迹象是:写实和叙述的方式在诗的创作中渐居次要,大跨度的跳跃逐渐代替了过于拘泥过程的平板的描写,描写的具体性受到削弱,诗的形象组合和建构正在由密集转为空疏,形象的间距大了,加上时断时续的跨跃,造成了内容上的多义性和情绪上的朦胧性。

　　诗歌的表达方式变得更为超脱和空灵。这就与传统的表达方式产生了严重的偏离和对立。过去,由于创作方法上的现实主义的强调,形成了当代文学和诗歌注重写实的总趋势。在传统的审美观念中,越是具体就越是进步,越是抽象就越是落后。

时代的风尚如此,诗被大量用来演绎时事、交代过程。越写越实、越写越细、越写越密的结果,造成了空间密度的拥挤乃至爆炸,造成了读者想象力没有容身之地。那时候的诗美标准是明白、清楚、具体、连贯、好懂。

那时有这样的一致性追求,那就是按照事实的经过详尽地记叙(当然一般是押韵的叙述)。要是写共产党员的坚持前进,必然要写受苦、土改、互助合作到人民公社的全过程。曾经有一首诗,写朋友在某地的相逢,相见匆匆,即要分手,但是,"你说"、"我说"絮叨得没完没了。那种异地相逢的激动和欣喜情致被摒弃。一种几乎是不带个性、不动感情的交代叙述充斥诗中,诗的抒情兴味荡然无存。要是拿那时的诗对比下面这首诗《雨别》(舒婷),则明显地表现了后者并不以是否反映了现实的具体性为意,它对那种漠然的"交代"表现为相当的冷淡:

> 我真想摔开车门向你奔去,
> 在你肩上失声痛哭:
> "我忍不住,我真忍不住!"
>
> 我真想拉起你的手,
> 逃向初晴的天空和原野,
> 不畏缩也不回顾。
>
> 我真想聚集全部柔情,
> 以一个无法申诉的眼神,
> 使你终于醒悟;
>
> 我真想,真想……
> 我的痛苦变为忧伤,
> 想也想不够,说也说不出。

对于传统的表现方式,这真是一个鲜明的反叛。突出的抒情个性,模糊的事件时间,我是谁,你又是谁,都不清楚。题为《雨别》,并不写雨,也不知昏晨、冬春。我的痛苦是什么,我所不能忍受的又是什么,依然没有被告知。"想也想不够,说也说不出",到头来也还是没有"说出"。就是说,在这里,连一个最起码的事实都不屑于"交代",情节的具体情感越来越显得不被重视了。总的趋向是情节的淡化,重心转向了内在情绪的动态的刻画像。

当前新诗创作的基础已经从"事实"转移到情绪与经验,从"事实"的角度看《雨别》是很不具体的,而它的不加掩饰的忧郁却强烈而具体。过去常有的那种不厌其详的环境描写和对话被忽略,在往日那些密密麻麻的细致描写的地方,留下了许多的"飞白"。诗歌内容的明确性消失或减弱,主题或情绪上的多义性和朦胧性成为重要的现象,随着叙事特点的合理的弱化,诗歌形象的密度由密集而转换为空疏。

总的是诗歌开始了一个由具体到抽象,由写实到超脱,由主题的确定和单一到不确定和多义、多解的演化过程。五十年代的诗歌风尚是密集、详尽、具体、一以贯之。八十年代都是跳动、含混和不确定——不是不能确定,而是由读者通过联想自己确定。过去写离别,总是前因后果、有头有尾,到了当前,同样写离别,用的是大幅度的间隔,有意在拉开距离,显得空疏多了:"你默默转向一边/面向夜晚 夜的深处/是密密的灯盏 它们总在一起/我们总要再见 再见/为了再见"(顾城:《再见》)过去此类诗中受到重视的"事实的逻辑",现在被"情绪的逻辑"所取代,《再见》一诗中出现的是两个人,但告别双方的性别、身份、经历、原因都没有"交代"。但我们在这些笔墨十分空疏的短诗中所得到的,并不比那些写得十分详尽的、篇幅长得多的诗为少,因为它的含义多层而非单一,它有"空间建筑"。

可谓"空间建筑",系旧事实的模糊性引发的主题的多义造成。如《再见》,诗的表层意思大体是这里的两个人没有取得和谐和谅解,他们不得不分手。"面向夜晚"是一种含混的暗示,他们的"再见"也许与黑夜的记忆和创伤相关联。但这诗内涵不只这些,它还有深层的含义。它受"它们总在一起"的启迪而发出人不如自然、人间的间隔使人们不得不遗憾地彼此分手。人的相聚不会永恒,而只是短暂的和相对的,从而表达了"总在一起"的憧憬和对"总要再见"的遗憾。这样的一类诗,不重视"事实",也不重视事实的秩序(在那里,时空观念被错乱,或者说,被重新安排),它根本否定了"顺着写"。

现代艺术的本质,是塑造具有复杂意念的现代人心灵的对应物,而不着重于解释和铺叙客观事物的样式。其特征是打断和错动惯常的逻辑联系,充分信任和积极调动读者的想象力。面对这样的对象,欣赏的困难当然要比"直说"、"说尽"为多。但是那种"可望而不可即"的欣赏距离,却如强大的美的磁场,先发出无穷的魅力,始终吸引着欣赏者向它靠拢。

顾城的《弧线》之所以引起争议,很大的原因就在于持否定意见的人不能适应这种新的审美追求。"鸟儿在疾风中/迅速转向 少年去捡拾/一枚分币 葡萄藤因幻想/而延伸的触丝 海浪因退缩/而耸起背脊"。对于那种一贯到底的情节诗,这当然是一种破坏——它彻底破坏了叙述和描写,它不"明说",而只是"列举"。

尽管这是一首构造简单的诗,但依然不是平面的展开,而是多层的立体的建构,它的表层意思是说,一切的运动、进取或回避都呈现了弧形,弧形是自然的和可欣赏的;而内在的含义却比这深厚:"在潜在的内容上,却有一个叠合在一起的赞美和嘲讽,对其中展现的自然美是赞叹的,对其中隐含的社会现象是嘲讽的"。这首诗不说的"说",由表面的说而延及深层的说,提供了相当广阔的欣赏天地,由此,我们可以窥见——

诗歌的情绪结构总体上趋向复杂化。时代的趋向成熟,使人们的思想由单纯趋向复杂,由平面趋向立体,那种非此即彼的简单推理被更为切近真实的多样判断所取代,这种情绪结构的变化,更为符合凝重、曲折、复合的当代人的精神气质。

人民经历了重大的历史曲折,已经由天真而转为成熟。"既然历史在这儿沉思,我怎能不沉思这段历史",这诗句写出了我们如今生活着的几代人的心态。我们时刻都在自省与对于历史的反思之中。有着过去生活经验的人,往往有一种复杂的情绪,那便是因自己的曾经"单纯"而自豪,又因曾受过"单纯"的欺骗而自悔,但总的是幼稚的单纯感正在失去,人们的情绪和情感变得不单纯了。

整个五十年代和六十年代初期,人们普遍地都以非常单纯的观念来对待生活。人们爱自己的祖国、爱自己的领袖、爱自己的首都,单纯得如同一个孩子。许多著名的诗篇都记载下了值得珍惜的"五十年代精神",如公刘的《五月一日的夜晚》:"为了享受这一夜,我们战斗了一生";李季的《致北京》:"在我们这里,把那些去过北京的人都叫做幸福的人",这些都是"五十年代精神"的体现,这种对于生活的单纯感,到了八十年代的人那里,已经有了变化。它因人们对于现实生活理解的更加全面和更加深入,而呈现出十分斑驳多彩的圆雕一般的立体感。立体而有阴影,透明而印有自然的杂质是生活的本象。艾青也是最早写出了适应时代潮流、而使声音富有立体感的诗人之一。这信息最早是在《光的赞歌》中披露的:

> 我们从千万次的蒙蔽中觉醒
> 我们从千万种的愚弄中学得了聪明
> 统一中有矛盾、前进中有逆转
> 运动中有阻力、革命中有背叛

>　　甚至光中也有暗
>　　甚至暗中也有光

　　新诗总体情绪的立体化历史并不长,但业已表现为鲜明的趋向。赵恺的《我爱》是其中很有代表性的诗篇。对当前的生活和时代,他只有一个字:爱。他爱失而复得的一切。更爱从前未曾获得的一切,他的爱具体而不空泛,是沉甸甸的(不是轻飘飘的),甚至也是凄苦的(不是甜蜜蜜的),他爱平反通知书,但却把它"和亡妻的遗书夹在一起";他爱孩子的入团申请,但却把它和自己的"第一根白发"放在一起。生活是美好的,但却艰辛而拥挤;即使是拥挤,他也爱——"流汗和拥挤本身,就是一种失不复得的庄严权利。纵使我是一条鱼,也是一条前进的鱼。"这诗把当代人内心世界的复杂性全部托出,它使我们看到的是活生生的人生,它让我们从诗中寻到了我们自己的真实情感,它蕴涵了生活的全部丰富性。但在通篇的爱的颂歌中,也夹杂着让人惊悸的不和谐音:

>　　可是,我不敢抚摸提琴;
>　　我觉得那根被切断的喉管的鲜血,
>　　还在琴弦上滴……

　　辉煌的欢乐颂中降下了一个铅球一般沉重的音符!当代人有他诉说不尽的欢乐,却也有难以泯灭的心灵的沉哀,这是一曲旧矛盾和冲突组合而成的爱之歌:包括应该爱的一切和"爱"上了"爱的仇敌"。诗人认为:"多亏丑恶的存在,爱,才是一个有血有肉的立体",这可以认为是新时代的爱的宣言。与过去不同,过去爱就是单纯的爱,丑恶就是单纯的丑恶:绝对的光明,绝对不会有阴影。现在终于确认:由于丑恶的存在而显示其光辉的立体的有血有肉的爱,这体现了审美意识的一次新的解放:泪珠可以变为琥珀,欢乐和痛苦的不和谐可以呈现为更大的和谐。

当代诗歌中出现了过去极其罕见的充满不和谐音的、失去平衡的气象。例如梁南的《我不怨恨》：

> 马蹄踏倒鲜花，
> 鲜花，
> 依旧拖住马蹄狂吻；
> 就像我被抛弃，
> 却始终爱着抛弃我的人。

这是一首矛盾重重的诗。我本来可以"怨恨"，但却报以始终的爱。这依然是前面提到的五十年代的单纯，但却是那种精神的"变形"。这种表面的扭曲，揭示了内在的合理性——一种只要和人民共和国共同成长的一代人都能理解的合理性：他们不能和亲手建造的新生活分开。我们可以从这些失去平衡、甚至是相当矛盾的形象中把握到这一历史阶段的中国人的内心真实。

到处可见这种表面上矛盾但却实际上体现为和谐的诗情。诗人们把一个一个"有血有肉的立体"放在了我们的面前。经历过大动乱而面临大变革的时代，反顾过去，人们难以说清生活的颠倒和历史的变异究竟是怎么发生的；展望未来，一种囿于历史的过失而产生的犹豫往往给诗的形象带来迷惘的影子。追求和憧憬都缺乏明确性，加上昔日危难的阴影，给一些诗作（特别是敏感青年的诗作）带来了犹豫和含混的矛盾性。

这就是包括舒婷在内的一些青年诗人所传达的复杂性意象的特征。像舒婷的《赠》："如果你是火／我愿是炭／想这样安慰你／然而我不敢"，"如果你是树／我就是土壤／想这样提醒你／然而我不敢"。火和炭，树和土壤，构成了两组和谐的意象群，既然由"如果……就是"作出了肯定的判断，"提醒"本来就是合理的，却突然来了个否定，这就是情感的复杂性。可以和谐相处或相爱而不敢或不能，这种情绪结构和动乱的生活以及人的心灵的扭曲,保持了最密切的关联。舒婷的基调是美丽的忧伤和内心的矛盾,她的诗情无疑是立体的。正是因此,她特别喜欢"如果""也许"这样一些表示不确定和多种可能的感情分支的关联词,像《四月的黄昏》:

> 也许有一个约会
> 至今尚未如期
> 也许有一个热恋
> 永不能相许

这两个"也许",本身就是复杂的意象。也许真的已有约会,也许只是一种期待,也许只是想象中的,总之是不肯定的,这本身就不是单一层次的可能,而是多种可能的叠加。再分别与"至今尚未如期"和"永不能相许"相搭配,构成了大的矛盾的意象群。它蕴涵更大范畴的含义——寻求而不能如愿,这是让人迷惘的。

表现个人内心世界的诗篇如此,表现重大生活内容的诗篇也如此。到处都可看到这种复合的多层次的情感抒发。刘祖慈的《为高举的和不举的手臂歌唱》是一首著名的诗。它为一个庄严会场上的扬旗般高举的手臂、也为路障般不举的手臂歌唱。他歌唱这不和谐中的和谐,隐会在表面矛盾现象下的历史性进步:"人民有权利说同意/人民也有权利说/'不!我不赞成这样!'"正是这既有高举也有不举的手臂,组成了中国最新的和最动人的风景线,犹如立体化的政治性情感的巨大圆雕。这些诗歌景象终于证明:生活是杂色的,并不是一色的,我们正是从这些不和谐和不平衡的音响和节奏中,获得了当前诗歌创作的另一个审美变革的信息:

与科学技术高度发达的人类社会、以及向世界开放的中国现今生活相适应,现代气氛刺激诗歌的审美趣味急剧的变化。那种建立在小生产基础上田园诗情趣和意境相对削弱。新时代那种跃动的、急促的、紧张的节奏,给新诗带来了失去平静的"躁动"。

巴金在纪念《世界文学》创刊三十周年的文章中曾高兴地宣告:"没有什么力量能使十亿人的目光再局限在九百六十万平方公里的国土之内了。人们需要更多地观察和了解世界,认识世界上各个国家、民族的各个方面。"一旦社会结束了自我封闭状态,世界上的风就不能不吹进来,人们不约而同地感到了生活在大步前进。诗人最敏感的是节奏,而这种对于节奏的敏感性,是时代和现实生活决定的。

慢吞吞的节奏已完全不能适应我们的时代。快速和跳动、空疏和间隔、断续而缺乏连贯,已成为诗歌节律的重要形态。这是人类社会进入新的发展时期投与诗歌的新的光彩。这就不能不与中国诗歌最基本的传统特征——田园山水诗的情趣意境发生冲撞。许多诗人都感到诗的节奏的必然产生变化,他们朦胧地意识到平静的打破,整个生活充满着令人兴奋的潜在的跃动。"诗是狮子,咆哮在思想的原野上",他们感受到了这个时代酝酿着创造的冲动。"一个有着男性精神状态的时代",一位青年诗人说:"它是暴躁的、急切的、思绪搅动的灵魂,它要愤怒地甩开纠缠的藤蔓,要挺起,要呼喊。"

以写农村的诗为例,从四十年代到五十年代,诗中表现的农民的苦难和欢乐基本上都是恬静的。八十年代如果再重复对于农村面貌的外在描摹,那就会造成与现实的隔膜。"叙述体"已被打破,现代的诗歌已开始重视人们内在心理的再现,重视从情绪和心理结构上去把握生活的潜在的变化。因而在那里平静的场景后面,却有着时代的震撼。一首表现农民进城的诗,写出了新旧交替的农民的心理情绪的变易,城市在他眼里就像一块"漂亮的花手绢",尽管他从未用过手绢擦过汗(他只用他"那双粗大的手掌一抹")

> 他在大街上走着
> 他的手

>竟不如这路面细腻、光滑
>他把手沉甸甸地放在兜里
>手心里攥着
>一个中国农民磨硬了的感叹
>　　——吕贵品:《手茧·他》

我们从中可以感受到现代生活对于闭塞的农村的某种冲击。乐天知命的平静心境打破了,他几乎是第一次感到了自己的粗糙的手与城市的繁丽是如此的不谐调,第一次因此而发出中国农民的"磨硬了的感叹"。

工业题材的诗也是如此,五十年代那种爱护车床如"战马",给车床加油犹如给牲畜添加"饲料"的基本上是小农心境的描绘,业已逐渐消失。随之而来的是一种飞动的、喧噪的形象的组合。如邓海南的《圆圈和三角的进行曲》:"无数个闪着光的圆圈叠在一起……三角形的稳定,圆形的滚动,在这儿和谐地合为一体,每一个三角形和两个圆圈,将配成一架现代中国人的坐骑"。它不再以表现生产过程为满足,而是转换方向,从一个具体的生产劳动的场面,揭示我们这个不甘落后而要振兴的民族的心理情绪。在诗中,紧迫感造成了特有的氛围。

诗人们基于一个动乱时代的结束,在选择题材和塑造形象时,总是自觉地给这些题材和形象打上时代性的印记。这些印记让我们感到,他们是在写历史和自己的情感经历,而不看重于表现劳动和劳动场景。如聂鑫森的《破坏性试验》:"日和夜,疯狂地旋转,天和地,疯狂地旋转",诗人心中的积郁,寻求客观世界的对应表现。

现代生活的骚动,内在的平衡性的打破,出现了磅礴的、强烈轰鸣的形象,以及各种各式的"变奏曲"。我们几乎随处可见诗在不露声色的抒情时,融汇了生活正在跃动的巨大激流。这些,都化为了富有现代色彩的新的韵律,运行在新诗之中。

我们听到了文学黄金时代的足音[*]

这次作协四次代表大会,是我们有史以来开得最成功、最振奋人心的一次大会。会上,党中央明确提出了创作自由的思想。这道出了我们的心声,是我们千千万万文艺工作者多年来梦寐以求的夙愿。

列宁早就说过,我们的文学是真正自由的文学。党中央负责同志最近也指出,我们社会主义文学理应比资本主义文学更自由。自由地表达思想,自由地选择题材,自由地采取任何一种艺术形式,这是文艺发展的规律,是文艺繁荣的必要前提,也是文艺工作者们长期梦寐以求而始终未能企及的目标。但是,多年来,我们却谈虎色变,不敢轻易触及这一禁区;我们的文艺工作者们在各种行政干预、清规戒律下带着沉重的紧张感、负重感进行坎坷不平的跋涉。各种各样的政治运动和棍子,以及不是运动的运动,不是棍子的棍子,伤害了我们许多元气。

这次会上,党中央明确提出了这一早该提出的光辉思想,带给与会者以喜出望外的激动。正如一位作家说的:"我简直不敢相信,就好像是彩票中了头彩!"

但,我们也必须清醒地看到,思想提出来了,要付之于创作行动中,落实到具体工作上,还有一个过程。在这个过程中,我们肯定会遇到很多阻力和障碍。在我们的文艺发展过程中,那些多年以来所形成的习以为常的、条件反射式的"左"的思维方

---

[*] 此文初刊1985后1月16日《北京大学校刊·百花园增刊》。据此编入。

式和行为方式是根深蒂固的。我们不可低估它们的力量。为此,我们必须做出不懈的努力。再就是,我们也得看到,有了创作自由的思想不等于就有了创作的实绩,我们文艺工作者们还得更加努力,以期不负于人民,不负于时代的使命。

这次大会自始至终体现出来的民主精神也给我留下了深刻印象。

作协是群众性的团体。关于作协的人事安排,党中央指出:应该由代表大会选举自己的领导机构。这次大会从代表的产生到理事和主席团的选举。都贯彻了民主精神,其充分,也是历届会议所没有的。民主精神冲击、否定了极左的思潮,民主精神促进了开放和自由的风气。一批为我们的文艺繁荣作出贡献的中青年作家得到了应有的肯定。人们的余悸、预悸和疑虑的心情大大消失了,整个气氛是乐观的。

这次大会的成功,体现了党中央的成熟;也体现了我们文艺界的成熟。当然,这是就我们的思想的清醒而言。事实上,我们的文艺创作,正如有的同志说的那样还在初唐时期。但是,有了初唐时期,盛唐是可以预期的!我们已经听到了社会主义文学黄金时代的足音!

艰难磨砺着生命[*]

大自然创造的奇迹,在条件艰难的环境留给人的印象尤为深刻。难忘的新疆之行,使我更加坚定了这种认识。车行沙碛之中,举目尽是昏黄。点缀那无边荒凉的,只有那些顽强的植物如骆驼草、红柳花、胡杨木等。仅仅是由于它们的存在,我们才相信我们是行进在生命未曾泯灭的地方。

那次由乌鲁木齐去吐鲁番,过了达坂城,车入天山,拱天立起褚红的山岩,依然是寸草不生。无意间低头一望,沟谷深处却被浓荫所掩映——原来那是勃发着葱郁的生命!到了吐鲁番,简直是进入了神奇的世界:葡萄沟一带,清澈的山泉滋养着两岸的沃壤,那里有着不逊于江南的景象。吐鲁番这颗绿宝珠,正是与恶劣的环境奋斗造出的奇迹。也许正是由于艾丁湖畔世界闻名的低地的高温和酷寒,才造就了那玛瑙般的甜得一包蜜似的哈密瓜。

在没有水的地方,生物把根须扎入深深的地层,它们依然生存和发展着。一旦得到天山雪水的滋润,饱受饥渴的大地就献出它的感激和挚爱,于是便创造了给人希望的绿洲,以及由烈暑严寒酿就的奇瓜异果。访问高昌故城和交河故城,我想到的是人类神奇的创造力:极度的艰难困苦和同样是极度的惊天动地的事业。试想从西安出发,沿着漫长的河西走廊西行,出阳关、入戈壁,这是何等艰难的跋涉!但就是这一路走出,竟然走出了

---

[*] 此文初刊1985年1月23日《乌鲁木齐晚报》。据此编入。

一条辉煌千古的丝绸之路。

　　唐代的边塞诗是唐诗中的瑰宝,这可以视为精神生产中的塞外瓜果,它同样是险恶的自然环境造成的。要是没有火山云、天山雪、轮台风,军营前冻得翻卷不动的红旗,战死者缠着草根的白骨,很难设想会出现岑参以及几代诗人创造的瑰丽的边塞诗。艺术的创造不仅需要新奇,而且需要磨砺。从敦煌壁画,麦秋山石窟,到古边塞诗,它们都诞生于厉风烈阳严冰之中。悲烈慷慨的作品多半产生于塞外朔方,并非没有道理。

　　特殊的自然条件造成了特殊的心境。他们不是一味的豪放,他们表达的是一种富有时代感的复合的情绪。

从失落开始寻找*
——论达理的创作

一

> 失去的不能再挽回了。
> 但还可以重新开始。
> ——《让我们荡起双桨》

达理以描写一代人的失落感开始他们的文学追求。他们最初发表的《失去的爱情》便是一个带着心灵隐痛的失落的故事。这篇小说的最后一句话是:"金惠萍永远不会忘记自己曾经经历过的那美好的爱情,但这一切,已经永远失去了。"尽管写这篇小说时,达理理智上倾向于对他们理想人物(方延丹、彭唤涛、尤浦芳)们褒扬(那时,从人物的身世经历乃至他们的名字,都留下了前一阶段文学模式的痕迹),但感情上,却更接近于金惠萍的爱情的挽歌。那个时候,不论是由于认识的错误或由于性格的弱点,善良的人都在一场严酷的政治游戏中丧失了许多无可补偿的东西,金惠萍则由于自己的天真、单纯、软弱和轻信,而失去了她最可宝贵的初恋,最后导致她的婚姻悲剧。小说结束的最后,一句话倾吐的是无可掩饰的沉哀。

失落的不仅是金惠萍。我们从《让我们荡起双桨》那个斑驳而不免有点芜杂的情节,以及繁复而失之均衡的情绪中,依然可

---
* 此文初刊 1985 年 1 月 25 日《当代作家评论》1985 年第 1 期。据此编入。

以寻出对于失落的昨天的喟叹——也是在那场政治地震中,亚宁和阿莲,这一对少年时代的"王子"和"白雪公主"终于失去了他们幸福的双桨。"失去的一切都能补偿吗?我失去了年华、失去了……这也能补偿吗?"亚宁这番话闻之令人动容!

达理受到时代使命的驱使而走上了文学道路,他们并不偏爱苦难的哀歌,他们希望以理想之光点燃人们落寞以至失望的心灵。"失去的不能再挽回了。但还可以重新开始。"阿莲的话也是达理的话,但这样的话在作品不经意地渗透出来的浓重的失落感面前,显得十分的无力。不仅年轻一代,甚至他们的父辈,也有不可补偿的失落。《在初春的日子里》描写的青年时代就学英国的城市规划专业研究生梁赞冰,学成归国,宏图壮志,也毁于旦夕。他不仅失去了他那一张张精心制作的城市规划蓝图、他们"城市立法"理论,而且失去了当年在英国被同学尊之为"我们的缪斯"的亲爱的妻子。"经过整整二十年的周折、坎坷,人们的认识总算又回到当初的出发点上来了。但梁赞冰已是两鬓霜雪,年过六旬的老人"。达理不想渲染苦难,但他们总是这样不经意地让感伤的思绪从文学中自然地流泻出来。一个忠实于生活和自己良知的作家,当他提起笔来,他总会在作品中保留下时代潮涌的水文记载。如同当代许多作家一样,他们不约而同地都从心灵伤痕的刻画开始了新时期的文学起步。

达理显然不以指示伤痕为他们的目的。他们从开始创作那天起,就自觉地以理想的信念驾驭自己涉及的题材。《海的召唤》中卢小鸥和作家的"我"有一段对话,可能说的就是达理自己:

> "你真是个理想主义者",小鸥似乎也挺感慨,"你戏里的人物也是这样的。"
>
> "人总该在心里保存一点珍贵的东西,不然会被现实窒息的。"

生活中不应失落的却失落了,生活不应生长的却生长了。作家显然不愿被现实生活曾经存在的、或现在仍然残余地存在的丑恶所窒息。于是他们谋求以新的创造填补这种不可忍受的虚空。他们不把它叫做"理想主义",而只是确认为"珍贵的东西"。正是在这种对于"珍贵的东西"的保全和追寻的命题下,达理鞭挞生活中的丑恶。《海的召唤》显然比最初几篇小说如《失去的爱情》、《生命之歌》、《在初春的日子里》对于丑恶的鞭挞更有延伸感,具有了新的历史深度。它的批判的笔锋所及的那一家人,从聂老太爷到聂院长,从聂院长到冬平,达理没有判断其为家族的遗传,但确认这仍是某种因袭。作家感到"线"的隐约的存在:"这条线究竟是什么?我还需要深入地思考和提炼,但我已经感到它们反映的本质东西是真实深刻、震撼人心的。"即使是在这样一篇在爱情的温情纱幕后演出的"震撼人心"的故事里,达理依然创造了一个从外貌到心灵都"秀丽、妩媚、楚楚动人"的小鸥。"她尽管受过伤,但并没有折断自己的翅膀,还在勇敢骄傲地飞翔",在无边的大海的映衬下,小鸥的双翅闪动着令人眩目的光,这是为作家的理想所点燃的。

《海的召唤》以崭新的思想深度向人们表示:达理对于社会生活的体察和认识已经有了超越。他们不再以外在的和近视的对于生活的解释为满足,他们的笔锋已经深入到对于社会问题的综合思考上。失落之后是寻找,这种寻找已经不再停留在对于伤痕的发现那个层次上了。

二

> 她发现自己处于一种戏剧性的地位上
> ——《在初春的日子里》

当然,达理的作品并不因此臻于完善。它依然保留了文学探索期的思想矛盾乃至困惑。这现象特别表现在当他们试图以理想的火花去鼓舞自己、也鼓舞他人时,他们不自觉地陷入了浓厚的追恋往昔的怀旧情绪中。《让我们荡起双桨》中亚宁那番十分动情的表白,就传达了这种情绪:"我其实并不需要今天的你,因为你已经属于别人了。我需要的是在那遥远的过去的你,以及那和你,和我相联系的整个年代和全部生活,我心中最美好的记忆和这片土地联系在一起。我爱那阳光下的人,那阳光下的音乐,那阳光下的歌声。"的确,达理曾生活在中国最有文化的家庭环境中,他们又都就学于中国的最高学府,从少先队到大学生,他们的生活被五十年代的绚烂阳光所沐浴。久经离乱的幻灭感结束以后,他们自然地把旧日经历的一切,视为至善至美的境界。这就产生了表述上述意念时的思想局限。

达理还是青年,他们却与当今一代中年作家在眷恋往昔上有共同的心境。这就使达理在生活的大转折面前不时地表现出窘迫。达理自己,就像《在初春的日子里》那位姐姐卓婷所拥有的状态:"在当前思想解放的潮流中,她发现自己处于一种戏剧性的地位上。在机关里,她和同龄的伙伴们不时同老一代的同行们发生冲突,并被称为'激进派'、'解放派'。可在家里,她又被郭力和珊珊们讥为'马列大姐'、'蓝制服'。也许,这就是人们常说的'代沟',而自己夹在两代人之间,别有一番滋味。"

当达理只是向着五十年代的美好时光寻找作品主人公的生活支点时,他们必然要陷入这种"夹在两代人之间"的地位。正是这样一种地位,使他们在某些新的生活现象面前采取了简单的揶揄态度,而缺乏对现象作出理智的而不是感情的剖析。达理属于这样的一类作家,他们时刻意识到并坚持文学对于促进社会健康进步的使命感。正是为了维护生活的纯洁和美好,他们不惜让沈怀清在妻子玉茹以剧中人的身份要求把枪口对着她(这是演戏!)时,他却调转枪口认真地对准了自己的头都(《战士,请别开枪》)。根据达理的逻辑,热爱玉茹的沈怀清只能以这样的结局来维护他们之间的纯真之爱。然而,这又表现了达理在保护他们认为的"珍贵的东西"时,缺乏整体历史意识的"理想化"的偏颇。他们不知道,沈怀清也是悲剧性的人物,他显然无法对他们的历史过失负责。

达理对生活中的丑恶表现为异常激愤的无可容忍的决绝,《路障》是这种愤怒的极端表现。那一声"把这个土围子给我拿下来"的命令下达后,在摩托车护卫之下的三台履带式推土机发出了"震天撼地的轰鸣"。这自然是十分痛快之举。然而很多现实生活中的"土围子"并不都如《路障》这样易于拔除和摧毁的。特别是,当这种对于生活的思考涉及一个社会的意识形成及其改变,乃至道德伦理观念的坚持与变革时,作家的囿于已有经验的局限性就表现出来了。

达理跟随着生活前进。他们对生活的思考也有一个渐进的过程。他们由充分的社会性的文学观(那时他们注重文学对于社会提出的重大题目的配合和解释)到写作《在初春的日子里》那个阶段,他们几乎是以疑虑的心情对着由一个家庭扩展到全社会的一系列猝然的激变。达理借卓婷和父亲梁赞冰父女两代的眼光严厉地批判了更为年轻一代的幼稚无知。紧接着,作家的思考深入到了更为深层的道德观念上来。达理不仅看到了卓婷和她的弟妹之间所体现出来的意识上的"代沟",而且在《墙》和《让我们荡起双桨》中让他们的主人公直接经受新时代潮流的冲击。

《墙》写了一个不能履行职责的妻子与丈夫的感情淡化。写了第三者的"合理"的"加入"。当真正两心相倾的人得到了婚姻的权利时,第三者(她叫梁静瑶)却由于忏悔自咎而退了回去。达理到了此时,又一次把自己置于前述那种非常富有戏剧性的地位上。他们没有、也不想去触及真正的失去了爱情的婚姻可能带来的不幸,以及基于此种现实应当作出的判断。他们写了男主人公因为妻子的粗心、贪玩而带来的生活秩序的紊乱,为了否定这个家庭的破裂的必然,作者特别强调这个家庭女主人公有着一个惹人喜欢的性格,她年轻、美丽、善良。但作家不想触及女主人公要是真的不能给这个家庭带来幸福,而可能导向什么结论。

达理感到了"墙"的存在,他们确信它"厚实、坚固",并且是"不可逾越"的。《墙》的最后是静瑶对自己行为的否定,她有了一个彻悟:没有爱情的婚姻是不道德的,可建立在损害他人基础上的爱情是更不道德的。作者透过静瑶的"自我完成"之后的晶莹泪水再一次看到:"在我的面前,矗立着一座坚实的高墙,它的一砖一石上,都凝聚着我们民族美好的道德传统,有些人想冲破它,到墙那边去寻找自己的爱情,结果采到的往往是酸果。当然,在人们中间,那些硬把人们彼此隔绝的樊篱是应该冲破的,但为了保证美好、健康的生活所必须的格局,是不该打破的。遗憾的是,道德的墙已经出现了许多漏洞,需要加紧修补了。"

我们看到达理不无困惑的思考。他们推出了一个一个的人物,试图让他们去碰那堵坚硬的墙,但又一个一个地让他们绕着走。梁静瑶为了追求自己的所爱,她几乎达到了目的,但她一下子发现了自己的"不道德",又回到了原来的地方;阿莲听到了往日"王子"真诚召唤,她因无法挣脱、而准备承受命运的安排时,却轮到由"王子"充当"不是强者"的角色——他在墙前退缩了!达理在处于剧变的社会生活面前,遇到了一个又一个诸如此类的问题,他们都让自己的主人公绕着走过去了。现在的问题是:达理总是这样地让他们的人物在内心自省中完成自己对于传统道德的维护,这究竟在多大程度上显示了前进着的生活的巨大力量?作家以这种"理想化"来完善自我,究竟是表现了对于生活的信心呢,还是相反?也许达理的坚持是合理的,也许表现了他们的困顿。但不论如何,达理在他们探寻作品对于社会生活的介入与干预的追求中,毕竟留下了一道道真实的、也是真诚的前进的轨迹。

三

> 在两种矛盾的拉力间挣扎着自省着。
> ——《让我们荡起双桨》

《路障》的获奖对于达理是可纪念的。但它更重要的价值乃是作为初期创作的总结而存在。从《路障》到《卖海砺子的女人》,达理的创作产生了一个明显的转折。这种转折明显的迹象是,作品内容的生活实际性的减弱和抽象性命题的增强;作品显示了对于重大题目的忽略而把重点转向了生活更隐秘处的人们内省力的传达上。初读《卖海砺子的女人》不觉其有新意,以为不过是重复鲁迅《一件小事》那类传统的知识阶层自我批判精神的发扬。但它对于达理,却意味着他们开始了新的主题的开拓。这是随着对于一个时代的失落的思考之后,对于生活的整体性追寻的一个深入。

达理是主观性很强、不善于隐藏自己的作家,他们总是不自觉地把作品写得更带有自传的成分。他们的喜好和厌恶,悲哀和欢愉总在作品中得到展现。他们也乐于再现他们生活环境所具备的条件,高雅的趣味和谈吐,广博的学识,甚至他们也不回避某种给人以"炫耀"的误解。从《卖海砺子的女人》开始,作家的视点有了转换,他们把原先受到不同程度忽视的平凡的劳动者,放到了生活的明显位置上来。这篇小说所开启的这个新的文学阶段,对于达理来说,是重新认识自身以外的别一世界中的人情世态的全部意义的阶段。

达理原先熟悉的是他们的家庭和学校里的人群,这是现代中国享有最高文化的一部分人群,高雅、优越,处处都表现为很深的文化素养。一场"超级风暴"把这一切吹得烟消云散。达理从此落到了底层。在那里他们结识了中国生活得最艰难、同时又是最少乃至最没有文化的人群。他们和这些人交了朋友。在沉重的失落中,他们寻找到了这些土地泥里是打滚的人们。他们发现:失去的是黄金,此刻寻到的也是黄金。这位卖海蛎子的女人也就是在这种背景下,闯入他们的生活中的。过去高雅的,不乏渺小和委琐;过去以为粗俗的,却蕴有美好的心灵,这,造成了达理此时萌生的新的感伤情绪。他们想弥补这种由于文化层次的不同而带来的人与人间的隔膜。

《相逢在海边》(与邓刚合作)表现了有点天真的"强制性"的"消弭"。在那里,那个名字起得"挺浪的"、有个教授爸爸和市委书记舅舅的白帆,和海碰子们交上了朋友。白帆以自己的行为弥补着他们之间的巨大差异,并企图填平他们之间由于社会地位的不同造成的不平等,甚至企图以自己和海龙的爱情来改变这种状况——这里,再一次表现出作家执拗的"理想化"的缺乏说服力。

深刻体会到了中国社会实际上存在的不同的经济地位和文化层次所造的两极相隔的作家,他们在两种矛盾的拉力间不无惶惑地"挣扎着"和"自省着",最鲜明地集中地体现了这一矛盾的是《无声的雨丝》。它把一个出身平常的机场女管道修理工柳茵与考上研究生的丈夫李潜,以及李潜有身份的家庭之间的感情隔膜和心理距离作了细微的表达。柳茵感到了潜在的不平等的重压,但她无法填平这种距离所造成的冷漠与隔阂。最动人的笔墨是柳茵的婆婆出国回来的场面,身份相等的人们之间的忘记年龄的亲热,而把令人窒息的冷淡留给了穿着工作服的柳茵。下面这一段文字,达理显然倾注了全部情感——客观上是现今中国社会多种文化、经济背景下产生的人们心理距离的入木三分的描写：

> 远远地，她的目光与婆婆的目光相遇了。她兴奋地跑了过去。触了电似的，几乎是百分之一秒瞬间，婆婆的目光飞快地躲闪了一下，旋即又坦然地转过眼睛……婆婆走过来，风度翩然地和每一个人握手，也轻轻地拉了拉她的手。眼睛却看着旁边的一个老太太。那是医院的院长，婆婆和老太太又笑又拥抱，高兴得差点儿跳起来，就像年轻的女孩子们相逢那样亲热。她随机托运了八九件行李，加上来接的亲友，一辆面包车挤得满满的。丈夫和柳茵约好，今天一起乘坐接婆婆的车回家；可等她走近车门时，里边一个座位也没有了……

她被单独地留在那里。这是一个极度热烈和热闹与难忍的冷落的对比。它深刻指示了那种潜在的不平等和不尊重。柳茵记得电影中清贫的简·爱怎样充满自尊地告诉出身名门的罗契斯特："在人格上，我们是平等的。"她至今尚记得简·爱说这话时的神情。但她在那个家庭却感到了窒息，只是当她处身于他们那由一群普通人组成的集体——设备站热力点——里，她才感到了人与人的平等、体贴和温暖。达理再一次为我们展现了这种矛盾的拉力间的挣扎。到了柳茵被民航局评为先进工作者和三八红旗手、以及局方了解了她的家庭想调动她的工作时，她的地位无形中才得到了改变。全家为她举行了生日宴会，她消受不了这种热情，她涌出了辛酸的泪水——外面下着无声的雨丝，这雨丝牵动着那样充满伤感的、缠绵的思绪。达理通过这些情节，对社会的价值判断作了无声的剖析。这种剖析当然是建立在作家挣脱两个拉力的矛盾之后的自省力的胜利。

四

> 有这么高的速度,这么大的惯性,
> 我可以跳过比这宽两倍的裂谷。
>
> ——《腾跃》

记得在《海的召唤》中,达理曾经借卢小鸥之口说过这样的话:"这些年,在这片大地上,不把人当人的事情太多了,我们自己要首先懂得怎样做一个人。"达理曾因浓重的失落而向着昨日寻找"珍贵的东西。"这,看来并不能完全解除现实中的困惑感。他们在普通人的心灵世界中获得的,显然已超出了他们当初的目标。在人受到轻视与愚弄的地方重新发现了人,由此萌发出对于这些美好心灵的讴歌。达理在向人们作出提醒:必须关注另一种人,这种人的存在同样是高尚的。作家希望改变那种"不把人当人"的状况。

《卖海蛎子的女人》作为一个标志,它业已消失了如同《让我们荡起双桨》那种在旧日的歌中追怀往昔的心情,他们明显地把视点转向了普通人的生活和情感。接着,他们继续写出了一系列有分量的中篇。从《无声的雨丝》到《红宝石》、《"亚细亚"的故事》,前后涉及了不同时代、不同年龄的三代女工。达理试图通过开掘埋藏在这些普通人中的人性的闪光。

达理是在知识分子的眼光和背景之下,展现这些"红宝石"的光彩的:柳茵的自尊自强,"亚细亚"的强忍执著,《红宝石》中那位可敬可爱的妻子的粗放和温情。达理已不特别注重外在的故事情节的渲染了,他们更注重写人的心灵,人的保留了全民族文化积淀的心理因素的组合与再现。最明显的是《"亚细亚"的故事》,既是"故事",完全把它可以写成往日那样充满情节生动性的人生离合悲欢的咨嗟。而现在,作家却以十分冷静的叙述笔调写了一个憧憬幸福的女人,怎样在生活的变迁中失去了她的憧憬,怎样以坚韧与持恒与命运较量。她专注地倾向于机械般的劳动,她被人目为疯子蒙受屈辱,但她一如往常以善良之心对待周围的人。"亚细亚"放弃了其他一切可以另获欢愉的可能而矢志等待,而等待总是落空,以至于在无尽的等待中丧尽年华。"亚细亚"的心也是一块"红宝石"。柳茵虽是新一代的女工,但她身上同样地流淌着东方女性的血液。

达理这一组描写三代女工的中篇,具有系列中篇的特性。它们给达理的创作打开了一个崭新的境界。它们通过这三个普通女性的经历,的确涉及了一个富有历史感的命题:这些人物的命运,以及他们对抗命运的挑战的方式,在那里,凝聚了我们民族传统的心理文化的若干基本素质。这几个平凡人物的遭遇构成了几代女人的生活变迁史。失落与怅惘、追求与获得,勤劳、善良、惊人的坚忍,其中蕴蓄了惊心动魄的时代性内容。达理要寻找的正是这些充溢着民族的历史因素的人们普通而美好的心灵。他们已经找到。

达理在取得上述突破之后,创作上又有新的"腾跃"。《腾跃》是这样的作品:它以意识流动来结构小说而完全不以复杂的情节取胜。通篇小说除了开始时有一个表演技巧的莉莉跟在身后,有着两人间的极简单的若干对话之外,到后来,几乎是完全的内心的自语。《腾跃》严格地说并没有故事,只是一辆智慧而勇决的"亚马哈",写她的放弃技巧表演而在越野练习中濒于绝路的奋争。这是一种摒弃了许多"小说教程"的指导,和周密细致的情节安排之类的艺术模式之后的、粗放的充满了男性美的艺术追求。

《腾跃》从名称到内容都具有象征意味。这是达理摆脱了"技巧表演",以勇猛顽健的粗犷方式进行的越野竞赛的练习。它表现了一次"腾跃"。当然,这种"腾跃"并不是以放弃了某一品类的艺术追求为目标、而是在新的速度和新的技巧之下实现的艺术探新。其实,像《除夕夜》那样的作品,在某种意义上,也是一次"腾跃"。除夕夜里,崔明、小翠、柴罗锅、简老师、刺猬头、红脸汉子、络腮胡子,这些有姓名的、没姓名的、成年奔波劳碌、心地好而不免各有缺陷的,有他们的欢乐但也许有更多的苦恼的人们,大家都在一个难得的气氛中忘掉了生活的艰辛而友善相处。通篇是"展览式"的没有情节,但和生活的距离感消失了。情节的淡化使艺术能以异常"近切"的方式让人们感受到生活喷发出的热气和香味。

"马达突突地响起来,震荡着整个山谷,激起巨大的回声。排气管喷出强大的气流,卷起了身后的枯枝败叶。他深深吸了一口气,渐渐加大油门,放开了离合器。摩托车犹如一匹忠实而无畏的骏马,载着他,头也不回地朝裂谷冲去。"失落之后是寻找,寻找之后是腾跃。这里引用的艺术描写的气氛,要是用来预期达理创作的明天,应当是令人高兴的。

新诗潮的检阅[*]
——《新诗潮诗集》序

当被称为"古怪诗"（这只是个别人带着明显偏执倾向生造的称呼，更普遍的场合则被称为"朦胧诗"）的怪影闯进了中国的诗坛，那里立即失去了平静。这些怪影在曾经造成诗的沃野、后来又严重沙化的诗的荒原上游荡，它引起一部分人的惶惑甚至惊恐，从而产生了深刻的然而又是潜在的危机感。与此同时却引起更多人的欣喜。

感到欣喜的人们在这些陌生的、同时又是有鲜明的挑战意味的影子面前发现了新的生机。他们确认这是一次空前衰落之中的充满希望的崛起。于是展开了一次广泛、持久的，同时又是激烈的诗歌论战。这一论战的一般形态表现为不同诗歌观念的深刻冲突，在某些时期也产生过变异。最严重的一次产生在一九八三年秋季延续至一九八四年春季这期间产生的不很正常的气氛中，艺术上的分歧被试图解释为政治性的。

随心所欲的解释，不等于新诗潮兴起的不曾存在。几乎所有的人都承认诗歌产生了值得注意的变化。这种变化绝不像有人所认为的那样，是某些人主观意愿所促成。恰恰相反，这正是诗歌对于时代召唤的敏锐感应的体现。

---

[*] 此文为《新诗潮诗集》序，老木编，北京大学五四文学社未名湖丛书编委会1985年印行，初刊1985年《未名湖》复刊号，收《谢冕文学评论选》，题《力量的呈现》；又收《谢冕论诗歌》，改为原题。据《未名湖》编入。

一个不正常的时代结束了,历史把中国放置于大转折的关口。它最先恩惠于诗歌的是捐弃封闭而走向开放。对比社会生活的飞速发展,原有的诗歌格局就显得非常的不谐调。变革的时代呼唤变革的诗歌。尽管新诗潮在只能习惯所已经习惯的那些人面前具有某种刺激性,而且曾经引起他们的不悦,但它无疑受到了开明政治的鼓舞。它是变革时代的合理产儿。

一九七八年年底,有一批向着今天礼赞的诗人开始集聚。他们唱着新的歌,他们试图改变原有诗歌的凝滞状态。他们庆幸"历史终于给了我们机会"。他们以人们所不习惯的表现方式,对当时诗歌艺术的刻板模式进行有力的冲激。当年,那一个又一个陌生的名字的出现,曾引起中国诗坛的骚动。因他们的出现而带来的诗歌艺术的更新是明显的。

他们使当代诗歌与五四诗歌的艺术多元化传统恢复了联系,他们同时也在观念上和实践上恢复了中国诗歌与世界诗歌的历史性纽带。一批年青的中国诗人重新开始透过厚厚的墙,向着世界开启了长期封闭的窗口。一旦把目光转向远远的地平线,艺术教条的统治即告解体。尽管有些人谴责他们"数典忘祖",但要是没有当时那种带着某种批判意识的对于传统观念的怀疑,也许我们的诗歌如今还会在昨天的苦梦中经受折磨。

原先的诗歌格局受到了严重的怀疑,中国开始获得和世界一致的新的观念。这就是多种选择的缪斯,而不再是单一的、无可选择的缪斯。多元的选择对于已经表现为充分统一的中国诗歌来说,其意义是革命性的。不论某些人如何坚定地固守自己原有的观念,但坚冰无疑已在消融之中。

也许更为令人振奋的是诗歌发展的现实:这就是人们已经不很理睬那些向着昨日的繁华寻找旧梦的人们的惆怅乃至愤怒,也不很理睬那些对着诗歌的探索创新所持的偏执与攻讦。

更加年青的人们已经超越了他们的先行者。他们已把当日的"今天"变成了"昨天";他们正在创造着新的"今天",而他们的目光却以更大的热情瞩望着把"今天"导向"明天"。许多人都在说,当年的新诗人已经变得"古老"了。当初带给诗坛以巨大冲击的新力,仅在数年间就成为"古老"的象征,这对于凝重如同枯水季节的黄河的浊流那样的中国诗传统,无疑是最令人振奋的题目。

一个社会的充满生命在于它的不断的自我更新。诗也如此。我们正是从不断自我否定之中谛听到新诗前进的足音的。令人感兴趣的是,当那些游荡于中国诗坛的怪影的惊呼与责难之声还不绝于耳的时候,更多的、甚至是成群的怪影以更为新、奇、怪的面目出现在他们面前。这构成了一种善意的嘲谑。

生活是无情的,特别是处于大变动的中国社会生活。想想当初北岛和舒婷出现在人们的面前时,有多少人把他们视为异类。他们觉得诗竟能够如此这般是不可思议的。但是当年摇头跺脚的人,现在至少在舒婷那典雅的、带有淡淡伤感的诗情面前不再怒气冲冲了,更多的人则为之倾倒,这就是音乐创造适应它的耳朵的道理。

目前的事实是,诗歌生命的更新以出人意料的速度进行着。更多的后来人已在把北岛和舒婷们看成"历史"和"传统",尽管目前很难说持这样观点的人已经实行了这种对"历史"和"传统"的超越。但我们相信,这种观念本身便是十分动人的。"古老"还意味着诗对自身所已取得进展的变革。记得最初一批新诗潮的弄潮儿开始写诗的时候,他们曾经确认自己的使命在于今天:"过去的已经过去、未来尚且遥远,对于我们这代人来讲,今天,只有今天。"他们已用实践纠正了当时认识上的偏差。他们正为明天加入世界的诗歌而争取。

这种艰难的争取已经开始。他们冲破自我封闭而把目光投向正在飞速发展的世界作横向的扫描、因而获得了明确的开放意识。尽管一时间内,对于东方传统的有意忽视、甚而言之是一定程度的"背逆",曾招来众多的严责,但我们仍应正视它的受到时代启迪的合理性。现在,他们自觉地对此做了调整,他们开始一层次的努力,这种努力作为前者的补充和发展体现为纵向地探寻东方古大陆的历史奥秘。过去他们曾从艾略特、奥登、聂鲁达、埃利蒂斯那里得到了丰富的启示,如今,他们又对从彩陶到青铜、从莫高窟壁画到《离骚》《天问》产生了浓厚的兴趣。东方的古代文明,中国哲学、历史、宗教、文学等各个领域的深刻内容,以及世代生我育我的这片黄色的大地江河,正在成为一个吸引诗浓厚兴趣的巨大的磁心。于是在我们面前,青春年少的一群变得"古老"了。他们不再任凭沸水四处涌溢甚至乐于沉淀这种热情,使之潜入地心,以内蓄的炽烈展示诗的性格和力量。

他们以横向的扫描和纵向的研讨,造成了纵横交错的繁富,人的内心世界的开掘与当代抒情史诗多层建构的建立,造成了绵长的时间与深邈的空间的深广融汇。这种局面给人信心,使人确信艺术的现代表现与东方文化传统、以及民族心理结构的熔铸,终将使中国诗歌走向世界并受到世界的承认。当我们对新诗潮的出现及发展作这样概略的描写之后,我们更加坚定了如下的判断——中国新诗现阶段的探索不仅是开拓性的,而且因它的日趋成熟而证明是充满希望的。

一九八五年一月三十一日于北京大学

诗的探索与探索的诗[*]

——兼贺《鹿鸣》创立《诗探索》专栏

世界变得越来越繁复多样了,艺术和诗歌要适应那些原先就不那么单纯、而且越来越变得诡谲的精神消费者的口味,显得十分的困难,就诗歌的情况而言,至少有一个事实应该引起注意,即自从二次世界大战以后,由某一种主要的创作潮流构成的创作思想和艺术风格大体一致的统一的诗歌,正次第宣告解体,代之而起的是全球性的诗歌多元主义的发展。

美国的批评家确认,七十年代以后美国诗坛的总趋向是多样化和多元化的局面。"风格的差异"、"格调的纷繁","互相竞争以求崭露头角的喧噪",成为当代美国诗坛的引人注目的景观。美国当代诗歌研究者认为,把已经变得十分复杂的诗歌简单地平分为互相对立的两派,例如有人把诗分为"象牙之塔"里的和"十字街头"上的;有人把诗分为"学院派"与"垮掉派";或者把诗分为"封闭的"和"开放的"等等,虽然做起来容易,然而也极容易导向对于现代诗运的错误理解。

要是这仅仅是美国诗坛的一个动向,我们原可不必多加注意,然而,这却远不只是美国诗坛的现实。约翰·奈斯比特在"从非此即彼的选择到多种多样的选择"的标题下论到了艺术。"多种选择的缪斯",他这样判断说:"对于今天的艺术——所有的艺

---

[*] 此文初刊1985年1月《鹿鸣》1985年第1期,初收《谢冕文学评论选》,删去副题。据《鹿鸣》编入。

术来说,如果说有什么特点的话,那就是有多种多样的选择。这里没有占统治地位的艺术流派,没有非此即彼的艺术风格。我们到处都处于不同艺术时代的交叉点上;在任何一种艺术领域里,我们都还要经过一段时间才能达到一个可以驻足并且予以明确定义的阶段,在未做到这一点之前,成千上万个艺术流派和艺术家都在竞妍争辉而没有新的领袖出现。"(《大趋势》)

对于上述判断我们可以期待更多的事实的证明。重要的是我们需要严肃面对我们已有的事实。一个基本事实是,八十年代的中国诗歌读者在寻求多样的特别是适合他们越来越趋向于开放的审美要求。这样,只有原先的诗歌,或只能重复原先的艺术方式,就满足不了现代读者的需求。每一个时代的读者理所当然地要求有属于自己时代的诗歌,这种诗歌生存的形态也理所当然地表现为不再重复前代人的格局。在这种前提下,对目前诗歌的基本要求就有了新的内容:从理论上和实践上否定动乱十年所造成的那种伪善和无限夸饰的艺术模式;继而要求改变当代诗歌在发展过程中所形成的单一的和单调的趋向;特别要求废弃那种长期形成的未必都很合理的艺术"洁癖"。一个开放的时代,要求开放的诗歌,而开放的诗歌,除了意味着内容上的拓展和革新,意味着艺术上不受拘束的、更为广泛的借鉴,更主要的乃是意味着它的标准化的统一局面的消匿。

这不论是从中国古典诗歌传统,还是从中国现代诗歌传统来看,都是特定意义上的回归。因为上述两个方面的诗歌都曾经呈现为十分丰富和多彩的多种风格流派并峙竞艳的局面。只是到了当代,由于历史原因的促使,这种局面消失了。形成这种状况经历了很长的时间,改变这种状况也需要很长的时间,也许最为困难之点是,人们在很长时间内形成了艺术惰性,这种惰性在创作者和读者中都存在,它造成了对于新的艺术变革的先天的抗拒性。

艺术的发展需要良好的氛围,正如艺术的创造者需要良好的心境一样。构成良好的氛围有多种条件,首先是艺术自身的规律性发展,中国当代诗歌曾经获得长足的、可以说是划时代的进步,但也遭受到巨大的、可以说是濒于灭绝的挫折。诗歌在当代的充分发展和由此带来的发展的极限,造成了更新生命的契机。再就是,国内政治的走向稳定和清明,诗歌艺术减少了(还不能说完全消除了)习见的那种人为的纷扰,从而获得了相对稳定的生存和发展的条件。政治的开放促进了世界性的思想艺术交流,中国诗歌想维持那种自然的、囿于国门之内的那种自满自足的状态已变得不可能了。世界的诗歌通过业已打开的"窗口"送进来活泼的风。中国已经萌醒的充满跃动之生命力的诗歌,理所当然地要求成为世界诗歌的一个部分。敏感的诗人开始把目光投向更加遥远的宏阔的地平线上。诗歌要适应整个世界的潮流,它应该向新的消费者提供更为丰富,更为多彩的诗产品。

诗歌需要新的探索,这个命题就是这样严肃地被提到整个诗歌界面前的。它包含两方面的内容:一是在当代诗歌已经获得的重大成绩上进行历史性的检讨,以期对它的成功部分的合理吸收和发扬,特别是对那些业已构成了诗歌发展的障碍的因素进行扬弃。改造和改善原有诗歌是这个严肃命题的重要组成部分。二、它意味着新的创造性的拓展,一个诗歌时代的停滞,同时宣告着另一个诗歌时代的勃兴。面对着这样的时代,面对着这样的读者,要求诗的新的内容,新的情感,新的艺术方式以及新的诗歌语言是必然的。这些,无疑均属于应当探索的重要内容。在这样的广泛探索的基础上,多种样式的新诗品种的出现是可以预期的。

诗坛业已出现了此种探索的初潮。近年来被谈论得很广泛的诗歌探索,就是这种初潮的潮涌。有人把这个相当复杂的诗歌现象概括为"朦胧诗",这种概括表现了深刻的偏见。朦胧不能成为诗的罪名,甚至也不是诗的歧途。朦胧与诗的素质并不构成不相容。当诗企图对生活发言,较之其他艺术形式,它理所当然地采取了更为间接的方式,诗并不通过直白地再现生活显示它的优越。我们对此种极其复杂的诗歌审美特征可以暂置不论,仅就被目之为"朦胧诗"的构成而言,它便不是单一的诗歌现象,它们同样是多样的。我们只要回顾一下事情的经过就会了然。的确,直接受到天安门诗歌运动启迪而出现的新诗潮,它的最初的探索者是受到变革诗歌信念的鼓舞而集聚的。但即在最初,他们的艺术追求也不表现为一致。北岛的《回答》所体现出来的沉郁深厚;江河的《从这里开始》所展示的聂鲁达式的恢弘;舒婷的《四月的黄昏》和《在潮湿的小站上》所体现出来的南方青年女性特有的温情和淡淡的忧伤,以及她的艺术表现上浓郁的、经过现代处理的中国古典诗歌的传统魅力;顾城稚拙的心灵所凝括的失去了单纯的天真;梁小斌归于单纯的充满反思意识的复杂;杨炼规模宏阔的组诗《屈原·天问》所显示出来的他对于东方文化的萌醒以及谋求与现代诗风的融汇的努力……后来的事实更为清楚,他们随着自己艺术信念的成熟,很快地呈现为各自独立的鲜明的艺术个性。原先为一个共同的追求的集聚,如今已显得不重要了。

在中国,诗歌探索的路是艰难的,因为探索这一命题必然要和传统观念遭遇。中国诗歌传统不仅是丰富的,而且是恒久的,再加上我们是一个在价值取向偏重于过去时间的民族。有人认为:在我们这里,探索无异乎探险,此言难免夸张,但却也说明着在此种文化背景下探索之不易。近年来不少诗人为此进行了冲击,它们承受了巨大的压力,他们遭到了权威的谴责。这当然不能以新生的东西幼稚、存在着自身的不完善来解释。这种压力和谴责正是"旧习"的"固执"所使然。培根对此曾说过颇为深刻的话:"一切生物的幼儿在最初的时候都不好看,一切的变更也是如此,变更者,时间之幼儿也。"(《论变更》)世界上新的事物在它初出现时总难得讨人欢心。人们总习惯于把事物和时间看成凝固不动的,但是时间却不停地向前走去。变更对于旧秩序意味着扬弃和破坏。尤其当变更落到像中国诗歌这样特定对象时,维持传统的习惯力量必定全力加以拒绝,这就酿成当代诗歌的激烈论战。所以问题不在于新诗探索的不成熟、不完满,而在于它们的存在本身就构成了令人不安的因素。所谓的"诗歌癌症""数典忘祖"和"古怪诗"的惊叫,便是此种心态的产物。了解了中国诗歌的历史和现状,我们便不会对这一现象感到意外了。

一个开放的时代和开放的社会,呼唤着一个开放的诗歌。要是说艺术的变革在所有的时代都是规律的运动,那么到了现今,这直接受到了当前生活的鼓舞的诗的变革便益发显得是不可遏止的潮流了。如今进行诗的探索的一代人,并不是无视中国诗歌传统或是对这一传统无知的一代人。他们在经过了一番横向的"扫描"之后(这种扫描使他们获得了一个广阔的地平线——当代世界意识),正在向着东方哲学与中国文学艺术的古老传统"寻根"(他们因而获得了深厚的历史感),但是,刺激着他们义无反顾的前进力量的,却是一种对于原有的诗歌传统的科学的批判的意识。

他们相信这样一些变革和前进的观念:"假如荷马活在现代,他也会写出一些好诗,能适应他所属的世纪。我们的诗人们写出了一些坏诗,因为他们想适应古诗的模子……有权利在一切时代都牵着人们鼻子走的东西毕竟很少,想运用一些老规矩来衡量新作品,那是很可笑的。宗教和法律尚且不能勉强我们服从老规矩,诗却要向我们这样苛求,那是办不到的。让我们总结一句:荷马的诗永远会是杰作,但不能永远是模范。"法国批评家圣·艾弗蒙说的这番话,距今将及三百年,可是他所传达的观念,对于某些因循者,仍不啻为一声惊雷。

黄昏，纷繁的思绪*
——童华的组诗《黄昏冥想曲》评点

在诗人心目和笔下，世界是万花筒。千姿百态，千变万化的生活和人们的情感，若是只能有一种表现方法，那只能造成诗的退化。有人喜爱并习惯于雄健和豪放的诗，这种诗写得好了的确能够直接地激发人们的热情。这种喜好应该受到尊重，但不能据此排斥其他，甚至以为是诗都应如此，不如此则属于非诗。司空图《诗品》列二十四端，雄浑之外有绮丽，豪放之外有清奇，二者间不存在互相排斥的状态。童华这一组《黄昏冥想曲》是不同于雄奇豪放的另一品类的诗。由于现实体验的深深刻痕而倾向于内心，在现实生活的观照之下细致地传达心灵的隐曲，确是在黄昏的静谧氛围中的私语。断续的短句，以及自然的回旋复沓，造成了缱绻的充满温情的气氛。

"夕阳/还回来吗"开始就是一个问语，略带微茫的情味，许是在叹息童年的梦的失落。接着是一个回环，也是设问起始："记忆/还疼吗"，令人疼痛的记忆，如今已化成忧伤的歌喝。"伤疤"是沉痛的醒悟，它并不让人感到消沉。又一节，猛地跳溅出一个"欢乐"的浪花，如归鸟在夕阳中疾飞，那是"穿过山岗的刀枪"，并且有着"红葡萄酒的向往"的孩子的形象。终于又回到了童年，奔跑在紫色的陇上的童年毕竟是欢乐的。这是黄昏中回忆的欢快的音符，此后是母亲在村口的遥望。这一节呈现的母亲的形象，不用写实的用语："一只枯瘦的凉棚/延伸着/古老的

---

* 此文初刊 1985 年 1 月《鹿鸣》1985 年第 1 期。据此编入。

慈祥"，让人想起妈妈的手、她的凝望、由此伸展为天下母性的礼赞。一曲起伏曲折的乐章，最终是以怀着"船形的希望"向着日出方向的迈进而宣告结束。它向人们启示："山的沉默"之中"封存着嘹亮"，依然是怀有希望的。

《黄昏冥想曲》由几组错落的意象组合起来的纷繁的思绪，它有较为深沉的含意，它蕴涵着异常年代带给一代人心灵的淡淡的伤痕，沉思之后让人依稀地感到了潜在的生命力。此诗几乎把一切实景都化为虚景，经过揣摩，大致意绪是可辨的。广泛采用通感是它的长处，但因使用过于频繁密集，甚至成为"基本的方式"，反而造成欣赏的惰性，不新鲜了。有的词语组合不自然，有的还较难理解，如"那一块伤疤的歌唱/是准备升起的月亮"等。过于"曲折"而失之雕琢。雕琢超越了一定的限度便易于产生相反的效果。

《老人和孩子》立意于两代人的融汇交替所展现的"生命的驿站上/希望的继续"。它以自由流动的诗行力求点出他们既有区别又有融合的关系。作者为了说明二者的联系，推出了一句非常鲜明的比喻，这就是："两个对偶的长短句/游离在夕照/飘逸的散曲里"。老人的喘息和孩子的雀跃，孩子的寻觅由老人的目光伸展而出的"蜿蜒的故事"，都暗示出两代人之间的生命的纽结。此诗富哲理，启迪人的思考，但诗行过于散漫松弛，有待于更为凝括的提炼。

《等待》共有两节，线条明晰。悄悄地萌发于路边的"藕荷色的孤单"，虽然是幼小的生命，却也有它认真的等待。另一节却更显充实，体现了更多的质感，那是花瓣飘落之后的"碧蓝色的凝立"。它的情思并不单纯：深沉的海湾里有泪水，小路的弯曲如抽搐，它闪动着痛苦的影子，但天蓝色的雨伞凝立，并等待，它等待"虹霓般的呼唤"，这无疑是积极的人生的呼唤。作者有细腻的诗思，但是词性的互换使用过于随意自由，有时难合文法，形容过多过重，显得不够简朴、自然。

任寰的诗读后[*]

据说任寰写诗很多,这里选录四首:《风姐姐》、《我想知道》、《买红花吗》和《记一个撕书的小朋友》。十一岁的女孩子,小学五年级的学生,现在还不好对她的未来作什么预言,但我的确被她那些朴素的、纯真的诗句所感奋。

《风姐姐》的描写让我们窥见一颗天真的、能够体察自然界的小小诗心。小树的"点头微笑"是许多孩子都能"看"到的,但任寰看到的更多。她"看"到了别的小朋友没有看到的。她从小树的"点头",看到了"风姐姐"的形象,她给了不具形的风以拟人化的想象。她向这位姐姐连声问好。她认为是由于风的勤劳,而催使秋稼金黄、春麦碧绿、苹果的红、梨桃的黄,她借多样的色泽象喻丰收。特别是——

你还把蒲公英姐姐的孩子,
带到了天涯海角。

确是一种超拔的想象;蒲公英成熟的花籽,是另一位姐姐的孩子们。也是由于风的热情相助,他们能够来到那些广阔而辽远的地方。

一首简洁的诗,构思是单纯的,无非是由树的动而想到风,由风的动而想到自然的思想。但是她却把这一切化为一个又一

---

[*] 此文初刊《女子文学》1985年第1期。据此编入。

个充分幻想的形象。这说明,她已默然领会了诗对世界万物的再创造。这种再创造的结果是生活和自然界的诗化的表现。《风姐姐》是一首普通的诗,但它传递了可喜的信息,说明这位小作者对诗相当敏感。

任寰的诗的使人兴奋,不仅在于《风姐姐》一类的丰富想象力(这体现了诗的热情),而且在于她能以童稚之心思考她所接触到的生活。如《我想知道》一诗的标题所体现的,她对她所接触的一切都渴望了解,而且根据自己的思考作出判断(这体现了诗的另一面:理智的思辨的特点)。

《我想知道》正是一首思考型的诗。在她的脑海中出现了由书籍构成的知识大桥的"支柱",她渴望了解这些支柱中"哪本书最坚固";渴望了解"爸爸的书"处于支柱的什么位置,接着又想象,如果她也是其中的一本书,它会受到什么样的对待?这真是一个紧张思索着的小头脑!一个由这个小头脑的幻想展现的丰富的世界。

《买红花吗》和《记一个撕书的小朋友》展现的是任寰思考的另一面。这种思考体现了美对于丑的战胜。前一首讲红花的光荣不能用虚假来换取:一分钱和一朵红花不能相等,两根冰棍和十朵红花不能相等。一种庄严的价值观,占据了孩子美好的心灵。后一首诗所体现出来的智慧和坚定,足可令成年人震动。一位小朋友要撕书,但又不情愿。据说,黄色封皮就是"黄色书"、"黄色书"就是"精神污染";反过来,要是"不愿精神污染"便要"撕书"。但是,诗中的小主人的真心并不愿如此。这颗小小心灵中的矛盾,有力地鞭挞了这个孩子现在还无法理解的、但的确存在的可笑的荒唐!最后,任寰借老师之口写出了非常有力的、然而又是非常朴素的诗句:

孩子,你知道什么是黄色书刊?
　　如果都这么一知半解,
　　美丽的东西还不都在地球上失散!

这是在教育所有的人。任寰写出了一颗美好的心,这颗心之所以美好,在于它是由知识、文明和智慧铸成的。

散文诗的世界[*]

一

有人为散文诗的前途和命运不安,他们担心散文诗在当前的文艺大繁荣中失去竞争能力。的确,散文诗没有小说那样"走运",也没有诗那样引起轰动,较之日益发展的影视文学,散文诗更不是它的竞争对手。在文艺苑中,散文诗是寂寞的。尽管在它的周围集聚着一批执着的偏爱者(前不久成立了全国散文诗学会),但整个文艺界的目光,显然不会特别关注这个冷僻的角落。

这原也无妨。一个文学品种的存在价值,显然不能以读者或观众的多寡来决定,特别是如我国这样由多层次的文化背景构成的读者群,显然更不能以读者的人数作价值的判断。诗是文学的文学,诗歌的欣赏比较困难。诗的读者不多,乃是事实之必然;由此类推,作为一种特殊的诗(也可以说是特殊的散文),散文诗的读者不多,我们不必为此不安。随着生活节奏的日趋繁荣,视听文学日益成为重要的方式,而如散文诗这样只有经过人们的细微品玩方能获得美感满足的作品,它们表面上的被人"冷落"并不值得奇怪。

尽管如此,仍然可以告慰于一切钟爱此一文体的人们,散文诗是不会消失的。它在以往悠长历史中的发展,足以证明它的

---

[*] 此文初刊1985年2月5日《散文世界》1985年第2期,收《谢冕文学评论选》,题《必要的拓展》。据《散文世界》编入。

生命力不会衰竭。当然,中国现代文学中的散文诗,乃是与中国新文学运动同步发展的一种独立的文体。在新文学草创时期便出现了卓然自立的散文诗杰作,《野草》便是明证。但是,一种用做诗的方法做成的包容了诗的全部抒情特点以及诗化的某些散文性叙述特点的、具备了诗的内涵和散文的外形之完美结合的文体——如今我们称之为散文诗——却是早就存在了的。

郭沫若把诗的音乐成分分为内在的韵律和外在的韵律两种。内在的韵律系指"情绪的自然消涨"。他以为诗应该是纯粹的内在律,而外在律只是作为诗的工具而存在。他把这种只有纯粹的内在律、而不一定包含了外在律的诗,称为"裸体的美人"。在他的观念中,散文诗正是纯粹的诗的一种[①]。从这个概念出发,不仅泰戈尔、屠格涅夫、波特莱尔等的散文诗属于此类,而且郭沫若还把屈原的《卜居》《渔父》诸文以及庄子的某些文字归入了最早的散文诗品类。以此类推,我国古代文学中的那些充满诗意的隽永的抒情小品,当然是今日散文诗的前身。中国文学史上可划入散文诗的名篇不可尽述,即以唐以前的名篇而言,其中如王粲的《登楼赋》、王羲之的《兰亭集序》、陶渊明的《归去来辞》、王维的《山中与裴秀才迪书》、李白的《春夜宴诸从弟桃李园序》、柳宗元的《钴鉧潭记》等,都可称为古代散文诗的杰作。像刘禹锡的《陋室铭》这样全文仅八十一字的名篇的出现,说明古代散文诗创作的艺术已臻于非常完熟的境界。现代散文诗正是传统散文诗艺术的继承和发展。受到深厚的传统滋养的文体,它本身的根底不是浅薄的。这说明现代散文诗有着合理的历史继承因素,而不是无源之水。

建国以后直至新时期开始以前,由于受到一个特定时代气氛的影响,散文诗长久地失去合理和正常的生长环境。那时只

[①] 见郭沫若:《文艺论集》,第二〇四—二〇五页。

有郭风、柯蓝等为数极少的作者在那里坚持着,而他们理所当然地也就成了"批判"的对象。散文诗把美的追求当作自己的生命,在美丑颠倒的年代,它的厄运当然无可逃避,到了最近几年,由于国家政治局势的日趋稳定和走向开明,散文诗也获得了新生。近年来,散文诗为拯救和振兴而开展了"自强"运动(这是笔者"杜撰"的名词),这一运动导致了散文诗建国以来创作高潮的出现。

散文诗在当前的发展是充分的,可算是有史以来的极盛。尽管它日前也还没有出现《野花》那样纪念碑式的作品,但整个的水平和规模已非历史上的任何时期所可比拟。这种形势无疑给散文诗未来的发展奠定了坚实的基础。和文学的整个形势一样,散文诗的发展是不可逆转的,因为这是几代人戮力争取的成果。一个艰难的时代结束了。散文诗能从濒于灭绝中起死回生,足以说明它的生命力的顽强。那么,它在今后的长足发展,是不应当怀疑的。

二

散文诗是一种独立的文体,也是一种特殊的文体。散文诗体式的独立性和特殊性,规定了它是其它文体所不可替代的。它是诗,又不具备诗的外形,它不是散文,却又采取了散文的体式。说它是诗,它却可以不受诗的韵律和格式的束缚,它很自由,它有着较诗更为活泼、更为无拘束的表现形态。它合理地吸收了散文中某些诗意的细节性描写手段,从而丰富了"作为特殊的诗的特殊表现手段"。

严格地说,散文诗并非一种"边缘文体",因为它的基本素质是属于诗的。它的重想象的腾跃、意境的创造、情感的抒发以及刻意追求精炼,都证明它的诗的素质。但它确也属于散文的家族,因为它毕竟具备了散文的形式,而且在内容的选取和若干表达方式上与散文的要求相合,它是诗化的"小型散文"。散文诗与散文的亲密关系,反过来促进了散文诗自身的发展,也有助于抒情散文的进步。

这样,散文诗的"两栖性"便成为了它在文学体系中的非常特殊的一种身份。它的"双重资格"使它有可能兼采诗和散文之所长(如:诗对对象表述的精粹和飞腾的幻想性,以及散文的流动、潇洒等),摒除诗和散文之所短(如:诗的过于追求精炼而不能自如地表达以及诗律的约束,散文一般易于产生的散漫和松弛等)。在诗歌的较为严谨的格式前而,散文诗以无拘束的自由感而呈现为优越;在散文的"散"前面,它又以特有的精炼和充分诗意的表达而呈现为优越。在全部文学艺术品类中,像散文诗这样同时受到两种文体的承认和"钟爱"、同时存在于两个不同的环境中而又迥避了它们各自的局限的现象,大概是罕有的。这一特殊的地位,无疑为散文诗的生存和发展,提供了有利的保证。

有朋友说,散文诗承受着来自诗和散文的两方面的冲击,好似在走钢丝。是的,要是我们不把冲击视为"夹攻",冲击却可转化为散文诗特有的"慎独",它可以有自己的天地中更加严肃认真地探求和创造。在杂技舞台上,"走钢丝"可以成为万人惊叹的绝技。

散文诗是一种袖珍的文体。它不是重武器,宏篇巨制和它不相干。它的特性是小型、轻便、灵巧、精微,这是其它文体所无法替代的。因为它是袖珍型的,它不可能铺展,也无以发挥,它总是紧缩着,大量地舍弃着许多流光溢彩的素材,它迫使自己进行严格的自我调节。它的创作规律要求从极为纷繁的社会、自然和人们的世界万象中摄取动人、最集中、最精华的镜头,再予以精心的沉淀和提炼,最后凝聚为寥寥数语。它的小小的闪光的晶体中,映出了大千世界的众生相,这是散文诗的独特之处。

独特的和突出的个性,便是生存和发展的条件。

散文诗的历史先河虽可以溯之久远,但散文诗成为文学的一种独立的体裁乃是近代社会的产物。散文诗的兴起受到现代文明和社会进步的鼓励。工业的发达,社会分工的趋向细致,作为社会的人的心理情绪也趋向复杂和细腻,散文诗以其表现现代人敏感的思绪,表达人的心灵中隐秘的美好情愫,能够符合时代潮流的发展。散文诗的诞生和发展是历史的必然。散文诗在我国的发展虽然充满了艰难,但当前已汇成了不可阻挡的巨流,这是足以令为散文诗的命运而耿忧者宽慰的。

三

散文诗在当前的繁荣是真实的、而又是虚假的。这是它经历了长期厄运之后的复兴。最近数年,几代散文诗人都为散文诗的振兴进行了有力的工作,散文诗在新时期的空前繁荣是对这些工作的酬报。当然,散文诗在它发展的进程中,也存在着一些不可忽视的缺陷,这些缺陷影响了散文诗更为长足的进步。

有人在评述散文发展的事实时指出,近年来散文创作存在着题材过于狭窄的毛病,如写散文大抵总超不出忆旧悼亡、山川城郭,乃至风花雪月、虫鱼草树。这种现象到了散文诗这一"超小型"散文中也更为发展,题材更显缩小了。这也不难理解,因为散文诗本身就是袖珍的,因文体的微缩而影响到了题材的微缩。这样,散文诗就变成了名副其实的"易碎品"。题材的窄狭,造成了散文诗的"软化",浅浅淡淡、轻轻柔柔、久而久之,这些似乎成了散文诗的质的规定。对于日益丰富和多样的文学而言,散文诗存在的上述那些独特现象原也不足为奇。但一个文体一旦只能表现某种或某几种情感或内容,而且只能如此这般地表现,而对其余的多种选择产生了排它性,即会造成窒息。散文诗完全可以继续发展它对花鸟虫鱼一类题材的"占领"(事实上,它已作出了巨大成绩),但它不可画地为牢,作茧自缚。散文诗的题材在日前已有了大的拓展,但这行动应当超越自发而转化为自觉,应当成为更多人的追求。

拓展题材领域、增多感情色彩、丰富艺术风格,这是当前散文诗变革的重要命题。散文诗也应力图"占领"更为宽广的世界,它应当涉足崇楼伟阁、高山巨川、人生风云、时代洪波。从题材上除了优美清丽的抒情,还应有现实感以求传达出宏阔的生活的足音。在传达情感的色彩上,除了清新还有凝重,除了委婉还有刚健,春山秋水,尽可入画,但血泪的呼喊和热情的召唤,亦不应无有。轻柔的吟哦能够给人美感,但若只有浅唱低吟,人们自然要向往铜琶铁板。在现今,散文诗的沉甸甸的厚实感似乎是亟待追求的目标。

散文诗本来就是多样的,泰戈尔《飞鸟集》里的许多诗篇的构想,总以包孕着睿智的哲思见长,其中如"错误经不起失败,但是真理却不怕失败",便以平静的语言表达对于真理的热烈情感。屠格涅夫的作品往往以优美清新的语言表达一种严峻得使人透不过气来的场面,如《敌与友》写一个囚徒在敌与友的仇与爱的逼迫下死的抉择,是让人颤栗的,当前的散文诗创作,也已开始了多样的尝试。但总的看来,这种追求并不十分明显。不少作者执着地坚持散文诗"美文"的性质,他们认为既是散文诗就只能是写那些清雅娟丽的画面,调子也只能是那样的美和轻柔。习惯成自然,这一文体便和题材的狭小、风格的轻婉联系了起来。这是一种自我封闭。

散文诗在题材的选择和风格的追求上,应当和所有文体一样的宽广。对于客观的对象,当然可以有各自的艺术处理方法,但不应限制它的走向宽广。波特莱尔就是一位在这一特定领域内表现出创造才能和建立了独特风格的作家。他写的内容并不美丽,他把绝望和孤独写得震撼人心。收在《巴黎的忧郁》中的

《陌生人》的孤独和冷漠,《老妇人的绝望》的深刻的悲哀,都是非常动人的。不论人们对他所传达的观念赞成与否,这些作品的确让人体味到人生的沉重感。这是基于生活的深刻体察,以极为凝聚的思想结晶反映出世界的侧影。《老妇人的绝望》全文仅三百余字,却写尽了人类情感的全部复杂性。我们缺少的正是此种凝重感。我们的散文诗大都总是那样的甜蜜和飘动,欠缺的正是这种深刻的对于自然、人生、社会的凝聚力。

泰戈尔式的哲理和冷静的思辨,波特莱尔式的苦涩的情味,雄豪和浑朴,粗犷和冷峻,对于散文诗都是合理的。散文诗的世界,同样是宏阔的和辽远的世界。谁也不曾、同时谁也不能给散文诗规定题材的范围。现在看来,锲入心灵和社会,以它的大智之光烛照人生的路,启示通向希望和真理的目标,这是散文诗肩负的新的使命。

散文诗风格和艺术表现的趋向一律,可能对它的发展造成障碍,最终将导向创作的衰竭。不能只有一种或若干种相近的写法,不能总是那么清清浅浅、明明白白、疏疏淡淡。整个的文艺目前正经历着大的动荡,诗歌、小说、美术,乃至音乐,都在现代化潮流的冲击下,产生了引人注目的艺术变革。散文诗对比之下,则是过于平静了。适当的艺术平静气氛的打破,带来某些躁动,对于艺术的发展将是有利的。例如在散文诗的表现上,除了具体的,也可尝试跳动的,如此等等。当我们听惯了悠扬的小提琴和长笛,我们便向往着大提琴乃至大号的雄浑的声音。向往着那些沉甸甸的音符。许多文体都把宽广的领域当作自己的目标,散文诗理所当然也可以这样做。

小蜜蜂开始采蜜*
——任寰《我是小蜜蜂》序

在机会读到任寰迄今为止的全部习作,它让我们从一个新的侧面——还在小学上学的女学生的诗歌写作中,看到了中国诗歌的活力。任寰今年才十一岁,她七岁开始学写诗,到现在已有五年的"创作历史"了,这要只是一个任寰的个别现象,它仅能给我们以有限的鼓舞。现在的事实是:全中国有许许多多像任寰这样的小学生(更不用说有更多的中学生和大学生了)在学习写诗或发表诗。要是没有现阶段诗歌的全面繁荣,就不可能出现目前这样动人景象;反过来,中国当前的诗歌运动,要离开了如此广泛深刻的基础,也难以产生强大而持久的推进力。

任寰还是孩子,她的写诗,不过是始于着迷般的兴趣。她的诗中吹拂着令人激动的时代清风。它让我们看到:一个充满了愚昧和丧失了良知的时代已成为过去,生活为我们的下一代争得了一个较之我们更为良好的生活空间。任寰和她的小朋友们正沐浴着文明和知识的阳光。

她们对美与丑、善良和残忍有着十分鲜明的判断力。她们的诗,确定无误地向我们传达了社会进步的信息。别看像《蜻

---

* 此文初刊《青春岁月》1985年第6期。据此编入。有编者的话:小诗人任寰,今年十一岁,是石家庄市范西路小学五年级学生,已在全国十几家报刊发表诗数十首,她的第一本诗集《我是小蜜蜂》即将出版,著名诗歌评论家谢冕为这本诗集写了序。正当"六一"儿童节之际,我们将这篇序言刊登于此,同时还附有任寰几首小诗,献给小朋友们。

蜓》这样的小小诗题,任寰做出的却是让人感动的真文章。孩子捉到了一只小蜻蜓,它扇动翅膀,苦苦地哀求:"好孩子,你放了我吧!妈妈还在等着我回家!"孩子受到感动,果然放了它。这时,我们的小诗人想:"它和妈妈一定很感激我,说我是个好孩子吧"。正常的、良好的教育,终于培养出这样美好、善良的心灵。这首诗体现出来的人性的温情,无声地鞭挞了曾经有过的那种以虐杀和蹂躏为乐趣的残忍游戏。

《夏天的云》也是一首给人温暖的诗篇。夏季的天空,变幻莫定的云彩,一会儿是小鹿,一会儿又是老狼。孩子看得出神:呀!不好!老狼追上小鹿了!她吓得叫出声来:"小鹿快跑!"妈妈笑了,告诉她这不是真的。这时,任寰写道:"要是真的,我一定救下小鹿,让它来我家做客!"憎恨邪恶,保护善良,通过她的纯净的小小的同情心,我们为受到爱的抚育的幼小心灵而欣慰。

这种同情热爱之心不是通过概念的演绎,而是通过诗的方式,即通过充分幻想得到表达的。任寰在这方面的实践,却不曾脱离孩子自有的方式。如她的《我想变成……》表现了崇高的内容,却从孩子的"私愿"入手,为了让爸爸答应带她出去玩,她希望能变成小虫子,飞进妈妈的心里,指挥她(其实是"施加影响于她")向爸爸发出"带孩子去吧"的声音。这里没有泯灭孩子的天真。但随后却把诗情延伸到让人激动的并不天真的境界中:

> 为了让低工资的老师高兴,
> 我愿变成一张"大团结"的钱,
> 让老师高兴地说:
> "这月可以多买几斤鸡蛋!"
>
> 我还想变成许多欢笑,
> 钻到别人心里,
> 让他们都没有忧伤,

> 都说我是好孩子……

这种天真体现了基于友情同情之心的崇高感。

孩子的诗给人启示,不必以丧失童稚的天真为代价,更不意味着一定要说"大人话"。他们诗的最动人之处,往往在于儿童的纯真。《入学的第一天》让人忍俊不禁的结束,便是完全出以童心的神来之笔。《如果》一诗诗后注明:"一九八四年十二月二日被妈妈打后写。"在这首诗中,她假想自己是裁缝师:"我要造一种裤子,要是哪个妈妈想打孩子,就让她的手指吃吃苦"(大概妈妈总是找孩子的屁股打);她又假想自己是医生:"我要给当妈妈的都看看病,要把她打孩子的细胞除掉"(注:"细胞"改为"病菌"较妥),小人儿的无可奈何的不满和抗议跃然纸上,读来令人惊喜。

在社会进步的总形势下,孩子们的身心都得到健康的发展。任寰的诗富于天真和稚气之中的思考力量,给人印象尤深。这一代孩子,他们对自然和人生都充满求知欲。彩蝶为何那么美丽,她要去问问大自然妈妈,小鸟飞在天空,小鸡跑在地上,蚯蚓藏在土里,小鱼游在池塘,她想知道:"这是谁发明的?"风姐姐的描写让我们窥见一颗天真的,能够体察自然界的小小诗心。小树的"点头微笑"是许多孩子都能"看"到的,但任寰看到的更多。她"看"到了别的小朋友没有看到的。她从小树的"点头",看到了"风姐姐"的形象,她给了不具形的风以拟人化的想象。她向这位姐姐连声问好。她认为是由于风的勤劳,而催使秋稼金黄、春麦碧绿、苹果的红、梨挑的黄。她借多样的色泽象喻丰收。特别是——

> 你还把蒲公英姐姐的孩子,
> 带到了天涯海角。

确是一种超拔的想象:蒲公英成熟的花籽,是另一位姐姐的孩子们。也是由于风的热情相助，它们能够来到那些广阔而辽远的地方。

一首简洁的诗，构思是单纯的，无非是由树的动而想到风，由风的动而想到自然的思想。但是她却把这一切化为一个又一个的充分幻想的形象。这说明，她已默然领会了诗对世界万物的再创造。这种再创造的结果是生活和自然界的诗化的表现。《风姐姐》是一首普通的诗，但它传递了可喜的信息，说明这位小作者对诗相当敏感。

任寰的诗的使人兴奋，不仅在于《风姐姐》一类的丰富想象力（这体现了诗的热情），而且在于她能以童稚之心思考她所接触到的生活。如《我想知道》一诗的标题所体现的，她对她所接触的一切都渴望了解，而且根据自己的思考作出判断。（这体现了诗的另一面：理智的思辨的特点）。

《我想知道》正是一首思考型的诗。在她的脑海中出现了由书籍构成的知识大桥的"支柱"，她渴望了解这些支柱中"哪本书最坚固"；渴望了解"爸爸的书"处于支柱的什么位置；接着又想象，如果她也是其中的一本书，它会受到什么样的对待？这真是一个紧张思索着的小头脑！一个由这个小头脑的幻想展现的丰富的世界。

《买红花吗》和《记一个撕书的小朋友》展现的是任寰思考的另一面。这种思考体现了美对于丑的战胜。前一首讲红花的光荣不能用虚假来换取；一分钱和一朵红花不能相等，两根冰棍和十朵红花不能相等。一种庄严的价值观，占据了孩子美好的心灵。后一首诗所体现出来的智慧和坚定，是可令成年人震动。一位小朋友要撕书，但又不情愿。据说，黄色封皮就是"黄色书"，"黄色书"就是"精神污染"；反过来，要是"不愿精神污染"便要"撕书"。但是，诗中的小主人的真心并不愿如此。因这颗小小心灵中的矛盾，有力地鞭挞了这个孩子现在还无法理解的，但

的确存在的可笑的荒唐！最后,任寰借老师之口写出了非常有力的,然而又是非常朴素的诗句:

"孩子,你知道什么是黄色书刊?
如果都这么一知半解,
美丽的东西还不都在地球上失散!"

这是在教育所有的人,任寰写出了一颗美好的心,这颗心之所以美好,在于它是由知识、文明和智慧铸成的。

任寰的诗还体现了她那样年龄少有的自省力量。她的诗的主要特点不是童话般的优美,而是通过轻快浅易的语言渗透出一种批判性的光芒。前举《如果》表现了无可奈何的抗议,而《考试前》则是一种孩子式的"控诉",全诗在紧张的气氛中开始:

家长,
在催孩子:
"干!干!"
老师,
在催学生:
"干!干!"
不知是半夜几点,
屋里还亮得像白天;
不知是凌晨还是夜晚,
朗读声像在课堂一般。
学生心里在叫苦呀!
啊,考试前,成绩前,
汗水、泪水早已交织成雨点。

这是孩子对于生活的不平之鸣,老师和家长可以在这些由衷的声音中得到一种觉醒。她不光对他人如此,对于自身的弱点和缺点也有尖锐的批判。《我迟到了》写她在老师布满血丝的眼睛面前责备自己的上学迟到；在《队旗》的光照中，克服自己想改成绩的念头；特别是《希望》这首只有四行的诗。她写得朴素坦白，从而生发出震撼人的心灵的效果："我希望别人的事，往往是自己办不到的。我希望别人诚实，自己却不很诚实。"

刚刚学习写诗的任寰，就把自己喻为小蜜蜂。那时她刚八岁，她这样唱道：

> 书像知识的花丛，
> 我是一只小蜜蜂，
> 在百花里辛勤地劳动。
>
> 生活是写作的课堂，
> 我像作家一样，
> 在生活中寻找美好的诗章。

蜜蜂的工作是十分辛苦的，记得有一个材料说明：一只蜜蜂要酿一公斤蜜，必须在一百万朵花上采集原料。假如蜜蜂采蜜时花丛与蜂房的距离平均为一公里，那么，她采一公斤蜜，就得飞行四十五万公里。这个数字，相当绕地球赤道飞行十一圈。现在，我们眼前这只小蜜蜂刚刚长了翅膀，她已经在飞行，并开始学着采蜜了。我们对她未来的发展不好做什么预言。也许她会成为诗人，也许她改变了自己的志趣，去做别的什么工作。但是，我们还是要祝福她：小蜜蜂的辛苦不会白费，她将会有好的收获。生活是不会欺骗诚实劳动的人的。

一九八五年二月二十日，阴历乙丑新正，于北京。

从春天到秋天[*]

越是遥远的历史越是好写,越是切近的历史越是难写。中国千年诗史的最近一个阶段,伴随着我们这一代人的欢乐与悲苦、激扬与沉寂,它是我们诗化的生活史和情感史。因此,当我们试图描写它时,我们仿佛是在从事一番无情的自我解剖。但我们毕竟无计逃遁作为当代人的使命。

比起全部的中国诗歌的历史,这三十六年短暂得好似瞬间。但是忠实地、像历史家那样地描述并评价它,其对我们内心的煎熬,不啻千年之久远!也许唯其蕴蓄了历史前进和曲折的全部丰富性,我们为此付出心力才具有实际的价值。保留历史的真实性,从中淘筛出可堪流传的艺术精品,是我们的目的。

作为中国新诗发展的独立阶段,它的开始好似小号的鸣奏。伴随着久经战争痛苦之后破云开雾的、自远而近的隆隆雷声,它宣告了一个新的时代的开始。一支小号引出了一部雄伟的奏鸣曲。但成为一个独立的诗歌时代的标志的,依然是作为引子的小号。它的高亢、嘹亮,传达了以战争和建设的凯歌为基调的充满自信和乐观的音响。从一九四九年开始,整整五十年代,我们的诗中就响彻了这种充满天真和透明的单纯感的声音。诗情如同解放了的天空那般晴朗,没有阴翳,也未曾虑及前进途中会有

---

[*] 此文为《中国新诗萃》序,人民文学出版社 1985 年 11 月出版,初刊《当代文艺探索》1985 年第 4 期,后收《中国现代诗人论》、《谢冕论诗歌》。据《当代文艺探索》编入。

曲折坎坷。

诗歌迎接了新生活,再现了创造和建设新生活的情感。我们寻找到了属于自己生活和时代的音响,这是小号或者以小号为主导的音响。它奠定了人民共和屋诗歌的基调。随后在很长时期内,我们把它尊为当前时代的风格基调。久之,这自然地成为衡量作品风格的准绳。

革命的胜利带来了全社会从物质到精神的改造。但渐渐地诗歌艺术也在一场暴风般的改造运动中受到了冲击。除了革命的原则之外别无原则,受到革命认可的艺术只能是革命的艺术。这当然意味着艺术受到政治的支配所必然产生的一体化的功效。

我们的最大成功是找到了新时代统一的诗歌原则和个性。但我们最不成功之处可能也在这里。以基本一致的艺术风尚构成的共性的艺术,在很长的时间内被说明为无产阶级的艺术对于资产阶级或小资产阶级艺术的战胜,人们愈是坚信他们的追求的合理性。艺术为此付出的代价愈是沉重。这当然是一种醒悟,这种醒悟不可能发生在当日,而只能是现在。

对于诗歌的改造经历了一个漫长的过程。最早也许可以追溯到左联时代的左翼诗歌运动,四十年代后有进一步的强调。从那些时候起,诗歌锲入社会和人生,诗歌要对改造社会有用,实际上已成为进步诗歌的根本追求。我们面对的现实是:一个战争接连着另一个战争。正如处于严重的生存环境中,人们少有良好的心境欣赏风月一般,诗歌在战乱频仍之中,摒弃轻松愉悦而注重实际,是一种自然的趋向。正是在此种背景下。诗歌的写实趋向精神使受到空前的强调。诗歌不断得到面向社会现实的鼓励,并把那种切近时事的实践视为诗歌实行现实主义原则的体现。

随后又有诗歌为政治服务的提倡。这种提倡在更普遍的场合被理解为自觉、主动、及时地配合形形色色的"运动""斗争"。诗歌与政治(正常的与变态的)的关系变得无可复加的紧密和直接。这可从建国以来直至今日的某些诗歌中得到生动的说明。大部分诗歌留下了鲜明的社会性和政治性的印记。活跃而多变的社会改造运动,使为之配合的诗歌大体只能在一个时期具有实际的社会作用,其艺术的和美学的价值大部随着时光的消失而无可保留。

当政治学对于诗学的渗透力过于强大,它们的结合事实上无法表现为完美状态。当艺术批评的标准中规定政治标准为第一性的观念是不可怀疑之时,对于艺术的美学价值的维护事实上也难以做到。过分地以社会价值的估量来替代艺术价值的取向,必然导致诗歌艺术的退化。大量诗歌都把非艺术的因素当作主要的因素,以至于在浩如沙海的当代诗创作中,我们只能淘金般地寻觅那些诗美的闪光。我们在当代最有影响的诗人郭沫若的那些数量早已超越《女神》的全部诗作中,终于发现了恢复女神时代风采的《郊原的青草》时所产生的难以扼制的欣喜,足以证明非艺术对于艺术的侵蚀造成了多么深刻的危害。

然而,我们显然不能简单地谴责极其复杂的历史现象。我们无法超越我们的时代。我们不可能是先知。我们只能在一个历史时代过去之后对它进行评价,肯定或者否定。或者又肯定又否定,也许我们仍然可以骄傲,自有新诗以来,没有哪一个时期如同我们生活过的这一时期,诗歌保留了这么丰富的可供后人认识的具象的社会素材。这无疑是一种历史性的贡献。

一种自然的趋向是,随着政治运动的成为过去,作为它的单纯附庸的诗歌也就失去意义。自然淘汰体现了艺术因素对非艺术因素的无情仲裁。能够经受住这一淘汰法则的艺术,无疑是具有生命力的艺术。这种淘汰非常冷酷,它不给任何有名望的诗人留点情面。最近人们经常说:诗就是诗。这话包含着诗只能是诗而不是别的什么意思,它当然也不包含着诗必须脱离政治或别的什么意思。有纯粹的诗,也有并不纯粹的诗。相对地远离社会和政治而富有审美趣味意义的诗是存在的,紧紧地以现实生活运行的节律为诗的节律而获得了价值的诗也是存在的,最没有意义的是那些缺乏诗美的对于另一存在的单纯依附的诗。

我们很难改变,事实上也不必要去改变当代人的诗歌的价值观念。在中国,诗以言志、文以载道的观念是一种超稳定性的存在。进入人民共和国阶段,传统的价值观进行了革命性的更新。诗歌要对革命的宣传有用则一度取代了诗歌的全部意义。符合革命利益的功利目的,成为超越诗歌审美价值的力量。政治的价值吸引了人们的全部注意力,诗歌创造活动留给艺术的空间极其有限。久而久之,艺术的切磋遂成为难以与艺术至上、唯美主义加以区分的忌讳,追求诗的美学价值成为不理直气壮的欲求。在这样的背景下,艺术的弱化乃至部分地异化是不可避免的。而思想性的片面追求与社会生活的同步。实际上造成了与现实太过切近的尾随。从思想内容的平庸化到为六十年代后期那种变态的社会生活唱颂歌,某个阶段诗歌的流于"假、大、空"乃一种必然。

艺术表现力的凝滞状态成为一种现实性的后果。艺术的探索和创新受到明显的冷落。在很长时间内,相当数量的诗歌满足于现成政治术语的排列堆积,以及对于生活现象的平面的和单向的图解。人的复杂存在不再受到注意,人的情感的多样与丰富,在简单化的理论那里失去了它的色彩和魅力。在此种背景下,不仅是思想、而且是情感理所当然地受到了统一化的规范。没有人作出规定,但对于欢乐昂扬之外的一切正常情绪的认可,事实上都存在着风险。此种风习,至今尚未泯绝。我们的审美标准似乎只剩下"高昂",甚至时至现今,人们还不得不花费精力为那些从被生活的震撼造成的内心裂缝里流涌的虽属"低沉"但却真挚的诗篇辩护与抗争。艺术的模式化必然导致欣赏的模式化。为了纠正欣赏的惰性,恐怕要付出更多的代价。

在中国诗歌和艺术的发展与挫折,最大限度地受制约于政治的态势;同样,诗歌和艺术的变革与开放,也无不以同一因素的影响而决定它们的命运。中国新诗在五十年代的创作高潮,决定于全国解放局面的到临,胜利和光明,给了诗歌一个新生的灵魂,它迅速地创造了一个与社会发展相适应的诗的世界。一批青年诗人成为了共和国最有希望的歌者。六十年代中叶以后产生的诗歌畸形与变态,其原因已为公众所普遍承认:一个动乱的现实造成了诗歌的空前衰落。这当然已成了历史。如今我们只能从保留下来的历史记载中,辨认它那扭曲的形骸。

中国新诗的发展,以中华人民共和国的成立为标志,开始一个新的阶段。这是一个划时代的发展阶段。它的历史性贡献在于创造了一种与新时代相适应的诗歌——这种诗歌的情感内涵是具有高度概括意义的。它传达出对新生活充满欣喜,对未来充满希望的、在大多数场合是以宣扬革命激情为目的的政治抒情诗。共和国诗歌的实质是对新生活的歌颂,可以认为,它创造了一个完整的颂歌时代。当代诗歌天宇上出现了属于自己时代的共和国的星群。共和国诗人的贡献有着前人不可替代的价值。

诗歌艺术当然也得到不可替代的发展。这种发展的充足和完善产生了它的另一方向的结果,这便是由自满自足状态而造出的一定程度的封闭,封闭性的诗歌结构产生停滞。这一状态的改变,始于中国现代诗歌的盛大节日、被称为诗的复活节的丙辰清明的抗议和祭奠,到了一九七八年末出现了使中国充满活力的新的政治因素。一九七六年"四五"运动开始的诗歌变革的先兆,因此受到了直接或间接的支持,而迅速地开启了变革的闸门。为艺术发展的自身规律所决定,也由于国事清明的鼓舞,导致了包括所谓"朦胧诗"在内的新诗的全面复兴,并呈现出初步的繁荣,我们把这称作新诗潮。

新诗潮提供给当代诗歌的启示是多方面的。这一诗潮最基本的特征是它的开放性。它首先要求结束中国诗歌与世隔绝的自我封闭状态。诗人们开始把目光投向世界,它自然要求对于人类进步诗歌的加入。于是,和世界现代诗歌的同向发展便成为一种新的要求。在这种形势下,诗歌的全面更新就是不可规避的。

新的诗歌潮流根本改变了当代诗歌曾经有过的单一的价值观,诗歌承担了满足人对精神世界多方面占领的渴望。单一的再现实际生活的样子不再是它的唯一的和基本的功能。自我的内心世界受到关注,人们确认,这一内心世界希望与外部可成的世界相通,它可以成为一个袖珍的社会,并拥有和外在世界同样的广阔和丰富性。在表现人们的感情世界时,诗以鲜活的语言和排斥了平面和单一的复合建构,表现它对自然、社会和人生多层次多维面的折射与投影。

自有新诗历史以来由多种流派、多种风格构成的全部艺术经验,受到不怀偏见的重视,从"五四"开始的外国诗歌与中国新诗的特殊联系,在经历了较长时间内的断断续续。时亲时疏的阶段以后,得到了全面的恢复;中国悠久的古典诗歌对于中国新诗的既有血缘、又潜存对立因素的关系,在新的时代获得了重新评价的机会。中国古典诗歌永久的艺术魅力使最新一代的诗创造者为之着迷,并把对于的态度这一命题重新提了出来。人们主要不是从它那业已趋于极致的完美形式寻求创作模式,也并非要从它那已成为历史的内容中寻求对于现代生活的启示。人们最感兴趣的是古代诗人对于自然和人生充满东方理性的审视与再现,以及它对语言的无与伦比的精美驾驭。觉察到它的存在和价值以及取其神髓的重新溶解,而不是如同往常那样要么全盘否定要么生硬地仿造。

无论从哪个意义上说,中国新诗已进入全面的自我更新的阶段,从一九四九年十月开始的中国当代诗歌,以充满欢乐意识的早春的歌唱开始了它的新生命。新的世界、新的生活、新的情感在诗中组成一幅幅乐观明朗的春天画卷。这是共和国诗歌充满生机和希望的春天的开始。以后,或是寒春、或是酷夏、或是霜冻、或是淫雨,诗歌一路在艰难与矛盾中奋斗着前进。这一切是损害,但更是磨砺。生命在磨砺中成熟。从一九四九年算起,当代诗歌的发现已满三十六年,这在一个人正是成熟的中年期。共和国新诗与我们的共和国一样迎接了自己的早秋。在它的早秋的年轮上刻写了鲜明的字样:诗在走向成熟。

用了一个世纪的三分之一的时间,我们赢得了这样一个有可能望见收获的前景,这毕竟令我们欣慰。现在,包括深刻的挫折在内的我们几代诗人的辛勤劳作,还把新诗导向一个新的彼岸。前面出现了新的目标,它需要我们更为无畏的争取。我们要到达的那个彼岸,是以自己独特的创造丰富并推动世界诗歌的发展。当然,这仍然不是业已实现的目标,但我们相信这也绝非梦境。

一九八五年立春日,北京。

他的诗,属于今天[*]
——读匡满诗

匡满诗的路子很宽,他写着各式的诗,他的那些为现实发言的、取材于社会生活重大内容的抒情诗,往往有强烈的冲激力,气势宏阔,宜于朗诵;他到过戈壁瀚海和雪山高原,他有丰富的奇异风光的见闻,这些融汇着神奇的自然景观和独特的人生感受的抒情诗,或以其繁丽令人目不暇接,或以其沉厚而促人凝思;他的那些充满特有的时代色调的爱情和友谊的追念与吟哦,凝聚着不久前告别了青年时代、业已步入中年的一代人的怅惘与苦辛;匡满还写了不少的哲理小品,这些诗篇又从另外一面,刻划了这位诗人富于思辨的性格。

匡满不仅写诗,他还写报告文学、散文和评论。他的文学路子也宽,因而他不能专注地写诗。但即使如此的"不能专注"可做出的成绩,却也颇令他的友人和读者欣喜。匡满的诗和共和国多数诗人的诗,可谓属于同一"血型"。当代诗歌那种高度的对于生活的关注与对于时代的使命感,同样也是匡满诗歌的最动人的旋律和音响。读他的诗,几乎随时可以感受到这种人民性精魂的存在。

匡满诗中呈现的是一位依然保留了青年人的热情、而又有中年人的成熟的诗人自我形象。他的目光始终向着现实生活倾注激情的公民意愿,是属于青年的;但思考的缜密与富有历史对

---
[*] 此文初刊1985年3月6日《诗歌报》,收《谢冕文学评论选》。据《诗歌报》编入。

比的纵深感,却属于中年。一个确定的事实是:他的诗属于今天,而不属于昨天。一种对于刚刚逝去的异常年代的警觉感,给了他的诗以一种失去平静的躁动和不无沉郁的激情。在很有传统意味的诗题中,他也不再重复前辈诗人通常具有的那份单纯感,而往往被创造成当代人十分复杂的意绪的组合。拿匡满的《致北京》和李季写于五十年代的同题作品对比,二者虽然同样充满了热爱,但前者却明显地渗入了伴随反思意识而来的批判性因素,这无疑地赋予作品以新的力度。恢复了鲜花和绿荫的北京,和李季当年所见,是不一样的美丽而庄严。但在匡满这首新的颂歌中,那种对于失常和动乱的昨日的严峻思索,却是李季的《致北京》所不具有的:"当年北京,变换几个铅字,全国就发生一场七级地震;于今每一块天空都自由地呼吸了,从政治家到百姓,睡梦里不必再绷着神经","当然,倘若北京的时间,误差几分几秒,仍然能叫千里之外颠倒晨昏;倘若北京的气温稍稍下降,遥远的边地也仍然会飘雪飞冰"。

匡满对于生活的热情心和责任感,建立于历史反思的前提之下,尖锐地触及痼弊,不掩饰光明下的阴影,由生活的积重而发为深刻的思考,这造就了他的诗歌的鲜明的时代感。和《致北京》一样,《走向广场》也是传统的庄严的题目,其中也充溢着前者那样令人警策的思想:相恋者的失约,爱情从雷达屏幕上的消失,广场曾经在没有小夜曲的夜晚黯然神伤——

  没有了鸽子和红领巾
  生活便像翻搅的泥浆
  酒精同高音喇叭勾结
  会让人变得疯狂

除了上述作品,在建设成就等传统歌颂主题的领域中,他也开始了过去曾令诗人为之忐忑的探险性行程。如他的著名诗篇

《哦！我的地下铁道》，便以一声感慨的叹息作为前导，体现的不完全是过去那样的堂皇壮观，而是生活的惰性和积习的沉重。这里是首都地下铁道建设的可悲而又可叹的速度的描绘："蜻蜓飞得到的里程，刺猬爬得到的里程，我从青年走到中年，从复兴门绕到建国门"。自然界的蜻蜓和刺猬的耐力和速度和修建地下铁道所用去的时间，形成了鲜明的反差，他用强烈的对比来点染那疯狂的"革命"怎样地造成了建设的破坏和生活的倒退。

匡满尖锐的概括，血淋淋地指向生活的违逆："历史居然会跳下马车，去骑坐蜗牛，像一个得了神经中毒，于是革命的白痴管辖反动的智者，民族的奇迹让位给民族的耻辱"。在这里传统的对于建设歌颂的主题已被批判性的思考所代替。

研讨匡满新时期诗情萌生的轨迹，自应溯流于天安门运动。如他与友人合作的《命运》所展现的悲壮的激情，他的《铁制的花圈》、《曙光》等篇章，尽管写作较早，却属于他诗作中的最动人的作品。《铁制的花圈》呈现出来的是一种简单的复沓式的结构：

　　谁再敢来扯？
　　小心割断他的手！
　　我们的花圈是铁的。

　　谁再敢来砸？
　　小心砸断他的腿！
　　我们的花圈是铁的。

　　谁再敢来烧？
　　小心自己烧成灰！
　　我们的花圈是铁的。

前三节每节的结语都是"我们的花圈是铁的"，一句比一句有力,仿佛是一片怒吼,显示的是人民的伟力。匡满这一类充满斗争热情的诗,总于素朴中蕴积着撼人的力量,明净、简洁,以一种本色的、完全的不事雕饰的审美力量,显示庄严和崇高。《曙光》也是这样的艺术结晶,它没有装饰出来的繁丽,有的只是朴素的呼喊:"曙光是工厂的名字,曙光是队伍的名字。曙光的花圈最多,曙光是好样的!"这些诗句,几乎就是丙辰清明时节北京街头巷尾的群众口语。诗人以自然天生的白描手法,保留了珍贵的历史性的情感画面。热情和真诚无须装饰,诗歌的至境乃是与人民的心灵沟通。

匡满走过不少地方,这使他的诗歌获有开阔的境界。他曾跟随登山队到过高山营地,他登越《喜马拉雅山脊》,有着平常人想象不到的感受:"雪光像白日的海,山影像暗夜的海,我是一艘登月的船,蠕动在这荒漠的"世界。他深入漳木口岸,那里又是一番绮丽的河谷风景:一边是荒衾滞目,一边是春色佳丽,二者仅隔一箭之遥。边地风物的丰采使他目不暇接,这时《曙光》一类简括明练的形象不够用了,他有时借助多彩的铺排来展示(如《漳木歌》、《斗雪崩歌》),一幅幅都是郭小川式的"赋体诗"展现的图景,有着汪洋恣肆的气势。但此类诗体因有较多的因袭而缺乏艺术上的新异感,优美是优美了,创新毕竟有点不足。

匡满的艺术潜力是明显的,一旦他能自立于前人所创的艺术世界之外,这种潜力便呈现为巨大的创造性,他写喜马拉雅海的无边无际的卵石,是远古的天鹅之王生下的"一群永不孵化的后代",他写喜马拉雅"像一团发酵的面块"般的"神奇的崛起",都显得独特,尤为引人兴味的是他的拟人化的《石河子》:"一个穿绿格子衬衫的小伙,在古尔班通古特沙漠上站起"……"他把白杨树插在袖口和衣领,又把它像别针一样别满了胸际,于是繁密的林带在阳光下发亮,为古尔班通古特打上绿色的格子"。凡是到过这座年青的沙漠城市,对它的白杨和绿洲留有印象的人,无疑都会欣然接受诗人的优美比喻。看来诗的魅力不一定依赖繁复的形容,简洁而又熨贴的一个形象有时胜似千言。

可能最引起注意的匡满的诗,是那些再现了雪峰和瀚海奇丽风物的那类景物诗;可能最易于受到忽视的,是他的那些呈示哲理的睿智而又混合着失落之惆怅的怀友感旧一类抒情小品。然而,能够充分说明匡满的诗意水平的,却是后者。《海情》写:"原来世界就是圆的,每人的位置都不值得骄傲","没有一个海浪是重复的,没有一座礁岩是重复的",闪现着灵感和智慧的辉耀。《怀友人》写:"男子汉的眼泪常常带着血……道一声珍重吧,无论在人间或者天国",则有浓重的人情的喀嗟。那些酸酸的甜甜的、而又掺杂着苦味的《记忆》,那些鲜明地烙印于心,而又无迹可寻的《记忆》,留给人们的则是往昔不可追寻的哀愁:"童年是眩目的霓虹,少年是高远的新绿;初恋是朦胧的桔黄,友情是浩瀚的蔚蓝。让我们荡起记忆的双桨,寻找远去的白帆……"寥寥数句,五彩缤纷,这正好衬托着特定历史时期和人生的特殊阶段的纷纭交错的心境。如此丰富的人生,如此矛盾的思绪,却表现得这么含蓄、这么曲折、这么简明,这的确说明着臻于纯熟的艺术。

《创作例话》序[*]

江溶把一大捆《创作例话》的原稿送到我家,殷殷嘱我为序。我们相识已久,这在我是不能推辞的。他为此书的写作,已是心力交瘁,宛若一条吐丝的蚕。从我处回去,当日便为急病击倒。经医院抢救脱险,数天后方能进点米汤,病榻之旁想起的,首先便是他们的这本书。

这时已是乙丑春回时节,我收到他发自病院的信。信中提到写作此书的北京大学镜春园的"寒暑斋"。"寒暑斋"我是到过的。江溶居然给他那间阴湿、破旧,夏天似蒸笼,冬天如冰窖的陋室,起了这么一个雅号,我不禁苦笑!但就是在那样的环境里,他做了大量的工作,其中包括他利用业余时间参与完成的、这本规模不算太小的专著。我是深深为之感动了。据我所知,本书的另一位作者申家仁,也如江溶那样不为疾病所扰,一直奋力坚持他们确定的目标。

两位作者都曾是北大学生。岁月易逝,近二十年过去了。昔日青春年华的他们,不觉已是中年。他们在相当困难的环境中从事艰苦的著述,我由衷地敬重他们的坚毅与勇忍。

我国文艺事业在当前的发展及其繁荣兴旺的程度,为建国以来所仅见。于是研讨文艺创作和欣赏的规律的专书,以及根据记载辑录或编写古今文人轶闻一类著作,也日见繁盛。这些,

---

[*] 此文初收《创作例话》,江溶、申家仁著,中国青年出版社1986年4月出版。据此编入。

无疑都给我国文艺的发展以有益的启示。但一般说来,理论概括的专著往往失以抽象或流于艰深,而一般文坛轶事的汇编又往往缺乏理论综合的深度。本书作者深知上举二类书的得失而矢志追求理论价值与知识性和趣味性的结合。他们把这叫做"绿色的创作论"。绿色象征着生命的活力,大概是取其和灰色、呆板相对立的优点而言。我看出了他们蕴藏在这一名称背后的积极意愿。

可以为两位作者高兴的是,他们的追求大体上达到了。这本《创作例话》读来生动有趣,不觉枯燥、呆滞。理论书籍而能如此亲切动人,做起来并不容易。当然,徒有机趣而并不深刻,只注重表层的趋尚,理论价值便理所当然地受到削弱。本书追求的浅显易懂、鲜明生动而又具有严肃的理论系统的效果,首先着眼于它的理论上的开掘与建树。

这本书以理论探讨的扎实深入为其特色,许多论证都体现了建立于雄辩的艺术史实的严肃性。举例说,《兄弟姐妹之间》一节论述的艺术诸品类间的联系和通变,所使用材料的缜密丰富,即使人心折;《毛诗序》讲诗、歌、舞的血缘关系;朗莎讲"音乐是诗的姐妹";谢林和歌德都以建筑为"凝固的音乐";豪普德曼反过来论证音乐是"流动的建筑";其它如"舞蹈是动的雕塑"、"雕塑是静的舞蹈"等等。作者读书涉猎之广,在这里得到充分的说明。因为他们资料的丰富,这类例举仿佛可以无穷尽地进行下去。

它在坚持理论的严肃性时,一般都杜绝浮泛议论,而是锐意创新。如它确认生活对于艺术创作的重要性,指出作家、艺术家之于生活应如蜜蜂之于采花,由此充分肯定观察社会的必要。但紧接着便指出,仅仅知道和满足于观察社会并不够:"美丽芬芳、蕴蓄无穷的大自然,也应该是蜜蜂的一大去处。在那里,它是可以酿出甘甜醇美的'荔枝蜜'来的。"经这一指,理论的平庸枯涩之感便消失了。接着便雄辩论证观察和熟悉自然的合理性。这种论证体现了理论开掘的胆识。

这种开掘在书中几乎是没有极限的。作者的严肃的坚持性,进一步体现于更为深层的理论开掘方面。如在论述艺术与生活的关系时,他们指出作家、艺术家不仅要窥察社会,而且要观察自然,接着又出人意料地指出:作家、艺术家还应该善于观察并谈论自身,向自身心灵的隐秘处探索。他们把这叫做"开好艺术实验工厂",认为这是成功的艺术家的"必修课"。观察自己这一命题在一般的习惯中是很少被注意、或被注意了但又怯于谈论的题目。我们的作者却对此作了充分有力的辨析。因为他们拥有丰富的艺术史实做基础,所以他们有勇气从事此种理论的拓展。其它像艺术创作中的灵感、想象、情感等问题,也都不乏独到之处。我们根据上述分析注意到,《创作例话》一书的价值,不仅在于它拥有的材料的丰富性,而且在于它在理论论述上的不墨守成规、敢于向旧有的观念提出质疑,并把理论的探究导向新的境界。

这是一本基于艺术发展史和现实的艺术实践的丰富资料而生发开来的、具有理论价值——特别是揭示艺术创作规律的著作,它的职责不在于总结和提出新的规律(也不可能以此要求它),但它确有一种深深地"钻入"艺术规律并揭示它的奥秘的求索精神。这本书的写作特点是:扎实而不浮躁,细致而不笼统。以艺术家的生活积累为例,它以抓住不放的坚持性,论"不要忽略偶然",论"不要忽略平凡",论"不要忽略细小"……每一个命题都有针对现实的明确意图,每一个命题的展开都以丰富的、很有说服力的资料加以论证。

两位作者特别强调艺术积累的"拾粪精神"。其实这也是贯穿全书的写作精神。他们不求急功近利,而是宽范围地随时随地采撷、积累,养成习惯,并持之以恒。我们可以通过哪怕是细小的一个题目,看到作者掌握材料的广阔。可以说,从中国到世界,从远古到现今,从古希腊雕塑到中国民间工艺,从辉煌的世界艺术史到一则新闻报导中引用的现代医生对古典绘画作品的诊断,他们都精心地加以汇集和编织。这种浩瀚的资料的汇集,要是没有平日作为"有心人"用特殊的注意力加以观察、发现、积累,肯定达不到目前这样丰富的程度。不论是世界文化巨人们的奇闻轶事,还是我们同代人的凡人琐事,都没有逃脱作者无时不在紧张关注的眼睛。苏州留园苏派树桩盆景的"王者",原是遗弃河边的寻常古木;梅兰芳贵妃醉酒中的"卧鱼",其灵感来自平常动作的启示……从这些,我们可以看到"拾粪精神"换取来的成绩。而对这种持久的、韧性的、同时又是相当琐屑的工作,我们不能不想到"寒暑斋"中几度寒暑的集腋成裘的辛勤劳苦,正是仿效历史上的许多巨匠们榜样的坚实行动。

掌握资料的深广,对于一部著作的成功,只是宏伟建筑的基础工程。决定性的条件,还是体系的确立。达到这一境界,作家、艺术家创造性的艺术构想便至关紧要。资料的汇集、筛选、组织的工作尽管是艰辛的,但这一点只要有毅力就不难做到。难的是总体的设计。当资料的掌握不再成为问题,剩下的就是"框架"的建立。仔细推究起来,本书最动人的效果,恐怕还不是前面述及的那些深入细微之处,而是它们确定的篇章体系。全书五篇:量才、淘金、熔铸、独秀、殉道,篇以下标题又分若干小的层次。这样,一个周密的系统,便把许多零散杂乱的"建筑材料",造出了一座牢固的、闪着辉耀的建筑。

通往学术成功的路上,需要多种的素质。绝对的勤奋和一定的聪明都不可少,但最重要的是那种甘于寂寞的、持恒的献身精神。本书作者曾在《点睛之笔》一节中,以十分丰富的资料记述了古今许多为自己确定的目标的痴情的追求。它描写了这些巨人为艺术创造而坚持到生命的最后一息的壮丽的结束。他们视此为"幸福的长眠"。的确,能以生命去殉艺术事业的人们是幸福的。"薪不传,火传;人不传,艺传",这几个字燃烧着耀眼的火苗。它让人相信:这是蕴含了本书两位作者顶礼艺术的充满激情的心音。

从接读文稿到写下以上这些零碎的文字,不觉已是多日过去。我想,动过手术的江溶可能已回到了他的"寒暑斋"中。以两位作者的盛年,他们一定会做出更多的成绩来的,我期待着。

一九八五年三月二十九日于北京大学蔚秀园

荒魂的祭奠[*]
——中篇小说《荒魂》读后

一片充满神秘色彩的原始荒原的腹地,无边无际的沼泽在寒冰冷雾下泛着死亡的气泡,淤泥下面,是千年不化的冰层。夜间的鬼火,以及说不清其为何物的哀鸣。在这种令人恐怖的氛围中,三个陷于绝境的生命在挣扎。这是《荒魂》向读者显示的特异的生存环境。

要是以为两位年青的作者在炫耀他们拥有的奇特的生活经验,以及他们描绘这些惊险场面的笔力以诱引欣赏者的口味,恐怕只是一种肤浅的揣摩。《荒魂》的严肃和冷峻让人灵魂震颤。尽管它描写了奇异的环境中几个奇异的人的奇异的经历,但它实在无意于假离奇的情节编造动人的故事——应当说,这样做并非肯定不足取,许多成功的作品都这样做了。但《荒魂》不,它有自己独特的追求。

三个人,一个没有名字的"她",另一个同样没有名字的"你"——这是这部小说最主要的一位男主人公;另一个"他",作为"一页瞬闻的史诗,一名拓荒者的呼唤,一个古老而年轻的悲哀",男青年小田,他的完整的名字田珌只在作品结束时出现过一次。命运驱使这三个人来到这绝望的死域。粮绝了。他们之中必须有一个人,只身穿过原始森林去百里以外的屯子里运粮。柔弱如同林黛玉的"她"当然不能,不仅不能,而且还需要有人陪

---

[*] 此文初刊1985年4月15日《青春》1985年第2期。据此编入。

伴;"你"是一个绝对利己的冷心肠的人,他当然不会去。班长小田考虑到目前的形势,他是个律己很严勇于承担责任的人,只能是他亲自前去。

尽管是三个人,依然不能排斥人类社会普遍存在的人与人的复杂关系。小田是"她"的爱友。这就造成了小田出走后她的刻骨铭心的思念,以及当他在预定的时间里不见归来时,她的悲痛摧心的神思恍惚。"你"冷眼旁观,毫无同情之心,甚至恶意地在内心诅咒小田的从此不归。可以和谐相处的,却必须分离;不能和谐相处的,却必须厮守在一起。不仅生存的环境险恶,人与人的关系也是如此这般的悖谬。命运对于这三个无依无援的人近乎残忍。它把人驱赶到了万古荒原非人生活的环境,又肆意地蹂躏和折磨着他们的情感。

人与人的不合理的离别与纽结,造成了《荒魂》浓重的奇诡色彩。这种三人谁离开谁都不合适的组合,体现小说作者独特的艺术构想。它让我们想起幼年时节的智力测验:某船需载若干只狼和羊过渡,船小,有限量,问狼与羊如何、分几次安全渡河? 在那异常险恶的环境中,开始,她只能倚仗身边这个唯一的男人(既"你")去营救小田。这位没有道义与良知的人欺骗了她。当他在森林外围"游荡"的时候,小田已陷于狼群的包围,终因无援而丧生。但两个生者全然不知。

多日的杳无音讯,促使"她"只身冒险进入森林。在一场惊人的暴风雪中,她发现了小田的残骸与雪橇。她强忍悲痛九死一生地回到他们的茅屋。并以猎人赠与的药物救活了濒危的另一名生者。这个生者无疑对小田之死负有重责,但她还是隐瞒真相而救活了他。

在作品中被称作"你"的这个冷血动物,他也曾有过美好的童年和纯真的家庭之爱。当这一切毁于一旦,他因失去希望而变得冷酷而残忍。他不对任何人承担责任,他也不期望任何人为他承担责任。他如一只孤独的狼,游荡在心的荒野上。他面对与他孤身相处的有着动人美貌的女子,甚至也不引起爱的热情(当然,他有过某种原始的冲动)。他有的只是一种叫做"活着的死亡"的东西。作者这样描写这个人的内心世界——

> 你们心灵深处,弥漫着一种沉滞的迷雾,阻挡着任何光亮的渗透,麻木到连自己都陌生的程度。难道,自己身上还保留着什么可以死亡的东西吗?

当然,这位冷酷麻木的人在现实的感召下有了萌醒。当他感到有了生活和爱情的欲望时,他听到的是她的严辞拒绝。真挚的两心相倾,终于造成天老地荒的遗憾,不可能相接近的心,命运却把他们安排在相依为命的境地。《荒魂》的确写了特殊环境中三个人特殊的爱情关系,但显然,这并非这部中篇所关注的。

要是我们透视《荒魂》基本的情节安排,我们便可发现它贯串始终的意旨与其说是人与人关系的剖析,不如说是这个原始荒原上的人与非人的搏斗。它有很多关于人狼搏斗的精彩文字。以下加以引用的这段文字,并不是以描写的生动精湛为标准的选择,只是由于它提供我们理解这部特殊题材的小说的内涵以钥匙。我们面前的是熊熊燃烧的火焰,一只受过创伤前来复仇的母狼,挺立于血泊之中。它一动不动,浑身的毛蓬竖而起,俨若一尊凶神——"走到近前你才发现,母狼已经硬梆梆的,三条半腿依然立着,喉管被砍断,肠子从豁开的肚子里拖出来,盘绕在地上。更难看的,是它的嘴豁裂了,从腭骨一直到后颈,下腭垮了下来。你一脚踩去,母狼僵直而沉重地倒下了。它依然圆睁着眼睛,瞳仁里映出的,是你变了形的模样。"

这段文字颇富理趣。它让一具丑陋的死狼的瞳仁映出了一个活人的"变了形的模样"。从文章的脉络看,这正是作者着意点染之笔。其间包含了明显的暗示:死狼与活人之间有着某种不容忽视的、至少不排斥某种联想的纽带。《荒魂》写的是异常年月、被异常的政治驱赶到北大荒的一群青年中的三个人的命运与经历,他们痛苦的活和悲惨的死,"她"的不甘湮没,"你"的留有许多遗憾的死而复生,田玱无谓的但却是壮烈的死,这一切当然均是社会动因所促成。"你"的心灵扭曲与变异,"她"的空虚和绝望,当然也都根源于社会的动乱。但作者对于在这离人类社会的万古蛮荒之中发生的这幕悲剧,显然不准备把它写成社会性的主题。

贯彻全文的是在大自然肆虐的背景下,人与狼的惊心动魄的搏斗。作者着意于再现隐秘的人性与非人性的激烈较量。那只死去的母狼的可怕形象,明显地指向了一个徒具人的外形、实则丑陋无比的狼的内心——一个严重异化的人的心灵。

小说中正面出现的总是自然界的和野兽的暴虐,写逆境中人总能够支配自己。作品写那个叫做"你"的人在黑压压的狼群中厮杀后,倒提着闪烁着血光的斧子,伫立于黎明前茫茫的晨光中感到了自己是一条汉子。就是说,在与自然或兽类搏斗的时候,人还是人。但当一种社会力量夺去人的生存权力乃至人所拥有的自由与希望时,人完全可能成为非人。小说在刻划"你"的性格、行为时,没有忘记向我们作这样的提醒。他因为曾经爱得"太深、太挚、太多",因而有更为浓重的失落感。他怀疑一切,甚至也怀疑自己曾经有过的过去,认为"从前的一切,不过是生活中缺少了应有的真实"。当他失去了作为人生应当享有的一切,他更加笃信变态的现在、非人的一切。

但是人性的光也并未在他身上全然熄灭。作者往常暗示我们,在这个人性已经变异的人身上,同时存在两个我:一个是被他自己确定为真实的、实则是虚无的我;另一个则是他自己判断为已经死亡,但却活在他的潜意识中依然有着鲜活的人的良知的我。他在狼的形象中看到自己的现在；又在现在偶尔发出的真实的声音中,发现了未曾完全死去的真我。也就是那一次,他在森林外围的并不真心的呼唤小田时,他被自己的声音惊骇了："你觉得奇怪,怎么了？自己发出的声音竟是如此的悲切,仿佛是你呼唤自己,另一个真实的自己。"又有一次,他听到狼嗥如竭尽生命的残力的泣诉着"孤独的哀伤",他又一次疑惑这声音："不像是来自荒原腹地,而是发自自己躯体内部。"

实际上,《荒魂》是把"你"作为异化为狼的形象加以铸造的。他也许魁梧勇敢"如一条汉子",但作为人的良知的复归,却有待人与狼搏斗的胜利,这种搏斗不用斧头,也不见血肉纷溅,但却更为艰难。现在,作为心灵上的人与狼的厮杀,是在"她"和他之间展开的。

她,一个可怜巴巴的无依无靠的弱女子。她也是动乱生活的弃儿,同样无家可归。她因自己的家庭而受到歧视,又因自己的美丽而受到嫉恨。她曾因不堪屈辱而绝望、甚至想变相自杀。但她终于战胜了命运的挑战。在荒无人烟的、四周充满野性呼啸的地方,她维护了心灵的纯洁,人的尊严的光辉。作为"弱者"的她,最后导致了作为"强者"的他的人的醒悟。最后,当他嗫嚅着向她表示不是虚伪的爱渴慕时,她的庄严的声音有似荒原上的一响惊雷。

> 我懂得应该怎样尊重自己。……一个人,即使是在最荒凉的地方,哪怕只剩下自己,也应该懂得怎样好好地尊重自己,怎样活着像个人。

这一段文字可以视作《荒魂》的点题。她对他的最后忠告是无情的,这就是："你差得太远,根本就算不上一个真正的男人。我鄙视你!"依然是神圣的人的主题的强调。当那个世界只剩下他们两人,他们仍然不能相爱;当他们终于越过死亡线,他们又飘然分开。《荒魂》给人的启示是很丰富的。它至少试图证明,人战胜狼群的包围尽管艰难。但人从精神上超越兽类却较之更甚百倍。但这却在无希望的荒野上成为事实。

最后那漫天大雪中的葬礼充满了悲凉。从情节看,是她和他埋葬了被狼群吞噬了的崇高的灵魂,但从潜在的层次看,是人对于兽的最后的埋葬。这里是多重主题的组合:一个是现实生活中的生者埋葬死者;另一个相反,是精神世界中向着已经死亡的诀别和掩埋。作者这样描写:"这里,深藏过小田的渴望。他倒在了这块大地上。你庄严地在这块古老的大地上站起来,找回了真实的自己。"及至后来他携带妻子再次来到这里,仍然表达了再生的信念:"在这里,你找回过原始的良知,开始了冰一般的冷静的思考","是你埋葬了他的遗骸,是他埋葬了你的过去。"

荒野不曾吞噬真正的人的精神,尽管它曾经吞噬了人的肉体。人的不可替代的价值与尊严,人性的圣洁的光辉,是任何狂暴的自然力所不能摧毁的。我们完全可以判断,她和他在那里所进行的"埋葬",含义不止一端,一是对小田遗骸的埋葬,一是对业已死亡的异化的人性的埋葬,二者都是"荒魂"。代表人性力量的人间的同情、互助和友爱,人与人之间理应如此和谐相处的精神,即使在旷古的荒原也会永生;而代表兽性力量的野蛮的撕扯、吞噬、欺骗、虚伪和恶毒的诅咒,即使表现为"强大",也终必为醒悟的良知所埋葬。这就是我们为什么对生活,对人类的未来充满信心的原因。

《荒魂》不是一曲对于亡魂的凭吊的挽歌。即使是最后,当那位当年的"你"、如今已是颇有名气的青年作家携带妻子前来探访荒原深处的坟茔,与其说他是在追怀旧梦,勿宁说,他至今依然怀念着当年那裹在衰弱的身子里的美丽的心。也许确如作者所写,宇宙中实际上不存在时间,光阴不断地、无休止地在空间流动。有形的一切,也许都将销匿,无形的一切,也许更为久远。《荒魂》留给我们的是一首富有哲学意味的思考题:"人,怎样才能从有限中寻觅无限,从瞬间追求永恒?"

《荒魂》的努力,是当今一批作品共同从事的努力。它们在实现对于文学的社会主题的超越。这也许只是开始,它甚至可能遭到非议。但它无疑正在拓展我们的文学领域,而且正在实现文学观念的更新。

纪念:一个艰难的行旅[*]
——王家新诗集《纪念》序

历史把新诗的复兴和变革交给了如今活着的几代人、特别是青年一代人。他们怀有庄严的使命感。以挑战的姿态向着传统的观念,摒除积习的阻梗而奋力向前,已成为最具活力的诗的青春的素描。

受到历史老人魔杖的指点,我们的诗刚从梦魇中醒来,就开始了没有停歇的跋涉。人们为诗所作的争取迅疾地更迭。他们不想陷入无休止的议论,而是以数倍于以往的速度,实行了历史的超越。我们要是适当地改变一下自己的视点,例如,使自己站到一定的高度鸟瞰这段诗美运行的轨迹,便发现这对久远的中国诗史而言,乃是一串快镜头的"叠印"。

不论后来的人将如何评判这一段诗歌运动的得失,甚或嘲谑我们现今的"原始性"的幼稚,但我们有理由自豪——我们毕竟是在一个良好的社会氛围中获得了较之前人更为跃动的诗的行进。这样的跃动使诗歌的"成熟期"相应地缩短了。

王家新刚刚送走他的第一本诗集《告别》,现在又要出版《纪念》。无论是"告别",无论是"纪念",他都把迄今为止的艺术探索当作了"过去"。他相信一位世界性的诗人的这句名言:一首诗就是一篇墓志铭。他把一个又一个的"现在"都留在身后,只空出地方让前行的脚印去填补。

---

[*] 此文初收《纪念》,王家新著,长江文艺出版社 1985 年 8 月出版。据此编入。

王家新的诗无疑有它不可替代的价值,也无疑有它明显的不足。而且它自身仍在探求、发展中,对它做过于确定的判断未必适宜。但可以肯定的是,他对诗歌进行了不断更新的实践。

王家新属于这样一代人:他选择全中国思想动荡和充满热狂的岁月做他的摇篮,他让"红色风暴"掠走他最宝贵的少年时光。幸运的是,他在接受高等教育的同时,接受了继五四之后又一次巨大规模的思想解放运动的洗礼。

当他执笔写诗,他便寻求以流自心灵的诗句,为受到扭曲的时代的痛苦和失落作证。而对绵延不断的山外之山,他的目光却始终投向望不见的海。他寻找"向海之路"。

他注重诗与现实生活的联系。在像圆明园那样的残石横陈的废墟,他找到悲壮奔突而终于凝固的诗情,默默无言中,升起的是不屈的生命的骄傲。许多青年人都从生活实际的和心灵的废墟中获得灵感,他们从毁灭中寻找再生力,从历史的否定中追寻进步与肯定。当然,王家新这一阶段的艺术实践,也保留了某些稚拙的痕迹。他的那些受到激情支配的意念与具象客体的结合,有时表现了游离和生硬的"附着"。

这里有一扇门,它是神秘的司芬克斯:峡谷、急滩、奇险的航道,长江在夔门狂暴地奔突。王家新显然关注于困惑中搏斗的灵魂——"海在远方为你喧响,而你却被钉在峡壁和屈辱铸成的十字架上"。命运在敲门。一道道狂涛砸来,把幻梦砸得粉碎。王家新在峡江找到了新的灵感:"这不是那种悠悠的抒情……这只能是一首搏斗的诗"。他总是在动人的意象中寄托一种对命运的不安和反抗。

他的诗,一般总在阔大的时空中展开,他追求雄健。他让人感悟人生的真谛,给这一切镀上哲理的光。悲观与他无缘,他寻求顽健的搏击以充实诗的生命。在《一个人和他的海》中,他说:"只要是真正的船,就会至死不忘自己的使命";在《高高的绝壁上》,他认出了尊严、自由这些古老的语言,并且认出了对于命运挑战的"最悲壮的回答——不!"

> 我就是
> 　　那个被你征服了
> 　　　　但还反抗着的人!
> ——《星空:献给一个人》

他反复咏唱着人对于命运的思考、以及他的不可征服的信念。他不希望靠甜水滋润生命,他期冀往生活里揉进更多的盐。他的诗句渗透着作为诗人的坚韧,缺点是表达时少了些蕴藉。

和许多的青年诗人一样,王家新开始了对于东方数千年历史文化的审视。他正在诗中引入史诗的、民族文化的因素,化为现今中国诗人的艺术使命的实现。当他向着"青春期的抒情"告别,他感到了自己正面临着又一次新的挑战——也许这样说并不确切,确切地说是,王家新又为自己确定了一个新的高度。他总是在攀援了一座山头之后,又驱使自己走向新的更高的山头。他知道当他把一座一座的山峦留在身后,前面就会出现无涯际的海。"我现在最大的愿望是写出纪念碑式的作品。可是,行吗?"他在希望着,也困惑着。

这一代人的青春是早熟的。时代恩惠于他们的,比他们的父辈、兄辈为多。他们拥有从灾难的折磨、痛苦的憧憬到欢乐地寻求的全部丰富性。因此,当我们惊叹于少女脸上那一抹青春的光艳时,忽地呈现了经霜的风寒之色:秋叶开始热烈而无声地赞美人生,它的火焰啃咬着天空。人们从中感到了自己的血在燃烧,并由此确认:"只有默默生长的年轮是真实的。"(《秋叶红了》)

诗集定名《纪念》,受到《金蔷薇》的启示。最令他动心的还是书中的这样一句:"纪念那些征服了海和将要征服海的人。"早熟的一代人,忧患和追求使他们提前告别了青春的浮嚣与躁动,他们变得庄重、肃穆、崇高。"用顽强的崛起纪念痛苦",这诗句因它的奋斗和抗争的热情而体现成熟。

王家新景仰过一位受到海的湮没又顽强地征服了海的老水手。这位老水手曾经像一棵被奇异的风吹到悬崖边的树,似将倾跌深渊,却又比任何时候都更加渴望飞翔。他在老水手的命运面前陷入沉思:"我是否真正到诗之海、人生之海上航海过呢?我是否理解了那辽远、博大、奥秘的海呢?"

重要的是,命运已把他推到了向着海洋的路上。

一九八五年四月二十六日,北京大学蔚秀园。

文学性格的抉择[*]
——谈"西部精神"

文学的发展有自己的流向,在全面复兴的情势下,这几年大的流向是愈来愈走向艺术的精致。文学的表现内容向着拥有较多文化的阶层靠拢;过去受到冷落的知识者明显地改变了自己在文学作品中的处境;人物活动的场景向着日益走向现代型的城市的集中,高雅的谈吐,豪华的设备得到大量的描绘;文学的描写变得精密细微了,它特别注重人的内心世界曲折入微的表达。总的说,结构和描写的技巧受到了注重,艺术的精致之受到重视的程度,恐怕是前所未有的,这种潮流受到社会发展的总的情势的鼓励,但文学自身的规律也在产生影响。过去发展充分的,如今得到闲置,文学有自己的生态平衡。当然,创作和欣赏的逆反心理也悄悄地起着作用。

一个快速发展的开放的社会,不能不把这种发展的节律传递给文学。结束了凝滞状态的文学,不断地向着创作者与欣赏者提供新的信息。中国西部之成为文学(当然包括艺术)的新大陆,从而吸引文学探险者的新的关注,便是又一个大的文学流向——从精细走向粗放,从文雅走向原始性的"蛮荒"——提供的新信息。这一新的信息体现出来的文学的频繁脉息说明着生机,同时也说明着文学新阶段的抉择,这种抉择从根本上说是文

---

[*] 此文初刊1985年5月15日《当代文艺思潮》1985年第3期,初收《谢冕文学评论选》。据《当代文艺思潮》编入。

学与新时代的谋求适应,是文学基于自身规律的自然导问,而不带有任何的强制性的结果。

中国西部在一般人的心目中辽远而又壮阔。无尽的戈壁,瞬息即变的严酷的气候,艰难的生存环境,这一切对于刚刚从社会的大动乱中过来的几代人来说,具有特殊的"亲近感"。人们自然地把这一生存环境与自己曾经有过的生存环境联系起来。他们易于从那些自己抱有感同身受的自然环境中发现自己对于题材选择的兴趣,文学座标的向西推移,从创作的心理因素上说,完全可以理解。当然,这只是浅层次上的对于当前这一特异现象的解释。

西部给人以凝重感,这里很难产生如同江南三月那样轻松的欢愉。它也许激人悲慨,但不产生柔情。自然景观是雄浑之中透着苍劲,悲凉之中让人悟到壮烈。这里的所有生命都在艰难挣扎中生长,大自然给予所有生命的都十分吝啬,要不付出坚韧和顽强的奋斗,它们都将无法生存。苍鹰在风暴中的搏击,骆驼在烈日下忍着饥渴的跋涉。那些在一片昏黄的无边沙海中生长的绿色的家族,为了抵抗干旱而向地下索取水分,都把根须伸向厚厚的地层。胡杨、沙枣、骆驼刺,它们都生就一付顽强的性格。

西部的人无疑是这个世界的主宰。他们的搏斗当然是最壮观悲烈的事业。只要看看满目黄沙之下汩汩流淌的坎儿井,只要看看那一望无际的瀚海之中出现的绿洲,就不难了解,西部的居民为了自己的生存和繁衍子孙,向着恶劣的命运进行了多么严重的挑战。当我们行进在这样一片神奇的土地上,我们会惊心动魄于周围严酷的一切。一般说来,那种清明雨中千里莺啼的情趣与此是毫不相干的。面对大自然给予的困阻,人们意识到必须通过抗争以维持生存。在这样的情势下,人类比任何时候都易于产生对于人生对于世界的忧患感。它唤起人对于自身价值的自觉,从而获得人类能够支配自身命运的自信心和使命感。基于这样一种分析,我们便不难理解为什么中国西部这一片土地在现阶段会成为一块磁石,吸引了敏感的文学工作者的浓厚的兴趣,而且成为当前最为引人注目的追求。这正是人类基于历史和自身的经验而自觉地向着与自身相仿的客体的加入与再创造的欲望所促使的。

的确,西部不仅是荒凉的,而且是凝滞的。缓慢的生活节奏,还有整体的封闭性。但就在这种极度沉寂的无援状态所激发出来的自强自立的争取中,人类默默地创造着历史,完成着长途困苦跋涉组合而就的生命史。在西部,地平线是辽远而又辽远的,时间无限地延长着,它让人想起生活的古老,历史的悠远。西部还是伟大的古战场,那里很少中断过浴血的苦战,风雪中的战旗,沙场上的白骨,也是在极悲壮的背景下展开的生命的搏斗。西部的开阔、苍茫和浑厚给人以坚实感。历史的动乱结束了,久经离乱的心境寻求理性的积淀。几代人都在思考着曾经发生的一切以及如何迎接未来的考验。这样,西部呈示的理性思考的性格,最易于撩动人们的历史情思。

从西安往西,有一条很长的河西走廊。走廊两旁,一面是祁连山,一边是青海湖。这一路十分艰难,但又无比丰富,丝绸之路就建立在一片荒漠之上。开始是大雁塔和半坡村,更为灿烂神奇的是三危山上的洞窟壁画,稀世之瑰宝也屹立在一片荒漠之中。大自然神奇的手,有意地选出这种完全意想不到的强烈反差,正如极度艰难之中创造出极度甜美的奇瓜异果一般。要是你到过吐鲁番和石河子,你完全可以领略到这份沙漠和绿洲的奇特的对比,几乎新疆所有的城镇都是沙漠中的绿洲。吐鲁番的葡萄沟有惊人的美丽。在那里,一边是晶莹的流泉,一边是黄秃秃的山峦,葡萄藤覆盖着仙境般美妙的清荫。丰富产生于贫瘠,华彩产生于单调,在西部处处都显示着人类创造的伟力。

一切都是人类战胜艰难、英勇开拓的结果。奋斗、开拓如永恒之星照亮戈壁的上空。这种充满神奇力量的经过大的困难的克服而创造出来的奇迹,包括人竟然能在这里生存、创造、生生不息的力量、是幻想的、更是现实的,它能够最大限度地激发作家艺术家的想象力。它对于艺术使者的惊人魅力是不言而喻的。当一个民族经历了大挫折,它寻求自我振兴的精神力量,西部精神无疑会赋予强大的民族再生力的确信。它将鼓励人们去战胜和开拓,通过漫长的求索而通往未来。

　　我们的文学发展的迅速是令人惊异的。短短数年,它已从原来的由摹写现实、表层地反映生活变化、或是简单地充当某种精神的号筒的理想化,转向更为深层的追求。一个时期,文学较为集中专注地描写苦难,抚摸心灵的伤痛而发为哀音。这在离乱之后的"归来",是一种合乎常规的呈现。那时文学中充满浓重的感伤氛围,婉约之风大盛。文学风格带着明显的柔婉的特征,但受到整个时代鼓舞的文学明显地呈现出躁动不宁的情绪。它要求超脱痛苦寻求新的平衡的理性觉醒。它呼唤着文学的男性精神的粗豪与雄健。不再是抽象的词语的装饰。而是更加扎实、执着地立足于现实的大地。这样,西部的自然景观和民情习俗,便为求实的文学提供了生动的令人亲近的题材。

　　进入思考时代的文学,它的思考是以历史的反思为基本出发点的。思考的深入必然会从历史的曲折及动乱的因由导向对于中国社会的因循、东方民族的性格心理素质的探究。文学工作者已把关于追溯民族的本源精神当作自己的新目标。他们企图以艺术的方式对民族精神和文化心理结构作出剖析,以为经历了历史性挫折之后的精神复兴的支柱。

　　时代向文学提出了要求。寻求与时代相适应的文学性格属于文学变革的内容。在这种形势下,人们向着中国悠久文化的"寻根",不能不是受到日益增长的历史意识驱使的行动,苦难不会永远是苦难,反复咀嚼苦难的并非强者,而文学在呼唤强者性格。从古朴的彩陶到浑厚的青铜,从敦煌变文到光华熠耀的丝绸,中国古代文明如同从古开始燃烧的一堆篝火。它令我们的灵魂静穆崇肃,启示我们的沉思。

我们这一代人面对的现实是:中国社会正在结束长期封闭向着世界开放的转折点上。沿着广阔深远的历史文化轨迹向前延伸和拓展,使之与现代人类的思维聚合,自觉地吸收和融汇并促进它与社会现代更新的历史进程同向,这是这一代文学工作者的一个新目标。也许还是一个根本性的目标。

文学和对于文学的研究已经走向多元化,这一前进的势态是不会逆转的。在世界面临着多种选择的时代。很难说有哪一种文学主张会成为所有人的目标。尽管某种原则的提出具有权威性,但显然它不能成为一体遵照的再度统一文学的指令,几年来我们已对统一化的文学模式进行了勇猛的冲击。坚固的壁垒已被冲破,于是出现令人眼花缭乱的纷繁景象:有的是向社会和人生,有的是向内心,有的二者兼有,有的则以自我的心灵感应并溶解壮阔生动的社会生活,如此等等。一切的追求都不会在某种提倡面前止步(除非它自觉接受了这种提倡),包括我们这里谈论的西部精神在内——应当说,这是目前很有生气的一个文学潮流,它体现了现阶段文学对于自己的性格的一个新的抉择。文学在经历了一番发展之后,正向着一个新的目标推进。但同样,它充其量不过是多种追求之中的一种追求,它不会阻挡人们多种的追求,它当然更不会抑制人们对它的商榷和质疑。

我的经历[*]

我一九三二年一月六日诞生于福建省福州市。父亲谢应时,生于清光绪十三年,是受过新学教育的长期从事一些笔墨工作的小职员;母亲李氏,是福州郊区一个花园般的乡村的富裕农民的长女。生有五男二女,我是兄弟中较小的一个,后面尚有一个弟弟。

一个多子女的家庭中的主要成员长期没有固定职业,在那个年代,它的生活是清贫和艰难的。我就是在这样一个属于城市贫民的家庭中渡过了童年和少年时代,先后在福州的化民小学、独青小学和仓山中心小学念过小学,并毕业于后者。一九四五年考入福州三一中学。这是一个英国人办的学校,我在这里受到良好的中等教育。文学,特别是诗,从这时起引起我浓厚的兴趣,开始写作并发表了诗和散文。由于旧社会现实的教育和解放战争形势的鼓舞,进入青年时代,我萌发了向往革命、追求进步的思想倾向。一九四九年八月末,人民解放军的炮声宣告了这座闽江之滨的城市的解放,我迫不及待地告别了母校三一中学,参加了中国人民解放军。那时我才念完高中的第一学年。

在陈毅领导的第三野战军,我先是在一个师文艺工作队中担任队员和编导组长。随后又在团、营、连担任过文化教员。我还以武装工作队的身份参加过闽北水吉县的三批土改工作,并担任一个行政村的土改工作组长。这些艰苦的生活和工作,都

---

* 此文初刊 1986 年 3 月《文学评论家》1986 年第 2 期。据此编入。

给了我有益的人生阅历和性格的磨练。

一九五五年四月,我复员回到福州,决心重新继续学生生活。八月,我以同等学历的良好成绩,收到了北京大学中文系的录取通知。一九五五年八月末,如同六年前的那个八月末那样,我开始了影响一生发展的另一个时期——在北京最美好的季节里佩上了北京大学的校徽。

大学的头二年,我的学习生活是正常的。我受到一批著名学者的直接培养:游国恩教授、吴组湘教授、林庚教授讲授的中国古典文学史,王瑶教授的现代文学史,杨晦教授的文艺理论,王力、魏建功、高明凯、周祖谟等教授有关语言学的基础的和专门的知识。我的生活环境是令人羡慕的。这座作为五四运动的摇篮的中国最高学府,不仅给我以知识和文化的滋养,而且还以它无所不在的科学、民主的精神,陶冶了我的心灵。

一九五七年以后,政治运动频仍,正常的教育秩序受到了破坏。我也在这些风风雨雨中感到痛苦并留下创伤和遗憾。一九五八年,我所在的中文系一九五五级全体同学受到了当时的整体气氛的影响,在学术批判的命题下,开始了集体编写《中国文学史》的巨大工程。我是当时编委会的负责人之一,红皮二卷本、黄皮四卷本的中国文学史,这项由七十万字发展到一百二十万字的科学研究工作,虽然留下了这批年青人的幼稚和片面的痕迹,但这种实际的和系统的锻炼,使他们毕生受益无穷。

一九五九年,当时《诗刊》副主编徐迟来到北京大学中文系,找到我,建议由我组织一批同学来写一部中国新诗史。这个工作的初步成果,便是一九六〇年开始连载于诗刊的《中国新诗发展概况》。当日合作的同学是孙玉石、孙绍振、刘登翰、洪子诚、殷晋培。这个工作当然也留下了那个年代和那种年龄的局限,但它也把这几个合作者引进了文学和诗的研究的长期跋涉的途程。

从那时开始,我确定了文学批评研究特别是诗歌批评研究的志向并把此后大部心力献给了这一工作。十年动乱迫使我中辍诗的研究。动乱结束以后,我写了一百五十余万字,已出版《湖岸诗评》(1980年,云南人民出版社)、《北京书简》(1982年,人民文学出版社)、《共和国的星光》(1983年,春风文艺出版社),即将出版的尚有《论诗》、《诗人的创造》、《谢冕文学评论选》等专著。

我现在是北京大学副教授,中国作家协会理事,北京文联理事,北京作协常务理事,北京作协评论委员会副主任,中国当代文学研究会常务理事,《诗探索》主编。

一九八五年六月一日

致潘洗尘信[*]

洗尘同学：

《多梦时节》的出版，是一种力量的呈现。谨致祝贺。

在新诗潮的海平面上，年青的校园诗人扬起了片片白帆！它们无拘束地有海上滑行冲击，其勇敢而自由的姿态令人羡慕。

新诗潮快节奏的演进，展示了诗歌发展的生机。它作为多元艺术的汇聚，其中延生于校园的诗歌提供了最具活力、最富于变革精神的范例。

校园诗歌对于中国新诗发展的贡献，值得我们久远纪念的，是当年受到闻一多、朱自清等先生支持的以昆明国立西南联合大学为中心的校园诗人们。他们为新诗适应新的时代作出的创造性的调节，为中国新诗向着世界现代诗歌的推进作出了卓越的贡献。

我在你们身上看到了他们精神的延续。当然，你们是属于我们这个值得骄傲的时代的。你们属于今天。

谢冕
一九八五年六月十日于北京大学

---

[*] 此信初刊《多梦时节》，潘洗尘著，哈尔滨师范大学团委1985年出版。据此编入。原无题，此题为编者所加。

中国的青春[*]

——评《诗刊》历届"青春诗会"的诗人新作（见《绿风》1985年第三期），兼论现阶段诗

时间记录了前进的脚印

诗不仅代表一个民族的文化素质，诗还是时代最敏锐、最充分的导体。一个社会血脉的搏动，往往可以从这个社会最活跃的因素，青年的诗创作中得到有力的说明。中国又有了美丽的青春。在中国，最早预示了生活的巨大转折，感应了社会面临全面变革的形势的，并且以激情与思考的语言传达出这一新的青春期的躁动与不安、期待与憧憬的，是青春的诗。《诗刊》对于中国当代青年诗歌繁荣所做的贡献中，"青春诗会"的创立是最值得纪念的。它不仅为我们时代集聚了最富有生命力的年轻的声音，而且又反过来为诗艺术本身的进一步繁荣做了实际的倡导。从1980年以来大体上每年一届的青春诗会成了青年诗创作的最新信息——它的探索、它的创新，乃至它的困惑的汇总与传达，成了一年一度小小的"青年诗歌节"。其在促进新诗的变革与发展的作用，时间愈久愈将显示出它的价值来。《绿风》编者已经体察到这种价值。它的特大号实际上成了五年以来青年创作的一个侧面的检阅。

中国诗歌创作在最近数年的发展，由于受了整个变革着的

---

[*] 此文初刊1985年6月10日《诗刊》1985年6月号，初收《谢冕文学评论选》。据《诗刊》编入。

社会生活的鼓励,尽管有不少挫折,但总的走向是开放和进步。一届又一届的青春诗会,记载了这种开放性的前进的轨道。一批陌生的名字出现了,人们开始认识了他们,于是不再陌生,一批"闯入者"带来了新异的艺术,于是引起一番纷扰,人们开始适应他们,于是化新异于平常。不仅新诗艺术在悄悄地更新,社会的审美心理也在悄悄地改变。一个致力于建设的、目光向着世界和未来的健康的社会,使诗歌——特别是青春的诗歌在经历了折磨(这种折磨今后也还会有)之后成为最受它的恩惠的艺术品类。自有新诗以来,历史上像目前这样艺术的创造拥有如此广阔的自由天地,艺术创造者尽管感到一定的拘束,但却最大限度地消除了潜藏的压迫感的情景,似还不曾有过。

前数年被确认为诗的单一模式,已被各式各样的不接受规范的诗所代替。人们开始把多元的诗歌艺术视为正常和合理的秩序。一些当日颇具异端色彩的大胆的艺术主张,现在不再引来诧异的目光。着重于直接的社会功利的诗歌观念仍然受到重视,但却不再被认为是唯一的。人们确认诗歌除了用来反映现实生活的演进和实际干预业已发现的弊病,诗歌从根本上说属于心灵,它对外在世界的种种态度均通过诗人独立的内心世界的溶解和再造。在黄河三角洲以绘画的语言描写"孤岛"风光的胡学武,他笔下的那一片雄浑而神奇的土地,产生于诗人内心特有的冲动:"一种古朴而凝重的慨叹情绪塞满我的颅腔",此时他眼中所见的新大陆正是内心"再造"的新大陆的叠印。这是他的《垦荒》:

> 烧荒的野火为冬天的骸骨举行葬礼之后
> 沉雷在充血的天空里不安地躁动着
> 荒原一阵悸动,忍受着分娩前痛苦的宫缩
> ……
> 太阳吮吸着黄土的芬芳,孤岛的胸膛上已

经乳浆迸流
　　噢,四月的新大陆,呈现出旺盛的情欲和
　　顽强的生殖能力

这类题材在以往一般地总会被纳入反映生产建设新气象的诗歌规范,在那里主体对于客体特有的观照(如同这里引证的诗人所感受到了静静的孤岛的"动感")消失了,而代之以呆板的"如实"的写照。现在,一片黄河淤洲荒原却得了巨大的改造。诗人追求的是"将那些富有生命感的事物升华到一个崇高的境界,组成一个辉煌而庞大的整体,然后降临大地",这里的"新大陆",正是经过重新"升华组成"的一个"辉煌而庞大"的"降临"。

好几位诗人都作了这样的强调,孙武军讲:"诗应该充分体现人的灵魂";赵伟讲:"心灵空间是无比广阔的。诗,若能撼动这个空间,那该多好";许德民讲,"诗心和人心共鸣";常荣讲,诗要"不知不觉地写出自己,叠印起来就是一个灵魂的形象"。常荣的主张印证了本文前面的分析。她的《熙熙攘攘的人流》呈现的是现实喧腾的街景,她的诗句:"你是愿意欢笑着走路吗?那么你就欢笑着去走","你是愿意沉思着走路吗?那么你就沉思着去走",恰好说明这是人人都会见到的街景,却又是"不知不觉"地溶解了诗人个性的"灵魂的形象"。

在诗歌创作中,断然排斥抒情主体的主观性已被认为是偏颇的。曾经被放逐的"自我"的回归,不再引起惊异。诗对于生活和真理的忠诚,已得到众多诗人的肯定,尽管创作的实际尚有差距,但至少在观念上已经全然抛却了虚假。马丽华以她的《情诗》献给"遥远部落的王子";"明知在我生命终结前你不可能抵达/仍然细致地计算你的行程",她的创作选择"人人皆秘而不宣的心思"、即"真情"的"披露",事情祈望自己的诗"永远不要违背我的心",她希望"真挚地写出一份人间的真情和爱"。她的诗能以女性的柔婉写奇特的想象,如《秋天的雁》,"真该在你眼中/栽两棵树对望的相思/过半年你再回头/满满一眼愁红的/思恋"。张建华的《背影》,阎家鑫《开始》、《然后》,都以真诚的诗情动人。

这一切的醒悟与谅解,说明诗和它的对象都在扎实地前进中。人们不再如同数年前那样对眼前发生的事大惊小怪。人们都悄悄地承认了世界和诗的多姿多彩。据此,我们可以认为,诗作为生命的实体,它已获得了一个合理运行的秩序,长久受到损害的诗的生态平衡已得到相当的恢复。我们可以期望在这个已经进步的生活环境中,较为舒展地探寻通往艺术自由的漫长的道路。

现实的凝聚与延伸

诗歌创作的现状之令人欣喜,原不在于出现了众多的新鲜气象和各有特性的追求。也许更为重要的是诗人们已经习惯了世界的纷繁多样,习惯了在让人目眩的状态中坚定地维护自己的缪斯。我们曾经有过因某一个指令而出现某一阶段"创作高潮",又因另一个指令而出现另一个艺术运动的非此即彼的艺术一律的现象。如今这种指令性的艺术潮流已告终结,每个人都习惯了在自己的天地里悉心耕耘的秩序。才树莲是以写作《我说真话》受到评论家注意的。五年前她写《乡情》时说过:"农村是我写作的土壤和源泉",现在她仍不改初衷。新土也写农村,他确认"诗的发展在于提高认识价值"。值得注意的是吹过"柳哨"的徐国静,她的诗心向着《弱者的群象》敞开。她选择了一些不平常的人物和职业抒发她对人的命运的关切。她的取材趋向于怪异。《求雨》的时代性十分模糊,这表现了她的有意的疏忽。"女人:你们跪得太久了"显示了她追求的凝括和解脱。《盲算命人》和《画棺材的独臂匠人》,都是残疾者从事的畸形职业,特别后者:"死亡却需要炫耀""世界上最壮观的画展"等诗句所富含的讽喻是明显的。

诗歌的世界变得广阔了。诗人终于宣告："人类认识的范围，就是诗的范围"，张学梦希望诗是"全频道"的。他得出了"整体家庭生活"的概念。这意味着，不仅是自己确定的诗的念的维护，不仅扩展诗的题材，即使是面对现实性很强的题目也谋求改变过去那种固定的角度和视点，诗对对象的整体性把握得到了加强。诗人们都把他们触及的一个点理解为聚焦点，力图使之凝聚更多的热和力。

刘波是很富现实感的诗人，他希望诗面对这个深意的时代能作出"复杂而单纯的反应"。他希望诗能通过自己确定的点"放射巨大的信息量"。为此，他主张适当摆脱诗的某些特征，合理地运用小说、散文的笔法结构来完美我们的"感觉"。他的诗是以富有戏剧情节性的架构展现现阶段人对现实生活的复杂思考，造成了强大的魅力。《我们的夜晚》对一位舍不得换下洗得发白的黄军装的、同时"为我们穿花格衬衣而忧心忡忡"的好老人，抒发了一件揉和了热爱、尊敬、酸痛同时又怜悯的情绪。同样致力于此的还有李钢、张敦孟、柯平、金克义等。李钢的魅力在于以他特有的粗放的语言，新奇的想象，体现现代色彩的男子汉精神。许多诗人致力于诗歌当代性的建设，张敦孟的《三个女工和一个夜晚》能够传达当代青年紧迫而又舒放的生活情趣。柯平的《头号新闻》也和刘波一样取材于现实，也富有戏剧性内容。形式上确有突破，但思想内容未能有所超越，多半只停留于传统道德的评价上，不若刘波的诗那样以具有当代特征的悲剧感造成了震撼心灵的力量。

长久以来诗与现实应当保持怎样的关系始终是令人困惑的问题。诗歌曾经被安排在只在现实的对面如同镜子一般地反映它所面对的事物。抒情的失去大胆想象，如同飞鸟的折断翼翅，这直接造成诗艺的衰落。这种状况由于诗的内涵的整体性把握的加强而有了改变，现实主义精神在诗中延续着，但由于宏观的体察代替了刻板的描摹,因而同样一个题目到手,原先那种拘谨和板滞便消失了。周志友把《陇海线》写成了历史,画面相当宏阔。陇海线上一座古城连着一座古城:西安、洛阳、开封、商丘……"黄土有多厚历史就有多厚,枕木一块就是竹简一块"。透过事象的表面,从事象整体上(从现状到历史)进行延伸,能够加强诗歌内涵的厚度,这是当今许多作者都意识到了的。朱的《白土地》让人想到北方的纯朴深厚;田家鹏的《南方海岸》也于温暖多情体现南方的丰富多彩了……

许德民在"生活的节奏必然要求诗的节奏与之同步"的前提下,提出了"加大时空跨度"、"潜入意识的深处",并认为"以行为生活为内容的诗"的必然"走向空洞"。他的《采金船》显然是远行在生活的河流里的,但却超脱而空茫。并不着意于如实的描绘,而是如同罗丹那样的力的刻雕——

> 黄昏,夕阳疲倦的头颅
> 靠在采金船银色的船体上
> 老船长在船头吸烟
> 晚晖,勾勒淘金者沉思的雕像

他写普通的事象,但却有着历史的深邃:"很多人逃难来到这里,到哪儿都一样,弥漫着愚昧和荒凉。森林衰老了,白桦林抬着巨大的花环,缓缓地,雨季在哀伤"。诗歌触及的,不只是习见的生产劳动,而是这片土地的深深的悲哀的等待,和今日卷扬机绕紧的"地平线上漫长的曙光"。

向民族文化心理"寻根"

不少作者依然致力于密切诗和现实生活的联系,他们的坚持与坚持的成绩应当受到尊重。陈放回温着北方土坑上的温暖的梦;张丽萍的追求很坚定,她希望"潜到生活的最底层","从不敢背向生活";王自亮的笔为南方温暖的人情传神,饶庆年笔下的江南柔美动人,把握上似乎有点"过",这原也是他的刻意追求:"即使表现悲哀,我也希望表现得美丽一点"。这使我们想起把乡村早晨写得晶莹透亮的陈所巨。他在盐泉发现了那挤得下卤水的衬衣和抖得下盐粒的毛巾,消失了他所擅长的彩色乡村的娟好,而显得沉郁。但《三峡七百里》的追求奔放却流于空泛。以《现代化和我们自己》等诗呼喊出适应生活进步的紧迫感而赢得称赞的张学梦,继续履行着诗人对于生活的责任,他为一个人才的"怪胎"带来的不宁揪心,《但愿仅仅是梦》表示了他对社会积习的痛切。张学梦的诗情倾注于现实生活的健康和进步,他有着十分感人的诗的信念:

> 只要还叫做
> 　　歌者
> 我的眼睛
> 　　就将依然盛产
> 　　　　火焰、爱情、叶绿体和阶梯诗。
> 　　　　——《关于青春的议论》

徐晓鹤曾以美丽的格律写出南方的恋情,如今变得严峻,有无情的嘲讽,《我是婴儿》则干脆宣告:"你不要对我说话,我什么都不明白"。他的激愤来源于他对生活的忠诚。余以建的《梦想之歌》情澎湃如张学梦,他的诗较张学梦更具色泽,他追求以诗的光辉造成"灵魂的震颤"的效果。

尽管有着上述那种诗与现实的贴近,但一个明显的潮流却引起我们的重视:一部分诗变得更近超脱了,诗在追求空阔的意境。只要参看一些具体的例子,就不难发现此中深刻的差异。这里有一位老汉,他是现实生活中的极平常的《山伯》。刘犁写这位老伯年轻时因为听信了盲人算命的结论:"只能活到四十六"而决心终身不娶。结果奇迹般活到了五十六、六十六,直到八十六。这时的山伯又相信了这样一句话:因为心地善良,阎王老子才给你加了阳寿。诗人最后的那些笔墨是让人震动的:

> 不曾后悔,也不曾怨恨什么
> 这世界你是看得多了
> 无儿无女固然凄苦
> 但有儿有女,也不一定幸福
> 带着满足也带着些许的遗憾
> 你走进泥土

这不是在写一个人,而是在写一个民族。通过一个普通人的心灵。剖析一个民族的古老遗传,我们从山伯的坚拗的轻信看到久远的愚顽,又从他对悲剧命运的自我满足中,看到顺从与忍耐。诗人把笔触深深地投向了民族的"集体无意识",这样,诗就从具体的阐述和外在的比附中超脱出来,获得了一个更为深邃的富有历史感的新世界。

这种诗歌内蕴的新追求,已成为近期创作的一个重要潮流。雷恩奇《大山里的神仙们》也写民族的久远。薛卫民从皇家围场和荒原上的流浪的人群获得了灵感,他表示了对于历史的兴趣;孙武军通过黄河这"一溜干燥的晒麦场",思索的是关于"华夏的故事"。梅绍静也许是从黄土高原受惠最多的外乡女子。她的灵感来自那些"古塬"。她听得懂陕北那种厚重的乡音。她从高原蓝天下的人影牛影和史书上耕夫图的"叠合"中看到了"延续生命之火";她从《天明》那"柔柔儿的、绵绵儿的"身子和心地中,看到了我们民族女性世代相传的血脉流传的性格。她通过生活感受获得历史意识是自觉而强烈的,一个《犁头》的动作使她顿悟"我的每一天,每一个动作,都是全民族的!它就叫坚忍。"与梅绍静的追求近似的龙郁的《沉默的向导》《缠人的乡旅》均以粗犷的乡俗情味，思考我们民族绵延不衰的精神支点。

抒情性史诗的提倡日益引起诗人的兴趣。江河的《太阳和它的反光》立志于以神话的框架来装填现代人的意识（如《息壤》："一步一步牵着太阳/像带着他的狗"）。江河有意地把诗做得平淡、质朴，他的冷静体现成熟。他摒弃激情的宣泄。他让激情沉淀在物象的内里，让你感到但不作直接的渲染，如《遂木》："他的额头有如冰凉的月亮/心里鸟巢一阵阵骚乱/毛茸茸的小鸟拱来拱去"，他是在写内心的慌乱，但避免了直接的表述。王家新也把《草原》写成了富有史诗意味的作品。他的草原不是如同有人所谓是一枝三叶草加上想象创造出来的，他的草原"出现在烟尘滚滚的历史上"。他也希望以新的方式对民族精神，当代现实和几千年的历史文化积沉进行深入开拓和创造性组合。他的目标是建立与西方相抗衡的东方现代诗歌。一代人的文化观念变得复杂起来，在经历了一番横向的借鉴式的"扫描"之后，开放意识已在他们那里生根。如今他们把目光投向了东方文明的某些经典式的作品，他们对史前文化的兴趣的加浓，使他们有可能在更加深厚的基础上，对东西方文化、古代文明和现代意识，历史现实和心灵的多层次的组合成为可能。这种文化的"寻根"并不构成他们对古代文明的盲目性。部分诗人表现了很清醒的对于历史的质疑。王小妮的《传说》确认了"我们在传说里长大"，但又判断说，"谁也没有看见，全是传说"。当人们蓦然间都对古旧的粗糙的陶罐感到兴趣的时候（这种兴趣的产生原因是复杂的，有其合理的必然，不可简单判定）。杨牧表示了和王小妮相似的意向，他在《无愧的和旋》中写下了这样一句："我们并不想破坏什么，只是想打破一只陶罐。"这体现了可贵的批判性。

新的挑战与超越

诗歌艺术的变革已经取得大的进展，多样的艺术试验的进行日益展开。当一批又一批青春跋涉者行进到了一定路程,庆祝他们取得成绩的那一天便是一个新的"危机"的开始。他们无疑面临着一个亟待跨越的"深渊",一旦跨越,便出了一个新的强者。许多年轻人都在目前这种激烈的竞争中感到了无形的对手所给予的挑战的威胁。《干妈》的作者叶延滨,认定诗人的称呼乃是"一顶沉重的荆冠","以最初的成功入列,以必然的失败让位于新的强者,这是诗人的命运。"他以宏观的目光审视了诗歌艺术发展的规律,他的观点是发展的,叶延滨目前的创作,和高伐林、徐敬亚等一样仍处于有实力的竞技状态。叶延滨的《石雕的诱惑》:

> 有一个叫舒婷的姑娘
> 想唤下在山巅苦等了
> 千年的苦姐姐
> 只是轮船的汽笛
> 压住了她纤弱的声音

还有高伐林的《战争与和平》:"远处,鸽群优雅地画着圆弧/炊烟不慌不忙地渐渐溶进/由蓝变橙变紫的穹庐",都表现艺术的成熟。在这样的良好状态下而能感到挑战并接受挑战,这是受到清醒的历史意识的启迪的。

在近数年并不宁静的气氛中,诗歌艺术在坚实地前进着。这情景可以借用筱敏的诗句来象征地概括,这便是:"拾级而上/肃穆的马尾松依然青青/青青如幼时的誓言/绕青青而飞飏的/是红领巾和红蜻蜓"。筱敏讲自己:"总是尽力地走,试图走到时代审美流的前端",很表现了这种"拾级而上"的坚持和追求。获得了成绩的诗人都在接受这种积极的挑战,以便重新确定自己的位置。

舒婷的打破一段时间的沉寂也许是最值得关注的现象。这次她以组诗五首《你们的名字》告慰了热爱她的诗的朋友。舒婷无疑也在为自己的诗艺的前进作艰苦的努力。她在五年前曾经呼吁人们的彼此"理解",她现在依然认为诗有责任缩短"命运与我们之间的这一段距离——人人有之而人人讳之的客观与心理距离"。这一组作品以明显的忧患感维系了原有诗歌理想的追求,她认定理应到达的彼岸都不能如愿。像当年搁浅的"船"那样与海洋"隔着永恒的距离"只能"怅然相望"。这种追求而无法实现的激情,化为潺潺而流的心灵的私语,这私语哀伤得典雅而美丽,故动人心弦。这位南国青年女性富有个性的艺术风格留给人以深刻的印象。这一组《你们的名字》充分传达了对于同代人的特殊遭遇的感慨。"你自己的故事夹在相册里,相册尘封在遗忘中","你设置了栅栏,别人进不去,你自己无法往外翻"(《老朋友阿西》),梦境被"发往无地址的绿岛"而"不必寻找邮筒"《聪的羽绒衣》,"渴望逃遁的灵魂和名字,找不到一片阴影藏匿"(《阿敏在咖啡馆》),"如礁石枷首于迅潮,而千帆正远去"(《国光》),都是一种永恒的不可缩短的"距离"。她始终把对于人生和人的命运的思考当作自己的使命,她努力捕捉这种"既接近,又远逸"的命运女神的踪迹。现在,她由往日不宁的忧思转移到自己的朋友的困顿与忧患。聪、阿西、阿敏、国光都是"你们的名字",她把严肃的思考给了自己的同代人,这依然是建立于要求理解之上的温情与人性的闪光。

舒婷似乎显得成熟了,她不再沉溺于个人内心的感慨。她试图寻求一些现实的根由,她感到了现实的滞涩与沉重。她为命运的不公而不平:"老鼠在顶楼/研究你积累十年的手稿/而在北方,在一个陌生城市/你正为羽绒衣/做广告。"(《聪的羽绒衣》)她以带着苦笑的幽默感,善意的嘲谑自己的友人:

  罗亭式的西装大衣
  掖一份个体户执照

你把自己当作荒诞派小说
　　　先在顾客中间
　　发表

到了《国光》，这种基于聪慧发出的嘲谑简直催人下泪：

　　你的名字是一只
　　　　熟苹果
　　无枝可栖

舒婷一般被目为痛苦的理想主义者，特有的感伤色调，带着理想未能如愿的怅惘，证明她有着浪漫主义的激情。现在传来的信息是，她的目光正在向着现实的积重逼近。她已经不再对月光下的三角梅发出痴心的思情，而是皱着眉头望着阿敏的咖啡馆中不属于自己的"痛苦和孤独"。这可以认为是舒婷的进步。她根据自己的生活方位的转移，适当地改变一下自己的视点，然后又沿着自己确定的目标走下去。舒婷还是舒婷。

　　顾城用自己独有的方式感知他所触及的并表现它，那张"被风暴摸过的脸"紧抱着亲如兄弟的木柴，它"模模糊糊地爱"，《本身》是一首小诗，却写得扑朔迷离。牛波的《沐浴》《倒影》体现了他的特殊的艺术追求。他有自己的诗观，他认为"诗行是一条条交叉重叠的通道，是一个迷宫"，他自言制作这迷宫遵循的是东方古老的法则："起点没有固定，也正好是它的终点。"不熟悉他的读者，他的诗读起来也会很困难。这一类意象模糊朦胧的诗，用对音乐和绘画语言的理解去读它也许会更为顺利。一位音乐理论家说过："当一位作曲家用意义不明确的语言表现下意识中的情感，……他确认无论他说的是什么，只有在音乐上具有敏感的人才能感受到，并且，用这种未经明确鉴定的、未经明确解释的和详细说明的语言，他能倾吐出在他心灵深处所感受到的一切，而仍然保持'缄默'（即模糊不清）。"（[英]里克·柯克《音乐语言》）但这都不重要的,重要的是,艺术已经允许相对的自由的表达,艺术也允许相对的自由的选择。竞争是必要的,竞争也是无情的。筛选,淘汰,生存,发展,一个新生存秩序正在我们面前展开。

他们是无愧的

中国的青春是令人羡慕的,青春的诗给中国的青春抹上了一笔鲜丽的色泽。中国诗目前最大的争取,是走入世界。青春的诗已经引起了世界的兴趣。有人说,中国文学最先走向世界的,将是诗。我们目前的确还没有出现如同郭沫若、艾青那样的诗人,我们只能期待着。我们成绩是明显的,但我们的成绩却不尽如人意,就以《绿风》特大号而言也不尽如人意,还有思想艺术平庸的作品,从1980年以来,艺术上的革新的巨大步伐在1980届以后的诗会中没有得到充分的反映。以形式的皮毛来装饰陈旧的内容的作品也还存在;有的作品流露了虚空的呼喊的倾向,……如此等等,但我们仍有理由为这一代人高兴。有两首诗谈到了他们,徐敬亚的《一代》:"第一粒雪就掩埋了冬天",疯了的皮鞋无法找到它,"第一朵花就掩埋了春天",但仍被苦难所挽留——于是作为一代人的"我",就成"无法再生无法死去的男人"。它表现他们的受难和折磨不了的信念。杨牧的《无愧的和弦》是这一代人最坦诚的自白和宣言——"我们不是一个人。都强调个性。又没法不起用这个'我们',……我们组合成一个整体,但又拉开了架势竞争","我们跑得很近很近或很远很远,但我们都是时代的情节"。杨牧在诗中引用了杨树的诗句——

> 普通的泥土和石块无愧于巍巍高山——
> 令人惊叹的形象原是他们的家族
> 为了一个永恒的信念而团聚在一起的合影

仅仅因为如此,中国的青春宣布:我们无愧!

《谢冕文学评论选》后记*

本书内容与书名不尽相符。严格地说,它不是评论选,而是一本新的论文集——几乎所有文章都是第一次收入集子的。这是我与出版社协商之后作出的决定。

收入本集的文章,表面看来似都是互无关联的单篇,但贯穿其间的,却是我沿着《共和国的星光》轨迹的思考。它也许不说明我的前进,但至少说明我的坚持。我把它视为《共和国的星光》和《论诗》的续篇。

我觉得,如今生活着的几代人都是幸运者。我们有幸站在两个重大时代的交点之上。历史给我们以机会和可能进行范围广泛的全民的反思。这种历史性的反思,以深刻的批判意识开启民族的灵智。作为这一时代的知识分子,我当然无法(当然也不谋求)逃遁这一历史的使命。

以这样的意识涉足于艺术和诗歌这一相对说来不免拘限的领域,内心同样充满庄严肃穆之感。这里洋溢着的因艺术的嬗变而带来的不平静的气氛,给人以持久的兴奋。

中国诗歌传统的强大和丰富,曾经痛苦地折磨着、并考验了我们的前辈——五四新诗革命的前驱者们。如今,轮到我们承担他们所经历的一切。一个世纪以来,诗歌在整个民族关于自己命运的思考和争取中,一直充当着特殊的角色——它最灵敏地传达着时代变革的情绪。诗歌自身的变革往往成为社会进步

---

* 此序初收《谢冕文学评论选》,后收《流向远方的水》。据《谢冕文学评论选》编入。

的先兆。

  诗歌在整个国计民生的链环中,可能是微不足道的。但诗歌塑造民族的灵魂。基于此种认识,我坚持时代赐予的权力。

  黄子平应我的坚请,为本书作序,我应当感谢他。我还要感谢促成本书出版的本丛书的三位主编以及肖汉初,李元洛等各位朋友。

  感谢湖南人民出版社给了我这样一个机会,特别是目前此类书籍蒙受经济核算的强大冲击的时候。

谢冕
一九八五年六月二十日于北京大学蔚秀园

中国文艺运动的需要
——评《当代文艺思潮》

一

中国现阶段的文学艺术的发展有空前的成效,文艺理论批评刊物对推进其繁荣起着不容忽视的作用。它们站在时代潮流的前面,导引我国文艺向着健康的方向发展。它们有极强的敏感性和尖锐性,对整个文艺流向的影响是积极的,较之单纯发表作品的刊物是更为直接的,因而也更具有现实的指导意义。值得注意的是一九八二年创刊于兰州的历史不长但却形成了自己独有风格的《当代文艺思潮》。

一种刊物要形成自身的独特性格有一个艰难的历程。有的甚至历时久远而在读者那里仍是面目模糊。刊物性格的形成与它在特定的社会环境中的位置的确定密切关联。《当代文艺思潮》创刊之时,与之性质相近的刊物已有数家,作为初次问世的新刊,不说与《文艺报》、《文学评论》等力量雄厚且创办于北京这样的刊物相竞争,但求能够站稳脚跟而生存下去,便是十分严峻的考验。在这样的情况下,《当代文艺思潮》确定了自己的办刊宗旨:研究当代文艺思潮,追踪文艺发展趋势、开拓文艺研究领域,革新文艺研究方法。它给自己确定了明确的坐标。这就是重点在于研究反映当代文艺发展中的思潮性事实以及与此有关

---

* 此文初刊 1985 年 6 月 23 日《社会科学评论》1985 年第 6 期。据此编入。

的国内国外的文艺现象。并把当代文学中发展得很不充分的文艺流派的形成和消长的研究,列为自己的重要任务。它的目的在于客观地探究文艺发展的一般规律,而不把重点放在具体的作家作品的评介与专题研究上,即使涉及此类题目,一般也以是否有助于对文艺发展的现状和趋势的说明——即是否向这一领域提供新的信息为取舍的条件。因为是侧重于思潮和规律的研究,这就决定了刊物把自己的注意力置于综合性的侧面而不把单独的艺术现象的描写作为自己的重点。

《当代文艺思潮》以独特的艺术个性很快地确定了自己的价值,这是极其难得的成就和收获。"我们努力有所创见",这是《当代文艺思潮》发刊词的题目,它本身就蕴含了明确的动机和追求:探索、创造和发展。它以三年的实践,终于鲜明地表现了刊物性格的自我刻划——进取和开拓。这对于安于旧习的中国文艺界,无疑是一种挑战,是符合时代潮流的时代性格。

二

当前文艺的发展体现出一种大的趋势,即作家的创作愈来愈受到阶段性创作潮流的影响和推动。在作家、艺术家的个性化受到尊重的同时,他们之间的彼此交汇影响和互相渗透以至有意无意地形成追求相近的艺术群体的现象。这与整个社会拘谨风气的消弱以及环境氛围的走向舒展,轻松密切相关。在这样的情势下,把文学艺术现象的全景纳入批评家的视野,从总体上历史地把握艺术的脉动的宏观的研究愈来愈受到批评界的重视。

《当代文艺思潮》始终关注于这种研究的提倡。创刊以来发表了为数不少的综合性宏观研究的文章。创刊号发表的《新时期以来中国小说艺术的发展》(黄伟宗),在掌握丰富资料的基础上对小说艺术的发展,分别从生活现象、人物形象和矛盾冲突的变化作了概括性描述。特别是对人物形象由定型、定性、定义、定位的突破,到多性、多型、多义,多位、多格的发展,其论述较为详尽,有鲜明的批判倾向。杨匡汉的《新时期诗歌的审美特征》是客观考察诗歌创作的一篇力作。它总结了新时期诗歌的审美特征:从浮泛的"颂歌"到深沉的思索;抒情个性的强化与凸现;艺术思维方式的嬗变与丰富。

王愚的《长篇小说中的现实主义》是一篇综合性文章,立论于他所坚持的长篇小说"应该反映一个完整的时代"的观念上,系统地论述了现实主义精神在这一领域的发展。江晓天的《新时期长篇小说的新发展》全面系统地评述了获得首届茅盾文学奖的六部长篇的成就。对某一文学部类作综合性考察的文章,都能针对它所论及对象的历史发展和现存问题的特殊点作出评述。周政保的《中国当代军事文学的长进和开拓》,在论述现阶段部队文学时,基于明确的历史对照、确认其基本发展在于"一反以往的净化倾向,拔高办法和粉饰作风。真正向着小说反映对象的本来面目大胆靠拢"。通过这种向着现实主义传统的靠拢,军队文学进入全新发展时期。

何西来《历史行程的回顾与反省》提出了当代文学发展一个阶段性的文学现象——"反思文学"的命题。他论证了"反思文学"的文献价值和久远的艺术生命力在于它思考人民命运的本质,提出:反思文学"把思考的触角伸向历史的昨天和前天,大大拓展了新时期文学的视野,这不仅增加了文学作品的历史深度和历史容量,而且更加靠近了人民,真正使人民的命运处于文学创作的最中心的地位。"像上述谈论反思文学这种选择某一角度的宏观研究的文章,《当代文艺思潮》安排了较多的篇幅。其中如陆士清《现代主义与现实主义的消长》是专门研究当代台湾文学思潮的综合性论文,梁若梅的《试论台湾乡愁小说源流》,以"乡愁"为文章的视点,考察特定区域的文学现象。陆耀庭的《试论近年文艺创作中的宗教问题》,综合评述了文艺作品中的宗教问题的提出及处理。张维安的《在文艺新潮中崛起的中国女作家群》,对女性作家的创作现状作了全景式的描绘,李以建《香港散文主潮漫议》是一个难得一见的题目。可惜的是刊物似乎还没有对大陆近期散文作宏观透视的专文。

宏观研究的提倡,就某一时期、某一体裁、某一领域的文学现象作全面的综合的考察,较之对于一个作家甚至是一篇作品的单一性研究,无疑更能展现文学潮流的涌进。读者通过一篇文章的阅读,往往认识了一个方面的世界。《当代文艺思潮》是现今这类刊物中特别着意于提倡综合文章的刊物——因为发表这类文章的经常和集中,造成了刊物对于特定读者群的吸引力。这方面的不足之处是有些品类例如报告文学和杂文等文体的专门研究还不多见;打通文学和艺术的各个部门,作为一个整体的考察还有待提倡。

三

《当代文艺思潮》在创刊之初就向它的作者表明:《当代文艺思潮》是出现在我们面前带领我们不断追踪文艺发展趋势、并且对它的未来作出预测的一家创造性的刊物。客观的综合为《当代文艺思潮》的个性凸现奠定了很好的基础。除此之外,它的刻意求新给人以很深的印象。它立志于开拓文艺理论研究的领域。并不以保守原有范围为目的。它较多地注意讨论过去文艺批评中的空白点或讨论不多的题目,如艺术的变形、艺术灵感、艺术风格和艺术流派、观众学研究等。这些题目因为原来研究得不够充分,不可能谈得成熟、周纳,但它的求新精神是显而易见的。读者从创刊时起便注意到它对当代国外文艺思潮的介绍。它先后介绍过对西方意识流思潮、新小说、现代派思潮的评介以及苏联二十年代左倾文艺思潮的演变、现代派怪诞作品的美学思想研究、弗洛伊德的文学观点及对西方现当代文学的影响、拉丁美洲的爆炸文学等,的确成为一面向着世界开启的文艺窗口。

有人论述当代文学的革新,本质在于文学观念的更新,这方面《当代文艺思潮》是注意到了的。它在创刊号就发表了支可坚《中国新文学发展中的文学观念问题》,提出了"一个阶段上的文学观念,其中自然会有部分普遍真理,但整个说来,它终究不是永恒的东西,而有待于发展和变化"。它对中国新文学第一个十年和第二个十年的文学观念的演变作了历史的考察。但它对文学观念在中华人民共和国成立以后的发展则没有论及。尽管有这样的缺陷,这篇文章能够提出"文学观念"的论题,就具有重要的意义。同期发表的朱立元的《力促文艺学的现代化》一文,文章有个别论点似欠简单(如对张洁、遇罗锦的批评),但总的精神是积极的。它的贡献在于响亮地提出了文艺学的现代化的口号,指出:文艺学要现代化"除了继续深化已有的传统理论外,还要打破与其它兄弟学科之间的界限,对文艺现象开展多角度、多学科、多层次的综合整体研究"。

一九八四年第六期发表了司达的《文学艺术在新技术革命面前》,着重讨论在当前的形势下,新技术革命将以什么方法和规模影响文学艺术的变革。作者引用福楼拜的名言:"越往前进,艺术越要科学化,同时科学也要艺术化。二者从底基分手,回头又在塔尖结合"。文章指出:"科技带领人们更进一步深入宏观世界和微观世界,人们的头脑内再不会继续囿于原来的狭小天地,而是以更全面、更接近规律的方法去看待世界,指导行动。"《当代文艺思潮》发表的这类文章对于改变人们原有的文学观念和思维习惯,开拓人们的视野,特别是对于沟通社会科学和自然科学的联系方面,起了引导的作用。

但《当代文艺思潮》的"新"气象,主要还是由于它三年来一贯追求学科新知识的介绍，提倡文艺研究新方法的引进。它先后开辟《文艺学与社会科学》、《文艺学与现代科学》、《美学与文艺学的现代化问题》、《理论探索与争鸣》等专栏介绍和探讨文艺批评方法的拓展和更新，及时向读者介绍批评方法的革新和尝试。关于文艺学的科学化，关于现代美学，关于文艺心理学，也先后发表了为数不少的文章。《现代心理学与现代手法》（方劲成）、《略论艺术创作中的变形》（鲁枢元）、《统计学与文艺风格辨析》（金德万）、《艺术创造工程初探》（姚全兴）、《诗歌的信息系统概论》（鲁萌）、《从控制论观点看美的客观性》（黄海澄）、《从发生认识论的结构与建构看文艺欣赏》（孙振华）、《艺术活动的系统分析》（朱振亚）、《文艺理论悖论论》（孙津）、《耗散结构与文艺创新》（丁凌宇）……都分别提出了值得人们思考的命题。《当代文艺思潮》已日益明显地成为艺术革新的新信息的主要输送来源。这些理论的不成熟是必然的；它的引用的"生硬"也是显然的；更为明显的一个缺陷，则是与中国当代文学艺术的事实一般地都表现为联系不很紧密。但是，它促进文艺变革、改造旧有方法的作用却是十分明显的。这些理论总能给人以启发，至少引人思索。例如《文艺理论悖论论》一文，我们且不论它的论述是否合乎道理，单看它的结束文字，便会给有志文艺理论发展更新的人以鼓舞："文艺理论是一种活的灵魂，它的生命正在于文艺活动发展的本身。司芬克斯之谜正是由有生命的来解开的——而人的本身又是它的谜底；个人是会死的，人类的存在都在发展变化着；文艺理论是存在悖论的，整个文艺活动之过程都在悖论中常新。那不可判断的东西，不正是永远更新的生命吗？我们为什么一定要把文艺理论弄成僵死的解剖图呢！"

文艺批评方法的变革和引进，目前已经形成热潮。在已发表的评介性的文章中，大多数文章都是基于研究心得的严肃作品。也有一部分不很结合实际而且套用自然科学术语显得生硬的论文。这些现象,在文艺研究面临大转折和大突破的时期是不足为怪的。一个长期封闭的文艺,一旦面临发展和开放,必然表现为对新鲜理论的兴趣感,并渴望以它去与传统的方法相比较以至相抗衡。当然,事实也许证明传统方法仍有着更为强大的存在力量与价值,但它毕竟经历了新思潮的一番考验。并无形地进行了理论上的完备与更新。万象纷陈、众说纷纭正是社会走向活跃的生命力的呈示。在这一形势面前,是不必忐忑惊惧的。

需要文艺理论批评界特别关注的是旧有的批评模式的扬弃与更新。文艺批评也应当以多种多样的方法来代替单一的无可选择的方法。《当代文艺思潮》正是以学术开放的拓荒者的形象走在文艺大变革的前面的。它的许多文章都具有倡导学术新潮的意义与价值。如引起广泛关注的、虽存在明显缺陷但又具有宏阔的视界与高度概括力的徐敬亚的《崛起的诗群》,以及高尔太的《现代美学与自然科学》、《美的追求与人的解放》等。高尔太在《美的追求与人的解放》文中说:"没有人的解放就没有美,同样,没有人的解放也不会有人的幸福,人的解放的标志是人的个性和创造力的全面发展","幸福和美都是人类进步的动人结构,它们最忌的就是僵化和趋于单一,所以它们最忌的就是模式。"他把艺术的解放和人的解放联系起来考察,响亮地提出了反对模式和僵硬的艺术教条,体现了学术解放的新空气。

四

《当代文艺思潮》已经成为文艺理论批评界共同关心、共同耕耘的园地。许多当代活跃的有成就的批评家,经常有指导性意见在上面发表。它的一些栏目如《文艺期刊主编笔谈》、《当代作家视野中的当代文学》、《评论家笔谈》等栏目都得到读者的欢迎。因为它能够从各个角度传达出中国当代文学的新信息,人们从中可得到广泛的启示。

也许最值得称道的是刊物把培养中青年评论工作者的任务放在了自己的肩上。它开辟的《大学生论当代文学》专栏已成为最有魄力和最有远见的一个举动。如今在高等学校中学习的大学生和研究生是拥有最活跃最新鲜的文学见解的一批人,他们生活在一个拥有多种学科构成的学术环境中、文理各学科、自然科学和社会科学的交融和渗透,促进了综合研究的兴趣。边缘学科研究等许多如今被广泛注意的命题,较早地已在大学生的论文中接触到。但这一专栏办得还不够开放,选择用稿显得拘谨,不能完全反映高等学校青年学生的最敏感最无拘束的自由见解。有意地组织和选登理工科学生关于当代文艺的见解的文章也还不多。

中国当代文学的发展已经到了新的阶段,与创作自由俱来的评论自由也已经得到广泛的关注。在新的形式下,《当代文艺思潮》将如何维护自己的优势,克服自己现存的缺陷(这些缺陷如理论题目提出了,但有些题目求新而不够深入;浮泛之病不是个别文章所独有;新的方法提出来了,但如何用来解释现在的文艺并加以实际运用,等等),如何在新的竞争和新的挑战面前获得更进一步的发展,这是中国文艺运动的需要和期待。

诗作点评*

《大街上,摆着我的菜摊》(梁石作)

这首诗传达了农村生活的新鲜气息。一个山里的汉子带着他的妻子进城摆摊,销售自家生产的蔬菜。因为受到了新的经济政策的鼓励和保护,乡下人的口气也足了。汉子认为他们在这县城的大街上展示的是乡村今日的"欢笑和富足"。诗中跳溅着欢乐的生活的浪花,轻松,愉快,读之喜人。

这诗的手法不见特殊,但亦有新鲜喜人之处。过去这一类具有写实特点的诗,往往只满足于表面的现象罗列。此诗不同,它注意透过生活来写人的内在精神。从山里的庄稼人"忽然把胆子放粗",到头一回进城"心里通通地敲着一面小鼓",写的是庄稼人在新生活面前的复杂心情;"秤杆子一翘,顾主笑了,笑这我卖菜的手心不扣",写的是他们心灵的诚实美好。特别需要指出的,是在这类过去大抵只是着重表现事实或生产过程的诗篇中写进了农民的"媳妇",相当明晰地向我们传达了一个现代生活的新的信息。

诗中指明这些蔬菜均是自家生产的时候,没忘了妻子的一份辛苦:"上面还挂着我和媳妇的汗珠"。再一段写农民妻子在城里人面前的不卑不亢的形象。她落落大方:"站在我的身旁,笑着,黑亮的提包挂(评点者:'挂'应代'挎')在她的胳肘。"山里的汉子很为自己的女人自豪:"悠地,我看她和城里女人一样"。

---

* 此组点评初刊《鸭绿江》函授创作中心教材 1985 年第 6 期。据此编入。原无题,此题为编者所加。

要是说上述描写是表现了由于物质生活的改善从而改变了人的仪表,是没有错的。但它通过这些笔墨传达的,显然不止于此。它显示农民由于社会地位的改变而影响到心理结构的走向开放。一个农村汉子能够无拘束地带着自己的女人来到城里,自豪地走着、站着、说着,这客观上表明他们已经获得了神圣的尊严。这是一个崭新的角度。他们的存在甚至引起了城里人的艳羡:"那山汉讨了个顺眼的媳妇"。这个结束留下了言不尽意的余响。

《艺术体操》(冯杰作)

《带操》、《圈操》二题,写得朴素清丽,它们的好处是不作浮泛的装饰和浅俗的涂抹,甚至也没有生硬的比附。很单纯,也很实在。

《带操》中"雨后的彩虹"的比喻甚贴切,只是它让人想起"谁持彩练当空舞"的意象,故不觉新鲜。"鲜艳"和"清新"是两个性质相近的形容词,二者叠加修饰,似不甚妥。再就是"扑入了每一颗心中"句,带操的特点是带的飘动构成的流动的、柔婉的线条美。这种情景,很难和"扑入"联系起来。

《圈操》画出了充满青春活力的优美色型。作者用"柔情似水"来形容,那位窈窕少女的形象,能够唤起人们的娟好的想象。圈操的圆圈所造成的艺术效果,用"波动着一圈银色的涟漪"表达,显得熨贴生动。一个个圆圈,好比是一个个涟漪,最后是"拴住了一个又一个美",也很自然。

两首诗都写得认真,作者抓住题目之后,精心运思,通过贴切的比喻,创造了优美的形象。它的最大好处是杜绝了陈辞滥调,用自己的语言说话。诗的内涵单纯,但略嫌单薄,缺乏更为深切的寓意。

单调和华美的和谐[*]
——评《战友诗丛》兼论现阶段军旅诗

一

> 世间需要这样奇伟的男儿
> 如同大地需要
> 拔地而起的群峰
> ——周涛：《猛士》

本文篇名借用周涛《我属于北方》中的诗句。在那里,他形容北方是"奇特的单调和华美的和谐,绝妙的卑贱和高贵的交融"。北方较之南方,无疑是"单调"的。统一的服装,划一的行动,还有钢铁的意志和纪律,部队生活在平常人看来,也无疑是"单调"的。即使部队的成员,也承认这种单调。杜志民有这样的诗句:"无休无止的上岗下岗/无止无休的加哨设防/疲惫、紧张和单调是我/熟练的三重唱"。

基于诗与生活的紧密关系的权威的诗观念,作为"单调"的军旅生活的诗的再现,较之军旅之外的诗的繁丽多姿,人们判断它为"单调",也并非一种偏见。现在的问题是,要是能在"单调"中展现"华美",而且造成了二者的"和谐"的,应当认为是艺术和诗的奇观。《战友诗丛》的出版是军队诗歌创作实绩的初次展

---

[*] 此文初刊 1985 年 7 月 1 日《解放军文艺》1985 年 7 月号,初收《谢冕文学评论选》。据《解放军文艺》编入。

示，它当然不是军队诗歌创作的全部，各个集子之间水平也互有参差，但它的确向我们展现了这种由特有的环境造出的艺术奇观。

离开了创作的繁荣，谈不上评论的繁荣。给予我们机会来回顾军旅诗在现阶段的繁荣的，是这个繁荣的自身。一套十册的《战友诗丛》已经显示了当前军旅诗的创作雄厚的优势和实力，何况它还只是丰富的军队诗歌创作的小小的一部分。在我们当代诗歌发展中，人民解放军的诗人和诗作占有特殊的位置。建国以后一批最有影响的诗人中，相当一部分是由部队培养的。许多表现军队生活和军人情操的诗篇，骄傲地列身于共和国最优秀的诗歌名单上。人们总是怀着敬意缅想着从那些贫瘠的、荒蛮的，同时又是极度的艰难的营地哨卡升起的诗的星群。

当代诗歌中的军旅诗的发展，经过了几个重大变革的阶段。第一个阶段：战争基本结束以后，适应战时环境和当时的基本读者对象的诗歌形式仍然盛行。全国解放初期和赴朝志愿军中的诗歌基本形态是保持了快板诗的特点，宜于说唱的通俗体诗歌。这是解放区诗歌传统的直接延伸。二、随着国家经济建设的恢复，社会经济文化生活趋于正常，部队诗歌对自然风物的审美兴趣加浓，出现了寄寓卫国深情于特殊景物之中的趋向，这就是以云南边疆为代表地域的，熔风景咏物诗传统于一炉的新意境诗的出现。李瑛的诗歌创作体现了诗歌由通俗性向着文化型的转化。李瑛没有中断的诗歌美学追求，积极地影响了一个时期、特别影响了军队的诗歌风气。三、在我国社会主义建设的现阶段整个跃动的形势下诗歌的全面振兴，不能不把部队诗创作置于向着新的发展层次转变的历史性时期。在这种背景下，人们不能不对部队诗歌创作予以关注：曾经以体现解放了的山水美与充满崭新庄严感的军人风格的结合的、第一次打破了军旅题材的单调感而创造了五十年代、六十年代诗歌高潮的军旅诗，将如何以不是重复的再突破适应于这个新诗全面发展的时代。

事实的确如此：部队生活以其奇险艰难的题材，优胜于其它生活门类；但不可忽视的一个事实是，部队生活毕竟是"单调"的。战争固然令勇者神往，但战争的机会并不是经常可以遇到。在平常的日子里，训练、放哨、巡逻，大体总是如此的循环着，能在这种"刻板"的生活中发现并表现丰富，这是诗的幸运，但也由此带来了极大的难度。

艺术创造的真谛在于困难的克服。重复天才并不就是天才。不能跨越艺术所已创造的，谈不上创造。进入新时期以来，军队的诗歌的争取在于实现对建国以来的创造性劳动成果的超越。相同的领域，但不能采用相同的表现方式。有诗句写："世间需要这种奇伟的男儿"。就创作的规律而言，当然也需要表现这种奇伟男儿的奇伟的诗。但这并不意味着军队的诗只能表现"奇伟"、而且"奇伟"也只能有一种表现方式。创造地表现奇伟的诗，往往表现为超越了"奇伟"。

要做到这一点，第一步就应当独辟蹊径。平庸的作品多半只表现为重复过去。周鹤《云里落下笑声》也写空军，他笔下的天空和飞机就宣告了对于同题材的超越。周鹤的创造性超越在于：他令他审视的云彩几乎全部消失了轻悠柔美的传统风姿。紧张的空中执行任务，使作为抒情本体的战士，失去了平常人所特有的观赏云霞美景的心境。云彩对于他是一种实际有用之物，而不再是飘忽空中只具有愉悦心情的观赏对象。这属于周鹤的独有感受，启发他的灵感：云彩是作为"堑壕"、作为"掩体"而存在时，也许有"半路轻柔的云"，也许还有"半路迷茫的雾"，但一样的没有那份闲适的心情，轻柔迷茫只提供空中"潜伏"的场所。那是"我们骄傲的征途"，而不是其它。

诗人不是没有发现云的美，但这种美却是特殊的："你这样神奇多变，不像山，像是山的泡沫？你这样怒拔高耸，却真有山的神奇和巍峨!"天空里的云峰成了壕堑,城垛和街垒。云峰并非无情物,它一样充满了温情:它以凝聚如沉重的铅块而"洒下雨的轻纱",它以山的起伏和流动而"在高天里打着旋涡",这些都成了"敌人难测的帷幕"而多情地掩护了卫国的士兵。周鹤的创作表明,尽管军队诗歌创作的题材存在着局限,但重要的是克服困难。一样的写空军,有着不一样的写法;一样的面对空中的云霞星辰,但当诗人从特殊的角度、从平凡和一般中发现对象的特殊性,他的眼前就出现了艰难奇险的山脉翻越之后的一片旷野。获得这种发现的,他的诗便有了创造性的价值。

李松涛的《云影与松风》也有独创的"翎思"他的哨位也在云空。他也讲他所看到的特殊云。但他没有把云的本身幻化为壕堑或山峦。他只是把他所触及的对象比喻为云:"早晨,机场升起一朵云——那是一朵有歌喉的彩云——那是一朵有硬度的彩云。"(《云影》)形象的实质是李松涛的特点。他笔下的战鹰对天空说:"我是疾驰的警惕,我是会飞的枪炮",与前引有歌喉、有硬度的彩云同一巧思。他的好处是一贯的重视对于客体的移情。他不以奇崛见长,他的诗中保留对象的实际样子最多,但这并不说明他缺少聪慧。《银燕的声明》讲热爱天空和会飞行的并不属于一个家庭,便以丰富的想象突破了单纯描摹,从而拓展了军事诗歌的视野。

张雅歌的《我把蓝色的旗帜升起》也是天空中的歌。他的"蔚蓝色的旋律"把飞行员自身想象为一朵"贴着蓝天飞翔的云";飞行员停飞之后在车间的劳动身影是"云的投影"。也是表现生活情感的一种特殊选择,带给诗以清新的感受,《营养》一诗写即使是飞上九霄,飞行员也不改"北方山民的秉性","星星,金灿灿的小米,闪电,自留田里的大葱,霞光,老娘亲刚烧过一把旺火,月亮,好大个嫩黄的煎饼。"比喻不免稚拙生硬,却蕴含一片挚情。以上诗例都说明,一些诗之所以给人印象,在于它对于平常所见的新的选择与发现,这是赋予"单调"以"华美"的一种可贵的努力。但这还只是一个举步,到达理想的境界,无疑还待更为艰苦的艺术跋涉。

二

> 这是一支乌黑的长笛
> 只有一个笛孔流溢音韵
> ——贺东久:《钢枪》

一个笛孔的长笛而期望奏出多彩的流韵,正是一种对于改变"单调"而趋向"华美"的祈求。军旅诗正在丰富而多样的生活现实的感召下,和当前的文学艺术取得了同步的发展。改变诗歌的单调和单一的倾向的根据,在于确认人类情感的丰富性。部队生活的基本特点是艰苦紧张,但这不会是生活的全部。退一步说,即使是全部,也不等于"全部"都要如同实际生活那样地再现它。一旦人们对诗歌现实的社会功能有了较为全面的合理的认识,人们就将改变部队诗歌只能有一种方式、抒发一种情感的观念。

众多的创作实践已经改变了表现士兵的诗只能采用同一风格的认识。尽管强悍和粗犷依然体现了军队最动人的情怀,但更多的其它色调的补充正在使军旅诗更为丰彩动人。孙中明的《绿树与花》的艺术追求,很鲜明地体现了执意改变军旅诗单一色调的意向。他几乎把他所触及的全部军队生活放置于绿树和花荫的笼罩下,这使他的诗一扫沉闷的气氛,顿时轻快舒展起来。如《入伍》过去描写参军大抵离不开锣鼓鞭炮决心口号,如今是"作为一朵羞涩的花,作为一棵无畏的树","凭这身碧绿的名义,我正走向春天的深处"。在孙中明的眼里笔下,军营无处不是鲜花芳草。那是《哨所旁的油菜花》,在花香里,战士第一次持枪站岗;在《桃花开放的时候》,战士折一枝桃花别在钢枪的背带上。孙中明诗中最动人的《风景》是把军营变成了花园。他在艰苦的奋斗和爱美的心灵之间搭起了桥。他的诗情受到了理想化的启迪。军营和花园在他的理想的光照下得到协调。我们可以认为这些诗有不够自然的"做"诗的成分,但是,也可以看到这些诗的真意是对于太过写实的风气的校正。它的倾向是前进的。它展现了特殊风景线的长处在于写现实的"不似",而过去的缺陷则是"太似"。

和前者的追求相近,峭岩的《星星,母亲的眼睛》也表现了对于如实摹写的淡漠。他也注意以自然美的关注烘托战士的美好心灵。《春归》表现的"难以掩藏的兴奋",是由于营地里菜苗的萌发。他的喜悦表现了热爱生命以及对于生命的信心。峭岩表现的军队生活没有重复过去同类题材的贫乏感。他写《草原,在观察镜里绿了》,一片葱绿之中,传达出大地勃发的生机;他写《朝霞,从枪刺上升起》,"睡傻的春风""恋巢的小鸟",如同郭小川笔下的秋天预示了战士的坚韧那样,他呈现了新时代充满憧憬的阳春烟景。黎明前的帷幔是士兵用刺刀挑开的。同样追求摆脱贫乏而展现内心丰富性的,还有马合省的《问津草》。在《山坡上》,修工事的战士好不容易得到的休息三天的"长假",想用来"尽情地拉呱"和"尽情地想家"的心情,因为不忍离开这已经熟悉的山峡而沉默。还有《下哨路上》,是在近于欢呼的"我可以唱了,唱家乡的小调;我可以笑了,以完成任务后的自豪"开始的,它与哨位上的"紧张、警惕,攥着夜的枪刀"提供了鲜明的反差,一弛一张之间,托出了士兵生活的丰富以及情绪的多样。

当然,更为值得注意的不是这种反写实的意向,而是诗的确已经注意到对于战士的心灵世界理解得过于单调乃是一种缺陷。现阶段的军旅诗已经把诗的触角伸入到战士丰富而多彩的内心世界,从而有力地肩起表现穿了军装的当代青年广阔的精神领域的使命。可以说,这是一种基于诗的观念的更新而带来的。从根本上克服军旅诗"单调"化的新的变革。贺东久的《带刺刀的爱神》这本诗集的最重要贡献就在于此。他看到并且确认士兵的内心同样是一个广阔的世界,士兵的情怀也是多种因素的组合,他把士兵的同样复杂的内心世界和同样丰富的情感空间,创造性地以只有一个笛孔、而却"流溢"多种"音韵"的长笛的优美造型加以概括。他敢于在过去未曾涉及的感情世界中探幽,他从新颖的角度(不是如同过去那样简单地写"不怕死"的豪情),写士兵对生与死的认识:"在燃烧的战场,生命是悬在游丝上的秘密。主持它的典礼:一半由魔鬼,一半由天使。"它写生的庄严,也写死的痛苦,他写忠于祖国的士兵"既崇拜天空,也崇拜地狱"。

士兵作为活生生的人,他们有常人的一切情感,七情六欲在他们那里并没有例外。但士兵的崇高的使命感能够抑制和克服情感的困扰。军队诗人没有在士兵情感的复杂性面前回避和却步不前。这里有一个《朝原野上走去的背影》,它写士兵因退伍而萌生的"淡蓝色的忧伤"和惆怅,它展示了一个退伍军人的"隐痛"。这里又有一段《压在箱底的秘密》,那是一件少女时代的骄傲,一段被剪接的蒙太奇——

> 女兵的花衬衣
> 叠得整整齐齐
> 静静地静静地
> 压在她的箱底
> 一个被封锁了很久的秘密
> 一首被抑制的抒情诗

诗人发问:这是误会,还是一个悲剧,这就把平常人生活的琐小事件,提到了一个令人肃穆的位置上。一个青春少女对于花衬衣的眷恋是合理的，把它久久地压在箱底乃是一种"抑制"。他确认这是一位中国女公民对于"茅草地"的基于"青春的意志"的合理"选择"。这是在现阶段诗歌历史批判意识增强的前提下，由人的价值、尊严的醒悟推进而为对人的全部复杂性的重新认识的基础上获得的进步。我们面对军旅诗创作的这些突进，的确感到了它作为中国当代处于巨大变革的诗歌大军的一个组成部分，有着不脱离总体的同向推进。这无论如何是令人感到欣慰的题目。因为它把人们印象中的"单调"进行了迅疾的改造，它无疑向着令人目眩的"华美"又作了大的跨越。

三

> 前进的军旅有动人的谐奏
> 该细腻的细腻，该粗犷的粗犷
> ——杜志民：《谐奏曲》

中国社会的发展已经向最敏感的诗歌发出了呼吁。诗歌为了适应自己的时代，对现有秩序作了适当的调整。尽管为这种调整付出了代价，但毕竟唤来了诗的活力。现阶段军旅诗的创作正在《把目光投向明天》。这是纪学为他的诗集所起的名字，它体现前进的意向。他的士兵进行曲不仅由枪和大炮等鸣奏，而且有他的"竖琴"——卫星发射架以钢铁的琴弦奏出了最动人的青春的旋律。

纪学的诗传达了诗歌展现军队现代化的动人音响。现代科学成为诗歌的新鲜题目，这在军队诗歌发展中具有开拓的性质。这是诗人选择的一个合理的抒情角度，他的诗告诉我们，我们的军队正在为挣脱落后而认真争取。过去诗中表现战士的英勇只是停留在冰雪中以僵硬的手指抠动扳机，把炸药塞进坦克，如今，它表现战士床头出现了《原子结构》。战士认为这是应该追求的事业,他呼吁《不要责备我想得太多》。另一首《我知道……》讲战士对于战争概念的新认识:"我这一副血肉之躯,即使锻成万吨青铜,也敌不住原子弹的射杀","尽管父兄用它筑过长城,护卫了伟大的民族和国家"。这便是一个振聋发聩的声响。不论是正在想的和已经知道的,都传达了军事现代化的雄伟进军的动人乐音。纪学以选材的敏锐使他的诗富有生气。他的缺点在于表达方式的泥于旧习,使诗的内涵不能得到充分显示,如《卫星飞进轨道》写"月宫盛大舞会"便是。

整个当代诗歌已经结束了以单一的乐器弹奏单一音响的不正常的历史,军旅诗自然也不例外。《战友诗丛》展现的也不再是"单兵训练"的线条单调的画面,而是合成军雄浑壮观的立体的"交响乐"奏鸣。重要的是,这种诗歌音响由单一到繁复的转变,不仅是、而且主要也不是以题材领域的扩大为标志。诗歌的"把目光投向明天"的努力,主要是在诗的情绪组合上向着人的内心世界的进军,从而体现作为中国新一代年青士兵的情感的全部丰富性。这方面的变化造成军旅诗质的飞跃。最深刻的变化产生在诗的内在节奏上适应了现代生活的流变。杜志民的《阵地上的小花》有力地进行了诗歌节奏的改造。它保留原有形态的诗歌节律最少,在展现基于现代战争观念形态生发出来的旋律上,他的创造相当丰富。

现代战争立体的诗的构图,现代化军队行进的节拍,在杜志民的诗中表现得最为充分。要是我们用当代性或现代感之类的概念来说明军旅诗创作的实绩,我们可以期望在他的诗中找到更多的例证。《假设》并不仅仅是一种"假设",它是基于现代战争实际的诗的"再塑":

> 这可不是打一场排球赛
> 暂时失利,还可待机追起
> 战败一次

> 便是一次覆灭

由于传达的是现代战争的观念,这些诗确实让人警醒。它也许偏重于理念的传达而艺术感染力有点弱化,但重要的是杜志民把握了现代军队行进的律动感。这种律动一反过去那种节奏上的徐缓封闭,而趋向于自由和开放。他的诗刻意描写现代战争节奏的急速,字里行间呈现出那种令人呼吸急促的紧迫感。他的《时间》观念是纯粹现代的:

> 时间,在战地上
> 被压延着,也被浓缩
> 它不是被剥蚀的石灰岩
> 风吹也会脱落……
> ……
> ——现代战争的战场上
> 一分钟
> 该就是强击机的一次俯冲
> 该就是轰炸机的一千枚弹落
> 该就是坦克群冲上优势战位
> 该就是布雷车设下遍地雷火

"一分钟一部战争史,一分钟一卷军事学",这就是杜志民所已感知的现代战争的基本观念。他的《匍匐》是动人的:战士匍匐前进,"'意志贴草尖飞翔'好像铁流奔腾,好像舰队出航,一旦停止了向前,便兀立起一座山岗"开始是铁流滚动的快速驰突,气势相当雄伟。继而骤然而止,眼前兀然一座坚定的山!这样的动,这样的静,这样的动静结合——迅急飞奔中的戛然凝固。要没有对现代战争的音响、速度和气势的把握,便无由再现这种态势。

传统的军旅诗一般都显得过于追求意境的优美隽永,过于渲染宁静和谐的音响色泽。的确,那种方块或准方块的整齐或大体整齐的格式,对于现代战争气势的传达明显地有了局限。军旅诗的相当部分创作已感受了此种局限并锐意变革。"安详里透着紧张,惊险中含着酣畅","快速里求稳定,变幻中找方向",这首《飞机特技表演》诗中的句子可借以形容当前军旅诗新节律的鼓涌。

《战友诗丛》已初步表现出部队诗歌艺术上的多样的实践,各不相同的相对独立的艺术个性的展现已成为事实。另一方面的事实是,相当部分的诗作未能超越业已获得的艺术积累。在抒情方式上表现为某种程度的惰性的拘谨,一般仍停留于习见景物的触动而发生的某种有意义的联想的模式。其间当然也不乏相当成功的艺术精品。此类精品各在诗集中均有所见,尤以周涛的《神山》蕴藏较多。

要是说,在军旅诗向着艺术的多元展开的方向推进中,杜志民的贡献在于鲜明地传达了军旅生活现代精神,周涛的创造性成就则在于植根在深深地层中的对于人生的思考。这一基本内容大抵托之以年青军人的抒情主体。他以大西北的雄阔粗放作为诗的基本背景;他以极度艰难中生存发展的奋斗和开拓精神,化为诗的精诚血脉。周涛的诗是男性的,他绝对排斥华词丽句的装饰。它不排斥诗美,但是这种美是摆脱了情感软化的倾向而表现为闪着寒光的冷峻——

> 我喜欢把微微带点弧度的马刀
> 从黑色镶边的鞘中抽出
> 仿佛从夜色中抽出一弯明月
> 手指轻弹铮铮作响的钢刃

《鹰之击》是近年军旅诗的一篇杰作。年青的鹰与刁滑的狼的生死搏斗是惊心动魄的,鹰的坚韧不拔与悲壮的死,它的被冲力撕开的尸体,如"钉在树上的一面迎风的旗帜"。这样的诗,摒弃呆板的注释,也不追求近切的功利,它通过戏剧气氛的渲染,宣示了锲而不舍的搏击、坚毅的韧性的抗争,它以长恒的生命火照彻人的心灵。周涛的作品显示了军旅诗创作的新高度。在改变诗情平面推进方面,他和其它诗人一起,对当代军旅诗的抒情叙事方式作了重大的改革,立体的和综合的显示人生的各个层面,已经成为一种重要的趋向。

不少从士兵特有情怀这一"基色"去写人生的诗作,使同样的题材具有了特殊的沉郁之感。这从周涛的《父亲冬天出去远行》便可得到证明。这位当年生龙活虎的八路军,已"老得像一棵不甘寂寞的枣树",他耐不住"一个又一个相似的日子",决计冒着寒冬远行。家里只剩下年迈的母亲,她站在阳台上目送老战士走出家门。父亲毕竟老了,他的出走在同样老了的母亲心里浮起了不单是伤感的伤感。一个单纯的画面表现的是士兵和他的家庭的昨天和今天,昨日的军功和今日的落寞,特别是一位老战士和他的妻子的凝聚了丰富的人生经验的复杂心境,这一切均被周涛式的冷峻雄健包裹着。

军旅诗在现阶段的进步,不是由于出现了这一个或这几个有成就的诗人,主要的是出现了各不相同的各式各样的诗人。这的确是一支合成军发出的谐奏曲:"子弹爆发昂扬的音符,喷火器唱起热烈的歌,时而深沉,时而激越"。它拥有了杜志民的流动,周涛的雄健,孙中明式的花丛树荫下的优美诗情,也拥有了周鹤、李松涛式的飘逸的彩色的"翎思"。不管什么样的抒情方式,体现了什么样的艺术风格,现阶段军旅诗都以表现如今这一代军人丰富的精神世界为追求的目的。他们如今表现的,都是我们引为骄傲的:"我们为此骄傲,也感到亲近。"

在星光的辉映下[*]
——《共和国的星光》的写作

一

做一个诗人很难,做一个有独特艺术个性的诗人更难;可以有千千万万读诗和爱诗的人,但不可能有千千万万的诗人。在中学时代(那已是十分遥远的过去),我曾迷恋过诗的写作。进入新时代以后我便知道,我已失去了创造的诗人所拥有的合理的空间。我不再期望自己会成为诗人。

五十年代最后一个春天,我还是北京大学中文系的学生。当时的《诗刊》的同志们,感到国内还没有一部谈论中国新诗发展历史的著作,便由徐迟等同志出面,委托我和几位同学(他们是孙玉石、孙绍振、刘登瀚、洪子诚、殷晋培)合作编写《中国新诗发展概况》。也就是这时,我开始较为系统地接触中国现代诗歌创作和理论的史实。这个工作,弥补了大学现代文学史课程诗歌部分不够充分的缺陷,并训练了我们独立进行学术研究的能力。

此后,我业余的主要写作活动,是对当代诗歌的评介。这个工作促使我了解并熟悉诗歌创作的现实的脉搏。那时我刚毕业留校,年纪也轻,还不到三十岁。也就是这时,我接受北京出版社的约稿,写出了一本通俗性的关于读诗和写诗的小册子。怀

---

* 此文初刊1985年7月8日《书林》1985年第4期,收《流向远方的水》。据《书林》编入。

着志忑的心情寄出书稿,收到的却是极为热情恳切的肯定。这是我的文学批评道路上受到的印象最为深刻的鼓励之一。

正当我以浓郁的兴趣,准备投身我所钟情的诗歌研究事业的时候,一场可怖的政治旋风刮起来了。它不仅刮走了我那本有可能出版的、可以称之为处女作的《关于读诗和写诗》的书稿,也迫使我中断了关于诗的学习与思考。

二

一停便是可惊的十年。这期间,中国新诗和中国人民一样,经历了空前的灾难。诗歌创作走上了"假、大、空"的绝境。劫后归来,人已中年,当我重新开始我的工作时,我惊异于诗的严重退化。

从1976年开始至1978年,我的研究工作也和那时的中国文学一样,处于一种"惯性滑行"状态。一方面,我从事诗歌运动和诗歌实践成绩的综合;一方面,我开始了诗歌基本理论的普及性文章的写作。那时我便觉察到,我的工作已与即将到来的跃动的时代不相适应。

1978年底,一个决定中国命运的会议刚刚开过,我们停滞了很久的社会沐浴在思想解放的阳光之中。这种形势促使我很快地结束我手头正在进行的工作。1979年我先后送走《湖岸诗评》和《北京书简》两本书稿,算是表明我向过去告别并以一个新的视点重新起步的决心。

整个的时代氛围启发了我。进入1979年,我沉浸于诗的回顾与检讨之中,总的特点是对于历史的反思。这种反思的出发点是:追溯五四新诗运动曾经出现过的创造的和多样的繁荣;总结建国以来诗歌创作所已达到的和曾经失去的,从中寻找新诗在长时间内所逐渐产生的异变的因由。1979年北京大学五四学术讨论会上,我宣读了题为《和新中国一起歌唱》的论文。这是我对于建国以来诗歌发展道路的最早的回顾。这篇论文流露出我初步的思考历史批判意向。这批判性的特点,后来在以《历史的沉思》为题的论文中有更大幅度的展现。后者也是一篇长文,计四万余字,它是我在北大讲授《当代诗歌思潮》的导论部分。

上述两篇长文完成以后,我舒了口气,有偿清历史欠债那样的轻松感。我感到,我对当代诗歌发展的经验与教训要说的话,大抵不出于此了。当然,《历史的沉思》发表之后,也有的朋友对我的写法不以为然。他说,要是他来写,就不会采取这样的叙述方式。我知道,他指的是我文章中的"尖刺",特别是论及许多历史事件和若干有声望的诗人的作品时我的不加掩饰的批评。我自知忠于史实的说话不免伤人情感,但我宁愿以此维护文学批评的严肃性。《论新诗传统》是这本书中未经发表而直接列入的唯一文字。我写此文的用意,在于使我的思考保持历史延续性。它是我对五四以来迄至今日的现、当代诗歌,作为一个整体加以描述的尝试。

以上我用了较多文字谈到《共和国的星光》第一辑的三篇文章,因为它们的字数加起来超过全书的一半。这第一辑可以看作全书的基干,它确定此书的基本倾向是回顾性的,是对于诗歌的反思。一位年轻的评论家在批评我的作品时曾经作过这样的概括:"……中国知识分子普遍都经历了一个从'想不到'到'想得到'的痛苦觉醒过程。从'想不到'到'想得到',其间我们的人民和知识分子都付出了血和泪的代价,甚至使他们的生活充满了苦涩和讽喻,不过这是大有补偿的苦涩和讽喻,而最大的补偿就是,他们获得了独立思考精神和成熟的理性。"(王光明:《谢冕和他的诗歌批评》)他对我们这一代知识分子的描写是宏观的。我觉得自己是在历史的挫折中学会了理性的沉思。这种痛苦的沉思获得的坚定性是不易动摇的。

三

1979年对于当代文学的发展,是最值得纪念的一年。这一年给人们的启示是太丰富了,对于诗歌也是如此。许多信息向我们表明,诗歌正在全面萌发着振兴变革的因素,其中最值得注意的是大批名字生疏的青年诗人的出现,以及他们的诗作的引起震动。1980年4月在广西南宁举行了全国当代诗歌讨论会。会议的话题集中于新诗的现状和展望上,新诗面临挑战的命题被提出来了,不同的关于历史和现状的认识有了初步交锋。它预示了以后更为激动人心的论辩。就是在这个会上,《光明日报》与会同志拟组织部分专稿见报,我也是被组织的作者之一。

1980年5月7日《光明日报》刊出我的短文《在新的崛起面前》。我以如下的话结束了这篇文章:"接受挑战吧,新诗。也许它被一些'怪'东西扰乱了平静,但一潭死水并不是发展,有风,有浪,有骚动,才是运动的正常规律。当前的诗歌形势是非常合理的。鉴于历史的教训,适当的容忍和宽宏,我以为是有利于新诗的发展的。"文章一出来,立即引起不同的反响。我感到我是在"平静"的水中投进了一块小石子。

我自己也如同文章所说的那样,准备随时"接受挑战"。那时没有预料到,我所使用的"崛起"一词,竟留给人们那么深的印象,以至于被不少的人所相继使用。我也没有预料到,继《在新的崛起面前》之后,又有第二个"崛起"和第三个"崛起"(即孙绍振的《新的美学原则在崛起》和徐敬亚的《崛起的诗群》)的出现。当然,我最没有思想准备的是,由于它的出现竟引起了那么多人的情绪激动,以至于在四年后的某个时候,竟被归纳成"三崛起"在更大的范围、更严重的气氛中受到关注。其实,《在新的崛起面前》并没有提出什么新的理论,对当时出现的新的创作现象也缺乏具体论析。文章的作用只是在于,它发现并描述了诗歌发展的新的迹象。但作为一个评论工作者,这也许是少有的"幸运",因为他的工作引起了人们的兴趣。当然,我为此也付出了代价。

以《在新的崛起面前》为契机,我在此后一段时间一直以浓厚的兴趣注视着新诗潮的兴起、发展及其挫折。在我的观念中,挽救新诗的走向衰竭状态的,只能是当前这样受到昌明政治鼓舞的、整个社会向着世界开放的良好时机。它为整个理论界、思想界提供了前所未有的宏阔的视野。中国新诗的由停滞走向发展、由窄狭走向宽广、由单一走向多样,它的成功或者失败,与整个国家的命运紧紧地联系在一起。要是我们不能在这样良好的氛围中振兴诗歌(或是给振兴开一个好头),那么,我们诗歌的不景气将要持续延长下去。收入这本《共和国的星光》中的文章,除了前述历史回顾一类,另外大约一半,便是对于新诗未来的呼唤。

四

这是一本论文集。对于这样的书稿,一般出版家都表现了相当的冷淡。它之所以得以出版,全然是春风文艺出版社的慷慨。他们鼓励我将近年所写诗论,以"新的崛起"为中心主题结集出版。编辑同志的热情和认真令我感动。为此我深深地感激他们。当然,此后因整个形势的影响,由于我遇到的麻烦,也牵累了他们,这又是我所深感不安的。

《共和国的星光》出书了,送到我手中时已是1983年的秋季。感于当时的整个气氛,我一面暗自庆幸它的毕竟未曾夭折;另一面也为自己和出版社耽心,怕引起更多人的注意从而引起更大的麻烦。我极力"缩小"这本书的"影响",尽量地不持以赠人,因而也不曾多购。许多师友我都不主动赠送,这当然是无可奈何的失礼,直至今日我还在一一地请求他们原谅。随后,从各地来了熟悉的和陌生的朋友的信件,向我索取或要我代购该书,可是出版社和书店竟一本也找不到了。一本说不上有什么价值的小书，竟然有人想到它并真诚地寻找它，作为作者，我所感到的欣慰可想而知。

当然，在特殊的气氛中，我也听到不同的声音。对此，我不想说些什么。需要加以表明的是，不论我发表的见解存在什么样的不足乃至错误，但我的观点的不同于众或使用资料的不加隐匿，并不说明我对当代诗歌的看法突然来了个"一百八十度的转弯"。我始终陷于痛苦的思索中。我受到中国现代和当代诗歌的滋养，我的批评建立在它自身提供的材料的基础上，我进行这项工作时完全把自己当作局内人而不是旁观者。最近，我在《中国诗萃》(五十年代——八十年代)的序言中表达了这种复杂的心情："越是遥远的历史越是好写，越是近切的历史越是难写。中国千年诗史的最近一个阶段，伴随着我们这一代人的欢乐与悲苦、激扬与沉寂，它是我们诗化的生活史与情感史。因此，当我们试图描写它，我们仿佛是在从事一番无情的自我解剖。但我们毕竟无计逃遁作为当代人的使命。比起全部的中国诗歌的历史，这三十六年短暂得好似瞬间。但是忠实地、像历史家那样地描述并评价它，其对我们内心的煎熬，不啻千年之久远！"

人民共和国的诗的星光始终照耀在我的头顶。我因它的明亮而欢欣，因它的晦暗而忧虑，我与它共命运。对于"数典忘祖"、"蔑视传统"、"蔑视权威"之类的言论，我除了付之一笑什么都不想说。"春风"的朋友告我，他们将再版这本书。我再一次感激他们。为自己，也为关心它的命运的读者。

辛勤的园丁[*]
——序傅金城著《写诗手册》

不是作为诗人,我却不断地经受着诗的折磨。但当我想到有多少人在为诗默默耕耘的时候,便深觉为之欣慰。我对那些辛勤的园丁充满了敬意。

这是一个盛夏时节,傅金城找来请我作序。他说到这本即将出版的《写诗手册》,说到他的工作和追求。虽是第一次见面,我却被他的献身精神所感动。他是一位诗人,出过两本诗集,如今也还在写诗。自他当上《金城》的诗歌编辑以后,他便把最宝贵的时间和最主要的精力贡献给了辅导青年作者的事业。

《金城》是一家严肃的刊物,它以对青年诗歌创作的特殊关注而富有魅力。它的发行量一直是令人羡慕的。目前它已成为国内最热心培养业余诗作者的刊物之一。傅金城的工作是多方面的,单就"每诗一评"这个专栏的建立,便可窥见他的执着与坚持。从一九八一年起始到现在,《金城》每期推荐十至二十首大都属于初学者的诗篇,每首诗附千字以内的评点一篇,年年如此,期期如此,从不间断。而这个专栏的评点文字都由傅金城一人承担,可见他为此付出了多少精力。他是编辑,要读许多来稿,从中挑选有代表性的作品予以发表,再附上他的评点,这样,许多诗歌作者便与刊物和编者建立了信任感和亲切感。

---

[*] 此文初刊1985年10月31日《甘肃日报》,收《写诗手册》,傅金城著,甘肃少年儿童出版社1986年7月出版。据《写诗手册》编入。

傅金城的评点是有特色的。他把自己创作的体验和他所拥有的诗歌知识融汇其中。大抵每评一诗,古今中外,论析欣赏,平易自然,使读者和作者深受其惠。他的创作实践使他在评述他人作品时实际、具体而绝不泛泛。这是他针对《小夜曲》一诗使用叠字的特点展开分析的开头——

> 轻轻吟哦间,静静默诵中,谁能不留意那双双明珠、对对玉佩似的叠字呢?"小夜曲,一段段",演奏得琅琅动听,盈盈悦耳,给人以清丽、快爽的美感。

重要的还不是他以优美考究的文字,准确地把握每首诗的特点,重要的是他能够由眼前的例子生发开去,先后引用李清照那首著名的〔声声慢〕,古诗十九首中那首"青青河畔草",来印证此种叠字现象,并引用《文心雕龙》"物色"篇的论述,总结这一修辞技巧的特点。短短数百言,读者从具体诗例出发得到的除了技巧的借鉴与提高,还有知识的增进。

现在出版的这本书,是他的一部分评点文字的结集。书名体现了编辑的苦心。全书分诗体、诗析、诗艺三章编定,章后列题,每题一诗,每诗一评,每评一议,是一本条理明晰、理论与作品紧密结合的颇有特色的书。我相信热心学诗的人持此手册,虽说未必就能成为诗人,但从中得到启示与借鉴则是肯定的。

傅金城从事这项工作,是从他亲身经历得到启发的。他很早开始写诗,实践甚多而每感事理难明。如今轮到他当编辑,以己度人,他知道对于初学者什么是及时而重要的帮助。他要把诗评推向实际,使理论与创作实践最大限度地接近,他追求理论的"实用性"。他的这些想法,从根本上考察理论的价值,说它在于提高读者和作者,推进艺术创作活动,应当是没有错的。不少的理论工作者从事这一事业,往往忽视它的实际用处,这是一种弊病。傅金城力图使自己的诗歌评论向着创作实践切近,以诗意的和微型的评论（这是他为自己确定的另外两点追求的目标）改变评论对作者的"隔膜感"和"遥远感"，无疑是有价值的贡献。

新诗在最近数年有令人兴奋的发展，几代人都在为新诗的复兴作着贡献。论及新诗的成绩，人们当然首先想到诗人们的劳绩，有些人也想到理论家的工作，但人们很少知道编辑的辛苦——像傅金城这样以一片热心贡献给那些原先并不知名的青年习作者的可敬的园丁，真是无以数计！诗歌编辑这个岗位尽管辛苦，但是可令所有的人艳羡，因为他们联系着千千万万颗燃烧着天真与挚爱的心，这个岗位需要那些默默的耕耘者。

傅金城的工作之所以令人感动，在于他不仅是辛勤的，而且是创造的。他很谦虚，总是说自己是在一边进行理论的"补课"，一边拿学到的帮助别人。我知道在他的点评中凝聚了他创作的甘苦，他是在悄悄地为他人贡献自己的心血。也许他的工作并非无可挑剔（例如，他论诗的面偏重于中国旧体诗和古典诗论，略欠开阔），但是可贵的是他的这种精神。现阶段中国诗歌之所以给人希望，除了众多的诗人创造性的劳动之外，还在于有傅金城这样的园丁。

1985.7.19 于北京大学

批评就是选择[*]

在这篇序里,我不想对孟繁华的这本书的具体内容说些什么。它的丰富性已经给读者和批评者提供了一切。他们有充分的理由对本书发表这样的或那样的评论,肯定它或否定它,或者部分肯定又部分地否定它。文学创作是自由的或将是自由的,文学评论也是自由的或将是自由的。时代已经给我们生活着的这几代人提供了较之以往更为良好的氛围,我们是幸运的——我们相信广大的读者将会充分地运用他们的自由,对本书进行自由的评论。这就是我不愿在序里对这本书直接评论的原因,我充分信任尊重读者的判断力。

要是生活什么都不曾给我们,但它还是给了我们最珍贵的权力——思考。思考既是一种权力,也是一种争取。我们终于获得了可以充分思考的时代。但显然不是所有的人都能运用这样的权力。孟繁华的这本书也许有众多的优点和一定的局限,但它的最大魅力在于它的独立的思考。一般说来,我们读一本书,并不期待它发表众所周知的、人云亦云的见解,我们希望了解作者独特的思考以及由于这种思考而作出的独特的判断。

中国文学发展的现阶段已向我们提供了以往所不曾提供的丰富材料,科学地运用这些材料,进行独特的归纳和整理,从而

---

[*] 此文为《新时期的小说与诗歌十讲》序,孟繁华著,中国青年出版社1986年3月出版;初刊1985年12月25日《青年评论家》,又刊《电大语文》1986年第1期,题《〈现阶段的小说与诗歌〉序》。据《青年评论家》编入。

表述自己独创的见解,这是我们所期待的。孟繁华所进行的工作,最有价值之处,是他让我们了解作为当代人,特别是作为当代青年对于当前中国文学的理解与思考。他没有重复别人已经采取的方式,例如,他在本书的结构上,不采取传统的"线状结构",而采取了"团块状"结构,他希望对他触及的材料以整体性的把握,而不满足于我们均很熟悉的表面的把握。他把重点放在他述及的小说及诗歌这两种体式已经发生的重要文学现象,以及这些现象如何征服了读者的审美心理,这当然带来了困难。但克服了困难便是成就的取得。

也许有的读者会提出各样的问题,例如,为什么单单选取这一个或这一些作家加以论述而不选取那一个或那一些作家。这原是作家的选择,批评就是选择。要是他的论述和别人的论述完全一致,那他有什么价值存在?我也以这样一种认识,看待作者已经虑及的"遗漏"以及易于形成的"不连贯的空白地带",我还是坚持这样的基本态度:宽容。

当代人谈论当代文学,给人以亲切感。当然,距离近了,不免拘束,也未能全然超脱,这是一种局限。孟繁华此书也难免这样的局限。但他对此已有预察,且在一定条件下作了超越。可贵的是,他对很多当代事件的目击者和亲历者有一种冷静和客观的心情,他察觉到当代人的局限的多方面性,特别是他对当代"急功近利的"、"历史因袭的"和"非文学视野"的批判,有难能可贵的警觉,他也就在一定程度上有了超越。

对于当前文学发展的整体意识和宏观考察的方法,不是所有的人都能获得的。孟繁华刚从大学毕业不久,他很年轻,但他在这方面的修养却留给我以鲜明的印象。他对现阶段文学在整个中国文学发展中的位置和成就,以其切近实际的估量而显示出他的批评的眼力和胸襟。如他认为我们当今的文学由于时代潮流的推动,出现了除了现实主义而外的多样的艺术实践,因此它不再是一个"频频回首的颤巍巍的老者"的形象,而是一个"充满了对未来的希冀与憧憬的热烈的青年"。他判断"转变的时代往往正是伟大作品产生的时代"。在孟繁华的论述中渗透了对于当前文学的批判和反思精神,他反顾曾经有过的创作上的"不稳定性",他探寻一个时代文学视野和胸襟的狭窄以及"对创作规律的无视和无知"因由。他以开放和进取的态度,显示了祖国文学可以预知的未来的巨大发展。这些,都显示了孟繁华所初步具备的良好的批评素质。

当代文学在整个中国文学的发展中只是一个短暂的链环,研讨当代文学不可以不作直接论述,但心中要有长长的链环的全部,特别当代文学与现代文学的密不可分的继承和发展的关系,以及中国文学在现今世界文学中的已有的和应有的地位,历史感对于一个批评工作者是太重了。孟繁华此书在这方面表现了某种欠缺,此外,因为成书匆忙,语言上的缺乏推敲与粗疏也显而易见。

好在这只是一个事情的开端,我对作者的希望远比现在可以达到的要多。

一九八五年七月草于北京大学蔚秀园

中国现代散文诗的集锦[*]
——评介《六十年散文诗选》

经过了长久的坎坷,这几年散文诗算是交了好运。这种好运原也非散文诗所独有,中国整个文学艺术蒙受清明时代的恩惠而拥有的复兴,自然包括了散文诗。但散文诗在长时期里的遭际却是特殊的。人们也许因其属于"袖珍"型的文学品类而自然地"轻视"了它;也许因其属于介乎诗与散文之间"两栖"型的文学品类又自然地"无视"于它。总之,它在文艺诸品类之间确乎感到受冷落的寂寞。幸而有一批热情坚定的维护者与追求者,他们对于散文诗的执着是令人感动的。这几年若干种散文诗丛书的出版、散文诗学会的成立、散文诗研究的开展及其深入,乃至这本完备的《六十年散文诗选》的出版,都是这种努力的结果。

本书的两位编者(孙玉石、王光明)虽系中、青年两代人,但均以治学严谨著称。孙玉石是《野草》研究的专家,他长达三十万言的《〈野草〉研究》早已引人注目。王光明近年倾心于散文诗的研究,是当代对散文诗发表意见最多的青年评论家。他们的工作奠基于他们多年对散文诗的悉心研究,特别受惠于他们对这一文体本质属性的科学认识。他们的最大贡献在于确认散文

---

[*] 此文初刊《江西书讯》1985年第7期,又刊1987年4月《博览群书》1987年第4期。据《江西书讯》编入。

诗为一种独立的文学品种,而把它从诗和散文中区分出来。他们认为散文诗的特殊性质在于诗的表现性与散文描写性的"化合",他们特别强调散文诗以"小感触"概括和象征时代、社会、人生的经验与理想的特性。因而这个选本所选作品都是经过他们科学"鉴定"的结果。所收文章,既不是"诗意的散文",也不是"散文化的诗",而是一种取诗的内涵、散文的外形建造的文学新品类。

基于上述认识,他们对入选作品进行了严格的界定:如取朱自清的《匆匆》诸作,而不收他的《荷塘月色》、《桨声灯影里的秦淮河》;又如丰子恺、肖红都是著名的散文家,但不录他们的作品。散文与散文诗形态神采相近,从来的划分都较模糊,本书编者对此予以科学区分,这无疑将对散文诗发展起明显的促进作用。

散文诗作为新的独立的文学品种,正式出现于五四新文学运动。编选者把中国现代散文诗的思考,纳入了他们对于五四以来新的文学运动的总体把握之中。他们在《散文诗的几个问题》一文中,追溯了散文诗在中国历史上的沿革,特别论述了它在五四新文学运动中的发生、发展和占有的地位。因此本书有突出的史的观念。选本收录了自有散文诗以来的名篇,可以视为中国现代散文诗的一次集锦式的展出。它因没有重大的遗漏而给人以史料的可信赖感,鲁迅的作品除选入脍炙人口的《秋夜》、《雪》、《风筝》等外,还在"神飞"的名下收入近年发现的诗文。其余如刘半农的《雨》,沈尹默的《三弦》、朱自清的《绿》都是具有很高的史料价值与审美价值的名篇。特别是标志着中国新文学散文诗的第一篇成熟的作品——刘半农写于一九一八年的《晓》,在若明若暗的曙色之中火车的疾驶,传达出"五四"前后那个时代的特殊气氛,一个小女孩的苹果般的脸庞,预告了伟大时代的新生命。一些按照旧有标准不易入选的作者如徐雉、李金发、高长虹等的入选,造成这一选本引人注目的包容性,从而更为有力地展现了散文诗草创期的丰富和繁荣。

编者以兼容并包的宽广的审美趣味,使本书成为一本充分体现了"五四"开放而多样的诸种艺术自由竞争局面的选本。冰心的清丽、鲁迅的冷峻、徐志摩的浓郁、李金发的诡谲,直至后起之秀丽尼、何其芳、陆蠡三大家的作品,都没有被选家精当而贱备的眼光所遗漏。至于下编,以郭风的"叶笛"为代表,更是吹出了新时代欢悦的音响。郭风的作品无疑传达了新社会充满憧憬和希望的欢乐气氛。柯蓝的作品体现了创造新生活的激情。邵燕祥的《麻雀篇》是一篇"破格"的散文诗,它以较长的篇幅精到地以"小感触"写"大时代"的悲怆。流沙河的《草木篇》的特殊遭遇给人以深长的慨叹。下篇所录诸作,概括展示出散文诗后三十年发展中既有新生活的喜悦气氛以及解放的幸福感、又深蕴着社会、人生艰难、痛苦,以及灾难性的情感的全部深刻性和丰富性。《六十年散文诗选》严肃地面对了它的时代。

编选尚欠严密,有些作者的序列,未曾严格按照入选首篇作品的写作或发表日期编排。个别很有影响的作品未曾入选,如朔望以张志新为题材的《只因》(见诗集《少年心事》)。

序《野葡萄的风》*

我和郭龙至今没有见过面,但我们神交已久。我从他的诗中认识了这位经历坎坷、但心灵美好、始终钟情于诗的创造的南国青年。人们不一定都要朝夕相处方能彼此了解。要让人们心灵相通,诗,就是最好的媒介——当然,必须是真的诗。我以为诗根本属于心灵,诗是人类彼此沟通的有效手段。诗歌没有国界。诗人属于全人类。在我们这里,对于雪莱和惠特曼、泰戈尔和艾略特的了解与亲近,甚至那些叱咤风云的政治家也无可比拟。我们不是从他们的国籍或肤色,我们是从他们的诗了解他们、亲近他们的。

记得那是长夜刚刚过去,黎明悄悄来临的时节,郭龙那时还在湖南乡村。他给北京大学寄去他的诗集《野葡萄》。我在一个偶然的机会读到了这个诗集。差不多是同时,我读到了顾城的《无名的小花》。要是说,我对中国新诗的处于绝域而怀有再生的信心,应该承认,是这两个来不及认识的青年人的手抄本给了我最初的新诗崛起和发展的启迪。我惊异于这些生长于山野的"无名的小花"和"野葡萄"的勃勃生机。

诗歌的沉沉暗夜里出现了一线曙明,于是,我意识到,一场深刻的艺术变革已经传来了轻轻的足音。

"无名的小花"给我的感受是没有受污染的诗的无拘束的自由表达。它以惊人的"不规范"体现了对于传统诗艺的勇敢的扬弃。而"野葡萄"则使我在严重的诗历史的断裂面前看到了潜在的延伸——郭龙的诗艺让人想起五四以来那些着意于诗美追求

---

* 此文初刊 1986 年 9 月 5 日《文学月报》1986 年 9 月号。据此编入。

的清新华美的诗风(而在那个时候,五四的丰富多样的传统已遭贬抑而成为遥远和陌生的过去),在那神令人窒息的艺术氛围里给人以顽强的历史再生力的证明。对于那些纸扎的"高贵"的"花","野葡萄"以它的酸酸的、微甜、微涩、同时又是充满野性的创造发出了挑战。

我把对于郭龙诗的这种感受,连同他的诗(那时他用的笔名是倩霞)写进了《北京书简》《风格二》那一章。我想保留在艺术衰落的年代里,那些生长在山里乡间不为人注意的"酸枣"和"野葡萄"所给予我的美好印象。

扎根在大自然纯朴的泥土吸取那天光野露
——《野葡萄》

郭龙的诗情来自他长期生活的乡间,他不受流行诗风的影响,把他所把握的诗情体现得清新妍丽,不是描写对象的外形,而是托之以一组鲜明的意象。他的诗有着中国传统的意境美,也积极地吸收西方诗的韵致,他受到从戴望舒到何其芳一路诗人的影响,他写的是现代诗。他的诗也许显得轻柔了些,但轻柔是他的特色。也有不足,那就是清丽掩蔽下的单弱。单感到内涵欠丰,缺乏较大的凝聚力。我寄望于郭龙的诗的是,诗的内在意蕴向着纵深的拓展。

郭龙催我为他的诗集作序,算起来历时已久。好在他似乎特别有耐心。但在我,却长久地不安。今年盛夏,我到普陀山讲学,随身带去了郭龙的诗集,想在授课之余偿还我对他的允诺,不想在那里病了一场,又未能如愿。现在,我庆幸终于完成了这些文字,我松了口气。我于郭龙诗本身论述不多但我自信写出了我的情感经历。这部诗集现在还只是手抄本,它的正式出版可能是克服了重重困难之后的将来。但我仍然乐意为它祝福。

一九八五年八月十六日于北大学蔚秀园

现代意识的萌醒[*]

我们民族有着辉煌的传统文化,但也成了沉重的历史负担。因为它的超稳固的自足体系,造成了民族性因自我满足而产生的排拒外物的自我封闭。当前文学界萌发的寻"根"热情,其主导倾向是基于现实的批判,试图通过传统文化寻"根",以探寻民族心理结构的历史性弱点与局限的答案,其目的在于疗救全民族的精神衰竭。从这点看,当前的文学寻"根"思潮是"五四"开始的、以鲁迅为代表的先行者探寻的延伸。鉴于中国传统文化强大惰性力量,我们在向它"靠近"时,特别需要警惕的是它的持久性"魅力"的侵蚀。须知在我们的心理积淀中,"怀旧"与"复古"是十分顽强的"遗传因子"。我们是一个习惯于向后看的民族,在我们为作家的文化寻根热情而鼓舞时,我们也有一份不算过虑的担忧。

"四·五"运动宣告了一个时代的结束,另一个时代的开始。从那时起,我们民族的心态,有了一个根本的转换。在此之前,我们是生活在过去的民族,我们总是向着昨天寻找旧梦,我们在这种寻找中自满自足;在此之后,我们的目光从昨天投向了今天,终于意识到我们是生活在今天世界的民族。我们把"四·五"当时那种沉重的忧戚,看作不再回来的过去,我们开始为今天的生存和未来的发展思考。我们因为长久的贫瘠落后而"不满"现

---

[*] 此文为1985年8月在"青年文艺理论批评工作者座谈会"上的发言摘要,初刊1985年10月28日《文艺情况》1985年第10—11期。据此编入。

状。青年诗人骆耕野写了一首诗,题目就叫《不满》。不满不再是异端,也不再是背叛。对于我们来说,生活在昨天的时间太长了,我们总是满足现状,即使现状不那么美妙,也要造出个美妙来自我满足。是那个时候开始,我们重新获得了现代人和现代民族的醒悟。我国文学现代意识的萌醒,是受到这样一个大的时代背景的鼓舞而出现的。现今一切文学创作和文学理论批评的发展和变革,都可以也都应该从这个大的开放意识去寻找证明。

当代文学创作和理论批评,都经历了一个由单一的提倡到发展的极致的过程。在新的形势下,人们面对曾经有过的挫折,不同程度地产生了对于传统秩序的怀疑。怀疑催动变革的欲望。社会的开放促使人们再一次向着西方寻找经验,给日趋衰竭的文学"充氧"。在理论批评领域,长期的教条主义的束缚,造成了创作、欣赏、批评因循的惯性和惰性。它促使着人们几乎是以偏激的反叛姿态向着传统的批评模式挑战。理论的贫乏与困窘激发了向着西方新的批评方法学习引进的热情。这几年关于方法论的讨论与其初步运用,取得了令人兴奋的效果。但在实际引用过程中,也表现了不同程度的与创作实践的脱节,以及生硬套用、堆砌名词术语等缺陷。但这些都不是主导的结果,主导的结果是有力地推进了理论批评由单一的规范趋向多元的进程。

尽管现状令我们鼓舞,但还要承认现状是幼稚的。现在还不是成熟,而只是在走向成熟,还有很长的路要走。《文艺报》这次召开的会议,是三十多年来的文学理论批评界少有的一次壮举,它举行了一次小小的青春的检阅。它让我们从一角窥见令人兴奋的全景。

当今的文学很难再出现用一种创作风格或一部样板作品来统一全局,成为一体遵行的楷模的现象了。如今的趋势是:谁也不会轻易承认除了自己以外的核心。从理论批评这一领域来看,那种认为某一种创作方法是"最佳方式",而且试图用这一种方式来领导整个创作的时代已经过去。我赞成创立体系的提法。不是创立一个体系,而是谁有才能,谁就有"创立体系"的权力。只有一个体系就谈不上竞争和比较。体系也会消失的,那是在竞争中被自然而不是人为地取消。我们要维护这种自生消长的生态平衡。

理论家、批评家是独立的,他不是作家的附庸,他的责任不是诠释作品,更不是作家的寄生物。我们要树立理论批评的权威性。在谈论这一点之前,我们有必要进行认真的自我审视。我们——当然包括我自己在内,在以往的工作中是不是都有了作为理论家的自尊、自重和自爱?我们有时候是自己看不起自己,自己把自己放在了附属的地位上。我承认我们生存环境的严峻性,有时我们不得不根据政治的温度计来选择批评的角度和掌握批评的分寸。我们在很多的情况下是丧失了个性的,我们不给自己以自由。

这种局面不应该继续下去。那种打磨得四平八稳的理论批评虽然全面、公允、周到,但却缺乏生气。与其如此,宁可看到那种各执一词的片面、偏激、不全面。真理是存在的,但不能期望由哪一个人、哪一派理论囊括了它。众多的片面来一个聚合,由于互补作用而显示了真理性。这种有棱有角的角逐和碰撞也许会迸出耀眼的火花,至少要比那大家都像磨得圆润的珠子在一个大盘子里滑溜地滚来滚去要好。

理论家确立主体意识,首先要有勇气,不要瞻前顾后。我们需要言之有物地、细致而透彻地把握对象的文章。但我们更需要站在高处,高度概括地、能够大胆地对一个时期的文学发展作出预见性判断的文章。要是说这样的理论现在没有出现,那么,我们也要呼吁。我们幸运地活在历史的这一个时期,要知道,不是每一代的人都能获得这种机会的。

每一个过程都是永恒[*]
——《历程》序

要是我们同意把存在当作一个过程,正如存在不会完美,过程也不会完美。尽管这本诗集存在着某种如阅世未深而故作练达之类的缺陷,但由于这里的一切,都以庄严的形式面对人生和思考人生,仅是这一点,促使我们不能不怀着庄严感谈论它。

在我们生活的世界里,人的相互理解已成为一种难已达到的心灵渴望,这里的确存在着深深的间隔。对诗的理解似乎也是如此诗在变得越来越难于理解。《历程》的作者显然在以一种无视习惯的方式写诗:他让你感到一种新异,又让你感到一种茫然;他很认真地说着什么,但他所说的你又未必均能理解。这一切,的确向我们提供了一种展示诗是能够不那么具体地谈论或描写些什么的,但是我却从这些不那么具体的诗中实实在在地捕捉到了一种敏感的情绪。

说是"捕捉",其实也是一种模糊的感知。我们感受到某种焦燥的冲动,一种强烈的追求欲迷漫在他的诗中。追求似乎并无明确目的,但他显然受到了一种肯定的信念的鼓舞:"身前身后都是寂寞的旅程,可我仍要找寻"(《泪光盈盈的白桦林》),在题为《寻》的诗中,他期待别人帮他找到"我无法告诉你它是什么样子"的,但又肯定能找到的:"那块石头"。他相信有一天——

---

[*] 此序初刊《历程》,潘洗尘著,长安诗家编委会1985年8月出版。据此编入。

>我会终于惊奇地发现
>——那块我不知道什么样的
>却找了许久许久的石头

当我们急着要他说出什么时,它并不说出,而且造成了永远永远不知道是什么样子的期待。

《历程》是这样一本诗集:它讲对于哺育了诗人生命的北方一条普通的河流的思念,讲象征着青春之恋的黄手帕失落的眷恋,讲关于年青的死亡的永远的怀想。但他通过这些斑丽多彩的画面,构成了一个简单的哲理思考:"我这样理解我自己,也这样理解所有的人,我的全部的存在只是一个过程,是一个开始于人又结束于人的过程"(《过程》)尽管有时他会在你面前展现一个迷津,甚至会故弄玄虚地问你:"是三个人爬楼梯呢,还是楼梯爬三个人"(《诗人死了吗?》),但我们却在始终茫茫之中听到一种肯定的回音:"我的历程是真实的"。

不论他是在庄严宣告《出海》,还是快乐呼喊《七月,我们冲浪》,都是一曲生命的力的讴颂。他不是没有预感到梗阻乃至悲剧的发生,但是这些诗中总是活跃着一种顽健的信念。《诗人之死》:"最最重要的是自信而倔强地扬起我们风一般的黑发"。《出海》——

>除了桅杆
>还有我们古铜色的信仰

即使在那茫茫苍苍的《大荒原》中,他也觉察到那种永恒呼啸着的生命的律动:"该腐烂的都会悄悄的腐烂该生长的总会悄悄地生长"。

他年青的令人艳羡。但他的好处都在于总能够在无尽的时间和辽阔的空间中把握住人作为主体的永恒性。他把每一个短暂的和有限的过程写成了恒久:"猎枪可以变成化石红纱巾却永远鲜艳荒原上只有爱情不朽"。

> 我相信我会完成一个过程
> 因为道路在注定了坎坷的同时
> 也无力抗拒我不屈的魂灵

《历程》中这几行警句般的诗句,可以概括潘洗尘诗作的最主要和最基本的追求。令人感奋的是,在这位年轻人的心中,很少那种过于伤感的缠绵。他推崇的是男性的雄健和力度:"既然选择了就应该坚信,所有的追求都要付出代价"他的诗总是这样给人不可移易的信念。

潘洗尘是一位自主意识相当强烈的青年,他总是顽强宣扬着自己的渴望和理想。《山岗,黑发轻飚》那让人心迷的"美丽丰盈的柔姿沙裙"以及"她"以纤手去接飞扬的诗稿碎片,最为集中地强化了他的这种追求的信念。当然,这首诗也突出地展现因"理想化"而产生的过度的夸饰。他许多诗都在作这样的强调,这无疑留给读者以深刻的印象。但也有不足,这就是所有的强调似乎都只在一个水平面上而不曾深化。他的诗存在着一定程度的自我重复。诗人毕竟年轻,相信随着岁月的推移,人生阅历的增多,这种现象即会消失。

潘洗尘显然很喜欢自己那体现了"雄性的力量"的刚健的诗篇,如同欣赏他那随风飘起的风衣和青春的黑发,他欣赏这些体现了男性美的诗篇。对比之下,他似乎不很看重"黄手帕,失落的迴旋曲"一类诗作,他也许远不能体会这些诗的特殊魅力。那构成浓重的怅惘的忧郁的丁香,淡淡的月下的周末,以及雪花纷纷扬扬洒下的"六角形的甜蜜",欢愉的聚会和那种说不明白的无可奈何的别离……它把青春期的憧憬和苦涩刻划入微,它无意但却强烈地传达了处于这种年龄的情绪世界。潘洗尘的好处是把此种柔情写得并不轻柔。他在这方面的才能,也许连他自己都不曾觉察。

这一本《历程》没有包括作者创作的校园诗，但因为作者是大学生，他的诗就不能不带有校园诗的特质。八十年代青年无拘束的心灵，浓厚的文化情趣，开阔的视野和不确定的，但却宏大的期待，都自然地凝聚在他的自由畅达的诗篇中。

自由体诗经过长期的停滞如今已发展到另一个鼎盛时期，值得注意的是那种以随意性的组合传达一种洒脱的情绪的形式开始涌入诗中，这在一部分青年工人，特别是大学生的诗作中，已成为一种主要的现象。这种诗往往采用经常是有意重复词语的不间断的长句式，原先的抒情氛围淡漠了，叙述的具体性有了增强，带有明显的戏谑的语气构成了特有的情趣。在潘洗尘诗中也经常出现这种表达方式，如"不要憧憬不要回想大荒原以野性的存在弹奏雄浑的乐章"，"远方是美人鱼是望夫石是勿忘我"等。句子的不加间歇，造成了急促而绵长的气氛，这与当代人情感和思维的趋于繁复，以及社会生活节奏的加剧是完全协调的。

当然，也有一些弊病，那就是诗神圣的凝练性受到了侵害，散文美作为一种美感状态不自觉地滑向了复杂和随意。这本诗集中的一些诗篇的表达方式，如"今天早晨，当我一个人悄悄地起来穿上那件我喜爱的风衣把手深深插进口袋打着欢乐而沉郁的口哨在积满落叶的小甬路上并不悠闲地散步的时候"事实上造成了诗和散文的难以区别。这当然并不是本诗集作者所独有的，甚至在他远不是突出的，但作为一种端倪，似乎应引起校园中的年轻诗人的重视。

他的"历程"很单纯，作为一个"过程"也还是刚刚开始。如前述及的，这不会是完美的，但必然伴随着某种缺陷。惟其如此，这才是真实的历程或过程。以潘洗尘这样的年龄和阅历，他的最初的步子是沉稳有力的我们为此而感到一种喜悦。我们当然有理由在他并不完美的，然而又是充满希望的起点向他提出更高的要求。

黑蝴蝶的追逐[*]
——王辽生创作论

这里又有一位生平坎坷的诗人。他参加过战争,炮声停下来的时候也出版过诗集。那时候他很年轻。他发表过一首写给一位少女的叫做《碎片》的诗。它以带着轻淡忧愁的美丽,写出了诗人情感经历的一个"碎片":他的幻想的船碎了,他要打捞那一叶鼓风的白帆的记忆,留下的却是一个单纯的梦的欺骗……这样一首平凡的抒情小诗为什么会激起旋风、并因而带来严酷的"惩罚"? 这一切在今天看来,仍然是难以理解的。它更像是一场恶意的玩笑。但王辽生却为此付出了全部青春的代价。

严正的是历史:"一旦阳光从高天洒泻,该复活的就全部复活"。鉴于他对于诗的执着追求,诗便给他以荣誉。他的《探求》在 1979—1980 年全国优秀新诗评奖中获奖。如同当年受到报复的那首诗中出现的海上风险和帆船的破碎一样,《探求》显示了行船的坚定,那仍然是一面"鼓风的白帆";"只要船身是钢铁铸成,就不会朽,也不会中途停泊"。

一颗在厄运中成熟的诗心,多情依旧,只是在他的豪语中流动着隐约可见的潜哀。但他总感到"希望在前方诱惑"。他宣称"我的寻找不会中止"。诗人的生命也正是在这种诱惑之下,在没有生命也没有骆驼的沉重蹄痕的绝境之下燃起了希望之光。《正由于我眷恋生活》,他才在喜玛拉雅的死亡之谷,并且在极度

---

[*] 此文初刊 1986 年 3 月 10 日《绿风》1986 年第 2 期。据此编入。

的干渴中没有吃掉最后一枚"库尔勒香梨"。在他的生命历程中，始终笼罩着一种神奇的预感："艾丽曼正款款走来"。当然，库尔勒香梨或艾丽曼只是美好希望的象征，它启示读者，在诗人的灵感世界中，存在着鼓舞他不断寻求的信念。

王辽生如他的同代人一样，保留了共和国青春期春天般的激情。这种激情始终鼓舞他不断进取。他心上不是没有历史风雪留下的刻痕，但那种饱历沧桑之后的荒漠与悲凉，他都予以沉淀。在《寻找》中，他披示他也有一个"并非空空"的花篮——"至少已盛满寂寞"。这便是深潜的悲凉。当他愈是发觉许多时光已悄悄流逝，他寻找的意愿便愈是强烈。《借石》是寻找的一种特殊形态：正因为感到了匮乏而寻找补充，这便是"我欲借取天山大魄，一壮我的今后"；《我去了》是一首壮行的别辞，也是为了"寻找塞外的雄风"。他的告别激动人心——"离情别意已随波流去；他日，如果塞外有雄风吹来，那便是我的回声"。从中，我们不难觉察到王辽生浓郁的浪漫情怀。

他对生活的信念依旧，只是经历了一番血火锤炼，放达之中渗出了悲慨，这当然造成了王辽生特有的诗美意趣，也许以今人来比古人未必适宜，但他的诗的确引人作某种联想，与他的悲慨并存的温情易于让人想起陆游的境界。王辽生的诗歌艺术尽管存在着某种把抒情过于直接地归结于社会功利目的的倾向，但若对其作品作总体审视，则不难发现，他的抒情建立于他所特有的人生领悟之上。王辽生的最大优点在于，他从独特的情感生发而出，处处让人体验到并非故作豪放之辞的真实力量。如组诗《天山之恋·奔马》写——

> 秦岭奔来嘉峪奔来是汉子都正朝我奔来
> 我扬鬃奋蹄将所有蹄花投入忘川的漩涡
> 而今而后我将是一匹人所不识的识途老马
> 不要指北针不看星座我的走向也不会讹脱

较之《探求》一类诗作,王辽生入疆后的作品通过密集的形象组合,思想包容量有了扩展,将所有蹄花投入忘川的"人所不识的识途老马"可概括的人生,既丰富又独特。每一个形象都凝聚了艰辛的人生体验,但每一个形象又都被组织和统一到情绪的基点上来,这基点就是为不断燃烧的理想所照耀的人生的"奔跑"。

不论是扬帆远航的海舟,也不论是扬鬃奋蹄的奔马,这里都跳动着不愿停滞的生命的激流。虽然"该淌的热血我已淌出,该付的年华我已支付",但他还是不愿就此停步。他依然不倦地寻求。向着天山和戈壁,便是重燃生命之火的一个行动,王辽生的确超负荷地承担了命运的给予。他终于获得了一个领悟:那便是勇敢的自我选择。"我屡屡向命运鞠躬,现在我宣布反抗,磨快生命的刀"(《我的心,戈壁知道》),这便是选择。在另一首诗中,他自比《游经龙门》的鱼:

> 有一条漏网之鱼
> 那就是我。
> 我奋身撞破命运的网,
> 游经龙门,
> 正为了投入澜漫大波。

这些诗体现了崭新的价值观念。不是名利的追逐,而是生命价值的寻求。磨砺和投入既是一种选择,又是一种完成。一颗诗心是清醒的,也是矜持的。它不寻求为人所知,它是在无人知晓之中获得于心理平衡和自我完成。《海是目标》而非其它切近的任何功利可作目标。他对追求曾这样回答:

> 又多了一串马奶子葡萄
> 但吐鲁番不知道
> 又多了一脉维吾尔秋波
> 但喀什河不知道

> 不知道就不知道吧
> 反正我生命的刀
> 已拔出英吉沙斑斓的皮鞘
>
> 沙原不会因我的造访
> 而消失一星干燥
> 草莽不会因我的踢踏
> 而免除一分寂寥
> 不减少就不减少吧
> 反正我滚沸的血
> 已悄然汇入时代的涛

这正是成熟的人生的练达之语。认识到个体的微不足道——它的渺小对于浩瀚的大千世界,既体现不出"增",也体现不出"减";但加入的本身就体现了价值。对于个人而言,"反正我已……"便是目的的达到。

我相信诗人的寂寞已经消失。因为他完成了自我对于世界的加入。尽管为了此种目的,他个人和家庭都作出了某种牺牲——他在五十五岁这个回归的年龄而选择出发,本身既是一个牺牲,又是一个创造。王辽生曾借《春泥》抒发了他郁积的情愫:"我活着并非奇迹,奇迹应该是死得豪迈,如无意间点燃一个青春,如闪电般划破一个时代"。虽然语句间渗出了一缕悲凉的情丝。但气势却足以使人心壮。

王辽生的诗歌艺术证明他属于抒发激情的浪漫型诗人。他从不麻木于生活的黯淡,却宁肯疏忽于此而实践他的特殊的追逐:"我乐于在冷峻中搜寻温热,我乐于在隔阂中发现契合"。有一种诗人并不注意人生的实际情状,而他却宁愿歌唱他的所思、所想、所愿。他与其说是生活在客观条件制约着的世界中,不如说是生活在他所创造的世界中。这类诗人有很强的主观性。当他发觉周围的世界并非他所想象的,他就自行再造一个星球。

王辽生的"磨快生命的刀"的寻求,属于此类。

他总是如此热诚地探寻着合理的生活,他也乐于为这种探寻付出新的代价。这就是这位热情歌者诗情的源泉。最近王辽生把他的这种寻求幻化为一只又一只"黑蝴蝶"。他总是情不自禁地要捕捉这一只只黑色的精灵,而且赋予它以各不相同的奇幻的寓意,但依然脱离不了爱和希望。在《以讹传讹的通感》中他宣称:"我视罂粟花为燃烧的牡丹"。他把一朵又一朵罂粟花装进了他的"渡船"而任其漂流。他自知生命并非永恒,妖艳的罂粟也将会枯萎。(要是理解不误,大约娟丽而有毒的罂粟是一种并不纯粹的事物的象征)如同诗人之心,也将变更其鲜红的色泽。但失去色彩而变得并不美丽的,依然是浸润着爱情的诗心。这样一颗失去美好外观的心有着惊人的坚忍:

> 向所有亲人和我至爱的祖国回眸一笑
> 我结束飘流并沉入海底
> 达到圆满
> 谁今后看见黑色的蝴蝶
> 那便是我的灵魂翩翩
> 你捕杀也好,你厌弃也好
> 我仅仅想告诉你,那不是鸦片

复杂的情绪因通感而造成这种矛盾的意象。诗情始于激扬而终于怒放。这就是他说的"生命的出现与消失都不妨默默,只要无负于时代,就是一种雄唱"。特殊的际遇曾把诗人的情感世界"掰成两半,一半给铁的阴冷,一半给血的碧澄"。在新的生活开始的时候,那两半又合成了一颗坚忍的诗心。这就是黑蝴蝶的精灵所昭示于人的。

一九八五年十月十一日于北京大学

批评寻找位置*

　　文学批评一向是作为他种存在的依附而存在。文学批评在中国的声誉不佳,大概总由于它的这种依附的身份。开始是身不由己的依附,后来衍化而为自觉的依附。批评家的不能独立思考和失去主体意识,是文学批评长期衰落的重要原因。

　　批评在寻找自己的位置。批评的理想状态应当是充分个性的。批评家只有通过漫长跑道的竞走,才能到达这个终点。但在到达这一终点之前,批评家还有许多事情要做。许多人都在寻找审美批评的复归。在中国,这一工程是相当艰巨的,我们有太过长久的误解和歧异。文学批评只有超越浅层次的作为因时因地而异的政策的诠释,而达到对于审美对象的自主的和独立的把握,而后,我们才有可能谈论发展和繁荣。

　　进一点,已引起更多的文学批评家的注意,特别已为年青一代批评家所竭力追求。季红真近年的一系列文学批评活动,属于这个文学批评寻求的整体。这一批年轻的批评家,错动的人生和特异的时代为他们提供了十分有益的条件,加上他们中的大多数人都在高等学校接受过严格的专业训练,具备了一定的理论素质,使他们在思考文学问题时,拥有始终不脱离现实的人生和丰富的理论土壤构成的思维空间。开阔和深邃造成了与他们的年龄成反比的特殊景观。

---

* 此文为《文明与愚昧的冲突》序,季红真著,浙江文艺出版社1986年11月出版,初刊1986年11月5日《文学自由谈》1986年第6期。据《文明与愚昧的冲突》编入。

季红真曾考虑把她的第一本论文集定名为《蹒跚的脚步》，这诚然表现了谦逊，但未必确切。她所属的这一代人恰恰不是迈着蹒跚的脚步进入批评界，而是表现出充分的自信与坚定：一起始便展现了对于批评惰性的扬弃，一起始便在寻找批评自有的位置。这正是许多人都感到了面临着有力挑战的原因。

对于批评家而言，他们的工作显然不在于把完整的文学现象进行均匀的或不均匀的切割。它的基本价值也不全然体现在对于某一局部现象的条分缕析上，尽管这乃是一类批评家所擅长的。一批年轻的批评家是以对于文学现象的整体把握开始他们的工作的。季红真规模宏阔的长篇论文《文明与愚昧的冲突》，以建立于浩瀚纷繁的材料基础上的惊人的概括，以尖锐的然而又是科学的判断，体现了这位年轻的理论工作者的勇气。季红真对中国文学新时期的批评研究的基本形态是综合的整体把握，通过对于错综复杂的全部文学现象进行扒梳筛选，从中理出最能体现实质的规律性现象，这一点，她是自觉实践着的。

爱·摩·福斯特谈论批评家的职责时，曾经引用过欧立德的著名论点："保留传统是评论家的部分职责——只要那儿存在着优良传统。他的另一部分职责是稳健地观察文学，要看到文学的全貌；这就是说，决不要把时间看作是神圣不可侵犯的，而应超越时间的界限来观察文学。"季红真读到了这段文字，而且以其中所述"另一部分职责"作为她现阶段文学批评的明确目标。她总是通过文学全方位观察，以体现她的批评视野。她以对文学全貌的稳健描述创造着她独立的批评风格。

出于这样自觉的使命感，她以客观体察的目光，对新时期小说基本主题视点变换，作了规律性的叙述：基于惯性运动的由政治批判的终结和由显而隐的向着民族文化深层的潜入；由于多种文化因素所产生的冲突，导致新时期小说矛盾交错的意向群落的出现。季红真在进行这一规模宏大的总结时，运用了她在理论方面的有效积累,进行了基于事实的另一批评层次的展拓。她的工作显示了文学批评向着固有规律的复归。批评在这里不再是一种枝节的瞎子摸象一类的破碎的说明,也不再是刻舟求剑一类的静态的乃至固化的描写,而是作为一个整体加以把握。

在季红真批评视野中,文学不仅获得了整体性的观念,而且还是完整的生命的运动现象。整个文学现象在她笔下如同出峡的江水滔滔不息地奔腾着。她的文学批评观念是动感的,她的批评实践也充满了这种不断跃动的生机。她的这种动态批评意识十分强烈:"社会生活是一个永远活动着的系统。艺术作为人们社会实践的一部分,也就永远会随着生活的变化而流动。"(《在创作和理论之间》)

这是一支充满生命力的运动着的有生命的实体。读她的文章到处可以感受到她对于文学发展着的生命力的发现和捕捉:"张洁是一个具有强烈理想主义倾向的作家,她创作伊始,在批评社会文明教养等问题时,是以五十年代的社会生活为理想模式的,及至《沉重的翅膀》、《七巧板》等作品,已经开始自觉地用发展的眼光探索社会的整体结构,暗涵着对历史的态度由主观到客观、由静止到发展的意向转变"。她认为刘心武从《班主任》、《爱情的位置》到《如意》、《立体交叉桥》;王蒙由《悠悠寸草心》的直接干预,生活到《夜的眼》、《海的梦》等以浅层次的心理感受容纳时间空间大跨度印象的作品,也体现了从主观介入向客观接受的角度转换。每一个作家创作实践在她眼中,如同作家本身一样充满了行动发展的活力。

季红真的文学批评的宏观整体感,与她的注意系统的理论的实践有关。她认为整体的观念是系统方法的前提,其本质在于强调对象的秩序性与整体性。"有了整体的观念在文学研究中就不会脱离作品的整体联系,把个别因素孤立起来,生发开去进行微言大义的索隐。"(《文学批评中的系统方法与结构原则》)

在她的这段话背后,显然包含了对于过去批评惯性的扬弃。

她不仅把各个作家的创作视为一个完整的系统,而且把众多的当代作家的创作作为一个有机的整体加以把握,她注意他们之间的同异,她有着建立于彼此参照对比的整体高度。她重视每个作家独特的审美追求,从不把个别的现象看成同一现象。她总是极力寻求每一个作家的独异之处。因而她的论析总是因人而异而不是千篇一律。这当然促成了批评的更新。如论贾平凹的善于在人物变动的命运与情感中发现不变的性格素质,认为是作者把握民族在历史延续中的时代生活的独到之处,这时,她的文学整体观念便显示了优越性。她说:"当多数作家着力表现社会变革中极度差异的矛盾冲突时,贾平凹却在差异中探索内在的同一。"(《平波水面,狂澜深藏》)。

这种将批评对象放置整个文学发展的历史环境中进行对比的理论实践,能够鲜明地显示出特定对象的独特性,从而可以迅疾的方式切入内核。季红真在研究生学习过程中曾以《同一历史主题的两部时代乐章》,对赵树理和高晓声的创作特点作了初步的比较练习。这种比较的观念在随后的文学批评中坚持了下来,如论张承志时,她把他与同时代的不同作家如李陀、古华等作了不同角度的比较。她分析张承志一系列作品对于人民的苦难和艰辛的同情,依然地体现了鲜明的历史意识,"他透过鲜花与美德的童话,深切地感受到他们生活里面的艰辛。从而克服了当代文学中一度盛行的把少数民族的生活罗曼谛克化的肤浅倾向。"(《沉雄苍凉的崇高感》)

正是在这样的对于批评对象的个别性的深刻挖掘的基础上,她对作家艺术性的描写往往达到精警惊人的地步。这是贾平凹:他的"审美态度中带有静观默察的传统意味";这是汪曾祺:他的小说中"总有一种难以言传的感受","似乎隐匿着一种深厚的意蕴。一种并无实体,却又无处不在,无时不有,贯注于人物性格、故事情节、挈领着整体的美学风格，"她捕捉到了汪曾祺的"沉入艺术境界之中的哲学意识"；她这样归纳张承志小说的风格："粗犷强悍的气势，绚丽凝重的色彩，丰厚沉实的底蕴，在壮美的风格中悸动大生命的真欢乐与真苦痛……"；她发现张贤亮的创作中存在着两个彼此参照的世界："一个是底层劳动者朴素健康的情感世界，这是一个在历史和现实的制约中，充满了不幸和痛苦，然而却有着更多正常人性的自在世界，另一个则是知识充满矛盾的精神世界，这是一个理应自觉却被'铁的逻辑'扭曲得从外部到心灵都极为残缺的世界。"这些都是十分尖锐的单刀直入的判断。下这样判断要有充分的自信，更要有充分的勇气。季红真在这里显示了超乎她的年龄阅历的批评能力。

在季红真的批评观念中，批评是立体的而不是平面的。因此，她摒弃简单的切割与抽象，而注重综合性考察。她以此观察和研讨她所批评的对象，也以此立论。她注意从各个侧面观察事物，从这一层面看到另一层面，如她在《鸡窝洼的人家》中，对于人物单纯统一性格中复杂内涵具有精深的透视力，如写回回："他憨直而不失狡黠，自私而不失善良的同情心，褊狭而又不失自省的诚实，就连他被作者描写得淋漓尽致的易于满足的虚荣，都不能掩没他们作为农民特有的忠厚。"这就是她所认为的作者"总是在人物基本精神的反向落笔，构成光影的变化，使人物具有多侧面的立体感"。

批评在经历了长久的迷途之后，在寻找它固有的位置。一批青年人已经有成效地实行了对批评惰性的扬弃和超越。季红真的文学批评尽管刚刚起步，但已显示了清醒的超越意识。她完成了从社会的批评到美的批评的过程。由于深刻的历史文化意识，促使她能够从无数具体的人生出发进行对于历史的整体思考。这成为季红真美学批评留给人们以深刻印象的重要原因。在批评张承志的《黑骏马》时她说了这样一段发人深省的话——

> 索米娅以不竭的善良和坚韧,随着生活的缓慢步伐前进,终于赢得了比白发老奶奶更要广阔的生活天地。在生命链条由这两代蒙古族妇女命运衔接的环节上,一些东西在消逝,一些东西在延续。……这也是白音宝力格的这个"人生和人性"的故事中看到的"一道轨道",一道历史、文化的大背景中现实人生的轨迹。
>
> ——《历史的推移与人生的轨迹》

她以宏阔的视野寻找的正是文学批评的此种历史文化大背景。她以此认识人生,也延伸到文学:

> 历史就是以缺憾的形式,在普通人的命运中一次又一次地完成着自己的蜕变。

她的这种描写,一下子展现了思维空间的广阔性和深邃性。这就是季红真在她的文学批评中所竭力追求的境界。

文学批评曾经是文学领域最落后的一个门类。但最近二三年状况,已有明显的改善。我们诚然不可对此作过于乐观的估价——整个批评界落后于创作界仍然正是值得特别关注的事实——但我们毕竟有理由确信,文学批评观念的接近于回归应有状态,使影响几代批评家进行创造性劳动的批评惯性得到了减弱。基于文学自身特性的审美批评的受到重视,是迄今为止关于改善文学批评自身处境最为卓有成效的现象。

一九八五年十月于北京大学

走向世界而回归东方[*]
——新诗潮的一个剪影

中国新诗的兴起是对于中国旧诗的反叛。因为旧诗经过几千年的发展,已经呈现不能适应新生活的衰竭和严重的模式化。它要求把丰富的思想和情感以脱离现实生活的语言装进僵硬的、几乎没有变化的形式中去,这对于日趋发展的现实,是一种不能容忍的约束。当新诗向着强大的古典诗歌挑战的时候,力量太过悬殊,于是借助外力——这就是外国诗歌的武器。五四新诗的产生和繁荣,与当日有一个与之沟通的广大世界关系至深。当日一批最有成就的诗人,无不受到外国诗歌的滋养。郭沫若与惠特曼,冰心与泰戈尔,闻一多、徐志摩与英国诗。戴望舒、艾青与法国诗,戴望舒之与洛尔迦,艾青之与维尔哈仑、阿波里奈,乃至聂鲁达等等。

后来,这个世界变得越来越窄狭。我国诗歌与世界诗歌交往的范围,随着我国与世界交往的规模,(这与新生的共和国受包围的警觉有关),也变得越来越缩小。我们崇奉着"纯净"的文化和诗歌的观念,我们畏惧"病毒"的感染、我们想把、事实上也已把自己放进了完全隔离的"净化"环境中。为此,我们强调民族形式到了近于偏执的程度,我们的某些理论甚至无视新诗发展的历史事实,力图把新诗拉回旧诗的营垒。后来,就出现了与世界诗歌的极端隔绝,新诗完全处于自我封闭的民族自足状态。

---

[*] 此文初刊 1985 年 11 月 21 日《诗歌报》。据此编入。

五十年代开始,我们便以狭隘的价值观看世界文化。为了维护某种自以为是的原则,起初是对另一世界的文化怀有神经性的紧张心理。我们排斥属于这些范畴的文化,只是对我们认可的诗歌开放。进入六十年代,我们又为了维护某种新的原则,而对前些认可的价值产生新的怀疑,从而对它实行否定性的批判,我们继续收网。这时候只剩下一部分古典的和浪漫的诗歌在喘息。到了文革十年,横扫一切文化和诗歌,几乎是所有的诗和诗人都被打倒和清除,我们诗歌开始完全的隔绝和封闭,这种不正常的状态延续了相当长的时期。

当动乱时代结束,几代人,首先是青年一代喊出了要求变革的声音。他们的主张是多方面的,其中之一就是把目光投向世界。他们认为诗应当从封闭走向开放,要求大胆地向前跨出,环视周围被长期禁锢的世界。他们宣告:"我们将从这里开始,走向世界。"他们之所以获得这样的信念,基于痛感中国在世界上失去自己的声音的事实。他们把振兴诗歌的目标放在对于封闭的冲破,和面向世界的历史性追求上。"作为一个有数千年文明历史和诗歌传统的国家的诗人,还有以在世界听不到用自己的语言写成的诗歌更为耻辱吗?"基于强烈的反思,他们向诗坛发出了沉重的质疑。

一代人考虑到了中国强大的传统观念在这些独立思考面前可能有的反应。中国的历史太悠久,民族文化的沉积层很厚,任何稍为超越规范的言行,都会招来风暴般的回击。因此,他们要求变革的发言是审慎的。他们首先肯定"纵的眼光"的合理性,但认为不限于此。首先当前特别重要的是,以"横的眼光"来环视周围的地平线。在过去,囿于时代的局限,这种环视不被允许。新生活带来了跃动的气氛,一代人由此受到了鼓舞。他们渴望从他们开始,要为新诗获得世界的承认做出切实的努力。他们对新诗只能在中国古典诗歌和民族的基础上发展的概念产生怀疑,他们认为:"新诗过去是并将继续是在中国和世界全部诗歌互相沟通的基础上的发展"(杨炼《诗的变革与变革诗》)。他们这一时期争取的目标是反对封闭和实行艺术技艺的沟通与解放。

青年人有时措辞激烈,但事实上并没有简单地否定传统。他们最初的关注的确在于各民族诗歌横的交流,他们不同意把民族形式的承继看得重于一切。他们否定凝固的传统观念。他们把传统看作是一个发展的动的观念,是不断扩展和融汇的长河。他们确认几代人对于传统的不断"加入"和对于原有秩序的不断"调整",这些观念显然是前进的,当然,也是挑战性的。

以上所述,大体是新诗潮初起时青年的思考。当他们发表上述见解和进行艺术实践时,中国迄今为止仍然相当强大的维护诗的原有秩序的人们(其中不乏曾经是新诗的探索者),向他们显示了力量。历时数年的"朦胧诗"——"崛起论"的批判,便是这些显示的表现之一。也许是由于迎面而来的压力,也许是由于他们自身的成熟,新诗潮经过了一番对于封闭性的艺术惰性进行了冲击之后(这方面,包括理论思考,也包括艺术实践),接着便是迅速的自我调整。从表面上看,当初那种向着世界现代艺术探求的热情已经减弱、实际是,冲决桎梏之后由热情而转向了深沉。先前热情洋溢地喊着"我是沸泉"的一代人,已把热量蕴蓄于地心,从而具有火山湖般冷静和澄澈的心境。

他们大体上都经历了一番对于束缚他们的"传统"的绳索的挣脱,向着对于他们是陌生的世界的"扫瞄",而后,回过头来(当然是由于历史反思的触媒)审视本民族辉煌的文化和艺术,以批判的目光做了新的皈依。这时,他们在过去片面理解的地方发现了深邃和崇高。他们化浮躁为肃穆,以理性代替激情,融抒情于思考。过去未曾重视的命题,如今一个一个地令他们意趣酣然,从圆明园到古长城,从大雁塔到莫高窟,从楚编钟到秦兵秦俑,从《天问》到夸父追日、精卫填海,它们都成了非常吸引人的诗的题目和内容。

这种心境和创作实际,海峡两岸的中国人是相同的,可以说是民族的心理因袭的一种呈现。台湾的痖弦在《诗人手札》中曾经说过:"我们雄厚的文化遗产值得向全世界自豪,但不可否认的,我们也在这庞大的累积中发现某些阻止前进的因素。我们的关键是:在历史的纵方向线上,首先要摆脱本位积习禁锢,并从旧有的'城府'中大胆地走出来,承认事实并接受它的挑战;而在国际的横断面上,我们希望有更多现代文学艺术的朝圣人,走向西方而回归东方!"这恰好证明了有着相同的民族文化传统的人们,他们对于传统的思考(不排斥个别的和少数的人)是同向的,对于传统的继承和带着批判性的反思也是同向的。

一知半解的人会把这一切视为浪子回头,其实这只是他们想法的天真。事实是,没有对于凝固的观念的反叛,就没有新时代艺术开放的意识;没有把目光向外作诗的现代信息的寻求,也不会有对于东方文化的寻根意向,对于如同中国这样有深厚的历史遗产的民族,不经过一次或是数次的认真向着世界现代艺术的了解和把握,就不可能有正确的"回归东方"。当前被谈论得很多的当代抒情史诗的创造,并不是一种迷途者的"悔悟"的表现,而是一种现代意识支配下的本民族文化的深掘。这不是一些人希望看到的"后退",也不是漫无目的地转圈子,而是获得宏润目光后的前进。一位诗人最近谈到他对中国从远古至今的漫长文化结晶持有的态度,"将中国神话蕴含之气贯通至今,使青铜的威武静慑、砖瓦的古朴、墓雕的浑重、瓷的青雅等荡穿其中,催动诗歌开放"(江河《太阳和他的反光·小序》),他追求的并不是某些人们竭力倡导的、以一种或几种固定格式为模式的"民族化",而是现代的审美风尚与传统文化心理的溶解。这当然属于崭新的创造。走向世界之后的回归东方,与原先的无视乃至否定世界而固守东方,其实质迥然不同:前者前进,后者凝滞乃至倒退,这已是诗歌发展的事实,五四时期的经验如此说明着,现在阶段的实践亦如此说明着。

古代游记文学的荟萃[*]
——读《中国古代游记选》

手执一卷《中国古代游记选》,作历时百年、行程千万里的"神游",的确是一赏心乐事。

一代人又一代人匆匆地走过去,他们把山川名胜留给了后人。我们如能登临其地,看到的却不仅是那些迷人的风物,还有"历史"。我们仿佛听见那些匆匆的、或是缓缓的脚步声,听见他们因各自的经历而在同一对象面前实现心灵对于客体的"再造":或生发兴亡的慨叹,或寄托品格与操守。永州那些小小的丘山和小小的石潭,久远地鸣响着柳宗元藏于清淡平和之中的深深的忧愤;赤壁夜游前后二赋,于超然放达之中传达着苏轼内心并不平静的清高自恃。我们在山水林泉之中看到了先人的忧患欢乐。别看那是一座座静默的山,一道道无言的水,我们都可以视它们为那些历史上杰出人们的"情感的化石"。

中国的疆土异常辽阔,山川风物之盛世所罕有。要是我们来到一座古寺,望见一片翠岚,我们眼前只有"无生命"的自然界或是建筑物,我们不知道它建于何时,因何得名,历史上曾有哪些名人登临过,他们曾在此抒发了什么样的感慨,寄托了什么样的情怀,尽管我们面对雄关宝刹,我们的所获却与名山胜景的价值极不相称。基于这样的认识,我向读者郑重推荐中国旅游出版社上、下两巨册《中国古代游记选》。

---

[*] 此文初刊 1985 年 11 月《博览群书》1985 年第 11 期。据此编入。

由于本书五位选注者都是研究中国古典文学的专家,因而这个选本的特点是史的观念十分突出。选注者注意到游记文学发生发展的全部历史,他们在叙述这个历史时,把游记这一文体的出现及其成熟,紧紧联系着历史上的文学观念的沿革加以考查。他们信守着一个严格的界定,即从韵文中分离出来作为散文的游记文学,是伴随着文学观念的日趋完善的历史产物。但他们也还是从最初的不纯粹的文章中发掘出并选录了有着纯粹的文学性质的游记文学。

选本的首篇是东汉马第伯的《封禅仪记》,选自《后汉书·祭祀志》的注引。作者系跟随汉光武帝刘秀登泰山行封禅仪并预为登山检查道路的虎贲郎将,他以实录体文字生动有趣地记录了二千年前人们登泰山的情景。二千年后的我们登泰山,要是首先了解了这段文字,一定会使我们的旅游活动充满了历史意识。本书的选注者从非文学的著作中发掘出文学的结晶体,由此可以说明选家渊博的学识和他们严肃的治学精神。这方面的实例甚多,如他们注意到郦道元在《水经注》中曾经提及的谢灵运佚失的《山居记》,由《山居记》而推及尚存的《山居赋》。因为前者属于应用文字,后者属于辞赋骈文,均不是严格意义上的散文体文学游记,但编者依然注意到了《山居赋》的注文,认为是"近似游记的片段"。现在看看那些选注者援引的片段文字。确是极优美的游记作品。由此可见选注者开阔的视野以及缜密的治学态度。据此可以判断:《中国古代游记选》充分地体现了文学史学者的编选风格。

前已述及,这个选本的选目是在严格的散文的游记文学的概念下确定的。故选目的严格精当不失为选本的另一重要特色。能够体现一个时代的游记文学之精髓的作者的选目每人多达五或三篇,来必能概括一个时代,但确能体现作者的艺术个性者则择其一、二精品。这些文章连贯起来,我们便可以得到这一多彩多姿的古代文学支派的发展的脉络。

随着人类对大自然山水的认识和征服,古代游记创作的发展也经历着观念的变化。从先秦两汉对于自然的神化和随后的把山水君子化,经过魏晋的玄虚化,南朝的隐逸化,唐宋的志士、仁人的作品体现了游记文学的学者化,到从晚明小品开始而迄于清的把山水作为艺术的欣赏而呈现的旅游的特点,至晚清、近代的政论化,历代游记作品鲜明地表现出各自的时代精神和艺术风格。从另一侧面看,随着文学语言的变化,古代游记又经历着由骈而散的发展过程。从中唐以后真正的游记散文作品大量出现,经过历代文人的艺术实践,终于形成了古代游记散文的优良传统。

全书共选入八十多人的一百余篇作品,内容有前述东汉《封禅仪记》的片段和六朝骈文中的记,而以唐宋以后的文学游记为主。读者手执一卷,既可以精要地欣赏古代优秀游记作品,又可从中大体了解作为文学的游记发生发展的轮廓,从而获得一定的历史知识。特别值得称道的是本书的注释,为了适应更多读者的阅读要求,本书注释详尽而简明,不作繁琐的考证和征引,以切实地有利于读者为目的。如郦道元《三峡》最后一句"山水有灵,亦当惊知己于千古矣"并无典故,但为了方便于广大的读者,还是加了注文:"意谓如果三峡山水有灵性的话,则也应当因为远古以来遇到一位知己而吃惊了。'千古',久远的年代。"不熟悉古文的人,遇到困难不仅在于文中用典,有时在于文意不能贯通,编选者的精心建立于对读者的了解之上。

中国悠久的历史,辽阔的疆域,构成了独特的时空,再加上到处可见的自然景观和历史文物,使它成为东方文明的历史化身。从宏观的角度考察,游记文学的功绩不仅是把这一切文学化了,而且是人格化了。张岱的《西湖七月半》不仅是一篇简洁优美的游记小品,我们透过作者轻松随意的文笔勾画出来的令人眼花缭乱的人情世态,可以体察到一个身经亡国之痛的士人的愤世嫉俗的心境。至于徐霞客的游记,却不仅是保存了丰富的地理资料,也不仅是笔墨酣畅的旅游文学,而且是一个有抱负有追求的人在艰难路途上的坚韧跋涉。我们得到的不光是艺术的享受,还有勇敢、毅力和顽强坚持的人格教育。即使不是作为旅游者,我们手执一卷《中国古代游记选》,作历时千百年、行程千万里的"神游",也是一件极快乐的事。

具形的音乐[*]

诗在内容上抒情的特点，在内容的表达即形象的构成上想象的特点，把诗从内容上与文学的其它文体区别开来。但仅有内容方面的因素还不够，罗丹说过，"艺术就是感情"；但他紧接这个判断之后就说，"如果没有体积、比例、色彩的学问，没有灵敏的手，最强烈的感情也是瘫痪的。最伟大的诗人，如果他在国外，不通其语言，他能做什么呢？"（《遗嘱》）他一方面强调内容（感情），一方面重视形式（手段）；他讲到雕塑，也讲到诗。诗的手段是语言，而诗的语言，也应当有异于它种文学。

内容同样精采的文学作品，小说一般读一两遍就够了，而好的诗，尽管内容已为人们所熟知，而人们却喜欢反复地吟诵它。在其它文体，这是腻烦的；在诗，人们却不厌其烦，这说明，诗除了内容的因素，也还有其它方面的不容忽视的因素在吸引着人们。这因素，就是诗在语言形式方面的音乐的特点——诗的语言是按照音乐因素的要求加以组织的。

音乐的特点，使得孟浩然的"春眠不觉晓"和李白的"床前明月光"被反复吟咏了千余年。当人们反复吟诵这两首内容并不复杂的诗的时候，恐怕不再是因为内容的新鲜，而是为它们音调的动听、韵律的美好所陶醉。散文是一种谈话，诗是一种歌唱。诗的音乐的特点，首先在于它反映生活的方式是歌唱型的，而不是谈话型的。读诗和读小说不一样，读小说，觉得作者在和我们

---

[*] 此文初收《论诗》。据此编入。

娓娓而谈,基本上是客观、冷静的叙述;读诗,觉得是一股灼热的感情向我们涌来,诗人在向我们呼喊、召唤,仿佛在唱一首动情的歌曲:"啊,多么好!我们的生活,我们的祖国;啊,多么好!我们的时代,我们的人生!"不仅是读者,而且连诗人自己,也被沉醉在这种由音乐性的语言所创造的抒情气氛中。

歌德曾经把建筑称作"一种僵化的音乐"(《歌德对话录》)。朱光潜译注认为,这句被后来美学家经常援引的话,改为"冻结的音乐"较好。我以为,要是说,建筑是"冻结的音乐",那么,诗可以叫做"具形的音乐"。诗与音乐的关系,是先天的。可以说,从有诗的时候起,甚至说,在诗尚未正式诞生——尚未正式脱离"歌"的阶段时起,音乐的血就流在它的脉管里了。

前面谈到诗的抒情性质时曾经说到这点:诗歌最初起源于劳动,劳动中为了协调彼此的动作,为了彼此鼓动情绪,出现了简单的呼喊。这种呼喊,闻一多把它称为"歌"的起源,鲁迅把它称为"杭唷杭唷派"。这种呼喊的歌,就是诗的胚胎——说是胚胎,因为这种最早的"歌",还不曾有明确的内容,待到能够表达比较明确而且比较复杂的意愿了,也就是在那些原始状态的"歌"中充实进去具体的内容了,诗才开始正式出现。因此,诗是劳动呼喊的产物,言志的诗是与音乐的歌相伴随而出现的。

我国古代的诗词曲本来都是能唱的,到了近代,诗才逐渐变成了供阅读为主的。即使如此,有一部分诗仍然是可供说唱的。即使是现代新诗,也仍然保留着虽已退化的可唱的遗传,这就是朗诵——虽不能唱,却可诉诸听觉。诗就是如此,和音乐保持着它的血缘关系,由唱而吟,由吟而诵,步步后退,却不曾断绝了关系。当诗还没有从歌中独立出来时,诗是音乐的内容,音乐是诗的形式,这是问题的实质。

可是,人们考虑诗的形式时,往往想到它的分行,认为分行排列就是诗的形式和标志。而事实是,小说分行不能变成诗;诗不分行,也不会变成小说。决定是不是诗,主要是前面论及的两个方面:抒情和想象,而不是其它。例如下面这一段不加分行也不押韵的文字,即使在外形上完全取消了诗的特征,但仍然可以明显地判断出是诗,而不是散文:

> 高粱长起来吧,高粱长起来吧!
> 我们要去铁路东,那大平原上逛一逛呀!……呵,山哪,不管你用多少野花,都留不住我,放过夏天,就是放过游击队员最好的年成呵!高粱长起来吧……

这是魏巍的《高粱长起来吧》中的句子,原是分行的,我把它连在了一起,它在抒情式的呼唤中,首先"要求"高粱快快地成长起来,而后,它转而向"山"发出"呼喊":尽管你盛开了美丽的野花,也留不住渴望打击敌人的游击战士的脚步。我们从它那抒情的调子里感到那作为诗的非常重要的激情的因素,这是就诗的内容而言。关于形式,外在的形式在这里是消失了——因为它既不分行排列,又不押韵,甚至句子也是长短不齐的——但它仍然存在着内在的因素。这因素,有两点很重要:其一是在这段文字中贯串始终的咏叹调子,这是其它文体所缺少的;其二是它前后出现的"高粱长起来吧"的重复,我们称它为复沓,增强了抒情的气氛。而这些,正是我们要加以分析的音乐性:即使在最不具有音乐外形的文字中,诗也保存了音乐的因素。

这样说,当然不能否定分行所具有的意义——要是没有意义,诗也就无须分行了。诗的分行排列,首先是由于诗要求集中精炼——短促的诗行便于概括提炼尽可能丰富的内容;叙述上的跳跃性——分行便于诗的"跳舞";再就是诗的抒情的职能,要强调那情绪的效果——分行排列,便于在形式上把感情上的强调更加鲜明地体现出来。例如贺敬之气势雄伟的《放声歌唱》是这样开始的:

>   无边的大海波涛汹涌……
>   呵,无边的
>   大海
>   波涛
>   汹涌——
>   生活的浪花在滚滚沸腾……
>   呵,生活的
>   浪花
>   在滚滚
>   沸腾!

讲一遍不够,还要重复一遍。这里叠句的使用,当然是为了强调感情的热烈。"嗟叹之不足,故咏歌之。"(《诗大序》)重复那一句,又把它断开,再分成四行排列,这种形式上的处理,是为了给内容以必要的强化、加工。从重复的效果来分析。设想前一句是迎面甩过来的一排巨浪,则后边那四个割开的短行,是巨浪过后的波澜起伏,形成了海浪的推涌,有余音不绝、余波不息的气势。这种效果,当然是分行排列造成的。它不仅从内容上,也从形式上把诗的内蕴加以阐发。

"高粱长起来吧"和"无边的大海波涛汹涌",可以不分行,不押韵,也可以分行之后句式参差错落,但是,不论它的形态如何,除了内容的因素之外,始终存在着一个看不见的精灵,这就是产生诗的乐感的音乐的精灵。这里有一段话,可以帮助我们揭示诗的音乐性的根本奥秘:"对于原始民族,音乐中主要的东西是节奏,所以不难了解,他们的简单的音乐作品是怎样从劳动工具与其对象接触时所发出的声音中产生出来的。……毕歇尔深信,诗歌的产生是由精力充沛的具有节奏感的身体动作,特别是我们称之为劳动的身体动作所引起的;这不仅在诗歌的形式上是正确的,而且在内容上也是如此。"(普列汉诺夫:《没有地址的信》)对于诗的形式,什么是不可缺少的,而且是起着决定作用的因素?不是分行排列,不是押韵,也不是表面化的句式均齐,决定的因素是节奏。

节奏就是一连串有规律的声音,这规律指具有一定的高低、强弱、轻重以及等时性的间歇。节奏的终极的起源,可追溯到生理的原因(如心脏的跳动)上,当然,在自然界,也存在着自然形态的节奏:波浪的汹涌,旗帜的招展,柳丝的摇曳,秋千的振荡,鹰的盘旋,马的奔驰,我们均可从中寻觅到优美的节奏感。诗人把这种起源于劳动、并存在于自然的节奏加以人化,就是说,使之作用于社会:把人们的意志组织起来,使动作彼此协调,以至于把人们的感情组织起来,使他们更加密切地在社会生活中彼此协调,这种人为的利用,造成了诗的音乐性基础。

所谓节奏感,就是声音的呈规律状态。声音的美在于节奏的和谐,造成和谐的效果的,是声音的匀称而不零乱。所以,形成和保持诗的音乐效果,在于节奏要大体整齐。雪莱说,"诗的语言总是含有某种划一而和谐的声音之重现,没有这重现,就不成其为诗,而且,姑不论它的特殊格调如何,这重现对于传达诗的感染力,正如诗中的文字一样,是绝不可缺少的。"(《为诗辩护》)

"某种划一而和谐的声音之重现"这句话,精到地、同时又是简要地概括了诗在形式方面的基本要求。构成这种重现的因素是很多的,押韵是一种,最重要的则是大体整齐的节奏。诗的语言是为表达错综复杂的客观事物服务的,因此,它本身是千变万化和丰富多彩的。但它在不同之中求同:在语音的丰富多彩之中求同,是押韵;在节奏的千变万化之中求同,是节奏的和谐。

节奏的整齐在我国古代诗歌中,体现在诗行字数的一致上。这在那时能够做到,但在现代汉语中,由于语言的日趋口语化、虚词的增多,以及现代词汇的不断丰富,那种只在字数一致上保持节奏整齐的局面被打破了。因此,只能大体整齐——所谓"大体",即指不必拘泥于字数的一致而要求内在节奏的匀称。这种匀称,最重要的、起决定作用的,是上句与下句停顿数目的大体一致。上句与下句的停顿一致,符合于中国传统美学观念的对称的原则。这里讲的"停顿"只是一种权宜的说法。在西洋诗中,讲究音步或音尺。根据王力先生的介绍,音步是由希腊诗开始的。希腊语里有长短音的分别,一个长音和一个或两个短音相结合,成为一个节奏上的单位,叫做音步。英语没有长短音的分别,而只有轻重音的分别。于是英国的诗论家把英语中的重音和希腊语中的长音相当,把轻音和短音相当,承受了音步的概念。在西方,由两音或三音构成音步,再由若干音步构成诗行,这叫做"步律"。汉语有自己的特点,很难照搬这种音步的理论。但是汉语诗中同样讲究节奏的匀称。这种节奏的匀称,由停顿的大体相同构成(有人称之为"顿数")。这种停顿的划分,参照意义和语音两方面的因素,大体上,一个停顿指的是一个双音节或以双音节为基础的词或词组;由于汉语的每个字是一个音节,因此,指大体上由两个字构成的词或词组为一顿,这种顿,相当于西方的音步。如:

武山的|大米|兰州的|瓜○|
疼不过|老子|爱不过|妈○|

每句四顿,上下句的顿数相等,因此节奏是均匀的,音调也就和谐动听。但若改为"武山的|大米|兰州的|瓜○‖,疼不过|亲爹|亲妈|",前一句四顿,后一句三顿,节奏的平衡被打破了,由于不对称因而产生不和谐,音乐感便减弱以至消失了。闻一多的《发现》中有相连的两句:"我来了,我喊一声,迸着血泪:'这不是我的中华,不对,不对!'"这两句,每句都可读为五顿,由于对称和平衡,因此动听。第二句的两个"不对",若去掉一个,感情是

消弱了,但基本意义未变,可是诗的节奏的平衡打破了,少了一个"顿",读起来仿佛缺了一块。

表面上的字数整齐,并不构成内在的节奏匀称。有一部分"豆腐干体"读起来别扭,原因就在于表面上字数相同,实际上节奏并不均齐(顿数没有相等)。诗句的长短,每行字数的多少,并不对诗的节奏起决定作用。起决定作用的,如前所述,是相连的两句间顿数要相等,如郭小川的《秋歌》:

海岸的青松啊风卷波涛;
江南的桂花啊香满大道。

草原的骏马啊长了肥膘;
东北的青山啊戴了雪帽。

因为相对的诗行间顿数一致,便获得了齐整的节奏感。有的诗句,看来参差不齐,仅仅因为相对的诗行间内在的顿数相称,读起来仍然和谐动听,如:

汽笛|和牧笛|合奏着|伴送
我|和列车|一起|穿过|深山|隧洞‖
螺旋桨|和白云|环舞着|伴送我|和飞机|一起|飞上|高空‖

若把后句最后一个词组,改为"万里高空",增加了一个"顿",则这对诗行中的节奏,由于内在顿数的完全一致,音乐的效果是极其显著的。

从美学的规律看,人们对于平衡和对称美的要求并不是绝对的。当周围是一片杂乱时,它要求一致;当周围呈现为太完整的一致时,它要求打破平衡。这从诗歌形式的总变革中可以看到。在诗歌史上,自由化和格律化两种基本倾向几乎是交错出现的。中国艺术中最大的一个特点是均齐,而这个特点在其建筑与诗中尤为显著。但是,当这种均齐与对称的律化形成之后,人们欣赏的习惯便要求打破这种律化生成的单调与生硬,于是随之而来的便是统一之中的变化。

  从远古的墓茔
  从黑暗的年代
  从人类死亡之流的那边
  震惊沉睡的山脉
  若火轮飞旋于沙丘之上
  太阳向我滚来
    ——艾青:《太阳》

从上述诗行,可以看出这种既统一又有变化的美。这里,逢双句押韵,分别为:代、脉、来;六行之中,有四行都是三顿,有两行是不同顿数的长句,它们仿佛是基本旋律的变奏。由于这段诗大部分是顿数相同的句子,形成了整齐和谐的气氛;又有少数句子是变化的,打破了太一致的单调与沉闷感,又形成了活泼而有变化的局面。

  音乐的特点是属于整个诗的。对于格律诗以外的诗体,音乐的特点仍然存在于诗的语言形式中。这种音乐的特性靠排比和复沓等形式体现出来。排比和复沓并不是均齐,但却仍然是均齐原则的变形,仍然是这一原则在自由散漫状态中的顽强的生存形式;仍然是追求异中之同,追求不整齐中的整齐,石方禹的《和平的最强音》的句子是参差不齐的,基本上也无韵,由于它大量运用的排比、加上自然的复沓所造成的咏叹调子,读起来琅琅上口,有着浓厚的音乐气氛。

  朱自清十分重视复沓在诗中的作用,他认为:"复沓是歌谣的生命。歌谣的组织整个儿靠复沓,韵并不是必要的。""在散文化的诗中用了重迭,使散中有整,也是一种调剂技巧。"(《抗战与

诗》)复沓系指诗中对某些字句的有意识的重复出现,它对增强诗中的音乐作用,在下列诗句中可以感受到:

> 晨光镀着启明星,
> 像宝石,亮晶晶;
> 晨光溶进小溪流,
> 像琉璃,亮晶晶。
>
> 初阳照着紫茄,
> 像紫玉,亮晶晶;
> 初阳照着红椒,
> 像玛瑙,亮晶晶。
>
> 绿叶上的露珠像珍珠,
> 灼闪闪,亮晶晶,
> 风舍不得揉,雾舍不得碰,
> 溪边菜园的早晨,亮晶晶,亮晶晶……

这里使用了复沓。通篇只听见"亮晶晶,亮晶晶"在响着,不断出现这相同的声音,造成了一曲清亮悦耳的音乐,当然,在这首多少有点韵律的诗中,复沓的作用还不太明显,换上一些散文化的诗,当它形式上没有其它条件而只有复沓时,复沓的重要作用就显了出来。以《说是从丰台来的》为例,它的句式不整齐,也不押韵,但读起来却娓娓动听,它的音乐感整个儿就只是依靠简单的复沓来维持。开始时,它出现了"说是从丰台来的,说是从丰台走着来的……",结束时,又出现类似的句型:"说是丰台来的,说是一路走来的……"。简单的复沓,就造成了回环反复、前呼后应的韵味。

即使在格式非常自由的诗中,在几乎看不出任何格律的痕

迹的诗中,我们也可以寻见由朴素的语言构成的排比、复沓造成的音乐旋律的效果。例如:

> 大堰河,是我的保姆。
> 她的名字就是生她的村庄的名字,
> 她是童养媳,
> 大堰河,是我的保姆。
>
> 我是地主的儿子;
> 也是吃了大堰河的奶而长大了的
> 大堰河的儿子。
> 大堰河以养育我而养育她的家,
> 而我,是吃了你的奶而被养育了的,
> 大堰河啊,我的保姆。
>
> ——艾青:《大堰河——我的保姆》

在这首诗中,"大堰河,我的保姆"是反复出现的"乐句",是它呈现了主题,也是它呈现了基本旋律。这种效果是由于有意的复沓造成的。正是因此,在这首没有任何押韵的迹象,也没有任何句式的整齐的迹象的诗中,充满了宜于吟诵的音乐情调。

我们讲过,是生活的,特别是劳动的节奏,为诗的语言的音乐性提供了根据。人类的生活是发展的,劳动的内容和形式也在不断变化。由劳动所提示的节奏,也因时代的变异而变异。我们生活的时代,劳动的含义在变异,劳动的节奏也在变异。《诗经》的时代,四言诗对它是合适的,简单的、缓慢而不免有点滞涩的节奏,是适合那个时代的劳动的内容的。"平平仄仄仄平平",适合于封建社会鼎盛时期的生活节拍,用它来抒发那种雍容闲适的田园情调是很合适的。在当今社会生活中,"小桥流水"的情趣正在被工业化的起重机和推土机所打破。电子计算机、高速公路、自动化的生产流水线,造就了人们对于诗的节奏的新观念。要把诗拉回"平平仄仄"的时代是不可能的——这样说,并不是要否认平平仄仄的存在以及这种旋律在诗中重现。但可以肯定的是,这种节奏已不适应于今天这个时代。

在西方,牧歌的时代已经结束了;在中国,陶渊明式的悠闲田园诗时代也应该结束了——人们已不习惯它的节奏。也许在中国,很多人还习惯那种慢吞吞的、不慌不忙的节奏,但它正在被打破,它一定将被当代生活的紧张节奏所代替。诗怎么办?当然要改变,而且我们当然应当欢迎改变。我们可以习惯我们十分习惯的东西,我们也应当习惯我们还不习惯的东西。我们要打破那种懒散的、保守的、惰性的"习惯"。目前的诗歌正在发生变化,不要用固定不变的标准去套它。要是说,由于生活的迅速发展,诗的音乐性的观念有了新的演化,甚至有了改变,我们也应当欢迎。事实上,这种概念正在改变之中,想阻拦它是做不到的。

真实依然是它的生命[*]
——一九八一年的诗

这一年过得真不容易。诗歌如同一叶扁舟,在波浪急涌的海上颠簸。那白色的船帆依然鼓满催动前进的风,但捉摸不定的风向,使它不得不随时减速以调整自己的航向。但它未曾(也断然不会)沉没,它毕竟达到了彼岸。这是一年终了的子夜,古老的景云钟叩动。反顾来路的风声雨声,人们也许易于索漠,但审慎的乐观无疑仍是切合实际的判断。

多少年来,人们乐于谈论创作中的现实主义(当然,在特定的历史时期,更乐于谈论浪漫主义),对这一创作原则的科学的表述是困难的,人们一般地认为,诗歌应当恪守现实所展示的真实面貌,不仅关切地反映它,而且积极地干预它。因而,人们自然以是否对生活现实尽责作为衡量文艺(包括诗歌)的准绳。他们要求诗对生活发言,要求它对生活中的重大事件"表态",要求它反映出生活中的前进和阻梗。总之,人们认为——而当代诗歌的传统也如此认为,诗应当和生活保持密切的(甚至是非常接近的)联系。按照这样的标准来观察这一年的诗歌,人们发觉,那种肝胆相照、直言不讳地抨击时弊的诗篇业已消失,这是不无怅惘的。这也许是现实生活的损失,却未必就是诗的损失。我们的诗歌一直和生活的现实关系过于直接,也和政治关系过于直接,这并不是它的长处。当代诗歌发展中的诸多弊端,是与此

---

[*] 此文初收《论诗》。据此编入。

相联系的。作为艺术的诗,以它合乎艺术创造规律的实绩,对生活、也对政治起影响。但它本身不是附庸,它在艺术创造的过程中是独立的。从这个观点看,诗对生活进行监督的尖锐性是减弱了,但诗以较前成熟的艺术以折射生活的现实却得到了加强。

这一年的诗歌,并未失去它对人民和国家命运的关切。张志民的《警惕啊,手!》,为审判林彪、江青反革命集团而写。但它的主题却宽广得多。它不仅愤怒谴责那些"把一个国家放在手心里,任意地搓揉"的罪恶的手,而且由此延伸为对那些把权力变为魔术箱的"巧"手,利用如渤海二号那样的事件可以把"丧事"办成"喜事"的"妙"手以谴责。它通过这一审判历史性地宣告:"检阅台"与"被告席"之间并没有不可逾越的鸿沟。张志民的诗重于说理,对于罪恶黑手的警惕,其叙述具有历史的深度。黄永玉同一题材的《难以忍受的欢欣》则以他特有的诙谐的语言,抒写了亿万人民共有的情感:真是难以忍受的欢欣,一颗子弹未免便宜了这群丑类,它们的死活的确不好作出决定!最后还是决定——

> 让它们活着
> 听听我们建设的歌声
> 让嫉妒腐蚀他们的心灵……

它以坚定和乐观的语言传达出人民对自己力量的信心。它不重说理,却把人民在胜利面前的内心的复杂情感表达得曲折细微。

那种千篇一律颂歌的方式已经扬弃。李瑛的组诗《写在党的六十年后的第一个清早》并没有廉价的颂辞,而是通过"扎起了伤口,你在思考,抹掉了泪水,你在微笑","没有跳舞也没有唱歌,只是一边寻找丢失的时间,一边工作,拼命地工作。"这样一些切实的和真实的抒情,显示出党在新的历史时期的特有的风貌。也许应提及的还有流沙河的《老人与海》。一个眉梢挂着浅笑,有着圆圆眼睛的矮身材的老人,"他是一个平平常常的老人",他像许多的人一样,"脱掉多余的衣裳,到海里游泳。"在这里,诗人并没有像过去的诗歌那样给这个普通老人的背后加上光圈,他把他写得很平常,完全是平常的一个旅游者:

> 他笑嘻嘻地下海去了
> 两手合抱双肩
> 感到风凉水冷
> 摸一摸水
> 拍一拍胸
> 浸一浸身
> 本来就没有大人物的威仪
> 这时更显得满脸笑盈盈
> 不常下海的人一旦下了海
> 都会露出被遗忘了的天真

在当代诗歌创作中,这首《老人与海》的价值并不在于它写了一个有如大海的老人——这样的诗我们曾有过成千上万。它的价值在于,它第一次(要不是第一次就更值得庆贺)把这样的老人写成了普通的老人。它也许真的作了这样的宣告:神已经不再存在,人已代替了它,主宰大地命运的,是已经醒悟的无数大写的人,包括这位难得如此消闲的在海上"混杂在一群欢男嬉女之间"的老人。

二

前数年,许多有影响的诗人都呼吁过诗的真实,艾青写过《诗人必须说真话》,公刘写过《诗与诚实》。一九八一年公木更以真实为题写了一首《真实万岁》的诗。他指出"历史的荧屏上只显示真实","真实的光辉冻云冷雾不能遮掩真实的污垢白浪洪涛不能洗涤"。一九八一年尽管存在着某些不好预料的影响，但诗歌仍然坚定地沿着真实的目标行进。以真实作为诗的信仰的诗人仍然不动摇于自己的信仰。这一年，一个感人的痛切的声音，来自公刘的《读罗中立的油画〈父亲〉》。开始他就对着强夹在"父亲"左耳轮上的圆珠笔呼喊："快扔掉它！扔掉那廉价的装饰品！"真实无须伪饰，诗人表达了正义，正如公木所说，"抹的黑不久长，贴的金粘不住。"（《真实万岁》）那一支强加给父亲的圆珠笔，映衬他那树根般的手，镌刻于满脸的同样是树根般的皱纹，以及双手颤巍巍地捧着的粗碗，简直充满了讽刺意味。诗人以忠诚于真实的笔墨再现了这样一幅令人伤怀的图景：

> 那年你倚着土墙打盹，
> 在太阳的爱抚下再也不醒，
> 嘴角淌着黄绿色的液汁……

这只是父亲坎坷的一生中不知"死过多少次"之中的一次而已，历史是无须掩瞒的，历史的经验将使我们永远清醒。记住过去，并不就是不求前进的"恋旧"；同样，忘记了过去——包括特定历史时期的过去，也许是胆怯，也许是健忘，也许还意味着别的什么。这首关于油画"父亲"的诗，其启示人的力量还不在于写出了积郁的抗诉，最为动人的仍然是诗人以奔腾的热情呼喊父亲作为主人的觉醒。父亲只顾望着眼前那只古老的碗，而忘了身后他以劳动的汗水所创造的黄金。诗人忘情地向着"父亲"呼喊：

> 快转身去吧，快！快！
> 黄金理当属于你！你是主人！
> 主人！明白吗？主人！
> 父亲啊，我的父亲！
> 我在为你祈祷，为你祈祷，

>再也不能变幻莫测了,
>我的老天,我的天上的风云!

这声声真挚的呼唤,汇聚着复杂的情感:是启迪,是催促,是哀其不幸,愤其不悟,是真心实意的对于平安风云的祈祷。真是一团乱麻般纠缠的思绪。经历了不正常的混乱的年代,人们的情感也趋向繁复,如这首诗所昭示的极其复杂的思绪,只要了解我国农村和农民生活变迁的历史,就会了解溶解其中的历史性的忧郁和不安全感的由来。

这一年众口交誉的一首诗,是赵恺的《第五十七个黎明》。这同样是一首表现普通人生活的真实的诗。一个普通的中国女工,度完了她的五十六天产假之后,骑上一辆婴儿车上班,这便是属于中国的"第五十七个黎明"——一个海员度完全年的假期,在风雪中启碇;一个纺织女工骑着一辆婴儿车在生活的风雪中奋力前行,这里没有任何浮夸的豪迈,更没有动听的口号,有的是关于一个普通人(切切实实的普通人)的极其平凡、也极其纷繁的生活的描写:……生活总是这样,少了点温馨,多了点严峻。许多温暖的家庭计划,竟然得在风雪大道上制定:别忘了路过东单副食商店,买上三棵白菜、两瓶炼乳、一袋味精。这正是我们的生活:这个中国的女工,放下婴儿车,就要推起纱锭,一天三十里路程,一年就是一次环球旅行,可是,那些喷气客机,那些开着鲜花的草坪不属于她,属于她的,是"只要你目睹三分钟就会牢记一辈子的悲壮进军":

>一双女工的脚板,
>一车沉重的纱锭,
>还得加上一册《英语学习》,
>三棵白菜、两瓶炼乳、一袋味精,
>青春在尘絮中跋涉,

信念在噪音中前行。
漫长的人生旅途上
只有五十六天,
是属于女工的
一次庄严而痛苦的安宁。

生活是艰辛而劳累的,并没有太多的歌曲和鲜花,虽然有了白菜和炼乳,也是有些人常常说的"比起过去,强多了":温饱而又艰辛,劳累而又坚定,我们从这些真实的概括中感受到概括的真实。我们对属于自己的生活:婴儿车和《英语学习》以及匆匆的假期之后的离别,一个沉甸甸的名字所给予的希望是珍惜的。但我们并不满足,我们理所当然要求更好的生活。正是因此,《第五十七个黎明》表现的是一种富有透视力的生活和情感的世界,它为普通人所作的贡献而骄傲,它又自然地流露哀愁,但终究是坚韧的和顽强的。这一幅让人心跳的图画——"给北京留下的是对生活的思索,年轻的母亲思索着向自己的工厂默默前行。"不再把诗奉献给神圣,而只奉献给普通的男人和女人,"父亲"和"女工"。从这里,只是从这里,我们找到了属于时代和当今生活的最强大的共鸣。

赵恺还有一首《珍珍》,也是真实得让人沉重的诗篇。珍珍的家里只有一张桌子,珍珍要做功课,劳累了一天的爸爸带来一副麻将牌要"修长城",珍珍开始构思一生中的第一篇作文而在脸上留下了爸爸的"五条指痕"。这首诗的主题不是谴责,而是两代人的体谅与和解。珍珍长大之后,她将没有怨恨,而只是悔疚,因为她未能体谅物质和精神的贫困而带来的粗暴,它同样表达了生活的艰辛,以及历史所造成的停滞。也许在这点上,它有了谴责的意向。

也有的真实的歌,就是献给自己的。公刘的《解剖》写道:"我的每一个'现在',都被割成两半:一半顾后,一半瞻前,作为动物我十分容易知足,作为人我却往往感到不满",这是属于中年人的矛盾心境;他的坦率使我们想起闻一多的《口供》:"可是,还有一个我,你怕不怕?——苍蝇似的思想,垃圾桶里爬。"李小雨献给自己的第二十九个生日以《红纱巾》。这条红纱巾"那么固执地"飘动在风雪中,点染着她那"疲乏的并不年轻的青春",尽管如此,当二十九个生日到来的时候,她仍然喊着:"我要戴那条红色的纱巾",也许她爱的就是那"悲哀和希望揉和的颜色"——这同样是一代人真实的心声。他们的生活阅历使他们获得了"苦涩和甜蜜"调成的感情的果实。

真实的声音正在渗透到国际题材中来。辛笛的《'恶之花'风景线》,写一个访问资本主义世界的异国人,由天上的云朵而想起波德莱尔的"恶之花"。表示了他对那个世界的畸形繁荣的态度。艾青在《巴黎及其他》的《红色磨坊》中用——

要是说
巴黎有一个跪在圣母院
祈祷宽恕的白天
它同样也有一个
不穿紧身衣的夜晚

来揭露巴黎那自相矛盾的"现代文明"。艾青仍然是以很多笔墨献给国际题材的诗人,他的诗搭起了一座沟通各国人民和中国人民之间的友谊和了解的桥。这一年邵燕祥应邀访问了南斯拉夫,他怀着虔诚的心意拜谒了铁托墓,写了《约瑟普·布罗兹·铁托》。他以精炼的诗句塑造出铁托那一手托着鸽子、一手摇动钢盔的生动的形象,这无疑是一首真诚的颂歌,但却不是我们所司空见惯的那类颂歌。诗人在凭吊这位伟人的时候,丝毫也不掩饰自己内心的激荡不安的波涛。在这里,作为一个中国诗人所经历的曲折他都有真实的揭示:他为自己的曾经"随声谴责"而

请求原谅——"一个十五岁的孩子孟浪得可怕幼稚得可欺";当地墓地默默绕行的时候,向这位统帅而又是普通兵士的人说:

> 你更不会知道
> 我今天来
> 还背负着那曾因同情铁托
> 和奖许南共纲领而获罪者的
> 沉重的致意

在这里,他无意美化自己,也无意掩盖历史的真实,他唱的是一首愧悔交加的发自内心深处的表达敬意的诗篇,由于真实地写了自己和别人,使这首对于伟人的颂歌,有别于大量我们所曾经读到的颂歌。真实给诗以力量。

聆听了这一年的心灵真实的声音,我们升起了乐观的希望。当然,这是"审慎"的。一方面我们看到:真实仍然是它的生命,诗仍然挺进在通往真实之路;另一方面,由于某些并不新鲜的理论的提倡,以及人们自己对于创作气氛的理解和迎合,应时应景之作以及流连山水的空泛之作,有抬头的趋向。在某些报纸副刊中,平庸的诗篇的数量在增多。即使如此,人们仍然确信,中国当代诗歌发展中那些已经造成危害的因素,不会再度成为主要的潮流。我们在这一年中仍然读到了如上所述的那些传达了千万普通人心头的真实的声音,也不会成为"绝唱",这是断然的。

三

历史是无私的哲人,历史能够纠正偏见。这一年的开始,《诗刊》发表了青年诗作者郭路生的《我的最后的北京》和《相信未来》。这两首诗都写于一九六八年,后者在当年的知识青年中曾广为传抄。人们难以相信:"相信未来"的呼喊发自当时处于

逆境的一代青年的心胸。尽管在当年,未来在他们那里遥如天边的虹影。但他们还是以这样的诗句鼓励自己也鼓励朋友:

> 当我的紫葡萄化为深秋的露水,
> 像失恋的泪滴一串串滚落下来,
> 我依然固执地用凝霜的枯藤
> 在凄凉的大地上写下:相信未来。

整首诗透露着一种悲凉的氛围。大地是凄凉的,那里,滴落着葡萄化成的寒露,但信念却更为固执,宛如火焰般地燃烧着四个大字:"相信未来"。

对于生活着的几代人来说,昨天都曾经是场噩梦。当噩梦过去之后,回忆并控诉那场可怖的梦境,自然地就成为诗的主题,这一点,对于深信并力主诗是生活的反映的人们,将会得到理所当然的谅解。何况,诗作为心灵的声音,它定然难以挣脱那令它痛苦的昨日的梦幻。前一、二年我们已经读到很多优秀的"归来的歌"。这类歌中,以中年诗人的声音最为动人。因为他们在未曾"归来"的时候已失去青春,而面临着的又是生活和社会交与的重担。时光流逝,人事已非的怅惘,在他们身上表现得最为鲜明。这种动人的归来的歌还在唱,林希有《你曾经是我的舞伴》:

> 你曾经是我的舞伴
> 我们踏着水一般清澈的华尔兹舞曲
> 在冰一般平滑的地板上旋转
> 那对,我像女孩子一样羞怯
> 你,又比男孩子还要大胆

最后,缠绕着这一对舞伴的绚丽的纸条终于裂断,他们分别得仓促,甚至不能说声再见。只有当年那一声动人的音符,分成了两半留在彼此的心中。这是一首婉约的诗,这里有淡淡的哀愁。

这样的诗能够唤起人们对于失去的茜色的甜梦的苦涩的咀嚼，最易拨动人隐秘的心弦。一些青年，他们是寻找丢了的钥匙的一代人，也唱归来的歌。他们对于苦难要显得淡漠一些，他们看到：当喷吐着鲜红的火焰的果子被狂风一个个击落，那时候，种子就撒遍大地，他们唱着希望之歌：

　　土地说：我要接近天空
　　于是，山脉耸起
　　　　——江河：《让我们一起奔腾吧》

年青一代并不愿意久久地沉溺在昨天的泥淖中，他们不无心焦地喊着《快快离开悲痛》（梁小斌），这位青年人，发现少女苍白的面容出现了红晕，他不禁羡慕："告诉我：少女，你走过了一段长长的路以后，你为什么还是那样欢乐，我却老是悲伤……"

　　长久地抚摸伤口并非勇者。反思伤痛乃是为了给前进以动力。昨天并不值得留恋，但昨天作为痛苦的历史，依然将书写在诗的天幕之上。更好的对此加以概括，应当是：向昨天告别。这无疑是积极的和光明的主题。许多诗人都有了这样的醒悟，昨天已经由灾难而变成财富。我们的任务是跨过它，借昨天的阴暗以为今天的光明之映衬和提醒。向它告别，是与之决绝，并不意味着不去写它，在可以预见的长时期中，它仍然是文学的、诗的重要的主题。

　　许多诗人都从历史的反思中获得了创作的灵感。这一年中，梁南这一题材的诗最多，他的歌声悲凉慷慨。他由《我不再离别你》、《我将爱到永远》，一直唱到《我是共产党员，我没有忘记》——"共产党员的品质宛如美丽的初雪，我制止在上面书写一切污秽的字句。"在当代任何一首具有历史深度的诗篇中，我们都将并不困难地寻到对于昨天的回顾以及对于今天的思考。

　　对于造成昨天的灾难的认识并与之抗争，已经成为具有使命感的诗人的共同意识。在这点上,他们是健全的。"我有一串嘹亮的啼音,我的啼音在海面轰然回响,我们是雷鸣。"公刘把自己的心音写在蓝天之上,《我不是孤雁》,他这么喊着。在白桦的《船》上,驰行着前进的和活跃的原素。由于历史所赋予的启示,这里的概念已经有了转变,不再是"乘风破浪,一往无前"。它仍然是前进的,但是通往彼岸的路途不仅遥迢,而且艰难重重。作为船,它感到了命运的注定的挑战:你要航行吗?必然会有千妖百怪出来阻拦。他指的是那些阻挡前进的力量。但是,这艘在波浪中搏斗的船,决心只要还有一根"完整的龙骨",就绝不驶进"避风的港湾"。它要航行:"即使它们终于把我撕碎,变成一些残破的木片,我不会沉沦,决不!我还会在浪尖上飞旋。"这当然是一种悲壮的结局,也许这只是诗人的夸张,我们宁愿作这样的猜测。前进的代价未必就是破碎的木片。

这样的诗表现了思想的深度。我们的世界是光明的,但并非通体光明,生活中依然有梗阻。有的角落,这种梗阻甚至是可怕的:榛莽织满田垅,瘠土板结多年,芦根以绝望的顽固抗衡犁尖。这是朱红的《晚播者之歌》所描绘的大地上某些角落的情景。人已中年,不再慨叹"我的收成只有坎坷的芜蔓",而是要作一个"晚播者",他感到了肩负的使命:

　　……我和我的新锄注定是
　　农害的天敌,使蔓草萧艾胆颤!
　　假使我不得不以生命护卫希望,
　　那是因为我所播种的每粒种子
　　都由苦泪浸洗,拌和了血的誓愿,
　　因为这是我的土地,我的责任田!

几代人都以悲壮的情感站到了自己的"责任田"上播种,这就是一九八一年不少诗歌所传达的动人的信息。朱红是写得勤快的,他的《在惰性中起步》,也如《船》那样有一个惊涛骇浪中搏斗的氛围:迪斯科的旋律,霓虹灯和女郎浅笑的广告,都不能使经历过风险的水手疲惫于远航——"不,这不是我!我是驾驶三桅船东航的哥伦布,笃信地圆并为之不倦地探索;我是宇宙膨胀时抛散的星体,恒星的引力永是我旅行的准则。"周良沛发表了具有北京气氛的《北京三章》,表现了他对生活的关切。他以精湛的透视力看到有着复杂构成的多层次的生活面,他通过溜冰、放风筝、挤车等风俗画面展现了诗人对生活的独立的见解。

特定的历史遭遇,使当代正在写诗的几辈诗人都从昨天的黑夜向着今天的黎明的过渡中获得了丰富的灵感。他们都唱着对于土地的恋歌,用这样的歌声来表达亲子的苦恋。"我已经跨过那死亡的分水岭,我已经在黎明的河边找到祖国母亲,愿我的血源源流注给她,她那样瘦弱,那么需要我们碧血的忠诚"(梁南:《我沉思过在监狱》)。雷抒雁的《黑土地》有着他的前辈艾青那样对于土地的深爱,但却已消失了艾青那份哀愁,这是我们所读到的少量以雄浑为基调的诗篇中的一首:

> 而此刻,躺在我手中的
> 是一片黑色的土地。
> 这是冰雪用洁白覆盖了一个冬天,
> 阳光和阵雨酿制了一个夏天,
> 充满酒和蜜的泥土啊!
> 珍贵的、黑色金子般的泥土啊!
> 这生长着高粱和大豆的土地啊,
> 这生长着香蘑和人参的土地啊,
> 这插一根牛角,都能长出一头
>   犍牛来的黑土地啊……

不仅语言的清丽如艾青,而且情感的笃厚亦如艾青。但这幅风景画所展现的却属于我们生活的时代,"黑土地"在呼唤公路线和高压线塔以箭的速度射向村庄和田畴,"黑土地早已厌倦了闲散和冷寂",要是说"黑土地"有着活泼的乐观情绪而又缺少某些力量的积蕴,则徐敬亚的《长征长征》不啻是对"黑土地"作了历史的切削,它使我们看到

> 这块古老土地的横断面
> 宽厚、粗糙、黛黄。纵横的血脉和根须
> 并且,起起伏伏!

诗正在走向成熟,它在向着生活的纵深挺进。当然,这里议论的范畴,属于那些优秀之作。并非没有浮泛之作,也许已经抛弃的东西会迎合新口味以新的面目再现,例如多得不可胜数的"我是犁尖,我开拓初春的大地"等等故作乐观豪放之词。所谓要"加点亮色"的意图,正在悄悄地增多。徒作这种浮泛之语,并不加重诗的分量。

四

诗歌艺术的开放在艰难曲折中有了一个良好的开端。这一年里有明显的挫折,但已经争取到的局面却不易改观。多种艺术形式和风格的实践,仍然在进行,一些人仍在写着"民歌体"或直接取法于旧体诗词的新诗;但更多的人在写自由体;有的人如蔡其矫、林希也属此类更专致于追求"散文美",如林希,他甚至于"担心自己会在'散文美'的陶醉中失掉了诗"(林希:《百家诗会》),但他宁肯"珍惜灵感触须的每一点细微的感受"而如同"穴居的初民完成一幅童稚的壁画,几乎不知道修饰"。他追求朴素和自然的美。有的人,如林庚,他作诗不多,但几乎不受任何理论主张的左右,一心一意、锲而不舍地写他的方块诗(九言或十一言),他的这种自甘寂寞的信守并力行自己的主张,在艺

上苦心孤诣,是令人钦敬的。这一年他又有《乡土》一诗问世:

> 雄鸡啄下了米粒星光
> 电线浮沉着一支乐谱
> 夜在奔驰啊人的醒觉
> 一瞬间唤起无边乡土
>
> 世界是属于少年人的
> 如同从来的最新消息

林庚对楚辞有精深的研究,他的诗的形式的试验,受到古典诗词的陶冶;但是他的诗形象的组合无疑有着现代的影响,如"雄鸡啄下了米粒星光"便是鸡鸣时节,星光消隐,因雄鸡的啼唤而想到它的"啄下"米粒,于是又接上星光,星光是鸡的米粒,被它啄下,于是天明。这是一种格律诗认真的试验,此类试验当然还有。

自由诗的创造似乎形成了优势,这是对于十年动乱中那种新的"庙堂颂诗"的反拨。人们自觉地扬弃那种语言和韵脚的沉重枷锁,而寻求思想和情感的自由和自然的表达。胡风发表了旧作自由诗《雪花对大地这样说》。引人注意的是路翎,他在《诗刊》发表了《果树林中》、《城市和乡村边缘的律动》、《刚考取小学一年级的女学生》等三首诗,这三首诗,都写于一九八一年七月,它们不仅报道了诗人的健康,而且,令人十分欣喜的是,他的诗完全不像长期与社会隔绝的人那样,与生活存在着某种隔膜。它们传达着我们所生活的时代最新的脉动,《果树林中》是一曲最新的田园交响曲,这里有青年夫妇的倾心交谈,也有偷果子的孩子的欢愉。《刚考取小学一年级的女学生》完全沉浸于一片对于新生活的渴望与憧憬之中,沉浸于一种犹如早春时节玉兰花迎着晶莹的露水乍放的那种充满生命力的激动之中:

>   刚考取一年级的小学女学生在忙碌着,
>   将红色的花衣裙很快地脱下,
>   将另一件,新的,红色的花衣裙很快地穿上
>   又将这一件脱下,脱下,摺好,放在枕头
>   底下,便在床上翻了个快乐的筋头;
>   穿上花朵大的,白色的,红色的蔷薇花。
>   跑到镜子面前拉开裙子说:"我考的是总
>   分九十八分,考取一年级!"

在过去,这样的诗风往往会遭遇偏见的压抑。但如今,一般说来,多样艺术的追求正在受到尊重,格律和自由是不可替代的,把生活的情趣表达得这么精微而无拘束之感,这正是自由诗的长处。路翎这组诗中,写得最好的,应当是《城市和乡村边缘的律动》。它以敏锐的触觉,捕捉了现代生活的特殊领域——城乡边缘的生活的节奏,由此出发对我们又晴朗又有阴雨的生活情调作了大的概括,"晴朗和阴雨,中国共产党推进的生活沸腾着,城市和乡村的边缘生活沸腾着,欢乐和希望颤动着。"

诗歌借鉴的来源,依然是广阔的。十四行体的创作时有所见;《九叶集》中的两位女诗人陈敬容和郑敏,这一年也相当的活跃。不知是什么原因,《诗刊》于一九八〇年举行的青春诗会那种气势与规模至今没有被超越,青年人探索性的新作极少发表,气氛则是相对的沉寂。《星星》和《海韵》为培育新生代悄悄地作着努力,也许最为让人振奋的消息来自遥远的西北边疆,那里有一片《绿洲》,绿洲上空,吹着令人神往的《绿风》,这股从戈壁滩上吹来的绿色的风,的确给诗坛带来了绿色的生气。《绿风》第一期开辟的《青春在绿洲聚会》一下子就以三十个青年诗人的强大阵容吸引了整个诗坛的目光。中国诗歌的希望在未来,而未来是属于青年的,我们当今的工作,是力促青年的健康成长。一九八〇年,文艺报在发表公刘的《新的课题》时有一段"编者按",

指出：对文学青年"如视而不见，任其自生自灭，那么人才和平庸将一起在历史上湮没。如加以正确的引导和实事求是的评论，则肯定会从大量的幼苗中长出参天的大树来。"这无疑是理智和有远见的。

当然，反顾这一年，影响整个诗坛颇为壮观和盛大的事件来自上海。《上海文学》的编者以宏大的气魄办了整整一年的《百家诗会》。不分风格流派，不分男女老幼，有诗有论有宣言更有产品地轰轰烈烈地发表了一百多位诗人的作品，这真是一九八一年的诗坛壮举。《百家诗会》的主持者对诗歌艺术持开放的态度，这无疑十分正确，他们发表启事说：

> 我们处在一个变革的时代。诗也面临着一个亟需积极探索、努力创新的发展时期。诗歌创作的新繁荣，将是诗歌题材的新的开拓，各种流派的新的崛起。因此，我们主张创作个性的解放，在生活的海洋中，觅取自己的诗的珍珠，唱出自己心灵的歌，写出自己的风格独具的诗。

一个包括多种多样的艺术形式、艺术风格、艺术流派的题材充分开阔的诗歌的新时代，必然是在整个诗坛都意识到必须充分重视和尊重每个诗人的属于"自己的"独特心灵和同样属于"自己的"独特的艺术个性的新时代。在这点上，《百家诗会》将给我们以久远的启迪。

北方的岛和他的岸[*]
——论北岛

他的出现,伴随着惊异的目光与纷繁的议论,也伴随着对他的诗的社会的和审美的价值的深刻怀疑。中国新诗在当代的发展中,像他这样一开始就受到注意,而又经历了长时间承认的空白的诗人是不多的。但另一事实却是,在中国诗歌结束贫困以至窒息的特殊际会中,给传统的诗歌提供了如此广泛、如此深刻的思想与艺术的挑战的,只有为数很少的几位诗人,他是其中相当突出的一位。在一个时期人们的印象中,他的形象几乎就是一个年轻的艺术挑战者的形象。

时代随时都在挑选自己的诗的载体,让他发出它所特有的声音并体现它所特有的性格。在社会经历重大变动的时代,情况尤其是这样。不论人们现在和将来对他的作品将作出什么样的价值估量,如下一点是确定无疑的:他以他的诚实和执着而无愧于哺养了他的时代。

这是一座"退潮中上升的岛屿"。尽管事实上他并不孤单,但伴随着他的却是"和心一样孤单"的氛围:没有灌林丛柔和的影子,也没有炊烟,"划出闪电的船桅,又被闪电击成了碎片"(《船票》)。这座北方的岛,有时他试图把自己想象为另一种物件,却一样是飘浮无定的具有悲剧命运的形象:"你在雾海中航

---

[*] 此文初刊1985年《中国青年艺术家》创刊号,收入《中国现代诗人论》。据《中国现代诗人论》编入。

行,没有帆;你在月夜下停泊,没有锚。"他因而发出短促的、但却意味深长的叹息:"路从这里消失,夜从这里开始。"(《岛》)风是孤零零的,海很遥远;梦是孤零零的,海很遥远;街中的安全岛也是孤零零的,海还是很遥远。《和弦》表现的也是这种心的孤单,心灵与现实的距离。《一束》写我和世界之间存在着沟通的媒介,但最后还是脱不了"正在下陷的深渊"的阻隔。他的悲观色彩是明显的——

> 我的影子站在岸边
> 像一棵被雷电烧焦的树
>
> 我要到对岸去
>
> 对岸的树丛中
> 惊起一只孤独的野鸽……

这是要到对岸去却感到了"界限"的北岛。诸多争议都可以从这些孤独的、带有浓重的悲剧命运的意象中得到说明。这也是迄今为止他最受到的谴责的焦点。他与世俗中习以为常的诗的观念产生了背谬。人们一贯认为诗是一种鼓舞和激扬精神的手段,诗不仅与"悲哀",甚至与"低沉"都不相干。可是,这种在茫然的海中要到达彼岸而不能到达的情绪,这种"没有船票,又怎能登上甲板"(《船票》)的怅惘,都是以表达这种令人遗憾的"距离"和"界限"为特点的。一开始,他就表现了与"传统精神"的格格不入。

然而,无可否认的是他对生活的诚实。如同他的同代诗人一样,他的诗同样是曾经有过的不合理时代的合理的产儿。要是不了解孕育了他的诗的时代温床,不了解这一最具说服力的"灵感源",人们就只能在他的"怪异"的诗面前茫然失措。既然他是时代和命运的儿子,我们只能从他的诗中寻找他与世界真实联系的说明。北岛的确有令人注目的忧郁,他几乎总是以耽于思虑的忧郁症感染我们。他以冷峻的基本色调表现不能如愿的人生、幻想的破灭、寻求的遗憾。他用诡奇的断续的辞语,缝缀着一张破旧的风帆。他的确给人留下了悲观的影子。即使在坚韧地等待"那只运载风"的"红帆船"的诗中,他也以充满疑惧的语言开始他的歌咏:

> 假如到处都是残垣断壁
> 我怎么能说
> 道路就从脚下伸延呢?
> 滑进瞳孔里的一盏盏路灯
> 难道你以为
> 滚出来的就真是星星?
> ——《红帆船》

他总是在怀疑道路的延伸与等待红帆船的出现之间徘徊着和犹豫着。没有记忆的结着蛛网的古寺,与随着一道生者的目光而使"乌龟复活"的期待(这本身就是充满神秘气氛的意象组合)的矛盾交织着(《古寺》);装满阳光的"带着沉甸甸的爱"的桔子和"咸涩的眼泪"、"苦丝网结着每瓣果实"共存于一体(《桔子熟了》)。他总是这样在"深渊的边缘上"做着"孤独的梦"(《五色花》)。

要是说,在这里他只是表现了与现实的经验积淀俱来的复杂心态在客体上的投影与感应,则他的另一种现象,即他对不合理的生活秩序的怀疑与抵抗,便直接显示了诗人的真诚的勇敢。《夜:主题与变奏》体现了他把握错综纠结的世界的才能。他写对夜的变奏对于和谐的破坏的厌恶,他写孤独者醒来后所感到的小门后面有手轻轻拨动插销的细节,特别是"仿佛在拉着枪栓"的奇怪的联想,令人警悚于一颗受惊的心灵在静夜里的紧张与警惕。这是缺乏安全感的心态的折光。当然,最鲜明的怀疑情绪体现在他的《回答》中:他以警策的语言对那个颠倒年代的众生相作了淋漓尽致的,同时又是高度概括的揭示。继"卑鄙是卑鄙者的通行证,高尚是高尚者的墓志铭"之后,他又以最明确的语言作了对于变异的现实的回答:"我——不——相——信!"

我们究竟应该如何评价北岛的忧郁和怀疑?作为特定的一代人,他的诗体现了他们这一代人对生活的思考。他们对青春年华消失的惆怅,对憧憬和梦想的幻灭的抗议,恰恰表现了他们对于生活的执着和认真。单凭这一点执着,这一份认真,我们便可推断,北岛的诗不是别一时代的产物。他忠实地表现了一代人的追求和憧憬,狂热和失望,真诚与惶恐,困惑和疑惧;表现了整整一代人的动荡、不宁,浓厚的失落感,有点玩世不恭而又不甘沉沦、亟思振作而又缺乏坚定目标的复杂的情感和思绪。北岛以他人不可替代的心灵的碎片,最细密也最充分地"拼凑"了一代人的心史。

总是那样的纷繁与落寞,总是那样的追寻而不能如愿。一方面,他表现了心灵与世界的断裂,个人与群体的冲突,同时,他又与批判的对象认同,承认自身"并非无辜"、"早已和镜子中的历史成为同谋"。这样,他的批判也理所当然地包括了自身。他的《随想》同样包蕴了深沉的历史感:

> 我早已被铸造,冰冷的铸铁内
> 保持着冲动,呼唤
> 雷声,呼唤从暴风雨中归来的祖先

一个觉醒的灵魂在歌唱,这不是神和超人的彻悟,这是一个"只想做一个人"的普通人的觉醒。他把自己看作历史的一部分,他承担了光荣,也承担了耻辱。

我们当然有很多理由责备北岛的忧郁和有点过于敏感的警惕，正如我们可以有很多理由责备舒婷的感伤和她异于寻常地要求自尊一样。但是，要是离开了这一点，北岛和舒婷的个性也就消失了。对于一个扭曲的时代，表现了人的生活和人的心灵的扭曲，应当判断为有价值，而不应判断为扭曲。要是在扭曲的时代，诗人笔下却出现了并不扭曲的光明、热烈、无尽的鸟语花香，那才是真正的扭曲。

要把北岛这位诗人的优点和弱点阐述得十分精确是十分困难的，因为他复杂。很清楚，要是他对生活不抱希望，他不会叹息生活是一张网。因为他太清醒，他对生活希望甚切，于是他发现了生活的失去公平以及对于这种失去公平的不平。所以尽管北岛不是以激情的喷发为特点的诗人，尽管他的充满思辨色彩的诗中体现了哲学的冷静，但他"冰冷的铸铁内"的确保持了"呼唤雷声"的"冲动"。

北岛的灵魂是躁动的。尽管他感到了"希望"作为"大地的遗赠"的"沉重"，但他依然希望："在河流冻结的地方，道路开始流动"(《走向冬天》)；"岁月并没有从此中断，沉船正升火待发"(《船票》)；"如果陆地注定要上升，就让人类重新选择生存的峰顶"(《回答》)……这一切都出现在他的那些矛盾纠结的诗篇中。那里有苦难的倾诉，有宿命的悲观，但却如泥沙中有云母的明亮的光，希望并没有被悒郁所吞噬。

不论是希望的失落，还是失望之后依于希望，北岛的诗是不曾失去光亮的。"夜里发生的故事，就让他在夜里结束吧"(《明天，不》)。这表现了他的睿智和豁达。北岛的这一点光亮，被许多论者忽略了，他们总把他看作彻底的悲观主义者。其实，北岛的悲观与忧郁如同他的希望与寻求一样，都是我们如今生活的这个多变而复杂的生活赐予他的。因为，他真实地表现了它的已然或未然的扭曲和变形，因而他得到生活的承认。

中国当代诗歌的规格化倾向在新诗潮兴起之前已趋于极限。北岛的诗歌实践,是对于统一化的艺术模式的冲击。他的由断续意象的迭加构成的总体的多向的象征效果的艺术,使"五四"开始的象征诗歌传统在长久的间断之后得到了衔接和延续。他改变了传统诗歌的情节性结构体系。他打破固有的时空秩序,有意地予以错杂的重组:时间的流动和空间的移位,给诗的表现增添了纵深感和穿透力。单向的、固定的、直接的叙述方式在他的诗中消失了,代之以多层架构的复合意蕴。意象的模糊性和内涵的不确定性,造成了突出的朦胧的审美效果。他是引用蒙太奇技巧和通感手段最多、最大胆的诗人。除了早期一些诗中保留了直接显示的某些痕迹,他总是充分以意象暗示诗人对现实的态度而避免说明。北岛创造了一个世界。现实世界的遗憾,它的破缺和断裂,它的痛苦期待和心灵的战栗,浓厚的负重感和潜在的执拗的追寻,在这个艺术世界里表现得相当充分。这是北岛的独立的世界。

孤单的和飘浮的岛,一再地感到了岸的遥远。但它总在苍茫中意识到"守护每一个波浪"的岸的存在。不安的心灵即使在最索漠的时刻也在呼喊:"我要到对岸去"。而岸也总是日日夜夜召唤着他。

云 游[*]
——论徐志摩

在记忆中永存

> 悄悄的我走了，
> 正如我悄悄的来；
> 我挥一挥衣袖，
> 不带走一片云彩。
> ——《再别康桥》

　　他是这么悄悄地来，又这么悄悄地去了。他虽然不曾带走人间的一片云彩，却把永远的思念留给了中国诗坛。像徐志摩这样做一个诗人是幸运的，因为他被人们谈论。要知道，不是每一个写诗的人都能获得这般宠遇的。也许一个诗人生前就寂寥，也许一个诗人死后就被忘却。历史有时显得十分冷酷。徐志摩以他短暂的一生而被人们谈论了这么久（相信今后仍将被谈论下去），而且谈论的人们中毁誉的"反差"是如此之大，这一切就说明了他的价值。不论是人们要弃置他，或是要历史忘掉他，也许他真的曾被湮没，但他却在人们抹不掉的记忆中顽强地存在着。

---

　　* 此文初收《中国现代诗人论》。据此编入。

愈复杂愈有魅力

半个多世纪过去了,我们今天仍然觉得他以三十五岁的年华而"云游"不返是个悲剧。但是,诗人的才情也许因这种悲剧性的流星般的闪现而益显其光耀:普希金死于维护爱情尊严的决斗,雪莱死于大海的拥抱,拜伦以英国公民的身份而成为希腊的民族英雄,在一场大雷雨中结束了生命……当然,徐志摩的名字不及他们辉煌。他的一生尽管有过激烈的冲动,爱情的焦躁与渴望,内心也不乏风暴的来袭,但他也只是这么并不轰轰烈烈地甚至是悄悄地来了、又悄悄地去了。但这一来一去之间,却给我们留下了恒久的思念。

也许历史正是这样启示着人们,愈是复杂的诗人,就愈是有魅力。因为他把人生的全部复杂性作了诗意的提炼,我们从中不仅窥见自己,而且也窥见社会。而这一切,要不凭借诗人的笔墨,常常是难以曲尽其幽的。

这是一位生前乃至死后都有争议的诗人。像他这样一位出身于巨商名门的富家子弟,社交极广泛,又在剑桥那样相当贵族化的学校受到深刻熏陶的人,(正如他在《吸烟与文化》中说的:"就我个人说,我的眼是康桥教我睁的,我的求知欲是康桥给我拨动的,我的自由的意识,是康桥给我胚胎的。")他的思想的驳杂以及个性的凸现,自然会很容易地被判定为不同于众的布尔乔亚的诗人,特别是在二、三十年代之交那种革命情绪高涨的年代。

茅盾以阶级意识对徐志摩所作的判断,即使在现在读来,也还是给人以深刻印象的:"志摩是中国布尔乔亚'开山'的同时,又是'末代'的诗人"。"圆熟的外形,配着淡到几乎没有的内容,而且这淡极了的内容,也不外乎感伤的情绪,——轻烟似的微哀,神秘的、象征的依恋感喟追求:这些都是发展到最后一阶段的、现代布尔乔亚诗人的特色。"①茅盾从徐志摩《婴儿》一诗入手,分析徐志摩所痛苦地期待着的"未来的婴儿"乃是"英美式的资产阶级的德谟克拉西。"但是茅盾依然注意到了徐志摩自己颇为得意的一位朋友对他的两个字的评语:这便是"浮"和"杂"("志摩感情之浮,使他不能为诗人,思想之杂,使他不能为文人。"②)这两个字概括了这位诗人性格和思想的特点。徐志摩思想的"杂"是与他为人处世的"浮"联系在一起的。"他没有闻(一多)氏那样精密,但也没有他那样冷静。他是跳着溅着不舍昼夜的一道生命水。"③朱自清这一评语是知人之言。他接受得快,但却始终在波动之中。

茅盾对徐志摩的批判是尖锐的。人们今天可能会不赞成他的判断,但这种判断是建立于具体材料之上的,没有后来为我们所熟悉的那种极端化。在相当长的时期内,人们习惯于以《秋虫》、《西窗》两诗的个别诗句和基本倾向给徐志摩"定性"。但是,思想驳杂的徐志摩的确也有过相当闪光的思想火花。他曾经热情赞美过苏联革命:"那红色是一个伟大的象征,代表人类史里最伟大的一个时期;不仅标示俄国民族流血的成绩,却也为人类立下了一个勇敢尝试的榜样。"他在这篇题为《落叶》的讲演的最后用英语所呼喊的"Everlasting yea!"("永远用积极的态度去对待人生"),应当说是真诚的。

徐志摩为世所诟病的《秋虫》、《西窗》二诗均发表于一九二八年。也就是这一年,徐志摩在五卅惨案当日的日记中对时事发表了相当激烈的意见:"上面的政府也真是糟,总司令不能发

---

① 茅盾:《徐志摩论》。
② 见陈从周《徐志摩年谱》第54页。徐志摩在引用这两句话后写道:"这是一个朋友给我的评语。煞风景,当然,我的幽默不容我不承认他这来真的辣入骨髓的看透了我。"
③ 朱自清:《中国新文学大系·诗集·导言》。

令的,外交部长是欺骗专家,中央政府是昏庸老朽收容所,没有一件我们受人侮辱的事不可以追源到我们自己的昏庸。"(《志摩日记》)同年七月,在美国哥伦比亚大学致恩厚之信中,谈到国内形势:"虽然国民党是胜利了,但中国经历的灾难极为深重。"①又,在纽约致安德鲁信:"内战白热化,毫无原则的毁灭性行动弄到整个社会结构都摇动了。少数有勇气敢抗议的人简直是在荆棘丛中过日子……"②同年十二月二十三日致陆小曼信,谈旅途中见到劳苦者生活状况时的心情:"回想我辈穿棉食肉,居处奢华,尚嫌不足,这是何处说起","我每当感情冲动时,每每自觉惭愧,总有一天,我也到苦难的人生中间去尝一份甘苦。"③

徐志摩就是这样的一位说不清楚的复杂的人。他一方面可以对一七八九年的法国大革命极为景仰,一方面又可以极有兴味地谈论巴黎令人目眩的糜烂以及那里的"艳丽的肉"④。他的思想驳杂这一事实,长期地受到了忽视。特别是五十年代以后,一些评论家论及他的艺术,往往以漫不经心的方式进行概括,判之以"唯美"、"为艺术而艺术"一类结论;论及他的思想倾向,则更为粗暴,大概总是"反动、消极、感伤"一类。

建立在这样一种并不全面的认识基础之上,否定一位有才华的诗人的地位是容易的。不容易的是改变一种旧观念和建立一种新观念。这种新观念是承认诗人作为人,他有自己的素质(包括他对人生和历史的基本态度)以及可能有的局限,并且承认产生这种现象是自然的。诗人作为一个易于受到社会的和自然的各种条件影响的人,他的思想情感是一种动态的存在,前进或后退都是可以理解的必然。

---

① 邵华强:《徐志摩文学系年》。
② 同上。
③ 同上。
④ 徐志摩:《巴黎的鳞爪》。

我们要求于诗人的首先是真。真正的诗人必须是真实的人,作为社会的人。这本身就先天地意味着"不单纯"。要是我们以这种观念看徐志摩,那末,在徐志摩身上体现出来的复杂、矛盾、不单纯,正是作为诗人所必有的素质。我们不妨进一步论证:处于徐志摩那样的年代,一批出国留学的知识分子,因长期的闭塞而对世界上的事物怀有新鲜感,他们的广泛兴趣和不及分析的"吞噬",不仅是求知欲的显示,而且体现了"寻找药方"的热情。所谓的——

> 我不知道风
> 是在那一个方向吹——
> 我是在梦中,
> 黯淡是梦里的光辉。

这当然表现了他的惶惑。但是,这惶惑却正是"风来四面"的急切间,难以判断与选择的复杂局面所造成。

当时的知识界普遍地有一种以学业报效国家的热情,徐志摩无疑也怀有这样的信念。一九一八年,徐志摩离国后曾作启行赴美分致亲友:"今弃祖国五万里,违父母之养,入异俗之域,舍安乐而耽劳苦,固未尝不痛心欲泣,而卒不得已者,将以忍小剧而克大绪也。耻德业之不立,遑恤斯须之辛苦,悼邦国之殄瘁,敢恋晨昏之小节,刘子舞剑,良有以也,祖生击楫,岂徒然哉。"徐志摩曾经作过《自剖》、《再剖》。他对自己的解剖是无情的,他也深知自己的性格:"我的心灵的活动是冲动性的,简直可以说痉挛性的。"(《落叶》)

只要我们不把诗人当作超人,那么,以一句或两句不理想的诗来否定一个诗人丰富的和复杂的存在的偏向,就会失去全部意义。显然是结束上述状态的时候了。因为新的时代召唤我们审视历史留下的误差,并提醒我们注意像徐志摩这样长期受到另种看待的诗人重新唤起人们热情的原因。

文化性格：一种新的融汇

从清末以来,中国先进知识界不同程度地有了一种向着西方寻求救国救民道理的觉醒。由于长期的闭锁状态,中国知识分子接触外来文化时一般总持着一种"拿来"实用的直接功利目的。更有甚者,他们急于把这一切"中国化"(有时则干脆叫做"民族化"),即以中国的思维观念模式急切地把外来文化予以"中国式"的改造。因此,一般的表现形态是"拿来就用"、"拿来就走",很少能真正"溶入"这个交流,并获得一个宽广的文化视野,从而加入到世界文化的大系统中成为其中的一个有机组成部分。中国传统文化性格的闭锁性,限制了许多与西方文化有过直接接触的人们的充分发展。徐志摩在这个交流中的某些特点,也许是我们期待的。他的"布尔乔亚诗人"的名称,也许与他的文化性格的"西方化"有关。这从另一侧面看,却正是徐志摩有异于他人的地方。在新文学历史中,像徐志摩这样全身心"溶入"世界文化海洋而摄取其精髓的人是不多的。不无遗憾的是,他的生命过于短暂,他还来不及充分地施展。但是,即使在有限的岁月中,他的交游的广泛和深入是相当引人注目的。

一九一八年夏,徐志摩离国去美。一九二〇年得哥伦比亚大学文学硕士学位后离美赴英,一心要跟罗素学习。他在《我所知道的康桥》中说:"我到英国是为要从罗素。……我摆脱了哥伦比亚大博士衔的引诱,买船票过大西洋,想跟这位二十世纪的福禄泰尔认真念一点书去。"这个愿望因素在剑桥的特殊变动而未果。但次年他还是与罗素会了面。

徐志摩于一九二二年会见英国女作家曼殊斐儿。这次会见留给他毕生不忘的记忆。"我见曼殊斐儿,比方说只不过二十分钟模样的谈话,但我怎么能形容我那时在美的神奇的启示中的全生的震荡?——我与你虽一度相见——但那二十分不死的时间,果然,要不是那一次巧合的相见,我这一辈子,就永远也见不着她——会面后不到六个月她就死了。"从《哀曼殊斐儿》中可以看出他们由片刻造成的永恒的友谊:

> 我昨夜梦入幽谷,
> 　　听子规在百合丛中泣血,
> 我昨夜梦登高峰,
> 　　见一颗光明泪自天堕落。
> ……
> 我与你虽仅一度相见——
> 　　但那二十分不死的时间!
> 谁能信你那仙姿灵态,
> 　　竟已朝雾似的永别人间?

　　至于徐志摩与印度诗人泰戈尔的友谊,更是中印文化交流中的一段佳话。他与泰戈尔的认识,是从他负责筹备接待工作开始的。他们的交往迅速发展为深厚的个人友谊。一九二九年三月十九日泰戈尔专程自印度来上海徐志摩家中做客,二三天后始去美国、日本讲学。泰戈尔回国途中又住徐家。据陆小曼介绍,"泰戈尔对待我俩像自己的儿女一样的宠爱",而且向他的朋友们介绍他们是他的儿子、儿媳(陆小曼:《泰戈尔在我家做客》)。

　　在徐志摩那里,由于视野的开阔,培养了一个世界性的文化性格。他对于世界了解的迫切感,那种因隔膜而产生的强烈求知欲,对当时中国一批最先醒悟的知识分子的文化倾向有很大的影响。徐志摩是这批知识分子中行动最力的一位。他对外来文化的态度不是停留于一般的了解,而是一种积极的加入。

　　热情好动的习性,使徐志摩拥有众多的朋友。"志摩的国际学术交往也是频繁的。他被选为英国诗社社员,'笔会'中国分会理事,印度老诗人泰戈尔与他最是忘年之交,还与英国哈代、赖斯基、威尔斯,法国罗曼·罗兰等等,都有交往。"(陈从周:《记徐志摩》)据陆小曼回忆,"志摩是个对朋友最热情的人,所以他的朋友很多,我家是常常座上客满的:连外国朋友都跟他亲善,如英国的哈代、狄更生、迦耐脱。"(《泰戈尔在我家做客》)这种交往基于深刻的内心要求,而不是外在原因的驱遣。

据邵华强《徐志摩文学系年》及徐志摩《欧游漫记》,一九二五年出国期间他的活动充分体现了上述的特点:三月下旬拜访托尔斯泰的女儿,祭扫克鲁泡特金、契诃夫、列宁墓;四月初赴法国,祭扫波特莱尔、小仲马、伏尔泰、卢梭、雨果、曼殊斐儿等人墓;在罗马,上雪莱、济慈墓⋯⋯徐志摩说自己:"我这次到来倒像是专做清明来的。"

他显然不是作为一位旅游者,甚至还不仅是怀着文化景仰的心情进行这些活动的。他是主动深入另一种文化氛围,最终也还是提供一种参照。一九二四年写的《留别日本》,留别的是日本,寄托的是故国的沉思,以及使命感的萌醒。目睹日本对于往古风尚的保全,他掩抑不住内心的羡慕,为祈祷"古家邦的重光",他深深地陷入沉思:

> 但这千余年的痿痹,千余年的懵懂:
> 　更无从辨认——当初华族的优美,从容!
> 摧残这生命的艺术,是何处来的狂风?——
> 　缅念那遍中原的白骨,我不能无恫!
> ⋯⋯
> 我欲化一阵春风,一阵吹嘘生命的春风,
> 　催促那寂寞的大木,惊破他深长的迷梦;
> 我要一把崛强的铁锹,铲除淤塞与臃肿,
> 　开放那伟大的潜流,又一度在宇宙间汹涌。

徐志摩这番感慨因人及己而发,由此可以窥见他旨在"惊破他深长的迷梦"的愿心。徐志摩在西方文化面前表现出相当程度的迷恋,如他在《巴黎的鳞爪》中所显示的陶醉感,便是此种表现。但这正是徐志摩复杂性之所在。要是不存在这种复杂性,徐志摩也就失去他的有局限的存在。

东西方文化的隔膜太遥远。由于国情,也由于语言、文字,中国知识分子在世界性的交往中,往往充当了"孤独者"的角色。能够像徐志摩这样以充分的认同、而又不忘借他山之石以攻玉的诗人是很少的。要是他活得更长一些,随着他年龄的增长、影响的扩大,他一定会在促进东西方的交流与了解中起更为显著的作用。

诗艺的"创格"

"整十年前我着了一阵奇异的风,也许照著了什么奇异的月色,从此起我的思想就倾向于分行的抒写。一份深刻的忧郁占定了我;这忧郁,我信,竟于渐渐的潜化了我的气质。"这里所述是一九二一年徐志摩开始诗歌创作的最初半年的情景。那诗情竟如山洪暴发,不择方向地乱冲:

> 生命受了一种伟大力量的震撼,什么半成熟的未成熟的意念都在指顾间散作缤纷的花雨。我那时是绝无依傍,也不知顾虑,心头有什么郁积,就付托腕底胡乱给爬梳了去,救命似的迫切,那还顾得了什么美丑!我在短时期内写了很多,但几乎全部都是见不得人面的。这是一个教训。
> ——《猛虎集·序》

徐志摩一九二一年的诗作据邵华强考订"绝大部分已经散失",另有一部分未曾入集。这说明他对此类作品的基本态度,即他不仅对自己早期的艺术追求,而且对进入二十年代的中国新诗的反思。如今我们从《夜》(1922)、《私语》(1922)等一类诗作看来,散文化的现象甚为明显。《康桥,再会罢》一诗,《时事新报·学灯》的编者开始也把它当作散文来排(后重排发表)。这说明他当时的创作还未能与五四新诗运动初期尚直白、少含蕴,以及形式趋于散漫的诗风相区别。上述《猛虎集·序》中的一番话,已经预示了新月诗派早期的某些艺术变格的因素。

新诗自胡适等人开始倡导,文学研究会诸诗人以质朴无华的自由诗风奠下基础,至创造社郭沫若《女神》的出现而臻于自立的佳境。但新诗因对旧诗的抗争而忽视艺术形式的完美则是一种缺陷。新月派以闻一多、徐志摩为代表的新诗"创格"运动,是针对这一历史缺陷而提出的。

一九二六年徐志摩提出"要把创格的新诗当一件认真事情做","我们信我们这民族这时期的精神解放或精神革命没有一部像样的诗式的表现是不完全的;我们信我们自身灵性里以及周遭空气里多的是要求投胎的思想的灵魂,我们的责任是替它们抟造适当的躯壳,这就是诗文与各种美术的新格式与新音节的发见。"(《诗刊弁言》)

中国新诗史上第一次有组织的格律诗运动是由闻一多、徐志摩领导的,他们以《晨报副刊·诗镌》为阵地,鲜明地提出自己的艺术主张。所谓新月诗派即指此。新月派的艺术实践对于早期新诗的散漫倾向确是勇敢有力的反拨。要是说,在此之前的新诗运动,重点在于争取白话新诗地位的确立,以及诗歌内容更加贴近现代社会生活和现实人生的争取;那么,在此之后,以新月派为中心的新诗运动的目的,则在于新诗向着艺术自身本质的靠拢。这一历史性功绩曾长期受到歧视和曲解。这一事实的存在,并不以新月派本身究竟有多少弱点为判断之依据。徐志摩是这一派理论的最忠实的实践者,正如朱自清说的,他努力于

"体制的输入与试验",而且"他尝试的体制最多"①。

新诗自五四起始,到新月派的锐意"创格",这个过程体现新诗开始成熟地把目光转向诗艺的探求。陈梦家讲的"主张本质的醇正、技巧的周密和格律的严谨"②,正是这种探求的理论概括。也许就是从徐志摩开始,诗人们把情感的反复吟咏当作了一种合理的正常的追求,而不再把叙述和说明当作基本的和唯一的目的。徐志摩的一些名篇如《为要寻一颗明星》、《苏苏》、《再不见雷峰》、《半夜深巷琵琶》等,都追求把活泼的情绪纳入一个严谨的框架,以有变化的复沓来获得音乐的效果。

他的《"我不知道风是在那一个方向吹"》曾经受到茅盾的批评③。茅盾讲:"我们能够指出这首诗形式上的美丽:章法很整饬,音调是铿锵的。但是这位诗人告诉了我们什么呢?这就只有很少很少一点儿。"这首诗以单纯的复沓展现不定的绵延意绪,若就它"告诉了我们什么"作内容的考察,则确乎是"很少很少"的。但对于一种凄迷的、徬徨的心绪的抒写,这种"回肠荡气"的回环往复,却体现了一种新的诗美价值——这一价值是不以说了多少内容为衡量之标准的。该诗共有六节,每节均四行,其中两行是完全相同的:"我不知道风是在那一个方向吹。"而正是此种重复才产生了回肠荡气的音乐效果。又如《为要寻一颗明星》:

> 我骑着一匹拐腿的瞎马,
> 　向着黑夜里加鞭;——
> 　向着黑夜里加鞭,
> 我跨着一匹拐腿的瞎马。

---

① 朱自清:《中国新文学大系·诗集·导言》。
② 陈梦家:《新月诗选·序言》。
③ 茅盾:《徐志摩论》。

> 我冲入这黑绵绵的昏夜,
> 　　为要寻一颗明星;——
> 　　为要寻一颗明星,
> 我冲入这黑茫茫的荒野。

格式是单纯的,诗句也是单纯的,但自定的诗格中却繁衍出丰富的节律变化。着意的复沓,大部相同中微小的变异,造出既繁富又单纯的综合美感;通过有规律的变化,把寻求理想的艰难行旅写得极其动人——寻找明星的追求者的最后的殒身,终以乐观调子完成悲哀的美。

徐志摩的复杂而认真的实践,造出了迷人的艺术奇观。一方面,他的确是"纯艺术"的忠实实行者,说他的趣味有点贵族化实在并不过分。他的诗歌本质只要举如同《沙扬娜拉一首》那样的诗,便足以说明一切。我们从他的那些精心结构的典雅的艺术建筑中,看到的是《残诗》那样一点也不"残"的艺术完整性。在那里,几乎每一个音节都是经过精心选择后安放在最妥切的位置上的。最奇异的现象是它能以纯粹的口语,展示那种失去锦衣玉食的没落的哀叹;那种无可奈何的眷恋,被极完美的音韵包裹起来,而且闪闪发光。

徐志摩让人捉摸不透,他的存在就是一个矛盾杂糅的奇迹。一方面,他拥有五光十色的巴黎,剑桥河上的灯影波光,与世界上最有文化的高贵的先生女士的交往。他的诗也充满了那种豪华富贵的天上的情调:

> 　　她是睡着了——
> 星光下一朵斜欹的白莲;
> 　　她入梦境了——
> 香炉里袅起一缕碧螺烟。
> 　　她是眠熟了——

> 涧泉幽抑了喧响的琴弦;
> 她在梦乡了——
> 粉蝶儿,翠蝶儿,翻飞的欢恋。
> ——《她是睡着了》

另一方面,他又有《叫化活该》那样对社会最卑微者的同情。在此类诗篇中,他可以非常出色地把"最卑贱"的语言镶嵌在他那依然完好的艺术框架之中,如——

> "行善的大姑,修好的爷,"
> 西北风尖刀似的猛刺着他的脸,
> "赏给我一点你们吃剩的油水吧!"
> 一团模糊的黑影,挨紧在大门边。

他用"硪石土白"写成的《一条金色的光痕》,也是这样一种从内容到形式都是奇妙的"土洋结合"的艺术精品。这种汇聚矛盾于一体的完美纯净的境界,在五四以后的诗人中很少有人能够达到。他以一个从里到外都十分布尔乔亚化的诗人,自愿"降格"写《庐山石工歌》那样堪称作典型的"下里巴人"的"唉浩"之歌。一九二五年三月徐志摩赴苏联访问途经西伯利亚,写信给《晨报副刊》刘勉己说该诗的写作:"住庐山一个半月,差不多每天都听着那石工的喊声,一时缓,一时急,一时断,一时续,一时高,一时低,尤其是在浓雾凄迷的早晚,这悠扬的音调在山谷里震荡着,格外使人感动,那是痛苦人间的呼吁,还是你听着自己灵魂里的悲声?"[①]这首《庐山石工歌》内容空泛、艺术平庸,诚如周良沛说的:"作者写的附记比原诗还有意思。"[②]但徐志摩写这首诗时心中回响着"表现俄国民族伟大沉默的悲哀"的《伏尔加

---

① 徐志摩《庐山石工歌》附录《致刘勉己函》。
② 周良沛:《徐志摩诗集·编后》。

船夫曲》的动人号子声,他无疑受到了感动。它让我们窥见徐志摩徬徨于夜路中的火光。

他保举自己作情人

徐志摩的爱情诗为他的诗名争得了很大的荣誉,但这类爱情诗又使他遭到更大的误解。艾青说他"擅长的是爱情诗","他在女性面前显得特别饶舌"(《中国新诗六十年》),就体现了批判的意向。徐志摩江南才子型的温情在他的爱情诗中有鲜明的展示。这些诗确有真实生活写照的成分。但对此理解若是过实了,难免要产生误差。好在人们对此均有不同程度的警觉。朱自清说:"他的情诗,为爱情而咏爱情;不一定是实生活的表现,只是想象着自己保举自己作情人,如西方诗家一样。"[①] 茅盾讲:"我以为志摩的许多披着恋爱外衣的诗,不能够把来当作单纯的情诗看的;透过那恋爱的外衣,有他的那个对于人生的单纯信仰。"[②] 这些评论都精辟地指出了徐志摩的"假想"的恋爱。这种发现对于揭示徐志摩作为一位重要诗人的奥秘有重大的价值。

徐志摩的诗风受英国诗的影响很大。卞之琳对此作过精确的说明:"尽管徐志摩在身体上、思想上、感情上,好动不好静,海内外奔波'云游',但是一落到英国、英国的十九世纪浪漫派诗境,他的思想感情发而为诗,就从没有能超出这个笼子。""尽管听说徐志摩也译过美国民主诗人惠特曼的自由体诗,也译过法国象征派先驱波德莱的《死尸》,尽管他还对年轻人讲过未来派,他的诗思、诗艺几乎没有越出过十九世纪英国浪漫派雷池一步。"[③]

---

① 朱自清:《中国新文学大系·诗集·导言》。
② 茅盾:《徐志摩论》。
③ 卞之琳:《徐志摩诗重读志感》。

徐志摩生活的时代,正是中国社会从封闭走向开放的现代思想苏醒的时代,人的个性意识终于挣脱了封建思想桎梏而获得解放。这时,英国湖畔诗人对于自然风物的清远超脱,以及拜伦式的斗争激情的宣泄,自然地触动了青年徐志摩的诗心,从而成为他的浪漫诗情的母体。

徐志摩吸收和承继了英国浪漫派的诗歌艺术,为自己树立了理想目标。作为浪漫主义诗人的徐志摩,他为自己确定的人生信仰而不竭地歌唱:"这不是完全放弃希冀,宇宙还得往下延……为维护这思想的尊严,诗人他不敢怠惰。"(《哈代》)胡适认为徐志摩的人生观是一种"单纯的信仰":"这里面只有三个大字:一个是爱,一个是自由,一个是美。他梦想这三个理想的条件能够会合在一个人生里,这是他的单纯的信仰。他的一生的历史,只是他追求这个单纯信仰的实现的历史。"①在很大程度上,徐志摩诗中的恋爱,指的是这种对于单纯的信仰即理想的人生的追求。

> 我有一个恋爱;——
> 我爱天上的明星;
> 我爱它们的晶莹:
> 　人间没有这异样的神明。
> 　　——《我有一个恋爱》

矛盾而复杂的徐志摩,他的执着的爱情的追求是远离了人间的天上。他的理想是单纯的、非现实的。但单纯到了到处受到人世烦扰的碰撞以至于毁灭,他于是失望。胡适说:"这个现实世界太复杂了,他的单纯的信仰禁不起这个现实世界的摧毁……"②这就是他的许多诗篇夸饰自己痛苦的原因。徐志摩完全继承了西方文艺复兴以后的文学观念。他确认此岸世界,

---

① 胡适:《追忆志摩》。载《新月》四卷一期《志摩纪念号》。
② 同上。

讴歌自然界神秘的美。他全盘接受了个性解放的思想,他美化自己憧憬的爱情。徐志摩以欢乐意识为轴心奠定了自己的浪漫主义诗歌基础。

许多论者不约而同地发现了他的诗中活动着的乐观的因子:"他的诗,永远是愉快的空气,不曾有一些儿伤感或颓废的调子,他的眼泪也闪耀着欢喜的圆光。这自我解放与空灵的飘忽,安放在他柔丽清爽的诗句中,给人总是那舒快的感悟。好像一只聪明玲珑的鸟,是欢喜,是怨,她唱的皆是美妙的歌。"①"他是跳着溅着不舍昼夜的一道生命水……他让你觉着世上一切都是活泼的、鲜明的。陈西滢氏评他的诗,所谓不是平常的欧化,按说就是这个。又说他的诗的音调多近羯鼓铙钹,很少提琴洞箫等抑扬缠绵的风趣,那正是他老在跳着溅着的缘故。"②

徐志摩诗中这种生命的欢乐,来自他对生活的理想,尽管他这个理想只是一个朦胧的意念。他总是不知道风在往哪个方向吹,他也总是骑着一匹拐腿的瞎马向着黑夜里加鞭,而他的心灵总幻想有一颗明星。徐志摩诗的"柔美流丽"(陈梦家语)是有名的,他即使在讲痛苦和死,也充满了浪漫色彩,总是闪耀着让人欣喜的光辉。但是他的颓唐也是有名的,这是由于他把人生的理想建立在欢乐意识之上,一旦理想的明星熄灭(这是肯定的),伴随而来的就是一种无可言状的悲哀和绝望。这就是茅盾说的"一旦人生的转变出乎他意料之外,而且超过了他期待的耐心,于是他的曾经有过的单纯信仰发生动摇,于是他流入于怀疑的颓废了。"③

---

① 陈梦家:《新月诗选·序言》。
② 朱自清:《中国新文学大系·诗集·导言》。
③ 茅盾:《徐志摩论》。

尾声：云游

他的一生像划过天边的美丽的流星。那一首短短的《黄鹂》似乎是他短短一生的写照——

> 一掠颜色飞上了树。
> "看，一只黄鹂！"有人说。
> 翘着尾尖，它不作声，
> 艳异照亮了浓密——
> 像是春光，火焰，像是热情。
>
> 等候它唱，我们静着望，
> 怕惊了它。但它一展翅，
> 冲破浓密，化一朵彩云；
> 它飞了，不见了，没了——
> 像是春光，火焰，像是热情。

令人惊怵的是冲破浓密的彩云的消失——"它飞了，不见了，没了"，如同他的生命。这是一位始终"想飞"的诗人。他生活在自己想象的世界里，望见"当前有无穷的无穷"，喊着"去罢，人间，去罢"（《去罢》）。

他的所爱是在天上。他总是以忘情的笔墨写他所向往的飞翔：那美丽的翅膀在半空中沙沙的摇响，朵朵的春云，跳过来拥着他们的肩背，望着最光明的来处翩翩的，冉冉的，轻烟似的化出了你的视线，像云雀似的只留下一泻光明的骤雨。但他几乎不放过一个可能的机会，留下预言式的"诗谶"，总是如此这般让人们预感着他不幸的、匆忙的，然而又是美丽的死亡。请看这篇《想飞》的结束，读起来真有点让人心颤——

> 天上那一点子黑的已经迫近在我的头顶，形成一架鸟

形的机器,忽的机沿一侧,一球光直往下注,硼的一声炸响,——炸碎了我在飞行中的幻想,青天里平添了几堆破碎的浮云。

这篇文章写得早,是一九二六年。到了他的生命的最后一年,一九三一年的《诗刊》创刊号上,他发表《爱的灵感》,那里的诗句更让人惊怵。那仿佛竟是这位诗人对世间的诀别之辞:

> 现在我
> 真正可以死了,我要你
> 这样抱着我直到我去,
> 直到我的眼再不睁开,
> 直到我飞,飞,飞去太空,
> 散成沙,散成光,散成风,
> 呵苦痛,但苦痛是短的,
> 是暂时的;快乐是长的,
> 爱是不死的:
> 我,我要睡……

他的最后一个集子以《云游》命名。《云游》是一首诗的名字:"那天你翩翩的在空际云游,自在,轻盈,你本不想停留,在天的那方或地的那角,你的愉快是无拦阻的逍遥。"他云游永远不归。留给我们的只是一种永恒的失望。我们所能做的,只能是——无尽的盼望,盼望你飞回!

一九八五——一九八六,北京。